AF397861

S. M. LaViolette schreibt auch unter dem Pseudonym Minerva Spencer. Sie ist die mehrfach preisgekrönte Autorin von historischen Liebesromanen der Regency-Zeit, darunter auch die hochgelobte *Die verlorenen Herzen*-Serie. Sie wurde in Saskatoon, Saskatchewan, geboren und lebte in Kanada, den USA, Europa, Afrika und Mexiko, bevor sie nach New Mexico zog, wo sie heute mit ihrem Mann und Dutzenden von Tieren lebt. Zuvor war sie Geschichtsprofessorin am College, Strafverfolgerin, Barkeeperin und Besitzerin eines Bed and Breakfast.

MINERVA SPENCER

SCHREIBT ALS

S. M. LaViolette

Portrait zweier Herzen

ÜBERSETZT VON DOROTHEA STILLER

Deutsche Erstausgabe November 2021

© 2021 dp Verlag, ein Imprint der
dp DIGITAL PUBLISHERS GmbH

Made in Stuttgart with ♥
Alle Rechte vorbehalten

Portrait zweier Herzen

ISBN 978-3-98637-238-5
E-Book-ISBN 978-3-96817-446-4

Copyright © 2020 by Shantal M. LaViolette
Titel des englischen Originals: A Portrait of Love

Übersetzt von: Dorothea Stiller
Covergestaltung: ARTC.ore Design
Umschlaggestaltung: ARTC.ore Design
Unter Verwendung von Abbildungen von
shutterstock.com: © Kourdakova Alena, © mv_painting, © AvDe
periodimages.com: © Maria Chronis, VJ Dunraven Productions
stock.adobe.com: © micro
Korrektorat: Dorothee Scheuch
Satz: dp DIGITAL PUBLISHERS GmbH
Druck und Bindung: Books on Demand GmbH, Norderstedt

Kapitel Eins

London, 1803

Honoria lief die Stufen hinunter, als wäre ihr der Teufel auf den Fersen.

Es war zehn Minuten nach zwölf; er würde schon da sein. Sie würde ganze *zehn Minuten* seiner Gegenwart versäumt haben.

Um ihn anzustarren.

Um ihn zu *vergöttern*.

Vor dem Atelier ihres Vaters kam sie schlitternd zum Stehen und überprüfte ihr Spiegelbild in der polierten Messingvase, die auf einem Sockel gegenüber der Tür stand. Der Bauch der Vase streckte ihre Augen und ließ sie lang und schmal erscheinen, während ihr übergroßer Mund zu einem affektierten, geschwungenen Schmollmündchen zusammengeschrumpft war. Honey wünschte sich, sie sähe wie dieses imaginäre Mädchen aus und nicht wie das blasse, schlaksige Etwas mit dem zu großen Mund, das ihr in der Realität täglich aus dem Spiegel in ihrem Ankleidezimmer entgegenblickte. Sie streckte ihrem verzerrten Messingspiegelbild die Zunge heraus, kräuselte ihre knubblige Nase und kicherte über die boshafte Fratze, die sie damit geschaffen hatte. Jetzt brauchte sie nur noch ein paar richtig schreckliche Fangzähne.

Er ist da drin, erinnerte sie der Teil ihres Verstandes, der das Ganze weniger lustig fand.

Honey kniff sich in die Wangen, um ihnen ein wenig Farbe einzuhauchen, und schob ihr taillenlanges und viel zu lockiges Haar über ihre Schultern. Ihr Vater erlaubte nicht, dass sie es vor ihrem nächsten Geburtstag hochsteckte, wenn sie sechzehn werden würde. Für einen Künstler konnte Daniel Keyes manchmal recht kleinlich sein, was Schicklichkeit anging und …

»Hallo.«

Honey schrie erschrocken auf und sah in ihrem hässlichen braunen Malkittel zweifelsohne aus wie eine riesige verängstigte und rotgesichtige Maus.

Sie wollte sich nicht umdrehen, aber sie konnte kaum den ganzen Tag hier stehenbleiben und die Tür anstarren. Sie schluckte geräuschvoll, als ob ihr Hals eingerostet wäre, und drehte sich dann langsam, ganz langsam auf der Ferse um.

Augen so blau wie Hortensienblüten starrten auf sie herab, und kleine Fältchen kräuselten sich darum.

Lord Simon Fairchild.

Selbst sein Name war wunderschön.

Doch das war nichts im Vergleich zu seinem Gesicht und seiner Person. Er war nicht nur schön, sondern auch größer als sie. Sie war nicht ganz einen Meter achtzig groß, und er überragte sie nicht haushoch, aber es reichte. Und so fühlte sich Honey zum ersten Mal in den fünfzehn und dreiviertel Jahren ihres Lebens beinahe zierlich.

Er war goldblond, breitschultrig und anmutig, und er sah aus wie der Held aus einer nordischen Saga, gemeißelte, hellhäutige Perfektion. Seine wohlgeformten Lippen verzogen sich zu einem Lächeln, das Schmetterlinge in ihrem Bauch aufflattern ließ.

»Mylord«, krächzte sie und machte den ungeschicktesten Knicks der Welt.

Er grinste, nahm ihre Hand und beugte sich tief darüber. »Guten Tag, Miss Honoria.« Seine Stimme war wie warmer Honig und rann tief in ihre Mitte. Das Gefühl war ... verstörend, und sie platzte mit den ersten Worten hinaus, die ihr in den Sinn kamen: »Sie haben sich an meinen Namen erinnert.«

Und dann hätte sie sich am liebsten versteckt.

Seine Mundwinkel zuckten, und Honey konnte sich gerade noch zurückhalten, sich nicht mit der flachen Hand an die Stirn zu schlagen oder sich hinter dem großen, mottenzerfressenen Wandteppich zu verstecken, der einen großen Teil der gegenüberliegenden Wand bedeckte.

Natürlich erinnerte er sich an ihren Namen, sie hatte ihn erst gestern kennengelernt.

Er verschränkte die Hände hinter seinem Rücken, sodass seine breiten Schultern fast das gesamte Licht nahmen, das durch das Kathedralenfenster am Ende des Flurs hereinfiel. Er war im Reitdress, was bedeutete, dass er sich im Atelier ihres Vaters für das Porträt umziehen würde.

Wenn sie daran dachte, wie Simon Fairchild sich umzog, spürte sie einen heißen Strudel in ihrem Bauch, und ihre Handflächen wurden ganz schwitzig. Außerdem schien sie mehr Speichel zu bilden als notwendig gewesen wäre, als ob ihr Mund einen Leckerbissen erwartete.

Sag etwas, du dumme Gans! Frag ihn irgendetwas. Halt ihn auf. Lass ihn nicht-

»Bleiben Sie und Ihr Vater meiner Sitzungen wegen den Sommer über in der Stadt, Miss Honoria?«

»Nein, wir bleiben fast immer hier.«

Er zog die Augenbrauen hoch und nickte ermutigend.

»Wir fahren nur selten aufs Land«, fügte sie wenig originell hinzu, weil ihr nichts Besseres einfiel.

Doch dann kam ihr eine Inspiration. »Werden *Sie* denn aufs Land fahren, Lord Saybrook?«

»Den Titel habe ich nicht mehr inne, Miss Keyes«, erinnerte er sie nachsichtig.

Wieder spürte sie die Hitze in die Wangen steigen. »Ach ja, natürlich. Der Duke hat jetzt einen Sohn. Sie müssen sehr-«

Sie biss sich auf die Lippe. Was musste er sein? Wäre ein Mann erfreut, nicht mehr der Erbe eines Duke zu sein?

Lord Simon ließ seine wundervollen weißen Zähne aufblitzen. »Ich bin überglücklich *und* erleichtert.«

»Sie wären nicht gern ein Duke?«

»Nein, das wäre ich nicht. Zum einen würde das bedeuten, dass mein Bruder sterben müsste, und zum anderen umfasst diese Stellung für meinen Geschmack insgesamt eine viel zu große Verantwortung. Außerdem habe ich andere Pläne.«

»Andere Pläne?«

»Richtig. Ich möchte auf meinem Landsitz leben und Pferde züchten.«

Honey konnte sich den eleganten Halbgott nicht vorstellen, wie er sich aufs Land zurückzog und dort das Leben eines bloßen Gutsbesitzers führte. Sie lehnte sich an den Türrahmen des Ateliers. Auch wenn sie sich bewusst war, dass es unhöflich war, einen Gast im Flur festzuhalten, war sie jetzt noch nicht bereit, ihn mit ihrem Vater zu teilen.

»Und das können Sie nicht tun, wenn Sie ein Duke sind?«

»Ich denke, der Richtige könnte so etwas, aber ich wünsche mir nur ein ruhiges Leben ohne politische Verpflichtungen im Parlament und die Verantwortung über Hunderte von Leben. Nein, ich bin für das Landleben geschaffen. Ich werde auf meinem viel kleineren Anwesen glücklich sein.« Er schwieg einen Augenblick und sah nachdenklich aus, als ob er sich plötzlich bewusst wurde, dass er – ein Mann von zwanzig Jahren – einer gerade einmal Fünfzehnjährigen seine Sehnsüchte offenbart hatte.

Honey kannte diesen Ausdruck; alle, mit denen sie Umgang hatte, waren älter als sie. Sie war nie aufs Internat gegangen, hatte keine nahen Verwandten in ihrem Alter und hatte lediglich Umgang mit ihrer Gouvernante oder den Freunden und Bekannten ihres Vaters.

Sie hatte sich nie daran gestört, dass sie so jung war, aber plötzlich ... fühlte sie sich eingeschränkt.

Er beugte sich zu ihr herunter, um ihren Blick einzufangen, den sie traurig auf seine Füße gesenkt hatte. »Aber Sie interessieren sich gewiss nicht für meine langweiligen Pläne. Während ich in meinen Ställen herumlungere, werden Sie bestimmt durch Ballsäle wirbeln und jungen Männern die Herzen brechen.«

Honoria fiel darauf absolut nichts zu sagen ein, was nicht demütigend gewesen wäre.

»Also …«, sagte er, als sie blöde schwieg, und einer seiner Mundwinkel zog sich etwas nach oben. Sein Blick war fröhlich, aber sanft.

Es war unmöglich, sein Lächeln nicht zu erwidern.

»Also?«, wiederholte sie, während sie dastanden und sich gegenseitig anstarrten.

Er lachte und schüttelte den Kopf, als ob sie etwas Witziges gesagt hätte. Dann deutete er auf die Tür des Ateliers, die sie versperrte. »Ich sollte besser hineingehen. Ich glaube, ich bin zu spät, und Ihr Papa wird mir vermutlich eine verdiente Standpauke halten.«

Honey ging beiseite, und sah dabei ganz so aus wie die verschossene dumme Gans, die sie war. Er öffnete die Tür und machte abermals eine Handbewegung. »Nach Ihnen, Miss Honoria. Also, wenn Sie sich heute wieder zu uns gesellen.«

»Natürlich wird sie das«, dröhnte die Stimme von Honeys Vater aus dem hellen, sonnigen Raum zu ihnen heraus. Er war dabei, seinen Arbeitsplatz vorzubereiten. Seine Stimme war für Honey wie ein Katalysator, und sie riss den Blick von Simons makellosen Gesichtszügen und stürzte hinein.

»Guten Tag, Papa.«

Daniel Keyes lächelte ihr anerkennend zu, als sie zu ihrer Staffelei ging, und wandte sich dann an Simon Fairchild. »Meine Tochter wird eines Tages Englands führende Porträtmalerin werden«, sagte er mit solcher Gewissheit, so viel Stolz und Liebe, dass Honey das Herz aufging und drohte, aus ihrer Brust herauszuplatzen.

Lord Simon warf ihr sein charakteristisches umwerfendes Lächeln zu. »Sie werden also auch ein Porträt von mir anfertigen, während Ihr Vater seines malt?«

»Ja«, sagte Honey und zog den Stoff von ihrer viel kleineren Leinwand. Sie war froh, den Blick von Lord Simons verwirrender Person nehmen zu können; ihr Verstand war von dem kurzen Gespräch im Flur schon vollkommen durcheinander.

Ihr Gemälde nahm langsam Gestalt an, auch wenn sie es niemandem gezeigt hätte, bevor es fertig war. Und selbst dann ...

»Im Augenblick lernt meine Tochter den halben Tag und den Rest des Tages verfeinert sie ihre Fähigkeiten. Wenn sie erst achtzehn ist und ihre Schulausbildung hinter sich hat, ist es ihre freie Entscheidung, wie sie ihre Zeit verbringen möchte«, sagte Daniel Keyes, als der jüngere Mann sich hinter den großen Paravent in der Ecke des Raumes zurückzog.

Um sich umzuziehen.

Honey ermahnte sich, das Atmen nicht zu vergessen, und zwang sich, den Blick von seinem Kopf zu nehmen, der über dem Rand der spanischen Wand sichtbar war.

Ihr eigenes Gesicht fühlte sich heiß an, und sie versuchte, ihren Atem unter Kontrolle zu halten, der klang wie das Keuchen ihres uralten Butlers Dowdle, nachdem er zwei Treppen hinaufgestiegen war.

»Und werden Sie mir das Porträt zeigen, das *Sie* malen, Miss Keyes?«

Sie hob ruckartig den Kopf und sah gerade noch, wie er seine Weste über den Rand des Paravents warf. Das bedeutete, dass er nur sein Hemd trug. Das dünne, feingewebte, weiche Musselinhemd. Ihre Blicke trafen sich, während er hinter dem Sichtschutz irgendetwas tat. Eine Jacke anziehen? Seine andere Weste?

Honey schluckte; ihr Vater und Lord Simon warteten mit hochgezogenen Augenbrauen.

»Ich weiß es noch nicht«, murmelte sie.

»Das Vorrecht der Künstler«, sagte Daniel Keyes und lachte. »Vielleicht lässt sie es noch nicht einmal *mich* sehen, Mylord.«

Ihr Vater hatte recht. Es gab genügend Skizzen und Gemälde, die nur für ihre Augen bestimmt waren, und sie hatte den Verdacht, dass dieses Gemälde dazugehören würde.

***

Bei Lord Simons fünftem Besuch fragte er ihren Vater, ob er Honey zu einer Ausfahrt in seinem Phaeton mitnehmen dürfte. Es waren nicht viele Leute im Hyde Park unterwegs, doch Honey fühlte sich königlich in seinem hohen Gefährt und mit *ihm* an ihrer Seite. Es war der zauberhafteste Nachmittag ihres Lebens.

Bis zu seinem nächsten Besuch, als er sie mit zu *Gunter's* nahm.

Miss Keebler, ihre Gouvernante, begleitete sie zu diesem Vergnügen, aber selbst die Gegenwart ihrer sauertöpfischen Anstandsdame konnte ihr die Freude an dem Tag nicht trüben.

Den ganzen Monat führte Lord Simon sie aus oder aß im Hause ihres Vaters zu Abend und verbrachte Abende damit, sich unter die vielen Künstler und Schauspieler zu mischen, in deren Dunstkreis Daniel

Keyes sich bewegte, und das schloss Honoria ein, die seit ihrem fünfzehnten Geburtstag mit den Gästen ihres Vaters tafeln durfte.

Ein Teil von ihr war sich bewusst, dass Lord Simon nur so viel Zeit mit ihr verbrachte, weil er im Sommer in London auf seine üblichen Freunde und Vergnügungen verzichten musste, doch es war ihr gleich.

Er nahm sie nach den Sitzungen auf Spaziergänge mit, und sie saßen zusammen im Park. Natürlich hielt sich Miss Keebler stets in der Nähe.

Er erzählte ihr von Everley, seinem Zuhause auf dem Lande. Sein Gesicht strahlte, wenn er darüber sprach, neue Ställe zu bauen und über die Verbesserungen, die er für das Haus plante, das noch aus der Tudorzeit stammte, und immer wieder Reparaturen benötigte.

Er sprach davon, wie er mit seinem Bruder auf dem hochherrschaftlichen Anwesen in Whitcomb aufgewachsen war und erzählte ihr Geschichten über die Geister, die es im Schloss gab, und wie er sich einmal mit einem Laken verkleidet und sein Kindermädchen erschreckt hatte, was ihm die saftigste Tracht Prügel seines jungen Lebens eingebracht hatte.

Honey erzählte ihm, wie sie von Künstlern umgeben aufgewachsen war und ihren Vater angefleht hatte, sie nicht aufs Internat zu geben. Davon, dass sie geplant hatte, mit sechzehn die Führung des Haushalts zu übernehmen und sich um ihn zu kümmern. Sie vertraute ihm ihre Träume an, eines Tages, wenn es wieder sicher wäre, aufs europäische Festland zu reisen und sich all die großartigen Kunstwerke anzusehen, über die sie nur hatte lesen können.

Honey wusste, dass es noch nicht vorgekommen war, dass ihr Vater so viele Sitzungen benötigte – tatsächlich stellte er seine Porträts für gewöhnlich in weniger als zehn Treffen fertig. Doch aus irgendeinem Grunde, vielleicht, weil er wusste, dass es ihr großes Vergnügen bereitete, ließ er den jungen Adligen an dreißig wundervollen Tagen für *sechzehn* Sitzungen ins Haus kommen.

Honey wünschte sich, es würde nie enden.

***

»Möchten Sie mich auf ein Eis begleiten, Miss Honoria?«

Honey sah ihren Vater an, als sie den Pinsel beiseitelegte und er nickte, wobei der etwas abwesende Ausdruck in seinen Augen ihr verriet, dass er noch immer tief in seiner Arbeit steckte.

Daniel Keyes wandte sich Lord Simon zu, der in seiner Straßenkleidung hinter dem Paravent hervorgekommen war. »Haben Sie heute die Chaise mitgebracht?«

Simon – Honoria benutzte in ihren eigenen Gedanken stets seinen Vornamen – lächelte.

»Nein, Sir, ich fürchte, es ist das klobige alte Schiff meines Bruders.«

Ihr Vater lachte über seine Beschreibung der Kalesche des Duke, in der Honey schon einmal gefahren war.

»Warum trinken wir nicht noch einen Schluck zur Erfrischung, während meine Tochter tut, was Frauen so tun müssen, wenn sie ausgehen, um Eis zu essen?«

Es gab viele Gründe, warum Honoria ihren Papa liebte, aber besonders dafür, dass er ihr die Gelegenheit gab, ihr neues Kleid anzuziehen, das sie gerade in der Hoffnung gekauft hatte, es an einem Tag wie diesem tragen zu können.

Sie läutete nach dem Dienstmädchen, das ihr beim Ankleiden helfen sollte, da sie noch keine eigene Zofe hatte, und war bereits zurück im Arbeitszimmer ihres Vaters, als die Männer gerade eben den letzten Schluck der bernsteinfarbenen Flüssigkeit aus ihren Gläsern tranken.

Sie erhoben sich, als sie hereinkam, und sie hätte vor Freude weinen mögen, weil Simon sie mit anerkennendem Blick musterte.

Ihr Kleid war aus cremefarbener Seide mit Dutzenden Reihen von winzigen gelben Rüschen am Rock und einem Spenzerjäckchen im selben Gelb. Ihre Haube war mit Seide in der passenden Farbe ausgekleidet, und sie hatte sie unter dem rechten Ohr mit einer hübschen Schleife gebunden.

»Du siehst hinreißend aus, Honoria«, sagte ihr Vater mit ungewöhnlich ernstem Blick, als ob er wüsste, wie wichtig ihr dieser letzte Ausflug war.

»Vielen Dank, Papa.«

Simon sprach erst, als sie, Miss Keeble an ihrer Seite, in der großen Kutsche saßen.

»Das ist ein entzückendes Ensemble, Miss Keyes. Ich bin froh, dass es so ein klarer, sonniger Tag ist und wir der Welt Sie und diese wunderhübsche Haube präsentieren können.«

Honoria versuchte, sich nichts auf seine Worte einzubilden, aber es war schwer, zu verhindern, dass aus ihrem Lächeln ein Grinsen wurde.

Sie sprachen über das Porträt ihres Vaters, das er irgendwann im nächsten Monat liefern würde.

»Ich vermute, mein Bruder wird eine Party zur Enthüllung veranstalten. Sie werden Ihren Vater doch nach Whitcomb begleiten?«

Hatte sie richtig verstanden? Hatte er sie auf seinen Familiensitz eingeladen? »Ich ... ich muss meinen Vater fragen«, sagte sie, und hauchte es so ehrfürchtig dahin, dass es vermutlich über den Straßenlärm kaum zu hören gewesen war.

»Wenn Sie zu Besuch kommen, kann ich mit Ihnen nach Everley fahren. Es ist nicht weit vom Anwesen des Duke.«

»Das wäre zauberhaft.« Mehr brachte sie nicht hervor, denn in Gedanken war sie zu beschäftigt damit, sich auszumalen, wie sie neben ihm auf einem prächtigen Pferd durch eine kahle, einsame Moorlandschaft galoppierte.

Er sprach auf der kurzen Fahrt über sein Zuhause und seine Familie, und seine Worte waren wie der Gesang einer Sirene, der sie in Bann schlug.

Auf der Straße vor *Gunter's* warteten die Kutschen in langen Schlangen; offenbar waren sie nicht die einzigen, die an einem so schönen Tag diese Idee gehabt hatten.

»Drinnen wird es stickig sein, und die Tische draußen sind besetzt«, sagte Simon. »Wollen wir uns den

Leckerbissen in samtausgeschlagener Bequemlichkeit gönnen?«

Honey und Miss Keeble stimmten zu, und Simon winkte einer der Bedienungen. Als sie ihre Bestellungen aufgegeben hatten, lehnten sie sich zurück und beobachteten die Leute, die kamen und gingen. Viele davon schienen Simon zu kennen.

Honoria steckte noch mitten in einer Fantasie, in der sie und Simon verheiratet waren, morgen zu ihrem Landsitz aufbrechen würden und nur kurz hielten, um sich von ihren vielen Freunden zu verabschieden, als Simon ein Wort sagte, nur ein einziges Wort, in dem mehr Gefühl mitschwang als in allem, was sie während des gesamten Monats von ihm gehört hatte.

»Bella!«

Simons entzückter Gesichtsausdruck ließ sie zurück auf den Boden der Tatsachen stürzen. Er sah zu drei Frauen hinüber, die neben der Kutsche stehengeblieben waren. Genau genommen sah er nur *eine* der Frauen an, und seine Empfindungen standen ihm deutlich ins Gesicht geschrieben.

Honey starrte ebenfalls. Sie – Bella – war die schönste Frau, die sie je gesehen hatte.

»Hallo, Simon.« Bella lächelte ihn an, als er aus der Kutsche stolperte. Sie öffnete leicht ihre kirschroten Lippen und zeigte blendend weiße Zähne. Ihr Teint glich dem sprichwörtlichen Porzellan, und sie hatte leuchtend blaue Augen. Ihr Haar war braun und dunkel genug, um für schwarz durchzugehen, und glänzende, üppige Locken ringelten sich unter ihrer Strohhaube.

In Simons Gesichtsausdruck lag etwas, das sie noch nie gesehen hatte: unterwürfige Anbetung.

Honey spürte, wie in ihrer Brust etwas zerbrach: Simon liebte dieses wunderschöne Geschöpf.

»Mrs Frampton, Bella, Agnes – was machen Sie um diese Zeit in London?«

Seine Worte drangen wie aus einem tiefen Brunnenschacht zu ihr herauf, und sie konnte sich nur mit Mühe aufrecht in ihrem Sitz halten.

Die ältere Dame – offenbar Mrs Frampton – antwortete: »Agnes wird nächsten Monat heiraten, und dafür waren einige letzte Besorgungen zu machen.« Sie sprach über die eine Tochter, doch ihr Blick ruhte auf der anderen – derjenigen, die einem Engel glich, der auf die Erde herabgestiegen war – und dann fiel der Blick ihrer blassblauen Augen auf Honoria. Es war nur eine winzige Geste, aber Lord Simon hatte makellose Manieren. Für gewöhnlich.

Ein rosa Schimmer zeigte sich auf seinen hohen Wangen, als er bemerkte, dass er seine Gastgeberpflichten vernachlässigt hatte. »Mrs Frampton, Miss Agnes Frampton und Miss Arabella Frampton, ich habe die Ehre, Ihnen Miss Honoria Keyes vorstellen zu dürfen und ihre Begleiterin Miss Keeble. Miss Keyes ist die Tochter von Daniel Keyes.«

Alle nickten und lächelten, aber Honoria konnte ihren Blick kaum lang genug von Arabella Frampton nehmen, um sich überhaupt einzuprägen, wie die beiden anderen Frauen aussahen. Ebenso wenig gelang es Simon.

Ein Kellner erschien mit ihrem Eis.

»Wollen Sie sich nicht zu uns gesellen?«, bot Simon an und war sich in keiner Weise bewusst, dass diese sieben Worte sie im Herzen trafen wie ein Axthieb.

»Aber ja, bitte«, sagte Honey mechanisch, als sich ihr vier blaue Augenpaare zuwandten.

Die Damen machten einen wenig überzeugenden Versuch, abzulehnen, Simon öffnete die Tür der Kutsche und machte eine einladende Handbewegung.

»Bitte sehr. Wir werden es ein wenig lauschig haben, aber ich bin sicher, es macht Miss Keyes nichts aus?«

Niemand bemerkte, dass ihr Lächeln besser zu einer Totenmaske gepasst hätte, und Honey sah sich bald den drei Neuankömmlingen gegenüber, und Miss Keeble saß nun neben ihr.

Das Erdbeereis, das sie bestellt hatte, schmeckte wie Asche, und sie wollte nur nach Hause, sich im Bett verkriechen und die Decke über den Kopf ziehen. Und nie wieder hervorkommen.

Später konnte sie sich an kein Wort der Unterhaltung erinnern. Einzig Simons Gesichtsausdruck und die Art, wie er bei jeder Gelegenheit den Blick auf die dunkelhaarige Schönheit geheftet hatte, hatten sich ihr ins Gedächtnis gebrannt.

In dieser Nacht schlief sie wenig, und ihre ehemals lebendige Welt war plötzlich grau und farblos.

Am nächsten Tag war seine letzte Porträtsitzung und Honey hatte sich vorgenommen, in ihrem Zimmer zu bleiben und es zu vermeiden ihn zu sehen – am besten für immer. Doch ihr Vater hatte diese Pläne beim Frühstück zunichte gemacht.

»Du siehst aus, als hättest du nicht gut geschlafen, Honey. Was ist los?«, fragte er, als sie sich in dem sonnigen

Frühstückszimmer mit Blick auf den Garten zu ihm setzte. Honey hatte für gewöhnlich einen gesunden Appetit, und ihr Vater hätte gleich Verdacht geschöpft, wenn sie überhaupt nichts gegessen hätte, also nahm sie sich eine winzige Portion von jeder der angebotenen Speisen auf dem Sideboard.

»Ich habe nur ein wenig Kopfweh, Papa.«

»Hmm.« Er legte seine Zeitung beiseite und sah sie durchdringend an. Seine Augen waren den ihren so ähnlich, dass sie das Gefühl hatte, in den Spiegel zu sehen. »Ich weiß, dass dir der junge Fairchild ans Herz gewachsen ist, Liebes, aber – auch wenn du dich nicht so benimmst – du bist erst fünfzehn, und er ist ein Mann von fast einundzwanzig. Er ist ein guter und liebenswürdiger Gentleman, also habe ich dir mehr Freiheiten gestattet, als für einen klugen Vater ratsam gewesen wäre.« Er runzelte die Stirn. »Oft bereue ich, dich nicht aufs Internat geschickt und dir die Gelegenheit gegeben zu haben, dich mit anderen jungen Mädchen in deinem Alter zu umgeben. Vielleicht-«

»Bitte nicht, Papa.« Sie legte Messer und Gabel ab und begegnete seinem besorgten Blick. »Bitte nicht. Ich wäre todunglücklich, wenn du mich fortschickst. Ich würde dich vermissen, und du weißt, dass das Malen mir alles be-«

»Nein, mein Liebes, nicht alles. Vergiss das Leben nicht. Und die Liebe. Freude zu empfinden – genau, was du in der letzten Zeit getan hast. Ohne Liebe, Verlust, Schmerz und Freude, eben das *Leben* zu erfahren, kann man keine großen Kunstwerke erschaffen.«

Honey sagte ihrem Vater nicht, dass sie seit dem gestrigen Tag deutlich mehr Erfahrung mit Schmerz gesammelt hatte, als ihr lieb gewesen wäre.

***

Honey riss ihren Blick von dem *vollkommensten Mann Großbritanniens* los und sah auf die Uhr: es war fast halb drei. Bald wäre alles vorbei. Bald würde ihr Vater zum letzten Mal den Pinsel niederlegen und sagen-

»Nun, Mylord, mir scheint, ich habe Sie gut genug eingefangen, um auch *meine* anspruchsvolle Meisterin zufriedenzustellen.« Daniel Keyes legte den Pinsel ab.

Simon, der über seine Pläne für den Rest des Sommers gesprochen hatte, lächelte Honoria an. »Sie sprechen von Ihrer Tochter, Sir?«

Daniel lachte. »Nein, Lord Simon, ich meinte meine Muse, aber Sie könnten durchaus recht haben.« Er sah zu Honey hinüber und hob die Augenbrauen. »Würdest du den armen Lord Simon erlösen und ihm dein Porträt zeigen?«

Bevor Honey etwas entgegnen konnte, klopfte es laut an der Tür, und ihr steinalter Butler trat ein. Sein Gesicht war rot vor Anstrengung.

»Grundgütiger!« Ihr Vater, der gerade dabei war, den Pinsel an einem Terpentinlappen abzuwischen, hielt in der Bewegung inne und sah den Bediensteten stirnrunzelnd an. »Sind Sie *gerannt*, Dowdle?«

Der alte Mann war zu sehr damit beschäftigt, nach Luft zu schnappen, als dass er hätte antworten können.

Stattdessen hielt er ein rechteckiges Stück cremefarbenes Papier hoch.

»Für mich?« Daniel Keyes ging einen Schritt auf ihn zu.

Dowdle schüttelte den Kopf. »Draußen wartet eine Mietkutsche.« Er reichte Simon den Brief. »Für Lord Saybrook.«

Honey war überrascht, dass sich ihr Butler mit Simons Titel vertan hatte; für gewöhnlich nahm Dowdle es mit so etwas sehr genau.

Simon öffnete eilig den Brief, und Honey sah, wie alle Farbe aus seinem Gesicht wich. Er schluckte so schwer, dass es im ganzen Raum zu hören war, und sah dann auf.

»Sie müssen mich entschuldigen, Sir. Es ist … nun, wie es scheint, hat mein Neffe Fieber und Husten bekommen und-« Er wedelte in einer kreisenden Bewegung mit der Hand, als ob es ihm helfen würde, die richtigen Worte zu finden, wenn er die Luft um sich herum durchwirbelte.

Sein Gesichtsausdruck war starr und seine Augen vor Schreck weit aufgerissen. »Mein Neffe, der junge Marquess of Saybrook, ist gestorben. Ich muss unverzüglich nach Whitcomb abreisen.

Kapitel Zwei

Whitcomb Dorf, vierzehn Jahre später

Simon, der Marquess of Saybrook, war in den Wochen, seit er endlich sein Bett hatte verlassen können, einige Male im St. George Inn gewesen.

Sein Cousin Raymond hatte ihn überredet, auf ein Pint – oder auch sechs - auszugehen.

»Du wirst dich wieder mehr wie du selbst fühlen, wenn du deine alten Jagdgründe besuchst«, hatte Raymond gedrängt, als Simon sich zunächst geweigert hatte.

Er hatte nur einen Abend mit Raymond ausgehen müssen, um sich überzeugen zu lassen, dass sein Cousin recht hatte.

Nach jenem ersten Abend war er wieder und wieder in den gemütlichen Pub gegangen, sowohl mit als auch ohne seinen Cousin. Je mehr er sich körperlich erholte, desto mehr schien er es zu brauchen, zu trinken.

Er stellte bald fest, dass er das St. George lieber mochte als seine Gemächer auf Whitcomb, dieser ausladenden Monstrosität von einem Anwesen, das seinem Bruder gehörte.

Simon und Raymond hatten in jener ersten Nacht Zimmer im Gasthaus gemietet, da keiner von ihnen in der Lage gewesen wäre, einen halbstündigen Ritt zurück nach Hause zu bewältigen, und Simon war seither öfter über Nacht im Inn geblieben.

Heute war wieder eine solche Nacht.

Eine heiße, raue Hand rieb seine Brust, ein seidig glattes Bein schlang sich um einen seiner Schenkel und riss ihn aus seinen Gedanken. »Das war wundervoll, Mylord.«

Simon schnaubte angesichts der Lüge der Schankmagd; er hatte sie grob bestiegen und mit der Finesse eines Soldaten auf Urlaub geritten.

Dies war ihr erstes Mal zusammen, aber er hatte sie schon vorher gesehen, jedes Mal, wenn er im St. George trank, und er hatte seit Wochen ihre Avancen ignoriert.

Der Grund dafür, dass er nicht bereits zuvor versucht hatte, sie ins Bett zu bekommen, war der kleine Hauch von Anstand gewesen, der sich noch irgendwo in sein Gewissen gebrannt hatte.

So nah an seinem Elternhaus herumzuhuren, in direkter Nähe zu seiner Mutter und Nichte, war ihm falsch vorgekommen. Was, wenn es sich bis in den Haushalt seines Bruders herumsprach, was er hier trieb?

Doch heute, nach seiner Auseinandersetzung mit Wyndham, hatte Simon entschieden, dass er verdammt froh wäre, wenn seinem scheinheiligen Bruder etwas über seine Ausschweifungen zugetragen würde. Vielleicht würde Wyndham ihn sogar von seinen Ketten befreien, wenn sich Simon nur abstoßend genug benahm.

Also hatte er, als die Schankmagd ihm das fünfte – oder vielleicht auch das sechste – Glas gebracht, sich keck mit dem Hintern auf seinen Schoß gesetzt und ihre Hand suchend zwischen seine Schenkel geschoben hatte, diese weiter für sie geöffnet.

Kurz darauf hatte er sie mit auf sein Zimmer genommen, wo er sie bestiegen hatte, wie ein Mann, der schon sehr lange keine Frau mehr gehabt hatte. Denn das hatte er auch nicht – schon fast zwei Jahre nicht mehr.

Simon spürte, wie sie über die vernarbte Seite seines Oberkörpers strich und wandte sich ihr zu.

Sie zog die Hand fort und riss die Augen auf. »Es tut mir leid, Mylord. Tut das weh?«

Er nahm ihre Hand und legte sie zwischen seine Schenkel. »Nein, aber die tun weh.«

Ihr Ausdruck wechselte von besorgt zu verrucht, und sie kicherte, während sie seine empfindlichen Juwelen massierte.

Simon stöhnte und schloss die Augen. »Das fühlt sich verdammt gut an.«

Sie rutschte näher, sodass sie besseren Zugriff hatte. Mit der anderen Hand streichelte sie ihn von der Lende bis zur Brust und reizte seine verbliebene Brustwarze, bis sie hart und fest war, dann streichelte sie die vernarbte Haut auf der anderen Seite.

»Was ist da passiert, Mylord?« Ihre Finger waren so sanft und vorsichtig, dass er kaum Druck spürte. Die Narben waren an seinem Oberkörper am dicksten, und es war sehr wenig Gefühl geblieben, obwohl ihm alles weh tat, nachdem er sich den ganzen Tag verausgabt hatte.

Simon öffnete die Augen und blinzelte sie von unten herauf durch das Zwielicht an. Sie war jünger, als er gedacht hatte, und ihr üppiges braunes Haar, das jetzt um ihr Gesicht und über ihren Rücken fiel, machte ihre harten Gesichtszüge weicher. Er wusste nicht, wie sie hieß, aber jetzt war es vermutlich zu spät, zu fragen.

Stattdessen griff er in ihr Haar, wickelte es um seine Hand und zog sie langsam tiefer.

»Umherfliegendes Schrapnell«, sagte er, und die beiden Worte schnitten sich ebenfalls wie Schrapnell in sein Fleisch. Sie runzelte die Stirn, und Simon erklärte es ihr. »Eine Kanonenkugel zerspringt in viele Teile, um Tod und Zerstörung weit zu streuen.«

Sie folgte dem Muster der Schüsse seinen Oberkörper entlang bis zu seiner Hüfte, und er packte ihr Haar fester und zog daran.

Durch zusammengebissene Zähne sog sie scharf die Luft ein, und ihre Augenlider wurden bei seiner groben Behandlung schwer. Der Ausdruck schamloser Lust in ihrem Gesicht ließ seinen Schwanz pochen.

Er nahm ihre Hand von seiner Brust und küsste ihre Handfläche.

»Die Franzmänner sind verdammte Mistkerle«, sagte sie mit belegter Stimme.

Simon lachte, während er ihre rauen schwieligen Hände küsste und die sensible Haut zwischen ihren Fingern mit der Zunge kitzelte, doch es war ein freudloses Lachen.

»Es war eine von unseren, Liebes. Irgendetwas war damit nicht in Ordnung, und sie ist explodiert; die gesamte Seite der Kanone wurde zerfetzt. Ein großer Teil des Rohrs traf mein Pferd.« Armer Hector. Er war ein großartiges Pferd gewesen und hatte es sieben Jahre ohne einen Kratzer geschafft. Doch der Eisenbrocken hatte ihm den Kopf abgeschlagen, sauber wie eine Axt. Simon wusste, es hätte genauso gut sein eigener Kopf sein können. Man hatte ihm gesagt, dass er Glück gehabt hatte.

»Ich hatte Glück«, sagte er laut, nur um zu prüfen, wie die Worte schmeckten und sich anfühlen würden.

Sie schmeckten wie Asche und fühlten sich nach nichts an.

Sie schob die Hand von seinen Hoden aufwärts über seinen harten Schaft, und jetzt war es Simon, der scharf den Atem einsog.

»Ja, Sie haben großes Glück gehabt«, murmelte sie, und ihre Augen wanderten über seinen Körper. In ihrem Blick lag eine Mischung aus morbider Faszination und Lust. Nun, das war immer noch besser als Abscheu, womit er eigentlich gerechnet hatte. Sein ganzes Leben lang war ihm die Bewunderung der Damen zuteilgeworden, und er hatte sie für selbstverständlich gehalten. Simon musste zugeben, dass er sich fragte – und es ihm auch ein wenig Sorgen bereitete – ob jene Tage vorbei waren. Er verspürte eine heiße Woge der Dankbarkeit, die sich mit Lust mischte, Verlangen nach der Frau über ihm: der ersten Frau, die seinen vernarbten Körper nackt zu Gesicht bekam.

Er ließ ihr Haar und ihre Hand los, packte ihre Hüfte und hob sie vom Bett auf. Sie quiekte und wand sich, und die Haut an seiner linken Körperseite brannte wie Feuer, als er sie hochhob. Er wollte sie noch einmal; er würde es dieses Mal wiedergutmachen und sich mehr Mühe geben.

»Und jetzt bist du an der Reihe, Glück zu haben«, sagte er, als sie ihre Schenkel öffnete und zwischen ihren Körpern nach seiner Männlichkeit griff. Simon senkte ihren Körper ganz langsam auf seinen Ständer und stieß gleichzeitig in sie. Die wilde, tiefe Penetration ließ sie beide vor Ekstase nach Luft schnappen.

»Oh, Mylord!«

Das Verlangen in ihrer Stimme ließ ihn aufstöhnen, er schloss die Augen und begann, sich zu bewegen. Er war froh über die Feststellung, dass nicht nur Alkohol ihm half, seinen Gedanken zu entkommen.

Derweil in London …

»Hallo? Honey? Bist du da?«

Honey erschrak, als sie ihren Namen hörte, und wandte sich um.

Ihre Freundin und Mitbewohnerin Serena Lombard stand in der geöffneten Tür und machte ein verwundertes Gesicht. »Ist irgendetwas nicht in Ordnung, meine Liebe?«

Honey wurde bewusst, dass sie mitten im Zimmer stand und den Brief anstarrte. Sie hielt das elfenbeinfarbene Papier mit dem schwarzen Wachssiegel hoch.

»Was ist los?«

»Ein Brief des Duke of Plimpton.«

Serena hob die Augenbrauen. »Hmm, Plimpton. Hat dein Vater den nicht mal gemalt? Warte, nein, das war sein Bruder, der Marquess of Saybrook, nicht?«

Beim Klang seines Namens hörte Honey den Puls in ihren Ohren: es war das erste Mal seit Jahren, dass sie hörte, wie jemand ihn laut aussprach.

Sorgenfalten zeigten sich auf Serenas Stirn. »Du fühlst dich *doch* nicht wohl, oder? Du bist leichenblass. Was ist los?«

Honey wandte sich ab und faltete den Brief mit ungeschickten, zittrigen Händen zusammen.

»Honey?« Serena legte ihr die Hand auf die Schulter.

»Es geht mir gut. Mir ist nur ein wenig schwindlig. Ich, äh, ich fürchte, ich habe heute Morgen nicht gefrühstückt«, log sie. Sie musste dreimal schlucken, um den Kloß in ihrem Hals hinunterzuwürgen, und sie zwang sich, ihre Gesichtszüge wieder unter Kontrolle zu bringen, bevor sie sich zu ihrer Freundin umdrehte.

»Soll ich uns Tee bringen lassen?«, fragte Serena mit ihrem leichten Akzent.

»Tee klingt perfekt. Und vielleicht ein paar von Unas Butterplätzchen. Schließlich bekommt man nicht jeden Tag Post von einem Duke. Ich komme dann in zehn Minuten ins Wohnzimmer und erzähle dir alles«, versprach Honey und schenkte ihrer Freundin ein Lächeln, von dem sie hoffte, dass es sie beruhigen würde.

»Ich werde alle zusammentrommeln und Tee bringen lassen.«

Die Tür schloss sich hinter ihr, und Honorias Verstand drehte sich wie das bunte hölzerne Windrad, das Serenas kleiner Sohn für den Garten gemacht hatte. Der Duke of Plimpton, nach all den Jahren? Sie hatte sehr lange nicht an den Duke gedacht. Mit seinem Bruder Simon war es allerdings eine andere Sache. Ihm gelang es noch immer aus dem sicheren Gefängnis zu entkommen, das sie in ihrem Kopf für ihn gebaut hatte, obwohl es Newgate ähnelte. Ganz gleich, wie dick sie die Wände machte oder wie klein die Lücken zwischen den Gitterstäben, Simons Schatten entwischte immer wieder und suchte sie heim.

Honey lenkte automatisch ihre Schritte in Richtung ihres privaten Schranks, den sie stets verschlossen hielt.

Sie reckte sich auf die Zehenspitzen und tastete oben nach dem Schlüssel des kleinen Kleiderschranks. Es war einige Zeit her, dass sie die Tür geöffnet hatte.

Viel war nicht darin, tatsächlich war der Schrank alles andere als voll. Vier Leinwände lehnten dort von alten Laken abgedeckt.

Das erste war ein Gemälde ihrer Mutter.

Obwohl sich Honey nicht an die Frau auf der Leinwand erinnern konnte, war es das Werk ihres Vaters, und seine Liebe für das dargestellte Objekt sprach aus jedem Pinselstrich. Sie fand, es war sein großartigstes Werk. Sie wusste, dass es falsch war, es unter Verschluss im Dunkeln zu halten, aber es war ihre *einzige* Erinnerung an ihre Eltern, und das machte es zu etwas immens Privatem. Das zweite Porträt ließ sie lächeln. Es war das erste Gemälde, das sie je angefertigt hatte. Sie konnte nicht älter als fünf gewesen sein. Natürlich stellte es die Person dar, die sie von allen auf der Welt am meisten liebte: ihren Vater. Es hatte erstaunliche Ähnlichkeit mit Daniel Keyes, und es rief ihr in Erinnerung, wie er reagiert hatte, als sie es gemalt hatte. Freude und Liebe und Stolz hatten so stark aus seinem attraktiven Gesicht geleuchtet, dass sie selbst die Erinnerung noch wärmte wie eine kuschelige Decke.

Das dritte war ein Porträt von ihr. Ihr Vater hatte davon über die Jahre viele gemalt, über ein Dutzend. Einige davon hingen noch immer an den Wänden in ihrem Haus. Doch dieses? Nun, das war besonders. Er hatte es in jenem Sommer gemalt, nicht lange, nachdem er das Porträt von Lord Simon fertiggestellt hatte.

Daniel Keyes war in vielerlei Hinsicht ein egozentrischer Mann gewesen, doch nicht, wenn es um seine Tochter ging. Er wusste, dass es für sie unerträglich gewesen wäre, wenn er ihr zu ihrer unerwiderten Liebe Fragen gestellt hätte, doch sein Gemälde war der Beweis, dass er jedes Gramm ihres Leids in seinem Herzen ebenso mitgetragen hatte. Es schnürte Honey den Hals zu, wenn sie nur den Schmerz in ihren Augen sah.

Auf dem Gemälde war sie wunderschön, viel hübscher als im wahren Leben. Ihre Augen, die wie zersplittertes Eis wirkten, blickten gequält, ihr Blick war nach innen auf eine Seelenlandschaft gewandt, die aus reinem Schmerz bestand.

Das Porträt erinnerte sie daran, wie ihr fünfzehnjähriges Selbst nicht hatte glauben können, dass ihr blutendes Herz weiter schlagen könnte. Und doch war sie nach all den Jahren noch hier: gesund und munter.

Ihre Hand zitterte, als sie das Laken von dem vierten Gemälde zog und in die lächelnden hyazinthenblauen Augen von Simon Fairchild blickte, dem Marquess of Saybrook.

Wie immer gefror ihr der Atem in der Lunge. Honoria hatte in den vergangenen vierzehn Jahren viele Porträts angefertigt, aber in keinem der übrigen hatte sie so meisterhaft das reine Licht und die Essenz des Wesens eines Modells eingefangen wie auf diesem.

Ihre Technik war nun viel geschliffener als vor über einem Jahrzehnt, aber sie hatte niemals etwas Besseres gemalt. Das Lachen in seinen Augen war so lebendig, dass sie sein Echo hören konnte.

Honey deckte das Bild wieder zu, das sie über die Jahre viel zu oft gequält hatte. Simon war natürlich nicht der einzige Mann, den sie gemocht hatte, aber kein anderer Mann hatte je wieder ein so tiefes Gefühl in ihr geweckt.

Sie wusste, dass er in den Krieg gezogen war, weil sie seinen Namen in der Zeitung gelesen hatte – zunächst unter den Vermissten, und dann später noch einmal, als er zurückgekehrt war. Beide Male hatte sie geweint: zuerst aus Trauer und dann vor Erleichterung.

Warum war er in den Krieg gezogen? Was war mit der jungen Frau geschehen, dieser Bella, und seinen Plänen für ein Leben auf dem Land?

Honey seufzte und schloss diese Fragen und ein Dutzend weiterer hinter der Schranktür ein.

Sie ging zu dem kleinen Spiegel neben der Tür und überprüfte ihr wenig reizvolles Spiegelbild. Ihr schweres Haar hatte sich aus der festen Verankerung gelöst, und lange Locken flossen um ihr schmales Gesicht wie eine dunkle Gloriole.

Ehrlich gesagt war ihr schmales Gesicht mit den blassgrauen Augen wesentlich attraktiver, wenn es von den zerzausten Locken umrahmt wurde, aber einer Frau in ihrem Alter und ihrer Stellung geziemte es nicht, also gab sie ihr Bestes, die losen Strähnen in Ordnung zu bringen, ohne alles wieder neu flechten und hochstecken zu müssen. Das Resultat reichte für einen Nachmittagstee mit ihren Mitbewohnern, die alle wie Honey alte Jungfern waren.

Ein winziger Garten mit Blüten im Überfluss trennte ihr Atelier von dem kleinen Haus, in dem sie ihr gesamtes Leben verbracht hatte. Nachdem ihr Vater gestorben war, hatte sie sich entschieden, ihr Atelier in der Remise einzurichten und nicht in seinem Atelier. Es war albern, aber sie hatte das Atelier unberührt gelassen, nicht um einen Schrein für ihn zu errichten, sondern weil dieser Raum so von seiner Essenz durchdrungen war, dass sie den Gedanken nicht ertrug, ihn auseinanderzunehmen.

Als Honoria den schmalen Fußweg zur Hintertür des Hauses entlanglief, bemerkte sie, dass Freddies Pfingstrosen – die so groß waren wie Kohlköpfe – verblüht waren. Wieder war ein Sommer ihres Lebens verstrichen, der neunundzwanzigste.

Dieser Gedanke war etwas deprimierend, aber sie war nicht in der Stimmung, nach den Gründen dafür zu fragen, nicht heute.

Freddie – Lady Winifred Sedgwick – saß an dem kleinen Sekretär in der Ecke und sah auf, als Honey das Wohnzimmer betrat.

»Serena wird jeden Augenblick hier sein. Sie ist in eine Meinungsverschiedenheit verwickelt.«

»Aha, ein Scharmützel zwischen Mrs Brinkley und Una?«

»Was sonst.« Es war keine Frage. Die Haushälterin und die Köchin waren zwar beste Freundinnen, aber zugleich erbitterte Feindinnen, je nach Tagesform.

Honey ließ sich in ihrem liebsten Sessel nieder, einem zerschlissenen grünen Ohrensessel mit Lederbezug, dem Lieblingssessel ihres Vaters.

Sie hätte schwören können, dass sie noch immer die unverwechselbare Mischung aus Terpentin und Haarwasser riechen konnte, die sie mit ihm verband, auch wenn er bereits acht Jahre tot war. Er war nicht lang nach ihrem einundzwanzigsten Geburtstag gestorben – sanft eingeschlafen – ein friedlicher Tod, ganz anders als sein leidenschaftliches, farbenprächtiges Leben gewesen war.

Die Wohnzimmertür öffnete sich, und Honey lächelte.

»Hallo, Oliver. Bist du dem Unterricht entkommen?«

Serenas zehnjähriger Sohn machte eine glaubhafte Verbeugung.

»Mama sagte, ich dürfte zum Tee hinuntergehen.«

»Und für Unas Plätzchen?«, neckte sie. Er grinste und setzte sich neben sie. Honoria zerzauste seine unordentlichen braunen Locken.

»Woran hast du gearbeitet? Ich habe in der letzten Zeit keine Explosionen gehört.«

»Mama sagte, ich dürfe nicht mehr mit dem Elektrizitätsgenerator experimentieren.« Er schien darüber traurig zu sein.

»Und wie gelingt es dir, dich angesichts eines solchen Verzichts zu unterhalten?«

»Sie hat mir einen Automaten geschenkt.« Sein Lächeln war strahlend.

»Aha. Und hast du ihn schon auseinandergenommen?«

Er sah sie leicht spöttisch an, was verriet, was er von einer solch albernen Frage hielt.

Nachdem sie einen kleinen Stapel Post auf den Präsentierteller neben der Tür gelegt hatte, kam Freddie zu ihnen. »Er macht seinen eigenen Automaten, nicht wahr, Oliver?«

»*Oui, tante.*«

Oliver nannte sie alle *Tante* und sprach eine fließende Mischung von Französisch und Englisch, was überaus charmant war.

Die Tür wurde geöffnet, und seine Mutter erschien in Begleitung von Mrs Brinkley, die ein Teetablett trug.

»Vielen Dank, Mrs Brinkley«, sagte Honey zu der zierlichen Haushälterin, die ein wenig grimmig aussah.

»Nichts zu danken, Ma'am.« Sie stellte das Tablett unsanft ab und wackelte aus dem Zimmer, zweifellos, um in der Küche ihre Auseinandersetzung wieder aufzunehmen.

Neben ihr grummelte Olivers Magen, und Honey sah ihn mit gespieltem Entsetzen und offenem Mund an.

Er wurde rot. »*J'ai faim.*«

»Englisch heute, Oliver«, ermahnte ihn Serena. »Hast du einen Brief von Miles bekommen?«, fragte sie Freddie.

»Ja«, sagte Freddie und deutete auf die einzelne Seite auf ihrem Schreibtisch. »Du kannst ihn lesen. Er sagt, er wird noch eine weitere Woche auf dem Land bleiben.«

Miles Ingram war ein Freund von ihnen, der Tanzlehrer an der *Stefani Akademie für junge Damen* gewesen war, an der sie alle unterrichtet hatten, bevor die Schule im vergangenen Jahr schließen musste.

Sie waren sieben Lehrer gewesen, und hatten einander in den Jahren ihrer Zusammenarbeit ins Herz geschlossen wie Geschwister. Und jetzt waren sie in alle vier Winde zerstreut: Portia war in die Wildnis nach Cornwall gezogen; Annis lebte bei ihrer Großmutter in dem winzigen Städtchen Cocklesham; und Lorelei, ihr Bruder und dessen Familie in seinem Pfarrhaus in der

Nähe von York. Nur Honoria, Serena, Freddie und Miles waren in London geblieben.

Freddie machte sich daran, den Tee auszuschenken und die kleinen Sandwiches und Kekse zu verteilen.

»Nun?«, fragte Serena. »Wirst du uns erlösen, Honey? Was hat der Duke zu sagen?«

»Vielleicht sollte sie warten, bis wir zu Ende gegessen haben?«, murmelte Freddie.

»Warten, wie schrecklich«, sagte Serena.

Honey musste über die Ungeduld ihrer Freundin lachen. »Also gut, ich werde es euch vorlesen.« Sie öffnete den Brief und strich die einzige Seite auf ihrem Schoss glatt.

»Miss Keyes,
Ich schreibe Ihnen auf Empfehlung des Viscounts Heath, dessen Frau Sie in diesem Frühjahr porträtiert haben. Ich habe das Gemälde gesehen, und fand Ihre Darstellung der Viscountess sehr treffend, ohne übertriebene Schmeichelei oder zu große Opulenz.«

Darüber musste Honey lachen. »Vielleicht sollte ich das auf meine Visitenkarten drucken lassen – *treffende Porträts ohne Schmeichelei oder übertriebene Opulenz?«*

»Lies weiter, Liebes«, drängelte Serena.

»Ich würde Sie gern engagieren, um meine Frau und meine sechzehnjährige Tochter zu porträtieren, die-«

»Schreibt er etwas über die Konditionen?«, fragte Freddie, die stets praktisch dachte.

»Er bittet darum, dass ich ihm ein Angebot mache und den frühestmöglichen Termin nenne, an dem ich zur Verfügung stünde.« Sie gab Serena den Brief, die bereits die Hand danach ausgestreckt hatte.

»Und wann fährst du hin?«, fragte Serena und sah von dem Brief auf, den sie mit einer Vorsicht behandelte, als sei er aus Glaswolle.

»Große Güte, ich habe doch gerade erst davon erfahren. Ich habe mich noch nicht einmal entschieden, ob ich-«

»Pfft! Tu nicht so schüchtern. Du weißt, dass du annehmen wirst. Wie könntest du auch anders? Eine Duchess und deren Tochter. Seine Gnaden ist ziemlich reich, oder nicht?«

Honeys Freunde wussten nichts von ihrer Jugendschwärmerei für den jüngeren Bruder des Duke. Warum sollten sie auch? Wer erzählte seinen Freunden solch peinliche private Einzelheiten? Sie schauderte bei dem Gedanken, ein solch bemitleidenswertes Geständnis hervorzuwürgen.

»Honey?«

Serena und Freddie sahen sie mit erwartungsvollen Mienen an.

Ein leises Klopfen an der Tür ließ sie zusammenfahren.

Es war Nounou, Olivers Kinderfrau.

Serena lächelte ihren Sohn an. »Du darfst dir ein paar von Unas Plätzchen ins Schulzimmer mitnehmen.«

Oliver, der für einen kleinen Jungen inmitten einer langweiligen erwachsenen Unterhaltung erstaunliche Selbstbeherrschung bewiesen hatte, legte noch drei

Plätzchen auf seinen Teller und verneigte sich vorsichtig, bevor er der Französin aus dem Zimmer folgte.

Honey wartete, bis sich die Tür geschlossen hatte, dann räusperte sie sich und stellte Freddie die gefürchtete Frage. »Was weißt du über den Duke of Plimpton und seinen derzeitigen Haushalt?«

Winifred Sedgwick verdiente ihren Unterhalt als Heiratsvermittlerin, auch wenn sie die Bezeichnung verabscheute, und ihr entging nichts, was in der Gesellschaft geschah.

»Ich weiß, dass Seine Gnaden seit ungefähr achtzehn Jahren verheiratet und dass seine Frau die jüngste Tochter des Duke of Stanford ist. Sie ist zart und kann keine Kinder mehr bekommen. Ich glaube, die Tochter ist ihr einziges überlebendes Kind.«

Die Duchess hatte also keine Kinder mehr bekommen, nachdem ihr einziger Sohn gestorben war.

»Der jüngere Bruder des Duke, der Marquess of Saybrook, ist der mutmaßliche Erbe«, fuhr Freddie fort, ohne dass sie sich bewusst gewesen wäre, welches Chaos der Name in Honorias Herzen verursachte.

»Ach ja«, sagte Serena zwischen zwei Bissen von ihrem Plätzchen. »Er war in Waterloo.« Sie schwieg einen Augenblick und runzelte die Stirn. »War da nicht irgendetwas Merkwürdiges an seiner Rückkehr?«

»Ja«, bestätigte Freddie. »Er wurde erst drei Tage nach der Schlacht gefunden. Ich habe seinen Namen in der vergangenen Saison nirgends gesehen, ich denke, er ist noch nicht vollständig genesen.«

All das wusste Honoria. Sie hatte die Geschichte seiner Rückkehr wie eine Besessene verfolgt. Sie nahm einen Schluck Tee; ihre Hand war weiß, weil sie den

Henkel der Tasse so fest umklammerte, und sie zwang sich, sich zu beruhigen.

»Ich kann mir kaum vorstellen, was er mitgemacht haben muss«, sagte Freddie und schüttelte den Kopf.

»Ob er im Haushalt seines Bruders lebt?«, fragte Honey.

»Das weiß ich nicht. Warum fragst du? Ach ja, richtig-«, sagte Freddie, bevor Honey etwas entgegnen konnte, »jetzt erinnere ich mich. Dein Vater hat ihn porträtiert.«

»Wie war er denn so?«, fragte Serena, stippte den Keks in ihren Tee, steckte sich die durchweichte Pampe in den Mund und leckte sich die Finger.

Honey musste sich angesichts der ungehemmten und lässigen Art ihrer Freundin ein Lächeln verkneifen. Sie konnte sich kaum vorstellen, welchen Skandal die sinnliche Französin während ihres kurzen Verweilens unter den Mitgliedern des *ton* ausgelöst hatte.

»Es ist lange her, dass ich ihn zum letzten Mal gesehen habe, Serena.« Vierzehn Jahre, drei Wochen und fünf Tage. Nicht, dass sie mitgezählt hätte.

Serena antwortete mit einem ihrer sehr französischen Schulterzucken. »An irgendetwas musst du dich doch erinnern.«

Honey seufzte. Warum sollte sie sich die Mühe machen, zu lügen. »Er war der schönste Mann, den ich je gesehen habe.«

Serena erstarrte, den Keks wenige Zentimeter vor ihrem geöffneten Mund, und sie runzelte die Stirn. Ihr Ausdruck war ungläubig. »Aber er ist gewiss nicht attraktiver als Miles, oder?«

Honey spürte, wie ihr die Hitze in die Wangen stieg, aber sie nickte kurz.

Die Französin schmunzelte. »Hmm, das muss ein selten schöner Anblick sein.«

Honey wandte sich von ihrem wissenden Blick ab und machte sich am Griff der Teekanne zu schaffen.

»Ich glaube, er lebte nach seiner Rückkehr zunächst bei seinem Bruder«, sagte Freddie und wechselte dankbarerweise das Thema. »Aber er hat auch ein eigenes Anwesen.«

»Ja. Everley.« Honorias Stimme war kaum ein Flüstern. Sie stellte Tasse und Untertasse mit ruhiger Hand ab und sah ihre Freunde an. Freddies schönes, unergründliches Gesicht blieb ausdruckslos, aber Serena sah sie direkt und herausfordernd an.

Es war auch die ungebändigte Französin, die schließlich das unangenehme Schweigen brach. Ein Glitzern lag in ihren grün-braunen Augen. »Und? Wann wirst du aufbrechen?«

Kapitel Drei

Simon flog.

Zumindest tat er das, was dem am nächsten kam. Der Rotfuchshengst mit der flachsfarbenen Mähne war nicht nur wunderschön, er liebte Geschwindigkeit auch ebenso wie sein Herr. Bacchus war sein Name, aber Simon hätte ihn wohl besser Merkur genannt, da er so flink war.

Simon ließ Bacchus die Zügel, als sie das Ende des Weges erreichten, der in die lange und etwas hügelige Zufahrt mündete, die nach Whitcomb hinunterführte.

Bacchus kannte die Strecke gut, und seine kraftvolle Muskulatur explodierte förmlich. Der Wind war so scharf, dass Simon sich einbildete, dass er ihn in den vernarbten Überresten seines tauben Ohrs vorbeipfeifen hören konnte.

Seine Muskeln spannten und streckten sich wie die seines Pferdes, und die verletzte Haut an Gesicht, Hals und Oberkörper brannte.

Der Schmerz war beinahe kathartisch und erinnerte ihn daran, dass er noch lebte. Das war etwas, das er sich mindestens ein Dutzend Mal am Tag sagen musste.

»Ich lebe«, flüsterte er.

Der Wind entriss ihm die Worte, aber sie stampften durch seinen Kopf und seinen Körper. Er *lebte.*

Donnernde Hufe und vorbeiziehende Bäume hüllten ihn ein.

Lebendig.

Er erreichte den Hügelkamm und wäre beinahe mit einer Mietkutsche zusammengestoßen, die langsam in der Mitte der Straße dahinrollte.

»Zur Hölle!« Seine Stimme war so laut, dass sich der große Hengst zwischen seinen Schenkeln erschreckte.

Das Leben schrumpfte auf den Bruchteil einer Sekunde zusammen, als Simon das Gewicht verlagerte und die Beine anspannte, sodass Bacchus auf die schmale Lücke rechts von der Kutsche zu preschte.

Er nahm vage wahr, wie der Postillon seinen gesamten Körper einsetzte, um sein Gespann nach links zu bewegen. Die Kutsche schlitterte seitwärts, und die Räder rollten auf die weiche, feuchte Erde neben der Zufahrt.

Simon donnerte vorbei, ohne langsamer zu werden. Sein Herz pochte lauter als der Wind. Er lachte, und das Lachen klang in seinen eigenen Ohren wie das eines Wahnsinnigen.

Er lebte.

***

Honey sah aus dem Fenster und konnte gerade noch einen Blick auf ihn erheischen: den schönsten Mann, den sie je gesehen hatte.

Und dann kippte die Kutsche seitwärts und schleuderte sie, ihr Buch und ihren Mantel zu Boden. Zum Glück fiel der Mantel zuerst, und Honeys Sturz wurde etwas abgefedert. Sie war also mehr erschrocken als verletzt, als sie auf den Knien landete. sie hielt sich am

Sitz fest, als die Kutsche über unebenen Boden rumpelte und wartete, bis das Gefährt langsamer wurde. Erst dann rappelte sie sich hoch, bis sie den Lederriemen neben der Tür erreichen konnte.

Ihr Herzschlag dröhnte in ihren Ohren, nicht nur des Schreckens wegen.

Er war hier.

Honey schloss die Augen und rief sich das Bild einer pfeilschnellen nordischen Gottheit auf einem prächtigen Pferd ins Gedächtnis. Das Bild – ganz gleich wie flüchtig – hatte gezeigt, dass er noch immer so schön war wie früher.

Simon war hier.

Die Kutsche kam ruckelnd zum Stehen und riss sie damit aus ihrer verblüfften Tagträumerei.

Er war also hier. Was für einen Unterschied machte das schon? Sie hatte gewusst, dass es möglich war. Sie hatte sich darauf vorbereitet, ihm wieder zu begegnen. Zumindest hatte sie gedacht, sie wäre vorbereitet.

Honey verzog das Gesicht angesichts ihrer erbärmlichen Nervosität und ließ den Riemen los, sodass sie rücklings gegen das Polster fiel, als die Kutsche auf ihren Federn vor und zurück schaukelte.

Die Tür wurde geöffnet, und der kräftige Knecht erschien. »Alles in Ordnung, Miss?« Seine schlichten Gesichtszüge spiegelten Sorge.

»Nur ein bisschen durchgeschüttelt. Was ist geschehen?«

Sein Ausdruck wechselte von Sorge zu Abscheu. »Nur ein Verrückter, der wie eine Wildsau vorbeigerast ist. Verzeihen Sie, Miss.« Er schob seinen Hut zurück und kratzte sich am Kopf. »Er tauchte aus dem Nichts auf und ist vorbeigaloppiert, auf dem prächtigsten Stück Pferdefleisch, das ich je gesehen hab«, sagte er mit neidvoller Bewunderung. Dann verzog er das Gesicht. »Verzeihen Sie, Miss«, sagte er noch einmal.

Honey wollte die Augen verdrehen; Männer und ihre Pferde! »Sind wir in der Nähe von Whitcomb House?«

»Aye, das dürften nur noch zehn Minuten sein.«

Mit zittrigen Händen glättete sie ihr marineblaues Reisekleid über dem Schoß.

Guter Gott. Ich werde ihn in wenigen Minuten wiedersehen.

»Sind Sie dann so weit?«, fragte der Knecht.

Sie brachte ein Lächeln zustande und nickte. »Ja – ja, natürlich. Mir geht es gut, wir können weiterfahren.«

Er schloss den Schlag, und bald rollten sie wieder.

Honey starrte aus dem Fenster und versuchte, ihre angegriffenen Nerven zu beruhigen, aber das wunderschöne Profil und der Wirbel von goldblondem Haar hatten sich vor ihrem inneren Auge festgesetzt – ein Künstlerproblem. Sie hätte sein klassisches Profil überall wiedererkannt, es war ausdrucksstark genug, um eine Münze zu zieren.

Ohne Hut und in ledernen Reithosen, mit schwarzem Frack und hohen Lederstiefeln, so vervollständigte sich der kurze Eindruck. Er hatte lebendig gewirkt, nicht verletzt. Er hatte wie ein Korinther ausgesehen oder zumindest so, wie sie sich einen vorgestellt hätte, jene Männer, die viel Wert auf körperliche Kraft legten: waghalsige Reiter, treffsichere Schützen, entschlossene Faustkämpfer und ähnliche überaus maskuline Dummheiten.

Bei dem Bild, das sich einfach nicht verflüchtigen wollte, verspürte sie ein Kribbeln im Magen. Wie würde sie es in der Nähe eines so schönen, vitalen und verwirrenden Mannes aushalten können? Das war einfach zu-

Jetzt beruhige dich.

Die nüchterne Stimme war wie ein kalter Lufthauch, der sie aus einem Fiebertraum weckte.

Plötzlich war ihre Furcht eher lästig als lähmend; sie war neunundzwanzig, nicht mehr fünfzehn. Er war also hier, na und? Sie musste nicht *ihn* porträtieren, sondern die Frau des Duke und deren Tochter. Sie war zum Arbeiten hier, um sich ihren Ruf als Porträtmalerin zu verdienen, und der Auftrag eines Duke war ein gewaltiger Anschub – oder könnte es zumindest sein, wenn sie sich konzentrierte und ihr Bestes gab.

Du bist eine erwachsene Frau und nicht mehr die große, dünne und schlaksige Fünfzehnjährige, erinnerte sie die logische, beruhigende Stimme in ihrem Kopf.

Sie schnaubte. Nein, sie war jetzt eine große, dünne und schlaksige Neunundzwanzigjährige.

Große Güte. Hatte sie denn in den vierzehn Jahren nichts dazugelernt?

Ihr galoppierendes Herz verriet ihr, dass sie sich nicht besonders weiterentwickelt hatte, jedenfalls nicht, was Simon Fairchild betraf.

Die Kutsche erreichte den Hügelkamm, und Honey schnappte nach Luft.

»Grundgütiger!« Ihr Blick schweifte hektisch hin und her, als sie versuchte, alles zu erfassen.

Wuchtige Eichen in regelmäßigen Abständen flankierten die Zufahrt und gestatteten kurze Blicke auf die hügelige Parklandschaft dahinter. Dies war kein Haus, nicht einmal ein Herrenhaus, es schien sich über Meilen zu erstrecken und ähnelte mehr einem mittelalterlichen Städtchen.

Honey hatte gehört, dass Whitcomb sich in Größe und Charakter mit Knole House vergleichen ließe, jetzt verstand sie auch, warum es als eine Art Nationalheiligtum betrachtet wurde. Es juckte sie in den Fingern, es zu skizzieren, und sie wusste, dass sie zu diesem Aussichtspunkt zurückkommen musste.

Die Sonne stand bereits tief am Himmel, als die Kutsche auf das Kopfsteinpflaster der Zufahrt vor dem riesigen Eingangsportal rollte.

Ein blonder Mann in einem dunklen Mantel und braunen Pantalons wartete am Fuß der niedrigen Steintreppe, die zu einer gebogenen Eingangspforte hinaufführte, die an ihrem höchsten Punkt bestimmt viereinhalb Meter hoch war. Kunstvolle Eisenbeschläge hielten das schwere, verwitterte Holz zusammen.

Über dem Eingang stützten der Drache und der Windhund Heinrichs des VIII. das königliche englische Wappen.

Noch bevor die Kutsche ganz zum Stehen gekommen war, kam der Mann auf sie zu, zwei livrierte Diener im Gefolge. Einen Augenblick lang donnerte Honeys Herzschlag in ihren Ohren: Simon?

Unmöglich. Simon war gerade an ihrer Kutsche vorbeigekommen.

Die Ähnlichkeit des Mannes mit Simon wurde oberflächlicher, je näher er kam. Er war zwar ebenfalls blond, doch sein Haar hatte nicht denselben strahlenden Goldton. Er war auch kleiner, vielleicht sogar kleiner als Honey, und seine Statur war eher kräftig als geschmeidig und wohlgeformt. Seine Augen waren blau, aber eher himmelblau als hortensienblau.

»Willkommen auf Whitcomb House, Miss Keyes. Ich bin Raymond Fairchild, der Cousin des Duke.« Er half Honey aus der Kutsche. »Der Duke wollte Sie begrüßen, aber unglücklicherweise war er unpässlich. Wie war Ihre Reise?«

»Sie war wunderbar, vielen Dank.«

»Ausgezeichnet, das höre ich gern.« Er sah so erfreut aus, dass Honey ihm sogar glaubte. »Ich gehe davon aus, dass Sie jetzt gern eine Tasse Tee und ein Stündchen Ruhe hätten.« Er deutete auf das Haus und wartete nicht auf eine Antwort. »Seine Gnaden wird Sie vor dem Abendessen in der Bibliothek empfangen. Aber kommen Sie. Ich werde Ihnen Ihre Gemächer zeigen.«

Honoria folgte dem kleineren, emsigen Mann in eine Eingangshalle, die aus einem Shakespearestück hätte stammen können. Ihr Mund stand vor Staunen offen, als sie die Decke mit den Tudorbögen betrachtete.

»Die Große Halle wurde um 1490 herum gebaut«, sagte er, ohne langsamer zu werden. »Die älteren Gebäudeteile werden nicht so viel genutzt wie der Südflügel, der etwa 1740 hinzugefügt wurde und mehr Komfort und Bequemlichkeit bietet. Die Familie speist in dem kleineren Esszimmer, wenn wir keine Gäste haben. Seine Gnaden hat darum gebeten, dass Sie mit der

Familie zu Abend essen.« Sein Ton verriet, dass die Bitte nicht wirklich eine Bitte war.

Sie stiegen die uralten steinernen Stufen hinauf, die sich zweimal um neunzig Grad wanden und zu einer weiteren, langgestreckten Halle führten. Diese erstreckte sich in die Richtung, aus der sie gerade gekommen waren.

»Der Weg zum Südflügel mag ungewöhnlich erscheinen«, sagte er in vertraulichem Ton, als ob er ihre Gedanken erraten hätte, »aber es wird ihnen in Kürze sinnvoller erscheinen.«

Sie durchquerten einen langen, holzgetäfelten Korridor; der dunkle Holzboden war mit einem uralten Läufer ausgelegt, der ihre Schritte dämpfte. Schwere gusseiserne Wandleuchter, die in Abständen an der Wand hingen, leuchteten ihnen den Weg, und ein riesiges Rosettenfenster am anderen Ende erzeugte eine beinahe sakrale Stimmung.

Bevor sie das spektakuläre Fenster erreichten, bog er in einen Flur zur Rechten ab, der sie zu einem fast identischen Korridor führte.

»Leben hier nur der Duke, die Duchess und deren Tochter?«, fragte Honey, während sie gefühlt ein halbes Stockwerk hinaufstiegen und in eine viel breitere und luftigere Halle kamen, die von Kathedralenfenstern mit kunstvollem Maßwerk erhellt wurde.

»Die Mutter Seiner Gnaden, die Dowager Duchess of Plimpton, und sein Bruder der Marquess of Saybrook leben auch auf Whitcomb.« Er warf ihr ein kurzes Lächeln zu. »Und ich auch.« Er bog wieder nach rechts ab, und dieser Flur war eng und fensterlos.

Verflucht, sie war so desorientiert, sie hätte wochenlang hier herumirren können.

»Der Einzige aus der Familie, dessen Gemächer im Ostflügel liegen, ist mein Cousin, Lord Saybrook.«

Honey blinzelte angesichts des Missmuts, den sie aus den Worten des heiteren Mannes herauslas. Also war der Marquess wohl ... schwierig? Oder war das nur die Meinung eines neidischen, ärmeren Verwandten?

Sie bogen wieder ab, doch dieses Mal blieb sie abrupt stehen.

»Große Güte!«, murmelte sie.

»Dies ist die ältere der zwei Ahnengalerien«, erklärte Mr Fairchild. Seine sich immer weiter entfernende Stimme veranlasste Honey, weiterzugehen. Sie wandte den Kopf hin und her, um die zahlreichen Porträts an den hohen, getäfelten Wänden zu erfassen, die so eng beieinander hingen, dass sich ihre Rahmen oftmals berührten.

Liebe Güte – sie erkannte den unverwechselbaren Stil von Holbein.

Holbein! Ihr entfuhr ein unwürdiges Quieken. Ihr Porträt würde in einer Sammlung hängen, die ein Porträt von Hans Holbein umfasste?

»Miss Keyes?«

Sich von dem Porträt loszureißen, das einen mittelalten Mann von mäßiger äußerlicher Attraktivität darstellte, dessen Gesichtsausdruck jedoch so wissend war, dass Honey sich fühlte, als sähe er sie direkt an, kostete sie Mühe, als ob man einen schweren Wagen versuchte aus tiefem Morast zu ziehen.

»Ja?«, fragte sie verwirrt, wandte den Kopf und blinzelte, als hätte sie das Leuchtfeuer eines Leuchtturms geblendet.

»Hier entlang, bitte. Es ist nur noch ein kleines Stück.«

Honey folgte ihm eilig und bemühte sich, nicht die vorbeiziehenden Porträts anzusehen, die sich in ihr äußeres Gesichtsfeld drängten.

Später. Sie würde später zurückkehren und sie ansehen. Diese Galerie wäre Grund genug, sich mit dem Grundriss des labyrinthartigen Gebäudes vertraut zu machen.

Plötzlich drängte sich etwas in ihr Bewusstsein, das Mr Fairchild gesagt hatte.

»Sie sagten, dies ist die *alte* Galerie?«

»Ja, die neue Galerie ist im ersten Stock. Dort hängen die neueren Porträts.«

Wie dasjenige, das ihr Vater von Simon Fairchild angefertigt hatte.

Honeys Herz klopfte so heftig wie das eines jungen Mädchens vor seinem ersten Ball: Simon *und* noch mehr Gemälde.

Sie stiegen noch eine weitere Treppe hinauf, dieses Mal waren die Stufen aus Holz und mit einem satt bordeauxroten Teppich mit goldenem Muster ausgelegt, das über dem Boden zu schweben schien. Honey hatte fast ein schlechtes Gewissen, auf eine so hübsche und kunstvolle Arbeit zu treten. Sie hatte so etwas noch nie gesehen.

»Und da sind wir«, sagte er und stieß die erste Tür zu ihrer Rechten auf.

Honey starrte mit offenem Mund. Ihr wurde vage bewusst, dass sie zu viel Zeit mit offenem Mund verbrachte, und schloss ihn wieder.

Das Wohnzimmer war in Crème und Zitronengelb gehalten, was frisch und kühl wirkte. Zierliche Stühle mit filigranen Beinen und ein niedriges Sofa gruppierten sich vor einem wuchtigen Kamin mit einem Sims und einer Einfassung aus crèmeweißem Marmor.

»Diese Tür«, sagte er und öffnete eine Tür zu ihrer Rechten, »führt zu ihrem Ankleidezimmer.«

Der Raum war gigantisch, und Honeys armselige Kleiderauswahl hätte kaum einen Winkel eines der riesigen Schränke ausgefüllt. Ein Waschtisch, eine Frisierkommode, eine Kleidertruhe einige Stühle, eine mit Damast bezogene Chaiselongue und eine große Badewanne neben dem Kamin reichten nicht aus, den riesigen Raum voll auszufüllen.

»Und hier befindet sich Ihr Schlafgemach.« Die letzte Tür führte zu dem opulentesten der drei Zimmer. Ein riesiges Himmelbett dominierte den Raum. Der Betthimmel und die Bettvorhänge waren in demselben Zitronengelb und Crème gehalten, jedoch mit einem Hauch von Gold. Vor den deckenhohen Fenstern, die einen großen Teil der Wand einnahmen, hingen schwere Samtvorhänge.

Honey bemerkte, dass er auf irgendeine Reaktion wartete.

»Diese Räumlichkeiten sind wunderschön und recht ... geräumig.«

»Dies ist der Familientrakt des Gebäudes. Dieses Zimmer gehörte der Großmutter Seiner Gnaden.«

»Wie freundlich von Seiner Gnaden, dem Duke, dass er mir gegenüber so großzügig und zuvorkommend ist.«

Mr Fairchilds Gesichtsausdruck verriet, dass er ihr darin zustimmte.

»Er ist überaus glücklich, dass Sie hier sind, um unsere liebe Becca und die Duchess zu porträtieren. Reiten Sie?«, fragte er.

»Zufriedenstellend.«

»Nun, ich bin sicher, Sie werden nicht die gesamte Zeit arbeiten, also hoffe ich, Sie werden mir gestatten, Ihnen die Schönheiten von Whitcomb zu zeigen.«

Bevor sie etwas entgegnen konnte, wurde die Tür geöffnet, und ein Diener kam mit ihrem Portemanteau herein.

»Ah, hier ist auch Ihr Gepäck«, sagte Mr Fairchild. »Ich war so frei, Tee und eine leichte Mahlzeit zu bestellen, und ich werde ein Dienstmädchen schicken, das Ihnen helfen wird.«

»Sie sind überaus freundlich«, murmelte Honey.

»Kann ich sonst noch etwas für Sie tun, Miss Keyes?«

»Nein, vielen Dank. Es ist alles ganz wundervoll.«

»Das Arbeitszimmer des Duke befindet sich am anderen Ende der Alten Galerie. Läuten Sie, und ein Dienstbote wird Sie begleiten. Seine Gnaden erwartet Sie um sieben.«

»Vielen Dank.« Honey machte sich nicht die Mühe, Mr Fairchild zu erzählen, dass sie im Schlaf und im Dunkeln zu jenen Porträts zurückgefunden hätte.

Kapitel Vier

Honey war bereits volle fünfzehn Minuten vor dem vereinbarten Zeitpunkt fertig. Anstatt in ihrem Zimmer zu sitzen und aus dem Fenster zu schauen, auch wenn das zugegebenermaßen einen beeindruckenden Ausblick auf den Formschnittgarten sowie darüber hinaus auf den Wildpark bot, ging sie zurück zur Alten Galerie.

Der breite, mit schwarzen und weißen Fliesen ausgelegte Korridor war teilweise durch Oberlichter erhellt, die in bestimmt neun Metern Höhe eingelassen waren. Der Einfallwinkel des Lichts ermöglichte so, dass es nie direkt auf ein Gemälde fiel.

Sie bemerkte, dass sie tatsächlich auf Zehenspitzen durch die lange Halle schritt, als ob sie sich einer heiligen Reliquie näherte. Nun, in ihren Augen *war* dies das Äquivalent einer heiligen Reliquie.

Gierig schweifte ihr Blick über die gesammelte Beute der Jahrhunderte: da ein Van Dyke, dort ein Devit, ein Seymour, natürlich mit seinem treuen Ross, ein Dance-Holland und – sie schnappte nach Luft und stürzte auf ein Gemälde zu, das etwas kleiner war als die benachbarten: ein *Hogarth*! Es stellte eine wunderschöne Frau dar, deren Blick und Ausdruck den Betrachter in ihr Boudoir einluden, ja, sie versprach und betörte-

Am Ende der Halle wurde eine Tür so heftig aufgestoßen, dass sie gegen die Wand schlug, und Honey die Vibration in den Füßen spürte.

»Du kannst mich kreuzweise, Wyndham!« Das Gebrüll füllte den Korridor, obwohl der Verursacher noch im Raum verharrte.

Honey hatte ihn damals noch nie so wütend erlebt, aber die Stimme erkannte sie dennoch.

Statt einfach wegzulaufen, was sie hätte tun sollen, stand sie regungslos da, den Blick auf die geöffnete Tür geheftet. Ein leises Murmeln durchbrach die Stille. Sie nahm an, dass es die Person war, die angebrüllt worden war.

»Ha!« Das Wort triefte vor Abscheu und Zorn. »Es ist mir verflucht nochmal egal! Oder hast du etwa nicht zugehört? Das alles hier kann zur Hölle fahren und du gleich mit. Ich sage es dir zum letzten Mal, Wyndham. Misch dich *nie* wieder in meine Angelegenheiten ein, oder ich schwöre, du wirst es bereuen.« Der wütende Redner kam aus der offenen Tür gestürzt.

Obwohl Honey zur Statue erstarrt war, musste er sie aus dem Augenwinkel wahrgenommen haben, denn er blieb stehen und wirbelte zu ihr herum.

Sie schnappte kurz kaum hörbar nach Luft. *Große Güte! Was war mit ihm geschehen?*

Er stürzte mit einem eigenartig schlingernden Gang auf sie zu, der sie einen Schritt zurückweichen ließ, blanker Zorn strahlte in Wellen von ihm ab wie Hitze.

»Wer zum Teufel sind Sie? Und warum lungern Sie hier herum und lauschen an Türen?« Er ging weiter und trieb sie immer weiter zurück, bis sie die Wand im Rücken spürte und etwas Scharfes gegen ihre Hüfte stieß. Der Gedanke, dass sie ein unbezahlbares Gemälde beschädigt haben könnte, machte ihr weit mehr Angst als ihr wütender Verfolger. Sie warf einen Blick über die Schulter und wäre vor Erleichterung beinahe ohnmächtig geworden, als sie sah, dass es nur die Ecke eines Ständers war, auf dem eine Marmorbüste ruhte.

Eine Hand griff unsanft nach ihrem Arm und wirbelte sie herum. Das Gesicht, das wütend auf sie herunterstarrte, unterschied sich gar nicht so sehr von dem wunderschönen Porträt, dass sie all die Jahre zuvor gemalt hatte – zumindest nicht auf der rechten Seite. Die linke Seite jedoch war von zornig roten Narben übersät, was die ebenmäßige Schönheit seiner Züge zerstört hatte. Die Schnitte, Risse und Löcher hatten den typischen Glanz frisch verheilter Wunden. Sein wundervolles goldblondes Haar war brutal kurz geschoren und legte schonungslos die Überreste seines linken Ohrs und die tiefen waagerechten Furchen frei, die auf Höhe seines Kiefers begannen und sich bis auf die Wange zogen. Er funkelte sie von oben herab mit denselben wunderschönen blauen Augen an, doch sein linkes Augenlid hing im äußeren Augenwinkel ein wenig herab. Die gespannte Haut verlieh dem Auge einen dauerhaft finsteren Ausdruck. Er war schon damals groß und geschmeidig gewesen, doch jetzt waren seine breiten Schultern stark muskulös und eher massig als schmal.

Es war Simon, und gleichzeitig war es nicht Simon.

Der Mann, der ihr gegenüberstand, war eine Auswirkung des Krieges: eine intensivere, destillierte Version seines früheren Selbst.

Er bestand aus Sehnen, Muskeln und Knochen – alles Weiche, alles überschüssige Fleisch war weggebrannt. Übriggeblieben war ein reiner Krieger, ein Gebrandmarkter, gebeugt und von Gewalt verzerrt.

Dies war nicht der Simon, den sie kannte, und er schien auch sie nicht wiederzuerkennen.

Diese erdrückende Erkenntnis verletzte sie innerlich; er sah sie an, aber in seinen wundervollen Augen schimmerte kein Erkennen. Er kannte sie nicht.

Honey hätte weinen mögen.

»Simon.« Das Wort war leise gesprochen worden, doch es hallte wie ein Peitschenknall durch die höhlenartige Halle.

Sowohl Honey als auch Simon Fairchild erschraken, als ob sie bei etwas Ungehörigem erwischt worden wären, und doch konnten sie den Blick nicht voneinander nehmen.

Anstatt sie loszulassen, drückte seine Hand noch fester zu, während seine Kiefer mahlten, als ob er seine möglichen Reaktionen durchkaute und diese ihm nicht schmeckten. Er kniff die Augen zusammen, und die Nasenflügel seiner schmalen, geraden Nase blähten sich, während er darum rang, zumindest den Anschein von Kontrolle über sich zurückzugewinnen und sich offenbar bewusst wurde, dass er nicht auf *sie* wütend war.

Er ließ ihren Arm los, als ob er sich daran verbrüht hätte, und drehte sich weg. Der Ausdruck auf beiden Seiten seines Gesichts, der engelsgleichen und der monströsen, war voll Abscheu. Er drängte sich ohne ein weiteres Wort an dem anderen Mann vorbei und eilte mit schnellen, schwankenden Schritten den Korridor entlang.

Er hinterließ ein Knistern in der Luft, und Honey fühlte sich, als hätte ein kräftiger Wirbelsturm sie in die Höhe gerissen und fortgeschleudert. Es klingelte in ihren Ohren, und ihre Seele war verwundet.

»Miss Keyes?«

Honey war dem Duke of Plimpton noch nie persönlich begegnet. Als ihr Vater Simons Porträt beendet hatte, war lediglich ein Diener des Duke erschienen, um es abzuholen. Von der geplanten großen Enthüllung war nie wieder die Rede gewesen.

Seine Gnaden der Duke of Plimpton sah Simon überhaupt nicht ähnlich. Er war in jeder Hinsicht blasser, schlichter und weniger auffällig als sein jüngerer Bruder, abgesehen von seiner kühlen Würde und ruhigen Autorität.

Anders als Simons war das Haar des Duke von einem schwer zu definierenden Braun. Seine Gesichtszüge waren ebenmäßig und nicht unattraktiv, aber im Großen und Ganzen nicht außergewöhnlich. Er war nicht so groß wie Simon, er war mittelgroß, schlank und eher kompakt als breit und hoch aufgeschossen wie sein jüngerer Bruder.

Nur die Form der leicht schrägstehenden Augen war ein wenig ähnlich. Doch während Simons Augen das Ägyptisch Blau eines Gemäldes von Raffael hatten, waren die des Duke von einem glanzlosen Grau, das ebenso wenig bemerkenswert war wie der Rest.

Simon Fairchild war ein leuchtender Stern, und der Duke war die entfernte und undurchschaubare abgewandte Seite des Mondes.

Er sah darüber hinaus nicht gesund aus. Dunkle Schatten lagen unter seinen Augen, und seine Haut hatte einen ungesunden Glanz. Honey nahm an, dass dies die Unpässlichkeit war, von der Mr Fairchild gesprochen hatte.

Der Duke deutete auf die offene Tür. »Kommen Sie doch bitte mit in mein Arbeitszimmer.«

Honey war etwas wacklig auf den Beinen, als sie den mit Teppich ausgelegten Korridor zwischen ihnen durchquerte.

Er schloss die Tür hinter ihr und deutete auf die beiden Stühle vor dem Schreibtisch. »Setzen Sie sich doch.«

Sein Schreibtisch bestand aus einer klobigen Platte aus fast schwarzem Holz, die auf schuppigen vergoldeten Beinen ruhte, die aussahen, als hätten sie einmal einem monströsen Fabelwesen gehört. Es war das prächtigste Möbelstück, das sie je gesehen hatte, und es hätte den Mann dahinter ins Bedeutungslose verschwinden lassen müssen. Doch die subtile Autorität des Duke beugte den Prunk des Raumes seinem Willen, und ihr ging auf, dass er wohl körperlich weniger imposant und attraktiv erscheinen mochte als Simon, allerdings eine enorme Präsenz ausstrahlte.

Honey ließ ihre noch immer bebende Gestalt auf einen der braunen Lederstühle ihm gegenüber sinken. Sie war ihr gesamtes Leben von Künstlern umgeben gewesen, also war sie an hochemotionale Dramatik gewöhnt, doch nicht einmal ihr Vater war so launenhaft und aggressiv gewesen wie der Mann draußen in der Halle.

»Willkommen auf Whitcomb, Miss Keyes.« Ich hoffe, Sie sind nicht zu erschöpft von der Reise?«

Aha, sie würden also so tun, als ob der menschliche Wirbelsturm in der Ahnengalerie nicht existierte. Damit konnte Honey gut leben.

»Ganz und gar nicht, Euer Gnaden.« Sie war zufrieden mit ihrem kühlen, gelassenen Tonfall und konnte an der leicht nachlassenden Spannung in den Zügen des Duke erkennen, dass er erleichtert war, dass sie sich entschlossen hatte, mitzuspielen.

»Vielen Dank, dass Sie mir eine solch luxuriöse Kutsche zur Verfügung gestellt haben.«

Der Duke hatte sich tatsächlich um alle Aspekte ihrer Reise gekümmert und war dabei nicht knauserig gewesen.

»Es freut mich, dass Sie diesen Auftrag angenommen haben, Miss Keyes. Das Porträt, das Ihr Vater von meinem Bruder angefertigt hat, hat sein Wesen eingefangen und ist eines meiner liebsten Porträts.« Er machte eine Pause, und sie lächelte dankbar über seine freundlichen Worte. »Er war ein großartiger Künstler, und es tut mir sehr leid, dass er bereits von uns gegangen ist.«

»Vielen Dank, Euer Gnaden.«

»Hätten Sie gern etwas zu trinken vor dem Abendessen?« Er deutete auf eine Auswahl von Karaffen auf einem Tischchen in der Nähe.

»Nein danke, Ihre Haushälterin war so freundlich, mir Tee aufs Zimmer zu bringen.«

Nachdem die Höflichkeiten ausgetauscht waren, wurde seine Haltung forsch. »Heute Abend wird nur die Familie beim Dinner zugegen sein. Meine Frau wird nicht mit uns speisen, sie fühlt sich nicht wohl. Meine Tochter, Lady Rebecca, meine Mutter, mein Cousin – den Sie kennengelernt haben – und mein

Bruder-«, ein winziges wütendes Flackern störte seine ruhige Fassade, ging aber schnell vorüber, »werden heute Abend mit uns dinieren. Wir unterhalten von Zeit zu Zeit Gäste, und Sie werden natürlich mit uns speisen.«

»Vielen Dank«, murmelte sie.

»Vielleicht möchten Sie mir Ihre bevorzugte Arbeitsweise erläutern, sodass ich Ihre Gnaden darüber in Kenntnis setzen kann, was von ihr erwartet wird?«

»Ich werde einige Sitzungen brauchen, um mich mit Lady Rebecca und der Duchess vertraut zu machen. Während dieser Sitzungen werde ich Skizzen machen. Ich werde auch die Kleider und Accessoires ansehen, die sie ausgewählt haben, und mit ihnen über ihren bevorzugten Ort oder Hintergrund sprechen. Ich hole zu all diesen Dingen gern die endgültige Zustimmung der Porträtierten selbst ein, aber manchmal kann meine Anleitung aus ästhetischen Gründen hilfreich sein.«

Er stützte die Ellenbogen auf dem Schreibtisch auf und sah auf seine ineinander verschränkten Finger hinunter, bevor er nach einer langen Zeit wieder aufsah. »Meine Frau ist nicht in der Lage, lange Zeit durchgehend zu sitzen.«

Honey fand, dass der Duke aussah, als könnte *er* ebenfalls nicht lange Zeit sitzen. Sie hoffte, dass er keine Grippe oder sonst eine ansteckende Krankheit hatte.

»Ich verstehe, und ich werde in der Zeit, die mir zur Verfügung steht, so viele Skizzen machen, wie ich kann. Ich werde versuchen, Ihre Gnaden nicht über Gebühr zu belasten.«

»Vielen Dank, Miss Keyes, ich sehe, Sie sind umsichtig und entgegenkommend, und beides weiß ich zu schätzen.« Er erhob sich und deutete damit an, dass ihre kurze Unterredung beendet war. »Ich sehe Sie dann beim Dinner. Bitte läuten Sie nach einem Dienstboten und lassen Sie sich den Weg zeigen.«

Honoria wartete, bis sich die Tür hinter ihr geschlossen hatte, und musste lächeln, weil seine Worte impliziert hatten, dass sie gutherzig, entgegenkommend und *fad* war – für eine Künstlerin.

Die anderen Künstler, Freunde und all die anderen, die sich im Dunstkreis von Daniel Keyes bewegt hatten, hatten oft Bemerkungen über Honorias ruhiges und ausgeglichenes Wesen gemacht. Die Leute hatten nie aufgehört, zu staunen, dass sie ihrem überlebensgroßen Vater mit seiner unkonventionellen Kleidung, dem wilden Haar und der exzentrischen Persönlichkeit nicht ähnlich war.

»Wie können Sie ohne Leidenschaft malen?«, war sie mehr als einmal von Freunden ihres Vaters gefragt worden.

Nur Daniel Keyes hatte Honey nie das Gefühl gegeben, ihres gemäßigteren Naturells wegen weniger gut zu sein.

»All das«, hatte er einmal gesagt und mit seiner üppig beringten Hand eine Geste gemacht, die seine unkonventionell gekleidete Gestalt einschloss, »ist Zurschaustellung, Honey. Man muss nicht pompös sein, um ein wahrer Künstler zu sein. Und du, meine Liebe, bist nicht nur eine wahre Künstlerin, du besitzt auch die seltene Eigenschaft, dass deine Gesellschaft beruhigend und belebend ist.«

Honey nahm an, sie hätte diese Worte als beleidigend verstehen können. Schließlich glaubte man allgemein, dass eine Frau leidenschaftlich sein musste, um Leidenschaft zu inspirieren. Doch stattdessen hatte sie seine Einschätzung als tröstlich empfunden.

Eine der Geliebten ihres Vaters hatte einmal den Fehler gemacht, Honoria während eines Dinners in ihrem Hause zu kritisieren. »Sie sind viel zu sanft, um wirklich und wahrhaftig eine erfolgreiche Künstlerin zu werden, meine Liebe. Sie dürfen nicht so gesetzt auftreten. Legen Sie sich einen Hauch Mysterium zu, selbst wenn Sie sich nicht allzu mysteriös *fühlen*.« Honey erinnerte sich, wie die Frau sie mit kühlem Blick von oben bis unten gemustert hatte, wobei sich die Dame offenbar nicht bewusst gewesen war, dass sich am anderen Ende des Tisches Zorn in Daniel Keyes zusammenbraute.

Die Frau hatte ihre vollen Lippen zusammengepresst, um auszudrücken, dass das Ergebnis ihrer Inspektion ihr nicht gefiel. »Gott weiß, Sie sind zu … *ungewöhnlich*, um sich zu verstecken. Sie könnten also auch gleich das Beste aus dem machen, was Sie haben, und sich mit etwas mehr Flair kleiden.«

Der Rat der Frau hatte sie eher belustigt als beleidigt, aber ihr Vater hatte mit einem wütenden Gefühlsausbruch reagiert, wie Honey ihn sich von einem Ritter hätte wünschen können. Er hatte seine einstige Geliebte aus dem Haus und ihrem Leben verbannt, noch bevor sie das Dinner beendet hatten.

Nicht einen Moment lang hatte Honey daran gedacht, den lächerlichen Rat der Frau anzunehmen. Es war nicht so, dass sie leuchtendere Farben und interessantere Schnitte – wie die Avantgarde-Kleidung ihrer Freundin Serena – nicht mochte, doch solche Kleidung passte einfach nicht richtig zu ihr.

Sie hatte sich schon lange an den Gedanken gewöhnt, dass sie eher wie eine Gouvernante aussah als wie eine berühmte Künstlerin. Dasselbe galt für ihr Auftreten und ihre Haltung; sie war so ruhig, dass es schon fast als phlegmatisch gelten konnte, aber so war sie nun einmal, und daran würde künstliches Dramatisieren nichts ändern.

Apropos Dramatisieren. Das erinnerte sie an Simon Fairchild. Und der Gedanke an Simon Fairchild ließ alles abblättern, wovon sie glaubte, dass es ihr Wesen ausmachte – Gelassenheit und Fassung – und hinterließ rohe Wut und Verletzung.

Es scheint also, als gäbe es etwas – oder jemanden – der deine starre Haltung verändern kann, Honey.

Sie schnaubte angesichts dieses quälenden Gedankens, aber sie konnte nicht leugnen, dass etwas Wahres daran war.

Noch weit verletzender war, dass Honey Simon Fairchild vierzehn Jahre lang auf einen Sockel gestellt hatte, und er sich noch nicht einmal an sie erinnerte.

***

Simon schlug die Tür zu seinen Gemächern mit unnötiger Wucht zu und stapfte in sein Ankleidezimmer.

Sein Kammerdiener war mit der Kleidung beschäftigt, legte die Arbeit aber beiseite und wandte sich Simon zu, um ihm zu helfen, doch der wedelte ihn fort.

»Ich werde mich selbst entkleiden, Peel.« Simon riss seine Krawatte ab und warf sie dem älteren Mann zu, der schon für ihn gearbeitet hatte, bevor er in die Kavallerie eingetreten war und während der schrecklichen Jahre auf dem Festland als sein Offiziersbursche gedient hatte. Peel kannte ihn besser als sonst irgendjemand, der arme Kerl.

Sehr zu Peels anhaltendem Verdruss machte Simon oft Witze darüber, dass ihr Verhältnis einer Ehe äußerst ähnlich war, bloß ohne die Bettgeschichte. Peel war verflucht prüde, was solchen Humor anging.

»Lassen Sie ein Bad vorbereiten«, befahl er.

»Sofort, Mylord.«

Er ließ Simon zurück, der nun niemanden mehr hatte, den er anknurren konnte. Das sollte ihm recht sein; Simon war in einer solch üblen Stimmung, dass er seine eigene Gesellschaft nicht ertragen hätte, wenn er ihr hätte entgehen können.

Er benahm sich schlecht und schämte sich dafür, und doch konnte er einfach nicht aufhören, bei jeder Gelegenheit mit Wyndham zu diskutieren, zu streiten und zu schreien. Er musste fort von hier, aber die Leine, an der sein Bruder ihn hielt, war so kurz, dass sie scheuerte.

Er schnappte sich eine Karaffe von der Kommode und schenkte sich einen großzügigen Brandy ein. Nur mit Alkohol gelang es ihm, vor sich selbst zu flüchten – jedenfalls im angezogenen Zustand – auch wenn es nur kurz wirkte, und auch der Preis der Flucht ein hoher war.

Und selbst wenn, am Ende jeder kleinen Flucht wartete doch nur sein Bruder auf ihn.

Der gottverfluchte Wyndham! Warum konnte er Simon nicht in Ruhe lassen? Warum mussten sie wieder und wieder denselben Streit führen? Warum war der Mann so unnachgiebig? Woher nahm er die Kraft? Warum konnte er nicht einfach akzeptieren, dass Simon nicht aus demselben Holz geschnitzt war wie er, und als Duke eine Katastrophe wäre?

Außerdem, was kratzte es Wyndham, wer den Titel übernahm, wenn er starb? Er wäre schließlich verdammt noch einmal tot. Wen interessierte es, was nach seinem Tod geschah?

Simon hatte schon genug damit zu tun, sich darüber Gedanken zu machen, was geschah, während er lebte. Das heißt, eigentlich wollte er sich gerade *keine* Gedanken darüber machen. Oder überhaupt über irgendetwas.

Das war eine kindische Einstellung und absolut unvernünftig, aber das war ihm egal; mit Wyndham zu streiten, förderte in ihm immer das Schlimmste zutage, das war schon immer so gewesen. Der Mann war kälter als ein Eisberg im Dezember. Je wütender und aggressiver Simon wurde, desto ruhiger und distanzierter wurde Wyndham.

Es war eine Herausforderung für Simon, zu prüfen, ob er ihn dazu bringen konnte, in die Luft zu gehen. Nicht, dass es ihm jemals gelungen wäre.

Nein, es gelang ihm lediglich, einen Wutanfall zu bekommen und sich noch mehr zum Affen zu machen.

Das Bild seines Bruders tauchte vor seinem geistigen Auge auf, und Simon runzelte die Stirn; Wyndham hatte eben recht krank gewirkt. Tatsächlich fand Simon, dass er schon eine ganze Weile nicht gut aussah.

Kann man es ihm übelnehmen? Du treibst ihn mit deiner Idiotie vermutlich noch in ein frühes Grab.

Simon biss die Zähne zusammen angesichts dieses unerwünschten, aber höchstwahrscheinlich berechtigten Tadels.

»Verflucht, verdammt und zur Hölle«, murmelte er und schob den Gedanken an seinen Bruder mit Wucht aus seinem Kopf.

Er streifte die Jacke ab und verzog das Gesicht, weil die kleine Bewegung an Hals und Schultern schmerzte.

Würde es immer so sein? Würde seine Haut für den Rest seiner Tage brennen und schmerzen? Noch etwas, wogegen der Alkohol half – die Schmerzen. Nicht, dass es gegen Schmerzen nichts Besseres gegeben hätte, Dinge, die er während des Krieges viel zu oft genossen hatte.

Simon riss seine Gedanken von dem gefährlichen Thema fort.

Er warf die Jacke über einen Stuhl, knöpfte die Weste auf und zwang sich, dabei die linke Hand zu benutzen.

Sie hatte nicht halb so viel gelitten wie der Rest seiner linken Körperhälfte, da er die Hand vor dem Körper gehabt hatte, als die Kanone explodiert war. Doch sie brannte noch immer höllisch, wenn er sie für filigrane Tätigkeiten benutzte wie Knöpfe zu öffnen.

Der Doktor hatte ihn gewarnt, seine linke Seite nicht übermäßig zu schonen und gemeint, dass die Schmerzen schneller verschwinden würden, je aktiver er wäre. Nicht, dass sie je vollständig verschwinden würden. Einige Aktivitäten, hatte er Simon erklärt, würden die Verletzungen schlimmer machen. Reiten zum Beispiel, das Einzige, was sein Leben noch lebenswert machte.

Er verzog bei dem selbstmitleidigen Gedanken das Gesicht und zog seinen liebsten Morgenmantel über, ein zerschlissenes Stück aus grün-goldener Seide, das ihn durch den Krieg begleitet hatte und ihn an bessere Zeiten erinnerte. Es war ein Kleidungsstück, das er nach jedem unsicheren Tag getragen hatte, den er überlebt hatte; etwas, das er nur angezogen hatte, sobald er Blut und Schmutz und Tod abgewaschen hatte. Es war ein Symbol dafür, dass er dem Tod wieder einmal von der Schippe gesprungen war und eine Erinnerung an jene Nächte, in denen er heiß und hart gewesen war und das Glück gehabt hatte, eine willige und eifrige Frau zu finden, mit der er sein Überleben feiern konnte.

Simon schüttelte den Kopf über diese albernen Gedanken.

Erinnerungen an Tage, die sowohl besser als auch schlimmer gewesen waren; Erinnerungen, die so alt und verblasst waren, dass sie die eines anderen hätten sein können. *Das hier* war nun sein Leben: eine Existenz, die Wyndham ihm beharrlich aufdrängte.

Du könntest ein anderes Leben haben, ein besseres Leben.

O ja, das könnte er. Sobald er nach Wyndhams verfluchter Pfeife tanzte und eine Frau heiratete, die sein Bruder für ihn auswählen würde.

Nur wenn er sich Wyndhams Wünschen beugte, würde er das Leben haben, das er immer gewollt hatte. Nun ja, zumindest einen Teil davon, den Teil, in dem Bella nicht vorkam.

Ach, Bella, spottete seine innere Stimme.

Die ist längst fort. Du kannst dich nicht einmal an ihr Gesicht erinnern, und doch klammerst du dich an die Erinnerung an sie und an deinen Zorn, wie ein Kind.

Was machte es schon, dass er sich nicht immer an Bellas Gesicht erinnern konnte? Es gab eine Menge Dinge, an die er sich nicht erinnern konnte. Das bedeutete noch lange nicht, dass sie nie geschehen waren.

In den vergangenen fünfzehn Jahren hatte sein Kopf mehr mitgemacht als ein Kricketball, doch er konnte sich noch gut an Bella erinnern und daran, was sein Bruder mit ihr gemacht hatte.

Er würde den Forderungen seines Bruders *niemals* nachgeben und heiraten. Er würde niemals heiraten.

Du brauchst eine Frau, keine Ehefrau.

»Ach, halt die Klappe!«, keifte Simon und merkte, dass er sich mit seiner eigenen inneren Stimme stritt, als wäre er ein Verrückter.

Er trank den Rest aus dem Glas, bleckte bei dem angenehmen Brennen die Zähne und schenkte sich ein weiteres ein. Das Glas auf halbem Weg zu seinen Lippen zögerte er.

Vielleicht hatte die lästige Stimme in seinem Kopf recht: Er brauchte eine Frau. Großer Gott! Wann hatte er das letzte Mal Sex mit jemandem gehabt anstatt mit seiner eigenen Hand?

Das ist exakt zwei Wochen her, erinnerte ihn die Stimme hilfreich.

Richtig. Nicht mehr seit der Nacht, in der er mit Lily Bancroft im Bett gewesen war, der Schankmagd im St. George.

Sein Vorhaben, sich aus dem Würgegriff seines Bruders hinauszuvögeln hatte sich am folgenden Tag aufgelöst, als ihm bewusst geworden war, dass er eine Unschuldige in seinen Krieg mit Wyndham hineingezogen hatte. Nicht, dass Lily wirklich unschuldig war oder gezögert hätte, von ihm benutzt zu werden – Letzteres waren ihre eigenen Worte.

»Wann werde ich Sie wiedersehen, Mylord?«, hatte sie gefragt und ihre verstreute Kleidung eingesammelt.

Simons Kopf hatte gedröhnt, sein Gewissen war nicht mehr vom Ale betäubt gewesen. »Ich bin nicht sicher, ob das gut wäre.«

»Warum? Sorgen Sie sich um meinen Ruf? Dafür ist es zu spät.«

Simon war angesichts ihres berechtigterweise belustigten Tonfalls zusammengezuckt.

»Ich bin eine erwachsene Frau, Mylord«, hatte sie gesagt und nackt vor ihm gestanden, als ob sie es beweisen wollte. »Mein Tommy ist in Spanien gefallen, also bin ich jetzt meine eigene Herrin.«

Es hatte ihn doppelt abgestoßen, dass die Schankmagd, mit der er gerade im Bett gewesen war, auch noch eine Kriegswitwe war.

Simon hatte sich davongemacht wie ein Feigling und war seither nicht zurückgekehrt, obwohl sein Cousin ihn jeden Abend drängte, ihn bei seinen Gelagen zu begleiten.

Simon spannte die Muskeln an seinem linken Arm; die straffe, vernarbte Haut kribbelte, schmerzte aber nicht. Zumindest nicht sehr. Es ging ihm jeden Tag besser, und selbst die schlimmsten seiner Wunden waren dabei, zu verheilen.

Peel erschien in der offenen Tür. »Möchten Sie sich vor dem Dinner rasieren, Mylord?«

Simon sah von seinem roten, rauen Unterarm auf. Dinner?

Er starrte die duftende goldene Flüssigkeit in seiner anderen Hand an und erinnerte sich plötzlich an die große, dünne Frau, die er vor Wyndhams Arbeitszimmer überrascht hatte.

Wer zum Teufel war sie? Sie war ihm bekannt vorgekommen, aber er konnte sich nicht daran erinnern, jemals einer so großen Frau begegnet zu sein.

Ihre weit aufgerissenen grauen Augen tauchten in seiner Erinnerung auf – überrascht und wütend. Er lächelte spöttisch über die Erinnerung. *Nun, geschieht dir recht, wenn du an Schlüssellöchern lauschst, Missy.*

Er nahm noch einen Schluck und bemerkte, dass Peel noch immer wartete.

»Dinner also?« Er hatte in der letzten Zeit meistens auf seinem Zimmer gegessen, aber er musste zugeben, dass er etwas neugierig auf diese Frau war, die er gerade getroffen hatte. Vielleicht würde sie mit der Familie speisen?

Nun, er hatte ja schließlich sonst nichts zu tun. Er schnaubte und stürzte den Rest des Glases hinunter.

»Ja, ich möchte mich vor dem Dinner rasieren, Peel.«

Kapitel Fünf

Simon Fairchild erschien erst mitten beim zweiten Gang im Speisezimmer.

Er war wesentlich förmlicher gekleidet als vorher, aber auch weit weniger nüchtern. Sie wusste schon, dass er betrunken war, bevor er noch den Mund öffnete. Sie konnte ihn *riechen*, als er sich, die verletzte Seite ihr zugewandt, auf den Stuhl neben ihr fallen ließ.

»Entschuldigung, dass ich zu spät bin«, sagte er an niemand Speziellen gerichtet und ohne Überzeugung. Sein glasiger Blick glitt über Honoria, den Duke, seinen Cousin und die Dowager Duchess, bevor er an seiner Nichte hängenblieb. Sein sarkastisches Lächeln veränderte sich und sah nun aufrichtig freundlich aus.

»Na, schau einer an, Becs – du siehst hübscher aus als eine Prinzessin. Was ist der Anlass?«

Lady Rebecca war zweifellos die Tochter des Duke. Sie hatte seine etwas unscheinbare Haarfarbe geerbt, und ihre hübschen, ebenmäßigen Züge waren in keiner Weise außergewöhnlich. Sie sah für ihr Alter alles andere als robust aus und wirkte jünger als sechzehn.

»Ich gehe zu einer Gesellschaft.« Lady Rebecca lächelte und errötete zart, sodass ihr durchschnittliches Gesicht hübsch wirkte; Honey wusste dass sie *diesen* Ausdruck auf ihrem Porträt einfangen wollte.

Lord Saybrook war dabei gewesen, sein Weinglas zu erheben, das der Diener gerade gefüllt hatte, und hielt nun in der Bewegung inne.

»Aha, eine Gesellschaft. Ein bisschen Übung, bevor du dich richtig in die Saison stürzt?«

»Lady Partridge sagt, eine solche Veranstaltung kann nicht schaden, auch wenn ich noch nicht offiziell eingeführt bin. Sarah und Lilian werden mich begleiten.«

Der Marquess nahm einen großen Schluck Wein, sodass das Glas bereits zur Hälfte geleert war. »Nun, ich wette, dass all die jungen Gockel Schlange stehen werden, um mit dir zu tanzen. Ich nehme an, wir müssen von nun an bis auf unbestimmte Zeit mit liebestollen Verehrern rechnen, die unter deinem Fenster Flöte und Geige spielen oder schlechte Gedichte rezitieren?«

Nur sein Cousin Raymond lachte.

»Simon«, schalt die Duchess, aber ihr Ausdruck war nachsichtig, als sie ihren jüngeren Sohn zurechtwies.

Lord Simon warf seiner Mutter ein duldsames Lächeln zu, und die Spannung, die ihm in den Raum gefolgt war, löste sich ein wenig.

Die Dowager Duchess hatte die blassgraue Augenfarbe und das unscheinbare braune Haar mit ihrem ältesten Sohn und ihrer Enkelin gemein. Honey fragte sich, ob Simons Vater die Quelle der ungewöhnlichen hortensienblauen Augen und des altgoldenen Haars war. Simon sah seinem Cousin Raymond ähnlicher als dem Rest der Familie.

»Simon«, sagte der Duke, indem er die Gesprächspause nutzte und Honey mit seinem kühlen Blick fixierte. »Das ist Miss Honoria Keyes. Sie ist hier, um

Cecily und Rebecca zu porträtieren. Miss Keyes, das ist mein Bruder, der Marquess of Saybrook.«

Simon war dabei, sich den Teller mit Essen zu füllen, hielt inne und wandte ihr den Oberkörper zu, als sei der Hals nicht in der Lage, sich zu drehen. Seine goldblonde Augenbraue war hochgezogen; die auf der vernarbten Seite seines Gesichts nur zur Hälfte.

Im gut erleuchteten Speisezimmer konnte sie erkennen, dass die Krater und Wunden allein schlimm genug waren, doch ihre zusammengezogenen Ränder zogen an der gesunden Haut und verzogen sein Gesicht wie ein alter, angefressener Spiegel. Eine lange, rote Narbe verlief gefährlich nahe an dem unteren Wimpernkranz seines linken Auges.

Er hatte Glück gehabt, dass sein Auge verschont geblieben war, auch wenn sie annahm, dass er es anders sah.

Sie sahen einander eine Weile an, und Honey bemerkte, dass sich allmähliches Erkennen auf seinen Zügen spiegelte.

»Ach *Sie* sind das?« Weiße Zähne blitzten in seinem gebräunten, narbigen Gesicht auf. »Honey.« Er lachte erfreut.

Der Duke räusperte sich, und Simon warf einen finsteren Blick auf den tadelnden Ausdruck. Das bisschen Heiterkeit, das er empfunden hatte, verschwand schnell aus seinem Gesicht. »Warum zum Teufel schaust du so böse, Wyndham? Das ist ihr Name.«

Alle Blicke richteten sich auf Honey.

Sie konnte ihre Gesichtszüge kontrollieren, allerdings leider nicht ihre Haut. Sie spürte, wie sich ihr Gesicht erhitzte, und Simon Fairchilds Grinsen wurde angesichts ihrer leuchtenden Gesichtsfarbe breiter.

Sie warf ihm einen kühlen, abweisenden Blick zu, aber das ließ ihn nur noch breiter grinsen.

»Die kleine Honey Keyes jetzt ganz erwachsen«, sagte er und lachte.

»Simon«, murmelte die Witwe.

»Sie kennen einander?«, fragte Raymond und sah neugierig aus.

Simon lachte nur und kippte den Rest seines Weins hinunter. Honoria hatte noch nie einen Mann so schnell so viel trinken sehen. Selbst Vaters wildeste Freunde hatten sich besser benommen. Zumindest in ihrer Gegenwart.

Da es wirkte, als würde Simon Mr Fairchilds Frage nicht beantworten, sagte Honey: »Ja, wir haben einander kennengelernt, als mein Vater ihn porträtiert hat.«

»Sehr interessant«, sagte Mr Fairchild, obwohl niemand sonst besonders interessiert wirkte.

»Miss Keyes hat gerade die Viscountess Heath gemalt.« Der Duke klang so ruhig wie immer, doch Honoria fand, dass ein harter Zug um seinen Mund lag, der vor dem Erscheinen seines Bruders nicht dagewesen war.

»Ist das so?«, fragte Simon und hielt inne, als er dabei war, die Gabel zum Mund zu führen. Er ließ ein bösartig wirkendes, bellendes Gelächter hören. »Heath, ja? An *die* erinnere ich mich.« Er warf dem Duke einen schalkhaften Blick zu. »Warum zur Hölle würde Heath wollen, dass man *ihren* Anblick für die Nachwelt festhält? Ist sie nicht die, die-«

Die Gabel der Witwe klapperte auf ihrem Teller, und
der Duke übertönte den Lärm. »Du denkst an seine vorherige Frau, Simon.« Sein Ton war scharf und brüchig
wie eine Scherbe aus Obsidian. »Lord Heath hat kürzlich wieder geheiratet.«

Der Marquess grunzte. »Aha, er hat die alte Frau ausgetauscht und sich eine junge, hübsche, fruchtbare gesucht, wie? Bringt dich das auf Ideen, Wyndham?« Der
Blick, den er seinem Bruder zuwarf, war unangenehm
anzüglich.

Die Duchess schnappte nach Luft, und eisige Kälte
wirbelte um den Duke; er schien größer zu werden. »Erinnere dich daran, wer du bist, Simon.«

Lady Rebecca sah verwirrt aus, und Raymonds begieriger Blick flog zwischen den Brüdern hin und her, als
sähe er einem Badmintonspiel zu.

Simon schmunzelte hässlich. »Als ob ich das je vergessen könnte. Du weißt, wie du mich loswerden kannst,
Wyndham; Ich werde gehen, wann immer du es
wünschst, lieber Bruder.« Er schaufelte sich Essen in
den Mund, der finstere Blick des Duke schien ihm zu
gefallen.

Der Rest der Tafel war gespannt und wartete darauf,
welches Juwel Simon als nächstes zum Besten geben
würde, aber er ließ sich Zeit, bevor er die Neugier der
anderen befriedigte. Er kaute und schluckte einige Bissen, nahm dann einen weiteren barbarischen Schluck
Wein, winkte dem Diener, nachzuschenken und
wandte den Blick seiner leuchtend blauen Augen Honoria zu.

»Ihr Vater hat bei meinem Porträt ausgezeichnete Arbeit geleistet.« Er hob seine vernarbte Hand in einer vagen Geste, die auf sein Gesicht und seine Gestalt deutete. »Aber die Dinge haben sich geändert, wie Sie sehen können. Vielleicht könnten Sie am Werk Ihres Vaters einige Veränderungen vornehmen? Oder würden Sie sich gern selbst an mir versuchen? Ja, das ist eine bessere Idee; wir könnten sie nebeneinander hängen, sozusagen vorher und nachher.« Sein Tonfall war neckend, und seine Augen glitzerten, entweder vor Ärger oder wegen des Rauschs oder beides. Er wandte sich ab, sodass sie nur seine verletzte linke Seite sehen konnte. »Ich wäre doch ein fesselndes Motiv.«

Bevor Honoria den Mund öffnen könnte, oder ihr auch nur eine Replik eingefallen wäre, sprach der Duke.

»Das ist eine ausgezeichnete Idee, Simon. Warum bin ich nicht selbst darauf gekommen? Ein Hochzeitsgeschenk.« Sein Tonfall war gutmütig, aber dahinter lauerte Hohn.

Simon wollte heiraten?

Der Gedanke war wie ein Tritt gegen die Brust. Glücklicherweise war der Augenblick zu angespannt, um sich in die Verzweiflung fallen zu lassen. Das könnte sie später tun.

Honey war nicht die Einzige, die dachte, dass der Duke seine Worte spöttisch gemeint hatte. Der Mund des Marquess hatte sich zu einer hässlichen, finsteren Fratze verzogen, und seine edlen Nasenflügel blähten sich wie bei einem Streitross, das Schlacht und Blut witterte.

»Ich vermute, Miss Keyes wird viel zu tun haben«, warf die Witwe ein, bevor ihre erwachsenen Söhne noch an der Dinnertafel handgreiflich würden. Die ältere Frau warf Honoria einen flehenden Blick zu.

Honey hätte den mürrischen, sarkastischen, *abscheulichen* Mann daran erinnern mögen, dass sie ihn bereits porträtiert *hatte*, auch wenn er es nie gesehen hatte. Doch sie war noch immer verletzt, gedemütigt und erschüttert darüber, dass er sich an sie nicht mehr hatte erinnern können.

Es fiel ihr schwer, sich über die Nachricht von seiner bevorstehenden Hochzeit auch noch an diesen Gedanken zu gewöhnen. All die Stunden, die sie zusammen verbracht hatten, waren ihm nicht wichtig gewesen. Sie war unvorstellbar dumm gewesen; all die Jahre hatte sie für diesen betrunkenen, lümmelhaften Wilden geschwärmt.

Bah! Die Demütigung war kaum zu ertragen.

Honey verdrängte ihre Wut fürs erste und wandte ihre Aufmerksamkeit der Duchess zu, die alles andere als glücklich aussah. Wie musste es für sie sein, wenn ihre beiden erwachsenen Söhne einander an die Gurgel gingen wie schlecht erzogene Kinder?

Honey ließ das Mitgefühl, das sie für die Witwe empfand, in kalte Verachtung fließen, als sie sich nun mit einem gespielt bedauernden Lächeln dem Mann neben ihr zuwandte. »Ich weiß Ihr liebenswürdiges Angebot zu schätzen, Lord Saybrook, Sie wären gewiss ein faszinierendes Motiv, aber ich bin sehr beschäftigt.«

Anstatt beleidigt zu reagieren, lachte er plötzlich bellend auf. »Aha? Und was ist so wichtig, dass Sie es nicht verschieben können?«

Honoria hatte eigentlich keine anderen Aufträge, aber das würde sie *ihm* wohl kaum verraten. Sie nannte den ersten Namen, der ihr einfiel. »Ich wurde engagiert, um Lord Alvanleys Lieblingsspaniel zu malen.«

Alle hörten auf zu essen, und Grabesstille legte sich über den Raum. Und dann warf der Marquess den Kopf in den Nacken und lachte laut.

»Nun«, sagte er, als er damit fertig war. »Ich schätze, Sie haben mich in meine Schranken verwiesen, was?« Dann wandte er seine Aufmerksamkeit seinem Teller zu, als wäre er nicht nur mit ihr, sondern auch mit gepflegter Unterhaltung fertig.

»Wie sind Sie dazu gekommen, Malerin zu werden, Miss Keyes?« Lady Rebeccas Stimme war leise und vorsichtig, ihr Blick wanderte dabei zu ihrem Vater, als ob sie seine Anerkennung suchte. Der Blick des Duke wurde weicher, und Honey war erstaunt von der Liebe, die sie kurz in seinem Ausdruck erkennen konnte. Er war also doch kein gefühlskalter Aristokrat, es gab etwas, oder vielmehr jemanden, den er sehr liebte. Liebte er die Mutter des Mädchens ebenso sehr?

Sie verwarf den Gedanken, weil sie fand, dass es sie nichts anging, und lächelte Lady Rebecca zu. »Als ich ein kleines Mädchen war, schenkte mir mein Vater Farben, um mich zu beschäftigen, während er arbeitete. Nach einigen Jahren bemerkte er, dass ich nicht nur ein Talent für die Malerei hatte, sondern auch Interesse daran, also beschloss er, mich ernsthaft zu unterrichten.«

Simon drehte plötzlich den Kopf und fixierte sie mit seinem brennenden Blick. »Wie schön, dass es ihm wichtig war, was Sie interessierte, Miss Keyes.«

Honey blinzelte angesichts der ungezügelten Wut, die in seinen Worten steckte. Sie sah den Duke an; er beobachtete seinen Bruder mit einer Ruhe, die sie an ein Raubtier erinnerte, das seine Beute verfolgte. Was ging nur zwischen diesen beiden Männern vor?

Wieder rettete die Witwe die Situation. »Ihr Großvater war Baron Yancey, nicht wahr?«

Es kostete sie einige Kraft, ihren Blick von Simon abzuwenden, der sie noch immer anstarrte.

»Ja«, entgegnete Honey. »Meine Mutter war die jüngste Tochter des Barons. Leider starb er, bevor ich geboren wurde, ich habe ihn also nie kennengelernt.«

»Ihr Großvater war ein enger Bekannter meines verstorbenen Mannes.«

»Na, das ist ja eine Empfehlung«, murmelte der Marquess, aber so leise, dass Honey annahm, dass nur sie es gehört hatte.

Die Duchess wedelte mit der Hand, und ein Diener räumte ihren beinahe unberührten Teller ab. »Lord Yanceys Familie war ziemlich groß, wenn ich mich recht erinnere.«

»Sie hatten zehn Kinder, Ma'am.«

»Aha, ich wusste nicht, dass sie ganz so groß war.«

»Sie wäre noch größer gewesen, aber sieben haben nicht überlebt.« Honoria hatte ihre Großmutter nie kennengelernt, aber sie konnte sich vorstellen, dass die Frau von so viel Schmerz – der körperlichen Belastung der vielen Geburten und der emotionalen durch den Verlust so vieler Kinder – ausgelaugt gewesen sein musste.

Der Blick der Witwe schweifte zu ihrem älteren Sohn, als ob sie sich plötzlich des Themas bewusst geworden war, das sie unabsichtlich angestoßen hatte.

Doch der Duke hatte es offenbar nicht gehört, denn er starrte noch immer seinen jüngeren Bruder an.

Simon verputzte systematisch, was auf seinem Teller lag, und schien sich weder für Kindersterblichkeit noch für große Familien zu interessieren.

Tatsächlich sagte er während der gesamten Mahlzeit kein weiteres Wort mehr.

Erst als sich die Damen erhoben, um zu gehen, öffnete der Marquess wieder den Mund.

Er erhob sich, ging zu seiner Nichte und küsste sie auf die Wange. »Amüsier dich heute Abend, Becs.« Er ging an Raymond vorbei, ignorierte seinen Cousin vollständig und blieb dann neben seinem Bruder stehen. Das Lächeln glitt von seinem Gesicht wie Eis, das von einem Eisberg abbröckelte. »Ich überlasse dich deinem Portwein, Wyndham. Ich will in die Stadt.« Er küsste die Hand seiner Mutter und schenkte Honey eine spöttische Verbeugung.

Nachdem er die Tür hinter sich zugeschlagen hatte, wandte sich die Duchess Honey zu. »Sie müssen von Ihrer Reise erschöpft sein, Miss Keyes. Vielleicht möchten Sie sich jetzt zurückziehen?«

»Vielen Dank, Euer Gnaden. Ich bin tatsächlich etwas müde.« Honey erzählte der älteren Frau nicht, dass das angespannte Dinner weit ermüdender gewesen war als die lange Reise.

Kapitel Sechs

Am nächsten Morgen überbrachte ein Dienstmädchen Honey zusammen mit ihrem heißen Wasser eine knappe Nachricht. Sie war von der Duchess: Ihre Gnaden würden Miss Keyes um drei Uhr empfangen.

Doch was war mit Lady Rebecca?

Honey begann, sich zu waschen und anzuziehen; sie würde Lady Rebecca nach dem Frühstück aufsuchen und fragen, wann sie eine Sitzung mit ihr einrichten könnte.

Als sie fertig war, sich dem Tag zu stellen, läutete sie nach einem Dienstboten, der sie in das Frühstückszimmer bringen sollte, wo sie den Duke antraf, der gerade seine Mahlzeit beendete.

Als sie den luftigen Raum betrat, dessen Flügeltüren offenstanden, um die frische Luft des warmen, sonnigen Morgens hineinzulassen, erhob er sich.

»Wie war Ihre erste Nacht auf Whitcombe?«, erkundigte sich der Duke, nachdem sie sich eine Auswahl der köstlichen Speisen auf den Teller gefüllt hatte.

»Ich bin eingeschlafen, kaum dass mein Kopf das Kissen berührt hatte.«

Sie nickte dem Diener zu, der ihr Kaffee anbot.

»Das freut mich zu hören.« Der Duke nahm sich selbst noch etwas Kaffee, obwohl sein Teller bereits fast leer war. »Reiten Sie, Miss Keyes?«

»Ja, allerdings ist es schon eine Weile her.«

»Ich bin sicher, Sie finden im Stall ein Pferd, das zu ihren Ansprüchen passt. Sie dürfen natürlich auch gern das Gig benutzen, aber die schönsten Ecken des Anwesens erreicht man leider nicht mit dem Wagen oder der Kutsche.« Er faltete die Zeitung zusammen, die geöffnet neben seinem Teller gelegen hatte. »Ich weiß, Sie werden das Gemälde in London anfertigen, aber ich habe Philips, meinen Hausverwalter angewiesen, Ihnen verschiedene Räume zu zeigen, die meines Erachtens geeignetes Licht haben, wenn Sie Bedarf dafür haben.«

»Vielen Dank, Euer Gnaden. Ich freue mich darauf, sie zu sehen.« Honey war recht erstaunt, wie unterschiedlich die beiden Brüder waren. Nicht nur, was das Aussehen betraf, sondern auch im Auftreten. Sie nahm an, dass auch der Rang ein gewisses Maß an Würde und Festigkeit verlieh, die ein jüngerer Bruder nicht benötigte. Tatsächlich fühlte sie sich an sich selbst erinnert, zumindest wenn es darum ging, nach außen ein unerschütterliches Bild abzugeben.

Bei Tageslicht betrachtet stellte sie fest, dass er älter und abgespannter aussah, als er am vorangegangenen Abend gewirkt hatte.

Was es auch sein mochte, woran er litt, es schien jedenfalls seinen Tribut zu fordern. Sein braunes Haar war an den Schläfen schon deutlich ergraut, und tiefe Falten rahmten seinen Mund ein. Die Falten um seine Augenpartie sahen nicht nach Lachfältchen aus. Sie konnte sich auch nur schwerlich vorstellen, wie ein solch kühler, distanzierter Mann lächelte.

Doch dann erinnerte sie sich an den liebevollen Blick, den er seiner Tochter gestern Abend beim Dinner

geschenkt hatte, und kam zu dem Schluss, dass er un-
geahnte Tiefen besaß.

Er sah auf und begegnete ihrem forschenden Blick.
»Ich hörte, Sie werden heute Nachmittag meine Frau
treffen.«

»Ja, wir sind für drei Uhr verabredet. Ich habe mich
gefragt, wo ich wohl Lady Rebecca finden könnte, vielleicht könnte ich heute Morgen eine Sitzung mit ihr
einrichten?«

»Meine Tochter besucht heute Morgen mit ihrer
Großmutter eine Feier, aber sie wird Ihnen morgen
früh nach dem Frühstück zur Verfügung stehen.«

Das hieß also, dass Honey heute die erste Tageshälfte
ganz für sich hatte.

Der Duke erhob sich. »Ich werde den größten Teil mit
meinem Gutsverwalter beschäftigt sein, aber wenn Sie
mich benötigen, können Sie immer nach einem Dienstboten läuten.«

»Vielen Dank, Euer Gnaden.«

Der Duke wollte gerade gehen, als sich die Tür öffnete.

Mr Fairchild kam lächelnd herein und sah Honey an.
Er öffnete den Mund, als ob er etwas sagen wollte,
zuckte dann jedoch etwas zusammen, als er bemerkte,
dass der Duke neben der Tür stand.

»Oh, Euer Gnaden.« Er sah überrascht aus. »Wie geht
es Ihnen heute Morgen?«

Lord Plimpton hatte den Mund zu einem Strich zusammengepresst, als ob ihm die Frage missfiel. »Es geht
mir gut, vielen Dank, Raymond.« Er schwieg einen Augenblick und sah seinen Cousin durchdringend an,

sodass der errötete. »Planst du noch immer, heute nach Lindthorpe zu fahren?«

»Ähm, ja, Sir. Ich fürchte, ich bin etwas spät dran.«

Der Duke starrte ihn nur an.

»Ich werde mich aber innerhalb der nächsten Stunde auf den Weg machen«, fügte Mr Fairchild hinzu, als ihm bewusst wurde, dass sein Gegenüber wartete.

»Sehr gut.« Der Duke nickte.

Nachdem der Duke gegangen war, wandte sich Raymond Fairchild Honey zu. In seinem Gesicht spiegelte sich eine Mischung aus Scham und noch etwas. Was war es? Verärgerung? Wut?

»Hatten Sie eine angenehme erste Nacht auf Whitcomb?«, fragte er und ging zum Sideboard.

»Ja, vielen Dank, Mr Fairchild.«

Er schmunzelte. »Na, na, das ist doch nicht nötig. Bitte sagen Sie Raymond zu mir.« Er wandte sich um und schenkte ihr ein Lächeln, das seine Ähnlichkeit zu Simon hervortreten ließ.

Nun, Honey blieb nicht viel anderes übrig, als zu sagen: »Dann nennen Sie mich bitte Honoria.«

»Ein zauberhafter Name. Wie hat Simon Sie noch gestern Abend genannt?«, fragte er und setzte sich ihr gegenüber.

»Honey. So hat mein Vater mich immer genannt. Vermutlich hat Lord Saybrook es damals aufgeschnappt«, sagte sie.

»Aha. Es ist also ein Spitzname für Menschen, die Ihnen nahestehen.« Er schnalzte mit der Zunge. »Sie müssen Simon entschuldigen«, sagte er und begann mit der strategischen Vernichtung der Speisen auf seinem Teller.

»Wie meinen Sie das?«, fragte Honey.

Raymond ließ sich beim Kauen Zeit und nahm einen Schluck Kaffee. »Oh, naja, er ist bloß bisweilen etwas, äh, ungehobelt. Ich fürchte, seine Zwistigkeiten mit dem Duke werden schlimmer. Manchmal fürchte ich, dass Simon-« Er unterbrach sich und zog eine Grimasse. »Es tut mir leid. Ich sollte nicht so frei von der Leber weg sprechen.«

Der Meinung war auch Honey, doch das bedeutete nicht, dass sie nicht wissen wollte, was er unausgesprochen gelassen hatte. Dachte er, dass Simon seinem Bruder etwas antun könnte? Er hatte sich ihm gegenüber gestern tatsächlich ziemlich aggressiv verhalten.

Eine Weile aßen sie schweigend, und ihr Gewissen riet ihr, die Sache ruhen zu lassen. Ihre Neugier jedoch trieb sie dazu an, zu sprechen.

Die Neugier siegte. »Ich habe gestern tatsächlich das Ende einer, äh, Auseinandersetzung gehört«, sagte sie.

Raymond zog die Augenbrauen hoch, und er nickte; seine Wangen waren voll, was ihn wie einen Hamster wirken ließ. Er schluckte sein Essen hinunter und betupfte sich den Mund mit einer Serviette. »Ich fürchte, das kommt täglich vor«, gab er zu. »Da die Duchess keine Kinder mehr gebären kann, drängt der Duke verständlicherweise darauf, dass Simon heiratet und für einen Erben sorgt. Simon andererseits hat nicht vor, zu heiraten, um seinen Bruder zufriedenzustellen.«

Honey schämte sich, weil sie diese Information insgeheim sehr erfreute.

Die Tür wurde geöffnet, und ein Diener trat ein, was weiteren erhellenden Kommentaren einen Riegel vorschob.

Honey hatte den Eindruck, dass Raymond etwas erleichtert aussah, als ob er bereits zu viel gesagt hätte.

Er beendete seine Mahlzeit schnell, offensichtlich darauf erpicht, seine Besorgungen zu erledigen. »Ich sehe Sie dann heute Abend beim Dinner«, sagte er.

Als sie allein war, erlaubte Honey ihren Gedanken, zu Simon Fairchild zurückzuschweifen, einem Thema, das sie schon seit dem Aufwachen beschäftigte.

Sein Verhalten bei beiden gestrigen Zusammentreffen war scheußlich gewesen. Er hatte nichts mehr mit dem Mann gemeinsam, den sie einmal gekannt hatte. Er war wie ein Pulverfass, das zu nah ans Feuer rollte. Sie fragte sich, ob der Duke, ein Mann, der wie eine Eisskulptur wirkte, Verständnis dafür hatte, wie ungeschlacht und ungeduldig sein Bruder war.

Außerdem fragte sie sich, um welche Zeit der Marquess zum Frühstück herunterkommen würde.

Vergiss Simon Fairchild und genieße den unerwarteten freien Nachmittag, befahl die kühle Stimme der Vernunft in ihrem Kopf.

Honey seufzte, verstrich Marmelade auf einer Scheibe Toastbrot, nahm einen Schluck des köstlichen, dunklen Kaffees und aß, wobei sie auf die hübsche Szenerie draußen vor der Flügeltür blickte und ihre Gedanken nach wie vor um den Mann kreisten, der in den vergangenen vierzehn Jahren viel zu viel Raum in ihrem Kopf eingenommen hatte.

Nun, eine lebenslange Gewohnheit schüttelte man wohl kaum in einem Tag ab, oder? Allerdings hatte Simon ausgezeichnete Arbeit geleistet, den Schrein zu zerstören, den sie in diesen Jahren errichtet hatte, um

ihm zu huldigen. Nun war es an Honey, den Rest zu erledigen.

***

Nach dem Frühstück zog Honey ihr praktisches marineblaues Ensemble an, nahm ihre Tasche und ging in
Richtung der Stallungen.

Es war niemand zu sehen, als sie unter dem großen
Torbogen hindurch auf den Hof trat. Männliche Stimmen und Hufgeklapper drangen aus einer Lücke zwischen den drei Gebäuden, und sie folgte den Geräu-
schen bis zu einem großen, umfriedeten Reitplatz, wo
sich ein halbes Dutzend Männer versammelt hatte, die
entweder auf dem Zaun saßen oder dagegen gelehnt
standen.

Sie sahen zu, wie ein Mann in Schaftstiefeln, Hemds-
ärmeln und wildledernen Reithosen ein prächtiges
Pferd ritt.

Der Mann hatte ihr den Rücken zugewandt, aber sie
hätte Simon Fairchilds breite Schultern und sein glän-
zendes goldenes Haar überall erkannt, ganz gleich, wie
kurz er Letzteres geschoren hatte.

Das Pferd, das er trainierte, war atemberaubend – ein
tintenschwarzer Hengst, dessen Körper so kraftvoll
war, dass er ein Zugpferd hätte sein können, wenn
nicht der stolze, gebogene Hals und feingliedrige Kopf
gewesen wären. Honey hatte noch nie ein Tier mit
solch muskulösen Hinter- und Vorderläufen gesehen,
das sich so fließend bewegte.

An den geblähten, zitternden Nüstern und der eisernen Spannung in seiner mächtigen Gestalt erkannte sie, dass es noch nicht vollständig zugeritten war.

Simons dünnes Musselinhemd klebte an seinem muskulösen Körper, während er sich und das Tier verausgabte.

Honoria hatte noch nie beim Training eines Pferdes zugesehen und fand seine Geduld mit dem Hengst beeindruckend. Sie passte nicht zu dem Verhalten, das er seinen Mitmenschen gegenüber an den Tag legte.

Sie erinnerte sich an seine Träume aus jenen lang vergangenen Tagen: Er hatte auf dem Land leben und Pferde züchten wollen. Was war aus diesem Traum geworden? Warum war er in den Krieg gezogen und dann so lange beim Militär geblieben? Für den Erben eines Herzogtums war es ungewöhnlich, dass er überhaupt gekämpft hatte.

Honoria spürte eine Bewegung neben sich und musste gute fünfzehn Zentimeter hinabblicken, um den drahtigen grauhaarigen Mann zu sehen, der sich an die Mütze tippte und sie von unten herauf anlächelte.

»Verzeihen Sie, Miss. Ich bin Wilkins. Der Stallmeister des Duke. Ich wette, Sie suchen ein Pferd und fragen sich, ob sie hier richtig sind.«

Er hob die Stimme gegen Ende des Satzes, und es wirkte wie ein Peitschenknall auf die herumlungernden Männer.

Außerdem zog es Simons Aufmerksamkeit auf sie, der das schäumende Pferd elegant zum Stehen brachte.

»Das ist ein Guter«, sagte er, streckte die behandschuhte Hand aus und tätschelte den glänzenden schwarzen Hals. Das Pferd spannte sich bei der Berührung an, zog aber nicht weg. Simon kraulte dem Hengst die Mähne, bis das Tier sich gegen ihn rieb wie ein Hund, der weiter gestreichelt werden wollte.

Er schmunzelte und sprach leise mit dem Pferd, das mit den Ohren zuckte.

Honey konnte ihren Blick nicht von den beiden großen, prächtigen Kreaturen abwenden. »Das Pferd ist wunderschön, scheint aber etwas wild zu sein«, sagte sie an Wilkins gewandt, der noch immer neben ihr stand.

»Aye, Master Simon reitet ihn langsam ein, nich? Die Pferde lieben ihn. Er is sanft und schlägt se nich mit der Peitsche. So hat er schnell Erfolg.«

Der Marquess rief einen der Stallburschen, der über den Zaun sprang und sich dem Hengst vorsichtig näherte. Simon richtete einige Worte an den Jungen, der das Pferd zu den Ställen führte.

Als Pferd und Junge verschwunden waren, sah er zu Honey herüber, und ein schwer deutbarer Ausdruck lag auf seinem zerschundenen Gesicht. »Guten Tag, Miss Keyes«, sagte er und kam mit seinem eigenartigen, etwas unregelmäßigen Gang auf sie zu. »Sind Sie hier, um die Stallungen in Augenschein zu nehmen?«

Bei seinem spöttischen Ton runzelte sie die Stirn. Es kam ihr vor, als hätte sie irgendeine Grenze überschritten, indem sie hergekommen war. »Es ist nicht Teil meiner Pflichten, zu inspizieren, Mylord. Ihr Bruder hat mir erlaubt, ein Pferd auszuleihen, wenn ich eines benötigen sollte.«

Ihre bissige Antwort brachte ihn zum Lächeln. Die glatte, unversehrte Gesichtshälfte zog sich nach oben, während die andere nur zuckte.

Selbst humpelnd und mit Narben übersät strahlte er eine potente Männlichkeit aus, die sie nervös machte, und es kostete sie Mühe, unter dem prüfenden Blick seiner blauen Augen gelassen zu bleiben.

»Das ist ein sehr schönes Pferd, Mylord. Ich erkenne die Rasse nicht.«

Er machte sich daran, seine abgetragenen schwarzen Handschuhe auszuziehen, indem er einzeln an den Fingern zupfte und sie dabei nicht aus den Augen ließ.

»Loki ist eine Kreuzung zwischen einem Friesen und einem Andalusier.«

»Der Trickster«, sagte sie dümmlich, weil ihr nichts anderes einfallen wollte und sie immer noch so verzweifelt darum bemüht war, seine Aufmerksamkeit nicht zu verlieren, wie vor all den Jahren.

Sein Lächeln wurde breiter, als ob er sie so einfach lesen könnte wie eines seiner Pferde. »Satteln Sie Bacchus und Saturn für uns, Wilkins«, sagte er, ohne den Stallmeister anzusehen.

Wilkins neigte den Kopf. »Aye, Mylord«, sagte er, wandte sich ab und ließ sie mit Simon allein.

Honey traute sich nicht, direkt auf den offenen Hemdkragen zu sehen, obwohl jede Faser ihres Körpers sie dazu drängte, noch einmal ohne Eile einen Blick auf das V zu werfen, das seine harte Brust und die schweißglänzenden Muskelstränge seines gebräunten Halses entblößte, und ...

Reiß dich zusammen! Die Stimme war wie ein Peitschenknall und riss sie aus ihrem tranceähnlichen

Zustand. Sie schluckte und zwang sich, seinem Blick zu begegnen, in dem sich unangenehme Gefühle spiegelten.

»Wollen Sie ausreiten, Mylord?« Es ärgerte sie, wie unsicher ihre Stimme klang, doch das vielsagende Schweigen störte sie noch mehr.

»In der Tat.« Er schlug mit den Handschuhen auf seine Handfläche, wobei sich die drahtigen, kräftigen Muskeln seiner entblößten Unterarme anspannten. »Und zwar mit Ihnen.«

Honey blinzelte und schüttelte den Kopf, bevor sie sich davon abhalten konnte.

»Warum nicht?«, fragte er und klang angesichts ihrer unmittelbaren Ablehnung eher amüsiert als verärgert. Er steckte die Handschuhe in den Bund seiner Reithose, krempelte die Ärmel herunter, pflückte seine Weste von einem Zaunpfahl in der Nähe und zog sie an, machte sich aber nicht die Mühe, sie zuzuknöpfen.

»Ich möchte nicht ausreiten«, log sie und hob zum Beweis ihre Tasche in die Höhe. »Ich werde zeichnen.«

Geschickt schwang er seine hoch gewachsene Gestalt über den Zaun des Reitplatzes und landete mit einem dumpfen Aufprall vor ihr, so nah, dass sie Pferd, Leder und seine schweißige, sonnengewärmte Haut riechen konnte. Sie wich einen Schritt zurück.

Er machte einen Schritt auf sie zu. »Ich komme mit und helfe Ihnen, Ihre Sachen zu tragen.«

Wieder hob sie ihre Tasche wie einen Talisman, der sie vor ihm schützen sollte. »Ich benötige aber keine Hilfe. Das ist alles, was ich bei mir habe.«

»Dann helfe ich Ihnen, die geeignetste Stelle zu finden.« Er kam noch einen Schritt näher.

Honey runzelte sie Stirn und wich wieder einen Schritt zurück – zum letzten Mal, sagte sie sich. Sie hob ihr Kinn und starrte ihn von unten herauf an. Was für ein ungewohntes Gefühl; es gab nicht viele Männer, die größer waren als ihre knapp ein Meter achtzig. Simons Augen lagen bestimmt acht Zentimeter über ihren.

»Die geeignetste Stelle wofür?«, fragte sie mit einer unerfreulich hauchigen Stimme.

»Wofür auch immer Sie wollen.« Er machte einen Schritt und – verflucht noch einmal! – sie auch. Sie stieß mit der Schulter gegen etwas Hartes, Unnachgiebiges: den Torbogen – es erinnerte sie daran, wie er sie gestern auf dieselbe Weise verfolgt hatte.

Ohnmächtige Wut flammte in ihrer Brust auf, als er die Distanz zwischen ihnen überbrückte und sie nichts tat, um ihn aufzuhalten.

Seine Lider waren gesenkt, und sein Lächeln verschwand.

»Kein Fluchtweg mehr, Honey.« Sein Atem an ihrer Schläfe war heiß.

Sie schüttelte den Kopf, und die marineblaue Feder an ihrem Hut streifte seine Stirn.

»Ich bin nicht geflüchtet«, sagte sie, und ihre Stimme brach.

Sie weigerte sich, der Versuchung zu erliegen, dem bohrenden Blick seiner blauen Augen auszuweichen, wollte nicht die Ruine seines Gesichts anstarren, doch ihren Blick zog es immer wieder nach links.

Er lachte leise und wandte ihr die vernarbte, schartige Seite zu. »Es ist schwer, nicht hinzusehen, nicht wahr?«

Sie konnte nur starren.

Er drehte sich und zeigte ihr die unversehrte Seite.
»Solche Schönheit und solcher Schrecken, alles in einem.« Die weißen Zähne leuchteten in seinem Gesicht auf, und er nahm ruckartig die Hand hoch. Für einen Augenblick glaubte sie, er würde sie berühren, aber er griff weiter nach oben und zog etwas Weißes – seine Krawatte – von dem Pfosten über ihrem Kopf. Er schlang sie um seinen Hals und wandte sich ab, dann verschwand er im Stall.

***

Simon hatte keine Ahnung, warum er sie quälte. Aus Langeweile? Vielleicht.

Raymond war zum ersten Mal seit zwei Wochen gestern Abend im St. George zu ihm gestoßen. Sein Cousin hatte ungefähre eine Dreiviertelstunde damit verbracht, ihn – lautstark – dafür zu rügen, dass er mit Wyndham gestritten hatte. Er hatte in dem winzigen öffentlichen Gastraum eine ziemliche Szene gemacht, bis Simon ihm gesagt hatte, dass er abhauen sollte, wenn er sonst nichts zu sagen hätte.

Als Raymond beleidigt abgezogen war, hatte Lily sich mit ihrem herrlich runden Hintern auf seinen Schoß gesetzt und ihm für einige Pints Gesellschaft geleistet. Sie hatte ihn mit nach oben nehmen wollen, aber er hatte sich entschuldigt und war ziemlich angeschlagen nach Hause geritten.

Er hatte einen großen Teil des Abends an Miss Honey Keyes denken müssen, und wieder war er früh am

Morgen aufgewacht, hart und voll Verlangen, und hatte sich Erleichterung verschafft.

Danach hatte er Loki herausgeholt. Er hatte gehofft, dass ein anstrengender Ritt ihm die Rastlosigkeit austreiben würde, aber es half nichts, er war noch immer reizbar wie eine schlecht gelaunte Katze.

Simon starrte Miss Keyes' Schultern an, als sie vor ihm den schmalen Pfad hinaufritt. Ihre Haltung war steif und verriet ihm, dass sie nicht gern ritt oder zumindest nicht vor *ihm*.

Bei dem Gedanken zog sich unwillkürlich sein rechter Mundwinkel nach oben.

Nun, sie musste ihn ja nicht mögen; sie war nur eine Ablenkung, und es war ihr Pech, dass sie zu diesem Zeitpunkt in den Stall gegangen war. Er war gereizt. Und wütend. Er wollte jetzt irgendetwas tun, aber er fand sich selbst und seine lästige Lage so unerträglich langweilig, dass ihm nichts Originelles einfallen wollte, was er unternehmen könnte, um seinen Bruder zur Weißglut zu bringen.

Und dann war *sie* da gewesen und hatte ihn mit diesen kühlen grauen Augen angesehen, die in einem Augenblick wie Blei und im nächsten wie Eis wirkten. Es waren außergewöhnliche Augen in einem wenig bemerkenswerten Gesicht. Nun, von ihrem Mund einmal abgesehen, der gefiel ihm auch. Er war zu groß für ihr kleines Gesicht und sorgte bei einem Mann für unanständige Gedanken. Zumindest bei einem Mann, der nicht besonders gesittet war.

Sie hatte eine lange Oberlippe, die dünn, aber wohlgeformt war, und ihre Unterlippe war voll, gepolstert und einladend, auch wenn sie sich Mühe gab, prüde zu tun.

Und ihre Größe? Er schätzte, dass sie fast eins achtzig war und unglaublich feingliedrig und zart, wie feines Porzellan.

Er erinnert sich wieder an sie. Teile seiner Erinnerung waren über Nacht langsam zurückgekommen, nur Fetzen, dünne Spinnweben, von denen einige hängengeblieben und andere wieder fortgeweht worden waren, wo er sie nicht mehr erreichen konnte. Aber er hatte angefangen, das Bild – oder vielmehr das Porträt – zu vervollständigen, bis die Erinnerung einigermaßen klar war. Die Sitzungen während jenes eigenartigen, heißen Sommers in London, seine Gespräche mit dem ernsthaften, reifen und einsamen jungen Mädchen, jene Erinnerungen waren alle mit dem Tod seines Neffen verblasst.

Der Duke, der schon vor dem Tod seines Sohnes kühl gewesen war, hatte alle Ähnlichkeit mit dem Bruder verloren, den Simon als Knabe gekannt und verehrt hatte. Äußerlich schien er noch immer derselbe ruhige, unerschütterliche Wyndham, der sich ganz seinen Pflichten widmete. Doch der Verlust seines Sohnes, des vier Monate alten Edward, war für Wyndhams Menschlichkeit der Todesstoß gewesen.

Simon hatte über die Jahre zugesehen, wie mit jedem Tod seiner drei Kinder ein bisschen mehr Leben aus seinen Augen geflossen war.

Zunächst hatte Wyndham gequält gewirkt, dann gehetzt und schließlich nur noch leblos. Vier Kinder, und davon hatte einzig Rebecca überlebt, und auch sie war alles andere als robust.

Dabei zuzusehen war kaum zu ertragen gewesen; Simon konnte sich nur schwer vorstellen, wie es sein musste, das selbst zu durchleben.

Er war hocherfreut gewesen, als er hörte, dass der Arzt dem Duke und der Duchess von einer weiteren Schwangerschaft abgeraten hatte. Auch wenn diese Entscheidung Simon zum Erben verdammt hatte, er konnte nicht ertragen mit anzusehen, was ein weiterer Tod seinem Bruder möglicherweise antun würde.

Und die Duchess? Nun, es war schwer zu sagen, was seine Schwägerin fühlte oder wen sie liebte, wenn überhaupt jemanden. Simon hatte noch nie gesehen, dass Cecily Fairchild auch nur eine Spur Zuneigung ihrer einzigen Tochter oder ihrem Ehemann gegenüber gezeigt hätte.

Wyndham hatte Cecily gewollt. Simon konnte sich noch erinnern, wie verrückt sein üblicherweise kühler Bruder nach dieser eiskalten Schönheit gewesen war, und jetzt waren sie aneinandergefesselt.

Simon schnaubte. *Gib Acht, was du dir wünschst ...*

Auch wenn Cecily immer tat, als stünde sie mit einem Bein im Grab, hegte Simon den Verdacht, dass seine Schwägerin den Rest der Familie überleben würde.

Die Frau war durch und durch kalt, was Wyndham leider zu spät bemerkt hatte.

Oder vielleicht hatte sein Bruder ihre Unnahbarkeit akzeptiert und geglaubt, dass seine Liebe sie verändern würde?

Wenn das seine Hoffnung gewesen war, hatte Wyndham sich gewaltig verrechnet.

Simon tat Rebecca leid, mit solch einer Mutter geschlagen zu sein. Ihr eigener Vater war ein kalter, unmenschlicher Bastard gewesen, doch wenigstens hatte ihre Mutter ihn und Wyndham abgöttisch geliebt. Sie liebte sie immer noch, auch wenn sich Simon seit fünfzehn Jahren wie ein Idiot aufführte.

Er bemerkte, dass er die Zähne so fest aufeinanderbiss, dass sie schmerzten, und zwang sich, sich zu entspannen. Warum dachte er über all das nach? Über die Vergangenheit? All das war Geschichte und fühlte sich an, als lägen fünf Leben dazwischen. Es musste an der Frau vor ihm liegen, dass es zu ihm zurückkehrte.

Simon betrachtete die steife Haltung von Honoria Keyes und war plötzlich dankbar, dass er dem Blick ihrer klaren grauen Augen nicht begegnen musste. Etwas an der Art, wie sie ihn ansah, machte ihn ... nervös.

Zumindest war es einer der Gründe für seine Nervosität.

Ein weiterer war die unabwendbare Forderung seines Bruders, dass Simon heiraten sollte, die ihn langsam in den Wahnsinn trieb.

Simon stierte finster durch einen roten Nebel der Frustration und bemerkte, wie weit sie gekommen waren. »An der Gabelung dort müssen Sie nach rechts, Miss Keyes.«

»Wohin bringen Sie mich?«, fragte sie, ohne sich umzudrehen.

»Es ist eine Überraschung.«

Sie versteifte sich noch mehr, auch wenn er das nicht für möglich gehalten hätte, aber sie sagte nichts.

Simon grinste; sie war ein selbstbeherrschtes kleines Ding, das war sie schon damals gewesen, wie er sich nun erinnerte.

Wie der Rest von ihm war auch seine Erinnerung noch nicht ganz fertig mit dem Krieg und hatte ihn nicht unbeschadet überstanden. Es kostete ihn viel geistige Kraft, die Vergangenheit wieder ans Licht zu holen. Manchmal fühlte es sich an, als ob er nach vergrabenen Schätzen suchte, obwohl dieser Vergleich dem, was er für gewöhnlich zutage förderte, zu viel Wert verliehen hätte. Meistens waren die Erinnerungen, die er fand, bruchstückhaft und blass, und oft nicht der Mühe wert.

Er wusste nicht, warum sich seine Erinnerungen versteckten, und es war ihm auch größtenteils egal, aber an jenen speziellen Sommer, den Sommer 1803, hätte er gern etwas detailliertere Erinnerungen gehabt.

Er war ein Glückskind gewesen, sein Leben hatte vor ihm gelegen wie ein üppiges Buffet, das man nur für ihn zubereitet hatte.

Simon machte ein finsteres Gesicht. Wen interessierte es, woran er sich erinnerte? Die Vergangenheit war tot und begraben.

Der Weg gabelte sich, und der Pfad wurde steiler.

Honoria Keyes drehte sich leicht im Sattel, um ihn anzusehen. »Mylord, wohin reiten wir?«

»Ich sagte doch, es ist eine Überraschung.«

»Ist es noch weit? Um drei Uhr habe ich eine Verabredung mit Ihrer Gnaden und möchte sie nicht verpassen.«

Darüber musste Simon lachen.

»Sie mögen das lustig finden, Mylord, aber zufällig ist das der Grund, warum ich hier bin.« Als er schwieg, drehte sie sich noch etwas weiter herum.

»Drehen Sie sich um und geben Sie Acht, wohin Sie reiten, Miss Keyes«, riet er.

Sie ließ ein Schnauben hören, tat aber wie geheißen.

»Ich lache nicht über Sie; Ich lache, weil Sie sich keine Gedanken machen müssen, eine Verabredung mit meiner Schwägerin zu verpassen. Cecily ist da, in ihren Gemächern, den ganzen Tag lang, tagein, tagaus – wie eine Spinne in ihrem Netz. Ich bezweifle, dass sie noch weiß, an welchem Tag oder zu welcher Uhrzeit Sie verabredet sind; wenn Sie um Mitternacht auftauchten, wäre es ihr einerlei. Höchstwahrscheinlich wird sie Sie nicht empfangen, wenn es ihr nicht passt. Der Duke wünscht sich das Porträt, nicht Cecily.«

»Das mag sein, Mylord, aber es ist mir wichtig.«

»Ich sorge dafür, dass Sie um drei Uhr zurück sind.«

Darauf konnte sie nichts entgegnen.

Sie ritten schweigend noch weitere fünf Minuten, bis der schmale Pfad sich zu einer kleinen, grasbewachsenen Lichtung hin öffnete.

»Halten Sie hier an, Miss Keyes.«

Simon schwang sich von Bacchus und näherte sich Saturn und seiner Reiterin. Miss Keyes starrte mit vor Staunen offenem Mund auf die Szenerie vor ihr.

»Das ist gewaltig«, sagte sie ehrfürchtig.

»Ich sagte doch, es ist der beste Platz.«

Mit noch immer vor Staunen geweiteten Augen sah sie auf ihn herunter.

Simon streckte die Arme und fasste sie um die Taille. Sie war schlank, aber er fühlte Kurven an den richtigen Stellen. Er hob sie auf den Boden, ohne sie anderswo zu berühren, und sie wandte den Blick ab. Ihr Gesicht war gerötet, und die Ader in ihrer Schläfe pochte. War das ein Zeichen von Aufregung oder von Abscheu? Er wusste, dass er keinen schönen Anblick mehr bot und nicht mehr davon ausgehen konnte, dass Frauen seine Aufmerksamkeit wollten oder sich gern von ihm berühren ließen.

Er sah zu, wie sie davonging, wobei eine leichte Brise die Feder auf ihrem Hut zum Tanzen brachte. Er wandte sich um, um ihre Tasche vom Sattel zu lösen und ihr zu bringen.

»Vielen Dank«, sagte sie und nahm geistesabwesend die Tasche an sich, ohne ihn anzusehen. Ihre gesamte Aufmerksamkeit galt der Aussicht.

Simon hätte beleidigt sein müssen, weil sie ihn plötzlich ignorierte, aber es amüsierte ihn. Wie konnte ein vernarbter, bitterer Fremder mit dem spektakulären Ausblick mithalten, den man von diesem Hügel hatte, der *The Wrekin* genannt wurde?

Er folgte ihrem Blick und betrachtete die Ebene unter ihnen; es war, als stünde man auf dem Gipfel der Welt und sähe hinunter, obwohl sie erst die Hälfte des Hügels hinaufgestiegen waren.

Man konnte von hier weder Whitcomb noch Everley sehen, aber da lag Charles Framptons Anwesen. Nur Frampton und seine Frau lebten jetzt dort. Bella war fort und verheiratet und hatte ihre eigene Familie. Bella, eine Frau, die er so geliebt hatte, dass er hätte sterben mögen, als er hörte, dass sie einen anderen geheiratet hatte, zumindest soweit er sich an jene Zeit noch erinnerte, und all das hatte er Wyndham zu verdanken. Er erinnerte sich gut genug daran, wie sein Bruder sich in diesen Teil seines Lebens eingemischt hatte.

Simon wandte dem Ausblick und seinen bitteren Erinnerungen den Rücken zu.

»Ich gehe ein Stück spazieren«, sagte er. Er warf die
Worte über seine Schulter und machte sich nicht die
Mühe, sich noch einmal umzusehen.

Kapitel Sieben

Honoria seufzte erleichtert auf, als sie Simons breiten Rücken und goldblonden Schopf zwischen den kümmerlichen Bäumen verschwinden sah, die um die kleine Lichtung herum wuchsen.

Langsam wich die Anspannung aus ihren Schultern und dem Rücken.

Wenn sie in seiner Nähe war, war es, als ob sie einem lodernden Inferno zu nahegekommen war. Sogar noch schlimmer. Ein Feuer machte sich nicht über einen lustig, suchte keinen Streit und verfolgte einen nicht.

Und fesselte einen nicht.

Warum stand sie jetzt hier? Sie hätte sich durchsetzen sollen. Stattdessen hatte sie sich wie ein Blatt in einem starken Wind treiben lassen.

Honey schüttelte den Kopf und ließ sich unsicher auf einem der großen Felsbrocken nieder, die hier verstreut waren, als hätte ein riesiges wütendes Kind eine Handvoll Steine verstreut.

So war Simon Fairchild – ein wütendes Kind. Im Körper eines Mannes.

Honey nahm mit zittriger Hand ihren Skizzenblock heraus. Was war nur los mit ihr? Reichte das schon aus, um sie aus ihrer berühmten Ruhe und Gelassenheit zu bringen? Ein vernarbter, wütender Mann? Sie hätte

froh sein sollen, dass er sich als ein solch hasserfülltes
Biest entpuppt hatte. Zumindest betete sie nun nicht
mehr die goldene Erinnerung an ihn an, die mit jedem
Augenblick, den sie in seiner Gegenwart verbrachte, etwas mehr verblasste.

Sie schlug das Buch auf und blätterte durch vergangene Zeichnungen von Serena, Oliver, Freddie und Miles in ihrem Garten.

Sie begann, die erste freie Seite, die sie finden konnte,
mit Skizzen zu füllen. Nicht mit Skizzen der atembe-
raubenden Landschaft, sondern mit Zeichnungen von
ihm.

Wieder und wieder und wieder zeichnete sie ihn. Ver-
narbt auf einer Seite, mit Narben auf beiden, ohne Narben, Simon in seiner Jugend, frisch und unberührt vom
Leben; Simon als schuppige Bestie mit Klauen, einem
langen Schwanz und mit einem stacheligen Knochen-
kranz um den Kopf wie ein Fabelwesen. Und so weiter.

Allmählich hörten ihre Hände auf zu zittern.

Über ein Jahrzehnt lang hatte sie ein Traumbild verehrt und angebetet. Keinen Mann, sondern einen
Traum – eine glänzende, kindische Fantasie. Honey
schüttelte ungläubig den Kopf. Waren alle so dumm
oder nur sie? Entwickelten alle Frauen solche anhalten-
den Schwärmereien, auch wenn sie nicht ermutigt
wurden?

War sie so, weil sie ohne weiblichen Einfluss nur von
ihrem Vater erzogen worden war, von den mehr oder
weniger fremden Frauen einmal abgesehen, die sie to-
leriert hatten, um Daniel Keyes nahe sein zu können?

Honey spürte plötzlich das brennende Verlangen, mit
Freddie sprechen zu können. Sie kannten einander seit

Jahren, und doch hatten sie nie über ihre Vergangenheit und ihre Erfahrungen mit Männern gesprochen.

Erst in diesem Augenblick fiel Honey auf, wie seltsam es war, so etwas auszulassen. Freddie war ihre engste Freundin. Oh, sie liebte Serena, Miles, Portia und die anderen, aber Freddie war etwas Besonderes für sie, und doch hatte sie ihr nie von der Kammer in ihrem Herzen erzählt, in der Simon Fairchild noch immer hauste.

»Was haben Sie da?«, fragte eine tiefe Stimme direkt neben ihrem Ohr.

Honey schrie auf und riss den Skizzenblock hoch.

Eine Hand streckte sich danach aus und ergriff ihn, bevor er zu Boden fiel.

Sie sprang auf und wirbelte herum. »Geben Sie den zurück«, verlangte sie bebend vor Wut.

Doch er kümmerte sich nicht um sie. Stattdessen starrte er auf die Zeichnungen und blätterte durch das halbe Dutzend Seiten, das sie mit Bildern von ihm gefüllt hatte.

»Das ist mein Eigentum. Geben. Sie. Ihn. Zurück.« Noch nie im Leben war sie so wütend gewesen.

Eine kleine Stimme versuchte, sich in dem Wirbelsturm des sie umtosenden Zorns Gehör zu verschaffen: *Warum bist du so wütend? Lass ihn schauen, du hast deinen Modellen immer deine Skizzen gezeigt.*

Das stimmte, das hatte sie. Doch all das spielte jetzt keine Rolle.

»Lord Saybrook.«

Er sah auf, aber nur kurz. »Die sind überwältigend.« Er blätterte um und schüttelte den Kopf. »Sie *sind* ein verfluchtes Genie.«

Bei dem vulgären Ausdruck zuckte sie zusammen und streckte die Hand aus. Mittlerweile war es ihr gleich, was aus ihren Skizzen wurde, sie wollte bloß nicht, dass er ohne Erlaubnis ein weiteres Teil von ihr vereinnahmte. Das Geräusch von zerreißendem Papier füllte die Luft und brachte die Vögel in der Umgebung zum Schweigen.

»Verflucht noch mal!«, schrie er und wandte ihr plötzlich all die Aufmerksamkeit zu, die sie sich wünschte, und sogar noch etwas mehr. »Was zum Teufel machen Sie da?« Er hob seine Hände in einer beschwichtigenden Geste. »Ich habe losgelassen. Hören Sie auf, Sie machen ihn doch kaputt.«

Sie war so wütend, dass es ihr vollkommen gleichgültig war und sie packte den Skizzenblock fest, wobei ihre ungeschickten, groben Bewegungen Papierfetzen aus der Bindung lösten, die in der Brise davonsegelten.

Simon griff nach zwei Stücken, die aber schnell davonflatterten.

»Aufhören!«, wiederholte er und klang beinahe gequält.

»Sie *ruinieren* sie ja.«

Honoria stapfte zurück zu ihrer Tasche und kümmerte sich nicht darum, ob er ihr folgte. Doch sollte er es wagen, sie oder ihr Eigentum zu berühren, würde sie – sie würde ... ihn treten.

Sie riss ihre Tasche auf und stopfte den zerknitterten Skizzenblock hinein. Ihre Hände zitterten so sehr, dass sie die Schnallen nicht schließen konnte.

Eine große Hand legte sich sanft auf ihre Schulter und drehte sie unerbittlich um.

»Sehen Sie mich an«, befahl er. Er ergriff ihr Kinn mit seinen schwieligen Fingern und drehte ihr Gesicht so, dass sie dem bohrenden Blick seiner blauen Augen nicht mehr ausweichen konnte.

Sie riss den Kopf zur Seite, um sich aus seinem verstörenden Griff zu befreien und blinzelte Tränen aus den Augen, was sie noch zorniger werden ließ.

Warum ließ er sie so emotional werden?

»Warum sind Sie so wütend?«, fragte er.

»Weil es mein Block ist und Sie nicht das Recht haben, mein Eigentum zu nehmen«, presste sie zwischen zusammengebissenen Zähnen hervor.

»Sie haben recht. Das durfte ich nicht. Es tut mir leid. Ich verspreche Ihnen, dass ich nicht noch einmal versuchen werde, sie anzusehen. Aber Sie mussten sie doch nicht gleich ruinieren.«

»Es sind meine Zeichnungen und ich kann sie ruinieren, wann ich will.«

Bei ihren Worten musste er lachen. »Ja, das ist wahr, aber dennoch ...«

Honey wand sich aus dem Griff seiner Hand, die immer noch auf ihrer Schulter ruhte und stellte sich neben den Felsen, der dem Abgrund am nächsten war. Sie atmete angestrengt, und ihre Sicht war eigenartig verschwommen. Was war nur los mit ihr? Warum hatte sie so reagiert – überreagiert? Sie war doch sonst *nie* so wild.

Eine lose Haarsträhne ringelte sich und flatterte in der leichten Brise. Sie seufzte und richtete ihren Hut. Wie von selbst beschäftigten sich ihre Hände damit, zu glätten und festzustecken. Als sie das Gefühl hatte, ihr

Haar gebändigt zu haben, stieß sie eine Hutnadel hinein.

Ihre grobe Behandlung hatte die Feder gelöst, und sie flatterte auf den Abgrund zu. Sie griff danach, aber sie tanzte und wirbelte davon.

»Ich hole sie.« Simon sprang über den Felsen, an dem sie lehnte.

»Nein, nein, das dürfen Sie nicht, es ist ...«

Er hörte nicht auf sie. Stattdessen trat er auf den schmalen Felsvorsprung, unter dem sich nichts als Luft befand.

Honey schnürte es die Kehle zu, wie er auf der Kante stand, wo die Feder im Kreis herumwirbelte und ihre lockenden Bewegungen ihn näher und näher heranwinkten. Die Zehen seiner Stiefel schabten über den Stein. Sein Körper war nach vorn gebeugt, der Arm ausgestreckt.

Honey war wie erstarrt, konnte sich nicht rühren, nicht sprechen, atmen oder schreien.

Einen unerträglichen, ewigen Augenblick lang balancierte er am Abgrund, und sein Körper hing in der Luft. Schließlich federte er vor, und sie schloss fest die Augen.

»Hab sie!«

Sie riss die Augen auf und sah, wie er sich auf der Ferse vom Abgrund wegdrehte. Ein triumphierendes Lächeln lag auf seinem geschundenen Gesicht und seine blauen Augen glitzerten wie damals vor all den Jahren. Er grinste sie an, doch das Lächeln verschwand allmählich aus seinem Gesicht. »Was ist los? Sie sehen aus, als hätten Sie ein Gespenst gesehen.«

»Sie ... Sie ...«

Er nickte ermutigend. »Ja, ich. Ich was?«

»Sie wären beinahe *gestorben*!«

Er riss die Augenbrauen hoch, eine war glatt und blond, die andere von roten Narben durchzogen. »Wohl kaum. Ich habe mich nur vorgebeugt, um eine Feder zu holen.«

»Sie haben sich über eine *Klippe* gebeugt.« Sie erkannte ihre eigene Stimme nicht, so hoch und schrill klang sie.

Er zuckte abschätzig mit den Schultern, und es juckte ihr in den Fingern, ihn zu schlagen. »Sie neigen etwas zur Dramatik, Miss Keyes. Aber ich schätze, das gehört zum künstlerischen Temperament, Drama und so etwas.«

»Nein«, schnappte sie und das scharfe Stakkato ließ ihn zusammenfahren. »Ich neige *absolut nicht* zur Dramatik. Da können Sie jeden fragen, der mich kennt. Ich bin die ruhigste Person, die ich kenne. Ich bin gesetzt, gelassen und viele nennen mich sogar *phlegmatisch*.«

»Sie?« Sein ungläubiger Blick schweifte zurück zu der Stelle, wo er ihr den Skizzenblock weggenommen und sie sich wie eine Wahnsinnige aufgeführt hatte.

Ihre Wangen glühten bei der Erinnerung, und Honey riss die Feder aus seiner ausgestreckten Hand und wirbelte herum. »Ich werde jetzt gehen.« Sie schnappte sich ihre Tasche und stapfte ohne innezuhalten zu der Stelle, wo die Pferde grasten.

Sie nestelte an den Riemen, mit denen ihre Tasche am Sattel befestigt war, als er neben ihr stehenblieb und sie ihr abnahm.

»Lassen Sie mich das machen. Sie machen es nicht richtig, und Sie zerdrücken Ihre hübsche Feder. Soll ich vielleicht ...«

»Nein.« Sie zuckte weg und stopfte die Feder in ihre Tasche, bevor sie ihm diese in die Arme drückte. Während er sie befestigte, tappte sie ungeduldig mit den Zehen auf den Boden.

Als er fertig war, wandte er sich ihr zu. Sein Gesicht war so ausdruckslos, dass es ein Ausdruck für sich war: der eines Mannes, der sich mit einer irrationalen Frau herumschlagen musste. Sie spürte, wie sich in ihrer Brust ein wütendes Grollen zusammenbraute.

»Fertig?«

Sie hob den Fuß, bereit, ihn in seine verschränkten Hände zu setzen. Stattdessen umfasste er ihre Taille und hob sie hoch. Ja, er hob neunundsechzig Kilo, als ob es nichts wäre.

Er schleuderte sie nicht hoch oder ließ sie wie einen Hafersack fallen, sondern setzte sie sanft in den Sattel, als stellte er einen empfindlichen Gegenstand auf ein Regal; diese Zurschaustellung seiner körperlichen Kraft ließ sie atemlos zurück.

Außerdem hielt er ihre Taille ein wenig zu lang fest, bevor er sie losließ, und die Wärme und Kraft seiner Finger brannte sich durch die Lagen von Kleidung und sandte verwirrende Botschaften an ihr bereits ziemlich mitgenommenes Hirn.

Der Simon von vor vierzehn Jahren hätte sie nie so beiläufig oder intim berührt. Dieser Simon war jedoch nicht der sanfte Gentleman aus ihrer Vergangenheit. Honey fragte sich, ob er überhaupt ein Gentleman war.

Anstatt sein Pferd zu einem der Felsen zu führen, um aufzusteigen, hielt er Zügel und Sattelknauf locker in einer Hand und schwang sich mit einer eleganten Bewegung in den Sattel.

Sie starrte noch immer, als er zu ihr herübersah und die Augenbrauen hochzog. »Was ist?«

»Ich habe noch niemanden so aufsteigen sehen.«

Er zuckte mit den Schultern. »Es ist erstaunlich, wie es einen motivieren kann, solche Fähigkeiten zu erwerben, wenn man versucht, Kugeln auszuweichen.«

Er bedeutete ihr, vorauszureiten, und während des gesamten Rückwegs nach Whitcomb sprachen sie kein einziges Wort mehr.

Kapitel Acht

Ihre Gnaden waren nicht verfügbar, als Honey sich um Punkt drei Uhr bei ihren Gemächern vorstellte.

»Sie ist heute leider unpässlich«, sagte eine winzige, offen feindselige Bedienstete und ließ Honey währenddessen im Flur warten.

»Verstehe.« Sie zögerte und überlegte, zu fragen, wann die Duchess *denn* für sie Zeit hätte.

»Die Duchess wird Sie benachrichtigen, wenn Sie bereit ist, Sie zu empfangen.«

Die Frau wartete nicht auf Antwort und schloss Honey die Tür vor der Nase.

»Miss Keyes?«

Honey wandte sich um und sah Lady Rebecca, die in einiger Entfernung vor einer weiteren Tür auf dem langen Flur stand und gekleidet war, als wäre sie gerade von draußen hereingekommen.

»Guten Tag, Lady Rebecca.«

»Haben Sie gerade Ihre Sitzung mit Mama beendet?«, fragte das Mädchen und zupfte ein Paar kanariengelbe Glacéhandschuhe von den Fingern.

»Ihre Gnaden fühlen sich heute nicht wohl.«

Lady Rebecca warf ihr einen wissenden Blick zu, der sie reifer erscheinen ließ, als sie war. Zweifelsohne war das Mädchen die Launen ihrer Mutter gewohnt.

»Haben Sie irgendwann Zeit, ein wenig mit mir zu plaudern?«, fragte Honey.

Lady Rebecca war sichtlich erfreut. »Ich hätte jetzt Zeit, wenn Sie mögen.«

»Das wäre perfekt.«

»Kommen Sie doch mit in mein Wohnzimmer.«

Das Zimmer, in das Lady Rebecca sie führte, wirkte erstaunlich gediegen und erwachsen für ein Mädchen im Schulalter.

»Ich werde uns Tee bringen lassen und mich rasch umziehen«, sagte sie an Honey gewandt und band ihre Haube los. »Es dauert nur wenige Minuten.«

»Ich habe es nicht eilig«, versicherte Honey.

Der Schnitt der Suite glich ihrer eigenen, mit der Ausnahme, dass sich hier noch so etwas wie ein privates Schulzimmer anschloss. Sie nahm an, dass das recht fragile Mädchen zu Hause unterrichtet wurde. Es musste eine einsame Existenz sein in diesem weitläufigen Haus.

Als Lady Rebecca zurückkehrte, führte sie Honey in einen weiteren, viel kleineren Wohnraum, der neben dem Schulzimmer lag.

»Das ist einer meiner Lieblingsorte«, sagte das Mädchen. Auf dem Hintergrund der mit altrosa Seidenstoff bezogenen Wände wirkte es sehr hübsch.

»Das ist ein zauberhaftes Zimmer.« Tatsächlich fühlte es sich mit seinen stoffbespannten Wänden und den weichen Teppichen an wie ein Kokon.

»Stört es Sie, wenn ich bei unserer Unterhaltung einige Skizzen mache?«

»O nein, absolut nicht.« Rebeccas Blick fiel auf den Skizzenblock, den Honey aus ihrer Tasche gezogen hatte. »Würden Sie mir erlauben, die Skizzen zu sehen, wenn sie fertig sind?«

»Das werde ich. Würden Sie mir einen Blick auf Ihre Garderobe gestatten? Dann können wir schauen, in welcher Kleidung Sie gern gemalt würden.«

Die mageren Wangen des Mädchens färbten sich vor Begeisterung zartrosa, und Honey fand ihre Reaktion auf eine süße Weise naiv, allerdings auch ein wenig traurig, da sie ihre Einsamkeit deutlicher zutage treten ließ.

Lady Rebecca erinnerte Honey an ein Waisenkind, obwohl sie noch beide Eltern hatte und bei ihnen wohnte. Bisher hatte mit Ausnahme des Duke bei ihrer kurzen Unterredung niemand die Duchess erwähnt. Es war, als ob diese Frau nicht in derselben Welt lebte wie der Rest der Familie.

Das geht dich nichts an; du bist hier, um Lady Rebecca zu porträtieren, nicht, um in ihrem Leben herumzuschnüffeln.

Insgeheim musste Honey anerkennen, dass das der Wahrheit entsprach, also lenkte sie ihre Aufmerksamkeit wieder auf ihre eigentliche Aufgabe.

»Haben Sie schon eine Vorstellung davon, welche Art Hintergrund Sie gerne hätten?«

Lady Rebecca riss die Augen auf. »Sie meinen, das darf ich aussuchen?«

»Natürlich. Schließlich ist es ein Gemälde von Ihnen.«

»Hm, lassen Sie mich nachdenken-« Ein geheimnisvolles Lächeln spielte um ihre Mundwinkel, während sie überlegte.

Honey begann zu zeichnen und hatte fast eine Minute, um das Mädchen zu studieren, bevor Rebecca wieder aus ihren Gedanken auftauchte.

»Oh«, sagte sie und blickte auf den Skizzenblock. Augenblicklich hatte sie die steife, wachsame Haltung einer Person, die sich beobachtet fühlte.

»Ich konnte erkennen, dass Sie eine Idee hatten«, bohrte Honey nach, während ihr Bleistift sich weiter über das Papier bewegte. »Etwas, das Sie zum Lächeln gebracht hat. Was war es?«

Lady Rebecca hob rasch den Blick und begegnete ihrem. »Ich habe überlegt, ob es vielleicht ginge, dass Sie mich mit meinem Pferd abbilden?« Die zarte Röte auf ihren Wangen vertiefte sich. »Ich weiß, ich sehe nicht so aus, als ob ich kräftig genug wäre, um eine passionierte Reiterin zu sein«, sagte sie und griff Honeys Gedanken vorweg. »Aber der Schein kann trügen.«

»Da haben Sie recht. Es ist nie klug, nach Äußerlichkeiten zu urteilen. Und ich finde, ein Porträt mit Ihrem Pferd wäre ganz zauberhaft. Vielleicht können wir bei unserem nächsten Treffen einmal ausreiten?«

Der Rest der Sitzung ging schnell vorüber, und Honey sammelte Dutzende schneller Skizzen, während sich das Mädchen entspannte.

Wenigstens würde das Porträt von Lady Rebecca einfach und vergnüglich werden.

***

Simon erschien an jenem Abend nicht zum Dinner. Honey sagte sich, dass sie froh darüber war, doch das war gelogen. Seine Abwesenheit sorgte dafür, dass die Mahlzeit ruhiger war, dafür war die Unterhaltung aber auch reichlich lau. Zumindest in ihren Augen.

Der Duke wirkte weniger krank, doch etwas schien ihn zu beschäftigen, und die Witwe warf nervöse Blicke auf den leeren Platz, sodass nur Mr Fairchild – oder Raymond, wie er von ihr genannt werden wollte –, Lady Rebecca und Honoria die Unterhaltung in Gang hielten.

Raymond trug dabei die Hauptlast und erzählte von einer großen Gänseherde, die sich auf eines der nahegelegenen Besitztümer des Duke verirrt hatte, ein Ort namens Lindthorpe, den er heute besucht hatte.

Obwohl er sie alle mit der Beschreibung seiner verzweifelten Versuche zum Lachen brachte, den aggressiven Tieren aus dem Weg zu gehen, lag hinter seinen Worten ein leichter Anflug von Feindseligkeit, der ahnen ließ, dass die Aufgabe zu der Zeit nicht besonders angenehm gewesen war.

»Sind die Maurer gekommen?«, fragte der Duke, und seine leise Stimme ließ Raymond die Schultern straffen. Honey beobachtete die zwei Männer, als sie über diverse Reparaturen diskutierten. Je länger sie dabei zusah, wie sie miteinander umgingen, desto mehr gewann sie den Eindruck, dass die Unbehaglichkeit von Raymond ausging.

Der Duke war höflich und freundlich zu ihm und verhielt sich nicht anders, als er es anderen Erwachsenen gegenüber tat, Simon vielleicht ausgenommen, bei dem er seine Verärgerung durchscheinen ließ.

Raymond allerdings tat, als müsste er über die Planke gehen. Seine Antworten auf einfache Fragen waren unsicher und defensiv.

Honey fragte sich, ob der Duke wirklich solch ein hochanspruchsvoller Arbeitgeber war.

Vielleicht war es auch nur eine natürliche Unbeholfenheit, die dem Umstand geschuldet war, dass man für einen Verwandten arbeitete? Würde der Duke seinen eigenen Cousin je entlassen?

Rebecca fragte sie wegen des Ausritts am folgenden Tag, und sie überlegten, welche Reitkleidung sie anziehen sollte und wohin sie reiten wollten.

»Brauchen Sie für so etwas kein gutes Licht?«, fragte die Witwe, als die Unterhaltung fast zum Erliegen kam.

»Nicht, um Skizzen anzufertigen, das kann ich überall tun.«

»Miss Keyes hat mir einige ihrer Zeichnungen heute gezeigt«, sagte Rebecca, sichtlich aufgeregt. »Sie sind sehr gut. Auf einer hat sie mich auf dem Pferd gezeichnet, obwohl wir im Rosensalon saßen.«

»Wie wundervoll«, stimmte die Witwe zu. »Ich hörte, dass einige Maler ihren Arbeitsprozess geheim halten. Ich weiß, dass der Gentleman, der mich porträtiert hat, mich das Gemälde nicht sehen lassen wollte, bis es enthüllt wurde. Halten Sie das auch so, Miss Keyes?«

»Meine Skizzen zeige ich immer gern. Tatsächlich werde ich verschiedene Posen skizzieren, und Lady Rebecca kann sich dann aussuchen, welche ihr am besten gefällt.« Honey wusste, dass das Mädchen sich bereits auf das Reiterbild festgelegt hatte, doch möglicherweise würde sie ihre Meinung ändern, wenn sie die Zeichnung sah, die sie von ihr in dem gemütlichen Wohnzimmer gemacht hatte. Darauf lächelte sie ein wenig schelmisch, als sie über etwas nachdachte, das Honey sie gefragt hatte.

»Wie viele Zeichnungen machen Sie gewöhnlich?«, fragte der Duke.

»Ich könnte Dutzende machen; von den besten mache ich dann Studien in Öl.«

»Eine Ölstudie?«, fragte er und klang ernsthaft interessiert.

»Es sind schnelle Gemälde – wie Skizzen, nur in Farbe.«

Lady Rebecca sah Honey nach Bestätigung suchend an.

»Das ist eine ausgezeichnete Umschreibung. Ich werde über die kommenden Sitzungen einige davon anfertigen.«

»Das eigentliche Porträt wird sie aber in London malen, Papa.«

Der Duke nickte. »So habe ich es verstanden.«

»Es gibt Maler, die während der Sitzungen malen«, informierte ihn Lady Rebecca. Sie war sichtbar erfreut, dass er nun auch am Gespräch teilnahm und wünschte sich, seine Aufmerksamkeit zu halten. Ihre Bedürftigkeit tat Honey im Herzen weh.

»So wurde meines gemacht«, sagte er.

Das Thomas-Lawrence-Porträt des Duke war ein Meisterwerk. Es hing in der Galerie neben dem Gemälde, das ihr Vater von Simon angefertigt hatte.

Honey hatte Lawrence in ihrer Jugend oft gesehen und das gutherzige, wenn auch mürrische Genie bewundert.

»Ich nehme an, Sie hatten sechs oder sieben Sitzungen für Ihr Porträt, Euer Gnaden?«, fragte sie.

»Ja, ungefähr. Er fing im Mai 98 mit dem Porträt an, musste es aber wegen einer dringenden Angelegenheit unterbrechen. Wir konnten es erst später im Jahr fortsetzen.«

Lawrence hatte ihren Vater während jener Zeit oft besucht. Honey war noch sehr jung gewesen, also hatte sie die eher skandalöse Ursache für seine Trauer – den Tod von Maria Siddons und seine Liebesbeziehungen zu beiden Töchtern der berühmten Schauspielerin Sarah Siddons – erst Jahre später erfahren.

Das war kaum ein geeignetes Thema für die Dinnertafel, also lenkte Honey die Unterhaltung in eine andere Richtung.

»Mein Vater war auch so. Er brauchte die Sitzungen, um zu arbeiten. Sonst hätte er den Auftrag nicht angenommen.« Das hatte zur Folge gehabt, dass einige Kunden sich an jemand anderen gewandt hatten, der sich bei der Anfertigung des Porträts mehr nach ihren Wünschen richtete. Aber auch so hatte ihr Vater keinen Mangel an Aufträgen gehabt.

»Ich finde es interessant, dass Sie nicht dieselbe Methode anwenden, obwohl Sie das Malen bei Ihrem Vater gelernt haben. Sie müssen ein sehr gutes Gedächtnis haben, um so malen zu können«, sagte Raymond.

»Ich habe ein gutes Gedächtnis für Gesichter, aber ich brauche Skizzen, um mich an kleinere Details zu erinnern.«

»Wie lange brauchen Sie, wenn Sie angefangen haben?«, fragte Lady Rebecca.

»Ich kann es nie so genau sagen, da jedes Modell anders ist. Anders als bei meinen Skizzen zeige ich das Gemälde in diesem Stadium allerdings nicht, bis ich fertig bin.«

Rebecca war gerade dabei, einen Löffel Schnee-Eier zum Mund zu führen und hielt inne. »Warum das nicht?«

»Ich habe festgestellt, dass ...«

Die Tür des Speisezimmers wurde geöffnet, und der Marquess erschien. Selbst auf die Distanz sah Honey, dass er an diesem Abend nicht schwankte wie gestern.

»Es tut mir leid, dass ich zu spät bin«, sagte er, als er eintrat. Sein Blick ruhte auf Honey.

Sie sah ihn mit zusammengekniffenen Augen an und zwang sich erfolglos, nicht rot zu werden. Er war zu spät? *Zu spät?*

Es sollte ein neues Wort geben, um den Umstand zu beschreiben, dass man erst beim Dessert zum Essen erschien.

Er nahm den Platz neben ihr ein. »Guten Abend, Miss Keyes«, murmelte er.

Sie ignorierte ihn.

»Lassen Sie die Köchin etwas für Lord Saybrook bringen«, wies die Duchess den Diener an, der hinter Simons Stuhl auftauchte.

»Ich habe auf dem Rückweg vom Stall bereits in der Küche vorbeigeschaut und mit unserer Kochfee geredet«, sagte Simon zu seiner Mutter. »Sie schickt etwas rauf.« Er hob das Glas, das der Diener eilig für ihn gefüllt hatte, nahm einen tiefen Schluck und wandte sich dann an den Duke.

»Ich bin mit Bacchus ausgeritten und hörte das erbärmlichste Gejammer in dem Wäldchen bei Craigs Anwesen. Einer seiner Jagdhunde war in ein Fangeisen geraten. Der arme alte Kläffer war in einem jämmerlichen Zustand.« Er betrachtete den interessierten Gesichtsausdruck seiner Nichte, runzelte die Stirn und fügte hinzu: »Ich muss nicht sagen, dass er Hilfe brauchte.«

»Verstehe«, sagte der Duke. Sein Ausdruck verlor die Strenge, als er den Grund für Simons Verspätung hörte. »Es war gut, dir Zeit zu nehmen, um ihm zu helfen«, fügte der Duke leise hinzu.

Simon zuckte mit den Schultern und wandte sich seiner Nichte zu. Offensichtlich hatte er kein Interesse, mit seinem Bruder zu sprechen. »Und was hast du heute getrieben, Becs?«

»Ich hatte meine erste Sitzung mit Miss Keyes, Onkel. Sie war gerade dabei, uns zu erzählen, wie sie arbeitet und dass sie das endgültige Porträt niemandem zeigt, bis es vollkommen fertig ist.«

Simon sah Honey süffisant an, wobei sich sein Kiefer leicht bewegte, als ob er sich einige ausgewählte Antworten verbiss. Schließlich sagte er: »Es tut mir leid, dass ich eine solch interessante Unterhaltung unterbrochen habe. Verraten Sie uns doch, Miss Keyes, warum Sie nicht gern Ihre Skizzen zeigen oder-«

»Nein, nicht die Zeichnungen, Onkel. Sie hat mir die Skizzen gezeigt, die sie heute von mir gemacht hat.«

»Ach, hat sie das?« Er lächelte schalkhaft, und Honey wusste, dass sie beide daran dachten, wie hysterisch sie sich zuvor aufgeführt hatte. »Wie interessant. Aber mit Ihren Porträts halten Sie es anders. Darf ich fragen, warum?«

Honey hätte ihn zu gern ignoriert, aber der Rest der Familie wartete ebenfalls mit interessierten Mienen auf Antwort.

»Es gibt eine Art ... nun, nennen wir es mangels eines treffenderen Begriffs einen Dialog, zwischen mir und meinem entstehenden Werk.«

Sie erkannte, dass das Mädchen sie nicht verstand. »Zum Beispiel male ich manchmal etwas und entscheide später, dass es einfach nicht passt. Wenn ich es noch niemandem sonst gezeigt habe, fühle ich mich der Arbeit nicht so verpflichtet.« Sie konnte erkennen, dass sie nun auch die übrigen Familienmitglieder verloren hatte.

Die Tür wurde geöffnet, und drei Diener traten ein. Jeder von ihnen trug eine große silberne Cloche. Der Marquess wandte sich seinem Essen zu, offenbar interessierte es ihn brennender als Honeys Antwort. Sie konnte es ihm nicht übelnehmen; sie hatte sich ziemlich unverständlich ausgedrückt.

Erstaunlicherweise war es Lady Rebecca, die zu ihrer Rettung kam. »Ich glaube, ich verstehe, was Sie sagen wollen. Wenn nur Sie es gesehen haben, müssen Sie sich keine Gedanken um die Erwartungen anderer machen. So geht es mir auch, wenn ich ein Musikstück einstudiere. Ich würde lieber allein daran arbeiten, bevor ich es mit anderen teile.« Ihre Wangen färbten sich rot, als ob ihr eingefallen wäre, dass sie zu viel preisgegeben hatte. »Ich möchte einfach, dass alles perfekt ist, bevor ich es anderen vorspiele«, murmelte sie.

»Genau so fühle ich mich«, sagte Honey. »Manchmal übermale ich eine Leinwand sogar vollständig, wenn ich nicht zufrieden bin.«

Lady Rebecca machte große Augen. »*Alles*?«

»In der Vergangenheit habe ich das getan. Ich tue es nicht gerne, aber wenn etwas nicht passt, möchte ich es nicht behalten. Bei solchen drastischen Maßnahmen kann es sein, dass die Porträtierten sich aufregen, also ist es besser, bis zum Ende zu warten.«

»Passiert so etwas oft?«, fragte der Duke.

»Glücklicherweise nicht. Bloß manchmal …«, sie kaute auf ihrer Unterlippe.

»Ja?«, hakte er nach.

»Manchmal kann es bei so etwas eine Strähne geben. Mir fällt gerade kein besseres Wort dafür ein. Mein Vater hatte einmal eine schreckliche Strähne, die ein Jahr andauerte. Er hatte drei Aufträge und malte jedes der Porträts noch einmal ganz neu.« Sie schmunzelte. »Das war kein besonders vergnügliches Jahr in unserem Haushalt.«

In den Augen des Duke funkelte Amüsement, und der unerwartete Gefühlsausdruck ließ seine Züge auf strenge Weise attraktiv wirken. »Ja, das leidenschaftliche Naturell der Künstler.« Er legte den Kopf schief. »Sie allerdings scheinen mir wenig Allüren zu besitzen.«

Simon sah bei diesen Worten von seinem Teller auf. Obwohl er kaute, konnte man sehen, dass er lächelte.

Abscheulicher Kerl.

»Es tut mir leid, zugeben zu müssen, dass es wahr ist. Ich bin für gewöhnlich ruhig und zurückhaltend.«

Der Duke zog die Augenbrauen hoch. »Es tut Ihnen leid? Warum das?«

»Ach, es scheint so wenig künstlerisch, so ganz ohne Allüren zu sein.«

Darüber musste er schmunzeln. »Aber es kommt doch wohl mehr auf die Qualität der Kunstwerke an, nicht?«

»Letztendlich, ja. Dennoch kann es hilfreich sein, ein wenig Flair zu haben. Denken Sie zum Beispiel an Lord Byron.«

»Lord Byron«, wiederholte Rebecca etwas atemlos.

Der Duke presste die Lippen zusammen. »Ich glaube, ich denke lieber *nicht* an Lord Byron.« Er sah seine Tochter an. »Glaub mir, meine Liebe, ein solches Verhalten mag sich amüsant lesen, aber für die Menschen in seinem Leben kann sein Verhalten nicht angenehm sein.« Sein Blick streifte seinen jüngeren Bruder, bevor er Honey betrachtete, die nur zustimmend nicken konnte. Sie fand Byrons Benehmen so abstoßend, dass sie seine zugegebenermaßen faszinierende Lyrik nicht genießen konnte.

»Leidenschaftliche Menschen können einem das Leben schwer machen.« Seine Gnaden sah Simon nicht direkt an, doch es war klar, was er meinte.

Sein Bruder ignorierte ihn.

Stattdessen starrte Simon Honey an, und sein Blick war intensiv und ... nachdenklich. Es war ein Blick, der sie nervös und etwas ängstlich machte.

Warum sah er sie nur so an?

Kapitel Neun

Simon war ebenso verschwitzt wie sein Pferd, als er auf Loki in den Stallhof trabte.

Als er gerade absteigen wollte, kam sein Cousin in Begleitung von Taft, seinem torkelnden Knecht, aus dem Stall.

Die beiden schienen erschrocken, ihn zu sehen.

»Seien Sie nächstes Mal vorsichtiger«, fuhr Raymond seinen Dienstboten an. »Das wäre dann alles. Gehen Sie wieder an die Arbeit.«

Taft verschwand eilig wieder im Stall, als Wilkins erschien, der zweifellos den Hufschlag auf dem Pflaster gehört hatte.

»Raymond«, sagte Simon, nickte seinem Cousin zu und überließ Wilkins die Zügel. »Hast du Ärger mit deinem Knecht?«

Raymond blickte finster drein. »Ach, der ist dumm wie Brot und braucht ab und zu eine Watsche, damit er in der Spur bleibt.«

Angesichts der harschen Worte seines Cousins zog Simon eine Augenbraue hoch. Raymond war dem Personal gegenüber schon immer zu barsch und aufbrausend gewesen. Simon konnte nur vermuten, dass es daran lag, dass er seine ersten Jahre ohne Dienstboten verbracht und noch nicht gelernt hatte, dass ein freundliches Wort oft bessere Ergebnisse brachte als ein unhöflicher Kommandoton.

Raymond senkte den Blick, als ob er Simons Gedanken erraten hätte, und wandte sich Loki zu.

»Ein wunderbares Tier«, sagte er und ging zunächst einen Schritt auf Loki zu, als ob er vorhätte, ihn zu streicheln, wich aber zurück, als der temperamentvolle Hengst wegzuckte.

»Du solltest dich besser fernhalten«, sagte Simon und versuchte vergeblich, sich die Verärgerung nicht anhören zu lassen. Sein Cousin war im Umgang mit Pferden ängstlich, was ihn in der Nähe eines nervösen Tieres wie Loki zu einem Risiko machte. »Ich fürchte, er ist noch immer etwas wild«, fügte er hinzu, als er bemerkte, dass sich Raymonds Ausdruck bei seinen scharfen Worten noch mehr verfinstert hatte.

Wilkins nahm die Zügel und warf Raymond einen abschätzigen Blick zu. Der Stallmeister hatte keine Geduld mit einem Mann, der sich mit Pferden nicht auskannte, und scheute sich nicht, es zu zeigen.

Simon hatte etwas Mitleid mit seinem Cousin, aber Raymond war wirklich selbst schuld. Und er behandelte Wilkins so, wie er auch seinen dämlichen Knecht Taft behandelte.

»War er brav, Mylord?«, fragte Wilkins und rieb dem großen Hengst das Kinn, als ob er ein Kätzchen wäre.

Simon kraulte Lokis glatten, muskulösen Hals und freute sich, als das Tier sich ihm entgegenpresste, anstatt zurückzuzucken. »Nicht besonders.«

Wilkins schmunzelte. »Aye, das reicht schon, Master Simon. Er is zugeritten, aber nich zuschanden geritten. Sie ham verflixt gute Arbeit geleistet.«

»Na ja, wir haben noch etwas Arbeit vor uns, aber geben Sie ihm eine Extraportion Hafer«, sagte Simon schroff und wandte sich ab, weil ihm das Lob des Mannes die Hitze in die Wangen trieb. Er kannte niemanden, vor dem er mehr Respekt hatte als vor Wilkins. Außer vor seinem Bruder. Ganz gleich, wie sehr er Wyndham manchmal hasste, er hatte Respekt vor ihm.

Wilkins war einer der besten Pferdetrainer in Großbritannien. Als Simons Vater noch gelebt hatte, war er bereits Knecht gewesen und nur wenige Jahre älter als Simon. Die beiden hatten sich früher sehr nahegestanden, verbunden durch ihre gemeinsame Liebe zu Pferden. Simon hatte immer vorgehabt, dem Duke Wilkins wegzuschnappen, wenn er sich auf Everley einrichten würde.

Er schnaubte und wischte sich mit dem Unterarm über die schweißnasse Stirn. Dank Wyndham war *der* Traum nun in weite Ferne gerückt.

»Ich werde dein Erbe freigeben, wenn du heiratest oder fünfunddreißig wirst«, hatte sein Bruder auf seine kühle, unversöhnliche Art bestimmt, als sie sich das letzte Mal gestritten hatten. Oder besser gesagt, als *Simon* das letzte Mal mit ihm gestritten hatte. Wyndham stritt sich nie. Er erhob nie die Stimme. Wurde nie zornig. Nie entglitten seine Gefühle seinem eisernen Griff – nicht einmal, als Edward gestorben war.

»Äh, Simon?«

Beim Klang von Raymonds Stimme drehte Simon sich um und stellte fest, dass der nur wenige Schritte hinter ihm stand. Er hatte noch nicht einmal bemerkt, dass Raymond ihm gefolgt war.

»Ja?«, fragte er und musste wieder einmal seine Ungeduld zügeln. Simon versuchte, seinem Cousin gegenüber nicht grausam zu sein, doch Raymonds duckmäuserische, schmeichelnde Art machte es ihm schwer.

Seit er fünf Jahre alt war, lebte er bei Simon und seiner Familie, seit Simons Vater ihn nach Whitcomb geholt hatte. Obwohl Raymond seine Vergangenheit nie erwähnte, wusste Simon, dass sein Cousin im Elend gelebt hatte, als der selige Duke von der Existenz des einzigen Kindes seines jüngsten Bruders erfahren hatte.

»Äh, ich dachte, vielleicht möchtest du mich nach Lindthorpe begleiten. Seine Gnaden möchte eine Einschätzung zu den Stallungen dort, und ich dachte, vielleicht könntest du mir mit deiner Meinung helfen?«, fragte Raymond.

»Herrgott, Raymond – warum nennst du ihn nicht Wyndham? Ich weiß, dass er es dir schon tausendmal angeboten hat.«

Raymond zuckte mit den Schultern. Er hatte diesen eigenartig verkniffenen Ausdruck, dessentwegen es Simon immer leidtat, wenn er ihn angefahren hatte.

Er seufzte tief, glättete gedankenverloren seine abgetragenen Lederhandschuhe und dachte über die Einladung nach.

Lindthorpe war ein recht großes Anwesen, das Wyndham kürzlich erworben hatte. Es lag nur etwa eine Stunde entfernt von Whitcomb, und Simon war etwas neugierig darauf. Es war alt, in der Tudorzeit erbaut und war über Generationen im Besitz der Earls of Templeton gewesen. Simon wusste, dass der Earl durch Fehlinvestitionen in Schwierigkeiten geraten war und das uralte Anwesen veräußern musste.

»Hat mein Bruder dich angestiftet, mich zu fragen, Raymond?«, fragte er und lächelte den kleineren Mann spöttisch an.

»Nein. Der Duke sollte mich eigentlich begleiten, aber ...« Raymond verzog das Gesicht. »Er fühlt sich nicht wohl.«

Simon runzelte die Stirn. »Herrgott – schon wieder? Ist es wieder dasselbe? Sein Magen?«

»Ich nehme es an. Du musst mit dem Arzt sprechen. Der ist vor einer Weile gekommen.«

Bei der Neuigkeit stellten sich die kleinen Haare in Simons Nacken auf.

»Großer Gott – ist es so schlimm? Vielleicht sollte ich zu ihm gehen und ...«

»Jetzt ist es ungünstig«, meinte Raymond. »Seine Gnaden hat mir gesagt, ich soll dir ausrichten, dass du um halb drei bei ihm vorbeischauen sollst.«

Simon nickte. »Also gut.«

»Es war nicht der Duke, der vorgeschlagen hat, dass du mich begleitest; es war meine Idee. Ich hätte gern, dass du dir die Ställe ansiehst und mich berätst, was damit geschehen soll.«

Als Simon nicht sofort antwortete, fügte Raymond hinzu: »Außerdem hätte ich gern deine Gesellschaft, Simon. Es ist lange her, seit wir mehr Zeit miteinander verbracht haben. Von unseren Besuchen im St. George einmal abgesehen.«

Simon öffnete den Mund, um irgendeine Ausrede vorzubringen, aber dann sah er denselben Ausdruck der Sehnsucht und Bewunderung, den Raymond gehabt hatte, als er als ein Jahr älterer Waisenjunge zu ihnen gekommen war. Auch wenn Raymond älter war, hatte er sich immer wie ein jüngerer Verwandter verhalten, der Simon gefolgt war wie ein verliebtes Hündchen.

»Nun ja, danke«, fügte er hinzu und kam sich wie ein Schwein vor, weil Raymond sich so über seine gezwungene Höflichkeit zu freuen schien.

»Ich breche gleich morgen früh auf.«

»Ich werde bereit sein.«

Simon überließ Raymond seinen Aufgaben und ging in Richtung Haus. Er kam gerade unter dem großen steinernen Torbogen hervor, als er eben noch einen Zipfel eines vertrauten marineblauen Mantels hinter der Rosenhecke verschwinden sah.

Er hielt sich in ihrer Richtung. Warum nicht? Er hatte noch zwei Stunden totzuschlagen, bevor er mit Wyndham sprechen konnte.

Der Gedanke an die unerklärliche Krankheit seines Bruders bereitete ihm Sorgen. Zwar war er wütend darüber, wie der Duke sich ihm gegenüber verhielt, indem er Simons Erbe unter Verschluss hielt, um ihn zur Heirat zu zwingen, dennoch liebte er seinen Bruder sehr.

Simon war die Streiterei mit Wyndham leid und seine leider wenig von Erfolg gekrönten Pläne, sich des Einflusses seines Bruders zu entwinden.

Später am Tag, wenn er zu ihm ginge, würde er mit Wyndham sprechen, anstatt zu schreien. Sie waren früher beste Freunde gewesen. Es war jetzt Zeit, mit diesen Kindereien aufzuhören.

Von diesem Gedanken geleitet hastete er hinter Miss Keyes her; er konnte sich ebenso gut amüsieren, während er wartete.

Simon durchquerte den ordentlich gepflegten Knotengarten in Richtung des manikürt wirkenden Parks. Miss Keyes war nicht weit vor ihm und hielt auf den Irrgarten zu. Simon ging langsamer; es war überhaupt nicht gut, wenn sie ihn sah.

Der Irrgarten auf Whitcomb war ein Prachtexemplar. Hunderte Jahre alt und über drei Meter hoch, und es war nicht leicht, sich zurechtzufinden – zumindest, wenn man sich nicht auskannte. Die Wege waren über die Jahrhunderte enger geworden und die akkurat geschnittenen Pflanzen gewachsen. Kurven, scharfe Knicke, Sackgassen, sich wiederholende Muster und einzigartige Irreführung trugen zu dem riesigen sanften Grün der Verwirrung oder des Vergnügens bei – je nachdem, wie man dazu stand.

Das Labyrinth hatte zwei Eingänge, und Simon nahm denselben, durch den auch Miss Keyes gegangen war. Bei der ersten Abzweigung bemerkte er einen kleinen Papierfetzen, der auf einen Zweig zu seiner Rechten gesteckt worden war. Sein Lächeln verzog sich zu einem Grinsen, er pflückte das Papier ab und steckte es in die Tasche.

Er folgte der Fährte aus Papier und entfernte jedes Stück.

Zweimal musste er sich in die dichte Hecke drücken, als sie in eine Sackgasse geraten war und alternative Wege prüfte, und sie ging nahe genug an ihm vorbei, dass er sie hätte berühren können. Doch das hätte nur den Spaß verdorben.

Etwa eine Viertelstunde folgte er ihr.

Und als er sicher war, dass sie abermals in die Irre gegangen war, machte er sich auf ins Herz des

Labyrinths, das nicht in der Mitte lag, sondern in der nordwestlichen Ecke – ein weiterer Trick des Erbauers.

An diesem beinahe unheimlich stillen Ort befand sich, von einem halben Dutzend steinerner Bänke umgeben, ein gewaltiger Brunnen.

Simon setzte sich mit Blick auf den einzigen Eingang und stellte sich auf eine lange Wartezeit ein.

***

Honoria fragte sich langsam, ob es in diesem Irrgarten spukte. Sie schämte sich sogleich für diesen albernen Gedanken. Sie war die bodenständigste Person, die sie kannte.

Doch ihr pragmatischer, sachlicher Verstand konnte sich das Verschwinden Dutzender Papierstücke nicht erklären. Sie musste sich mehr verirrt haben, als sie dachte, sodass sie auf einen vollkommen anderen Weg geraten war. Sie blieb an einer weiteren Kreuzung stehen, an der es in zwei Richtungen weiterging.

Obwohl der Tag mild war, wurde ihr heiß, und ihr Kleid klebte an ihr.

Sie band den Mantel auf und warf ihn sich über den Arm, der bereits ihre immer schwerer werdende Tasche zu tragen hatte. Sie hatte das Ziel, das Zentrum des Labyrinths zu erreichen, bereits vor fünfzehn Minuten aufgegeben. Jetzt wollte sie nur noch hinaus. Sie sah zum Himmel, aber die Sonne stand genau über ihr und gab keinen Hinweis darauf, wo sie das Labyrinth betreten hatte.

Wie lang konnte sie hier draußen herumirren, bevor jemand sie suchen würde? *Würde sie überhaupt jemand suchen?* In diesem Haushalt schienen die Leute doch ohnehin zu kommen und zu gehen, ohne dass es jemand bemerkte oder kommentierte. Sie könnte Stunden hier verbringen – Tage. Sie könnte hier drin *sterben.*

Ein Schaudern kroch ihre Wirbelsäule hinauf, bevor sie es verhindern konnte.

»Du benimmst dich albern, Honoria Keyes.« Ihre Stimme klang gedämpft und weit entfernt. Die dichten grünen Wände verschluckten den Schall. Sie atmete tief ein, bis sie das Gefühl hatte, ihre Lungen müssten explodieren, hielt den Atem an und ließ die Luft wieder entweichen.

Nachdem sie diese Übung zur Beruhigung noch weitere zwei Male gemacht hatte, bog sie nach links ab. So würde sie es machen: nur noch nach links abbiegen, bis es nicht mehr ging.

Sie stopfte die übrigen Papierstückchen in die Tasche ihres Mantels und ging weiter.

Sie war sechsmal links abgebogen und fühlte Erleichterung in der Brust, als sie auf eine Sackgasse stieß.

Sie stöhnte, wandte sich um und bog nach rechts ab. Nun nur noch nach rechts.

Ein Teil ihres Verstandes, der Teil, den sie verzweifelt versuchte, zu ignorieren, sagte ihr, dass diese Strategie völlig unsinnig war.

Honey bog noch dreimal nach rechts ab und blieb dann stehen.

Direkt auf der Mitte des engen Weges lag ein Papierschnitzel. Einer *ihrer* Papierschnitzel. Sie hob ihn auf und drehte ihn um, und wieder, als ob er ihr etwas verraten könnte. Auf gewisse Weise tat er das sogar: Jemand führte sie an der Nase herum.

Sie zerknüllte das Papierstück und stopfte es zu den übrigen in die Tasche. Als sie an die nächste Biegung kam, lag dort ein weiterer Papierfetzen in der Mitte des linken Weges. Sie schnaubte und ging in diese Richtung.

An jeder Kreuzung lag ein Stückchen Papier. Sie folgte der Spur, bis der Weg schließlich auf eine erstaunlich große Lichtung führte, in deren Mitte ein riesiger Brunnen stand.

Und dort saß Simon Fairchild auf einer Bank, blinzelte in die Sonne und kaute grinsend auf einem Grashalm.

»Sie!« Mehr konnte sie nicht hervorbringen, aber es war wohl würdevoller, als ihm ihre Tasche an den Kopf zu werfen.

Sein Grinsen wurde breiter und wirkte knabenhaft, und er streckte die Arme aus, als ob er einen Preis präsentierte. »Ich.«

Honoria stand wie erstarrt da. Zum ersten Mal seit ihrer Ankunft sah er halbwegs menschlich aus.

Der törichte Gedanke machte sie wütend. Na und? Dann lächelte er eben.

Sie machte sich bewusst, wie sie aussehen musste: mit feuchtem, sich unordentlich ringelndem gelöstem Haar, rotem Gesicht und ganz verschwitzt. Alles seinetwegen.

Simon klopfte mit der Hand auf die Bank neben ihm. »Kommen Sie, Sie haben sich eine Ruhepause mehr als verdient.«

»Ha!« Als ob es irgendetwas half, so nah bei ihm zu sitzen, außer dass sie noch roter und verschwitzter werden würde. Honey ignorierte ihn und ging - nein, *stolzierte* - zu der Bank auf der anderen Seite des prächtigen Brunnens. Sie stellte ihre Tasche auf dem Boden ab und bewunderte das wasserspeiende Herzstück des Brunnens.

»Perseus und Andromeda.«

Sie warf ihm über die Distanz einen finsteren Blick zu. »Ist das so, Lord Saybrook? Und ich dachte, es wäre bloß irgendein anderer Mann auf einem geflügelten Pferd, der eine angekettete Frau von einem Felsen rettet.«

Er lachte, ging zum Brunnen und lehnte sich mit der Hüfte gegen das riesige steinerne Becken, wo Andromeda an einen Marmorbrocken gekettet war.

»Wie gefällt Ihnen unser Irrgarten?«, fragte er und warf den Grashalm, auf dem er herumgekaut hatte, auf den akkurat geschnittenen Rasen.

Honey breitete ihren Mantel über die Steinbank und setzte sich darauf. Sie ließ sich mit der Antwort Zeit. Sie hatte ihre Lippen zu einem geraden, missbilligenden Strich zusammengepresst und sah zu ihm auf.

»Er hätte mir weit besser gefallen, wenn nicht jemand meine Wegmarkierungen gestohlen hätte.«

»Aber das ist geschummelt – Brotkrumen zu streuen.«

»Geschummelt?« Sie musste eine Hand heben, um sich von der Sonne zu beschirmen, dann sah sie ihn zornig an. »Verzeihung, ich wusste nicht, dass es Regeln gibt, wie man einen Irrgarten zu lösen hat.« Ihre Stimme versagte, als er auf sie zukam und direkt vor ihr stehenblieb. Sein breiter Rücken und seine

Schultern hielten das blendende Sonnenlicht ab. Der Latz seiner ausgetragenen ledernen Kniebundhosen war nur wenige Zentimeter von ihrem Gesicht entfernt.

»So«, sagte er und sah aus über einem Meter achtzig Höhe auf sie hinunter. »Besser?«

Sie ließ die Hand sinken. »Wie lange warten Sie schon hier?«

Die unbeschädigte Seite seines Mundes verzog sich zu einem Lächeln.

»Nicht lange, bevor Sie kamen. Ich bin Ihnen hierher gefolgt.«

»Wissen Sie nichts Besseres mit Ihrer Zeit anzufangen, als mich zu verfolgen?«

»Nein.«

Mit dieser Antwort hatte sie nicht gerechnet, und ihr Körper zeigte gemischte Reaktionen: Freude, Schrecken, Neugier, Furcht und Verlangen. Sie wählte die Neugier. »Warum?«

»Weil ich es wollte.«

Nun. Darüber konnte man wohl kaum streiten, oder?

Sie starrten einander eine gefühlt sehr lange Zeit schweigend an.

Der Irrgarten hielt sie in seiner stillen Umarmung, und außer dem leisen Summen von Insekten und entferntem Vogelgesang war nichts zu hören.

»Sie haben ein Gemälde von mir angefertigt«, sagte er.

Das musste sie ihm lassen, er war Experte darin, sie aus dem Gleichgewicht zu bringen. Nicht, dass sie sich wirklich im Gleichgewicht befunden hätte, seit sie ihn hier vorgefunden hatte.

»Wie bitte?«

»Als Ihr Vater mich porträtiert hat, haben *Sie* auch ein Gemälde angefertigt. Ich habe mich eben daran erinnert.«

»Und was soll damit sein?« Sie schleuderte ihm die Worte mit so viel Achtlosigkeit entgegen, wie sie zuwege brachte. Als ob sie das Bild von ihm nicht gehütet hätte wie andere Leute Gold oder Juwelen.

»Ich würde es gern sehen.«

Honoria war froh, dass sie saß. »Nun, das geht nicht.«

Seine Brauen zogen sich zusammen. »Warum nicht?«

»Ich habe es nicht mehr.«

Das überraschte den abscheulichen, eingebildeten Kerl.

»Was haben Sie damit gemacht?«

Sie zuckte mit den Schultern. »Es übermalt, nehme ich an. Ich erinnere mich nicht mehr.«

»Sie haben es übermalt?« Seine Tonlage war höher als gewöhnlich, und sie musste sich auf die Unterlippe beißen, um nicht zu grinsen.

»Ja, genau wie ich gestern beim Abendessen sagte.«

»Was sagten Sie denn beim Abendessen?«

Sie sah ihn mit gespieltem Erstaunen an. »Waren *Sie* etwa gestern nicht beim Dinner zugegen?«

Er ignorierte ihren sarkastischen Ton. »Offenbar habe ich etwas Wichtiges verpasst.«

»Und warum das, frage ich mich?« Sie tippte sich mit dem Finger ans Kinn und verdrehte die Augen himmelwärts, als ob sie sich angestrengt versuchte, zu erinnern.

Er seufzte schwer. »Vermutlich habe ich nicht zugehört. Also, verraten Sie mir, was Sie gesagt haben.«

»Dass Künstler ihre Bilder oft übermalen, wenn sie ihnen nicht gefallen oder irgendetwas nicht in Ordnung ist. Warum sollte man auch eine vollkommen intakte Leinwand verschwenden?«

»Ach ja, richtig. Jetzt erinnere ich mich.« Er kaute auf der Innenseite seiner Wange herum und sagte dann schließlich. »Und was davon war es?«

Er ahmte sie nach, indem auch er die Augen zum Himmel verdrehte. »Hat es Ihnen nicht *gefallen* oder war damit etwas *nicht in Ordnung*?«

Honoria wedelte achtlos mit der Hand. »Das ist lange her, Mylord. Ich erinnere mich kaum.«

Er lachte leise und gefährlich, wobei er langsam den Kopf schüttelte. »Oh Miss Keyes, was sind Sie doch für eine Schwindlerin.«

Ihr Herz galoppierte davon wie ein Pferd, dem man kräftig die Sporen gegeben hatte. »Wie meinen Sie das?«

»Ich möchte, dass Sie mich malen.«

»Das sagten Sie schon. Allerdings, wie ich zuvor sagte, habe ich mich bereits anderweitig verpflichtet, wenn ich diese beiden Porträts beendet habe.«

»Was, Alvanleys Hund?« Er ließ ein bellendes Lachen hören. »Das ist zu drollig.«

Sie konnte nicht verhindern, dass es in ihren Mundwinkeln zuckte.

»Wenn Sie während Ihres Aufenthalts hier einige Sitzungen mit mir abhalten, könnten Sie mich malen, wenn Sie mit Cecily und Rebecca fertig sind. Das würde Ihnen Zeit und Mühe sparen.«

Sie schnaubte. »Das können Sie nicht ernst meinen.«

»Wieso kann ich das nicht?«

»Sie *haben* doch bereits ein Porträt.« Und es war fantastisch. Honey hatte es in der neueren der zwei Galerien hängen sehen, nachdem sie das Frühstückszimmer verlassen hatte. Ihr Vater hatte wundervolle Arbeit geleistet und Simons jüngeres Ich hervorragend abgebildet. Äußerliche Schönheit und Lebenslust leuchteten aus den himmelblauen Augen. Es war nicht das größte Meisterwerk ihres Vaters, denn das war das Porträt von Honeys Mutter, aber es kam ihm nahe.

»Das war ich früher einmal.« Sein Lächeln war bitter. »Damals war ich jung, unschuldig und schrecklich optimistisch. Ich hätte gern ein Porträt von mir, wie ich jetzt bin.«

»Sie meinen, jetzt, da Sie alt, verkommen und ein verbitterter Pessimist sind?«

Er lachte. »*Ganz genau.*«

Sie öffnete den Mund, schloss ihn dann aber wieder. Und öffnete ihn schließlich noch einmal. »Ich weiß, dass Sie nun anders aussehen«, sagte sie zögerlich und errötete unter seinem spöttischen Blick. »Aber Sie sind doch noch immer dieselbe Person.«

»Sind Sie noch dieselbe Person wie damals, als Sie ... wie alt waren? Vierzehn? Fünfzehn?«

»Ich war fünfzehn«, entgegnete sie, etwas beleidigt, weil er es nicht mehr wusste.

»Sind Sie noch immer wie Ihr fünfzehnjähriges Ich?«

Ohne es zu wollen, musste sie über die Frage nachdenken. War sie das? Sie hätte beinahe laut losgelacht. Was eine Sache betraf, war sie das tatsächlich: Sie war noch immer vernarrt in den Mann, der ihr gegenüberstand. Sie spürte, wie Wut und Scham die Hitze in ihre Wangen trieben.

Als sie aufsah, stellte sie fest, dass er sie mit gespannter Miene beobachtete. Wie lange hatte sie darauf gewartet, dass er sie einmal so ansehen würde – als ob er sie verschlingen wollte. Oder zumindest, als ob er verschlingen wollte, was sie dachte, wenn schon nicht sie selbst.

Honey zuckte mit den Schultern. »Im Wesentlichen bin ich noch dieselbe. Was die Lebenserfahrung angeht, das ist natürlich etwas anderes. Ich bin älter und habe mehr Erfahrungen gesammelt. Ich -«

»Haben Sie die ganze Zeit gemalt? Oder sind Sie aufs Internat gegangen?«

Sie hätte verärgert sein müssen, weil er sie unterbrochen hatte, aber sein Interesse schmeichelte ihr zu sehr. »Nein, ich bin nicht zur Schule gegangen.«

»Ach ja, ich erinnere mich. Sie hatten eine Gouvernante. Ein Drachen von einer Frau, der Feuer gespuckt hat.«

»Das war Miss Keeble.«

»Sie hat uns bei unseren kleinen Ausflügen begleitet.« Also erinnerte er sich *doch*.

»Also hat die gefürchtete Miss Keeble Sie unterrichtet?«

»Eine Zeitlang.« Honey zögerte und fragte sich, wie viel sie von sich preisgeben wollte. »Sie hat uns verlassen, genau wie ihre Nachfolgerin. Unser Haushalt war ziemlich unkonventionell, und die meisten von ihnen waren nicht so begeistert von den Arbeitszeiten meines Vaters. Als die dritte uns verlassen hatte, war ich siebzehn und verbrachte mehr Zeit mit der Malerei.«

»Sie sind also nie von zu Hause fortgewesen?«

Etwas an seiner Frage widerstrebte ihr. »Einige Jahre habe ich an einer Schule für junge Damen unterrichtet.«

»Sie waren Lehrerin?« Er zog die Augenbrauen hoch. Die linke war nun fast so hoch wie die rechte.

»Warum? Glauben Sie etwa nicht, dass ich die Qualifikation besitze, Kunst zu unterrichten?«

Er schnaubte verächtlich. »So ein Blödsinn – es ist eine Vergeudung Ihres Talents.«

Sie errötete, wegen seiner Ausdrucksweise, weil er ihr Leben einfach abtat und wegen seines zweifelhaften Kompliments.«

»Zu Ihrer Information, Mylord, ich habe gern unterrichtet. Es gab mir die Gelegenheit, meine Techniken zu verfeinern, ließ mir aber genug Zeit für Aufträge.«

Die Sonne verschwand hinter einer weißen, bauschigen Wolke, und er ließ sich mit der fließenden Eleganz, die er vor all jenen Jahren besessen hatte, neben ihr nieder.

Ihr Körper kribbelte auf der rechten Seite, und sie rückte ein Stück nach links.

Er hob ihre Tasche auf und stellte sie zwischen sie beide auf die Bank. »Hier bitte, eine Barriere für Ihre Sicherheit, Schätzchen.«

Honorias Wangen brannten bei der vertraulichen Anrede und seinem spöttischen Ton. Natürlich fühlte sie sich nicht sicher, und außerdem war sie nicht sein Schätzchen. Sie hätte sich auch nicht sicher gefühlt, wenn eine Wand von über einem halben Meter Dicke zwischen ihnen gewesen wäre. Simon Fairchild war der gefährlichste Mann, dem sie je begegnet war. Nicht, dass sie befürchtet hätte, er könnte ihr etwas antun, zumindest nicht körperlich. Aber in jeder anderen Weise? Ja, absolut.

Er war wie ein schmaler Pfad über einen heimtückischen Gebirgspass oder wie eine mondlose Nacht: gefährlich.

Honey schluckte zum wiederholten Male, und es erzeugte ein hörbares Gurgeln tief in ihrer Kehle. Sie konnte nicht anders; seine Nähe machte ihr Angst, ließ ihr schwummrig werden und wühlte sie auf.

Sie senkte die Lider und hoffte, dass er es als einen Ausdruck von Langeweile, Kaltblütigkeit oder ähnlicher Gefühle hielte, für die es nur im Französischen treffende Begriffe zu geben schien. »Und was ist mit Ihnen, Mylord? Sie deuten nur zu gern mit dem Finger auf meine Unzulänglichkeiten. Ich erinnere mich, dass Sie vorhatten, sich auf Ihr Anwesen auf dem Land zurückzuziehen und Pferde zu züchten.« Honey schwieg eine Weile und zwang sich dazu, nicht zu sagen, was sie im Begriff war zu sagen. »Und waren Sie nicht verlobt? Bella oder so ähnlich? Haben Sie sich auf dem Weg zum Altar verirrt und sind aus Versehen auf dem Festland gelandet?«

Ein Schatten legte sich über seine Augen, so wie die Wolke, die eben die Sonne verdunkelt hatte, und ein Muskel in seinem von Narben bedeckten Kiefer zuckte. Honey fühlte sich, als ob sie bei *Astley's* wären und sie hätte gerade mit einem dicken Kotelett um den Hals die Tür zum Löwenkäfig geöffnet.

Sie machte den Mund auf, um ihre spöttischen Worte zurückzunehmen, doch er war schneller.

»Wie gut Sie doch zuhören können, Miss Keyes, und was für ein ausgezeichnetes Detailgedächtnis Sie haben«, schnurrte er, und sein Blick schien durch sie hindurchzugehen und sich in seine Vergangenheit zu richten.

Die Sekunden verstrichen, und Honey dachte, dass sie vielleicht Glück gehabt hatte, und dies das Ende der Unterhaltung war. Aber dann schärfte sich sein Blick wieder, er sah sie an, und seine Lippen verzogen sich unangenehm.

»Und was ist mit Ihnen, Honey?« Schnell wie eine Viper kam sein Gesicht ihrem nahe. »Warum sind Sie nicht verheiratet und haben eine Reihe Blagen im Kinderzimmer? Oder sind Sie eine Märtyrerin für Ihre Kunst und es gibt in Ihrem Leben keinen Raum für irgendetwas außer Ihrer Leidenschaft für die Malerei?«

Sein Blick war hart und sein Mund lächelte nicht. Warum war er so hasserfüllt? Was war mit dem wunderschönen, warmherzigen und aufmerksamen jungen Gott geschehen, den sie angebetet hatte?

Unklugerweise beugte sie sich näher zu ihm, bis sich ihre Nasen beinahe berührten. »Ich habe Ihnen nicht gestattet, diesen Namen zu verwenden, Mylord.«

Honey musste gewollt haben, was dann geschah. Warum sonst wäre sie einem Mann so nahegekommen, der große Ähnlichkeit mit einem brodelnden Vulkan hatte?

Er schob eine warme Hand in ihren Nacken. Seine breite Handfläche und seine langen Finger umfingen ihren Hals auf eine Weise, durch die sie sich klein und zerbrechlich vorkam.

»Ich frage mich, wie Sie wohl schmecken, Honey.« Und dann senkte er die Lippen auf ihre.

Ein leises Stöhnen entrang sich seiner Brust, und sie sackte gegen ihn. Ihr Körper war substanzlos geworden wie eine Spinnwebe im Wind.

Seine Lippen waren … nun, sie fand kein Wort für die Hitze und das Gefühl seines Mundes. Wer hätte sich vorstellen können, dass solch eine verlockende Weichheit mit solch brutalen, harten Worten in Einklang zu bringen war?

Seine andere Hand gesellte sich zu der einen, jeweils zwei Finger umfingen ihren Kiefer, während er mit den Daumen ihr Kinn nach oben bog, um sich besseren Zugang zu verschaffen, als er die Lippen gegen ihre presste und sie öffnete.

Seine Zunge war warm und glatt, huschte zart über ihre Unterlippe, tauchte in ihren Mund und ließ sie überrascht aufseufzen.

»Schh«, murmelte er und küsste sie wieder, dieses Mal tiefer. Und dann wieder und wieder.

Ihr Körper zitterte vor unterdrückten, widersprüchlichen Empfindungen, und sie ballte ihre Hände an der Seite zu Fäusten, als ob sie die Luft packen wollte.

»Berühre mich, Honoria«, flüsterte er in ihr Ohr und zog eine Spur heißer Küsse und Zungenschläge ihren Hals entlang abwärts, liebkoste sie unter dem Kinn und versuchte, die kleine Vertiefung unter ihrer Kehle zu erreichen.

Honey schloss die Augen und packte ihn.

Kapitel Zehn

Die kleine, schrille Stimme der Vernunft, die Simon zuletzt irgendwann während des Krieges gehört hatte, kreischte, er solle aufhören. Die Frau war offensichtlich eine Jungfrau – vielleicht sogar, was das Küssen anging, das sie mit zauberhafter Ungeschicklichkeit geschehen ließ, bisher aber nicht aktiv erwiderte.

Simon hatte sie nicht berühren wollen, aber als sie sich ihm entgegengelehnt hatte, waren ihm böse Gedanken – oder gute Ideen, je nachdem, wie man es sehen wollte – im Kopf herumgegangen.

Seine amourösen Abenteuer drüben im St. George hatten eine Tür aufgestoßen, die seit jenem schicksalhaften Tag im Juni verschlossen gewesen war. Ja, sogar bereits eine lange Zeit vor Waterloo.

Sie zu küssen war das Letzte, das er vorgehabt hatte. Er sagte sich, dass er sich noch vergleichsweise gut benahm, wenn er bedachte, was er wirklich mit ihr anstellen wollte.

Die andere Stimme in seinem Kopf jedoch – sein Gewissen? – ließ sich von diesem Argument nicht überzeugen und machte ihm Vorhaltungen.

Irgendwie fand diese strenge Stimme endlich die Kraft und Lautstärke, gehört zu werden: *Sie ist unschuldig, keine lüsterne Schankmagd, die sich eine weitere Kerbe im Bettpfosten verdienen möchte, indem sie mit dem nichtsnutzigen Bruder des örtlichen Gutsherrn schläft.*

Der Gedanke lenkte Simon vorübergehend ab, aber er konnte nicht aufhören und wollte es auch gar nicht, also wischte er diese Stimme beiseite und stieß mit Leichtigkeit seine schwächere, bessere Seite aus dem Sattel.

Grundgütiger, sie war süßer als alles, was er seit langer, langer Zeit gekostet hatte.

Er tauchte tief in ihren Mund, während er ihren schlanken, biegsamen Körper festhielt, der so weich und warm war. Ihre Zunge war ungeschickt, erwiderte aber willig seine Aufmerksamkeiten.

Sie war eine große Frau, doch ihre Knochen fühlten sich zerbrechlich an wie die eines Vogels.

Sie hatte die Hände ungelenk auf seinen Oberkörper gelegt, aber ihre Berührungen waren begierig und reichten aus, um ihn vor Verlangen heiß und hart werden zu lassen.

Sie hatte elegante, aber kraftvolle Finger, und Simon wollte sie auf seiner bloßen Haut spüren.

Er zog das Hemd aus seiner Hose, fasste sie beim Handgelenk und schob ihre Hand unter den feinen Musselinstoff. Einen Augenblick lang dachte er, sie würde zurückschrecken, aber dann glitten ihre Finger über seinen Bauch zu seiner Brust. Bei der Berührung ihrer langen, kühlen Finger auf seiner erhitzten Haut entfuhr ihm ein spontanes Stöhnen.

Sein Glied war prall und beengt in der engen Lederhose, und er schob es auf eine Seite, als ob dies die Situation angenehmer machen könnte, und nahm seine eigenen Erkundungen wieder auf.

Ihr Kleid war aus einem leichten, sommerlichen Stoff und so geschnitten, dass es locker saß. Er konnte die Stäbe ihres Korsetts darunter ertasten, als er leicht über eine Seite strich. Sie erbebte, zog sich aber nicht zurück. Tatsächlich schlüpfte nun auch ihre andere Hand unter sein Hemd, und sie verlagerte das Gewicht, um sich besseren Zugang zu verschaffen.

Er zitterte, als sie mit einer Berührung sanfter als Daunen über seine feste Brustwarze strich und dann zu dem Narbengebilde seiner linken Körperseite wanderte. Die verwachsene Haut hatte zwar eine erhebliche Schädigung der Nerven erlitten, doch die papierdünne Haut war noch immer eigenartig empfindlich.

Sie machte ein Geräusch, das irgendwo zwischen Ersticken und nach Luft schnappen lag; Simon zog sich gerade so weit zurück, dass er ihr Gesicht sehen konnte.

Ihre verklärten grauen Augen waren kohlschwarz, die Pupillen enorm geweitet. Während sie ihn ansah, vergrößerte sich der Radius ihrer Berührungen, sie strich von seinen Brustwarzen abwärts zum Bund seiner Lederhose, wobei die Fingerspitzen unter das Leder schlüpften, über seinen empfindlichen Unterbauch strichen und seiner geschwollenen Eichel quälend nah kamen.

»Mm, das fühlt sich so gut an«, lobte er und beugte sich vor, um ihre geöffneten Lippen zu küssen und kurz mit der Zunge einzutauchen.

Er starrte sie fasziniert an, als unschuldige Lust ihre Züge veränderte. Ihr pures Verlangen ließ ihn schmerzhaft hart werden.

Simon wusste, dass er einfach hier, wo sie saßen über sie herfallen könnte; er könnte sie auf seinen Schoß heben und sich bis zu den Eiern in ihrer engen, jungfräulichen Hitze versenken.

Ja, er konnte sie nehmen, aber er würde es nicht tun.

Nicht einmal er war ein solches Schwein, dass er eine Frau auf einer kalten Steinbank entjungfern würde.

Simon hatte gerade mühevoll Luft geholt, um seiner Pflicht als Gentleman nachzukommen – auch wenn er sich schon seit Jahren nicht mehr wie einer benahm – als sie abermals seine rechte Brustwarze berührte und mit erotischer Beharrlichkeit die empfindliche Perle umkreiste.

Ein tiefer animalischer Laut entfuhr ihm, und er schob die Hand an ihrer Seite aufwärts über ihr Korsett, bis er die sanfte Rundung ihrer Brust umfing. Er hasste sich und was er tat, aber das war schließlich nichts Neues.

Er rieb mit dem Daumen über das dünne Mieder, das ihre feste Knospe nicht verbergen konnte, und ihre Hände erstarrten auf seinem Körper, während sie sich offenbar mit jeder Faser ihres Seins auf die Berührung seines Daumens konzentrierte. Er konnte ihren raschen Herzschlag unter seiner Hand spüren, und er erinnerte ihn an einen kleinen Vogel. Einen gefangenen, kraftlosen Vogel.

Herrgott.

Sie atmete so schwer und schnell, dass Simon fürchtete, sie könnte das Bewusstsein verlieren.

Er nahm jedes letzte Bisschen seiner Willenskraft zusammen und wollte sich gerade zurückziehen und sie loslassen, als sie seinen Oberkörper fester packte und ihre Fingernägel über seine Brustwarze strichen.

Der plötzliche Rausch der Lust, der ihn durchfuhr hätte ihn beinahe zum Schreien gebracht. Die Kette, an die er sein Verlangen gelegt hatte, riss, und er eroberte wieder ihren Mund, dieses Mal fester und tiefer, während er mit beiden Daumen ihre kleinen, aufragenden Nippel umkreiste und sie reizte.

»Öffne meine Hose«, murmelte er in einer erstickten und heiseren Stimme, während er über die heiße, feuchte Haut an ihrem Hals leckte und fest genug daran saugte, um Spuren zu hinterlassen.

Sie versteifte sich, als hätte jemand einen Stock in ihre Wirbelsäule geschoben, und sie nahm die Hände von seinem Körper.

Simon schloss die Augen und atmete geräuschvoll aus. Ein Teil von ihm – der harte Teil – wollte vor unerfüllter sexueller Erregung aufjaulen. Doch der Rest war froh darüber, dass er von der verachtenswerten und letztlich auch unklugen Tat, eine junge Dame zu ruinieren, Abstand nahm.

Simon strich mit der Rückseite seiner Hand zart über ihren Kiefer. »Das war die richtige Entscheidung, Miss Keyes. Ich kann Ihnen nichts geben, was Sie gern hätten«, flüsterte er und beugte sich vor, um einen zarten Kuss auf ihre Wange zu drücken.

Er erhob sich und begann, sein Hemd wieder in seine Hose zu stecken. Ihr Blick senkte sich auf seine eng gespannte Hose und die dicke, harte Wölbung, die das Einzige war, das er ihr geben konnte.

Ihre Lippen waren geschwollen und glänzend von dem, was vielleicht nicht ihr allererster Kuss gewesen war, aber vermutlich so etwas Ähnliches.

Ihre ruckartigen und zittrigen Bewegungen, während sie ihre Kleidung wieder in Ordnung brachte, verrieten ihm, dass sie sich nicht nur schämte, sie war wütend – sowohl auf Simon als auch auf sich selbst.

Später, wenn sie mit ihren Gedanken allein wäre, würde sie ihn dafür hassen, dass er sie in eine so hochnotpeinliche Lage gebracht hatte, das wusste er.

Es versetzte Simon einen Stich, dass sie ihn hassen würde, aber das war wohl besser so; er konnte ihr nichts geben, aber alles nehmen.

Er streckte die Hand aus. »Kommen Sie«, sagte er, und es klang schroffer als gewollt. »Ich werde Ihnen aus dem Labyrinth hinaushelfen.«

Es überraschte Simon nicht, dass sie seine Hand ignorierte und ohne seine Hilfe aufstand. Ihre Augen wirkten wie zwei Dolche aus grauem Eis.

»Ich finde schon selbst hinaus.« Sie schnappte ihre Tasche, ihre zarten Nasenflügel blähten sich vor unterdrücktem Zorn, und auf ihren Wangen waren pinkfarbene Flecken zu sehen.

Gott, sie war reizend, wenn sie wütend war.

Simon bezweifelte, dass ihr diese Feststellung gefallen hätte, also nahm er die Hand herunter. »Wie Sie wünschen, Miss Keyes. Wenn Sie in einer Stunde nicht draußen sind, schicke ich Hilfe.«

Seine Worte entlockten ihr nicht einmal ein müdes Lächeln.

»Die einzige Hilfe, die ich von Ihnen möchte, Mylord, ist, dass Sie sich während meines Aufenthalts auf Whitcomb von mir fernhalten.« Sie wandte sich um, ging einige Schritte, blieb stehen und drehte sich erneut um. »Wissen Sie was? Kommen Sie mir einfach überhaupt

nicht mehr nahe.« Und mit einigen großen Schritten
war sie im Irrgarten verschwunden.

Simon konnte ihr nicht widersprechen; das Beste,
was sie bei einem Mann wie ihm tun konnte, war, ihm
den Rücken zu kehren und zu gehen.

Kapitel Elf

Nach dem Debakel im Irrgarten begab sich Simon direkt zu Wyndhams Gemächern.

Sein Bruder schickte gerade seinen Kammerdiener hinaus, als Simon eintrat.

Simon sah mit Sorge, wie hager Wyndham wirkte. »War nicht eben erst der Arzt hier? Warum bist du nicht im Bett? Du siehst furchtbar aus.«

»Ja, er war hier. Und ich fühle mich besser. Vielen Dank für deine freundlichen Worte«, sagte Wyndham mit einem amüsierten Funkeln in seinen schiefergrauen Augen.

Simon stieß geräuschvoll Luft aus und folgte seinem Bruder ins angrenzende Arbeitszimmer. »Ich mache keine Witze, Wynd. Was zur Hölle ist los mit dir?«

Wyndham setzte sich an den kleinen Sekretär und zog ein Blatt Papier aus der Schublade. »Der Doktor sagt, ich habe ein chronisches Magenleiden«, entgegnete er, nahm eine Feder aus dem Halter und begann, zu schreiben.

»Was bedeutet das? Wirst du wieder gesund? Oder gibt es etwas, das du essen oder trinken könntest, um dich besser zu fühlen?« Simon fuhr sich mit den Händen durchs Haar. Die ruhige, distanzierte Art seines Bruders ärgerte ihn. »Ist es ernst, Wynd?«, fragte er schließlich, und die Furcht und der Anflug von

Hysterie in seiner eigenen Stimme trieben ihm die Hitze in die Wangen.

Wyndham sah zu ihm auf und lächelte schwach und müde. »Doktor Morton versicherte mir, dass es mit der Zeit von selbst verschwinden wird«, sagte er und wandte sich wieder seinem Brief zu. »Es ist nicht lebensbedrohlich«, fügte er leise hinzu.

Erleichterung überkam ihn bei den Worten seines Bruders. »Gott sei Dank! Ich möchte nicht in deine Fußstapfen treten – schon gar nicht *jetzt*.«

Er ging hinüber zu der Ansammlung von Karaffen auf dem Glastisch neben dem Kamin. »Die sind leer«, sagte er und hob erst eine, dann noch eine an.

»Daley muss unterbrochen worden sein, bevor er sie wieder auffüllen konnte. Nimm eine neue Flasche aus dem Schrank«, sagte Wyndham und streute seinen Brief mit Sand ab.

Simon nahm eine Flasche Brandy. »Möchtest du einen?«, fragte er und goss drei Finger breit in eines der geschliffenen Kristallgläser.

Wyndham zögerte, dann verzog er das Gesicht. »Nein, lieber nicht. Der Doktor empfiehlt Schonkost und Verzicht auf Alkohol. Außerdem hat er mich gerade so enthusiastisch geschröpft, dass ich möglicherweise schon beim ersten Schluck umfalle.« Er nahm seinen Siegelring ab.

»Ja, vielleicht ist das klüger«, stimmte Simon zu, hob das Glas und trank genug, dass es für sie beide gereicht hätte. »Also«, sagte er und beobachtete, wie sein Bruder Wachs schmolz und den Brief versiegelte, den er gerade geschrieben hatte, »worüber wolltest du mit mir sprechen?«

Wyndham nahm die Brille ab und legte sie beiseite, bevor er den Brief zusammen mit einigen anderen auf das Tablett warf. »In zwei Wochen werde ich eine Hausparty veranstalten.«

All der gute Wille, den Simon seinem Bruder gegenüber verspürt hatte, löste sich in Wohlgefallen auf.

»Bitte sag mir, dass es nicht die Art Hausparty wird, zu der lauter achtzehnjährige Hühnchen kommen, Wyndham.«

»Ich werde einige geeignete Frauen mit ihren Eltern einladen«, fuhr Wyndham fort, als ob Simon nichts gesagt hätte.

»Wenn du sie nicht für dich einlädst, Wynd, kannst du es auch gleich lassen.« Simon knallte sein halbvolles Glas auf den Beistelltisch, erhob sich, ging zur Tür und riss sie auf.

»Ich hörte, dass du mit Miss Keyes ausgeritten bist.«

Simon wirbelte auf dem Absatz herum. »Ja und?«

»Ich möchte nicht, dass du mit ihr spielst, Simon.«

»Ich spiele nicht mit ihr, Wyndham.«

Du verlogener Schuft!, schalt Simons Gewissen.

Simon verzog das Gesicht, denn es ärgerte ihn, dass die verfluchte Stimme dieses Mal recht hatte.

»Keine Sorge«, blaffte er, bevor sein Bruder ihn wegen seiner schamlosen Lüge rügen konnte. »Morgen früh fahre ich mit Raymond nach Lindthorpe. Das sollte mich davon abhalten, über deine Porträtmalerin herzufallen, wenn es das ist, was dir Sorge bereitet.«

»Sie ist eine Angestellte in meinem Hause, Simon, und steht somit unter meinem Schutz. Wenn du auf der Suche nach einer passenden Frau bist, die du mit

Aufmerksamkeit überhäufen kannst, wirst du bald einige geeignete Kandidatinnen zur Auswahl haben.«

Simon fühlte sich, als ob eine Schlinge um seinen Hals gezogen würde; würde der Mann denn nie aufgeben?

»Du kannst mich, Wyndham. Du kannst mich kreuzweise. Wenn ich in Lindthorpe fertig bin, werde ich nicht nach Whitcomb zurückkehren. Es wird höchste Zeit, dass ich hier wegkomme. Wenn ich deine Wichtigtuerei und Einmischung noch einen Tag länger ertragen muss, werde ich gewalttätig.« Simon riss die Tür so weit auf, dass sie gegen die Wand schlug, und stolzierte hinaus in den Korridor, wo er mit Raymond zusammenprallte.

»Grundgütiger, Raymond. Was zum Teufel lungerst du hier herum?«, bellte er, und es machte ihn nur noch wütender, wie sein Cousin ihn mit weitaufgerissenen Augen anstarrte. »Morgen früh um sieben werde ich bereit sein. Du kannst mich im St. George abholen, da bleibe ich über Nacht«, fügte er laut genug hinzu, dass sein Bruder es hören musste.

***

Nachdem Honey sich umgezogen, sich – im übertragenen wie im wörtlichen Sinne – abgekühlt und ein leichtes Mittagsmahl eingenommen hatte, machte sie sich auf, um sich mit ihrem zweiten Modell zu treffen.

Sie hatte eben den Treppenabsatz erreicht, der zum Wohnflügel der Familie führte, als sie irgendwo links von der Treppe eine vertraute Stimme schreien hörte.

»… ich in Lindthorpe fertig bin, werde ich nicht nach Whitcomb zurückkehren. Es wird höchste Zeit, dass ich hier wegkomme. Wenn ich deine Wichtigtuerei und Einmischungen noch einen Tag länger ertragen muss, werde ich gewalttätig.« Es folgten Türenknallen und einige unverständliche Worte.

Honey wandte sich nach rechts und eilte den Flur hinunter, der zu den Gemächern der Duchess führte, die glücklicherweise in der entgegengesetzten Richtung lagen.

Sie zögerte vor der Tür der Duchess und nahm sich einen Augenblick Zeit, damit ihr Herz sich beruhigen konnte.

Simons wütende Worte und seine wenig subtile Drohung hallten in ihrem Kopf wider.

Worum war es bloß in diesem Streit gegangen?

Was ist aus dem Entschluss geworden, den du vor nicht einmal einer halben Stunde gefasst hast, indem du geschworen hast, nie wieder über Simon Fairchild nachzudenken, geschweige denn mit ihm zu sprechen?

Honey knirschte mit den Zähnen; ja, das war richtig. Sie hatte vorgehabt, ihm aus dem Weg zu gehen. Aber das bedeutete doch nicht, dass sie nicht neugierig sein durfte, oder?

Oh, Honey.

Honey verbannte alles außer ihrer Arbeit aus ihren Gedanken und klopfte an.

Sie wollte gerade noch einmal anklopfen, als dieselbe sauertöpfische Alte ihr öffnete.

»Oh«, sagte die Dienstbotin und beäugte Honey, als ob sie gekommen wäre, um die Duchess um Almosen anzubetteln, anstatt sie zu porträtieren. »Nicht länger als eine halbe Stunde«, warnte sie, bevor sie die Tür gerade so weit öffnete, dass Honey seitwärts hindurchschlüpfen konnte.

Honey lächelte ihr in ihr feindseliges Gesicht. »Selbstverständlich.« Ihre bereitwillige Akzeptanz schien die Frau zu überraschen.

Die Dienerin führte Honey durch die Gemächer, eine recht weitläufige Ansammlung von Zimmern, die ein gutes Stück von denen des Duke entfernt liegen mussten, wenn Simons Stimme von dort gekommen war.

Die Duchess empfing Honey in ihrem Boudoir.

Cecily Fairchild war ebenso wunderschön wie ihr Name.

Sie hatte keinerlei Ähnlichkeit mit ihrer Tochter. Tatsächlich war es schwer, sich vorzustellen, dass die winzige, zarte Frau überhaupt alt genug war, Mutter einer beinahe erwachsenen Tochter zu sein.

Sie war nicht nur äußerlich das Gegenteil von Rebecca, sondern hatte auch eine distanzierte, beinahe unterkühlte Art. Sie wirkte haargenau so zerbrechlich, wie der Duke es angedeutet hatte.

»Ich hoffe, Sie verzeihen, dass ich Sie in solch einer intimen Umgebung empfange«, sagte sie von der luxuriösen Chaiselongue aus, auf der sie thronte, und die mit einem eisblauen Samtstoff bezogen war, der ihrem zarten, porzellangleichen Aussehen schmeichelte.

Sie trug einen duftigen crèmefarbenen Morgenrock und passende Pantoffeln. Ihr hellblondes Haar war kunstvoll so gelegt, als ob sie gerade erst aufgestanden wäre. Vielleicht war sie das ja auch.

Ihre Gemächer waren in Schattierungen von Crème, Blau und Silber gehalten und vermittelten Honey den

Eindruck, als wäre sie in eine himmlische Wolke gestolpert; es hätten nur noch einige Harfe zupfende Engelchen gefehlt.

Honey fühlte sich noch größer, ungelenker und schlaksiger als sonst und war sich jedes Zentimeters ihres einen Meter achtzig langen Körpers bewusst.

Ihre Gnaden war eine winzige Frau, deren klare blaue Augen und glatte Haut sie so jugendlich wirken ließen wie ihre Tochter. Das einzige Anzeichen für eine Krankheit, von ihrer launenhaften Zurückgezogenheit einmal abgesehen, waren zwei fiebrig wirkende rote Flecken auf ihren Wangen.

»Es tut mir leid, dass ich Sie nicht empfangen konnte, als Sie zum ersten Mal hier waren. Ich fürchte, es war ein ungünstiger Zeitpunkt für mich.«

»Es war nicht weiter schlimm, Euer Gnaden. Als ich ging, traf ich Ihre Tochter und hatte meine erste Sitzung mit ihr.«

Die Duchess blinzelte, als ob sie überrascht wäre zu hören, dass sie eine Tochter hatte. »Oh.«

Einen Moment herrschte unangenehmes Schweigen, und Honey überlegte krampfhaft, was sie sagen sollte.

Zum Glück erschien die Zofe mit einem Teetablett und stellte es vor Honey auf dem Tisch ab.

»Würden Sie bitte einschenken, Miss Keyes?«, bat die Duchess. »Ich fürchte, ich habe heute nicht so viel Kraft.«

»Es wäre mir ein Vergnügen.«

»Plimpton sagte, Sie wünschten mehrere Sitzungen abzuhalten, bei denen Sie-« Sie runzelte die Stirn. »Nun, eigentlich weiß ich nicht, was Sie dabei tun möchten.«

»Ich möchte Sie nur ein wenig kennenlernen und einige Skizzen anfertigen. Milch? Zucker?«

»Weder noch, vielen Dank.«

Honey deutete auf den Teller mit köstlichem Gebäck, doch die Duchess winkte ab.

»Ich nehme an, es ist kein Problem, diese Sitzungen hier abzuhalten?« Ihre Gnaden sah sich um, als ob sie den Raum zum ersten Mal betrachtete.

Honey war dabei, sich etwas Gebäck auf den Teller zu legen und sah auf.

»Ganz und gar nicht. Ich würde gern einige Zeichnungen in der Pose anfertigen, die Sie für Ihr Porträt einnehmen möchten. Darüber sollten wir sprechen. Dieser Raum wäre eine hübsche Kulisse. Hätten Sie ihn gern als Hintergrund für Ihr Porträt?«

»Plimpton wünscht sich ein Ganzkörperbildnis, aber ich möchte nicht stehen.«

Honey knabberte an ihrem Gebäck, während sie den luxuriösen Raum, die wunderschöne Frau und die teuren, eleganten Möbel betrachtete. Die Duchess sah, drapiert auf der blauen, samtbezogenen Chaiselongue mit den vergoldeten Beinen, zauberhaft aus. Und dieses Zimmer war zweifellos ihre natürliche – vielleicht sogar ihre einzige Umgebung. Es klang nicht so, als ob sie je ihr Zimmer verließe, nicht einmal zum Essen.

Ein Ganzkörperporträt in der Horizontale wäre gewiss beeindruckend und außergewöhnlich.

»Ich denke, wir finden eine Lösung, die Ihnen beiden gefällt«, sagte Honey, und ihr Kopf schwirrte bereits mit zahlreichen Möglichkeiten.

»Plimpton sagte, Sie würden auch Lady Rebecca malen. Brauchen Sie uns bei diesen, äh, Sitzungen gemeinsam?« Die leise Stimme der Duchess klang nun etwas wehleidig.

Honey benutzte die zarte, spitzengesäumte Serviette, um sich die Krümel von den Fingern zu wischen. »Ich habe bereits Sitzungen mit Ihrer Tochter vereinbart. Getrennt.«

Die Duchess seufzte. »Ja, das wäre besser. Rebecca ist recht widerspenstig und sitzt nicht gern lange still.« Sie schenkte Honey ein schwaches Lächeln. »Es wäre besser, wenn Sie einige Ihrer Sitzungen mit ihr im Freien abhielten. Meine Tochter reitet gern und so etwas.«

Honey war froh, dass Rebecca nicht hier war und hörte, wie abschätzig sich ihre Mutter über sie äußerte.

Als Mädchen hatte sie sich immer eine Mutter gewünscht, und jetzt wurde ihr bewusst, dass es nicht zwangsläufig das liebende Elternteil ihrer Wunschträume sein musste.

»Euer Gnaden?« Es war die mürrisch dreinblickende Dienerin. Sie sah Honey mit verkniffenen Augen an, bevor sie sich wieder an ihre Herrin wandte. »Es ist Zeit für Ihre Mittagsruhe.«

»Ach ja, vielen Dank, Stapleton. Ich fühle mich in der Tat etwas müde.« Die Duchess seufzte, als ob eine anstrengende Tätigkeit auf sie wartete. Warum brauchte sie einen Mittagsschlaf, wenn sie den ganzen Tag nur herumlag?

Das fragte sich Honey klugerweise nur im Stillen.

Stattdessen erhob sie sich. »Dann gehe ich jetzt. Sollen wir sagen morgen um dieselbe Zeit?«

Die Duchess sah Stapleton an, die mit zusammengepressten Lippen widerwillig nickte. »Nicht länger als eine halbe Stunde.«

Honey rang sich ein Lächeln ab. »Selbstverständlich.«

Die Dienerin brachte sie zur Tür und schloss diese vor ihrer Nase.

Honey stand, wo sie sich weniger als dreißig Minuten zuvor befunden hatte, und starrte auf die Tür der Duchess.

Sie drehte sich um und trat den langen Weg zurück in ihr Zimmer an.

Wenn es in diesem Tempo voranging, weniger als eine halbe Stunde am Tag, und die Hälfte ihrer Sitzungen abgesagt wurden, würde sie noch in einem halben Jahr auf Whitcomb sein, um die benötigten Skizzen zu erhalten.

Oh, und das würde dir so ganz und gar nicht gefallen, was? Sechs Monate mit Simon Fairchild unter einem Dach gefangen zu sein.

Honey verspürte einen Stich, als ihr das Geschrei wieder einfiel, das sie zuvor gehört hatte. Wenn sie richtig gehört hatte und er fortging, brauchte sie sich wohl keine Sorgen zu machen, dass Simon sie wieder belästigen könnte.

Kapitel Zwölf

Zwei Wochen später ...

Verwirrt wachte Simon auf. Die Laken hatten sich um seinen nackten Oberkörper gewickelt wie eine dicke, feuchte Schlingpflanze.

Schwaches graues Licht drang durch die Fensterläden und Vorhänge, die er die vergangene Woche über geschlossen gehalten hatte. Einen Augenblick glaubte er, dass es das gewesen war, was ihn geweckt hatte: Sonnenlicht.

Doch dann rumpelte etwas. Es wurde wiederholt mit etwas Hartem, zum Beispiel einer Faust, gegen eine Tür geschlagen, und die gedämpfte Stimme seines Bruders drang von der anderen Seite der schweren Eichentür zu ihm.

»Mach auf, Simon!« Der Duke hielt einen Moment inne, als ob er hören konnte, wie Simons lahmes Hirn damit kämpfte, wach zu werden. »Ich möchte nicht erst den Wirt rufen müssen.«

Simon stöhnte, ließ den Kopf zurück auf das Kissen sinken und krächzte: »Was zur Hölle willst du?«

»Mach. Die. Tür. Auf.«

Er starrte die Kringel an der Decke an. Der ehemals weiße Putz, der Jahrhunderten von Kerzenruß und Rauch ausgesetzt gewesen war, hatte sich teebraun verfärbt. Vor der Tür knarzten die Dielen, als ob sein

Bruder sich anschickte, nach unten zu gehen und den Wirt hinaufzuzitieren.

Damit er Zeuge wurde, wie der Duke Simon wie einen zehnjährigen Jungen zurechtwies.

Simon seufzte, schwang die Füße über die Bettkante und rappelte sich hoch. Er zuckte zusammen, als die noch nicht ganz verheilte Schusswunde an der kratzigen Wolldecke hängenblieb. Es waren fast zwölf Tage vergangen, seit er verletzt worden war, aber das verdammte Ding schmerzte noch immer wie die Hölle.

Als er stand, fiel ihm auf, dass er nackt war, und er überlegte kurz, den Morgenrock überzuwerfen, der über der Stuhllehne hing; er entschied sich dagegen. Wenn es Wyndham unangenehm genug war, würde er vielleicht früher wieder gehen.

Er riss die Tür auf und grinste seinen Bruder an.

»Guten Morgen, Euer Gnaden.« Er machte eine spöttische kleine Verbeugung.

Wyndham runzelte etwas die Stirn, störte sich darüber hinaus allerdings nicht an Simons Nacktheit. Er schob sich an ihm vorbei ins Zimmer. Simon war ziemlich enttäuscht. *Gab es nichts, mit dem er seinem Bruder eine Reaktion entlocken konnte?*

»Schließ die Tür, Simon.« Der Duke warf seinen Hut auf einen Tisch, auf dem Bücher, leere Weinflaschen und schmutziges Geschirr verstreut waren. Lily, die auch das Zimmermädchen im St. George war, war weniger freundlich zu Simon gewesen, nachdem er ihre Dienste im Bett höflich abgelehnt hatte.

Er hatte nicht abgelehnt, weil er keine Frau gewollt hatte – denn das hatte er. Er hatte abgelehnt, weil er immer die verfluchte Honey Keyes im Geiste vor sich sah, sobald er die Augen schloss.

Wenn er auch ein Schwerenöter sein mochte, er zog die Grenze da, wo er mit einer Frau ins Bett ging und dabei an eine andere dachte.

»Hier«, sagte Wyndham, nahm Simons Morgenrock und warf ihn aufs Bett. Dann ließ er sich auf dem einzigen Stuhl im Zimmer nieder.

Simon war in Versuchung, einfach hinauszugehen, die Treppe hinunter und aus dem Inn, den ganzen Weg bis Everley. Einzig der Umstand, dass er außergewöhnlich weiche, empfindliche Füße hatte, hielt ihn davon ab.

Er knallte die Tür zu, warf sich aufs Bett und knautschte sich die Kissen zurecht, bevor er sich mit hinter dem Kopf verschränkten Händen darauflegte. Über seinen nackten Körper hinweg sah er seinen Bruder an.

Wyndham seufzte – was bei einem anderen Mann Schreien gleichkam.

»Ich habe dich schon öfter nackt gesehen, als mir lieb ist, Simon. Glaub mir, du schockierst mich nicht, und es ist mir auch nicht unangenehm.«

Seine kühlen, gefechtsmüden Worte ließen Simon die Röte in Brust und Hals schießen.

Ja, sein Bruder hatte ihn nackt gesehen. Und hatte ihm beim Pissen und beim Scheißen geholfen, als er zu krank gewesen war, es ohne Hilfe zu tun. Er hatte für Simon Dinge getan, die niemand für einen anderen Menschen sollte tun müssen – ganz gleich, wie alt, welchen Geschlechts oder in welchem Verhältnis sie zueinander stünden.

Wyndham war nach Belgien gekommen, um ihn zu suchen, als er Simons Namen auf der Liste der Verschollenen gelesen hatte.

Und weil der Duke of Plimpton nie bei etwas versagte, das er sich vornahm, hatte er Simon inmitten des Nachkriegschaos in einem schmutzigen, überfüllten Hospital gefunden. Er hatte drei Tage nackt unter einem Haufen anderer nackter Männer gelegen, nachdem die Kanone explodiert war und die Explosion ihn bewusstlos zurückgelassen hatte. Plünderer hatten jeden Fetzen Kleidung genommen, den er noch am Leib trug und all seinen Besitz, dabei konnte er sich nicht vorstellen, dass die Sachen in einem besonders guten Zustand gewesen waren, wenn er bedachte, in welchem Zustand *er* sich befunden hatte.

Der einzige Unterschied zwischen Simon und den anderen Nackten war gewesen, dass er noch gelebt hatte. Gerade eben noch.

Jemand – er hatte nie herausgefunden, wer – hatte ihn gefunden und zurück zum Hospital gebracht. Keine seiner Wunden war lebensbedrohlich gewesen, nur aus diesem Grunde hatte er volle drei Tage und Nächte überlebt.

Als er jedoch endlich medizinisch behandelt wurde, hatten sich seine Verletzungen schlimm infiziert.

Wyndham musste mit so viel Geld herumgeworfen haben, dass er ein kleines Dorf hätte kaufen können, denn als Simon das nächste Mal erwacht war, befand er sich in einem bescheidenen Zimmer, einem sauberen, ruhigen und privaten Zimmer.

Wyndham hatte eine Frau eingestellt, die ihm half, Simon zu pflegen, doch in den Tagen nach der Schlacht von Waterloo hatten auch Wohlstand und Macht ihre Grenzen, und der Duke und Simons Diener Peel hatten den Löwenanteil an seiner Pflege getragen.

Sein Bruder hatte ihn sechs Wochen gepflegt, bis die Infektion unter Kontrolle war und Simon wieder kräftig genug war, um zu reisen.

Das war also noch etwas, das Wyndham ihm vorhalten konnte, genau wie Simons Erbe: er hatte ihm das verfluchte Leben gerettet.

»Was willst du, Wyndham?«, fragte er. Die Erschöpfung in der Stimme musste er nicht heucheln.

»Wie geht es deinem Arm?«, fragte sein Bruder und betrachtete die hässliche, wunde Stelle an seiner rechten Schulter.

»Gut.« Eine Weile betrachtete er seinen Bruder schweigend; der Duke sah rosig und gesund aus. »Du siehst auch weit besser aus.«

»Ich fühle mich auch viel besser«, gab Wyndham zu.

»Sag, hat Raymond herausgefunden, welcher Idiot auf mich geschossen hat?«, fragte er ohne große Erwartungen.

»Wer auch immer es war, hat auch Jagdwild im Wert von Hunderten, wenn nicht gar Tausenden Pfund gewildert. Raymond ist erst heute früh aus Lindthorpe zurückgekommen, aber der Missetäter ist uns bisher nicht ins Netz gegangen.« Sein Bruder hörte sich verärgert an, was bedeutete, dass er eigentlich wutentbrannt war.

Wenn Wyndham ihn erwischte, konnte der Wilddieb Simon beinahe leidtun.

Er war angeschossen worden, als er und Raymond nach ihrem kurzen Aufenthalt gerade Lindthorpe verlassen wollten. Der Ausflug wäre ohne den verflixten Wilderer recht entspannt gewesen. Er hatte nicht nur Simon getroffen, sondern auch Raymonds Pferd gestreift, das seinen Cousin daraufhin abgeworfen hatte.

Der arme Raymond war schlimmer verwundet als Simon; er war von seinem Sturz so grün und blau, dass er aussah, als hätte er zehn Runden mit Gentleman Jackson höchstpersönlich geboxt.

Simon war überrascht, wie gut es ihm gefallen hatte, Zeit mit seinem Cousin zu verbringen. Sie waren auf der Jagd gewesen, hatten geangelt, das große Anwesen in Augenschein genommen, waren jeden Abend lange aufgeblieben und hatten die Ereignisse des Tages Revue passieren lassen.

Zum ersten Mal seit Jahren war er wieder daran erinnert worden, dass Raymond wirklich angenehme Gesellschaft sein konnte, wenn er nicht versuchte, sich bei Wyndham lieb Kind zu machen.

Sein Cousin schien nicht zu verstehen, dass Wyndham ihn nie entlassen würde, ganz gleich, wie unbeholfen er die vielen Besitztümer seines Bruders verwaltete. Zwar hatte Raymond die Aufgabe eines Verwalters, aber er war in erster Linie Teil der Familie. Wyndham war absolut loyal, wenn es darum ging, seine Verwandten zu unterstützen. Natürlich erwartete er im Gegenzug dafür auch von ihnen Loyalität und Gehorsam.

»Wann kommst du nach Hause?« Der Duke schlug die Beine in den makellos glänzenden Stiefeln übereinander und musterte ihn wie ein Chirurg, der festzustellen versuchte, wie viel infiziertes Gewebe er wegschneiden musste und ob der Patient die Prozedur überleben würde.

»Nach Hause? Du meinst nach Whitcomb?«

Zorn flackerte kurz in den gleichmütigen Gesichtszügen seines Bruders auf. »Ja, Simon. Wann kommst du zurück nach Whitcomb?«

»Vielleicht nie. Mir gefällt es hier.«

»Und wie bezahlst du diesen kleinen Aufenthalt?«

Das brachte ihn zum Lächeln. »Wie es scheint, hält man mich in der Gegend für höchst kreditwürdig.«

»Seit heute nicht mehr«, entgegnete der Duke kühl.

Simon entglitt das Lächeln. »Du Mistkerl.«

»Wie lange willst du das machen, Simon? Wie lange möchtest du noch alles dafür tun, meine Pläne zu durchkreuzen?« Zur Abwechslung klang Wyndham einmal nicht so kalt wie der Januarwind. Stattdessen klang er wie ein Mann, der auf die Vierzig zuging und dabei war, das letzte bisschen Geduld mit einem Erben zu verlieren, der sich weigerte zu heiraten und für Nachkommen zu sorgen.

»Ich schätze, ich werde so weitermachen, bis ich fünfunddreißig bin.«

»Nicht ohne Geld.«

Simon konnte spüren, wie sich sein Gesicht unwillkürlich zu einem spöttischen Lächeln verzog, von dem er wusste, dass es dank seiner Verletzungen noch weniger schmeichelhaft aussah.

»Ich mag vielleicht kein Geld haben, aber ich habe immer noch genug Besitztümer, die ich veräußern kann. Davon kann ich lange genug auskommen. Ich werde in den nächsten zehn Monaten kein Luxusleben führen können, aber ich werde schon überleben. Glauben Sie mir, *Euer Gnaden*, über einem Wirtshaus zu wohnen ist das reinste Paradies verglichen damit, auf einem Feldzug zu sein. Ich kann das aussitzen.« Langsam genoss Simon die Situation, als er seinen Monolog beendet hatte. Doch dann griff sein Bruder in seine tadellos geschnittene Jacke und zog ein schmutziges, zerknittertes Stück Papier hervor.

»Was zur Hölle ist das?«, fragte Simon.

»Dein gesamter Besitz gehört mir, oder hast du das vergessen?«

»Was?«

Wyndham zog die Augenbrauen hoch. »Erinnerst du dich nicht? Das hier hast du unterzeichnet, als du krank warst, im Fieberwahn.« Er warf es Simon hin.

Simon öffnete den gefalteten Bogen und überflog den Inhalt. Es war wie ein Schlag ins Gesicht. Er konnte sich nicht erinnern, die Worte auf dem Blatt geschrieben zu haben, aber es war unverkennbar seine Handschrift.

Er zerknüllte das Papier und warf damit nach seinem Bruder, der das Geschoss mit Leichtigkeit auffing. »Du Mistkerl«, presste er zwischen zusammengebissenen Zähnen hervor. »Du weißt, dass ich das nur geschrieben habe, weil ich dachte, dass ich sterbe.«

Wyndham antwortete nur mit einem eleganten hochherrschaftlichen Schulterzucken. »Zu dumm, dass davon nichts in dem Brief steht. Dort steht nur, dass all deine weltlichen Besitztümer mir gehören.«

»Kein Magistrat würde das glauben.«

»Mag sein, mag aber auch nicht sein. Wie dem auch sei, das Wort eines Duke wird ausreichen, bis ich all deinen Besitz liquidiert habe – all deine Pferde, die wundervolle Stute, die du gerade gekauft hast, eingeschlossen. Bis du die Angelegenheit vor den Magistrat bringen kannst, wenn du überhaupt das Geld für rechtliche Schritte auftreiben kannst, wird bereits alles verkauft sein.«

Simon musste dreimal heftig schlucken, bis er wieder ausreichend Luft bekam. »Du verdammter Dreckskerl.«

Wyndham nickte und ließ Simons Verwünschung an sich abprallen. »Vielleicht, das ändert aber nichts an der Tatsache, dass du keinen Penny besitzt.« Der Duke seufzte und wirkte unsagbar müde. »Komm nach Hause, Simon. Heirate eine anständige Frau aus gutem Hause, zeuge zwei Söhne, und dann kannst du tun und lassen, was auch immer du willst.« Er wedelte mit der Hand, wobei der schwere goldene Siegelring an seinem kleinen Finger glitzerte. »Du kannst über einem Schankraum wohnen, mit Schankmägden herumhuren, Pferde züchten und dir einen ganzen Stall Geliebter halten, was auch immer du möchtest. Du musst nur erst tun, worum ich dich bitte. Ich werde dir nicht nur früher dein Erbe übertragen; Ich werde dir auch all den Wohlstand des Herzogtums zur Verfügung stellen.«

Simon schüttelte den Kopf. »Das ist wirklich alles, was für dich zählt, nicht wahr? Das Herzogtum. Ein Erbe. Auf alle anderen gibst du doch keinen Pfifferling.«

»Ich gebe einen Pfifferling auf Hunderte von Leuten, Simon. Es ist meine Pflicht, einen ganzen Haufen Pfifferlinge auf sie zu geben – und eines Tages wird es deine Pflicht sein und dann die deines Sohnes.« Seine Augen funkelten. »Ich bin der achte Duke of Plimpton. Unsere Erblinie ist seit Hunderten von Jahren ungebrochen.« Er beugte sich ein Stück vor, und seine steife

Haltung sagte mehr als sein kühler Ausdruck oder sein Tonfall. »Weißt du überhaupt, wie einzigartig das ist?« Ein beinahe fieberhafter Ausdruck breitete sich über seine kalten, emotionslosen Züge aus. »Weißt du das?« Er wartete nicht auf eine Antwort. »*Meinetwegen*, wegen *meiner* Unfähigkeit, einen Erben zu zeugen, könnte es zur ersten Unterbrechung seit Jahrhunderten kommen. Wenn der Titel an Raymond fällt-«

Er musste den Gedanken nicht weiter ausführen; Simon wusste genau, was er sagen wollte. Raymond hatte schon immer ein Problem mit dem Kartenspiel gehabt. Simon hatte ihm über die Jahre Hunderte Pfund gegeben, und er wusste, dass Wyndham es ebenfalls getan haben musste. Der Gedanke, das Herzogtum in die Hände eines unverbesserlichen Spielers zu legen, war in der Tat besorgniserregend.

Aber das war nicht *Simons* Sorge. Außerdem würde Raymond seine Pflicht tun und ein verantwortungsbewusster Verwalter sein, solange Wyndham lebte. Aber musste Simon deswegen nach Wyndhams Pfeife tanzen?

Er wusste, Wyndhams Antwort auf diese Frage würde Ja lauten.

Die Züge seines Bruders veränderten sich, und er betrachtete Simon nun mit einem Blick, der gut zu einem religiösen Fanatiker aus vergangenen Zeiten oder einem übereifrigen Mitglied der Inquisition gepasst hätte.

Zum ersten Mal, solange sich Simon zurückerinnern konnte, *brannten* Gefühle in seinem Bruder, und das war verflucht beängstigend.

Er verlor schlagartig den Wunsch, ihn zu verspotten oder zu verhöhnen. »Aber du bist doch nicht der Bruch, Wyndham. Ich würde erben. Es gibt keinen Bruch. Alles wird wie immer weitergehen. Du weißt, ich werde nicht verschwenderisch sein oder leichtsinnig oder-«

»Das wird aber nie geschehen, Simon.«

Simon blinzelte. »Was meinst du damit?«

»Ich meine, dass du es darauf anlegst, dich umzubringen. Das sehe ich dir am Gesicht an. Jeder Tag, der vergeht, an dem du den Kopf abends aufs Kissen legst, ist ein Wunder.« Simon öffnete den Mund, um zu widersprechen, aber Wyndham war noch nicht fertig. »Ich *sehe* es, und ich *spüre* es, Simon. Du hast kein Interesse am Leben. Ich glaube, du interessierst dich für gar nichts, nicht einmal für die Pferde, die du angeblich so liebst.«

In seiner Erinnerung flackerte das Bild auf, wie er sich über die Klippe gebeugt hatte, um Honoria Keyes' Feder zu fangen.

Wyndham nickte, als hätte Simon irgendetwas zugegeben. »Ja, du willst nicht leben. Du hast schon vor deiner Verwundung den Lebenswillen aufgegeben.«

Dieses Mal war Simon zu schockiert, um Widerworte zu geben, zu schockiert von der Wahrnehmung seines Bruders. Außerdem war er schrecklich neidisch auf sein Erinnerungsvermögen. Er selbst konnte sich an so vieles aus der Vergangenheit nicht erinnern. Es war, als ob man etwas durch ein gesprungenes, schmutziges Fenster betrachtete. Er konnte Bilder sehen, aber sie waren verschwommen und kaum zu erkennen.

»Ich weiß nicht, was der Krieg mit dir gemacht hat, Simon, aber ich verstehe das Ergebnis: deinen Mangel an Lebenswillen.«

Näher war Wyndham noch nie daran gewesen zuzugeben, wie unvorstellbar schmerzhaft es gewesen war, ein Kind nach dem anderen zu verlieren.

Ein Gefühl der Reue steckte wie ein Kloß in Simons Hals, und er musste mehrmals dagegen an schlucken. Er war der Grabenkämpfe mit seinem Bruder, den er liebte, so verflucht müde, dass er den Mund öffnete, um zu kapitulieren, ihm zu geben, was er wollte und eine der jungen Frauen zu heiraten, die vermutlich inzwischen Whitcomb verseuchten.

Doch dann tauchte aus dem Nichts Bellas tränenüberströmtes Gesicht in seiner Erinnerung auf wie ein Geist in einem Shakespeare-Drama.

Ich liebe dich, Simon. Ich werde dich immer lieben.

An die Umstände dieser Erinnerung konnte er sich nicht mehr erinnern. Er wusste nicht, an welchem Tag oder in welchem Jahr es gewesen war, doch die Erinnerung hinterließ ein Gefühl des Zorns, das bis ins Mark ging.

Dieser Mann hatte Simon zu dem gemacht, der er jetzt war: Wyndham. Sein Bruder hatte seine Chance zerstört, die Frau zu heiraten, die er liebte und das Leben zu führen, von dem er immer geträumt hatte.

Wyndhams Machenschaften waren der eigentliche Grund dafür, dass Simon in den Krieg gezogen war.

Wyndhams wegen war er ein gebrochenes, kaputtes Wrack.

Simon ließ den vierzehn Jahre gehegten Zorn in sein spöttisches Lächeln fließen. »Du hast nicht die geringste Ahnung, was in mir vorgeht, und ich habe nicht vor, jemals meine privaten Gedanken oder Pläne mit dir zu teilen.«

Wyndhams Blick verschloss sich angesichts von Simons Feindseligkeit. Das winzige Aufschimmern seiner persönlichen Gefühle war spurlos verschwunden.

Ein Schaudern durchlief Simon bis auf die Knochen. Wyndham war jemand, dem man sich nicht in den Weg stellen sollte, und doch hatte Simon es wieder und wieder und wieder getan. Und nun-

Der Duke erhob sich und zog seine Handschuhe an. Das enge braune Leder spannte sich über seinen Fingerknöcheln als er die Fäuste ballte, als ob er sich auf einen Kampf vorbereitete. »Ich habe deinen Aufenthalt hier bis zum heutigen Tag bezahlt, aber der Wirt weiß, dass es das letzte Geld ist, was du von mir bekommst. Ich schätze, du könntest ewig hier bleiben und er wird dich nicht rauswerfen. Du kannst ohne zu bezahlen sein Essen auffuttern und dich durchsaufen, sein bestes Zimmer belegen«, er zögerte, »oder seine Angestellten vögeln, und er wird es sicher erlauben, selbst wenn es ihn ruinieren würde.«

Simon fühlte sich schwindlig und atemlos, als ihm bewusst wurde, wie unentrinnbar das Netz war, das sein Bruder um ihn gesponnen hatte.

»Du bist unmenschlich.« Die Worte waren kaum ein Flüstern.

Wyndham nickte. »Das bin ich. Also leg dich nicht mit mir an, Simon, du kannst nur verlieren. Komm spätestens morgen nach Hause. Ich erwarte dich beim Dinner. Es wird ein Abschiedsessen für Miss Keyes. Da du einige Wochen nicht zu Hause warst, weißt du vielleicht noch nicht, dass sie mit ihrer Arbeit hier fertig ist und nach Hause zurückkehren wird, um mit den Porträts zu beginnen.«

Und ob Simon das gewusst hatte. Er war sich dessen sehr bewusst gewesen. Sich von Miss Keyes fernzuhalten, und somit zu vermeiden, dass er ihr Leben ruinierte, war schließlich der Hauptgrund gewesen, sich im St. George einzuquartieren.

Am Morgen nach dem katastrophalen Zwischenfall im Irrgarten hatte er sich der Versuchung entzogen, denn an jenem Tag hatte er festgestellt, dass er die Hände nicht von ihr hätte lassen können, wenn er geblieben wäre.

Wyndham räusperte sich. »Ich habe außerdem Gäste eingeladen, die zwei Wochen bleiben werden, und ich erwarte, dass du deiner Pflicht nachkommst und hilfst, sie zu unterhalten.« Er klaubte seinen Hut vom Tisch, wo er ihn hingeworfen hatte, machte auf dem Absatz kehrt und verließ ohne ein weiteres Wort das Zimmer.

Die Tür schloss sich hinter ihm mit der Endgültigkeit des Hammers, den ein Richter fallen ließ, um damit einen Verdammten zum Tode zu verurteilen.

Kapitel Dreizehn

Für ihr letztes Dinner gab sich Honey mit dem Ankleiden besondere Mühe. Es schmeichelte ihr, dass der Duke so etwas wie eine Feier anlässlich ihres letzten Abendessens organisiert hatte, obwohl sie wusste, dass die Hausgäste vierzehn Tage bleiben würden und nicht allein für das Dinner eingeladen waren.

»Natürlich werde ich Sie für die Zeit entschädigen, die Sie benötigen, die Porträts nach Whitcomb zurückzubringen, wenn sie fertiggestellt sind«, hatte er gesagt, als er sie ins Arbeitszimmer gebeten und über seine Pläne informiert hatte.

Honey würde dem Duke die Porträts überallhin bringen, ganz gleich welch ein Ekel sein Bruder war.

Du meinst, ganz gleich wie abwesend sein Bruder ist …

Als Honey eine umgehende Reaktion schuldig geblieben war, hatte der Duke von seinem Kassenbuch aufgesehen. Seine Augen waren hinter glänzenden goldgerahmten Brillengläsern verborgen gewesen.

Honey hatte zerknirscht gelächelt. »Natürlich, Euer Gnaden.«

»Zu ihrer Enthüllung würde ich gern eine größere Feier organisieren, vielleicht einen Ball. Es wäre mir eine Ehre, wenn Sie teilnähmen.«

Honey war noch nie auf einem Ball gewesen, die Einladung klang also wundervoll. Und selbst, wenn ein

Teil von ihr bedauerte, dass der unmögliche Bruder des Duke vermutlich nicht dort sein würde, war das wohl auch besser so.

Außerdem hatte sie sich in den letzten Wochen daran gewöhnt, dass er nicht mehr Teil ihres Lebens war; sie hatte sich mit dem Gedanken angefreundet, dass es Simon Fairchild herzlich egal war, ob sie lebte oder tot war, wenn er überhaupt noch wusste, dass sie existierte.

Was eigentlich gut ist, erinnerte sie ihr traurig dreinblickendes Spiegelbild, wirklich sehr gut.

Honey griff in das kleine Schmuckkästchen, das sie mitgebracht hatte, und nahm die kostbare Perlenkette heraus, die ihr Vater ihr zum achtzehnten Geburtstag gekauft hatte. Sie legte sie um ihren Hals, und es war, als hätte jemand ein Dutzend Kerzen im Raum entzündet.

Die Perlen verliehen sowohl ihrem Kleid als auch ihr selbst einen eleganten Schimmer.

Ihr Kleid, das schönste, das sie besaß, war kurz vor dem Tod ihres Vaters für eine seiner Ausstellungen gekauft worden. Es war etwas aus der Mode, aber es stand ihr ausgezeichnet. Es hatte einen ungewöhnlichen Antikgoldton, der ihre Haare leuchten ließ und in dem ihre Haut eher wie poliert aussah, nicht als wäre sie von Sommersprossen übersät. Sie legte die kleinen Perlenohrringe an, die zu der Kette passten, dann erhob sie sich, strich den kostbaren Seidenstoff über ihrer Hüfte glatt und betrachtete sich prüfend im Spiegel.

Kein Kleid und kein Schmuck wären je in der Lage die Tatsache zu verbergen, dass sie fast einen Meter achtzig groß war, aber sie sah gut aus. Sie hatte das Korsett schnüren lassen, nur falls Simon Fairchild wider Erwarten doch noch auftauchen sollte. Denn sie wollte ihm zeigen, dass sie weder seine Abwesenheit noch das, was sie im Irrgarten getan hatten, auch nur im Geringsten interessierte.

Natürlich verriet ihr die Tatsache, dass *er* das Einzige war, das ihr gerade im Kopf herumspukte, dass das absolut nicht der Wahrheit entsprach.

Sie nahm ihr mit goldenen Perlen besticktes Retikül und warf ihrem Spiegelbild einen finsteren Blick zu.

»Lebenslange Gewohnheiten lassen sich eben nicht einfach so innerhalb eines Monats ablegen«, sagte sie.

Die Worte hätten sie beruhigen müssen und dafür sorgen, dass sie sich stärker fühlte. Doch sie machten sie nur traurig. Wer freute sich auch schon darüber, wenn ein Traum starb?

***

Simon hatte seit dem gestrigen Abend durchgezecht, seiner letzten Nacht im Inn.

»Mein Pa sagt, dies ist Ihre letzte Nacht, Mylord«, hatte Lily gesagt und ihm sein Pint auf den Tisch geknallt, wobei ein gutes Drittel des Inhalts übergeschwappt war.

Simon musste feststellen, dass sich in ihrem Ausdruck kein Bedauern spiegelte.

Bei dem Gedanken an die feindselige Schankmagd verfinsterte sich seine Miene, er hob das Glas Portwein an die Lippen und trank es in einem Schluck aus.

Er hatte es seinem Bruder und Miss Keyes zu verdanken, dass das St. George ihm weder tagsüber noch nachts mehr Gastfreundschaft gewährte.

Ach, Simon. Jetzt schiebst du deine Vernarrtheit auf eine arme Frau, die nichts getan hat, um dich zu deinen lümmelhaften Annäherungsversuchen zu ermuntern?

Die nur allzu zutreffende Erkenntnis ließ ihn das Gesicht verziehen.

Seine Fixierung auf Honey Keyes war alles andere als günstig und darüber hinaus noch unfair der Frau gegenüber. Er hätte gern Wyndham dafür verantwortlich gemacht, aber sein Bruder hatte durchaus recht, wenn er Simon befahl, die Finger von der Künstlerin zu lassen.

Dass er den verfluchten Brief ausnutzte, den Simon geschrieben hatte, als er dachte, sterben zu müssen, konnte er ihm allerdings schon übelnehmen.

Darauf wusste die besserwisserische Stimme in seinem Kopf nichts mehr zu sagen.

Simon trank die letzten Tropfen aus dem Glas und sah sich in der Männerrunde am Tisch um. Niemand sprach mit ihm oder schenkte ihm Beachtung, was ihm gefiel. Als er das Glas abstellte, machte es ein überlautes Geräusch auf dem polierten Holz, was die Blicke einiger Gäste auf ihn zog.

Simon war es gleich. Stattdessen sah er sich nach der Portweinkaraffe um.

Sie stand am anderen Ende des Tisches, neben seinem Bruder. Beim Blick des Duke wäre es nicht verwunderlich gewesen, wenn nichts als ein qualmendes Brandloch auf seinem Stuhl zurückgeblieben wäre.

Simon grinste ihn an und hob die Hand zu einem spöttischen Gruß.

Obwohl die Damen erst vor knapp zwanzig Minuten die Dinnertafel verlassen hatten, erhob sich der Duke. »Wollen wir den Damen Gesellschaft leisten?«

Die meisten Portgläser auf dem Tisch waren noch gefüllt, aber niemand widersprach. Wyndham war schließlich der Duke of Plimpton. Mit fünf Ausnahmen waren die Gäste lediglich Landadlige, die überglücklich waren, die Aufmerksamkeit einer solch erlauchten Persönlichkeit zu bekommen.

Simon erhob sich, um den anderen Männern zu folgen.

»Simon. Bleib bitte einen Augenblick.« Wyndhams ruhige Worte hätten den Port in den schweren Kristallkaraffen gefrieren lassen und den Raum mit einem eisigen Nebel füllen können.

Simon seufzte schwer und ließ sich wieder in seinen Stuhl fallen.

»Schließen Sie die Türen«, befahl der Duke den beiden Dienern, die stets vor der Tür jedes Raumes warteten, in dem Wyndham sich aufhielt.

Als sie allein waren, wandte der Duke seine Aufmerksamkeit Simon zu. »Du bist betrunken.«

Bei den ungewöhnlich deutlichen Worten seines Bruders sah Simon auf und grinste. »Wie immer entgeht dir nichts, alter Knabe.«

»Du blamierst nicht nur mich, Simon, sondern auch unsere Mutter.«

Simon erinnerte sich an einen Blick, den die Duchess ihm vor dem Dinner zugeworfen hatte, als er im Salon vor den versammelten Gästen erschienen war. Die

Duchess hatte, anders als sonst, älter ausgesehen als sie war.

Er ignorierte das Schamgefühl in seinem Bauch. Stattdessen lächelte er seinen Bruder spöttisch an. »Tja, dafür kann sie sich bei dir bedanken, oder nicht, Euer Gnaden?«

»Dieses Benehmen ist deiner unwürdig.«

Simon sprang auf und stieß mit dem Finger in die Luft. »Und es ist *deiner* unwürdig, dass du Lady Rosamond und Lady Margaret und die anderen beiden, an deren Namen ich mich nicht einmal mehr erinnere, eingeladen hast und sie wie Fischköder auf dem Haken vor mir herumbaumeln lässt.« Er fuhr sich mit der Hand durchs Haar und konnte gerade noch widerstehen, es sich büschelweise auszureißen. »Verdammt, Wyndham – das sind kleine *Mädchen*. Ist Margaret überhaupt schon achtzehn?«

»Alle vier jungen Damen stammen aus ausgezeichnetem Hause und sind im perfekten Alter«, presste Wyndham durch aufeinandergebissene Zähne hervor. »Und ihr Name ist Rosalind, nicht Rosamond. Da du eine Londoner Saison ablehnst, muss ich ja nun die geeigneten Kandidatinnen herbringen.«

»Hör dir doch einmal selbst zu: *geeignete Kandidatinnen*! Glaubst du, du hältst gerade eine verfluchte Rede im Oberhaus?«, knurrte er. »Es ist mir vollkommen gleich, ob du nackte Jungfrauen an den Tisch setzt, Wyndham. Ich werde keine Frau heiraten, die du für mich ausgewählt hast. Ich bin nicht dein verdammter Zuchthengst, bei dem du bestimmen kannst, wann und mit wem er für Nachwuchs sorgt.« Er griff nach dem halbleeren Glas seines Sitznachbarn und leerte es in einem Zug, dann warf er das Glas gegen den riesigen Spiegel, der über dem ebenso enormen Kamin hing.

Der Knall war überraschend laut, und das Geräusch von zersplitterndem Glas musste beinahe im gesamten Haus zu hören gewesen sein.

Doch was einen normalen Mann aus der Fassung gebracht hätte, veranlasste seinen Bruder nur dazu, kurz die ohnehin tadellos sitzenden Manschetten zurechtzuzupfen und zur Tür zu stolzieren. »Deine Gegenwart wird im Salon nicht benötigt.« Er öffnete die Tür, ging hinaus, und die schwere Holztür schloss sich geräuschlos hinter ihm.

***

Honey konnte sich nicht erinnern, sich jemals in ihrem Leben für eine andere Person derart geschämt zu haben.

Die arme Duchess war blasser als Pergament, ihre grauen Augen weit aufgerissen.

Simons Geschrei war in dem großen Salon gut zu hören, auch wenn man nicht verstehen konnte, was genau er schrie.

Auch das Geräusch von zerberstendem Glas war zu hören.

Honey bahnte sich durch die Menge der sprachlosen Gäste einen Weg zu der älteren Dame, denn sie befürchtete, die Witwe könnte ohnmächtig werden, so bleich war sie.

»Ich habe über die Herkunft dieses Gemäldes gerätselt, Euer Gnaden.«

Der verschleierte Blick der Duchess wandte sich langsam Honey zu. »Gemälde?«, wiederholte sie, und das leise gesprochene Wort hallte überlaut durch die versteinerte Stille im Raum.

Honey nahm den Arm der Duchess, der unter ihrer Hand zitterte.

»Erlauben Sie, dass ich es Ihnen zeige?« Sie wartete nicht darauf, dass die perplexe Frau reagierte, sondern führte sie zur Wand am anderen Ende des Raumes, weg von den bohrenden Blicken, wo ein Sofa dem fraglichen Gemälde gegenüberstand. »Warum setzen Sie sich nicht, Ma'am?«

Die alte Dame zitterte, als sie sich auf dem Divan niederließ.

Genau in diesem Augenblick flog die Tür auf, und Honey sah, wie der Duke den Raum betrat. Er lächelte kühl in die Runde der Gäste, die auf einem Fleck beieinanderstanden.

Soweit sie erkennen konnte, war seine herzogliche Würde von der Szene, derer sie alle soeben Zeuge geworden waren, unberührt geblieben.

»Lady Rosalind«, sagte er und wandte sich mit seiner wuchtigen Autorität dem jungen Mädchen zu. »Würden Sie uns mit etwas Musik unterhalten?«

Er deutete auf die geöffneten Türen, die den Salon vom angrenzenden Musikzimmer trennten.

Bevor die zierliche, zarte Blondine ihren hübschen herzförmigen Mund öffnen konnte, trat ihre Mama hervor. »Es wäre ihr ein Vergnügen, Euer Gnaden.«

Die Gäste gingen ins Musikzimmer, und der Duke of Plimpton sah Honey an, die an der Seite seiner Mutter geblieben war.

Die Witwe erhob sich sofort und lächelte Honey tapfer zu. »Würden Sie mich bitte ins Musikzimmer begleiten, Miss Keyes? Wir dürfen Lady Rosalinds Klavierspiel unter keinen Umständen verpassen.«

***

Es war ein kluger Schachzug des Duke gewesen, auf musikalische Unterhaltung zu bestehen. Als Lady Rosalind drei Stücke gespielt hatte, dem sich zwei weitere junge Damen angeschlossen hatten, war die Atmosphäre wieder entspannt, beinahe als wäre nichts geschehen.

Kartentische waren im Salon aufgestellt und Tee gebracht worden, und sie teilten sich in zwei Gruppen.

Honey spielte mit einem Gutsherrn aus der Gegend Whist gegen die Dowager Duchess und die Frau des Gutsherrn.

Als es Mitternacht schlug, löste sich die Gesellschaft auf. Der Witwe war ihre Verwirrung dennoch deutlich anzumerken, denn sie nahm Honeys Angebot an, sie zu ihren Gemächern zu geleiten.

Der Ausdruck, mit dem der Duke Honey bedachte, als er sah, wie sie seine Mutter aus dem Salon führte, kam bisher dem am nächsten, was Honey für ein Lächeln hätte durchgehen lassen.

Erst als sie die Treppe erreicht hatten, ergriff die ältere Dame das Wort. »Bitte verzeihen Sie, meine Liebe. Was bin ich für eine schreckliche Gastgeberin, dass ich das Geleit meiner Gäste benötige.« Ihre Stimme war vom Aufstieg noch etwas atemlos.

»Aber ganz und gar nicht, Ma'am. Ich wollte schon lange einmal diesen Flügel des Hauses besichtigen.« Ihr Blick fiel auf ein Gemälde, das zwischen zwei Wandleuchtern hing. Sie blieb stehen und drehte sich um. »Großer Gott!«, entfuhr es ihr atemlos. »Tiziano Vecellio.«

»Wie bitte, meine Liebe?«, fragte die Witwe und wandte sich dem Gemälde zu, als ob sie es ebenfalls zum ersten Mal bemerkte. »O ja, ein Tizian. Mein Mann fand, wir sollten nicht alle der besten Stücke in den Galerien verstecken. Er sah sie gern an, wenn er kam und ging.« Sie blinzelte wie eine Eule, als sie das Gemälde betrachtete, das eine recht sündige Darstellung von Bacchus und Ariadne zeigte.

»Dies war eines seiner Lieblingsgemälde, und ich habe es hier belassen.«

Honey bemerkte die Erschöpfung in ihrer Stimme und riss den Blick von der wundervollen Leinwand los.

»Ich muss mich entschuldigen; Sie sind müde, und ich stehe hier und gaffe.«

Die Witwe schmunzelte, und sie setzten ihren Weg fort.

»Ich verstehe, wie es Ihnen mit der Kunst geht, meine Liebe. Mein Mann war auch so, wenn Sie sich das vorstellen können. Seine alte Kinderfrau erzählte mir einmal, dass er in seiner Jugend davon träumte, ein Maler zu werden.« Sie sah betrübt aus. »Natürlich konnte sein Vater so etwas nicht gestatten.« Sie warf Honey einen Blick zu. »Mein Mann war das einzige überlebende von sieben Kindern, müssen Sie wissen. Die ganze Last des Herzogtums fiel ihm recht früh zu, ebenso wie meinem eigenen Sohn.«

»Seine Gnaden war noch sehr jung, als Ihr Gatte verstarb?«

»Ja, noch nicht einmal siebzehn.« Sie schüttelte den Kopf. »Sie hätten den Jungen nicht wiedererkannt. Er war so fröhlich und ungestüm.« Sie bemerkte Honeys überraschten Ausdruck. »O ja, er war ein ganz lieber Junge. Nicht, dass er jetzt kein guter Mann wäre, versteht sich. Doch so viel Tod und Enttäuschung, das hat ihm das Strahlen geraubt. Meinen beiden Söhnen.« Ihre Stimme klang wacklig, und sie schüttelte abermals den Kopf. »Verzeihen Sie, meine Liebe. Sie hätten in den vergangenen Wochen nicht hier sein sollen. Diese Familie ist keine gute Gesellschaft, und es muss für sie recht unangenehm gewesen sein.«

Es war in der Tat unangenehm gewesen, doch das konnte Honey wohl kaum zugeben. »Ich habe meine Zeit hier sehr genossen.«

Die Duchess tätschelte ihr die Hand. »Und ich weiß, dass Rebecca es sehr genossen hat, jemand Jüngeres im Hause zu haben.«

Es amüsierte Honey, dass sie als *jung* bezeichnet wurde. »Ich habe ihre Gesellschaft auch genossen.« Und das hatte sie. Ihre Sitzungen mit der jungen Frau waren eher wie Treffen unter Freunden gewesen.

Es tat ihr leid, das offensichtlich einsame Mädchen in diesem Haus der aufgewühlten Emotionen zurückzulassen.

Ein Porträt hing nicht weit von der nächsten Tür entfernt, und Honey blieb kurz stehen.

»Das ist mein Gatte«, sagte die Duchess und trat neben sie. »Es war eines seiner frühesten Porträts«, erklärte sie. »Die übrigen hängen in der Galerie.«

Honey hatte sie gesehen; sie waren beide großartig. Doch sie zeigten einen älteren Mann mit strenger, unerbittlicher Miene. Dieses Bild jedoch ...

»Zu der Zeit war Dominic erst zwanzig«, sagte die Duchess, und Sehnsucht schwang in ihrer Stimme mit.

»Er war sehr attraktiv.« Im richtigen Licht betrachtet hätte man den seligen Duke für Simon halten können. Kleidung und Frisur entsprangen einem anderen Zeitalter, doch die hypnotischen hortensienblauen Augen und die scharfgeschnittenen, wunderschönen Züge waren beinahe dieselben.

»Es hat mir so geschmeichelt, dass er mir Beachtung schenkte«, sagte die Witwe. »Er war acht Jahre älter, und es war meine erste Saison.« Mit einem Glitzern im Blick sah sie Honey etwas verlegen an. »Ich war nicht unscheinbar, aber auch nicht gerade ein Juwel erster Güte.« Sie seufzte. »Aber Dominic ...« Sie unterbrach sich und schüttelte den Kopf, als ob ihr die Worte fehlten. »Jede Frau bewunderte ihn und sehnte sich nach ihm. Doch er wählte mich.«

Honey konnte ihren Ausdruck schwer deuten. Stolz lag darin und vielleicht Liebe, aber auch Bedauern.

»Ich erinnere mich an Ihren Großvater, Miss Keyes«, sagte sie, und die Farbe kehrte in ihre blassen Wangen zurück. »Er war so ...«

»Wild?«, schlug Honey vor. Das jedenfalls ließen die wenigen Geschichten vermuten, die sie über ihren Großvater mütterlicherseits gehört hatte, den berüchtigten Baron Yancy.

»Oh, aber wie! Er war sehr ungehörig. Aber natürlich vergötterten wir ihn alle.«

Durch ihr furchtsames Lächeln sah Honey die Wahrheit aufschimmern. Also hatte die Duchess Honeys Großvater geliebt, aber einen Duke geheiratet?

Sie empfand tiefes Mitgefühl mit der freundlichen älteren Dame, die vermutlich dazu gebracht worden war, den nichtsnutzigen, verarmten Baron zugunsten eines mächtigen, wohlhabenden Duke aufzugeben.

Doch wenn es nicht so gewesen wäre, würde Honey heute nicht hier stehen.

Die Duchess setzte den Weg fort und blieb nach wenigen Metern vor einer massiven cremefarbenen Tür mit Vergoldungen stehen.

»Da wären wir endlich.« Sie lächelte Honey an. »Vielen Dank für Ihre Liebenswürdigkeit, meine Liebe. Sie sind ein gutes Mädchen.«

Honey knickste. »Schlafen Sie wohl, Euer Gnaden.« Sie wartete, bis sich die Tür geschlossen hatte und ging dann zurück, um die verschiedenen Gemälde an den Wänden näher zu betrachten.

Der ehemalige Duke hatte einen ausgezeichneten Geschmack gehabt, und es war schwer, sich loszureißen. Dennoch wollte sie nicht hier erwischt werden, wenn der Duke irgendwann zu seinen Gemächern zurückkehrte, die ebenfalls in diesem Flügel lagen.

Honey entschloss sich, den längeren Weg zurück zu ihrem Zimmer zu nehmen und noch einmal die neue Galerie zu besuchen.

Dabei kam sie am Arbeitszimmer des Duke vorbei, als das Geräusch von zerbrechendem Glas sie innehalten ließ. Sie hörte noch etwas zerbrechen, dann folgte ein lautes, schmerzerfülltes Stöhnen. Honoria stand wie erstarrt vor der massiven Eichentür und lauschte. Nichts ... plötzlich ein Stöhnen.

Sie biss sich auf die Unterlippe und streckte die Hand aus, um zu klopfen, doch dann erstarrte sie abermals. Was tat sie hier? Was, wenn der Duke dort drin war? Oder was, wenn ...

Die Tür schwang plötzlich nach innen und sie machte einen Satz zurück, wobei ihr ein würdeloses Quieken entfuhr, bevor sie es verhindern konnte.

»Wenn das nicht Miss Honey Keyes ist.« Simon stützte den Unterarm gegen den Türrahmen und lächelte auf sie herab. »Sie lauschen wohl wieder, was?«

Kapitel Vierzehn

Honey war sprachlos. Nicht, weil er sie verspottete, sondern weil er so abgezehrt aussah: Er schien seit dem Dinner um zehn Jahre gealtert zu sein, und selbst da hatte er nicht besonders gesund gewirkt.

Blut tropfte von seiner Hand und klatschte leise auf den Teppich.

»Sie haben sich verletzt.«

Er schwankte leicht, und sie bemerkte, dass er sehr, sehr betrunken war.

»Haben Sie ein Taschentuch?«, fragte sie.

Als er nicht reagierte, sah sie von seiner blutenden Hand auf. Seine vollen Lippen waren an den Mundwinkeln heruntergezogen, und seine Nasenflügel waren zusammengekniffen und weiß, als ob er wütend auf etwas oder jemanden wäre.

Auf sie?

Honey schüttelte den Kopf über diesen albernen Gedanken. Er war betrunken; es war nicht relevant, welche irrationalen Gedanken ihm durch sein alkoholdurchtränktes Hirn gingen.

Sie stieß ihn gegen die Brust, etwas fester, als sie vorgehabt hatte, und er stolperte rückwärts zurück in das Zimmer.

Honey schloss die Tür hinter sich und streckte die Hand aus.

»Geben Sie mir Ihr Taschentuch.«

Sein Ausdruck war nun eher verwirrt als feindselig, aber er gehorchte, ohne zu widersprechen. Honey nutzte die Gelegenheit, ihn zu beobachten, während er ungeschickt ein ordentliches, weißes Stück Stoff aus der Jackentasche fischte.

Seine Halsbinde hatte sich halb gelöst und war zerknittert, und es waren Wein- oder Portweinflecken darauf. Weder seine Jacke noch seine Weste waren zugeknöpft, und die schwarze, elegante Jacke sah zerknautscht aus, als ob er darin geschlafen hätte. Ihr Blick wanderte zu dem großen Ledersofa, das gegenüber dem Kamin stand, und sie entdeckte glitzernde Glasscherben neben dem Beistelltisch und einen kleinen Teppich, der in einem Knäuel daneben auf dem Boden lag.

Honey hätte keine erhellendere Szene malen können: Er hatte getrunken und das Bewusstsein verloren.

Sie riss ihm das Taschentuch aus der Hand.

»Setzen Sie sich.«

Sie wartete nicht darauf, ob er gehorchte, sondern ging zu der Ansammlung von Karaffen, die auf einem langen, rechteckigen Tisch an der Wand standen. Es gab einen kleinen Eimer mit halb geschmolzenem Eis und eine leere Flasche. Sie entfernte die Flasche und nahm den Eimer.

Als sie zurückkam, saß Simon auf dem Sofa neben der Zerstörung und schien sich der Scherben zu seinen Füßen nicht bewusst zu sein.

Honey stellte den Kübel auf den Boden und nahm neben ihm auf dem Sofa Platz. Sie ließ dabei so viel Abstand wie möglich, setzte sich aber nah genug zu ihm, dass sie seine Hand erreichen konnte.

Sie öffnete das Retikül, das an ihrem Handgelenk baumelte und nahm ihr eigenes, viel kleineres Baumwolltuch heraus. Ihre Initialen waren darauf gestickt, und in einer Ecke befand sich eine hübsche, von Freddie angefertigte Stickerei. Freddies Handarbeiten waren die großartigsten, die Honey je gesehen hatte.

Sie verzog das Gesicht. So ein schönes Stück war eigentlich zu schade für so eine Anwendung, aber sie hatte nichts anderes, und es erschien ihr nicht ratsam, einen Diener zu rufen, der dann Zeuge der demütigenden Lage eines betrunkenen, von Narben gezeichneten Mannes würde. Auch wenn er jedes bisschen Schmerz und Demütigung verdient hatte. Seine Mutter allerdings nicht, und das Dienstpersonal tratschte gern. Simon Fairchild hatte schon für genügend Gesprächsstoff gesorgt.

»Geben Sie mir Ihre Hand.«

Sie sah ihm nicht ins Gesicht, sondern konzentrierte sich auf den Schnitt, der über die gesamte Handfläche ging, genau über dem Handballen. Es war ein ziemlich großer Schnitt, aber nicht besonders tief, und die Blutung klang bereits ab. Sie tauchte den Stoff in das eisige Wasser und begann, die Wunde vom Blut zu säubern.

»Wie ist das passiert?«, fragte sie, ohne aufzusehen.

Sie spürte, dass er mit einem seiner charakteristischen Schulterzucken reagierte. »Ich weiß nicht.«

Sie sah auf.

Seine schönen, aber leeren Augen waren fest auf sie gerichtet, und er lallte nicht. Dafür, dass er so geschwankt hatte, klang er erschreckend nüchtern.

Als sie den Schnitt gereinigt hatte, nahm sie ihr eigenes Taschentuch und faltete es in der Diagonale, sodass es kaum um seine Handfläche passte.

Er hatte große Hände mit langen Fingern. Die Nägel waren gepflegt, aber die Haut von Narben übersät und die Fingerspitzen rau.

Sie erinnerte sich, dass er früher elegante, weiche Hände gehabt hatte; die von Arbeit geschwollenen Fingerknöchel störten nun die lange, elegante Linie. Er war nicht untätig, auch wenn es so schien, als verbrächte er einen großen Teil seiner Zeit damit, zu trinken oder betrunken zu sein.

»So«, sagte sie und ließ seine Hand los, sobald sie den Knoten festgezogen hatte. Sie sah wieder auf.

Er starrte auf seine Hand, hob und bewegte sie vorsichtig, wobei er leicht das Gesicht verzog.

»Ja, ich bin sicher, es tut weh«, meinte sie, obwohl er gar nichts gesagt hatte.

Er hob die Hand vors Gesicht und musterte ihre Arbeit, indem er seine Faust hierhin und dorthin wendete. »Sie haben ein sehr schönes Taschentuch von mir auf dem Gewissen.«

»Ja, habe ich.«

Er sah auf und grinste. Sein jungenhaftes Amüsement ließ ihr Herz einen Satz machen. »Ihr Benehmen am Krankenbett lässt zu wünschen übrig.«

Honey warf ihm einen eisigen Blick zu und machte Anstalten, sich zu erheben.

Er legte seine Hand, diejenige ohne Verband, auf ihren Unterarm. »Bleiben Sie doch einen Augenblick.«

Sie zögerte und blieb auf dem Sprung.

»Bitte.«

Sie seufzte übertrieben tief, um den hoffnungsvollen Hüpfer in ihrer Brust zu überspielen. »Na gut, aber nur einen Augenblick.« Sie zog ihren Arm unter seiner Hand fort und setzte sich auf, wobei sie so unauffällig wie möglich von ihm abrückte.

»Sie verlassen uns morgen?«

»Ja.«

»So bald?«

Sie konnte nicht verhindern, dass ihr ein Grunzen entfuhr. »Bald? Ich bin schon seit drei Wochen hier, fast einen Monat lang.«

»Das erscheint mir nicht sehr lang.«

Wut flackerte in ihrer Brust auf. »Wie wollen Sie das beurteilen? Sie waren doch überhaupt nicht hier.«

Das brachte ihn zum Lächeln. »Aha, Ihnen ist meine Abwesenheit aufgefallen. Haben Sie mich vermisst?«

»Nein«, blaffte sie.

Er lachte leise, und das Geräusch war gefährlich. »Lügen Sie mich nicht an, Honey.«

Sie sprang auf. »Gute Nacht, Mylord.«

»Es tut mir leid«, sagte er sofort zerknirscht. »Bitte, gehen Sie nicht im Zorn. Ich werde mich benehmen. Das verspreche ich, Miss Keyes.« Er legte die Hände in den Nacken, als ob er sich bemühte, harmlos zu wirken.

Der Blick in seine Augen ließ Erinnerungen zu ihr zurückkehren, die sie vierzehn Jahre in Goldfolie gewickelt bewahrt und gehütet hatte. Das war der Simon, den sie gekannt hatte; sanft und lieb und aufrichtig. Er war noch immer irgendwo da drin. Wenn sie bliebe, könnte sie doch möglicherweise-

Geh. Jetzt sofort.

Die Stimme war so streng und laut, sie hätte schwören können, dass sie irgendwo aus der Bibliothek kam.

Offensichtlich jedoch nicht, schließlich schien Simon
sie nicht zu hören.

Stattdessen wartete er und sah sie mit seinen strahlenden blauen Augen neugierig an.

Jetzt, Honey. Geh jetzt.

Sie nahm wieder Platz.

Seine Lippen verzogen sich zu einem Lächeln. »Vielen
Dank.«

Honey betrachtete ihre geballten Fäuste, öffnete die
Hände und zwang sich, sie flach und untätig in den
Schoß zu legen.

»Ich habe über die Zeit nachgedacht, als ich für mein
Porträt Modell gestanden habe.«

Sie sah ruckartig auf. »Ich dachte, Sie erinnern sich
nicht mehr an mich.«

»Zunächst nicht, das ist richtig.«

Sie errötete, das beschämende Gefühl, dass er sie einfach vergessen hatte, kehrte zurück.

Simon schüttelte den Kopf. »Ich sehe, Sie verstehen
nicht. Ich habe ... Schwierigkeiten, mich an Dinge zu erinnern.«

»Schwierigkeiten?«

»Ja.«

»Wie äußern sich die Schwierigkeiten?«

»Es ist schwer, zu erklären.«

»Versuchen Sie es.«

Anstatt sich von ihrem barschen Tonfall angegriffen
zu fühlen, lächelte er leicht. »Es begann während des
Krieges, nachdem ich zum ersten Mal verwundet
wurde.«

Honey hatte nicht gewusst, dass er mehrmals verwundet worden war.

Aber wie sollte sie auch? Es stand schließlich nicht jedes Mal in der Zeitung, wenn ein Offizier verletzt
wurde.

Sie lehnte sich etwas mehr zurück. »Was ist geschehen?«

***

Simon wünschte, er hätte diesen Pfad nie eingeschla-
gen und suchte jetzt den schnellsten Ausweg. Aber er
hatte ihre Aufmerksamkeit, und stellte fest, dass er alles tun würde, um sie zu behalten.

»Das ist es ja. Ich kann mich an nichts davon erinnern. In einem Augenblick war ich auf meinem Pferd
und ritt einen felsigen Abhang hinunter, im nächsten ...« Er zuckte mit den Schultern. »Drei Tage später
wachte ich in einem Bett auf. Ich hatte nur ein paar
Kratzer«, log er, denn er wollte ihr nicht von den
menschlichen Knochensplittern und dem Eisen erzählen, dass man aus seinem Rücken geholt hatte. »Aber
ich blutete aus den Ohren und konnte mich an nichts
erinnern.«

»Sie meinen, Sie konnten sich nicht daran erinnern,
wie Sie verwundet wurden?«

»Nein. Ich meine an nichts. Ich konnte mich nicht einmal an meinen eigenen Namen erinnern.«

»O mein Gott!«, flüsterte sie. »Wie schrecklich.«

»Ja, es war das Beängstigendste, was mir je widerfahren ist. Schlimmer noch als Waterloo. Es hielt drei

Monate an. Man erzählte mir natürlich, wer ich sei, aber mein Leben erschien mir wie das eines anderen, einer Figur in einem Buch.«

»Was brachte die Erinnerung zurück?«

Simon öffnete den Mund, um ihr von der Nacht zu erzählen, als die Erinnerung plötzlich zurückgekehrt war, doch dann wurde er sich wieder bewusst, mit wem er sprach: der kleinen Honey Keyes. Er blickte in ihre besorgt wirkenden grauen Augen und schauderte. Gott sei Dank hatte er sich rechtzeitig wieder gefangen. Er konnte sich gut vorstellen, was geschehen wäre, wenn er erzählt hätte, wie seine Männer eine spanische Hure in sein improvisiertes Krankenzimmer geschmuggelt hatten.

In Anbetracht seines Rufs als Schürzenjäger hatten sie die bizarre Hoffnung gehegt, dass eine ordentliche Runde sportlicher Betätigung im Bett seiner Erinnerung auf die Sprünge helfen und ihn wieder daran erinnern würde, wer er war und was er früher getan hatte. Vielleicht war die Hoffnung gar nicht so bizarr gewesen, denn am nächsten Morgen war ihm wieder eingefallen, wer er war.

Simon sah, dass sie ihn erwartungsvoll anstarrte und darauf wartete, dass er die Geschichte zu Ende erzählte.

Er sagte: »Ein Freund von mir aus Eton kam mich besuchen, und plötzlich kehrte alles zu mir zurück, alles bis auf die Umstände der Verwundung selbst.«

»Welch ein Glück Sie gehabt haben«, sagte sie mit Staunen in der Stimme.

»Ja«, stimmte er zu. »Ich hatte Glück.«

»Und dennoch haben Sie sich nie erinnert, was geschehen ist?«

»Nein, nie mehr.« Das war immerhin die Wahrheit.

»Und niemand, der dabei gewesen war, hatte irgendetwas gesehen?«

Simon zögerte. Warum sollte er ihr erzählen, dass niemand sonst den Angriff überlebt hatte? Warum sollte er ihr erzählen, dass an jenem Tag zweihundertvierzehn Männer ihr Leben gelassen hatten – alle außer ihm: Glückspilz Fairchild.

Glückspilz Fairchild, der zwischen einem Haufen Leichen gelegen hatte; den meisten hatte man mit dem Bajonett durch die Hälse und in den Oberkörper gestochen – Anzeichen gründlicher Feinde. Allen außer Simon, dem man nur in den Arsch gestochen hatte. Ha. *Glückspilz.*

Er begegnete ihrem begierigen Blick und log abermals. »Es war niemand in der Nähe, es gab keine Zeugen.« Er sagte ihr nicht, dass er es auch ohne Zeugen hatte rekonstruieren können. Ein Artilleriegeschoss oder eine Kugel musste den Mann an seiner Seite getroffen haben, und ein Teil dieses Mannes – oder seines Pferdes – musste Simon getroffen haben. Oder vielleicht hatte ihn auch nur die bloße Druckwelle aus dem Sattel gestoßen. Oder vielleicht hatte er beim Sturz einen Tritt gegen den Kopf erhalten. Oder nach dem Sturz. Es war ganz gleich; es war keine Geschichte für eine Lady.

»Ich fürchte, mein Erinnerungsvermögen hat seither gelitten. Ich habe, nun ja, ich habe einen großen Teil meiner Vergangenheit eingebüßt.«

Tränen schimmerten plötzlich in ihren Augen.

»Aber nein«, sagte er. »Was ist denn das?« Sein Herz pochte unangenehm in seiner Brust. »Keine Sorge, Schätzchen. Es ging mir gut. Und Hector auch.«

Ihre sinnliche Unterlippe zitterte. »Hector?«

Er schenkte ihr ein Lächeln, von dem er hoffte, dass es sie beruhigen würde. »Ja, meinem Pferd Hector. Er hatte nicht einmal einen Kratzer. Und auch keine Probleme mit seinem Gedächtnis.«

Ein ersticktes Lachen kam über ihre Lippen, aber ihre Augen glänzten nur noch mehr.

Verflucht.

»Sie dürfen nicht so schauen. Es ist alles lange her. Alles wieder verheilt.« Er streckte die Hände aus und drehte die Handflächen nach oben. »Sehen Sie?« Doch seine Worte schienen den gegenteiligen Effekt zu haben, und eine dicke Träne lief ihre Wange hinab.

»O verdammt, bitte nicht«, bettelte er, als eine zweite und dritte folgten, bis es zwei durchgehende Rinnsale waren.

Einem inneren Impuls folgend streckte er die Hand aus und wischte mit der Rückseite der Finger vorsichtig die Tränen von einer Wange. Anstatt wegzuziehen, lehnte sie die weiche Wange gegen seine Hand.

Mehr Ermunterung brauchte es nicht, und er legte die Arme um sie.

»Aber nein, schh ...«, murmelte er in ihr dichtes weizenblondes Haar, das nach Zitrone duftete.

»Es tut mir leid«, sagte sie, ihre Stimme von seiner Schulter gedämpft. »Ich weiß nicht, was mit mir los ist. In Ihrer Gegenwart scheine ich nur zu schreien oder wie ein kleines Kind zu heulen. Warum bin ich in Ihrer

Nähe bloß so emotional?« Sie lachte tränenerstickt. »Es ist bloß …«

»Ja? Was ist denn?«, fragte er. Er wollte sich nicht bewegen und riskieren, dass *sie* sich erinnerte, wo sie war und wer bei ihr war und sich ihm entzog.

Er konnte die Anspannung in ihrem Körper spüren, während sie offenbar damit rang, die richtigen Worte zu finden.

Schließlich zuckte sie nur mit den Schultern. »Es ist nur solch eine schreckliche, schreckliche Vergeudung.«

Simon wusste genau, was sie sagen wollte. Ja, Krieg war eine Vergeudung, eine Tragödie für alle Beteiligten. Es erstaunte ihn, dass sie sich dessen instinktiv bewusst zu sein schien, obwohl sie den Krieg nicht am eigenen Leib erfahren hatte. Er zog sich zurück und sah sie an. Er musste ihr Gesicht sehen.

Blinzelnd sah sie zu ihm auf, und Tränen glitzerten in ihren Wimpern. Ihre kleine Nasenspitze war rot, und ihre Unterlippe war geschwollen und bebte.

Also küsste er sie natürlich.

Kapitel Fünfzehn

Der vernünftige Teil von Honeys Gehirn hatte sich heisergeschrien. *Lauf weg!*

Honey war es gleich, ob die Stimme recht hatte oder nicht. Nein, eigentlich war sie sich ziemlich sicher, dass sie recht hatte. Ihr war einfach alles gleichgültig außer dem Gefühl seiner Lippen auf ihren, seines an sie gedrängten Körpers. Es war Simon, jedoch nicht der spöttische, gemeine Kerl, sondern der Simon ihrer Erinnerung.

Anders als im Irrgarten war sie darauf vorbereitet, als sich seine Lippen öffneten; sie wusste sogar, was zu tun war.

Sie berührte seine Zunge mit ihrer eigenen Zungenspitze, und sein Griff wurde fester und presste sie so fest an seinen Körper, dass sie kaum Luft bekam. Ihre Zungen verschlangen sich ineinander, und Honey eroberte ihn so rücksichtslos – und vermutlich mit derselben Finesse – wie eine marodierende Wikingerhorde.

Ihre Hände waren irgendwo zwischen ihren Körpern eingeklemmt, und es kostete sie Mühe, sich weit genug von ihm wegzustemmen, um die Finger unter seine Jacke zu schieben, doch es war die Mühe wert. Sein Oberkörper war hart und heiß, und ihr Körper entbrannte bei der Erinnerung an das Gefühl seiner Haut unter ihren Fingern.

Während sie hektisch an seinem Hemd zerrte, massierte er mit langen, festen Strichen ihren Rücken. Seine Berührungen waren fest und stark, und er fuhr die Konturen ihres Körpers nach. Unter dem dünnen Seidenstoff ihres Kleides fanden seine geschickten Finger rasch den oberen Saum ihres Korsetts.

Ein frustrierter Laut entfuhr ihm, und er packte sie ohne Vorwarnung an der Taille und setzte sie auf seinen Schoß, wobei ihre Hände von seinem Körper fortgezogen wurden.

»Aber ...«, murmelte sie, offenbar nicht erfreut, dass ihre Mission, seine Haut ihren Berührungen preiszugeben, vor ihrer erfolgreichen Vollendung beendet worden war.

»Schh«, flüsterte er und küsste sie mit frischem Elan.

Als dieses Mal seine Zunge zwischen ihre leicht geöffneten Lippen schlüpfte, saugte sie ihn in ihren Mund.

Er stöhnte, nahm dankbar ihre Einladung an und erkundete ihren Mund. Seine intensiven, verlangenden Küsse raubten ihr den Atem und ließen ihr schwindlig werden.

Honeys Lider flatterten, und sie schloss die Augen, als er sich in einer Spur abwärts zu ihrem Kinn und dann zu ihrem Hals knabberte und küsste. Mit der freien Hand streichelte er ihre Mitte in immer größer werdenden Kreisen.

Sein Mund war bei ihrer Brust angelangt, und sie spürte die heiße, glatte Zungenspitze, mit der er die Oberkante ihres engen Mieders entlangfuhr. Sie schauderte, als er versehentlich über eine ihrer kieselharten kleinen Brustwarzen strich, die sich gegen den Seidenstoff drängten.

Und dann tat er es wieder.

Beim dritten Mal wurde ihr klar, dass es kein Versehen war.

Honey bog sich seiner Berührung entgegen, als er ihre Brust mit der Handfläche umfing.

»So süß«, murmelte er. »Ich muss dich schmecken.«

Warme, starke Finger glitten unter den ohnehin tiefen Ausschnitt ihres Mieders und schoben den dünnen Stoff über ihre Brüste nach unten. Der gespannte Stoff bildete eine Art Balkon, der sie nach oben drückte.

In Honeys Kopf formte sich ein vages Bild davon, wie schamlos sie aussehen musste, wie sie sich halbnackt vor ihm räkelte, doch sie ignorierte es und bog stattdessen den Rücken noch weiter durch, um sich ihm wie ein heidnisches Opfer darzubieten.

Warmer Atem badete ihre entblößten Brüste, und sie zuckte zusammen, als sein heißer, feuchter Mund sich um eine Brustwarze schloss. Die erotische Empfindung schoss direkt wie ein Blitz in ihr Geschlecht.

Was zum Teufel tust du da?, fragte die Stimme in ihrem Kopf, dieses Mal lauter.

Sie war nicht nur lauter, sie klang eigenartigerweise ... *männlich*.

Honey riss die Augen auf.

Der Duke of Plimpton stand hinter dem Sofa und erhob sich über ihnen, während der zornige Blick seiner grauen Augen sich in sie bohrte.

Kapitel Sechzehn

Honey starrte zu dem Duke auf und schrie.

Simon zog sie schützend an seine Brust, während er sich umwandte, um zu sehen, was sie zum Schreien gebracht hatte. Sie spürte, wie sein Körper beim Anblick seines Bruders zusammenzuckte.

»Gottverflucht, Wyndham! Was zum Teufel tust du?«, brüllte er und hielt Honey, die sich nicht wehrte, gegen seinen Körper gepresst, während er mit der Hand zwischen ihnen herumnestelte, um den zerknautschten, feuchten Seidenstoff ihres Mieders wieder hochzuziehen.

»Würden Sie uns bitte entschuldigen, Gentlemen?« Die Stimme des Duke war eisig wie ein Hagelsturm.

Honey konnte sein Gesicht nicht sehen und wollte es auch nicht. Feige, wie sie nun einmal war, vergrub sie sich an Simons Schulter.

Die Tür schloss sich geräuschvoll, und Simon flüsterte ihr ins Ohr: »Ich werde dich jetzt loslassen, aber nur, wenn es mir gelungen ist, dein Kleid wieder in Ordnung zu bringen.« Er zögerte. »Ist es in Ordnung?«

Honey schob die Hand aufwärts über ihren Busen; er war wieder bedeckt. »Ja.«

Er schob sie weit vorsichtiger von seinem Schoß als er sie daraufgesetzt hatte.

Honey sah zu ihm auf, ihr Gesicht brannte; er sah mordlustig aus.

»Alles in Ordnung?«, fragte er leise. Sein sanfter Ton zeigte, dass der mörderische Ausdruck in seinen Augen nicht ihr galt.

Sie nickte abermals.

Er warf ihr ein kurzes, hartes Lächeln zu und wandte sich dann dorthin um, wo sein Bruder wartete.

Der Duke lehnte an der vorderen Kante des Schreibtisches und hatte die Arme vor der Brust verschränkt. Dabei sah er mehr Honey an als Simon. »Ich möchte mich für das entschuldigen, was mein Bruder-«

»Du wirst dich *niemals* für meine Taten entschuldigen!« Simon sprang mit der Eleganz eines Tänzers auf – seinen Bewegungen war keine Spur der Trunkenheit mehr anzumerken. In kaum einem Wimpernschlag war er vor dem Duke, und seine Faust traf mit einem harten Krachen die Seite seines Gesichts, obwohl sein Bruder sich weggeduckt hatte.

Honey riss die Hände vor den Mund. »Simon!« Der Name kam als ersticktes Schluchzen über ihre Lippen.

Er hob die Hand, um noch einmal zuzuschlagen.

Honey konnte sehen, dass sich der Duke von dem ersten erholt hatte, doch anstatt sich zu verteidigen oder einen Gegenangriff zu unternehmen, wartete er nur ab.

Simons Faust erstarrte mitten in der Luft, nur Zentimeter vom Gesicht seines Bruders entfernt. »Los, kämpf mit mir, du Bastard.«

Der Duke zuckte nicht einmal.

Simon ließ den Arm sinken und stieß einen Laut aus, der voller Abscheu war. Er wirbelte herum und starrte Honey mit loderndem Blick an. »Sie sollten gehen, Miss Keyes.« Dieser Satz war das verbale Äquivalent einer

Ohrfeige, und Honey zuckte zurück. Bevor sie antworten konnte, sprach der Duke.

»Nein, Miss Keyes. Bitte bleiben Sie. Das hier betrifft Sie ebenso wie meinen Bruder.« Er holte ein schneeweißes Taschentuch aus seiner perfekt geschnittenen Jacke und tupfte sich das Blut vom Mundwinkel.

Simon biss den Kiefer zusammen und schüttelte den Kopf. »Es gibt kein *das hier*, Wyndham.«

»Doch, Simon. Unglücklicherweise gibt es das. Auch wenn du es vielleicht nicht bemerkt hast. Lord Renshaw, Albert Grayson und vier andere Gentlemen waren eben noch bei mir. Ich hatte den dummen Einfall, sie in *meine* Bibliothek mitzunehmen.« Er deutete auf die zerbrochene Karaffe. »Und ich dachte dummerweise, ich könnte mir mit ihnen vielleicht ein Glas von *meinem* Brandy genehmigen.«

Obwohl er nie laut wurde, wirkte er bedrohlicher als eine Kobra. »Und was finde ich vor? Dich. Wie du gerade unseren Gast entehrst.«

Honey schluckte und erhob sich. »Euer Gnaden ...«

Er wandte sich zu ihr um, und der Rest der Worte erstarb in ihrer Kehle.

»Sie, Miss Keyes, sind ruiniert.« Seine leisen Worte hingen in der Luft wie ein dichter, unangenehmer Londoner Nebel.

»Nein«, sagte sie und schüttelte vehement den Kopf. »Ich bin kein Mädchen, das gerade seine erste Saison erlebt. Ich muss nicht meinen Ruf schützen, um einen Heiratsantrag zu erhalten.«

Ein mitleidiger Ausdruck glitt über seine versteinerten Gesichtszüge, und er ließ das Blut in ihren Adern gefrieren. »Nein, Miss Keyes. Sie müssen etwas wesentlich Delikateres und Schwierigeres bewerkstelligen, Sie müssen nämlich den Adel davon überzeugen, dass Sie die Art Frau sind, die man bedenkenlos in sein Haus einladen kann. Die Art Frau, der man ohne Sorge seine jungen, wilden Erben zu privaten Sitzungen anvertrauen kann. Die Art ...«

»Das ist *genug*, Wyndham«, bellte Simon.

Der Duke sah seinen jüngeren Bruder lediglich an.

Honey konnte Simons Gesicht nicht sehen, aber sie wusste, dass zwischen den beiden Männern eine Schlacht ausgetragen wurde. Nur das leise Ticken einer Uhr störte die zerbrechliche Stille.

Und dann sackten Simons Schultern nach vorn. »Verdammt.«

Der Duke nickte, richtete sich auf und ließ die Arme an seine Seiten sinken. »Ich werde mich für einen Moment zurückziehen.«

Und dann schritt er aus dem Raum.

***

Verdammt, verdammt, verdammt, verdammt. Die Worte hallten wie das unablässige Krächzen von Krähen durch Simons Kopf.

Er wandte sich der Frau zu. *Honoria.*

Sie starrte ihn von der anderen Seite des Raumes her an, und ihr Blick war der eines verängstigten Gefangenen auf der Anklagebank.

Verflucht. Zum Glück fluchte er dieses Mal nur in seinem Kopf.

Er nestelte an der Katastrophe, die einmal seine Krawatte gewesen war, und fragte sich, warum ihm so verflucht heiß war, wenn die Atmosphäre im Raum eher an eine eisige Gruft erinnerte.

Simon zwang sich, ein neutrales Gesicht zu machen. Zumindest so neutral, wie es jemand mit einem halbzerstörten Gesicht zustande bringen konnte.

»Setz dich doch, bitte«, sagte er. Sie wirkte ängstlich wie ein wildes Fohlen, und das zurecht. Sie war zwischen zwei Männer geraten, die einander seit fast fünfzehn Jahren bekriegten.

Heute war Honoria Keyes zu einem Opfer dieses Krieges geworden.

Sie nahm Platz, und Simon setzte sich auf den Stuhl ihr gegenüber. Lieber nicht neben sie setzen, das brachte nur Ärger ein. Auch wenn es schwer war, sich noch größeren Ärger vorzustellen als den, in dem sie sich befanden.

Sein Blick flog über ihr zerknautschtes Kleid und ihr loses Haar, und er räusperte sich. »Miss Keyes ...«

Sie streckte ihm ihre Handfläche entgegen. »Halt!«, rief sie für den Fall, dass er ihre Geste nicht verstand. »Ich weiß, was Sie tun wollen, aber das müssen Sie nicht. Ich werde ohnehin nicht Ja sagen.«

Simon fühlte sich eigenartig verletzt. »Was?«

»Ich würde Sie nie heiraten, ganz gleich aus welchem Grund.«

Nun, es war schwer *das* misszuverstehen.

Simon musste dennoch über ihre feurige Entschlossenheit lächeln. »Sie wissen, mein Bruder hat recht. Es wird sich irgendwie herumsprechen. Das tut es doch immer. Selbst, wenn er diesen Männern mit schlimmen Konsequenzen droht.«

»Ich verstehe. Aber seine Gnaden versteht *mich* nicht. Er versteht nicht, dass ich diesen Sturm überstehen werde. Mein Vater hat mir genug Geld hinterlassen, dass ich auskommen würde, ohne je wieder ein Porträt anzufertigen.« Der wütende Blick ihrer grauen Augen glitt über ihn. »Ich will nicht in eine überstürzte Heirat mit einem Mann gedrängt werden, der mich nicht will.«

Simon versuchte die beinahe lähmende Erleichterung zu verbergen, die ihre Worte mit sich brachten, aber er hatte offenbar ein wenig davon durchblitzen lassen, denn ihre Miene wurde noch finsterer, was er nicht für möglich gehalten hätte.

»Keine Sorge, Mylord. Ich wünsche mir ebenso wenig an Sie gekettet zu sein wie Sie an mich.«

Simon zuckte bei der offenen Abscheu in ihrem Blick zusammen.

Sie erhob sich, und sein Körper folgte automatisch ihrem Beispiel. Sie hob die Hand, und ihr Blick war düster wie die Äußeren Hebriden im Winter. »Ich habe selbst hereingefunden, ich finde auch allein hinaus.«

Und mit einem Rascheln von goldfarbener Seide war sie verschwunden.

Simon sackte zurück auf seinen Stuhl. In seinem Kopf wirbelten Scham, Bedauern und Erleichterung wild durcheinander. Er stützte den Kopf in die Hände und bewegte ihn langsam vor und zurück. Er hätte nicht sagen können, welches Gefühl überwog.

***

Honeys Blick war tränenverschleiert, als sie aus dem Raum stürmte.

»Uff!«

Starke Hände packten ihre Schultern und hielten sie davon ab, rückwärts umzufallen.

Honoria erkannte durch ihre wütenden Tränen das Gesicht des Duke.

»Vorsichtig, Miss Keyes«, murmelte er nicht unfreundlich und ließ sie los, sobald sie sich gefangen hatte.

»Es tut mir leid, Euer Gnaden, ich hätte besser hinsehen sollen, wohin ich laufe.«

Er ignorierte ihre Entschuldigung. »Ich habe mich für all das hier zu entschuldigen, Ma'am, aber ich freue mich, dass Sie bald ein Teil dieser Familie sein werden.«

Etwas wie ein hysterisches Lachen entfuhr ihr. »Vielen Dank, Sir, aber ich werde Ihren Bruder nicht heiraten.« Sie machte auf dem Absatz kehrt und machte sich auf den Rückweg in ihr Zimmer.

»Miss Keyes.«

Sie blieb stehen, weil er die Art Mann war, dem man gehorchte.

Doch sie weigerte sich, sich umzudrehen.

Der Korridor war mit Teppich ausgelegt, sodass sie seine Schritte nicht hören konnte. Doch sie war nicht überrascht, als sie seine Stimme nun direkt hinter sich höre.

»Ich fürchte, Sie müssen meinen Bruder heiraten, Miss Keyes.«

Der Rest ihrer Selbstbeherrschung zerbarst, und geschmolzener Zorn sickerte durch die Risse. Honey wirbelte herum. »Wie bitte, Euer Gnaden? Gar nichts dergleichen muss ich tun. Sie mögen die Kontrolle über diesen Haushalt ausüben und diejenigen, die ihm angehören, doch Sie haben keine Kontrolle über mich.« Seine Augen verengten sich, sodass sie einen Kloß im Hals spürte und schwer Luft bekam. Wie hatte sie je glauben können, dieser Mann wäre fade und nichtssagend? Er war wie eine rasiermesserscharfe Klinge, wie der Giftzahn einer Schlange.

Honey schluckte, blieb aber standhaft.

»Ich rate Ihnen, sich mir in dieser Angelegenheit nicht zu widersetzen, Miss Keyes.«

»Oder was? Sie werden meinen Auftrag zurückziehen und sich weigern, mich für meine Zeit zu bezahlen?« Sie reckte das Kinn. »Bitte sehr. Ich bin froh, diesen Ort hinter mir zu lassen und niemals zurückzukehren.«

»Ich werde Sie für Ihre Zeit bezahlen, und ich erwarte noch immer die Lieferung der Porträts.«

Sein distanzierter Tonfall trieb sie über die Vernunft, über ihren Selbsterhaltungstrieb hinaus.

»Oder was?«

Seine dünnen Lippen zuckten, doch es war kein Lächeln. »Ich werde mich auf einen solchen Austausch bodenloser Drohungen nicht einlassen, Miss Keyes.«

Er schwieg, um seine Worte sacken und wirken zu lassen.

Gänsehaut überzog ihre bloßen Arme, aber sie weigerte sich, sich abzuwenden.

»Niemand von uns hat eine Wahl in der Angelegenheit Ihrer Heirat mit meinem Bruder. Ich kann nicht zulassen, dass der Name meiner Familie derart in den Schmutz gezogen wird. Mein Bruder hat Sie in meinem

Haus entehrt, vor meinen Gästen. Er weiß, dass es nur eine Lösung gibt, und das wissen Sie auch.«

Sie schüttelte den Kopf. »Glauben Sie mir, wenn ich sage, dass es mir zutiefst leidtut, wenn ich dem Ruf Ihrer Familie irgendeinen Schaden zugefügt habe. Doch Sie sind der Duke of Plimpton. Gewiss ist Ihr guter Leumund in der Welt stark genug, um solch einen Schlag zu verkraften.« Sie beeilte sich, weiterzusprechen und ließ ihn nicht zu Wort kommen. »Auf jeden Fall werde ich meine Zukunft nicht Ihrem guten Ruf opfern. Ich werde Aufträge bekommen, selbst mit diesem schwarzen Mal auf meinem Ansehen.« Sie zuckte mit den Schultern, was weit gelassener aussah, als sie war. »Und wenn nicht, werde ich einfach meine Sachen packen und aufs Festland reisen. Mein Vater hat mir ausreichend Mittel hinterlassen, dass ich ein Auskommen habe, ohne heiraten oder arbeiten zu müssen.«

Genauso gut hätte sie gar nicht reden können.

»Ich gebe Ihnen zwei Wochen, den Antrag meines Bruders zu überdenken und eine angemessene Antwort zu geben, Miss Keyes.«

Ein ungläubiges Lachen entfuhr ihr. »Ich benötige keine zwei Wochen, Euer Gnaden. Die Antwort ist noch immer ein entschiedenes Nein.«

Honey schüttelte den Kopf und versuchte, sich zu beruhigen. »Das hier wird irgendwann vorbeigehen, Sir. Sowohl für Sie als auch für mich. Wir sind stark genug, um einen kleinen Sturm wie diesen zu überstehen.«

Der Duke nickte langsam. »Das mag sein. *Sie* mögen diesen Skandal überstehen.«

Honey neigte den Kopf, als ob sie angestrengt versuchte, eine Melodie zu erkennen, bei der sie Schwierigkeiten hatte, die Töne zu hören.

»Wie bitte?«

»Ich hörte, Lady Winifred Sedgwick wohnt mit Ihnen zusammen, die Witwe des Earls of Sedgwick«, fügte er hinzu, als ob Honey sich nicht daran erinnerte, wer ihre beste Freundin war.

Die feinen Härchen in ihrem Nacken richteten sich auf. »Und was ist mit ihr?«

»Sie ist eine Witwe mit bescheidenen finanziellen Mitteln, die sich als Heiratsvermittlerin verdingt.«

»Warum fragen Sie nach ihr?«

»Zwei Wochen, Miss Keyes.« Er wandte sich um und öffnete die Tür des Raumes, den sie gerade verlassen hatte.

»Euer Gnaden«, sagte sie, doch er blieb nicht stehen. »Warum erwähnten Sie Lady Winifred?«

Er verschwand in der Bibliothek, und die Tür fiel leise hinter ihm ins Schloss.

Kapitel Siebzehn

Honey konnte nicht fassen, wie glücklich sie war, wieder im verrußten, stinkenden, überfüllten London zu sein; zurück in ihrem recht kleinen, gemütlichen Zuhause; zurück in ihrem im Vergleich mit den Gemächern, die sie in den vergangenen Wochen bewohnt hatte, nicht gerade luxuriösen Schlafzimmer.

Freddie wusste natürlich gleich an ihrem ersten Abend, dass Honey während ihrer Reise irgendetwas widerfahren war. Sie hatten gemeinsam zu Abend gegessen, nur sie beide, da ihre andere Mitbewohnerin, Serena, nun auf dem Landsitz eines wohlhabenden jungen Industriellen namens Gareth Lockheart arbeitete.

»Du siehst verändert aus, Honoria«, stellte Freddie fest, als sie beim Tee in Honeys Lieblingszimmer zusammensaßen, dem winzigen Wohnzimmer, das sie im Geiste als *die Stube* bezeichnete.

»Ich habe Unmengen von Sommersprossen auf der Nase, nicht wahr?«, sagte Honey und gab sich Mühe, die vorsichtige Nachfrage ihrer Freundin absichtlich misszuverstehen. »Ich fürchte ich war einige Male ohne Hut draußen in der Sonne.«

Freddie war die Letzte, die sie je drängen oder ausfragen würde. So nah sie sich auch standen, hatten sie in den sechs Jahren ihrer Freundschaft nie über ihre jeweilige Vergangenheit gesprochen.

Natürlich hatte Honey über ihren Vater gesprochen, aber nie über ihre Mädchenschwärmerei für Simon Fairchild.

Eine Schwärmerei, die offiziell kurz nach Mitternacht an ihrem letzten Tag auf Whitcomb geendet hatte.

»Hast du Miles gesehen?«, fragte sie ihre Freundin und hoffte, so das Thema von sich selbst ablenken zu können.

»Ja, er ist zurück. Er wird morgen Abend zum Essen kommen, wenn du Zeit hast.«

Honey streckte die Hand aus, um ihre Tasse zu nehmen. »Ich habe keine Pläne.« Sie schüttelte den Kopf, als Freddie ihr Kekse anbot, lehnte sich in ihrem Lieblingssessel zurück, streifte die Slipper von den Füßen und schlug die Beine unter. *Ah. Zu Hause zu sein.*

»Wann wirst du mit den Porträts beginnen?«, fragte Freddie und rührte Milch in ihren Tee.

»Sobald ich mich ein paar Tage ausgeruht habe.« Das Letzte, an das Honey an ihrem ersten Abend zu Hause denken wollte, waren die vergangenen Wochen.

»Und was ist mit dir? Gab es in meiner Abwesenheit jemand neues?«

»Ich hatte gerade ein Treffen mit der Duchess of Shearing wegen ihrer Zwillingstöchter.«

»Aha.« Honey nickte. »Ich hörte, sie kann nicht mehr laufen.«

Ein Schatten legte sich über Freddies taubengraue Augen, deren Farbe so anders war als das trübe Grau von Honeys. »Ja, es ist schlimmer geworden, sodass sie nun nur noch am Stock gehen kann.« Sie schüttelte den Kopf. »Und sie ist noch nicht einmal vierzig.«

»Weißt du, was ihr fehlt?«

»Ich glaube, nicht einmal die Ärzte wissen es. Jedenfalls bin ich sehr dankbar, dass Lady Cleaves mich ihr empfohlen hat. Shearing ist pingelig, und ich bin mir nicht sicher, ob es ihm gefallen wird, wenn seine Frau mich engagiert.«

Honey kannte viele Leute, die Freddies *Geschäft* nicht mit Wohlwollen betrachteten. Von einer mittellosen Witwe erwartete man, dass sie erneut heiratete, sich für ihre Familie abrackerte oder verhungerte, nicht dass sie auf eigenen Beinen stand und ihre Zukunft selbst in die Hand nahm.

Honey stellte ihre Tasse auf die Untertasse. »Wann wirst du Bescheid bekommen?«

»Die Duchess hat es nicht gesagt, aber die Mädchen sind angeblich recht verwildert. Sie werden das restliche Jahr brauchen, um rechtzeitig für die nächste Saison bereit zu sein, was ihrer Andeutung nach der Erwartung des Duke entspricht.«

Honey hatte Seine Gnaden of Shearing nie kennengelernt, aber sie hatte ihn einmal gesehen, als sie ihren Vater in die Royal Portrait Gallery begleitet hatte. Er war älter als ihr Vater und hatte dieselbe kalte Macht ausgestrahlt, die sie in Plimptons Gegenwart verspürte. Das waren die Männer, die das Schicksal Großbritanniens, und somit auch der ganzen Welt, lenkten. Honey schauderte.

»Ist dir kalt?«

Sie sah auf und bemerkte, dass Freddie sie mit stiller Sorge ansah. »Nein, ich bin nur müde. Ich denke, ich werde früh zu Bett gehen.«

Jene Nacht lag mehr als zwei Wochen zurück, und erst seit kurzer Zeit fühlte sich Honey wieder normal.

Ein Teil von ihr zählte insgeheim die Tage, bis zur offenen Konfrontation mit dem Duke.

Nun, es war jetzt siebzehn Tage her, dass sie nach London zurückgekehrt war, und die Sonne schien noch immer, wenn auch verborgen hinter Staub, Ruß und Nebel, und Honey hatte Plimptons Missvergnügen überlebt.

Sie hatte nicht einen Ton über den Skandal jener Nacht gehört, was bewies, dass die Macht des Duke, Gerüchte im Keim zu ersticken, größer war, als sie erwartet hatte.

Honey verbrachte die besten fünf Stunden des Tages – den frühen Morgen – in ihrem Atelier. Sie hatte mit Rebeccas Porträt begonnen, da sie feststellen musste, dass sie das Mädchen vermisste.

Erst als es an der Tür klopfte, tauchte sie wieder auf.

»Lady Sedgwick ist in der Stube, Miss. Möchten Sie mit ihr Tee trinken? Oder soll ich Ihnen ein Tablett herbringen?«

Honey legte den Pinsel nieder und machte sich daran, ihren Kittel aufzubinden. »Ich muss eine Stunde Pause machen. Sagen Sie ihr, dass ich gleich da bin, Mrs Brinkley.«

Honey arbeitete nur selten bis nach ein oder zwei Uhr, und sie entschied, dass sie den Rest des Nachmittags mit ihren Rechnungsbüchern verbringen würde, die seit der Zeit vor ihrer Reise nach Whitcomb unberührt dalagen.

Freddie war dabei, den Tee vorzubereiten, als Honey in die Stube kam. Der helle Porzellanteint ihrer Freundin wirkte noch blasser als sonst.

»Geht es dir nicht gut?«, fragte Honey.

Freddie sah sie mit silbrigem Blick an, die zarte Haut unter ihren Augen schimmerte bläulich.

Das Lächeln, das sie Honey schenkte, war oberflächlich betrachtet nicht ungewöhnlich, doch irgendetwas stimmte nicht. Sie reichte Honey den Tee und zwei Plätzchen dazu.

»Vielen Dank«, sagte Honey abwesend. »Was ist los, Freddie? Du siehst erschöpft aus.«

»Ich fürchte, ich hatte gestern recht unerfreuliche Neuigkeiten und konnte deshalb nicht schlafen.«

Es war gemütlich und warm im Raum, aber Honeys Hände fühlten sich an wie Eisblöcke. »Was ist denn?«

»Ich erhielt eine Nachricht des Duke of Shearing. Er ließe mich wissen, seine Kinder benötigten meine Dienste nicht.«

»Warum nicht?«

Freddie zog bei der hastigen Frage die Augenbrauen hoch. »Ich weiß es nicht, meine Liebe. Ein Duke lässt sich bei so etwas wohl kaum in die Karten gucken.« Sie nahm einen Schluck Tee.

»Nun, das ist ziemlich mies von ihm, aber ich möchte wetten, dass sich etwas anderes finden wird«, sagte Honey mit wesentlich mehr Überzeugung, als sie empfand.

Freddie nickte abwesend.

Honey nahm einen Schluck, nahm die Tasse herunter und seufzte.

»Du hast mir nicht alles erzählt, nicht wahr?«

»Ich habe eben das hier erhalten.« Sie hielt ein Stück blassgrünes Pergament hoch.

»Was ist das?«

»Wie es scheint hat Lady Mayfield ebenfalls ihre Meinung geändert und benötigt mich nun nicht mehr für ihre Nichte.«

Im Geiste hörte Honey deutlich die Stimme des Duke. *»Sie ist eine Witwe mit bescheidenen finanziellen Mitteln, die sich als Heiratsvermittlerin verdingt.«*

Honeys volle Teetasse fiel auf den fadenscheinigen Aubusson-Teppich, hüpfte zweimal und blieb klirrend auf dem freiliegenden Holz liegen.

»Große Güte!« Freddie stellte ihre eigene Tasse und Untertasse mit der makellosen Grazie ab, für die sie so bekannt war. »Was ist denn los, Honoria?«

Honey schüttelte nur den Kopf und rang um Worte.

»Nichts«, krächzte sie, konnte aber nicht aufhören, den Kopf zu schütteln. »Nichts.« Sie erhob sich und ging zu dem Klingelzug, den sie so gut wie nie benutzte, und zog ein paarmal fest daran.

Freddie kam an ihre Seite und legte ihr die Hand auf die Schulter. »Du machst mir Angst.«

»Ich muss einen Brief schicken. Sofort«, fügte sie hinzu und starrte aus dem Fenster, das auf den hinteren Garten hinausblickte, was normalerweise ihr liebster Ausblick war. Heute nahm sie ihn nicht wahr. Stattdessen sah sie den Duke.

»Ich rate Ihnen, sich mir in dieser Angelegenheit nicht zu widersetzen, Miss Keyes.«

Honoria schloss die Augen. O Gott.

Hinter ihr wurde die Tür geöffnet. »Sie haben geläutet, Miss Keyes?«, fragte die Haushälterin etwas atemlos, weil sie gerannt war. In ihrer Stimme schwang Sorge.

»Ich brauche einen Boten.«

»Einen Boten?«, wiederholten Freddie und Mrs Brinkley gleichzeitig.

»Ich werde rasch einen Brief schreiben und möchte, dass sie einen Burschen rufen, der ihn zum *The Swan with Two Necks* bringt. Ich werde für ihren schnellsten Reiter bezahlen.«

Mrs Brinkley nickte. »Sehr wohl, Ma'am. Ich werde jemanden holen.«

Die Tür schloss sich, und Honey ging zu dem kleinen Sekretär.

»Honey.«

Es war vollkommen ungewohnt, dass Freddie laut wurde, also blieb Honey stehen und wandte sich um. »Es tut mir leid, Freddie. Es war nicht meine Absicht, so melodramatisch zu sein, aber mir fiel plötzlich etwas ein, das ich in Whitcomb vergessen habe.«

Nun war Freddie vollends verwirrt. »Whitcomb? Aber was könnte so wichtig sein? Eine solche Nachricht zu schicken, wird dich eine Menge kosten.«

Honey brachte es nicht über sich, ihrer Freundin zu sagen, dass es Freddie noch viel mehr kosten würde, wenn sie diese Nachricht nicht schickte.

Kapitel Achtzehn

Die alte Frau riss die Augen auf und wandte dann den Blick rasch von seinem entstellten Gesicht ab, doch das war Simon gewöhnt.

So reagierten alle, die über zwölf Jahre alt und nicht schwachköpfig waren; der Rest starrte einfach unverhohlen.

»Ich bin hier, um Miss Keyes zu sehen.« Er hielt ihr eine Karte hin, und die alte Frau nahm sie mit einer Hand entgegen, die offenbar mit Mehl bedeckt war, und betrachtete sie mit zusammengekniffenen Augen.

Erst zu spät fiel ihm ein, dass sie möglicherweise nicht lesen konnte. »Ich bin Lord Saybrook«, sagte er.

Sie seufzte schwer. »Ja, nu, dann komm' Se man rein.«

Simon musste beinahe lachen; was für eine ungewöhnliche Haushälterin.

»Ich bin hier die Köchin, kein Diener oder Butler«, grummelte sie, und Simon fragte sich, ob er seine Gedanken laut ausgesprochen hatte.

Sie ging zur Treppe, schien sich dann aber seiner Anwesenheit zu erinnern. »Kommen Se schon mal mit. Wenn sie Se sehen wollen, muss ich nich nochmal laufen. Und wenn nich ...« Sie zuckte mit den Schultern und machte sich nicht die Mühe, diese Möglichkeit weiter auszuführen.

Simon folgte ihrer gebückten Gestalt in den zweiten Stock, wo sie vor der dritten Tür stehenblieb. Simon konnte dahinter Stimmen hören.

Mit einer Faust, groß wie ein Schinken, pochte sie an die Tür und hinterließ mit den Fingerknöcheln weiße Mehlspuren auf dem Mahagoni, dann griff sie nach der Türklinke, öffnete sie einen winzigen Spalt und schob ihren Kopf hindurch.

Honeys Stimme war auf der anderen Seite der Tür zu hören.

»Ja, Una?«

»Da is 'n Besucher. Lord Lanebridge oder sowas.«

Simon prustete. Zu schade, dass Wyndham nicht hier war, um diese Behandlung mitzuerleben.

Im Raum hinter der Tür war es vollkommen still.

Man konnte hören, wie sich jemand räusperte und dann: »Bringen Sie ihn herauf.«

»Nun, das habbich schon, nich?«, fauchte die Alte, schob sich an Simon vorbei und stapfte wieder Richtung Treppe davon.

»Lord Saybrook«, sagte Honey und nahm den Platz ein, den die Köchin soeben verlassen hatte. Sie versperrte mit ihrem Körper den Eingang.

Er verbeugte sich, Hut und Stock noch immer in Händen. »Miss Keyes.«

Sie starrte ihn nur an.

Simon tappte mit dem Hut auf seinen Oberschenkel und fragte sich, was die Gepflogenheiten in diesem Haushalt wohl sein mochten. Sollte er den Hut wieder aufsetzen?

Sie sah hinunter und wurde plötzlich lebendig.

»Ach du liebe Güte. Una hat Ihnen den Hut und den Stock« nicht abgenommen.« Sie nahm ihm beides aus den Händen und trat zur Seite. »Kommen Sie doch herein. Wir haben gerade die Teestunde beendet.«

Hinter ihr waren noch zwei andere Leute: eine wunderschöne blonde Frau und ein Mann, der ihm vage bekannt vorkam.

»Lord Saybrook, darf ich Ihnen Lady Winifred Sedgwick und Miles Ingram vorstellen?«

Als sie den Namen des Mannes erwähnte, ging ihm ein Licht auf. Er verbeugte sich tief vor der eisig wirkenden Blonden und wandte sich dann an den Mann. »Es ist lange her, Captain Ingram.«

Ingram verzog die Lippen zu einem Lächeln, doch es erreichte seine Augen nicht. »Ich habe den Dienst quittiert. Ingram reicht vollkommen, Saybrook.«

»Nehmen Sie doch bitte Platz«, sagte Honey, als sich das Schweigen auszudehnen drohte.

Simon setzte sich auf das Sofa, den einzigen freien Platz in dem winzigen Zimmer abgesehen von dem Sekretär oder dem Fenstersitz.

»Möchten Sie etwas Tee? Dieser ist leider kalt geworden, aber ich könnte noch welchen bringen lassen.«

Simon lächelte und geriet kurz in Versuchung, die aufmüpfige Köchin als Dienstmädchen sehen zu wollen. »Nein, vielen Dank.«

Er wandte den Blick wieder Ingram zu, an den er sich plötzlich mit erschreckender Klarheit erinnerte. »Wie geht es Ihrer Hand?«

Der Blick des anderen Mannes flackerte. »Besser als ohne.«

Simon nahm an, dass dies der einzige Dank war, den er je dafür bekommen würde, dass er Ingrams Hand gerettet hatte, von seinem Leben ganz zu schweigen. Nicht, dass er auf Dankbarkeit aus gewesen wäre.

»Sie beiden kennen sich aus dem Krieg?«

Simon überließ es Ingram, Honorias Frage zu beantworten. »Ja, ich bin Lord Saybrook begegnet. Einmal.«

Die Anspannung perlte in Wellen an seinem Gegenüber ab.

Sieh an, sieh an. Noch ein kriegsgeschädigter Dandy.

Simon musste lächeln. Ingram sah ihm sogar ein wenig ähnlich – oder zumindest sah er aus, wie Simon ausgesehen hatte: groß, blond, blauäugig, attraktiv, charmant.

Tja, Simon war noch immer groß und blauäugig.

»Wohnen Sie im Haus Ihres Bruders, solange Sie in der Stadt sind, Mylord?«

Bei der Frage wandte sich Simon Honoria zu. »Ich weiß es noch nicht. Ich bin eben erst angekommen.«

Ihr Blick glitt über seinen staubigen Reitdress, den ihre Freundin Lady Sedgwick natürlich gleich bei seinem Eintreten mit einem Stirnrunzeln zur Kenntnis genommen hatte.

»Könnte ich Sie einen Augenblick sprechen, Miss Keyes? Unter vier Augen?«

Es war unhöflich, aber Simon war nach dem langen Ritt erschöpft.

Die Countess errötete, und Ingram schien zur doppelten Größe zu wachsen wie ein giftiges exotisches Reptil. Simon ignorierte sie beide.

Wenn Ingram noch irgendeine Rechnung mit ihm zu begleichen hatte, würde Simon es nur zu gern irgendwann mit ihm klären, doch deswegen war er heute nicht hier.

»Natürlich«, sagte Miss Keyes, und ihr Gesicht war noch deutlicher gerötet als das ihrer Freundin. »Vielleicht ein Spaziergang durch den Garten?«

Simon öffnete die Wohnzimmertür für sie und schloss sie hinter ihnen.

»Die beiden sind nicht im Bilde«, stellte er unumwunden fest, als er ihr die Stufen hinunter folgte.

»Nein, das sind sie nicht.«

Sie führte ihn auf eine kleine Terrasse, die in einen hübschen Garten hinunterführte.

»Da drüben gibt es eine Bank.« Sie deutete in die Richtung, doch Simon betrachtete ihr Gesicht, das nun die Farbe von roter Bete angenommen hatte. Offenbar erinnerte sie sich an das letzte Mal, als sie zusammen in einem Garten mit Bänken gewesen waren.

Er folgte ihr den Pfad entlang, der von ordentlich gestutzten Rosensträuchern gesäumt war, hinüber zu einer kleinen Sitzecke mit nur einer Bank. Sie setzte sich ganz ans äußerste Ende.

Simon blieb stehen. »Der Duke sagte, Sie hätten Ihre Meinung bezüglich meines Angebots geändert.«

Ihre grauen Augen funkelten ihn an. »Hat er Ihnen auch erzählt, was er getan hat?«

»Nein, aber ich kann es mir vorstellen. Hat er Sie unter Druck gesetzt, indem er drohte, Ihre Karriere zu zerstören?«

»Schlimmer. Er bedrohte Lady Sedgwicks Lebensgrundlage, und ihr geht es nicht wie mir. Sie hat kein bequemes Zuhause und kein finanzielles Polster. Sie muss für Ihren Lebensunterhalt arbeiten, und der

Duke hat bereits dafür gesorgt, dass ihr zwei Aufträge entgangen sind.«

Wenn sie damit gerechnet hatte, dass er überrascht wäre, musste er sie enttäuschen.

»Ich sagte Ihnen bereits, Miss Keyes: Mein Bruder wird alles tun, um zu bekommen, was er will. Sie sollten froh sein, dass er nur ein paar der potenziellen Klienten Ihrer Freundin vergrault hat. Er wäre absolut im Stande, sie gesellschaftlich zu ruinieren.«

Ihr Gesicht verlor alle Farbe. »Was ist er für ein Ungeheuer?«

Simon fühlte sich bei ihren Worten genötigt, seinen Bruder in Schutz zu nehmen.

»Er ist ein mächtiger Mann. Die sind nun einmal so, Miss Keyes. So erlangen und behalten sie ihre Macht.«

Simon zuckte mit den Schultern. »Und Sie und ich sind seinem Willen ebenso ausgeliefert wie Ihre Freundin Lady Sedgwick. Sie können sich mit ihm anlegen, aber Sie haben bereits gesehen, wozu er bereit ist.« Er sah die ohnmächtige Wut in ihrem angespannten Gesicht und empfand Mitleid mit ihr. »Es tut mir leid wegen jenem Abend und wozu all das geführt hat. Aufrichtig.«

»Ich bin eine erwachsene Frau, kein Kind, Mylord. Ich war zu gleichen Teilen an allem beteiligt, was an jenem Abend geschehen ist.«

Simon fand, dass es nicht klug war, darüber mit ihr zu streiten. Außerdem sah er keinen Sinn darin, ihr deutlich zu machen, dass ihr Leben eine Katastrophe wäre, wenn es sich erst einmal herumspräche, was sie im Arbeitszimmer seines Bruders getan hatten. Und das würde es. Solche Dinge kamen *immer* irgendwann heraus. Der Duke konnte sie nicht ewig einschüchtern. Und wenn die Wahrheit bekannt würde? Nicht Simon hätte darunter zu leiden. Es wäre Honoria Keyes und alle, die ihr nahestanden. Das war nicht richtig und nicht fair, aber so war es nun einmal.

Er stellte fest, dass sie noch immer auf eine Antwort von ihm wartete. »Ich kann Ihnen aus persönlicher Erfahrung sagen, dass ich noch keinen solchen Kampf gegen meinen Bruder gewonnen habe. Nie. Aber vielleicht ist seine Gewinnsträhne am Ende.«

Sie runzelte die Stirn und schien zurecht misstrauisch. »Wie meinen Sie das?«

»Ich meine, ich weiß einen Weg, wie wir ihm ein Schnippchen schlagen können.«

Hoffnung flackerte in ihrem Blick auf. »Sie meinen, ich müsste Sie nicht ...«

»Doch, Sie müssten mich trotzdem heiraten. Doch danach ...« Er konnte das Grinsen nicht unterdrücken, auch wenn er wusste, dass es kein schöner Anblick war. »Danach können wir ihn schlagen.«

»Aber wie?«

»Ich weiß, Sie möchten nicht heiraten, aber ich schlage Ihnen ein Geschäft vor.«

»Was für ein Geschäft?«

»Mein Bruder möchte mich verheiraten, damit ich einen Erben zeuge.«

»Aber Sie sind doch sein Erbe.«

Er wollte ihr nicht sagen, was Wyndham befürchtete: dass Simon nicht alt werden würde.

»Der Duke hat Angst, dass ich niemals heiraten könnte. Seit er erfuhr, dass seine Frau keine weiteren Kinder haben würde, war es sein Lebenszweck, mich verheiratet zu sehen.« Er schenkte ihr ein schmallippiges Lächeln. »Ich werde ihn eine Weile in dem Glauben lassen, dass er sein Ziel erreicht hat.«

Sie schüttelte den Kopf. »Ich verstehe gar nichts. Ich weiß, warum ich Sie heiraten würde. Ihr Bruder hat es absolut deutlich gemacht, dass ich tun muss, was er sagt. Warum wollen Sie sich seinem Willen fügen? Würde es ihn nicht ebenso wütend machen, wenn Sie sich weiterhin weigern zu heiraten? Warum lassen Sie sich zur Schachfigur machen?«

Wieder war ihm deutlich bewusst, dass sie nicht glauben würde, dass er seine Entscheidung auch nur ansatzweise aus ehrenhaften oder ritterlichen Gründen getroffen hatte. Verflucht, er war sich ja nicht einmal selbst sicher. Also entschloss er sich, ihr einen Teil der Wahrheit zu sagen. »Ich möchte mein Leben zurück. Ich möchte in Everley sein und fortsetzen, was ich vor all den langen Jahren geplant hatte. Mein Bruder hält mein Erbe zurück, und es liegt in seiner Hand, das auch weiterhin zu tun, bis ich heirate oder fünfunddreißig werde. Und auch dann kann er mir das Leben schwer machen. Außerdem würde er, wenn ich Sie heirate, aufhören, mir junge Dinger wie Lady Rosalind aufzudrängen. Wenn ich mit Ihnen verheiratet bin, wird er aufhören, mich zu drangsalieren. Was allerdings den Erben angeht, den wir ihm verschaffen sollen? Nun, er wird uns wohl nicht bestrafen können, wenn sich da einfach nichts tut, oder?«

Simon beobachtete sie, und ihr Blick verriet, dass sie langsam begriff, worauf er hinauswollte.

Pinkfarbene Flecken breiteten sich über ihre hohen Wangenknochen aus. »Ich bitte Sie, ganz offen zu sprechen, Sir.«

»Also gut. Ich meine, wir werden heiraten, aber wir werden keine Kinder haben. Niemals.«

Sie schnappte leise nach Luft. »Sie würden auf Kinder verzichten, nur um es Ihrem Bruder heimzuzahlen? So weit sind Sie bereit zu gehen, um seine Pläne zu durchkreuzen?«

Wyndhams Gesicht tauchte vor Simons geistigem Auge auf, so wie er ausgesehen hatte, als er erfahren hatte, dass Cecily ihr erstes Kind verloren hatte.

Und dann das zweite und das dritte. Und dann, als sein viertes Kind gestorben war.

Nein. Es wäre kein Verzicht auf solchen Schmerz zu verzichten.

Frauen und Kinder waren zerbrechlich, und die Geburt war ein brutaler Vorgang. Er hatte im Krieg genug Tod gesehen, dass es ihm für tausend Leben gereicht hätte. Das Letzte, was Simon in seinem Leben wollte, war, sich mit noch mehr Tod zu umgeben. Es starben laufend Frauen im Kindbett, und die Kinder mit Ihnen. Er war zu dumm gewesen, dem Krieg zu entgehen, aber das hier *konnte* er vermeiden.

Er sah sie an. Honoria Keyes musste all das nicht wissen. Niemand musste das.

Stattdessen nickte er nur und sagte: »Ja, so weit bin ich bereit, zu gehen.«

***

Honoria fühlte sich, als hätte er sie geschlagen. Hatte sie sich vielleicht verhört? Sie musste ganz sichergehen.

»Sie meinen also ...«

»Ich meine, keine Kinder. Niemals. Das ist die einzige Weise, auf die wir gegen den Duke gewinnen können. Indem wir ihm versagen, was er will.«

Die Logik war nachvollziehbar. Sie war auch verdrehter als alles, was Honoria eingefallen wäre. Dieser Mann war ebenso schlimm wie der Duke of Plimpton, genauso kalt und frei von allem, was als menschliches Herz hätte durchgehen können. Und all das nur, um sein Ziel zu erreichen, das wiederum darin bestand, zu verhindern, dass sein Bruder *dessen* Ziel erreichte.

Honey musste lachen. Simon blickte finster drein, sagte aber nichts.

Sie schüttelte den Kopf, zu verunsichert für Ratespiele. »Sie bieten mir also keine Kinder oder eine Familie. Was haben Sie mir stattdessen zu bieten, Mylord?«

»Heiraten Sie mich, und Sie werden Sicherheit bekommen, eine anerkannte gesellschaftliche Position und die Freiheit, zu malen, wann und wo Sie wollen. Sie hätten auch Ihr eigenes Leben: Freiheit, Miss Keyes; Ich würde Ihnen nicht im Wege stehen, und Sie wären nicht an einen Ehemann oder ein Zuhause gefesselt.«

Das waren also ihre zwei Wahlmöglichkeiten: Sie konnte das Leben ihrer liebsten Freundin zerstören oder ein kinderloses, liebloses Dasein fristen. Nicht, dass sie für die nahe Zukunft irgendwelche Erwartungen in dieser Richtung gehabt hätte. Doch es war ein großer Unterschied, ob man sich keine Hoffnungen auf etwas machte oder ob man gesagt bekam, dass man es definitiv nie haben konnte.

Andererseits war Simon tatsächlich der Letzte, der Kinder haben sollte, wenn er tatsächlich zu solch extremen Methoden griff, nur um sich an seinem Bruder zu rächen. Sie würden gemeinsam leiden.

Die Wut in ihrem Innern war so stark und kalt, dass es Honey selbst erstaunte. Es hatte keinen Sinn, diesen Gewissenskampf fortzuführen. Was sie wollte, spielte keine Rolle. Der Duke würde die Menschen ruinieren, die ihr nahestanden, wenn sie nicht tat, was er verlangte. Und damit war der Fall erledigt.

Honey hatte zu viele Fragen, und die meisten davon wollte sie nicht in Worte fassen. Sie wählte die am wenigsten abschreckende.

»Wo würden wir leben?«

Er sah überrascht aus, als hätte er mit heftigerem Widerstand gerechnet.

»Wo immer Sie möchten. Everley wird mir gehören, sobald wir heiraten. Außerdem werde ich Zugriff auf mein Erbe erlangen, wenn Sie also in London leben möchten, könnten wir dort ein Haus kaufen, oder Sie bleiben einfach, wo Sie sind.«

Honey konnte ihn nur anstarren; sie konnte nicht glauben, dass ihr Leben darauf zusammengeschrumpft war. Und sie konnte absolut nicht glauben, dass sie je geglaubt hatte, verliebt in diesen Kerl zu sein. Wie konnte er sie heiraten, einzig um die Ziele seines Bruders zu konterkarieren?

Sie wollte ihn hinauswerfen und die Stufen vor dem Haus hinunterstoßen, aber sie hatte bereits gesehen, wozu der Duke in nur wenigen Wochen fähig war.

Sie dachte an Serena, Miles, auch an Portia, Annis und Lorelei, obwohl sie weit weg von London lebten.

Der Duke war jemand mit einem langen Arm.

Honey zwang sich, den Mann neben ihr anzusehen, den Mann, der wahrscheinlich für den Rest ihres Lebens ihr Ehemann sein würde. Ein Mann, der von ihr keine Kinder wollte, der diesen Teil einer Ehe nicht einmal in Betracht zog.

Es war demütigend, nein, es war *mehr* als das. Doch sie sagte sich, dass es ihr inzwischen gleich war. Es wäre kein Problem, mit ihm verheiratet zu sein, ganz gleich, wie sehr sie ihn jetzt hasste. Jedenfalls wäre es ein größeres Problem gewesen, wenn sie ihn noch geliebt hätte.

»Wir sollen also heiraten und dann in unser jeweiliges Zuhause zurückkehren und unser Leben fortführen, als wäre nichts gewesen?«

Er nickte. »In etwa, ja.«

»Und die Leute werden das nicht für eigenartig halten, wenn wir in getrennten Haushalten leben? An unterschiedlichen Orten? Glauben Sie nicht, dass die Leute reden würden?«

»Warum zerbrechen Sie sich darüber den Kopf?«

»Weil ich es hauptsächlich tue, um zumindest einen Rest meines Rufs zu bewahren, damit ich weiterhin arbeiten kann.« Sie gab sich keine Mühe, den Sarkasmus in ihrer Stimme zu verbergen.

»Nun gut«, sagte er brüsk. »Es gibt über zwanzig Schlafzimmer auf Everley, und andere Räume, die sich zum Malen eigenen würden. Wir können zusammenleben und einander dennoch nie begegnen.« Er stieß einen verärgerten Seufzer aus. »Glauben Sie mir, Miss

Keyes, wenn Sie das Bild einer normalen aristokratische Ehe aufrechterhalten wollen, wird uns das mit wenig Mühe gelingen.«

Honey wusste, dass er recht hatte. Sie hatte lange genug auf Whitcomb gelebt, um solch eine *aristokratische* Ehe aus erster Hand mitzuerleben. Sie hatte den Duke und die Duchess tatsächlich nie in ein und demselben Raum gesehen, und doch schien niemand etwas Ungewöhnliches daran zu finden.

Ganz gleich, wie der Duke und die Duchess ihr gemeinsames Leben gestalteten, war es Honey wichtig, nach außen das Bild eines normalen Ehepaares abzugeben.

Sie wollte nicht, dass ihre Freunde je herausfanden, warum sie hatte heiraten müssen. Sie wusste bereits, dass Freddie sich mit Zähnen und Klauen gegen diese Heirat wehren würde, wenn sie hörte, dass Honey diesem Schwindel nur zustimmte, um sie zu schützen.

Und wenn Miles je herausfand, was der Duke Freddie angetan hatte?

Honey scheute vor dem Gedanken zurück; sie wusste, dass Miles den Duke zur Rede stellen würde, weil er versucht hatte, seine Freundin zu ruinieren.

Ihre Freunde liebten sie und würden ihr zur Seite springen, und dabei würden sie sich selbst ruinieren.

Sie betrachtete Simon, der mit einem leicht interessierten Gesichtsausdruck wartete.

Honey musste sich zwingen, den nächsten Satz auszusprechen.

»Und wir werden Geliebte haben, so wie anscheinend alle Mitglieder des Adels?«

Die unversehrte Seite seines Gesichtes verfinsterte sich, und Honey war ziemlich erstaunt, dass solch ein Mann dennoch erröten konnte.

Nach einer langen, unangenehmen Pause zuckte er mit den Schultern. »Sie können sich so viele Geliebte nehmen, wie Sie möchten, solange keine Kinder daraus resultieren.«

Nun wurde sie selbst rot. Sie erzählte ihm nicht, dass es keine Geliebten geben würde. Sie war achtundzwanzig und hatte erst im vergangenen Monat einen Mann geküsst. Die Wahrscheinlichkeit, dass sie einen weiteren küssen würde, war verschwindend gering.

Honey sah den Mann an, der vierzehn Jahre lang ihr Traumprinz gewesen war. Ein Teil von ihr wollte ihm einen Ziegelstein über den Schädel ziehen, und der andere Teil wollte weinen. Doch sie wusste, dass es keinen Ausweg gab.

Sie nickte kurz. »Also gut. Ich werde Sie heiraten. Aber ich möchte absolut keine große Feier.«

Kapitel Neunzehn

»Dies ist deine letzte Chance, Honey. Es ist noch nicht zu spät«, sagte Miles.

Honey sah den nervösen Blick in Miles' blauen Augen und lächelte ruhig. Es war nicht geschauspielert; sie war wirklich ruhig an diesem Morgen. »Ich bin bereit, Miles.«

Und das war sie. Sie war schon vor dem Morgengrauen aufgewacht und war munter, als Freddie geklopft hatte, um ihr mit den Vorbereitungen für den Hochzeitstag zu helfen.

Nun saßen sie in der St. Olafskirche und warteten darauf, dass der Bräutigam eintraf.

Die drei waren schon früher bei der eigenartigen Kirche angekommen. Honey hatte sich darüber amüsiert, dass ihre Freunde die scheußliche Eingangspforte an der Seething Street mit deutlicher Beklemmung betrachtet hatten.

»Diese Kirche hast *du* ausgewählt?«, fragte Miles zum mindestens fünften Mal.

Honoria lächelte. »Ja Miles. Ich habe diese Kirche ausgesucht. Mein Vater hat mich oft hierher mitgenommen. Ihm gefiel die makabre Atmosphäre sehr.«

»Ja, ein ausgezeichneter Ort für eine Hochzeit.« Freddie legte ihm die Hand auf den Arm, um ihn zu beruhigen, was sie über die vergangenen drei Tage dauernd hatte tun müssen, und wieder einmal fragte sich

Honoria, ob da nicht doch mehr als Freundschaft zwischen ihrer zurückhaltenden Freundin und dem umwerfenden Tanzlehrer war.

»Ich kann immer noch nicht glauben, dass du den anderen nichts gesagt hast«, beharrte Miles.

Mit den *anderen* waren ihre Freunde aus der Stefani-Schule gemeint.

»Ich werde es ihnen später erzählen«, sagte Honey noch einmal.

Sie wollte nicht, dass sie alle extra für diese trostlose kleine Feier nach London eilten. Sie wollte vor allem nicht ihre Fragen beantworten, vor allem nicht die ihrer Freundin Serena, die sich gut als Inquisitorin gemacht hätte.

»Ich möchte dir etwas sagen«, platzte Miles heraus, als ob die Worte ein Schlageisen benutzt hätten, um sich aus seinem Mund zu befreien.

»Miles ...«, begann Freddie.

»Nein, Freddie. Ich würde mir nie vergeben, wenn ich ihr das vorenthielte.« Er wandte sich wieder Honey zu, und seine normalerweise schläfrigen blauen Augen funkelten. »Dein Verlobter war auf dem Kontinent recht bekannt.«

Honey sagte nichts. Ein Teil von ihr wollte hören, was er zu sagen hatte; ein anderer hatte das Gefühl, sich an Tratsch über einen Mann zu beteiligen, dem sie Loyalität schuldete. Oder zumindest *etwas* Loyalität.

»Immer, wenn es eine Mission oder ein Gefecht oder sonst etwas Gefährliches gab, bei dem sich niemand, der noch ganz bei Trost war, freiwillig gemeldet hätte, Major Lord Simon Fairchild stand ganz oben auf der Liste. So bin ich ihm begegnet.« Miles fuhr sich mit der

Hand durch seine weichen, goldblonden Locken. Die Bewegung war ungewöhnlich fahrig für den sonst so graziösen Mann.

»Er war Teil eines kleinen Trupps von vier Männern meiner Einheit, und einem weiteren Mann, der den Weg kannte – Saybrook. Unsere Mission war, was man eine Blitzattacke nennt. Das Ziel war ein Landsitz, auf dem die Froschfresser angeblich drei unserer Offiziere gefangen hielten.« Auf Miles' Stirn glänzte Schweiß, obwohl es in der Kirche kühl war.

»Miles, du musst nicht ...«

Er fuhr fort, als hätte er sie nicht gehört. »Fairchild sollte uns eigentlich nur den Weg weisen, an einem anderen Ort warten, bis wir die Mission ausgeführt hätten, und dann ohne uns zurückkehren, sollten wir nicht innerhalb von vierundzwanzig Stunden zurück sein.« Er seufzte zittrig. »Wir sind direkt in eine Falle getappt. Sie haben in dem alten Haus keine Offiziere festgehalten, jedenfalls niemanden, der noch am Leben gewesen wäre. Und nicht nur das, sie haben den Ort überhaupt nicht als Gefängnis benutzt. Stattdessen diente er als Sammelpunkt, und sie waren das Vorauskommando.«

Miles schluckte schwer; sein Blick ging in die Ferne. »Sie begannen uns einen nach dem anderen zu foltern, schnell und unerbittlich, was uns verriet, dass sie bald wieder vorrücken wollten. Ich dankte Gott, dass Saybrook zum Hauptquartier zurückkehren und sie warnen würde, dass es ein ...« Er unterbrach sich, schluckte und schüttelte den Kopf. »Nicht wichtig, was es war. Zwei der Männer, die mich begleiteten, waren binnen sechs Stunden tot. Sie waren gerade mit mir und einem anderen Mann beschäftigt, als die Tür aufging und Saybrook hereinstolziert kam.« Er stieß einen vollkommen überraschten Laut aus, als er sich an das erinnerte, was auch immer er vor seinem inneren Auge sah. »Er kam mit einem Grinsen im Gesicht hereinmarschiert, von seinem Säbel, den er umgeschnallt hatte, troff Blut. Er hatte in jeder Hand eine Pistole, und er erschoss beide Männer. Einer von ihnen war so nahe bei mir, dass …« Er unterbrach sich abrupt, als ob er sich plötzlich erinnerte, mit wem er sprach.

Er räusperte sich und fuhr fort. »Der andere Mann, den sie gefoltert hatten, war bereits tot und ich wäre es auch bald gewesen. Saybrook hielt inne, warf seinen Mantel über mich und lud erneut seine Pistolen. Dann warf er mich über die Schulter und trug mich hinaus.«

Miles schnaubte ungläubig. »Leichen säumten den Weg von dem Raum, in dem ich gefangen gewesen war, bis nach draußen. *Überall* waren Franzmänner. Ich übertreibe nicht; Saybrook kann durch Kugeln laufen. Wir hätten beide ein Dutzend Mal auf unserer Flucht sterben müssen.« Er starrte Honoria mit ängstlichem Blick an.

»Drei meiner besten Freunde sind an jenem Tag gestorben, aber Saybrook kam einfach in das Haus spaziert, als wäre es nichts, hob mich hoch wie ein Baby aus der Wiege und brachte mich ohne auch nur einen Kratzer fort.«

Honey wusste nicht, was sie sagen sollte, genauso wenig, wie sie wusste, warum er es ihr erzählt hatte, auch wenn sie dankbar war, dass er es getan hatte.

»Ich erzähle dir das«, sagte er, als ob er ihre Gedanken gehört hätte, »weil ich möchte, dass du zwei Dinge weißt: Erstens tut Saybrook immer, was er will. Immer. Er hätte mit der Information zum Hauptquartier zurückkehren sollen. Stattdessen setzte er tausende Leben aufs Spiel, widersetzte sich dem Befehl und kam, um mich zu retten. Zweitens, und das ist für dich viel wichtiger, Honey, diesem Mann ist es vollkommen gleich, ob er lebt oder stirbt. Denn das war nicht das erste Mal, dass er so etwas getan hat, und es sollte auch nicht das letzte Mal sein. Er war nicht berühmt für seine Taten, er war *berüchtigt*.«

Hinter ihnen öffnete sich mit einem Quietschen die uralte Holztür, und sie wandten sich alle um.

Da stand Simon, seine hoch gewachsene Gestalt vom Licht umrahmt.

»Große Güte«, sagte er. »Ich bin doch wohl nicht etwa zu spät?«

***

»Ich, Simon Bevil Charles Fairchild nehme dich, Honoria Agnes Keyes ....«

Es geschah wirklich; Simon heiratete.

Seit seiner Ankunft in London befand er sich in einem eigenartigen Dämmerzustand.

Nachdem er Honeys Haus an jenem ersten Tag verlassen hatte, war er direkt zu den *Doctors' Commons* gegangen und hatte zwanzig Guineas für eine spezielle Heiratslizenz auf den Tisch gelegt.

Damit war er zum *Grenier's Hotel* gegangen, das bequem gelegen war und seinen Plänen entgegenkam: Lästige Pläne, die den Kauf von Kleidung, die

Bestellung neuer Stiefel und einen Besuch bei *White's* einschlossen, nichts, worauf er sich besonders freute, und natürlich musste er sich ganz allgemein vorzeigbar machen.

Simon war seit seiner Rückkehr aus Belgien nicht in einer größeren Gesellschaft gewesen oder hatte sich unter Leute begeben.

Er hatte immer geglaubt, dass er eine starke Konstitution hatte, aber nachdem er bei verschiedenen geschäftigen Postgasthäusern eingekehrt war, hatte er es satt, angestarrt zu werden.

Er war außerdem erschöpft.

Nachdem er die Lizenz erworben hatte, war er ins Bett gefallen und hatte bis zum Mittag am nächsten Tag geschlafen. Infolgedessen war er zu spät zu seinem Treffen mit seiner zukünftigen Frau gekommen, die sich offenbar inmitten eines häuslichen Wirbelsturms befand, als er in ihren Salon geführt wurde.

Ihr wundervolles Haar hatte sie unter einer hässlichen Morgenhaube verborgen, und ihr Kleid war alt und aus der Mode gekommen und passte damit insgesamt gut zu seiner eigenen Kleidung – eine kleine Erinnerung daran, dass der Rest seiner Tagesplanung Einkäufe umfasste.

Als sie ihm einen Platz angeboten und ihm eine Tasse Tee aufgenötigt hatte, ging sie in die Offensive. »Hast du schon irgendwelche Pläne für den Gottesdienst gemacht?«

Simon musste zugeben, dass er sich darum noch nicht gekümmert hatte und kam sich vor wie der größte Depp der Nation. Was zum Geier hatte er sich dabei gedacht? Oder eher nicht gedacht?

»Ich möchte in St. Olaf heiraten.«

Er hatte angestrengt nachgedacht, doch es war ihm nichts eingefallen.

Sie hatte seinen leeren Blick bemerkt. »Seething Lane.«

Bei dem Namen fielen ihm Totenschädel ein und ein Friedhof, jedoch keine Kirche. »Ich meine mich an ein recht ungewöhnliches ...«

»Das ist das Lynchtor, da gibt es ein Fries mit Totenschädeln.«

Ach ja. Recht makaber, aber, wie er fand, angemessen für eine Vereinigung, die ihr aufgezwungen worden war. »Ich bin mit deiner Wahl einverstanden«, sagte er, nahm einen Schluck Tee und verkniff sich, das Gesicht zu verziehen. Wenn sie erst verheiratet waren, musste er ihr wohl gestehen, dass er Tee hasste.

»Da die Zeremonie in zwei Tagen stattfinden soll, solltest du vielleicht heute schon Vorkehrungen treffen.«

Über den geschmeidigen Sarkasmus in ihrer Stimme hatte Simon lächeln müssen; seine zukünftige Frau war kein Veilchen im Moose. Das war gut so, denn er mochte keine Frauen, denen es an Mumm fehlte. »Ich werde mich darum kümmern«, versprach er. Es war furchtbar kurzfristig, aber er nahm an, eine großzügige Spende würde helfen.

Sie rümpfte die Nase, und sie tranken, begleitet vom Ticken der Uhr auf dem Kaminsims und dem gedämpften Straßenlärm.

»Ich hätte gern Lady Sedgwick und Mr Ingram als meine Trauzeugen.«

»Das höre ich gern, denn ich habe niemanden.«

»Was hast du für nach dem Gottesdienst geplant?«

Einen Augenblick hatte er sich gefragt, ob sie dachte, dass er direkt danach auf Loki nach Whitcomb reiten würde.

»Pläne?« Er hatte geblinzelt, und war sich schwerfällig und dumm vorgekommen, dass er offenbar nicht mit ihr Schritt halten konnte. »Ich habe keine Pläne, ich schätze, ich dachte, du würdest vielleicht irgendeine Art Feier hier abhalten.« Herrgott, hörte sich das nicht grauenvoll an? Seine berechtigterweise feindselige Frau, ihre beiden feindseligen Freunde und Simon.

Aber sie hatte ihn überrascht. »Ich würde mir gern das Hochzeitsfrühstück sparen und gleich nach Everley aufbrechen.«

»Aha.« Endlich etwas, auf das er etwas zu sagen wusste. »Das könnte ein kleines Problem sein.«

»Warum?«

»Bis zum Ende des Monats sind dort noch Mieter. Wyndham – in seiner großen Weisheit – hat ihren Mietvertrag bereits beendet, als ich aus Belgien zurückgekehrt bin. Doch da sie seit Jahrzehnten dort wohnen, dachte er, es wäre angebracht, ihnen einige Wochen mehr zu geben, um zu packen.«

»Wohin willst du mich denn dann mitnehmen?«

»Zurück nach Whitcomb. Dort ist genug Platz.«

Sie hatte sich aufgeplustert wie eine wütende Henne, ihre Augen hatten wie harte, graue Bleikugeln ausgesehen. »Ich werde nicht mit deinem Bruder unter einem Dach leben.«

Simon hatte etwas Mitgefühl für seinen Bruder empfunden; Wyndham hatte sich, wie es schien, eine Feindin fürs Leben geschaffen.

»Ich verstehe. Nun, das ist allerdings ein Problem. Besonders, da alle Dächer, unter denen wir aktuell Zuflucht finden könnten, seine sind.« Er sah sich in dem winzigen Salon um. »Oder hier.«

Die Art, wie sie das Gesicht verzogen hatte, verriet ihm, was sie davon hielt, wenn er in ihrem Haus wohnte.

Sie hatten einander angestarrt.

Nach einer Stunde Frage und Antwortspiel, in dem sie Plimpton House, Wyndhams Jagdsitz in Leicestershire und einen weiteren in Devon und einige weitere verworfen hatten, hatten sie schließlich entschieden, die kommenden Wochen in Brighton zu verbringen. Sie hatte sich geweigert, in dem schicken Haus zu wohnen, das der Duke dort besaß, also hatte Simon zugestimmt, ein Hotel zu nehmen, das sie auswählte.

»Lord Saybrook?«

Simon sah auf und bemerkte, dass der Pfarrer, Honoria und ihre beiden Trauzeugen ihn anstarrten. Er war schließlich in der Kirche und heiratete.

Er räusperte sich und sah den Pfarrer mit flehendem Blick an. »Wie bitte?«, fragte er, als deutlich wurde, dass er von seiner zukünftigen Frau keine Hilfe zu erwarten hatte. »Der Ring, Mylord. Haben Sie einen?«

Das war wenigstens etwas, das er hatte. Er griff in die Jackentasche und zog einen unanständig großen Diamanten hervor. Seine neue Frau sog hörbar die Luft ein, als sie das glitzernde, tropfenförmige Ungetüm erblickte, und sogar der Pfarrer schien einen Augenblick geblendet.

Ihre beiden Trauzeugen sahen, wie er zufrieden feststellte, ausnahmsweise beeindruckt aus.

»Sprechen Sie mir nun nach ...«

Das tat Simon, und so waren sie schließlich Mann und Frau.

Kapitel Zwanzig

»Bist du sicher, dass du nicht noch eine Nacht bleiben möchtest?« Freddie wirkte ungewöhnlich nervös, als sie Honey half, den Rest ihrer Sachen zusammenzupacken.

Honey hatte fast ihre gesamte Kleidung bereits an dem Tag gepackt, an dem sie mit Simon gesprochen und er sie informiert hatte, dass sie ohne Zuhause waren und er verrückterweise geglaubt hatte, sie würde sich auch nur im Umkreis von einer Meile zu seinem Bruder aufhalten wollen.

Sie schnaubte bei der Erinnerung an seinen erstaunten Ausdruck und stopfte eine Pelisse in ihre verbliebene Reisetasche. *Männer!*

Freddie nahm das zerknautschte Kleidungsstück rasch wieder heraus und faltete es ordentlich zusammen.

»Bist du ganz sicher, dass alles in Ordnung ist, Honoria? Ich verstehe immer noch nicht, warum du das tust.« Freddie hatte sich bisher nie in ihre persönlichen Belange eingemischt, was zeigte, wie besorgt ihre Freundin war.

Sie legte Freddie die Hände auf die Schultern und bedeutete ihr, sich aufs Bett zu setzen.

Sie hatten drei hektische Tage, um alle häuslichen Angelegenheiten und den Umzug ihrer wichtigsten Besitztümer nach Everley zu organisieren.

Es war keine Zeit gewesen, um darüber zu sprechen, warum sie einen Mann heiratete, den ihre beiden Freunde offenbar nicht mochten, ja, dem sie noch nicht einmal trauten.

Honey konnte nur froh sein, dass ihre anderen Freunde nicht hier waren und das Fiasko miterlebten.

»Nehmt euch Geliebte«, hatte ihre Freundin Portia einmal den Lehrerinnen unter ihnen geraten und alle damit schockiert bis auf Lorelei, die oft sehr deutliche Worte über die Unterdrückung der Frau in der Ehe fand, wenn sie wieder einmal ein Traktat von Blake gelesen hatte.

Natürlich hatte Portia selbst kürzlich geheiratet und schien glücklich verliebt zu sein, sie würde inzwischen also vermutlich andere Ratschläge geben.

Und Honeys Ehe war schließlich alles andere als eine Liebesheirat.

Zumindest nicht von seiner Seite aus ...

Schnell schob Honey diesen Gedanken beiseite und konzentrierte sich auf Freddie und deren Sorgen. »Ich bin glücklich über diese Ehe – sogar überglücklich.« Sie zwang sich, zu lächeln.

»Du siehst aber nicht glücklich aus. Und ich verstehe nicht, warum alles so eilig vonstattengehen muss. Warum durften wir es niemandem erzählen? Und warum ...«

»Ich bin auch nicht glücklich darüber, dass alles so schnell gehen muss, aber es ist eher meine Schuld.« Der einzig wahre Kern dessen, was sie ihren Freunden über die Gründe für diese Heirat erzählt hatte, war die Episode im Arbeitszimmer des Duke mit den Dutzenden

Zeugen gewesen. Freddie hatte weit mehr Verständnis dafür als Miles, dass sie den Mann heiraten musste.

Ihre Freundin nickte, aber es zeigten sich zwei eher bedrohliche rote Flecke auf ihren Wangen.

»Was ist denn, Freddie?«

»Wegen heute Nacht ...«

»Heute Nacht?«

»Ja, wegen deiner Hochzeitsnacht ...«

Nun war es an Honey, zu erröten. »Ach das.«

»Weißt du, was geschehen wird?«

Honey verriet ihr nicht, dass nichts geschehen würde und dass dies eine kinderlose Ehe bleiben würde. Stattdessen nickte sie.

»Ich bin in der Gesellschaft von Künstlern großgeworden. Sie sind eher indiskret«, sagte sie und hoffte, dass das peinliche Thema damit beendet wäre.

Freddie nahm ihre Hand und zerdrückte sie beinahe. »Wenn du es zu unerträglich findest, solltest du wissen, dass es nicht ewig dauert.«

Honey blinzelte, erstaunt über die Abscheu und Leidenschaft in Freddies gewöhnlicherweise kühlem Blick. Sie hatte Frauen bereits in vagen Andeutungen über die fleischlichen Gelüste ihrer Ehegatten klagen hören, aber keine davon hatte so entsetzt ausgesehen wie ihre Freundin. Nicht zum ersten Mal fragte sie sich, was in der kurzen Ehe mit dem Earl of Sedgwick geschehen war. Ein Teil von ihr wollte Freddie fragen, doch ein anderer fürchtete sich vor der Antwort.

Jetzt war allerdings kaum der richtige Zeitpunkt für solche Fragen, selbst wenn ihre Freundin darüber hätte sprechen wollen.

Honey sagte sich, dass sie froh sein sollte, dass sie sich über *diesen* Teil der Ehe nie Gedanken würde machen müssen. Aber jene beiden Küsse – und alles andere – mit Simon machten es schwer, das zu glauben. Es war sogar noch schwerer, diese Erinnerungen aus ihren Gedanken zu verbannen, sie in jene verschlossene Kammer zu sperren mit all den anderen Gedanken und Gefühlen, die zu unangenehm waren, um im nüchternen Tageslicht betrachtet zu werden.

Honey sah auf die Uhr, die Freddie ans Mieder ihres Kleides geheftet trug, und erhob sich. »Ich muss mich beeilen. Er wird bald hier sein.«

***

Die Kutsche nach Brighton war nicht so luxuriös wie die, die der Duke für ihre Reise nach Whitcomb bereitgestellt hatte, aber Lord Saybrook sagte, es wäre die beste, die er so kurzfristig hatte auftreiben können, nachdem sie ihm eröffnet hatte, dass sie nicht mit der Kutsche des Duke reisen würde, wie er es geplant hatte.

Nicht nur war die Kutsche weniger geräumig und bequem, sie war dieses Mal auch nicht allein darin. Dieses Mal war sie in Begleitung ihres langbeinigen, männlichen Mannes mit dem Schlafzimmerblick.

Er hatte Honey in den Sitz in Fahrtrichtung geholfen, sich spöttisch von Freddie und Miles verabschiedet, die ihn finster angefunkelt hatten, war selbst hineingeklettert, hatte sich in den Sitz ihr gegenüber fallenlassen und ans Dach geklopft.

Er sah sie an, als die Kutsche sich in Bewegung setzte. »Tja, Lady Saybrook.«

Honey erschrak bei der Anrede; sie hatte nicht einmal an den Titel gedacht. Sie war nun eine Marchioness und würde eines Tages eine Duchess sein. Das Wissen ließ sie kalt.

Sie zog die Augenbrauen hoch und sah ihren Mann an.

»Ach komm schon«, sagte er, unbeeindruckt von ihrem zornigen Blick.

»Wir sitzen beide im selben Boot. Wir waren doch einmal Freunde.« Er sah etwas in ihrem Ausdruck und musste lachen. »Nun gut, vielleicht einander freundschaftlich zugetane Bekannte? Wie ist das?« Er wartete nicht auf Antwort. »Was ich sagen will ist, dass wir uns einmal recht gut verstanden haben. Wir sollten das Beste aus der Situation machen, meinst du nicht?«

Er hatte natürlich recht. Sie waren jetzt aufeinander angewiesen. Vielleicht würde sich ein Weg finden, das Zusammenleben für sie beide annehmbar zu machen.

Sie erwiderte seinen erwartungsvollen Blick und öffnete den Mund.

Und dann erinnerte sie sich daran, was er darüber gesagt hatte, dass sie keine Kinder haben würden und sich Geliebte nehmen sollten, und all ihre guten Vorsätze flogen aus dem Fenster der Kutsche wie aufgeschreckte Spatzen.

»Ich würde mich gern etwas ausruhen«, log sie und freute sich insgeheim darüber, wie er auf ihre Zurückweisung hin die Lippen zusammenpresste.

Sie schloss die Augen und lehnte den Kopf an.

***

Simon wünschte, er würde auf Loki neben der Kutsche reiten, wie er es zunächst geplant hatte. Doch stattdessen hatte er beschlossen, Frieden zu schließen und mit seiner kratzbürstigen neuen Frau zu reisen.

Leider hatte er Loki bereits nach Whitcomb zurückgeschickt, sodass er nun mit ihr hier festsaß, es sei denn, er würde in Grunstead, wo sie ihren ersten Abend als Ehepaar verbringen sollten, ein Pferd mieten.

Er grübelte darüber nach, während er sie anstarrte. Er konnte sehen, dass sie nicht schlief, auch wenn sie die Augen abgewandt hatte. Sie hatte den Kopf in den Nacken gelegt und ihren langen, eleganten Hals freigelegt. Er verspürte eine Regung in den Lenden, als er sich an das letzte Mal erinnerte, als er gesehen hatte, wie sie den Kopf so zurückgelegt hatte.

Zum Teil hatte er den Plänen seines Bruders, Miss Keyes zu heiraten, wegen der Erinnerung an jenen Abend im Arbeitszimmer zugestimmt.

Simon mochte seine neue Frau aus zahlreichen Gründen, von denen ihr empfänglicher Körper nur einer war. Sie war eine faszinierende Mischung zwischen dem Mädchen, das sie früher gewesen und der Frau, die sie geworden war. Sie misstraute ihm, und das konnte er ihr nicht übelnehmen. Simon traute sich selbst nicht, konnte es nicht. Nicht, wenn große Teile seines Geistes noch immer ein Rätsel für ihn blieben. Seit Kurzem tauchten jedoch immer häufiger Erinnerungen an sie in seinem Kopf auf wie Pflanzen, die lange in der Erde geruht hatten und nun die Erdkrume durchbrachen.

Simon erinnerte sich nun, dass sie ihn vor all den Jahren angehimmelt hatte. Es hatte ihm damals geschmeichelt. Welcher Mann genoss nicht weibliche Aufmerksamkeit? Erst recht kein junger Mann und vor allem solch unverhohlene Bewunderung.

Doch er hatte ihre Heldenverehrung nicht weiter beachtet. Schließlich hatten ihn damals viele junge Damen mit solcher Bewunderung angesehen. Honey hatte Glück gehabt, dass er so ein ehrbarer Spross gewesen war und sie mit Samthandschuhen angefasst hatte.

Honeys Vater hatte zusätzliche Schritte unternommen, um sicherzugehen, dass Simon sich benahm.

»Meine Tochter hat weder Erfahrung mit gleichaltrigen Jungen noch mit attraktiven jungen Männern, Mylord.« Daniel Keyes war ein imposanter Mann gewesen, weit maskuliner, als sich Simon einen Maler vorgestellt hätte.

»Ich verstehe, Sir«, hatte der junge Simon mit dem Respekt gesagt, den er damals auch seinen Eltern gegenüber gezeigt hatte.

»Wirklich?« Keyes' Augen hatten gefährlich geblitzt.

»Soll ich aufhören, sie zum Eisessen mitzunehmen und so etwas? Ich habe immer sichergestellt, dass ihre Gouvernante oder ein Diener oder ...«

»Nein, ich wünsche nicht, dass Sie damit aufhören. Es würde ihr das Herz brechen, und das wird ohnehin früh genug geschehen, wenn Sie uns verlassen. Ich wollte nur, dass Sie sich der Macht bewusst sind, die Sie über sie haben.«

Simon riss sich vom Anblick des verletzlich entblößten Halses seiner Frau los und schaute aus dem Fenster
der Kutsche.

Seine Gedanken ließen sich allerdings nicht so leicht
aus der Vergangenheit reißen.

Erinnerungen waren offenbar wie Unkraut. Als er begonnen hatte, sie auszugraben, konnte er nicht verhindern, dass andere ans Tageslicht durchbrachen.

Eine der Erinnerungen, von denen er sich gewünscht
hätte, dass sie begraben geblieben wären, war die an
den Tag, an dem er vom Tod seines Neffen erfahren
hatte.

Simon war direkt nach Whitcomb gereist, nachdem
er Daniel Keyes' Atelier verlassen hatte und war rücksichtslos, ängstlich und krank vor Sorge um seinen
Bruder die Nacht durchgeritten. Er hatte wirklich nicht
geglaubt, dass Wyndham einen solchen Verlust verkraften konnte. Nicht schon wieder.

Er war nach Hause zurückgekehrt und hatte festgestellt, dass die Veränderung bereits geschehen war:
Sein Bruder war nur noch eine leere Hülle gewesen;
hart, undurchdringlich und unnachgiebig.

Die Tage vor dem Begräbnis waren qualvoll gewesen,
und Simon hatte sich danach gesehnt, Bella wenigstens
einen Augenblick zu sehen. Sie waren seit beinahe zwei
Monaten nicht mehr miteinander allein gewesen. Doch
er hatte erfahren, dass Bella, ihre Mutter und Schwester sich entschlossen hatten, ihren Aufenthalt in London zu verlängern.

Er hatte seine Enttäuschung hinuntergeschluckt; er
würde wieder Zeit für Bella haben, wenn er seinen

Neffen neben seinen Geschwistern in der Familiengruft zur Ruhe gebettet hätte.

Die Zeremonie hatte in der kleinen Kapelle auf Whitcomb stattgefunden, und die einzigen Anwesenden waren Wyndham, Simon und ihre Mutter gewesen. Nicht einmal Cecily hatte ihr beigewohnt.

Direkt danach hatte der Duke Simon in sein Arbeitszimmer gerufen, ihnen etwas zu trinken eingeschenkt und ihn gebeten, sich zu setzen.

»Ich habe Neuigkeiten für dich.«

Simon konnte sich noch immer genau an jenen Augenblick erinnern, das letzte Mal, als er wirklich glücklich gewesen war. Natürlich war er an jenem Tag nicht glücklich gewesen. Er hatte den Tod seines Neffen betrauert und den Schmerz seiner Familie geteilt. Doch stets in dem Wissen, dass Bella auf ihn wartete; wenn er all das durchgestanden hätte, würde sie da sein.

»Arabella Frampton hat geheiratet.«

Einen Augenblick lang hatte er sich tatsächlich gefragt, ob es möglich war, dass es in England zwei Frauen desselben Namens gab. Er musste sich gewiss verhört haben.

Aber nein, die Hoffnung hatte sein Bruder zerstört. »Sie hat einen schottischen Earl geheiratet, irgendeinen Bekannten ihres Vaters – MacLeish.«

Das Glas in Simons Hand, ein rubinrotes Kristallglas mit durchsichtigen Streifen, das angeblich Heinrich VIII. gereicht worden war, als er sich auf Whitcomb aufgehalten hatte, war zerbrochen. Kühle Flüssigkeit war durch den schwarzen Satin seiner Beerdigungskleidung gesickert, die er noch nicht abgelegt hatte.

Wyndhams Blick war über die Glasscherben und den rasch versickernden Brandy geglitten, aber er hatte sich nicht bewegt.

»Wann?«, fragte Simon.

»Gestern, in Schottland. Ich glaube, sie haben kurz bei Ihren Eltern Station gemacht, nachdem sie aus London zurückgekehrt sind, und sind dann zu MacLeishs Anwesen einige Stunden nördlich von Edinburgh weitergefahren.«

Er hatte die Worte seines Bruders durch das Gebrüll in seinen Ohren kaum wahrgenommen.

»Simon? Simon!«

Selbst jetzt, als so viel seiner Vergangenheit zu ihm zurückkam, hatte Simon keine klare Erinnerung an die Tage und Wochen, die auf jene Unterredung gefolgt waren.

Das Nächste, an das er sich erinnern konnte, war wie sein Bruder ihn aus einem Londoner Bordell gezerrt und nach Whitcomb zurückgeholt hatte.

Er hatte albtraumhafte Erinnerungsfetzen daran, dass er gebebt und gezittert hatte, gefangen in seinem Zimmer mit einem verzweifelten Verlangen nach dem Vergessen, dass ihm nur der Saft des Schlafmohns bringen konnte.

Bis heute konnte sich Simon nicht erinnern, wer ihn mit dieser magischen Substanz vertraut gemacht hatte.

»Du hast dich selbst vergiftet, Simon«, hatte sein Bruder gesagt, als Simon am Bett fixiert erwacht war. Ein Mann in einem altmodischen schwarzen Anzug hatte im Schatten des Duke gelauert wie der Vertraute eines Hexers.

»Doktor Hanley betreibt eine spezielle Anstalt und hat Erfahrung mit diesen Dingen. Ich habe dafür gesorgt, dass er dich hier in der Geborgenheit unseres eigenen Heims behandelt.« Wyndham hatte auf den dürren Mann mit dem huschenden Blick gedeutet und ihn gebeten, mit seiner schwarzen Ledertasche vorzutreten.

»Ich muss Sie zur Ader lassen, Mylord. Und dann können wir anfangen ...«

Simon hatte sich auf dem Bett aufgebäumt, gehalten nur von den dicken Lederriemen, die ihn an die vier Bettpfosten banden.

»Wenn Sie mich berühren, bringe ich Sie um!«, hatte er gefaucht und dem Mann direkt in sein verschwitztes Gesicht mit den weit aufgerissenen Augen geblickt.

Der Doktor war zurückgetaumelt, aber der Duke hatte nur jemandem hinter Simons Kopf zugenickt.

Zwei riesige Hände hatten ihn an den Schultern gepackt, um ihn davon abzuhalten, sich zu rühren, während ein weiteres Paar Hände ihn geknebelt hatte.

Simon hatte sich wie ein Besessener gewehrt, aber der Duke hatte Männer angestellt, die stark wie Eichenstämme waren.

Er war vorsichtig überwältigt und fixiert worden und musste die albtraumhafte Behandlung des Doktors über sich ergehen lassen.

Er war eingesperrt, mit Haferschleim und verwässertem Wein versorgt und tagelang zur Ader gelassen worden.

Endlich war er eines Tages kühl und klar aufgewacht, und seine Hände und Füße waren nicht mehr gefesselt gewesen. Sein Körper war nicht mehr verschwitzt und er hatte nicht mehr gestunken. Es war, als ob er Fieber gehabt hätte und es endlich gesunken wäre.

Er hatte sich seines Verhaltens geschämt. Sein Bruder hatte drei Kinder verloren und lebte einfach weiter. Simon hatte eine Frau verloren, die zugestimmt hatte, einen anderen Mann zu heiraten – ganz klar hatte sie ihn nie geliebt – und er benahm sich wie ein Tier.

An jenem Tag hatte er geschworen, ein neues Leben zu beginnen. Und er hatte es neun Tage lang durchgehalten, bis Bellas Schwester ihm den Brief gebracht hatte.

Es war ihre jüngste Schwester Mary, die zu ihm gekommen war, als er von irgendeinem Auftrag für seinen Bruder zurückgekehrt war.

»Ich sollte nicht hier sein. Vater würde mich töten.«

Mary hatte ihm ein zerknittertes Stück Papier in die Hände gedrückt.

»Der ist von Bella. Ich hatte ihn seit Monaten, aber Sie waren fort.«

Das Papier hatte nach Rosen geduftet, Bellas Geruch. Simon hatte den Brief mit zittrigen Händen geöffnet.

»Mein Geliebter«, sowohl ihre verschnörkelte, mädchenhafte Handschrift als auch die vertrauliche Anrede ließen seine Beine schwachwerden, und er hatte sein Pferd grasen lassen, um sich unter einen Baum zu setzen, bevor er weiterlesen konnte.

»Wenn du diese Zeilen liest, werde ich fort sein – in jeglichem Wortsinne für dich nicht mehr zu erreichen. Mein Vater zwingt mich, einen seiner Bekannten aus Schottland zu heiraten und …«

Simon hatte so laut geflucht, dass sein verschrecktes Pferd weggelaufen war.

Gezwungen? Aber warum? Mr Frampton hatte Simon doch immer gemocht.

Warum?

Dann hatte er den Rest gelesen.

»MacLeish ist so alt wie mein Vater. Ein riesiger, grausamer Mann, der nach Port und ungepflegter Haut stinkt. Er sieht mich an, als wäre ich ein Lammkotelett, und ich schaudere, wenn ich daran denke, was er mit mir tun wird, wenn wir verheiratet sind und er mich in seiner Macht hat.«

Simon hatte die Augen geschlossen, zu angewidert, zu wütend, zu eifersüchtig, um klar zu sehen.

Er hatte sich gezwungen, weiterzulesen.

»Mein Vater sagt, seine Gnaden of Plimpton kam am Tag nach dem Tod seines Sohnes zu ihm.«

Simon konnte noch immer die Übelkeit spüren, die sich in seinem Magen ausgebreitet hatte, als er den Namen seines Bruders gelesen hatte.

»Du bist sein Erbe, und er kann nicht zulassen, dass du die Tochter eines einfachen Baronets heiratest. Er veranlasste meinen Vater, diese Heirat zu arrangieren, und er bot meinem Vater so viel Geld für meine Mitgift, dass er nicht ablehnen konnte.
Ich habe immer nur dich geliebt, mein lieber, süßer, sanfter Simon. Ich werde einem anderen Mann meinen

Körper schenken, aber mein Herz wird immer dir ge-
hören.
Für immer.
Deine Bella.«

»Mylord?«

Simons riss den Kopf hoch; seine Frau starrte ihn an.

»Was ist denn?« Sie hatte die Stirn in Falten gelegt.
»Du siehst aus, als möchtest du jemanden töten.« Sie
blickte aus dem Fenster, als ob dort der Grund für seine
Verärgerung zu sehen wäre.

Simon hatte sich gestattet, in die Vergangenheit zu
tauchen und sich damit in Rage gebracht; er war in diesem Zustand keine gute Gesellschaft, schon gar nicht
für seine jungfräuliche Braut.

»Nichts ist«, log er, doch seine Stimme war rau vor
Wut auf sich selbst. »Mir tut nur alles weh, weil man in
dieser verfluchten Kutsche so durchgeschüttelt wird.«

Ein gewichtiges Schweigen breitete sich aus. Dann
sagte sie: »Bereiten deine Verletzungen dir Schmerzen?«

»Nein.« Noch eine Lüge.

»Bist du wütend auf mich, weil ich die Kutsche deines
Bruders abgelehnt habe?«

Er wandte sich ihr zu und empfand grausame Genug-
tuung, als sie zurückwich.

»Eine Sache solltest du besser über mich wissen,
meine Liebe. Du bist mir nicht wichtig genug, als dass
du mich ärgern könntest.«

Sie errötete heftig bei seinen hässlichen Worten, doch
sie setzte sich kerzengerade auf und duckte sich nicht

mehr weg. Gut so, Simon wollte ihren Zorn, ihren Hass. Zumindest fühlte er auf die Weise irgendetwas.

»Du benimmst dich wie ein unreifes Kind. Erst vor kurzer Zeit sagtest du, du möchtest das Beste aus dieser Ehe machen. Und jetzt sprichst du mit mir, als wäre ich weniger wert als Dreck. Du solltest dich entscheiden, wenn du noch genug Verstand dafür hast.«

Simon lachte. Ihm gefiel ihr Feuer. »Du teilst ebenso gut aus, wie du einsteckst, nicht wahr, Honey?«

»Nenn mich nicht so.«

»Warum nicht? Es ist dein Name.«

»Es ist ein Name für Menschen, die mich lieben und die ich liebe.«

Ihre Worte waren wie Nägel, die über seine nicht vollständig verheilten Narben gezogen wurden, und er konnte nicht glauben, dass sie so viel Schmerz hinterließen.

»Darf ich dich denn Honoria nennen?« Es war keine ernstgemeinte Frage.

Sie funkelte ihn zornig an. »Wenn du mich überhaupt ansprechen musst, dann doch bitte als Mylady.«

Simon lachte. Wie es schien, hatte er eine Frau gefunden, die es mit ihm aufnehmen konnte. Zumindest, was den Hass anging.

Kapitel Einundzwanzig

Die Sonne war bereits untergegangen, als sie Grunstead erreichten. Simon wusste, dass es ungewöhnlich war, auf der Reise nach Brighton einen Stopp einzulegen, aber eine so lange Zeit so beengt zu reisen, war ihm unerträglich. Außerdem hatten sie keine Eile; sie würden in Brighton in einem Hotel übernachten, also konnten sie das auch genauso gut bereits auf dem Weg dorthin tun.

Als die Kutsche auf die Poststation zurollte, fiel Simon etwas auf.

»Du hast keine Zofe.«

Er konnte im Zwielicht der Kutsche ihr Gesicht kaum erkennen, aber er konnte ihr Schnauben hören. »Und das fällt dir erst jetzt ein?«

Simon ignorierte ihre Frage. »Wie wirst du mit dem Ankleiden und alldem zurechtkommen?«

»So wie ich es schon mein ganzes Leben lang getan habe. Du hast auch keinen Leibdiener.«

Da hatte sie recht, und Simon würde den Mann sehr vermissen, das war ihm bereits jetzt klar. »Mein Kammerdiener hat eine Aversion dagegen, wie ein Irrer durchs Land zu reiten, und ich musste schnell in London sein, wie du weißt. Peel wird in Brighton zu uns stoßen. In Brighton musst du dich um eine Zofe kümmern.«

»Ich muss überhaupt nichts dergleichen.«

Er biss die Zähne aufeinander, um sich eine wütende Replik zu verkneifen.

Sein Bruder wäre bereits erzürnt, wenn er erführe, dass sie nicht mit seiner Kutsche unterwegs waren, und das auch noch ohne Vorreiter, und dass sie in Brighton nicht im Haus der Familie bleiben wollten.

Das Letzte, was er gebrauchen konnte, waren mehr Gründe für Wyndham, sich in seine Angelegenheiten oder ihre Ehe einzumischen.

Er sollte ihr sagen, dass der Duke einen Wutanfall bekäme, wenn er davon hörte, dass Simons Frau ohne persönliche Dienerin reiste.

Ja, das war, was er tun *sollte*.

Aber er fühlte sich hundselend. Und Elend hatte gern Gesellschaft.

»Zeit für die zweite Lektion, *Mylady*. Dies ist eine Zweckehe. Das bedeutet, dass du dich so verhalten wirst, wie es mir *zweckdienlich* erscheint. Du wirst also eine Zofe einstellen. Nicht nur, weil du eine brauchen wirst, um sich um deine alltäglichen Belange zu kümmern, du wirst sie auch aus Gründen der Schicklichkeit brauchen.«

Aus dem Dunkel war ein hässliches Lachen zu hören. »Seit wann scherst *du* dich denn um Schicklichkeit?«

Das tat Simon nicht, er hatte nur aus irgendeinem unangenehmen Grund das dringende Bedürfnis, sie herumzukommandieren. Er dachte darüber nach, ihr das zu sagen, nur um ihre Reaktion zu sehen. Aber für einen richtigen Streit war er jetzt zu müde. Vielleicht später.

Hör auf, dich wie ein Idiot zu verhalten, Simon. Es ist nicht ihre Schuld – nichts von alldem.

Er unterdrückte ein wütendes Schnauben, weil seine innere Stimme wieder einmal recht hatte.

Er atmete tief durch. »Ich hätte nicht so mit dir sprechen sollen«, sagte er und wartete. Als sie nicht reagierte, fuhr er fort. »Mein Bruder nimmt es, wie du gesehen hast, mit der Schicklichkeit sehr genau. Es wäre besser, wenn er nicht erführe, dass du ohne persönliche Dienerin reist.«

»*Für wen* wäre es besser?«

Er lachte müde. »Für uns.«

Bevor sie weiter streiten, ihn beleidigen oder seine Entschuldigung annehmen konnte, kam die Kutsche rumpelnd zum Stehen.

Simon öffnete den Schlag, ehe der Diener ihn erreichen konnte, so sehr drängte es ihn, aus der engen Kutsche herauszukommen. Er klappte mit dem Fuß den Tritt aus und wandte sich seiner Frau zu, um ihr hinauszuhelfen. Sie ignorierte seine Hand und hielt sich stattdessen beim Aussteigen am Rahmen der Kutsche fest.

Simon starrte sie an, bis sie aufsah, dann bot er ihr den Arm. Was auch immer sie in seinem Gesicht las, es veranlasste sie, die Hand auf seinen Unterarm zu legen und sich schweigend in das Wirtshaus begleiten zu lassen.

Der Wirt stand wartend bereit, und sie wurden in kürzester Zeit auf ihre jeweiligen Zimmer gebracht.

Als er sich mit warmem Wasser in der Waschschüssel das Gesicht gewaschen und eine frische Krawatte angelegt hatte, klopfte er an die Verbindungstür und drückte die Klinke.

Die Tür war verschlossen.

»Mylady?«, rief er durch das dicke Holz, als niemand antwortete. Er rüttelte am Türgriff, während die Hitze in ihm aufstieg.

Er war gerade einmal zehn Stunden verheiratet, und schon stand er bei seiner Frau vor der verschlossenen Tür?

Ihre gedämpfte Stimme erklang auf der anderen Seite, als er bereits darüber nachdachte, die Tür einzutreten. »Was willst du?«

»Mach. Die. Tür. Auf.«

Es dauerte unerträglich lang, bis er das Schloss klicken hörte. Die Tür wurde einen Spalt weit geöffnet, gerade weit genug, um ihr eines Auge zu sehen. »Was wollen Sie, Mylord?«

»Willst du wirklich durch die Tür mit mir sprechen?«

»Ja.«

Simon tappte mit dem Fuß auf dem Boden, sein Blick fixierte ihr eines graues Auge. Die Pupille war winzig wie eine Nadelspitze, was ihm deutlicher als Worte zeigte, was sie für ihn empfand.

»Ich lasse uns das Abendessen bringen. Wann möchtest du gern essen?«

»Mit dir?«

»Ja, *mit mir*, im privaten Wohnzimmer.«

Einen verdammt langen Moment dachte er, sie würde ihm die Einladung ins Gesicht schleudern und darauf bestehen, im öffentlichen Gastraum zu essen. Simon hatte wirklich keine Ahnung, wie er darauf hätte reagieren sollen.

»Ich bin in einer Stunde fertig.« Die Tür fiel ins Schloss, und der Schlüssel wurde herumgedreht. Simon ließ die Stirn gegen das raue Holz sinken und schloss die Augen; das war kein gutes Omen für die Zukunft.

***

Honey sank gegen die Tür und kaute auf der Unterlippe. Warum benahm sie sich so? Er hatte sich entschuldigt, und sie benahm sich wie eine Gewitterhexe. Sie hatte in die Ehe eingewilligt, und jetzt tat sie so, als hätte er sie dazu gezwungen.

Du bist noch immer wütend, weil er keine körperliche Beziehung mit dir will.

Obwohl sie allein war, spürte Honey Hitze in die Wangen steigen.

»Nein, das bin ich nicht«, presste sie zwischen zusammengebissenen Kiefern hervor.

Und dann kam sie sich dumm vor, weil sie mit sich selbst stritt.

Sie ging zu ihrem Frisiertisch hinüber und starrte ihr Spiegelbild an, als ob es ihr helfen würde, zuzugeben, wo das Problem lag, wenn sie sich dabei selbst betrachtete. Sie hasste ihn, aber sie liebte ihn noch immer. Sie schüttelte den Kopf. Wie war so etwas überhaupt möglich?

Weil er deine Gefühle verletzt hat.

Sie ignorierte die Stimme, zog die Hutnadel aus dem Hut und löste ihr Haar – Honeys besondere Pracht, wie ihr Vater immer gesagt hatte.

Sie musste zugeben, dass sie schöne Haare hatte, auch wenn sie selbst nicht schön war.

Nein, sie war nicht hässlich, viel schlimmer, sie war unscheinbar.

Wie gern hätte sie ausgesehen wie Portia Stefani. Die Halbitalienerin hatte so charakteristische Züge, dass sie unattraktiv hätte sein müssen, doch da war etwas an ihren blitzenden schwarzen Augen, das sie weit über konventionelle Schönheit hinaushob.

Honey bewunderte die zierliche, kühle Schönheit von Freddie oder die feenhafte Zartheit von Annis. Selbst Lorelei Fontenot, die mit ihrem dreieckigen, katzenartigen Gesicht und den buschigen schwarzen Brauen höchstens als ungewöhnlich gelten konnte, war noch immer besser als ein Meter achtzig reine Langeweile.

Sie rollte ihren schweren geflochtenen Zopf zu einer Krone zusammen und steckte ihn mit einer Handvoll Nadeln fest.

Damit siehst du nur noch größer aus.

Es war ihr gleich.

Zumindest redete sie sich das ein.

Honey hatte geglaubt, dass sie seit Jahren darüber hinweg wäre, sich über ihre Größe und ihr wenig bemerkenswertes Äußeres zu ärgern. Es musste die Nähe zu Simon sein, die ihre Unsicherheit wieder hervorgebracht hatte.

Selbst mit seinen schrecklichen Narben war er noch immer faszinierend. Er war ein hübscher junger Mann gewesen, nun war er ein von Schlachten gezeichneter

Odysseus, der nach einem Jahrzehnt des Krieges zurückgekehrt war.

War er zurückgekehrt? War auch nur *ein* Teil des Simons, den sie damals gekannt und geliebt hatte, zurückgekehrt? Honey schien es, als ob zwar sein Körper hier wäre, doch bis auf das eine oder andere kurze Aufflackern zwischendurch hatte sie keine vertraute Person hinter seinen wunderschönen Augen entdecken können.

Allerdings fand sie es nicht leichter, dieser neuen Version von Simon zu widerstehen als der alten. So brüsk und gemein er auch sein konnte, er schlug sie noch immer in seinen Bann.

»Dummes Huhn!«, schalt sie ihr Spiegelbild und strich mit den Händen vorsichtig über das glatt aufgesteckte Haar und tastete dann über die »Krone«. Diese schlichte Frisur stand ihr, und sie sah damit besonders schön aus. Nicht, dass sie sich eingebildet hätte, dass es der Mann, der hinter der Tür auf sie wartete, überhaupt bemerken würde.

***

Als sie die Mahlzeit beendet hatten, fühlte sich Simon deutlich besser oder zumindest nicht schlechter.

Seine Frau war wie ausgewechselt, seit sie sich zum Essen hingesetzt hatten.

Zunächst hatte sie seine Entschuldigung angenommen und sich dann selbst entschuldigt.

»Ich habe mich dumm aufgeführt, als du angeboten hast, eine Zofe für mich einzustellen«, gab sie zu, während sie mit gesenktem Blick ihre Suppe löffelte.

Ihre Entschuldigung weckte in ihm ein Gefühl der Rastlosigkeit. Er öffnete den Mund, um zu sagen, dass es nicht weiter schlimm wäre, aber sie war noch nicht fertig.

»Vor allem entschuldige ich mich dafür, dass ich dein Freundschaftsangebot so brüsk abgelehnt habe.« Sie legte den Löffel ab und sah auf. »Du hast recht. Wir sind verheiratet. Es wäre dumm, wenn wir einander das Leben schwermachen. Ich nehme dein Friedensangebot an.« Sie zögerte und lächelte ihm scheu zu. »Außerdem gefällt mir der Gedanke nicht, dein Bruder könnte glauben, er hätte uns gezwungen, etwas gegen unseren Willen zu tun, und uns damit unglücklich gemacht.«

Simon lachte. »Die Einstellung gefällt mir, Mylady.«

»Bitte nenn mich Honoria.«

Simon versuchte, sich nicht darüber zu ärgern, dass sie ihm noch immer nicht erlaubte, ihren Kosenamen zu verwenden, aber kleine Schritte waren besser als nichts.

Sie aßen und führten eine vorsichtige Unterhaltung. Er sprach über seine Pferde, sie über ihre Gemälde.

Simon sah zu, wie sie den Rest Beeren mit Sahne aß und war sich bewusst, dass die dunklen Schatten unter ihren Augen vor wenigen Tagen noch nicht dagewesen waren. Er beschloss, ihr heute Abend die Anspannung zu nehmen.

Ehrlich gesagt hatte es ihn seit drei Tagen mehr als nur ein bisschen erregt, wenn er an ihre Hochzeitsnacht gedacht hatte. Er war etwas überrascht, aber überaus zufrieden – dass sie offenbar keine Angst davor hatte, ihre Jungfräulichkeit zu verlieren. Er konnte nur annehmen, dass ihre Freundin, Lady Sedgwick, sie dahingehend beruhigt hatte.

Simon hätte auch jemanden gebrauchen können, der ihn ein wenig beruhigte. Er hatte noch nie mit einer Jungfrau geschlafen und war nicht darauf erpicht, eine Frau zum Weinen zu bringen, schon gar nicht im Bett. Allerdings würde es ja nur die eine Nacht sein, in der es unangenehm wäre, und danach würde ihm ihr hoch gewachsener, biegsamer Körper regelmäßig zur Verfügung stehen, oder zumindest dann, wenn sie auf Everley weilte.

Er nahm einen Schluck aus seinem Weinglas und lächelte. Vielleicht war die Ehe ja doch gar nicht so übel.

Kapitel Zweiundzwanzig

Honey hatte sich gerade die Nachthaube umgebunden und war ins Bett gekrochen, als es leise an der Tür zum Flur klopfte, nicht an der Verbindungstür.

Sie runzelte die Stirn. »Ja?«

»Hier ist Simon.«

Sie schwang die Füße aus dem Bett und biss sich auf die Unterlippe. *Was wollte er?*

»Honoria?«

Sie stand auf, schnappte sich ihren Morgenmantel von der Stuhllehne und öffnete die Tür etwas weiter als einen Spalt, aber nicht viel mehr.

Er hielt eine Flasche und zwei Gläser hoch. »Darf ich hereinkommen?«

»Ich wollte gerade ins Bett gehen.«

Sein Blick fiel auf ihre Nachthaube, und eine Kerbe formte sich zwischen seinen unnatürlich blauen Augen.

Er senkte die Hand mit der Flasche. »Bitte?«

Honey wurde bewusst, dass der zerbrechliche Friede auf dem Spiel stand, den sie beim Abendessen geschlossen hatten. Bereits jetzt. Sie machte einen Schritt zurück und deutete auf die kleine Sitzecke vor dem Kamin.

»Setz dich.«

Er hielt die Flasche hoch. »Hättest du gern etwas Wein?«

Sie schüttelte den Kopf. »Ich habe mir bereits die Zähne gereinigt.«

Er ließ langsam die Luft aus seinen Lungen entweichen. »Verstehe. Nun, hättest du etwas dagegen, wenn *ich* ein Glas trinke?«

Es klang nicht ernsthaft wie eine Frage. »Nein, natürlich nicht.«

Sie setzte sich auf den Sessel und überließ ihm den Zweisitzer. Er sah erst sie an, dann das Sofa, schenkte sich schließlich ein Glas Wein ein und nahm Platz.

»Tja«, sagte er.

Sie schluckte. »Tja.«

»Du warst also auf dem Weg ins Bett.«

Sie nickte.

»Hast du da nicht etwas vergessen?«

Honey runzelte die Stirn. »Das glaube ich nicht.« Er trank einen Schluck Wein. Einen *großen* Schluck.

»*Habe* ich etwas vergessen?«, fragte sie, als er keine Anstalten machte, zu reden.

»Dies ist unsere Hochzeitsnacht.« Er sah von seinem Weinglas auf, und seine Pupillen weiteten sich, bis seine blauen Iriden beinahe violett erschienen.

Honey öffnete den Mund, um seine Aussage zu bestätigen, doch dann hielt sie inne.

Nein.

Das konnte er doch wohl nicht meinen. Das konnte er nicht. Oder etwa doch?

»Ich dachte, wir hätten beim Abendessen angefangen, unsere Differenzen beizulegen«, sagte er.

Sie nickte heftig.

»Ich dachte, vielleicht könnten wir die Versöhnung im Bett fortsetzen.«

»Was?«

Er zog die Brauen hoch. »Es ist unsere Hochzeitsnacht. Ich würde gern mit dir schlafen.«

Ihr war schwindelig. »Aber ...«

»Aber?«

»Du sagtest, du wolltest keine Kinder.«

Er ließ die Brauen sinken. »Will ich auch nicht.«

»Aber ... Ich dachte, du meintest damit ...« Sie wollte es nicht sagen. Sie konnte es nicht sagen.

Honey konnte in seinem Ausdruck genau den Augenblick ablesen, in dem er begriff, was sie meinte.

Klirrend stellte er das Glas ab. »Großer Gott! Sag nicht, du dachtest ...«, er hielt inne und unterbrach sich selbst mit einem bellenden Lachen.

»Was ist daran so witzig?«

»Oh, es ist nicht witzig. Na ja, vielleicht auf eine tragische Weise.«

Honey erhob sich und er tat es ihr gleich, wobei er in seiner typischen flinken, ruhigen Art einen Schritt auf sie zu machte. Er legte seine großen Hände auf ihre Schultern; bei seinem Gesichtsausdruck zog sich alles in ihrem Körper zusammen. *Wirklich alles.* Sie senkte den Blick und betrachtete den Teppich.

Er schob seine warmen Finger unter ihr Kinn und zwang sie, ihn anzusehen.

Honey kannte diesen verhangenen, amüsierten Ausdruck in seinem Gesicht von dem Tag im Labyrinth. »Ich hatte keine Ahnung, dass du meine Worte so verstehen würdest. Ich nahm an, du wüsstest, dass es

Wege der sexuellen Vereinigung gibt, die nicht zwingend in Kindern resultieren; sonst wäre es auf der Welt vermutlich inzwischen reichlich eng.«

Bei dem Wort *sexuell* erschauderte sie. Sie hatte es noch nie laut ausgesprochen gehört, selbst die Leute, mit denen ihr Vater sich umgab, hatten es nicht gewagt, ein solches Wort in ihrer Gegenwart auszusprechen.

Sein harter Blick wurde sanfter. »Du siehst sehr hübsch aus, wenn du so errötest.«

Sie ignorierte die Welle des Vergnügens und Verlangens, die sein Kompliment in ihr auslöste, und schüttelte den Kopf. Sie konnte das nicht noch einmal ertragen – seine sanften Berührungen, die Empfindungen und anschließend sein kalter, starrer Blick. Oder dass er für drei Wochen abtauchte.

Nein, das konnte sie nicht.

»Dem habe ich nicht zugestimmt, Mylord. Ich ging davon aus, dass wir die Ehe nur vortäuschen.«

Die Sanftheit verschwand aus seinem Blick, als wäre sie verdampft. »Das habe ich nicht behauptet.«

»Hast du doch.«

Sein Blick verfinsterte sich zunehmend. »Nein, habe ich *nicht.* Ich sagte, ich wollte keine Kinder, das habe ich deutlich betont. Ich habe nie gesagt, dass ich nicht mit meiner eigenen Frau schlafen möchte.«

Sie zuckte zurück. »Sprich nicht so vulgär mit mir.«

Sein Mund verzog sich zu dem Zerrbild eines Lächelns – ein gehässiges Grinsen, das sie seit jenem ersten Tag auf Whitcomb nicht mehr gesehen hatte: hässlich, hart und gemein. »Das ist nicht vulgär, mein Liebling. Vulgär wäre es, wenn ich sagen würde, dass ich dich ficken will.«

Honey wich noch weiter zurück und schüttelte den Kopf. »Ich weiß nicht, was das bedeutet, aber ich kann es erraten.« Ihr Gesicht brannte vor Scham über ihr Unwissen auf diesem Gebiet. »Ich weiß allerdings, dass ich nicht mit dir das Bett teilen werde.«

Er biss die Zähne aufeinander, und ein gefährliches Glitzern trat in seine verfinsterten Augen.

»Du bist meine Frau.« Die Worte waren leise wie das Zischen einer Schlange.

Honey verschränkte fest die Arme vor der Brust. »Ich habe dich in dem Glauben geheiratet, dass wir die Ehe nur vortäuschen. Das hast du mir versprochen.« Und es hätte sie beinahe umgebracht, als sie geglaubt hatte, dass er sie nicht wollte. Und jetzt? Jetzt dachte er, er könnte es sich einfach anders überlegen und sie wie eine Marionette benutzen, weil gerade niemand anderes da war? Sie schluckte die Schwäche hinunter, die sie bei dem Gedanken überkam, dass er sie berühren würde wie an jenem Abend. Sie wappnete sich gegen ihren eigenen verräterischen Körper, es war lediglich ihre eigene Lust, mehr nicht.

»Wir haben einen Handel geschlossen, Mylord. Und jetzt wollen Sie Ihr Wort brechen, weil ich in Ihrer Gewalt bin? Bedeutet Ihr Wort denn gar nichts?«

Innerhalb einer Sekunde war er bei ihr. Seine Hände umklammerten ihre Oberarme wie eiserne Fesseln. »Was wissen Sie von meinem Wort und was es bedeutet, Mylady? Es wäre klüger, es nicht in Zweifel zu ziehen.«

»Es tut mir leid«, sagte sie, »Ich hätte das nicht sagen sollen.«

Sein Blick glitt zu ihren Lippen und über den hochgeschlossenen Halsausschnitt ihres Morgenmantels und wieder zurück zu ihren Augen. »Ich weiß es nicht. Vielleicht hätten wir uns dieses Missverständnis ersparen können, wenn ich mich klarer ausgedrückt hätte. Aber jetzt haben wir es ja geklärt und ...«

»Es ist kein Missverständnis. Du hast gesagt, keine Kinder. Als ich dich nach Ge...geliebten gefragt habe, sagtest du, es stünde uns beiden frei, uns welche zu nehmen.«

Er schnaubte. »Dachtest du, ich meine damit, dass du dir in unserer Hochzeitsnacht einen nehmen sollst? Ist es *das*, was dir vorschwebt?«

»Nein, natürlich ...«

Er ließ sie los, als ob sie ein Stück glühende Kohle wäre und trat einen Schritt zurück.

»Du musst dich nicht wiederholen, ich weiß, was du dachtest.« Er ließ einen verächtlichen Blick über ihre zusammengekauerte, geduckte Gestalt schweifen. »Und keine Sorge, ich werde mich dir nicht aufnötigen. Das musste ich noch nie tun, auch jetzt nicht, nachdem ich nicht mehr so ansehnlich bin wie früher. Dies ist das letzte Mal, dass ich einen Fuß in dein Schlafzimmer gesetzt habe.« Er verbeugte sich gekünstelt. »Gute Nacht, Mylady.«

Und dann war sie allein.

Kapitel Dreiundzwanzig

Simon hätte durch die verfluchte Verbindungstür gehen sollen. Auf diese Weise bog er viermal falsch ab, bevor er endlich wieder vor seiner Tür stand. Und dann nestelte er am Türschloss herum, ließ zweimal den Schlüssel fallen und stieß sich ordentlich den Kopf an der harten Holztür, als er sich danach bückte.

»Verdammt«, murmelte er und rieb sich die schmerzende Stirn, während er den Schlüssel ins Schloss stieß. Die Tür schwang nach innen auf, und er stolperte hinterher.

»Mylord?« Ein verschlafen wirkendes Hausmädchen sah zu ihm auf.

»Oh!« Simon hatte es ganz vergessen.

Die junge Frau knickste hastig.

»Alles im Lot hier drin?«, fragte er und ärgerte sich darüber, dass er lallte.

»Ja, Mylord. Ich habe Ihrer Ladyschaft gesagt, dass ich bleiben würde, falls sie noch etwas benötigt, aber das hat sie nicht, Sir.«

Simon fischte eine Münze aus der Jacke und gab sie ihr. Erst als ihr beinahe die Augen aus dem Kopf fielen, bemerkte er, dass es ein Goldstück war. Ach, was sollte es? Auf die Weise hatte wenigstens *irgendjemand* in seiner Hochzeitsnacht Anlass zur Freude.

»Brauchen Sie noch etwas, Mylord?«

Simon sah in die sanften braunen Augen, die tapfer seinem Blick standhielten und die Zerstörung auf der linken Seite seines Gesichts ignorierten. Sie war noch jung, nicht viel älter als fünfzehn oder sechzehn, aber er konnte erkennen, dass sie wusste, was sie ihm anbot. In seinen Lenden begann es, sich zu regen und er blickte finster drein, abgestoßen von den Trieben seines eigenen Körpers. »Verschwinde«, sagte er heiser.

Sie lief davon.

Er wankte zu einem Stuhl und ließ sich darauf fallen.

Zu fest, wie ihm schien, denn mit einem ohrenbetäubenden Krachen gab er unter ihm nach.

Hätte sein Steißbein einen Mund gehabt, es hätte laut geschrien.

Simon jedenfalls *hatte* einen Mund, und als Antwort auf seinen Schrei flog die Verbindungstür auf.

Seine Frau stand in der geöffneten Tür, und ihre Augen waren vor Schreck geweitet. »Was ist geschehen?«

Er schloss die Augen und stöhnte. Der Schmerz war zu heftig, um zu sprechen.

»Simon?«

Er öffnete die Augen und stellte fest, dass sie sich über ihn gebeugt hatte.

»Ich mag diese Haube nicht. Nimm sie ab.« Das war ihm so herausgeschlüpft, ohne es zu wollen.

Sie spitzte die Lippen, reichte ihm aber überraschenderweise die Hand.

»Nimm meine Hand.«

Sie war stärker, als sie aussah, aber ihre Kraft reichte nicht aus, um seine zweiundachtzig Kilo hochzuziehen. Er schüttelte ihre Hand ab, drehte sich auf alle Viere und drückte sich langsam und unsicher hoch.

Verflucht! Es fühlte sich an, als hätte er sein Steißbein abgebrochen.

Sie schob ihre Schulter unter seinen Arm.

»Was ist passiert?«, wiederholte sie, während sie zu seinem Bett humpelten.

»Der Stuhl ist zusammengekracht.«

»Das sehe ich. Aber *wie*?«

»Ich habe mich draufgesetzt.«

Ihr entfuhr ein recht unweibliches Grunzen, sie stieß ihn aufs Bett und wandte sich zum Gehen.

»Warte, Myl...Honoria«, verbesserte er sich, als er sich erinnerte, dass sie ihm gestattet hatte, diesen Namen zu verwenden.

Sie wandte sich um. »Was denn?«

Er wedelte in Richtung seiner Füße, aller vier davon. »Ich brauche etwas Hilfe.«

»Ruf den Hausknecht«, blaffte sie.

»Der schläft doch. Es ist ein Uhr morgens.«

Sie verschränkte die Arme vor der Brust und blieb, wo sie war. »Ich weiß.«

Simon hatte nicht die Kraft, sich zu streiten; er war viel zu müde. Er ließ sich auf das Bett zurücksacken. Er würde die Stiefel eben einfach beim Schlafen anlassen, das hatte er schon Dutzende Male getan.

Irgendetwas – oder irgendjemand – zerrte an seinem Bein. »Setz dich auf, Simon. Ich kann dich nicht heben; du musst schon mithelfen.«

Simon öffnete die Augen und versuchte, seinen Oberkörper hochzudrücken. Es gelang ihm nicht.

»Herrgott im Himmel!« Schlanke, aber kräftige Hände packten seine Arme und zerrten ihn in eine sitzende Position.

Er lächelte. »Du bist stark.«

Sie knurrte und packte einen seiner Stulpenstiefel und starrte darauf, als fragte sie sich, was sie tun sollte.

»Zieh«, schlug er vor.

Sie warf ihm einen zornigen Blick zu. »Ach was. Sag nicht.«

Simon lachte.

»Ich bin froh, dass Sie sich amüsieren, Mylord. Ich würde jetzt lieber schlafen.« Ohne auf eine Reaktion zu warten, riss sie an seinem Stiefel.

Simon hatte es nicht erwartet und rutschte zu Boden, direkt auf sein schmerzendes Steißbein.

Er brüllte einige Wörter, die man in Gegenwart einer Dame normalerweise nicht erwähnen sollte.

Die einzige Dame in Hörweite bückte sich zu ihm herunter. »Oh, es tut mir so leid. Hast du Schmerzen? Ich wollte dir nicht wehtun. Hier ...« Sie schob einen Arm unter seinen Nacken, der in einer unbequemen Position abgeknickt war, und beugte sich näher zu ihm. »Lass mich dir helfen ...«

Er presste seine Lippen auf ihre und genoss für einen Augenblick das weiche Gefühl. Als sie nicht zurückscheute, zog er sich zurück. Sie war erstarrt wie ein aufgescheuchtes Reh, und ihre großen, grauen Augen waren dunkel.

»Du schmeckst süß. Wie Beeren mit Sahne.«

Sie kniff die Augen zusammen, als hätte er genuschelt und sie ihn nicht verstanden.

»Oder wie Pfirsiche.« Er schüttelte den Kopf, in der Hoffnung, das würde seinem Mund Einhalt gebieten. »Oder ...«

Was immer er hatte sagen wollen, es wurde von ihren weichen Lippen erstickt, die sich auf seine legten.

***

Er schmeckte nach Brandy und Rauch, und Honey fand, dass es besser war als ein Eis von Gunter's. Besser als alles, das sie je im Leben gekostet hatte.

Seine Lippen öffneten sich unter ihren, und sie tauchte ein, drehte den Kopf etwas, um den Kuss zu vertiefen und züngelte mit einer ungeschickten, verzweifelten Begierde, für die sie sich schämte und die ihr Angst machte.

Wie hatte sie je glauben können, dass sie das vermeiden könnte? Nicht einmal eine Nacht, nicht einmal vierundzwanzig Stunden, und sie hatte ihm bereits nachgegeben.

Nachgegeben? Du bist über den Mann hergefallen wie die Römer über Karthago.

Sie zog sich zurück, und er stöhnte.

»Nein, geh nicht, Honey.«

Er war vielleicht nahe vor der Bewusstlosigkeit, aber seine Arme waren stark wie Stahlbänder.

Honey wand sich. »Komm, Simon, wir schaffen dich in dein Bett.«

Er lachte tief und schalkhaft, und sein Lachen vibrierte durch ihren Körper. »Ich dachte schon, du würdest nie fragen.« Er entließ sie aus seiner Umklammerung und rappelte sich stolpernd mit ihrer Hilfe auf, bis er saß und sie vor ihm stand.

Er legte die Hände um ihre Taille und zog sie zwischen seine gespreizten Schenkel. Sein Griff war sanft, aber unnachgiebig. Nicht, dass sie sich gewehrt hätte. In diesem Zustand konnte er ihr wohl kaum gefährlich werden, oder?

»Hmm.« Er ließ seine Stirn gegen ihren Bauch sinken und schlang die Arme um sie. »Ich weiß«, lallte er gedämpft vom Stoff ihres Nachthemds, und sie konnte seinen heißen Atem sogar durch den dicken Flanell spüren. »Du riechst ganz genau wie Honig.« Er stöhnte tief und zufrieden.

»Simon?«, fragte sie, als er sich nicht mehr rührte. »Stimmt etwas nicht?«

Als er nicht reagierte, legte Honey eine Hand auf seine Schulter und drückte sie leicht. »Geht es dir nicht gut?«

Die einzige Antwort war ein leises Schnarchen.

Kapitel Vierundzwanzig

Simon erwachte ohne Jacke und ohne Hemd, doch er trug noch immer Hose und Stiefel.

Außerdem fand er beim Erwachen eine warme Frau, die sich an seinen Körper schmiegte.

Es war noch immer dunkel im Zimmer, was bedeuten musste, dass er nicht allzu lang geschlafen hatte. Er fühlte sich angenehm betäubt, ein Zeichen dafür, dass die Unmengen Wein, die er getrunken hatte, langsam in ihrer Wirkung nachließen.

Außerdem war er unglaublich hart.

Er vergrub die Nase in ihrem Haar, das sich aus der hässlichen Haube befreit hatte und sog tief ihren Duft ein. Sie roch süß und rein und …

»Simon?«

»Hmm?«

»Bist du wach?«

Ein Teil von ihm schon. »Nein.«

Ihr Körper bebte, und er stellte fest, dass er sie zum Lachen gebracht hatte, was ihn noch härter werden ließ, auch wenn er das nicht für möglich gehalten hätte.

Sie begann, sich zu regen, und sein Arm wand sich wie eine Schlange fester um seine Beute. »Wohin willst du?«

»Nirgendwohin. Ich wollte mich nur umdrehen.«

Simon dachte an seinen Mund und daran, wieviel Wein er gestern hineingekippt hatte, und er wusste, dass er mit seinem Atem Eisen hätte schmelzen können.

»Nein, das wirst du nicht«, versicherte er. »Bleib einfach eine Weile hier liegen. Bitte«, fügte er hinzu, als er spürte, wie sie sich verkrampfte.

Sie stieß einen tiefen, geduldigen Seufzer aus. »Nun gut, ein kleines Weilchen.«

Er rieb seine Nase gegen ihren Hals und küsste sie dort. Sie versteifte sich noch mehr. »Was ist?«, fragte er, obwohl sie nichts gesagt hatte.

»Ich rieche nur an dir.«

»Mit deinem Mund?«

Er grinste.

»Nein, damit habe ich dich gekostet.«

Sie schüttelte den Kopf, als gäbe sie sich geschlagen. Das war ein gutes Zeichen.

Wieder küsste er sie. Dieses Mal spürte er, wie sie sich an ihn schmiegte.

»Das ist gut«, flüsterte er und zupfte mit den Lippen an ihrem Ohrläppchen. »Entspann dich.«

Er lockerte seinen Griff und strich an ihrer Seite abwärts. Sie trug nicht nur ein Nachthemd, sondern auch noch den Morgenmantel.

Viel zu viel Stoff. Das Problem ließ sich allerdings lösen. Er zwang sich zur Geduld und streichelte sie mit langsamen Bewegungen, wobei er die Bereiche aussparte, die sie nervös machen könnten. Er streichelte sie wie eine Katze; wie eine langgestreckte, schlanke, wunderschöne Katze, die er zum Schnurren bringen wollte.

»Hast du Kopfweh?«, fragte sie, als er gerade dachte, sie wäre eingeschlafen, weil sie sich an seiner Seite so entspannt anfühlte.

»Nein, damit habe ich Glück. Oder vielleicht auch Pech, je nachdem, wie man es betrachten möchte.« Er schob seine Hand von ihrem Arm auf ihre Hüfte. Sie erstarrte, und er bewegte sich zurück zu ihrem Arm; sie entspannte sich wieder.

»Wie meinst du das, du hast *Glück*?«

»Ich meine, wenn ich einen Mordskater hätte, wenn ich ein Fass Wein trinke, trinke ich beim nächsten Mal vielleicht nicht so viel. Aber ich bin immer frisch wie der junge Morgen aufgewacht.« Und hart. So verflucht hart. Er presste seine Hüfte gegen ihren Hintern und sie zuckte zusammen.

»Schh«, murmelte er und streichelte sie. Dieses Mal ließ er die Hand auf ihrer Hüfte. »Fühlt sich das gut an?«, fragte er, weil ihr Körper noch immer verkrampft wirkte.

Sie nickte.

»Honoria, es ist nicht verwerflich, wenn wir einander Vergnügen bereiten.« Er streichelte sie wieder und rückte näher, bis die Ausbeulung in seiner Hose an der Kerbe ihres herzförmigen Hinterns ruhte. Sie schauderte.

Und dann rückte sie ganz sachte an ihn.

Simon hätte am liebsten den Kopf in den Nacken geworfen und ein Triumphgeheul ausgestoßen. Stattdessen streichelte er sie weiter.

»Hast du geschlafen?«, fragte sie nach einer Weile, und ihr sich rasch erhitzender Körper verriet ihm, dass sie nicht so gelassen war, wie sie klang.

»Ein wenig. Und du?«

Sie schüttelte den Kopf, und Simon gestattete seinen Fingern, ihr Becken zu streifen, ganz nah an ihrem Geschlecht, aber er berührte sie dort nie.

»Warum nicht?«, fragte er und bewegte die Finger für einen Augenblick auf sicheres Terrain, um ihrem Herz, das gegen ihre Rippen hämmerte, als ob es sie zerbrechen wollte, Zeit zu geben, sich zu beruhigen.

»Ich konnte nicht.«

»Ach ja?«, flüsterte er hinter ihrem Ohr und fuhr mit der Zunge schön und bedächtig an ihrem Nacken entlang. Sie schmeckte süß und salzig, und es brachte ihn beinahe um den Verstand.

Ihr Körper vibrierte unter seinen Küssen, und ihr Atem stockte.

»Honoria, bitte atme, Liebling.« Er strich mit der Hand sacht über ihren Venushügel, und die Hitze, die sie ausstrahlte, war auch durch zwei Lagen Kleidung noch zu spüren.

Sie schauderte und presste sich rücklings gegen ihn.

Simon biss sich auf die Unterlippe, um ein Stöhnen zu unterdrücken. Als er sie dieses Mal streichelte, zog er auch ihr Nachthemd ein Stück hoch.

»Du wolltest mir erzählen, warum du nicht schlafen konntest, mein Herz.«

Er spürte, wie sie bei dem Kosewort zusammenzuckte und musste lächeln.

Streicheln. Ziehen.

»Ach, nun ja, einfach weil ...«

Streicheln. Ziehen.

»Weil?«

Streicheln. Ziehen.

»Ich habe noch nie mit jemandem geschlafen.«

Ihre Worte erinnerten ihn daran, dass er der erste Mann war, der in sie eindringen würde, und der Gedanke ließ ihn so pulsieren, dass ihm schwindlig wurde.

Streicheln. Ziehen.

Seine Fingerspitzen strichen über nackte Haut, und nun war er es, der schauderte.

»Ist dir kalt?«, fragte sie.

»Ein wenig«, log er. »Du bist so warm.« Er hätte sich wie ein hinterlistiger Wurm fühlen müssen, aber als sie sich an ihn schmiegte und ihre weichen, runden Hinterbacken an seiner Erektion rieben, die hart genug war, um damit Diamanten schneiden zu können, fühlte er sich wie ein verfluchter König.

Als er sie wieder streichelte, spürte er einen warmen, glatten Schenkel unter seiner Handfläche.

»Du hast mein Nachthemd hochgezogen.« Sie klang erstaunt und verwirrt, aber nicht verärgert.

»Das habe ich«, gab er zu. Warum sollte er verbergen, was er vorhatte? »Ich möchte deine Haut berühren. Magst du es, wie sich meine Hand anfühlt?«

Wieder schluckte sie geräuschvoll, aber sie nickte.

Er war nicht sicher, wie lange er sich noch zurückhalten konnte, sie nicht auf den Rücken zu drehen und in sie zu stoßen. Vielleicht konnte er, wenn sie es zuließ, sich damit zufriedengeben, ihr Vergnügen zu bereiten, anstatt ihre Jungfräulichkeit zu rauben, was ihm nicht ganz richtig vorkam, solange er noch angetrunken war.

Er vergrub die Nase an ihrem Nacken, sog ihren Duft ein und küsste ihre samtweiche Haut. »Darf ich dich berühren? Vertraust du mir, dass ich dir nicht wehtun, sondern dir ausschließlich Vergnügen bereiten werde?«

Eine Ewigkeit schien zu vergehen, doch dann nickte sie.

***

In ihrem ganzen Leben hatte sich noch nichts so gut angefühlt. Sein hochgewachsener, kräftiger Körper fühlte sich himmlisch an, wenn er sich an ihren schmiegte, aber erst seine Hand ...

Er streichelte sie wieder, und seine Finger glitten leicht durch die Locken, die ihren Venushügel bedeckten, und strichen zart über eine Stelle, die so empfindlich war, dass sich ihr zwischen zusammengepressten Zähnen ein tiefes Stöhnen entrang.

Simon drängte sich dichter an sie, wobei er den Arm unter ihren Körper schob und ihn diagonal über ihre Brust legte. Dann zog er sie fest an sich und presste die harte Schwellung seines Verlangens gegen ihren Hintern und unteren Rücken. Er rieb sich so fest an ihr, dass es schmerzte. Aber es war ein wundervoller Schmerz.

»Spürst du das, Honoria – mein Verlangen?« Die Worte vibrierten durch ihren Körper, während er sich abermals an ihr rieb, dieses Mal fester. »Ich begehre dich so sehr.«

Als er sie dieses Mal berührte, öffnete er ihre sensiblen, geschwollenen Schamlippen, und sie zuckte in seinen Armen zusammen.

»Sch, sch, sch«, murmelte er, und bewegte den Finger weg von ihrem Lustzentrum zu ihrer Öffnung. Sie erstarrte, als er sich vorsichtig vortastete. »Es wird nicht wehtun«, versprach er und ließ das erste Fingerglied in die feuchte Wärme gleiten.

Honey erschauderte bei der plötzlichen Invasion.

»Hmm«, summte er, und seine Brust vibrierte an ihrem Rücken. Er ließ den Finger hinein und hinausgleiten und spürte, wie sie plötzlich feuchter wurde, während er mit dem Daumen über die Haut direkt unter der Perle rieb, die sie manchmal mitten in der Nacht weckte.

Ein unwiderstehlicher Sog baute sich in ihr auf, und das unbeschreibliche Gefühl breitete sich überall aus und wurde intensiver.

»O Gott, Honoria! Du bist so heiß und eng. Ich wünschte, ich könnte dich sehen ... dich schmecken.«

Bei seinen direkten Worten fuhr sie zusammen, jeder Muskel in ihrem Körper spannte sich an.

»Ich kann nicht erwarten, mich tief in dir zu versenken, dich zu dehnen und auszufüllen.« Und dann biss er in ihre Schulter – *fest*.

Angesichts seiner animalischen Inbesitznahme schnappte Honey nach Luft, und intensive Wellen der Lust breiteten sich ausgehend von ihrem Geschlecht überall in ihrem Körper aus und überfluteten sie mit unvergleichlichem Vergnügen.

»O Liebling«, sagte er und klang verwundert. »Bist du schon gekommen?«

Honey hatte dieses Wort noch nie in diesem Zusammenhang gehört, aber ihre Schenkel waren feucht und schlüpfrig, und sie wusste, was er meinte.

»Braves Mädchen, dass du für mich gekommen bist«, murmelte er.

Warum das Wort kommen so viel vulgärer war als »einen Orgasmus haben«, war ihr nicht klar, aber ihr Geschlecht zog sich als Antwort darauf zusammen, und die subtile Reaktion ihres Körpers ließ noch mehr verwirrende Empfindungen durch ihren Körper pulsieren.

Tief in ihrem Innern, unter dem Verstand, gab es einen Teil ihrer wirbelnden Gedanken, der sich sträubte, als Mädchen bezeichnet zu werden. Doch ein anderer Teil, der größere, war überwältigt davon, wie mühelos er ihren Körper beherrschte.

»Möchtest du, dass ich aufhöre?«, bot er an. Seine Finger, sowohl der, der auf ihrem Venushügel ruhte als auch der andere, der tief in ihr vergraben war, hörten auf sich zu bewegen, und er hielt sie sanft fest, küsste zart ihren Nacken und zupfte mit den Lippen an ihrer Haut.

Honey presste sich gegen diesen absolut faszinierenden und noch immer prallen Teil von ihm und schüttelte den Kopf.

Er knurrte zufrieden und fuhr mit seinem sinnlichen Streicheln fort, wobei er vorsichtig ihre zu sensible Perle aussparte. Seine Hände eroberten mit weit mehr Selbstsicherheit ihren Körper, als ihre es je getan hatten.

Sein dicker Finger glitt in ihr jungfräuliches Fleisch und wieder hinaus.

»Kannst du ein wenig mehr aushalten? Für mich?«, flüsterte er und nahm einen zweiten Finger hinzu. Er stöhnte. »Gott, Honey, du fühlst dich so schön an, ich kann nicht erwarten, dich zu sehen.«

Sie wimmerte leise bei dem Gefühl so gedehnt zu werden, und genoss sehr seine Berührungen und sein Lob. Nicht allzu tief in ihrem Innern verborgen schlief das Bewusstsein, dass sie sich später für ihr Verhalten schämen würde, für die Verzweiflung und das rohe Verlangen nach ihm.

Später, Honey. Darüber kannst du dir später Gedanken machen. Jetzt genieße, was er zu bieten hat.

Das musste sie sich nicht zweimal sagen.

Er stieß weiter gleichmäßig in sie, und mit der anderen Hand reizte er den festen Knoten aus Nerven, den er ihre Knospe genannt hatte.

Honey war nicht bewusst, dass sie begonnen hatte, seinen Bewegungen mit ihrer Hüfte entgegenzukommen, bis er an ihrer Schläfe murmelte:

»So ist es gut, mein Herz, benutze meine Hand zu deinem Vergnügen.«

Er rieb seine Erektion an ihrem Hintern, und seine Hüfte bewegte sich rhythmisch. »Ja«, drängte er so leise, dass sie ihn kaum hören konnte. Seine geschickten Finger streichelten sie und drangen in sie ein, und eine Mischung aus Scham und Erregung sorgte dafür, dass sie sich bei dem Geräusch ihrer eigenen Feuchte wand.

»Wirst du noch einmal für mich kommen, Liebling?« Seine Zähne knabberten sanft an ihrem Nacken, als die schockierenden Worte in ihr explodierten wie winzige Geschosse.

Er winkelte einen Finger in ihr an und strich über einen Teil von ihr, bei dem sie aufschrie und zusammenzuckte.

Sein leises Lachen vibrierte durch ihren Körper. »Schrei so laut, wie du willst, mein Liebling. Bring das Haus zum Einsturz.« Er streichelte sie wieder und wieder; weiße Lichtpunkte explodierten hinter ihren geschlossenen Lidern, und Ekstase spülte über sie hinweg, zugleich unbeschreiblich und quälend.

Doch er hörte nicht auf.

Honey hatte kaum Zeit, sich zu erholen, bevor er sie zu einem weiteren Gipfel trieb. Er biss, leckte, und saugte grob an ihrem Hals.

»Noch einmal, Honoria. Nur für mich«, bat er, und stieß seine Hüfte rhythmisch gegen ihren unteren Rücken, während seine Finger sie über die Klippe stießen.

»So ist es gut«, knurrte er an ihrem Hals, sein Körper zuckte mit wilden, aber kontrollierten Stößen. »Komm zusammen mit mir.«

Er erstarrte, schlang den Arm um ihre Taille und presste sie an sich, während in ihrem Innern alles in wildem Aufruhr war, sich drehte und sie schließlich in eine warme, glückselige Finsternis riss.

Kapitel
Fünfundzwanzig

Als Simon das nächste Mal erwachte, drang blassgelbes Licht durch die Vorhänge, und er war allein.

Das kalte, klebrige Gefühl an seinem Unterleib verriet ihm, dass es kein Traum gewesen war; er war in seiner verfluchten Hose gekommen, während er sich an seiner Frau gerieben hatte.

Er lächelte, als die Erinnerung an die vergangene Nacht zu ihm zurückkehrte.

Großer Gott, es war überwältigend gewesen, sie zu berühren.

Simon drehte sich auf den Rücken und griff nach dem Hosenlatz seiner Wildlederhose. Er knöpfte sie auf, schob grob die Hose und Unterhose bis auf die Schenkel abwärts und befreite seinen sehnsüchtigen Schwanz.

Er war schon wieder hart, wie immer am Morgen.

Er wünschte, Honoria läge noch neben ihm, aber er wusste, dass er bereits weit mehr bekommen hatte, als sie zu geben bereit gewesen war. Nicht, dass ihn dieses Wissen davon abgehalten hätte, mehr zu wollen.

Simon hob die Hand zum Gesicht und atmete ihren Duft ein. Sein Lächeln wurde zu einem Grinsen, als er sich an ihre Schreie erinnerte; sie hatte ein ordentliches

Organ. Man hatte sie bestimmt noch in den Ställen gehört, wieder und wieder und wieder. Er strich geistesabwesend mit der Hand über seine Brust und seinen Unterleib und dann abwärts zu seiner pulsierenden Erektion, während er die Erinnerung daran wiederaufleben ließ, wie er seine jungfräuliche Braut gefingert und sich an ihr gerieben hatte.

So etwas hatte er seit seiner Jugend nicht mehr getan; wer hätte gedacht, dass Sex auch ohne Penetration solche Freude bereiten könnte?

Sein Schaft pochte und drängte sich in seine Faust, als er sich vorstellte, wie er sich in ihrem engen Innern versenkte.

»Verflucht«, stöhnte er. Wann hatte er das letzte Mal eine Frau so begehrt? Wann war das letzte Mal, dass er überhaupt irgendetwas so begehrt hatte?

Er verschloss die Augen vor dem unerwünschten Gedanken und bearbeitete sich mit rücksichtsloser Effizienz.

Das vertraute Gefühl seiner schwieligen Handfläche führte ihn zurück auf das Festland, zurück in den Krieg. Er hatte sich als Erwachsener auf dem Feldzug öfter befriedigt, als er es als Heranwachsender in Eton getan hatte.

Eigentlich waren die Schule und der Krieg nicht gänzlich verschieden, dachte er leicht amüsiert, und seine Faust wurde schlüpfrig, während er sich weiter streichelte.

Zwischen den verrückten, gewalttätigen Augenblicken des Schreckens, der Qual und der Furcht hatte es lange, qualvolle Phasen grauenvoller Anspannung gegeben. Man konnte den Verstand verlieren, wenn man sich Sorgen machte und darauf wartete, zu sterben. Es war also von höchster Wichtigkeit, sich bei Laune zu halten. Und es gab wenig Ablenkung, wenn man allein im Dunkeln in einem Zelt war.

Ja, die Prioritäten im Leben waren klarer und weniger erhaben, wenn einem jederzeit der Schädel mit Blei gespalten werden konnte.

Gedanken an den Krieg und die langen, kalten, einsamen Nächte wichen dem beständigen Pumpen seiner Faust, und Simon näherte sich seinem Höhepunkt, als ihn ein winziges Geräusch aus dem Konzept brachte.

Er öffnete ein Auge einen Spalt breit; auf der Schwelle der Verbindungstür zwischen ihren Zimmern stand seine Frau, voll bekleidet und bereit zur Weiterreise, ihre Augen waren groß wie Teetassen, und ihr Mund stand weit offen.

Selbst mitten in der Ekstase war ihm klar, dass dies vermutlich das erste Mal war, dass sie den Penis eines Mannes in all seiner Pracht sah. Simon wartete darauf, dass sie bemerken würde, dass er die Augen geöffnet und sie gesehen hatte, aber sie konnte den Blick nicht von seinem Schwanz abwenden.

Das wiederum ließ ihn schmerzhaft, aber wunderbar hart werden.

Er liebte es, wie sie seinen Körper betrachtete; er *liebte es*, vor ihr zu masturbieren, was er noch nie zuvor bei einer Geliebten getan hatte.

Verdammt! Er war um ein Zehnfaches erregter, als er es noch vor wenigen Sekunden gewesen war.

Viel zu erregt.

Sein Körper begann zu beben und seine Faust bewegte sich schneller und fester. Alles rationale Denken kam ihm abhanden, und Simons Augen rollten nach hinten. Die Ekstase packte ihn mit brutaler Gewalt und presste zu. Sein Rücken stemmte sich vom Bett hoch, und jedes Körperteil erstarrte, während die Hitze durch ihn hindurch raste und er sich über seinen Bauch und seine Brust ergoss.

Als Simon nach kurzer Zeit von seinem kleinen, unvergleichlichen Stückchen Tod wieder auferstand, war Honoria verschwunden.

***

Honey konnte ihm nicht in die Augen sehen. Nicht, ohne zu brabbeln, ohnmächtig zu werden oder sonst irgendwie zu verraten, was sie gesehen hatte.

Und doch hatte sie den Blick nicht von seinem Körper nehmen können. Zumindest nicht lange.

Sie hatte sich mehrmals gezwungen, zum Fenster zu blicken anstatt auf seine muskulösen Schenkel in den hautengen braunen Hosen, die ihre ohnehin außer Kontrolle geratene Fantasie beflügelten oder auf seine breiten Schultern und seine kräftige Brust.

Doch dann war ihr Blick wie der Zeiger einer Uhr stets zu derselben Stelle zurückgekehrt.

Simon saß ihr gegenüber, hatte die Augen geschlossen, und seine langen, kräftigen Beine waren in der Enge der Kutsche angewinkelt und gespreizt.

Er war zum Frühstück in den privaten Salon gekommen, als sie bereits beinahe mit dem Essen fertig war. Nicht, dass sie viel gegessen hätte. Nein, sie hatte ihr Toast zerkrümelt, die Eier auf ihrem Teller

293

herumgeschoben und vier Löffel Zucker in ihren Tee gerührt. Dabei *mochte* sie noch nicht einmal Zucker im Tee.

Wieder und wieder lief dieselbe Szene in ihrer Erinnerung ab. Simons narbenübersäter, muskulöser Körper, bis zur Mitte der Oberschenkel entblößt, die Hosen heruntergezogen, die Sohlen seiner schwarzen Lederstiefel aufs Bett gestemmt und die Knie weit gespreizt, während er ... *das* getan hatte.

Honey wurde sich bewusst, dass sie wieder auf seinen Schritt starrte und hob rasch den Blick. Sie wäre vor Erleichterung beinahe ohnmächtig geworden, als sie sah, dass er noch immer schlief.

Gott sei Dank.

Das hätte sie gerade noch gebraucht, dass er sie dabei erwischte, wie sie auf seine Lenden starrte.

Sie massierte mit Druck ihre pochenden Schläfen und schloss die Augen.

Warum war sie nicht sofort hinausgegangen?

Weil es dir gefallen hat.

Honey knirschte bei dem scheinheiligen, anklagenden Ton mit den Zähnen.

Doch es stimmte: Es hatte ihr gefallen. Oder zumindest hatte es ihrem Körper gefallen.

Als sie dagestanden und ihn beobachtet hatte, hatte sich tief in ihrem Unterleib dasselbe enge, heiße Gefühl aufgebaut wie in der vergangenen Nacht, als er sie zum *Schreien* gebracht hatte. Bei der Erinnerung erschauderte sie.

Unglücklicherweise – oder vielleicht auch glücklicherweise – hatte sich nicht dasselbe Gefühl eingestellt, das all ihrem Keuchen und sich Aufbäumen gefolgt war. Er hätte sie wohl mit Sicherheit bemerkt, wenn sie geschrien hätte, wie sie es zwei-, nein, sogar dreimal, in der vergangenen Nacht getan hatte.

Honey wäre nicht überrascht gewesen, wenn ihr Gesicht nun auf Dauer rot geworden wäre. Sie hatte die Wahrheit in den Augen jeder fremden Person gesehen, die ihr am Morgen begegnet war: Das gesamte Wirtshaus hatte sie vergangene Nacht schreien hören, und alle kannten den Grund dafür.

Dass sie Neuvermählte waren, machte es nicht besser. Sie hatte gehört, dass Simon es dem Wirt erzählt hatte, und wusste, dass man solch ein Benehmen erwartete. Dennoch schämte sie sich bis auf die Knochen.

Gleich seit ihrem ersten eigenartigen Ausflug, als er ihr auf Whitcomb die Aussicht gezeigt hatte, hatte Simon Fairchild sie dazu gebracht, sich zu benehmen, wie es überhaupt nicht ihre Art war.

Honey erkannte sich selbst nicht wieder, wenn sie in seiner Nähe war.

Und Gott stehe ihr bei: Sie wollte nur wieder und wieder diese Frau sein.

»Sie sehen aus, als hätten Sie Schmerzen, Mylady.«

Sie öffnete die Augen und begegnete seinem Blick.

»Du bist wach«, stellte sie unnötigerweise fest.

Er nickte schwerfällig. »Ich bin wach.«

Warum hatte sie das Gefühl, dass mehr in diesen Worten mitschwang?

Er streckte sich, versuchte, sich in der engen Kutsche anders hinzusetzen, und verzog das Gesicht, als er auf dem Sitz herumrutschte.

»Es tut mir leid.«

Er sah auf. »Was tut dir leid?«

»Dass ich deinen Vorschlag abgelehnt habe, die Reisekutsche des Duke zu nutzen. Ich möchte meinen, dass sie luxuriöser ist als die hier.«

»Das ist sie.«

Sie fuhren schweigend weiter. Das Schweigen war zumindest aus ihrer Sicht unangenehm, während er zufrieden aussah und aus dem Fenster blickte.

Honey sah ihn immer wieder vor sich, wie er auf dem Bett gelegen hatte. Sein Körper schweißglänzend, die gut definierten Muskeln seines festen Bauchs. Selbst seine Narben, und davon gab es viele, schienen ihn nur attraktiver zu machen ... gefährlicher.

Doch dann erinnerte sie sich daran, wie süß er letzte Nacht gewesen war, wie langsam und geduldig er mit ihr umgegangen war. Es war offensichtlich gewesen, dass er gestern Nacht keine sexuelle Befriedigung gefunden hatte, hätte er sonst diesen Morgen so etwas tun müssen?

Honey war sich seiner Bedürfnisse in der vergangenen Nacht nicht bewusst gewesen, sie war zu sehr mit ihrem eigenen Vergnügen beschäftigt gewesen, um an ihn zu denken.

»Du tust es schon wieder«, sagte er mit einem leichten Lächeln.

»Was tue ich?«, fragte sie, obschon sie genau wusste, was er sagen wollte.

Sein Lächeln wurde deutlich wärmer. »Wann bist du das letzte Mal in Brighton gewesen?«

Obwohl es ihr nicht gefiel, wie er ihre Frage überging, war sie dankbar, überhaupt über etwas sprechen zu können, das weniger verfänglich war als das, worüber sie nachgedacht hatte.

»Mein Vater hat uns drei Sommer hintereinander dorthin mitgenommen. Beim ersten Mal war ich siebzehn.«

»Aus einem speziellen Grund?«

»Zunächst wegen einer Frau, die dort die meiste Zeit des Jahres wohnte.«

Perdita Davis war eine wunderschöne Witwe gewesen, die ihre Verachtung für Honey bis zu den letzten Wochen ihrer Verbindung vor ihrem für gewöhnlich aufmerksamen Vater zu verbergen gewusst hatte.

Die Verachtung hatte allerdings auf Gegenseitigkeit beruht.

Verachtung? *Oder war es Eifersucht gewesen?*

Bei dem Gedanken machte sie eine finstere Miene. *Ich war* nicht *eifersüchtig.*

Simon unterbrach ihren inneren Streit. »Hat dein Vater nie wieder heiraten wollen?«

»Das weiß ich nicht.«

»Hatte er nicht gern weibliche Gesellschaft?«

Sie runzelte die Stirn. Worauf wollte er hinaus?

»Doch, hatte er«, gab sie zu, »aber es schien, dass nichts wirklich hielt.«

»Was war deiner Meinung nach der Grund dafür?«

»Das weiß ich nicht.«

Simons freches Grinsen wurde breiter, und er wandte sich ab, um aus dem Fenster zu sehen.

»Warum grinst du so?«

»Weil du keine gute Lügnerin bist, Honoria.«

Honey verspannte sich. »Ich weiß nicht, was du meinst.«

Er seufzte, als ob sie ein anstrengendes kleines Kind wäre, das sich weigerte, aufzuessen oder die

Rechenaufgaben zu lösen. »Er hat deinetwegen nicht wieder geheiratet, und das weißt du. Er hat dich mehr geliebt als sonst irgendjemanden.«

Bei diesen Worten spürte sie ein überwältigendes Schuldgefühl. »Na und? Ich habe ihn ganz genauso sehr geliebt.«

»Das weiß ich doch. Was hast du von den Geliebten gehalten, die er sich genommen hat?«

Als sie nicht antwortete, lachte er.

»Was denn?«, fragte sie schroff.

»Du solltest dein Gesicht sehen.«

»Was ist damit?«

»Du warst eifersüchtig. Du mochtest diese Frauen nicht, weil sie zwischen euch standen.«

»Das ist nicht wahr«, entgegnete sie.

Er lächelte nur.

Sie öffnete den Mund, um es abermals abzustreiten, ließ es dann aber sein.

Warum sollte sie sich die Mühe machen, zu lügen? Es hatte sie zur Raserei gebracht, wenn die Geliebten ihres Vaters sich in ihr glückliches Leben gedrängt hatten. Auch wenn sie jung gewesen war, hatte sie gewusst, dass Eifersucht ein hässliches, schädliches Gefühl war. Sie hatte versucht, ihre Gefühle zu verbergen, aber natürlich hatte ihr Vater es besser gewusst.

Sie hatte im Hinterkopf immer den Verdacht gehabt, dass er ihr zuliebe nie wieder geheiratet hatte.

Sie liebte ihn dafür nur umso mehr, aber sie fühlte sich schuldig, dass sie ihm Intimität verwehrt hatte. Er war noch so jung gewesen, als er starb, nur fünfundvierzig, und ihre Mutter war Jahrzehnte zuvor gestorben und hatte ihn mit der Tochter allein zurückgelassen.

Honey hatte diesen unangenehmen Aspekt ihres Charakters vergessen, ihre Fähigkeit zur Eifersucht. Typisch für ihren frischgebackenen Ehemann, dass er sie daran erinnern musste. Schließlich war er gut darin, andere unangenehme Verhaltensweisen bei ihr hervorzukitzeln.

»Ich bezweifle, dass du ihn davon abgehalten hast, wieder zu heiraten, Honoria. Ich denke vielmehr, dass seine Liebe zu dir seine Geliebten verärgerte, und dass er das sah«, sagte Simon. »All die Frauen wussten genau, dass sie bei ihm nie die erste Stelle einnehmen würden. Und so sollte es sein.«

Er lächelte sie an, und der Ausdruck war eher freundlich als hämisch. »Ich fand, euer Verhältnis war wundervoll. Ich erinnere mich daran, dass ich sehr neidisch war, als ich euch beobachtete.«

»Wirklich?«

»Wirklich.« Er verzog das Gesicht und setzte sich anders hin, dann legte er einen gestiefelten Fuß auf den Sitz neben ihr. »Meine Mutter liebt mich und meinen Bruder sehr, aber sie musste sich zurückhalten, es zu zeigen. Mein Vater wollte nicht, dass wir verwöhnt würden. Diese Einstellung ist für Väter gegenüber ihren Söhnen nicht ungewöhnlich. Er erlaubte es meiner Mutter nicht.«

»Diese Überzeugung habe ich nie verstanden, dass es eine Person schwächen soll, ihr Liebe zu zeigen. Weder die Person, die Liebe gibt, noch die, die sie empfängt. Ich glaube, die Liebe meines Vaters hat mich stärker gemacht.«

»Da sind wir einer Meinung. Aber sie hatte auch ihren Preis.« Honey öffnete den Mund, und er hob die Hände, als würde er sich ergeben. »Ich sehe doch, dass du mich in der Luft zerreißen möchtest. Bitte tu es nicht. Möchtest du ein ehrliches Gespräch führen oder würdest du lieber über Banalitäten sprechen? Ich kann nämlich auch gern über das Wetter reden, den Zustand der Straßen, die ...«

»Wie hast du das gemeint, dass sie ihren Preis hatte?«

»Nun, er hat dich ohne weitere Kinder großgezogen, er hat dich nicht aufs Internat geschickt, und er hat nicht versucht, dir einen Partner zu suchen, oder?«

Honey konnte nicht glauben, wie dreist er war. »Zu deiner Information, er hat angeboten, mich aufs Internat zu schicken, aber ich wollte nicht.«

»Und wenn ein Kind sich weigert, irgendetwas zu essen außer Süßigkeiten, sollte ein Vater da zustimmen?«

»Das kann man doch wohl kaum vergleichen.«

»Ich denke, das kann man sehr wohl vergleichen. Eltern treffen Entscheidungen und haben dabei das Wohlergehen ihres Kindes im Sinn, nicht nur seine Wünsche. Ich denke, dass seine Liebe dich in deinen Möglichkeiten eingeschränkt hat.«

Sie verschränkte die Arme vor der Brust und blickte aus dem Fenster. Aber er ließ es nicht zu. Er nahm seinen Fuß herunter und lehnte sich zu ihr, wobei er sich mit den Unterarmen auf seine Schenkel stützte.

»Hattest du je einen Beau?«

Honey starrte ihn finster an. »Was tut denn das zur Sache?«

»Beantworte meine Frage.«

Sie hatte den überwältigenden Drang, zu lügen, aber sie wusste, dass er zuvor die Wahrheit gesagt hatte: Sie war eine schrecklich schlechte Lügnerin. »Das geht dich nichts an.«

Er lehnte sich zurück, und der selbstzufriedene Ausdruck in seinem Gesicht machte sie rasend.

»Zu deiner Information, ich kannte einige wundervolle junge Männer«, blaffte sie. Das war nicht gelogen, auch wenn sie sich nie näher für einen von ihnen interessiert hatte.

Er entgegnete nichts, sondern sah sie nur aus zusammengekniffenen Augen an, als könnte er all ihre Gedanken hören.

»Überhaupt, was tut es zur Sache, wenn ich keinen hatte?«, fragte sie zornig.

»Ich bin sicher, du hattest genügend Geliebte, um eine ganze Schiffsbesatzung zu bilden. War dein Leben dadurch so viel besser? So viel glücklicher?«

Anstatt zu antworten, setze er eine nachdenkliche Miene auf; seine Lippen bewegten sich, aber es war nichts zu hören.

»Was tust du da?«, fragte sie.

»Ich versuche, mich zu erinnern, wie viele Personen man braucht, um eine Brigg zu bemannen oder hast du an etwas Größeres gedacht, zum Beispiel eine Galeone?«

Honey öffnete den Mund, schloss ihn wieder und hielt die Hand davor, um ein Lachen zu unterdrücken.

»Das ist schon besser.«

Sie schüttelte den Kopf, denn es ärgerte sie, wie er ihre Stimmung beeinflussen konnte. »Das machst du immer.«

»Was mache ich immer? Einen Streit abwenden?«

»Nein. Du sagst und tust Dinge, um mich aus der Fassung zu bringen.«

»So wie letzte Nacht, meinst du?« Er schloss die Lider ein wenig, und sie wusste genau, was er dachte.

Ihre Wangen brannten. »Nein. Ich meine so wie jetzt.«

Seine Lippen zuckten, und er wandte den Blick aus dem Fenster.

Honey nestelte an dem Retikül, das in ihrem Schoß neben dem Buch lag, das sie zwar mitgenommen, aber noch nicht geöffnet hatte. Wie konnte man lesen, wenn jemand wie Simon Fairchild keinen halben Meter von einem entfernt war?

»Warum wolltest du die Reise unterbrechen, anstatt die gesamte Strecke durchzufahren?«, fragte sie.

Er warf ihr einen Blick zu. »Hast du unseren Aufenthalt in Grunstead etwa nicht genossen?«

Ihr Gesicht, das gerade erst wieder eine normale Temperatur angenommen hatte, wurde heiß. »Sagen Sie, Mylord, versuchen Sie mich absichtlich, zu provozieren oder liegt das einfach in Ihrer Natur?«

Dieses Mal sah sie ein echtes Lächeln auf seinem Gesicht, bevor er sich wieder der Aussicht vor dem Fenster widmete. »Ich habe die Reise unterbrochen, weil ich nicht gern über lange Zeit auf engem Raum eingepfercht bin.« Er hatte es ruhig gesagt, aber sein Tonfall verriet ihr deutlich, dass er nicht weiter darüber sprechen wollte. Honey konnte nur annehmen, dass es sich um eine weitere seiner vielen Narben handelte, dieses Mal in seinem Innern. Sie nahm ihr Buch und gab vor, zu lesen.

***

Sie richteten sich in ihren großzügigen Zimmern im York Hotel ein, dann genossen sie eine gemütliche Teestunde in ihrem privaten Salon.

Simon bot Honoria an, sie allein zu lassen, damit sie sich von der Reise ausruhen konnte, aber sie brannte darauf, auf Erkundungstour zu gehen.

»Möchtest du dir etwas Bestimmtes ansehen?«, fragte er und führte sie an sich verneigenden Dienstboten in Uniform vorbei aus der Lobby des Hotels.

»Können wir einfach ein bisschen herumspazieren?«

Also spazierten sie herum.

Die Bevölkerung von Brighton schien vornehmer als in London, und es amüsierte Simon, wie Passanten es vermieden auf seine Verletzungen zu starren. Seine Frau allerdings fand es nicht so amüsant.

Sie schnaubte verärgert, als zwei Damen im Vorübergehen beinahe vor eine Straßenlaterne liefen, während sie so taten als gafften sie nicht. »Ist es immer so schrecklich? Dass die Leute dich anstarren und so tun, als täten sie es nicht?«

Er zog sie enger an seine linke Seite, als sie an einem Trio kichernder, offen starrender Mädchen vorbeigingen. »Du kannst es ihnen nicht übelnehmen.«

»Doch, das kann ich.« Sie warf ihm einen beleidigten Blick zu, und Simon wurde nicht zum ersten Mal bewusst, dass sie sein entstelltes Gesicht tatsächlich in keiner Weise abstieß.

»Macht es dir denn nichts aus, angestarrt zu werden?«, fragte sie.

»Nein.« Das entsprach der Wahrheit, auch wenn es in der Tat recht anstrengend werden konnte. »Allerdings muss ich sagen, dass ich nicht mehr gewohnt bin, unter so vielen Leuten zu sein.«

Ihr Griff um seinen Unterarm wurde fester. »Es tut mir leid. Warum hast du nicht gesagt, dass du Menschenmengen nicht magst?«

Nichts langweilte Simon schneller, als sich über Narben und Verletzungen und alles zu unterhalten, das mit seiner Vergangenheit zu tun hatte.

Er blieb stehen und zeigte auf einen Strohhut in einem Schaufenster. »Gefällt dir der?«

Sie zwinkerte, und für einen Augenblick glaubte er, sie würde das Thema nicht fallenlassen, wie ein Terrier, der einen Knochen ergattert hatte. Doch sie war zu neugierig.

Sie starrte den extravaganten Modeartikel an. »Er ist hübsch«, gab sie widerwillig zu.

»Ich möchte ihn auf deinem Kopf sehen.« Er zog sie mit sich zum Eingang des Ladens.

»Aber ich brauche keinen Hut.«

»Es geht nicht ums Brauchen. Es geht ums Wollen. Mögen.« Er beugte sich zu ihrem Ohr und flüsterte, während er die Tür öffnete: »*Begehren*.« Und dann schob er sie sanft in das Geschäft.

Kapitel
Sechsundzwanzig

Honey war noch nie mit einem Mann in einem Bekleidungsgeschäft gewesen. Außer natürlich mit ihrem Vater, als sie noch jünger war.

Um ehrlich zu sein, war sie überhaupt nicht oft in Bekleidungsgeschäften gewesen. Für gewöhnlich schickte sie ihre Maße einer Dame, die ihre Kleider anfertigte, seit sie ein junges Mädchen war. Sie mochte hübsche Kleider, aber wenn man beinahe einen Meter achtzig groß war, kam man sich dumm dabei vor, mitten in einem Laden zu stehen und so zu tun, als könnte einen irgendetwas auch nur ansatzweise weiblicher wirken lassen.

Die Ladeninhaberin, eine der kleinsten Frauen, die sie je gesehen hatte, sah mit glitzernden grünen Augen zu ihnen auf, und ihre eigene Kleidung war so ausgefallen, dass es schwer war, den Blick abzuwenden: ein leuchtend pinkfarbenes Seidenkleid, das mit gelben Bändern gesäumt war und winzige Wildlederstiefel in Apfelgrün; sie sah aus wie ein Frühlingsgarten.

Sie verschränkte die Hände ineinander und lächelte, als ob Honey die Antwort auf all ihre Gebete wäre. »Oh, ich weiß, warum sie hereingekommen sind. Wegen des Huts. Wegen des roten Huts.«

Simon schmunzelte. »Ich sehe, wir sind hier richtig.«

Die nächsten paar Stunden waren ein Wirbelwind der Entzückung. Wie sich herausstellte, war ihr frischgebackener Ehemann geduldiger beim Einkaufen als all ihre Freunde, mit Ausnahme von Freddie. Freddie liebte es, einkaufen zu gehen und konnte Stunden damit zubringen, die Vor- und Nachteile eines einzigen Kleides zu erörtern. Nachdem sie den Hut anprobiert und bewundert hatte und selbst Honey zugeben musste, dass die zierliche Strohkrempe mit dem scharlachroten Band um die Krone und der hohe, flaumige Federputz ihr besser standen als alles, was sie je getragen hatte, hatte die clevere Verkäuferin Simon einige Schnittbücher und Stoffmuster in die Hand gedrückt und ihn in einen bequemen Ohrensessel verfrachtet.

»Ich sehe, Sie sind ein Mann mit Sinn für Mode«, sagte Mrs Fenton, und ihre Augen glitzerten, als sie Simons teure, aber lockere und nicht besonders gut sitzende Kleidung in Augenschein nahm. »Bitte seien Sie doch so frei und schauen Sie sich die letzten Modezeichnungen aus Paris an, während ich Ihrer Ladyschaft einige meiner vorgefertigten Kleider zeige.«

Sie entführte Honey in ein Hinterzimmer, während eine Verkäuferin Tee und Gebäck brachte.

Wie sich herausstellte, war das Ankleidezimmer beinahe so groß wie der Laden selbst und ebenso luxuriös. Zwei weitere Verkäuferinnen kamen hinter einem schweren silbergrauen Samtvorhang hervor und brachten Kleider. Honoria musste lächeln; sie hatte nicht gesehen, dass die winzige Dame mit irgendjemandem hier außer ihr und Simon kommuniziert hätte.

»Dies«, sagte Mrs Fenton und nahm ein Kleid aus wundervoller cremefarbener Spitze über mattgoldener Seide, »ist wie für Sie gemacht.«

Es war eines der schönsten Kleidungsstücke, die sie je gesehen hatte. Aber es war natürlich viel zu kurz.

Bevor Honey noch etwas sagen konnte, legte ihr Mrs Fenton das Kleid über den Schoß und klappte den Saum des Unterkleides hoch. »Sehen Sie, wie viel Stoff da noch ist? Ich schneidere meine vorgefertigten Kleider immer mit großzügiger Saumzugabe. Wenn ich sie kürzen muss, kann man den übrigen Stoff immer noch für passenden Haarschmuck verwenden.« Ihr Blick glitt zu Honorias Haar, das noch immer unbedeckt war, nachdem sie den roten Hut anprobiert hatte. »Sie haben außergewöhnlich schönes Haar. Möglicherweise könnten sie eine Perlenschnur durch ihren Zopf flechten.« Sie spitzte nachdenklich die Lippen.

Honey befühlte den goldenen Stoff und versuchte, die Begeisterung zu unterdrücken, die sie bei dem Gedanken überkam, ein solches Kleid zu tragen. Es war nicht so, dass sie keine hübschen Kleider gehabt hätte, aber sie hatte immer praktische Kleidung bevorzugt und selten etwas gekauft, das der neuesten Mode entsprach. Sie streichelte die filigrane Spitze. »Wie würden Sie es länger machen?«

Mrs Fenton fasste ihre Hände und zog sie auf die Füße. »Lassen Sie solche Kleinigkeiten nur meine Sorge sein. Kommen Sie, wir werden es Ihnen einmal anziehen.«

***

Als sie einige Stunden später ins Hotel zurückkehrten, wartete dort Peel auf Simon.

Simon hatte Honoria in ihrem gemeinsamen Salon zurückgelassen. Mit glitzernden Augen hatte sie den Berg Schachteln betrachtet, der nach ihrer Einkaufsorgie im Hotel auf sie wartete.

»Ach Peel, welch erfreulicher Anblick für meine müden Augen.«

Der ältere, phlegmatische Mann schaute gequält drein, und sein Blick fiel auf Simons Hals. »Ich wünschte, ich könnte dasselbe sagen, Mylord.«

»Ja, ich weiß, meine Krawatte ist eine Schande, und diese Kleider sitzen wie Mehlsäcke. Und meine Schuhe erst.« Er warf einen Blick auf seine Reitstiefel, die er von den Stiefelknechten in Grunstead hatte polieren lassen. »Sie werden Sie wegwerfen müssen.«

Peel rümpfte die Nase und half ihm aus der Jacke.

Simon grinste seinen Diener an. »Ich glaube, Sie haben mich vermisst.«

»Ja, Mylord, es gibt nichts Unangenehmeres als einen Urlaub. Und es war schrecklich fad, über eine Woche nur mich selbst zu waschen, zu pflegen, zu füttern und anzukleiden.«

Simon musste über seinen beißenden Sarkasmus lachen. »Na also, das klingt schon mehr nach Ihnen, Peel. Haben Sie die neuen Kleider abgeholt, die ich in London bestellt habe?«

»Selbstverständlich, Mylord.«

Die kurze, steife Replik seines Kammerdieners verriet Simon, dass er seine Gefühle verletzt hatte. »Nun haben Sie sich nicht so, alter Knabe. Es tut mir leid, dass ich so frech war, ohne Ihre Zustimmung Kleidung auszusuchen. Sie können gern mein Geld verprassen, während wir hier sind, wenn Sie mit meiner Wahl nicht einverstanden sind.«

»Wie lange werden wir in Brighton bleiben, Sir, wenn Sie mir die Frage gestatten?« Peel war mit der Jacke fertig, und Simon setzte sich, sodass er ihm die Stiefel ausziehen konnte.

»Bis Ende des Monats, und dann kehren wir nach Everley zurück. Höchstwahrscheinlich werde ich Sie vorausschicken.«

Simon kratzte an einer Wulst von Narbengewebe unter seinem Haar. Nicht nur sein Ohr war beschädigt worden. Glatte, haarlose Risse erhabener Haut schlängelten sich über seinen ganzen Kopf. Er hatte Glück, dass er immer so dichtes, lockiges Haar gehabt hatte, das ihm nun half, viele der hässlichen Wunden zu verbergen. Er hatte sich eine ganze Weile nicht mehr die Haare schneiden lassen; nicht, seit er beschlossen hatte, seine Haare wieder etwas länger wachsen zu lassen, um den hässlichen Stumpf zu verbergen, der einmal sein Ohr gewesen war.

Eine Zeit lang war er beinahe kampflustig gewesen, was das Zurschaustellen seiner Verstümmelungen anging. Aber Honey sollte sich diese Dinge nicht den ganzen Tag ansehen müssen. Es war schlimm genug, dass sie sein Gesicht ertragen musste.

Peel stellte seinen zweiten Stiefel zur Seite, und das Rumsen holte ihn zurück aus seinen Gedanken.

»Was sagten Sie, Mylord?«

»Ich sagte, ich würde Sie wahrscheinlich nach Everley vorausschicken. Es sollte alles für unsere Ankunft bereit sein, aber es kann nicht schaden, wenn Sie dort sind, um nach dem Rechten zu sehen, wenn das Gepäck Ihrer Ladyschaft ausgepackt wird.«

»Sie werden nicht nach Whitcomb zurückkehren?«

»Nein, und das ist noch etwas, um das Sie sich kümmern können: meine Sachen aus meinen Gemächern dort nach Everley zu schaffen.«

Der Leibdiener nickte und suchte Simons Rasierzeug zusammen. Simon zog das Hemd aus und warf es auf den Boden. Als er den Arm herunternahm, verzog er das Gesicht.

Peel bückte sich, um das Hemd aufzuklauben. »Sie haben die Salbe nicht aufgetragen, die Doktor Cruikshank Ihnen gegeben hat, Mylord?«

Simon schnaubte und ignorierte das gequälte Seufzen seines Dieners.

Stattdessen drehte er die Schulter, und das Gelenk knackte bei jeder Drehung leise. Irgendetwas war noch dort drin; etwas, das die Ärzte in Belgien nicht hatten entfernen können. Es schmerzte nicht oft, für gewöhnlich nur, wenn er darauf geschlafen hatte, aber er war sich dessen immer bewusst.

Er ließ den Arm sinken und setzte sich vor den Spiegel.

Peel legte ein dampfendes Handtuch um sein Gesicht, und er stöhnte zufrieden. »Dafür fehlt mir immer die Zeit, Peel.«

Peel murmelte etwas, das klang wie: »Oder aber schlicht zu faul.«

»Wie bitte?«, fragte er mit einem Lächeln.

»Ich sehe, dass die Haut auf der Seite hier rissig ist, es blutet ein wenig.«

»Nun lassen Sie es schon gut sein«, entgegnete er, nun nicht mehr amüsiert. »Sie können mich meinetwegen mit Schweinefett einreiben, wenn ich gebadet habe.« Sein Blick begegnete Peels über den Spiegel. »Sie haben mir doch ein Bad bestellt, nicht wahr?«

Peels Ausdruck verriet, was er von einer solchen Frage hielt.

Simon knurrte. »Gut.« Er hatte sich in einer verfluchten Schüssel gewaschen, weil er meistens zu verdammt schusselig war, um daran zu denken, sich ein Bad bereiten zu lassen.

Peel entfernte das Handtuch und begann, sein Gesicht einzuseifen. Simon schloss die Augen und entspannte sich.

***

Simon war beinahe eingeschlafen, als sein Kammerdiener ein unangenehm riechendes Zeug auf der glatten, glänzenden Haut verteilte, die seine linke Gesichtshälfte bedeckte.

Er hatte die Salbe nicht mehr aufgetragen, seit er Whitcomb verlassen hatte, und seine vernarbte Haut hatte begonnen zu spannen und zu schmerzen.

Immer häufiger entdeckte er hier und da kleine Blutflecken oder -streifen.

Ein leises Klopfen kam von der Verbindungstür.

»Herein«, rief er und wandte träge den Kopf.

Seine Frau stand in der offenen Tür, und sie hatte denselben Gesichtsausdruck wie an diesem Morgen, als sie ihn dabei erwischt hatte, wie er sein bestes Stück bearbeitet hatte.

»Oh!« Sie machte Anstalten, sich zurückzuziehen.

»Nein, geh nicht«, verlangte er, und sie erstarrte. »Wir sind fertig hier. Lassen Sie uns allein, Peel.«

Sein Kammerdiener verschwand rasch und leise durch den Eingang, der zu seinem kleinen Zimmer führte.

Simon drehte sich auf die Seite, das Handtuch, mit dem Peel seine Nacktheit bedeckt hatte, verrutschte und zog ihren Blick auf seine Lenden.

»Was kann ich für Sie tun, Mylady?«, fragte er, als er dachte, sie könnte weglaufen.

Sie zögerte und hielt ihm ein Blatt Papier hin.

»Was hast du da?«, fragte er.

»Einen Brief vom Duke.«

»Oh! Warum wurde er dir überbracht?«

»Ich weiß es nicht, aber ich dachte, du solltest ihn haben. Ähm, sofort. Deswegen bin ich hier.«

Simon verkniff sich das Grinsen über ihr untypisches Gefasel. Er machte sie also nervös, oder nicht? Er wusste, sein Benehmen war unzüchtig; die durchschnittliche adlige Ehefrau wäre schockiert gewesen, ihren Ehemann auch nur ohne Krawatte zu Gesicht zu bekommen.

Doch er wollte sich nicht wie durchschnittliche Adlige benehmen.

Er setzte sich auf und beobachtete, wie sie ihm dabei zusah, als er das Handtuch fest um seine Hüfte wickelte, eine Ecke feststeckte und aufstand. Sie sah ihn an, als wäre er ein Dämon, der direkt aus dem hässlich gemusterten Teppich herausgekrochen war.

»Du siehst sehr schön aus«, sagte er, wobei sein Blick auf dem – für ihre Verhältnisse – ungewöhnlich tiefen Ausschnitt ihres Mieders ruhte. »Ist das eines der neuen Kleider?«

Sie blinzelte. Entweder hatte der Themenwechsel sie aus der Fassung gebracht oder das Kompliment – oder möglicherweise beides.

Sie hatte recht mit dem, was sie in der Kutsche gesagt hatte; Simon brachte Leute gern aus dem Konzept, aber ganz besonders sie.

Er konnte erkennen, dass es ihr schwerfiel, den Blick von seinem Handtuch zu reißen und von der Erektion, die sich darunter immer deutlicher abzeichnete. Es war kein feiner Zug von ihm, sie hier festzuhalten, wenn er so gut wie nackt war, aber er wollte sich nicht vor ihr verstecken. Und er hatte nicht die Absicht, zuzulassen, dass sie sich vor ihm versteckte.

Sie glättete mit einer Hand ihr Kleid. »Mrs Fenton war sehr schnell mit dem Ändern, aber die anderen sind natürlich noch nicht fertig.«

Simon wettete, dass sie noch vor Ablauf der Woche fertig sein würden. Ihm war bisher noch keine geschicktere Geschäftsfrau begegnet.

»Dreh dich.«

Sie legte den Kopf schief.

Er zeichnete mit dem Finger eine Schraube in die Luft. »Dreh dich für mich. Ich möchte dich ansehen.«

Ihr Erröten wirkte wie ein Aphrodisiakum auf ihn, das hatte er schon früh festgestellt.

Ein wenig gehemmt drehte sie sich, der durchscheinende Seidenstoff floss wie Wasser um ihre langgestreckte, leicht kurvige Figur. Als sie zum Stehen kam, war Simon vollständig hart. Ihr Blick fiel auf sein Handtuch, und er konnte sich gerade noch zurückhalten, es nicht gleich fallenzulassen, ihr das hübsche neue Kleid vom Leib zu reißen und sie über die Stuhllehne zu beugen.

Es war ein Kampf, aber er unterdrückte seine zügellosen Triebe. Das war die Zivilisation; so ein Verhalten würde hart verurteilt.

Abgesehen davon war sie eine Jungfrau; beim ersten Mal wollte er sie langsam nehmen und es für sie angenehm machen.

Wenn er daran dachte, dass er der erste Mann in ihr sein würde, wurde ihm beinahe schwindlig. Er hatte sich nie für Jungfrauen interessiert, aber der Gedanke, ihr erster Mann zu sein, entfachte ein brennendes Verlangen in ihm, sie besitzen zu wollen.

Sie hielt den Brief so fest, dass er beinahe zerknittert war. »Ist es noch nicht wieder verheilt?«

Er hob die Augenbrauen. »Hm?«

Sie deutete auf seine Schulter zu der frischen Narbe, wo ihn die Kugel des Wilderers getroffen hatte. »Hat dein Kammerdiener Medizin aufgetragen?«

»Die Salbe war nicht für diesen Kratzer gedacht. Sie soll die verbrannte Haut weich halten. Durch die Narben ist die Haut trocken und spannt schnell. Ich werde sie mein restliches Leben lang auftragen müssen.« Simon spürte, wie seine Entschlossenheit, sie nicht anzufassen, zu bröckeln begann wie loses Geröll an einem Abhang. Er machte einen Schritt auf sie zu, und sie verkrampfte sich. »Einige Stellen kann ich schlecht erreichen, also trägt Peel sie für mich auf.« Von der Tatsache, dass Simon zu faul und zu ungeduldig war, um seinen zerschlagenen Körper zu massieren, einmal ganz abgesehen.

Ihr Blick glitt über ihn, während sie offenbar diese Information verdaute.

»Und was macht die andere Verletzung?« Sie verzog den Mund zu einem spöttischen Lächeln. »Die du gerade einen Kratzer genannt hast.«

»Es ist auch nur ein Kratzer«, verteidigte er sich mit einem Achselzucken. »Die Kugel hat kaum Schaden angerichtet. Dem armen Raymond ist es viel schlimmer ergangen.« Nach einer winzigen Pause fügte er hinzu: »Findest du meine Narben abstoßend?«

Wieder glitt ihr Blick über ihn und blieb auf Hüfthöhe hängen.

»Nein.« Das Wort war kaum mehr als ein Krächzen.

Widerstandslos ließ sie sich den Brief aus der Hand nehmen. Er warf ihn auf einen Tisch in der Nähe.

»Willst du ihn denn nicht lesen?«

»Nein.« Es interessierte ihn nicht im Geringsten, was Wyndham zu sagen hatte. Zweifellos war der Brief voller als Vorschläge getarnter Befehle. »Ich möchte über dich sprechen.«

»M-mich?«

Er nickte langsam. »Letzte Nacht habe ich dich gebissen und bin recht grob mit dir umgesprungen.« Er streckte die Hand aus und schob den Kragen ihres Kleides zur Seite, sodass die Spuren sichtbar wurden, die er hinterlassen hatte.

Sie bebte unter seiner Berührung, und ihre Kinnlade klappte in einer komisch wirkenden erschrockenen Miene herunter.

»Habe ich dir wehgetan?«

Sie zögerte, dann sagte sie: »Nein.«

Das leise Wort ließ das Blut durch seine Adern rauschen. »Hat es dir gefallen?«, fragte er, und sein Blick, der über ihren Körper glitt, war wie glühende Nägel, die man direkt aus der Esse gezogen hatte. »Hat es?«, wiederholte er, als sie ihn nur mit offenem Mund anstarrte.

Sie nickte unsicher.

Verräterischer als ihr Nicken war allerdings die Art und Weise, wie ihre Pupillen sich weiteten.

»Du weißt, dass ich fünfzehn Jahre fern der zivilisierten Welt verbracht habe. Ich habe unter meinen Männern gelebt, viele davon von niederem gesellschaftlichem Rang. Das bedeutet, ich bin in mancher Hinsicht ziemlich direkt und vulgär und weniger wie ein Gentleman. Er schnaubte. »Vermutlich in vielerlei Hinsicht.« Sein Kiefer mahlte, als er sah, wie sie errötete. »Vor allem aber bin ich wohl grob, was sexuelle Dinge angeht.« Das Wort *sexuell* ließ sie zusammenfahren. »Du musst mir sagen, wenn ich aufhören soll und etwas tue, das du nicht magst, hörst du?«

Der Pulsschlag in ihrer Halsbeuge pochte wild, als er seine Rede beendet hatte, die wenig der eines Gentleman glich. Sie reagierte mit dem winzigsten Nicken.

»Nein, das ist zu wichtig, Honoria. Bitte antworte mir.«

Sie räusperte sich. »Ich verstehe.«

»Gut.« Er nahm ihre Hand und legte sie auf die obszön große Beule in seinem Handtuch. »Findest du das hier abstoßend?«, fragte er als Echo seiner ersten Frage.

Sie senkte die Lider und schwankte etwas, zog aber nicht die Hand weg. »Nein.«

»Ich bin froh und erleichtert, das zu hören.« Simon beugte sich vor und küsste den feinen Flaum auf ihrem Kiefer. »Ich möchte damit in dich eindringen.« Sie schauderte, aber noch immer wich sie nicht zurück. »Ich möchte mit dir Liebe machen, Honoria.« Das war ein französischer Ausdruck für den Beischlaf, den er gehört hatte, und er fand ihn zu hübsch für einen so erdigen Akt.

»Li-liebe machen?«

»M-hm.« Er küsste ihren Hals hinter dem Ohr, strich über die wild pulsierende Ader dort und bewegte die Hände zum Rücken ihres Kleides, wo zum Glück nur eine kurze Reihe Knöpfe auf ihn wartete.

Ihre Handfläche ruhte schlaff auf seinem Glied.

»Streichle mich«, verlangte er.

Finesse, du Lüstling. Leg ein wenig mehr Finesse an den Tag, verdammt. Diese Frau ist noch unschuldig, jedenfalls mehr oder weniger.

Ich werde nicht mein wahres Ich vor ihr verbergen.

Selbst wenn er so tun könnte, als wäre er ein anderer, ein kühler, blutleerer, eleganter Dandy zum Beispiel, würde er es nicht tun, besonders nicht bei jemandem, der ihm so wichtig war.

Simon wollte diese faszinierende Frau kennenlernen, die wahre Honoria Keyes, und er wollte, dass sie sein wahres Ich kannte, auch die hässlichen Seiten.

Der sexuelle Teil einer Ehe war ihm wichtig, und er weigerte sich, im Schutze der Dunkelheit zu ihr zu schleichen und unter den Laken zu verstecken, was sie taten.

Als er gerade anfing zu glauben, dass sein grobes Kommando sie vielleicht abgestoßen oder verschreckt hatte, begann sie mit zittrigen Fingern seinen Schaft entlangzufahren.

Angenehm überrascht stöhnte Simon auf. »Das fühlt sich gut an«, stieß er hervor. Seine ungeschickten Finger hatten den letzten Knopf ihres Kleides erreicht. Er lehnte sich zurück, so dass er sie ansehen konnte. »Öffne die Augen, Honoria.« Er wollte, dass sie bei jedem Schritt wusste, wem sie sich hingab.

Ihre Pupillen waren riesig, und ihre Atmung war unregelmäßig und flach, doch sie bewegte weiter ihre Hand.

»Ja, so habe ich es gern, aber fester.«

Eine Weile standen sie so da: Simon versuchte die Kontrolle über sein Verlangen zu behalten, während sie ihn an den Rand der Verzweiflung trieb.

»Nimm die Hand weg. Ich möchte dein hübsches Kleid ausziehen«, presste er zwischen zusammengebissenen Zähnen hervor, als er ihr Streicheln nicht mehr ertrug.

Als sie wegzuckte, als hätte er sie zurückgewiesen, wurde ihm klar, dass er besser erklären musste, was geschah.

»Sieh mich an, mein Herz.«

Er hatte richtig geraten: Sie hatte eine Zurückweisung aus den brüsken Worten herausgelesen.

»Ich kann mich nicht erinnern, wann ich je eine Frau so sehr gewollt habe wie dich, Honoria. Es ist schwer für mich, langsam zu machen, mich davon abzuhalten, es zu überstürzen.«

Überrascht öffnete sie die Lippen.

»Ich möchte dein erstes Mal so angenehm für dich machen, wie ich nur kann.« Er blickte hinab in ihr dunkel errötendes Gesicht. »Für mich wird es also auch ein erstes Mal sein.«

»Du meinst doch nicht etwa …«

Simon lächelte. »Nein, mein Herz. Ich bin keine Jungfrau. Aber ich habe auch noch nie mit einer geschlafen.« Sein Ausdruck wurde ernst. »Hast du Angst?«

Sie starrte ihn an. »Ich habe Angst«, gab sie zu.

Was sie danach sagte, überraschte ihn: »Allerdings nicht genug, um zu wollen, dass du aufhörst, Simon.«

Kapitel
Siebenundzwanzig

Honoria fühlte sich wie die Heldin in einem Epos, die ihr halbes Leben gebraucht hatte, um an diesen Moment zu gelangen.

Seit gestern Nacht hatte sie gewusst, dass sie diesen Prozess des Entdeckens fortsetzen musste. Es gab keine andere Möglichkeit. Und wenn es nur kurz anhalten würde ...

Gewaltsam unterdrückte sie den schmerzlichen Gedanken; sie konnte noch den Rest ihres Lebens über solche Dinge nachdenken.

Honey hob ihre Arme, und Simon schob vorsichtig ihr feingewebtes Kleid über den Kopf. Und dann stand er da wie erstarrt, das Kleid in seinen großen Händen, sein Blick auf ihren Körper geheftet.

Seine Brust dehnte sich aus, als er einen tiefen Luftzug holte, und seine Lippen bewegten sich kaum. »Wunderschön.«

Sie kämpfte gegen den Drang an, ihren Körper mit den Armen zu verdecken. Sie sah wirklich hübsch aus; das hatte sie gemerkt, als die ältere Dame im Laden beim Anblick ihres praktischen, schlichten Korsetts und der Chemise die Stirn gerunzelt und den Kopf geschüttelt hatte.

»Ihr Ehemann sieht mir wie ein Mann aus, dem so etwas gefallen könnte«, hatte sie gesagt und ein Korsett aus cremefarbener Seide hochgehalten, das mit weißen Schmetterlingen bestickt war.

Bevor Honoria sie fragen konnte, woher sie wissen wollte, was Lord Saybrook gefallen würde, hatte die Dame noch passende Strumpfbänder hinzugefügt.

Die Frau hatte recht behalten. Simon war tatsächlich einen Schritt zurückgetreten, um sie zu betrachten. Es wirkte, als wäre er wirklich überwältigt.

Niemand hatte sie je mit einem solch unverhohlenen Verlangen angesehen; sie war sich sicher, dass selbst ihre Zehennägel erröten mussten.

Ihr Kleid flatterte aus seiner Hand, und er schüttelte den Kopf.

»Es ist fast zu schade, um es auszuziehen«, sagte er mit rauer Stimme. Er sah auf und suchte ihren Blick, sein eigener dunkel vor Lust. Sein unversehrter Mundwinkel bog sich langsam aufwärts. »Aber ich werde es trotzdem tun.«

Er bot ihr seine Hand, und sie ergriff sie und ließ sich von ihm zum Bett führen. Draußen war es dunkel, aber im Zimmer brannten zwei Dutzend Kerzen und erhellten es.

Honeys Blick fiel auf den Kerzenhalter, der dem Bett am nächsten war. »Könntest du ...«

»Ich muss dich ansehen. Und ich möchte, dass du mich siehst.«

Sie sah den entschlossenen Ausdruck auf seinen Lippen und verstand. All seinen großspurigen Behauptungen zum Trotz war ihm sein Aussehen nämlich alles andere als gleichgültig. Honey war froh. Nicht darüber, dass er sich seiner Narben wegen Sorgen machte, sondern dass sie das Licht nicht löschen würden. Ihre Tugendhaftigkeit hätte nicht zugelassen, dass sie offen gestand, dass sie sehen wollte, wie er aussah, besonders der Teil von ihm, den sie an diesem Morgen so sehnsuchtsvoll betrachtet hatte.

Er umfasste sie und nestelte an den Schnüren. »Ich denke, das ist Mrs Fentons Werk?«, fragte er, und seine Finger machten sich geschickter daran, sie aufzuschnüren als eine französische Kammerzofe. Es schmerzte sie, zu wissen, dass er sich diese Fähigkeiten nur durch Übung angeeignet haben konnte. In all den Jahren, in denen sie sich nach ihm gesehnt hatte, war er damit beschäftigt gewesen, zahllose Frauen zu entkleiden. Honey schob den unangenehmen Gedanken beiseite und sah zu, wie das wunderschöne neue Kleidungsstück über ihre schmalen Hüften zu Boden glitt.

Er stand wieder auf, hielt ihr die Hand hin und half ihr aus dem zu Boden gefallenen Korsett zu steigen. Die neue Chemise, die sie trug, war aus Musselin und zart wie Spinnenweben, und sie konnte seinem Gesicht ansehen, dass sie nicht viel von ihrem Körper verbarg.

Er schnaubte und schüttelte abermals den Kopf, als ob er in seinem Innern einen heftigen Streit austrug.

Sehnsucht und Verlangen brannten in seinen Augen, als er ihr die Chemise über den Kopf zog.

»Großer Gott!« Er wirkte wie jemand, der vor einem Altar stand, und seine Hände zitterten, als er die Chemise fallenließ und zu ihr kam.

Honey riss den Blick von seinem bewundernden Gesichtsausdruck, schüttelte den Kopf und hielt ihn zurück. »Nicht.«

Sein Mund klappte auf, und sie hätte bei seinem schockierten Ausdruck beinahe angefangen zu lachen. »Du hast mich entkleidet. Jetzt möchte ich ...« Sie stolperte über ihre gewagten Wünsche.

Aber sie musste nicht weitersprechen.

Er trat zurück, und sein Blick flackerte so hell, dass es sie überraschte, dass er nicht in Flammen aufging. »Aber sehr gerne, zieh mich aus.«

Ihre Hand zitterte, als sie nach dem Handtuch griff, das er sich tief um die Hüften geschlungen hatte. An seinem Körper war nicht ein Gramm Fett, und sein Nabel war ein festes Oval, das sich über Muskeln streckte, die ein Meisterwerk Gottes waren.

Sie hatte schon viele nackte Körper gesehen, sowohl weibliche als auch männliche, denn ihr Vater hatte dafür gesorgt, dass ihr die benötigten Modelle zur Verfügung standen, um ihre Kunst zu perfektionieren. Doch nie zuvor hatte sie einen Körper gesehen, der zwar so zerschlagen, aber dennoch so wundervoll war, als wäre er aus Marmor gehauen. Und dieser Körper gehörte ihrem Ehemann.

Und noch nie hatte sie jemanden so erregt gesehen.

Sie strich mit den Fingerspitzen über die satinweiche Haut unterhalb seines Nabels, und er sog scharf die Luft ein. Die Ausbeulung unter dem Handtuch drückte sich gegen den festen Stoff, als würde sich darunter ein wildes Tier verbergen, das hinauswollte.

Honey strich über die spärlich gesäten, weichen goldblonden Haare auf den faszinierenden Muskelrillen, die irgendwo unter dem Handtuch zu einem V zusammenliefen. Als sie ihn streichelte, spannte sich sein unterer Bauch an, und die Muskeln waren noch deutlicher zu sehen.

»Du grausame Frau«, presste er zwischen zusammengebissenen Zähnen hervor, als sie einen einzigen Finger zwischen Fleisch und Stoff schob und innehielt.

Ihr Mund verzog sich zu einem Lächeln, wie sie es bisher noch nie gezeigt hatte.

Er lachte leise. »Und so selbstzufrieden.« Er beugte sich vor und knabberte an ihrem Ohr, was sie zusammenzucken ließ. »Lass mich raus, Honoria. Befreie mich.« Seine Stimme war rau und vibrierte vor Lust.

Sie zog an seinem Handtuch.

Sofort war er bei ihr und presste sein unglaublich hartes und heißes Fleisch gegen ihren Bauch, küsste und biss ihren Hals, wie er es zuvor getan hatte, als wäre sie etwas Essbares, Köstliches, etwas … Plötzlich wich er zurück, sie wippte unsicher auf ihren Füßen und machte einen Schritt auf ihn zu. Er schüttelte den Kopf, und sie hielt verwirrt inne.

»Was ist?«

»Du hast noch immer ein Kleidungsstück, das du loswerden musst.« Er machte einen Schritt zurück und ließ sich aufs Bett fallen, auf die Ellbogen gestützt, die Füße fest auf dem Boden und seine harte, rote Männlichkeit zeigte beinahe kerzengerade nach oben.

Er lächelte, und sein Blick schweifte von seinem erigierten Glied zu ihr.

»Wenn du näher kommst, ziehe ich sie dir aus. Oder du könntest mich in den Wahnsinn treiben«, schnaubte er, »noch weiter in den Wahnsinn, indem du sie zu meinem Vergnügen selbst ausziehst.«

Die spöttische Herausforderung, die in seiner Stimme lag und die absolute Überzeugung, dass sie so etwas nicht wagen würde, verliehen ihr Mut.

Honey ließ die Hand zu dem Band sinken, das ihre feine seidene Unterhose hielt, und sein Blick verfolgte die Bewegung ihrer Finger wie ein Falke seine Beute. Sie zögerte, doch sein Blick hielt stand.

Honey verkniff sich ein Lächeln.

Sein Blick suchte ihren. »Du findest es unterhaltsam, mich zu quälen, nicht wahr?«

Honey lächelte; ja, er hatte recht.

Sie zog an dem Band und die Unterhose glitt abwärts. Er sah zu und wartete. Sie ließ sie ein Stückchen herunterrutschen, hielt aber immer noch das Band fest.

Aus seinem Ausdruck sprach reinste Begierde. Sie konnte nicht fassen, dass die gesetzte, dürre, hoch aufgeschossene Honoria Keyes diesen wunderschönen und mächtigen Mann vollkommen in der Hand hatte.

Und offensichtlich hatte sie das auch nicht, denn er stürzte sich mit einem Knurren auf sie und hob sie auf die Arme, was sie erschrocken auflachen ließ.

»Das reicht«, sagte er, presste den Mund fest auf ihren und stieß seine heiße, glatte Zunge zwischen ihre Lippen wie ein Schwert.

Und dann schwebte sie durch die Luft und landete wippend auf der Matratze. Er war neben ihr, und sein langgestreckter Körper presste sich an ihren. Er streichelte sie so wie in der vergangenen Nacht, aber dieses Mal sah er sie dabei an und verteilte Küsse über ihr Kinn, ihren Hals und ihre Brust.

Sie seufzte auf, als seine Zunge sich über eine ihrer steifen Brustwarzen bewegte.

»Gott, wie sehr wollte ich das tun«, murmelte er und neckte eine Brustwarze, während er mit der Handfläche leicht über die andere kreiste. »Lehn dich zurück«, befahl er und drückte mit der Stirn gegen ihr Brustbein.

Sie fiel nach hinten, und er kroch über sie, spreizte mit den Knien weit ihre Schenkel und legte die Hände neben ihre Schultern.

Das war es. Er würde jetzt in sie eindringen, und es würde wehtun. Das wusste sie. Es würde ...

Mit den Zähnen strich er leicht über ihre Brustwarze, und sie bog den Rücken durch.

»Mmm, ja«, flüsterte er an ihrer Haut und drückte sanft ihre Schenkel weiter auseinander, unbeschreiblich entblößt.

Er schob die Hand abwärts über ihren Bauch, strich durch die feuchten Locken und glitt zwischen die geschwollenen Lippen.

»O Honey!« Er stieß einen Finger in sie, und sein vorwitziger Daumen streichelte sie unnachgiebig. Sie machte ein Hohlkreuz, und ihre Hüfte stieß ihm entgegen. Honey wand sich, während er sie mit derselben erotischen, rücksichtslosen Effizienz wie gestern Nacht zum Höhepunkt brachte.

Sein heißer Atem strömte über ihre Haut, und sie nahm wie betäubt wahr, dass sein Mund sich von ihrer Brust über ihren Bauch abwärts bewegte zu ...

»Simon!«

Sie spürte sein Lachen an der himmlisch empfindlichen Stelle, die er bereits mit seinen Fingern erobert hatte.

Und dann begann er, sie mit seinem Mund zu erobern.

***

Simon stützte die Hände auf ihre samtigen Schenkel und öffnete sie weit, als er sie mit seiner Zunge aufspießte. Das Zentrum ihrer Lust sparte er aus, da sie sich noch von dem Höhepunkt erholte, der sie gerade überwältigt hatte, sodass sein Name durch den Raum schallte.

Während er ihre Blütenblätter mit Mund, Lippen und Zunge erkundete und immer wieder tief in ihre enge Hitze tauchte, stellte er sich vor, dass er das mit einem anderen Körperteil täte.

Sie ritt seine stoßende Zunge, bäumte sich auf und rieb sich an ihm, benutzte ihn zu ihrem Vergnügen.

Ihre Finger waren in sein Haar verkrallt, zogen, kneteten und bereiteten ihm süße Qualen, als ihre Nägel über seine geschundene Kopfhaut kratzten.

Simon verließ widerwillig ihre sich zusammenziehende Enge und streichelte ihr winziges Juwel. Er strich mit der Zunge über ihre Knospe, leckte und saugte, bis sie seinen Namen rief und drohte, sein Haar an den Wurzeln auszureißen.

Sie schauderte noch immer, als er sich auf die Knie stemmte und die dicke Spitze seiner Männlichkeit an ihre Öffnung führte und in sie stieß, bis er nicht mehr tiefer konnte.

Sie öffnete weit die Augen, und er sah Erschrecken, Schmerz, bewusstes Wahrnehmen, Neugier, Erleichterung und schließlich Hingabe, als ihr biegsamer Körper seinen dicken Schaft aufnahm, wie es die Natur vorgesehen hatte.

Ihre enge Scheide pulsierte um ihn, aber er bewegte sich noch nicht. Ihre Augen waren weit offen und sahen ihn vertrauensvoll an.

Simon schluckte schwer, denn sein Körper zitterte vor Verlangen.

»Gut?«, keuchte er. Mehr brachte er nicht hervor.

Sie nickte langsam. Dann bewegte sie ein wenig die Hüfte, und der veränderte Winkel ließ ihn noch tiefer eindringen.

Ein tiefes, lustvolles Stöhnen entrang sich ihm trotz seiner fest aufeinandergebissenen Kiefer. »Das fühlt sich großartig an«, presste er hervor und hielt ihren Blick, während er sich fast ganz zurückzog und mit einem langen, festen Stoß wieder in sie eindrang. Sie zitterte und wand sich, aber er konnte in ihrem Blick keinen Schmerz mehr erkennen, als er tief in ihr verharrte.

Wieder öffnete sie sich ihm, veränderte den Winkel noch etwas, um ihn tiefer aufzunehmen, bis sie ganz ausgefüllt, gedehnt und erobert war.

Meine Frau.

Der Gedanke wirkte wie ein Aphrodisiakum auf seinen ohnehin erregten Körper und ließ das Blut und pochendes Verlangen durch seinen bereits geschwollenen Schaft strömen. Honey ließ ein leises, lustvolles Stöhnen hören, und er zuckte in ihr.

Nun konnte Simon sich nicht länger zurückhalten. Er bewegte sich und stieß mit langsamen, tiefen, aber nicht zu kraftvollen Stößen in sie, sodass seine gesamte Länge sie ausfüllte.

Die Zurückhaltung ließ ihn vor Anstrengung zittern.

Er war dem Gipfel bereits zu nah gewesen, als er in sie eingedrungen war, und nicht einmal ein Wunder konnte seinen Orgasmus nun noch zurückhalten.

Schon fielen seine Lider zu, und er verlor langsam die Kontrolle. Aus der Hüfte stieß er in sie, wild und tief.

Sich aus ihrer feuchten Hitze zurückzuziehen, bevor er explodierte, war nicht das Schwierigste, was er je getan hatte, aber es war eine Qual. Er war so erregt, dass er nicht mehr mit der Hand nachhelfen musste und sich in heißen, zähen Spritzern über ihren Bauch ergoss.

Selbst in diesem lusttrunkenen Zustand wusste Simon, dass es knapp gewesen war. Zu knapp. Er musste beim nächsten Mal vorsichtiger sein.

Kapitel
Achtundzwanzig

Als Honey erwachte, war der Raum ganz dunkel, und nur winzige Lichtstreifen drangen durch die schweren Vorhänge. Sie versuchte, sich zu drehen, aber etwas Warmes, Schweres presste sie in die Matratze. Eigentlich zwei Dinge: eins über ihren Brüsten und eines über ihrer Hüfte; der Arm und das Bein eines Mannes.

Simons.

Eine untypische Heiterkeit überfiel sie. Natürlich, es war Simon. Sie waren verheiratet. Wirklich verheiratet, im Guten wie im Schlechten.

Nun, das hier war offenbar gut – sehr gut, und sie wollte es mit beiden Händen festhalten.

Was machte es schon, wenn er nicht mehr der Junge war, den sie einmal gekannt hatte? Sie war auch nicht mehr das Mädchen von damals. Sie erwartete kein märchenhaftes Ende mehr.

Außerdem war er sanft und lieb mit ihr umgegangen, auch wenn er nicht mehr süß und unschuldig war und oft distanziert und undurchschaubar.

Es war nicht seine Schuld, dass sie nun in dieser Ehe gefangen waren, aber er hatte seinen Teil der Verantwortung in dem Skandal geschultert und hatte nicht so getan, als brächte er ein schreckliches Opfer, indem er sie heiratete.

Neben ihr rührte er sich, und sie spannte sich an.

»Ich weiß, dass du wach bist.« Seine Stimme war rau und schläfrig, und dann zog er sie enger an sich und küsste ihren Nacken, wobei seine kratzigen Bartstoppeln sie schaudern ließen. »Mmm.« Er hielt sie fester. »Ich kann deine Gedanken beinahe rattern hören«, flüsterte er, und seine Lippen fühlten sich an ihrer empfindlichen Haut weich und warm an.

Jener gewisse Teil von ihm war fest zwischen sie gepresst und war mindestens zwanzig Grad wärmer als der Rest von ihm.

Er drehte sie auf den Rücken. »Worüber denken Sie nach, Lady Saybrook?«

Bei dem Namen musste sie lächeln.

»Ah«, machte er und zog mit dem Finger die Linie ihres Mundes nach. Sie blinzelte ihn an, und konnte im Dunkeln kaum Umrisse erkennen. »Du musst Augen haben wie eine Eule.«

»Ich kann nachts sehr gut sehen, auch wenn du jetzt kaum mehr als ein Schatten bist.« Er streichelte ihre Unterlippe. »Aber du wolltest mir gerade erzählen, was du denkst.«

»Ich wollte was?«

»Mm-hm.« Er streichelte vor und zurück.

»Du verrätst mir nie, was du denkst.«

»Männer sind einfach zu lesen.« Wieder bewegte er den Finger und hielt auf der Hälfte ihrer Unterlippe an. »Unsere Bedürfnisse sind einfach, unsere Gedanken ernüchternd schlicht.« Er übte leichten Druck aus, und ihre Lippen öffneten sich. »Essen, ein Dach über dem

Kopf, Ruhe, ein gutes Pferd ...« Sein Finger drückte und sie öffnete den Mund weiter. Ihre Zunge reagierte ohne Befehl ihres Gehirns und streichelte die raue Fingerkuppe. Er zog den Finger heraus und schob ihn wieder hinein. Die Bewegung erinnerte sie an ...

Honey schnappte nach Luft, packte seine Hand und hielt sie fest. »Du bist *schlimm*.«

Er lachte, umfasste ihr Kinn und bog ihren Kopf, sodass er sie küssen konnte, was enttäuschend kurz ausfiel. »Ich weiß nicht, wovon Sie sprechen, Mylady.«

Sie schämte sich, es auszusprechen. Wollte er das wirklich tun? In ihren ...

»Da du nun weißt, was ich denke, wenn ich überhaupt denke, bist du an der Reihe. Woran hast du gedacht, als du im Dunkeln wachgelegen hast?«

»Ich habe über das Porträt deiner Nichte nachgedacht.«

»*Lügnerin*«, flüsterte er in ihr Ohr.

»Also gut. Was glaubst du, woran ich gedacht habe?«

»An mich. An uns. An das hier.«

»Sind Sie immer so arrogant, Mylord?«

»Meistens.«

Sie lachte.

»Da, das ist schon besser.« Er stützte sich auf den Ellenbogen.

»Was möchtest du morgen tun? Noch mehr einkaufen?« Er streichelte im Dunkeln ihren Hals, und bei der Berührung seiner großen, kraftvollen Hand fühlte sie sich zart ... verletzlich ... *erregt*.

»Nur, wenn es für dich ist. Ich habe heute schon zu viel ausgesucht.«

»Ich habe meine Einkäufe in London erledigt. Peel hat die Sachen mitgebracht. Du wirst nicht länger einen liederlichen Mann tolerieren müssen.

»Welche Erleichterung.«

Er schmunzelte. »Was bist du doch für eine scharfzüngige kleine Schlange.«

»Erzähl mir von Everley.«

Er hörte auf, seine Hand zu bewegen, und sie erkannte, dass sie ihn dieses Mal überrascht hatte.

»Bist du je hinübergeritten und hast es dir angesehen, während du auf Whitcomb warst?«

»Raymond hat mich einmal mitgenommen, aber ich konnte mir nur einen Teil ansehen, und es war mir nicht wohl dabei, die Einfahrt hinaufzureiten.«

Er streichelte sie weiter. »Er hätte dich ihnen vorstellen sollen; die Amberlies sind nette Leute.«

»Amberlies – woher kenne ich den Namen?«

»Sie waren bei unserem Abschiedsdinner.«

»Ach so.«

»Sie haben Everley gemietet, seit ich jung war, und haben dort ihre Familie großgezogen. Ihre Kinder waren vom Alter her zwischen mir und Wyndham, und wir sind zusammen herumgetobt.«

»Wie alt ist der Duke?«

»Er ist gerade neununddreißig geworden.«

Honey hatte ihn älter geschätzt.

»Amberlie ist ein Admiral. Er ist immer lange fortgewesen, auch vor dem Krieg schon. Ihre Söhne sind beide ebenfalls in der Navy, und ihre Tochter, viel jünger als der Rest von uns, hat kürzlich geheiratet.«

»Also war sie zu jung, um mit euch herumzutollen.«

Er fuhr das Innere ihres Ohrs nach und sie schauderte. »Warum? Hätte dich das eifersüchtig gemacht?«

Sie schnaubte.

»Du hast recht, sie war zu jung für mich und Raymond, um mit ihr herumzutollen.« Er zögerte, und Honey spürte eine eigenartige Anspannung in seinem Körper. »Aber die Nachbarn westlich von ihnen hatten fünf Töchter.«

»Wer sind sie? Habe ich sie bei der Party kennengelernt?«

Er ließ die Hand sinken. »Nein. Die Leute aus der Gegend werden nicht oft nach Whitcomb eingeladen. Der Duke hat für den einfachen Landadel und Bürgerliche nichts übrig. Er mochte die Amberlies, weil sie Freunde unseres Vaters waren.« Seine Stimme klang nun kalt, hohl und distanziert, so wie immer, wenn er von seinem Bruder sprach.

»Du hast eine Bürgerliche geheiratet.«

»Schon, aber dein Großvater war Baron Yancy, der herzallerliebste Beau meiner Mutter. Tatsächlich halte ich es für möglich, dass sie den Baron geheiratet hätte, wenn ihr Vater nicht beschlossen hätte, dass ein Duke die bessere Partie wäre.«

Dasselbe hatte Honey nach ihren wenigen Unterhaltungen mit der Duchess vermutet.

Simon begann wieder, sie zu streicheln. »Everley ist natürlich viel, viel weniger pompös als Whitcomb. Dort haben seit Generationen die jüngeren Söhne residiert. Zu Zeiten meines Vaters stand es nur deshalb leer, weil er ein Einzelkind war. Nun, der Einzige, der bis ins Erwachsenenalter überlebt hat. Eigentlich hatte er fünf Geschwister.«

Bei dem Gedanken an so viel Tod schauderte Honey.

»Verständlich, dass du schauderst. Das Gebären von Kindern ist ein grausamer Vorgang. Meine Großmutter starb im Kindbett, ebenso die zweite Frau meines Großvaters. Er hat kein drittes Mal geheiratet.«

Honey wollte fragen, ob auch das ein Grund für seine Weigerung war, eigene Kinder zu bekommen, aber sie wollte solch ein Thema nicht aufbringen, wenn er gerade in der Stimmung schien, sich ihr anzuvertrauen.

»Wie Whitcomb stammt das Haus aus der Tudorzeit, aber anders als Whitcomb wurde es nicht endlos erweitert. Du könntest es eng und dunkel finden, oder klein und behaglich. Man liebt oder man hasst es.«

»Die Architektur der Tudorzeit hat mir schon immer gefallen.«

»Ich hoffe, das bleibt so.« Es lag Wärme in der Stimme, und sie hätte gern sein Gesicht dabei gesehen.

»Das Haus ist in ausgezeichnetem Zustand, aber die Ställe sind wenig angemessen, das wird mein erstes Bauvorhaben.«

Sie drehte sich auf die Seite, um ihn anzusehen, obwohl sie ihn nicht erkennen konnte. »Wirst du Pläne entwerfen lassen?«

»Die Pläne habe ich bereits seit mindestens fünfzehn Jahren. Ich werde Wilkins mitnehmen.«

»Den Stallmeister deines Bruders?«

»Nicht mehr lange. Wir haben das seit Jahren heimlich geplant. Er ist in einem der Cottages auf dem Anwesen großgeworden und war ebenso pferdeverrückt, wie ich es war.« Die Begeisterung in seiner Stimme ließ ihr warm ums Herz werden.

»Wirst du Pferde wie Loki züchten?«

Als sich die Schleusen erst einmal geöffnet hatten, musste sie nicht mehr nachbohren, um Antworten zu erhalten. Sie sprachen über die Hengste und Stuten, die er besaß oder bald kaufen würde. Er erklärte, welche Verbesserungen er für die Ställe plante und wie ein Zuchtbetrieb funktionierte.

Je mehr sie redeten, desto mehr klang er wie er selbst, wie der Simon von damals. Honey war leichter ums Herz. Vielleicht, ganz vielleicht würde etwas Abstand von den Manipulationen und Intrigen des Duke Simon und ihrer Ehe guttun.

»Ha! Hör mir zu! Da schwadroniere ich über Pferde, wenn eine schöne, nackte Frau neben mir liegt.«

»Ich höre dir gern zu, und du hast nicht schwadroniert.«

Er küsste sie direkt auf den Mund und bewies damit, dass er nicht angegeben hatte, was sein Sehvermögen im Dunkeln anbelangte. »Was für eine perfekte Ehefrau du doch bist. Du hörst dir mein Geplapper an und schmeichelst mir noch.« Bevor sie protestieren konnte, fuhr er fort. »Auf Everley gibt es einen Raum, der fürs Malen wie geschaffen wäre. Tatsächlich glaube ich fast, er wurde früher zu diesem Zweck von lang verstorbenen Vorfahren genutzt, die sich künstlerisch betätigten.« Er schob die Hand von ihrem Hals zu einer ihrer Brüste. »Gibt es etwas Bestimmtes, was man für ein Atelier beachten muss?«

»Gutes Licht, ausreichend Platz, ein ...« Er legte den Finger auf eine ihrer steifen Brustwarzen und drehte leicht daran. »Uff.«

»Was war das letzte, Honoria? Ich fürchte, ich habe es nicht verstanden.«

»Ich sagte ...«

Er kniff sie noch einmal, sie sog hörbar die Luft ein und biss die Zähne aufeinander, wild entschlossen, dieses Mal keinen Mucks zu machen.

»Lenke ich dich etwa ab?« Seine Stimme war rau, und seine Hand bewegte sich zu der anderen Brustwarze, erst streichelte sie, zog sanft daran und kniff hinein. Die Mischung aus Schmerz und Vergnügen ließ Lust durch ihren Körper strömen, bis sich die Empfindung in ihrem Unterleib zu konzentrieren begann.

Plötzlich setzte er sich rittlings auf sie und bearbeitete ihre Brustwarzen mit beiden Händen statt nur mit einer. Er kniff besonders fest in eine der Knospen, und sie japste.

»Tat das weh?«, fragte er, und klang eher amüsiert als besorgt.

Es tat weh, aber es fühlte sich auch eigenartig gut an. Sie schüttelte den Kopf heftig, nicht in der Lage zu sprechen. Er kniff in die andere, und sie stöhnte. »Bin ich zu grob?«

Wieder schüttelte sie den Kopf.

»Wie war das? Ich kann dich nicht hören.«

»Nein! Nicht ... zu ... grob.« Sie presste die Worte zwischen groben Kniffen hervor.

Er umschloss ihre Brüste, sodass sie in seinen großen Händen winzig wirkten. »Mm«, machte er, senkte seinen heißen, feuchten Mund auf eine der geschundenen Brustwarzen und saugte daran.

»Mmm.« Er wechselte zwischen den Brüsten ab, und das Ziehen zwischen ihren Schenkeln wurde mit jedem Kuss und jedem Streicheln intensiver.

»Vielleicht magst du es ja grob?«, flüsterte er und presste seine Lippen fest zusammen.

»Simon!« Honey bäumte sich auf, ihr Geschlecht zog sich um nichts zusammen, sodass sie sich leer und bedürftig fühlte.

Simon lachte böse, und küsste, leckte und saugte, nun wieder sachte, und kniff danach noch einmal mit den Lippen zu.

Sie zuckte und wimmerte vor Wollust.

Doch hinter dem unbeschreiblichen Vergnügen lauerte die Scham.

Was stimmte mit ihr nicht, dass ihr eine solche Behandlung offenbar gefiel?

Er schob die Hand zwischen ihre Beine und wischte damit die Sorge aus ihren Gedanken. Ohne dass er darum bitten musste, öffnete sie die Schenkel für ihn.

»Ach, so eine brave, gehorsame Ehefrau«, lobte er, und die Worte lösten in ihr eine schwindelerregende Mischung aus Scham und Lust aus, die in ihrem Unterleib wühlte. Sie war froh, dass es dunkel war, sodass sie wenigstens nicht sein Gesicht sehen konnte.

Doch dann lachte er leise, als ob er ihren Gesichtsausdruck doch sehen könnte. Zart wie eine Feder streichelte er ihren Venushügel, doch sein Finger mied das Zentrum ihrer Lust, was sie beinahe um den Verstand brachte.

Honey spreizte die Schenkel noch etwas und hob die Hüfte an und versuchte so, ihn unauffällig in die richtige Richtung zu führen.

Er lachte, und dieses Mal war es nicht nur ein leises Schmunzeln, sondern ein offenes, lautes Lachen.

»So eine hungrige kleine Muschi.«

Honey schnappte nach Luft, sowohl wegen des Fingers, der ihre geschwollene Knospe bearbeitete als auch wegen seiner schockierenden Worte. »Was hast du gesagt?«

»Flink auf den Füßen, lief ich zu begrüßen Johnny, der kann Muschi das Leben versüßen.«

»Das ... das«, sie musste lachen, »das ist scheußlich. Hast du das in der Armee aufgeschnappt?«

»Nein, das habe ich als Junge in einer geschmuggelten Ausgabe von irgendetwas von Thomas D'Urfey gelesen.«

Honey hatte von seinem berüchtigten Witz gehört, aber nie etwas von ihm gelesen. Jetzt wusste sie auch, warum.

»Es ist eigentlich ein Lied.« Er streichelte sie wieder und strich über die gebündelten Nerven, was ihr ein weiteres Japsen entlockte. »Soll ich es für dich singen, mein Herz?«

»Nein.« Sie lachte erstickt. »Bitte nicht.«

Er imitierte ein Schnurren. »Die Muschi braucht Futter, doch nicht Brot und Butter«, flüsterte er. Er öffnete ihre Lippen und schob einen Finger in ihre Spalte.

»Hmm, so feucht und willig, das gefällt mir«, lobte er und stieß sachte in sie. »Glaubst du, es tut weh, wenn ich dich noch einmal nehme, Liebes? Wir finden auch andere Wege, um uns zu amüsieren, wenn du noch zu empfindlich bist.«

Seine Stimme war so zärtlich und umsichtig, dass Honey sie beinahe nicht erkannte. Sie war noch immer empfindlich, aber sie war auch feucht und heiß und pulsierte vor Verlangen nach ihm. Anstelle einer Antwort spreizte sie die Beine weiter.

Er lachte, und es klang tief und sündig. »Es gefällt mir sehr, dass du so erpicht darauf bist, wieder ausgefüllt zu werden, Liebling«, flüsterte er ihr ins Ohr, und schob mit den Knien ihre Schenkel noch weiter auseinander »Nimm ihn in die Hand und streichle ihn etwas, bevor du ihn einführst.« Er nahm ihre Hand und führte sie an seine heiße, schwere Männlichkeit.

»Oh«, machte sie, erstaunt weil die Haut so weich war und über etwas glitt, das steinhart war.

»Mein Gott, fühlt sich das gut an, Honoria.«

Honey fand seine Worte fast ebenso aufregend, wie er sich anfühlte, und die Art wie er stöhnte, wenn sie ihn berührte.

Und dann pumpte er mit den Hüften. »Genau so. Fass ihn fest an. Jaaaa. Genau. So. O ja.« Jedes Mal stieß er fest und kontrolliert in ihre Hand.

Und so machte sie eine überraschende Entdeckung: Auch Männer konnten feucht werden.

Sie hielt sofort inne. Sein Atem in der Dunkelheit war rau.

»Nimm mich in dich auf, Geliebte.«

Die Anrede erregte Honey. Ihre Schenkel bebten vor Verlangen, als sie ihm half, in sie einzudringen. Zunächst tat es weh, als er in sie stieß, doch es ging, anders als beim ersten Mal, schnell vorüber und fühlte sich großartig an, ohne weiteres Unbehagen.

Er bewegte sich wieder in demselben tiefen, langsamen Rhythmus wie zuvor, und sie spürte die Zurückhaltung, die er ausübte und wusste, dass er es ihretwegen tat. Sie wünschte, sie könnte ihn wissen lassen, dass sie keine zerbrechliche Porzellanpuppe war.

»Tue ich dir weh?«, fragte er, und seine Stimme an ihrem Ohr war kratzig.

»Nein.« Sie zögerte, doch dann fügte sie hinzu. »Ich mag es, Simon. Du tust mir nicht weh.«

Ihre Worte wirkten wie ein Streichholz an einer Lunte, und beim nächsten Mal stieß er tiefer und fester. »So?«, fragte er? »Magst du es hart? Willst du mich ganz tief spüren?«

Sein raues, rohes Verlangen ließ sie schaudern.

»Ja«, flüsterte sie.

Er nahm sie so heftig, dass sie beide unter seinen festen Stößen im Bett nach oben rutschten. Honey schlang ihre Beine um ihn und hob das Becken, um ihn tiefer in sich gleiten zu lassen.

Er stöhnte, schob die Hand zwischen ihre Körper und streichelte ihr Lustzentrum, während er mit der Hüfte in brutalem Rhythmus zustieß.

Als sie sich der Klippe ihres Höhepunkts näherte, schien es ihr als spürte Simon es, als könnte er ihren Körper lesen. »Komm mit mir, Honoria.«

Und so stürzte sie sich mit ihm in den Abgrund.

***

Sie blieben fast drei Wochen in Brighton. Sie liebten sich jede Nacht mehrmals, auch oft am Tage; ihr Ehemann war niemand, der sich Mühe gab, Tugendhaftigkeit zu heucheln.

Er hatte kein Problem damit, alle Teile seines Körpers zu zeigen oder jeden Teil ihres Körpers genau zu betrachten. Bei dem, was sie taten, legte er eine erdige

341

Begeisterung an den Tag, die in nichts dem ähnelte, wovor Freddie sie gewarnt hatte.

»Ich will alles mit dir tun, Honey«, hatte er eines nachts geflüstert, nachdem sie sich gerade zum zweiten Mal geliebt hatten.

»Es gibt noch mehr?«, hatte sie atemlos gefragt, und ihr Körper war von der Anstrengung noch schweißnass.

Das hatte ihn zum Lachen gebracht. »Noch so viel mehr. Aber wir werden es langsam angehen. Vielleicht jede Woche eine neue Sache. Was hältst du davon?«

Sie konnte nur albern lachen.

»Ich verstehe das als ein Ja«, hatte er gemurmelt und sein Mund hatte sich bereits wieder ihrem Geschlecht genähert, obwohl sie die letzte Runde gerade erst beendet hatten. »Ich liebe es, dir Höhepunkte zu bereiten; das ist eine ausgezeichnete Beschäftigung für einen Landadligen.«

Das war noch etwas, das sie an ihm liebte: Ihr Liebesspiel war nicht nur leidenschaftlich, sie alberten auch herum, lächelten und lachten oft.

Er hatte ihr in den letzten drei Wochen mehr neue Wörter beigebracht als sie in den vergangenen Jahren gelernt hatte. Und diese Wörter waren alle verboten und faszinierend und privat: Wörter, die sie nur miteinander benutzten.

Simon ritt jeden Morgen aus, dafür mietete er ein Pferd von dem Hotel, in dem sie wohnten. Er hatte Honey gebeten, ihn zu begleiten, und das hatte sie ein- oder zweimal getan, aber sie wusste, dass sie ihn zurückhielt, auch wenn er es nicht zugeben wollte.

Sie konnte noch genug Zeit im Sattel verbringen, wenn sie nach Everley kämen. Ohne die Wirren der Stadt, die sie ablenkten, war es einfacher, sicherer zu werden.

Tagsüber durchstreiften sie die Stadt. Zweimal hatte Simon von jemandem ein Segelboot gemietet und Honey an schönen, sonnigen Tagen mit auf See genommen.

Nach ihrem ersten Besuch im örtlichen Gesellschaftssaal waren sie nicht zurückgekehrt.

»Ich gehe mit dir hin, wenn es dir dort gefällt, Honey. Aber nicht, um irgendjemandem sonst einen Gefallen zu tun«, hatte er gesagt.

Wenn er so etwas sagte, wusste Honey, dass sie Gefahr lief, sich wieder in ihren Mann zu verlieben. Er war nicht der Mann, der er in seiner Jugend gewesen war, er war viel interessanter, subtiler und komplexer als der Märchenprinz, den sie als Mädchen geliebt hatte. Honey war der Meinung, dass der Anschein von Überheblichkeit, den sie oft bei ihm verspürte, nur eine weitere Kriegsverletzung war. Seine Reserviertheit war im Hintergrund immer zu spüren und konnte sich wie eine Barriere jederzeit zwischen sie senken, doch sie hatte gelernt, die beiden Themen zu vermeiden, die den eisernen Vorhang zum Fallen brachten: den Krieg und seinen Bruder.

Sie war nicht beleidigt; jeder hatte Themen, die er für sich behielt. Vielleicht würde er sich ihr gegenüber eines Tages öffnen, aber wenn nicht? Nun, die enge, sinnliche Zugewandtheit, die zwischen ihnen bestand und die täglich stärker wurde, war mehr, als sie sich je erhofft hatte.

Tagsüber war er gute Gesellschaft: unterhaltsam, neugierig und rücksichtsvoll.

Und nachts ...

Ihre Wangen brannten, wenn sie daran dachte, was sie in dem Bett taten, das sie jede Nacht die ganze Nacht lang teilten.

Simon liebte sie nicht nur, er schlief mit ihr, hielt sie, streichelte und drückte sie, als ob er nicht genug von ihrer Nähe bekommen könnte.

Er war erdig, offen und vergnügt. Er konnte keine Schande in dem Vergnügen sehen, das sie einander schenkten, ganz gleich, wie schockierend die Gesellschaft die Dinge finden mochte, die sie taten, und er hätte die gemeinsamen Tage und Nächte liebend gerne nur nackt verbracht.

Honey wusste, dass er nicht gerade ein Mönch war. Sie hatte auf Whitcomb Gerüchte gehört und gesehen, wie ihn die weiblichen Angestellten ansahen. Er war zerschlagen und mit Narben übersät, aber seine Wunden, von denen einige schwer waren, schienen ihn nur noch anziehender zu machen.

Frauen kümmerten sich gern um Kranke und Verwundete. Auch wenn Simon weder wie das eine noch wie das andere wirkte. Ganz gewiss nicht, wenn sie im Bett waren. Aber da war etwas tief in seinem Innern, das zerbrochen war, und sie musste sich selbst gegen den Drang wehren, ihn heilen zu wollen. Er hatte sie nicht darum gebeten, und es kam auch ihr als seiner Frau nicht zu, ihm Hilfe aufzunötigen.

Mindestens zweimal pro Woche schickte der Duke of Plimpton Nachrichten.

Und mindestens zweimal pro Woche warf Simon sie in den Kamin.

»Ich möchte nicht an meinen Bruder denken«, sagte er, als sie einwarf, es könnte doch etwas Schlimmes passiert sein. »Und ganz gewiss möchte ich nicht wissen, ob es irgendeine Katastrophe gibt, die ich in keiner Weise wiedergutmachen kann. Ohne Zweifel vermisst er mich, schließlich hat er nur den armen, geknechteten Raymond, der seinen Befehlen Folge leistet.« Sein Blick hatte sich verhärtet, und sie war schnell vor der nahenden Finsternis zurückgewichen. Sie war zu feige, um das Thema voranzutreiben.

So war ihre Zeit in einem glückseligen, sinnlichen Nebel vorbeigezogen.

Bis ihr letzter Tag gekommen war, an dem sie beschlossen hatten, auf ihrem Zimmer zu Abend zu essen.

Das Essen war köstlich, und sie redeten, scherzten und neckten einander, wie sie es nun immer taten. Dennoch spürte sie die Reserviertheit, die sich über ihn zu legen schien.

»Freust du dich auf zu Hause?«, fragte sie, als sie den köstlichen Beerentrifle verputzten und bei einigen Gläsern Wein noch am Tisch verweilten.

Er zuckte die Schultern, und sein Lächeln entglitt etwas. »Dies war ein angenehmes Idyll, aber das wahre Leben winkt, nicht wahr? Du musst darauf brennen, wieder zu malen. Warst du in der Vergangenheit schon einmal so lange fort von deiner Arbeit?«

»Seit Jahren nicht«, gab sie zu. »Aber ich habe meinen Skizzenblock, um die Leere zu füllen.«

Er zog die Brauen hoch. »Ist heute der Zeitpunkt gekommen, an dem ich ihn sehen darf?«

Es war ein Spiel zwischen ihnen: Sie zeichnete, er bettelte, die Skizzen sehen zu dürfen, aber sie erlaubte es nicht. Sie wusste nicht, warum. Vielleicht gefiel es ihr nur, damit seine Aufmerksamkeit zu wecken. Doch ein Teil von ihr wollte etwas behalten, das nur ihr gehörte. Schließlich hatte er sich ihr kaum geöffnet, wohingegen sie sich ihm gegenüber bereits so verletzlich gemacht hatte.

»Noch nicht«, sagte sie, schwenkte ihr Glas und betrachtete die rubinrote Flüssigkeit darin.

»Nicht einmal, wenn ich dir heute Nacht etwas Neues und Erstaunliches zeige?«

Sie wurde rot, auch wenn sie lachte. »Ich glaube nicht, dass es da noch etwas gibt.«

Er schüttelte den Kopf, nahm ihr Glas und stellte es ab, bevor er sie ins Schlafzimmer führte. »Es bricht mir das Herz, dass du an mir zweifelst.«

»Nun, Sie werden mich überzeugen müssen, Mylord.«
Und genau das hatte er vor.

Kapitel Neunundzwanzig

Die Reise nach Shropshire dauerte einige Tage länger als bei ihrem ersten Besuch auf Whitcomb.

Honey hatte die Aufgabe übernommen, Simon jeden Abend mit der Salbe einzucremen und hatte festgestellt, dass seine dünne, versehrte Haut ihm mehr Schmerzen bereitete, als er zugab. Tagelang in einer Kutsche zu fahren, war für ihn kein Vergnügen, auch nicht in der luxuriösen Kutsche, die er gemietet hatte.

Sie lasen einander vor, spielten auf einem Reisebrett Schach, sahen aus dem Fenster und unterhielten sich. Doch auf dem letzten Tag ihrer Reise quälte sich Simon mit jeder Meile, die sie zurücklegten, mehr.

Peel war einige Tage vor ihnen aufgebrochen, also reisten sie nur mit Simons Knecht John, einem Mann, der Peel von Whitcomb begleitet hatte und nun mit ihnen zurückritt.

»Wir sind bald da.«

Honoria sah von dem Buch auf, in dem sie zu lesen versucht hatte und sah eine lange, von Bäumen gesäumte Auffahrt an den Fenstern vorbeiziehen.

Simon schwang sich in den Sitz neben ihr und deutete aus dem Fenster. »Gleich kannst du Everley von seiner besten Seite sehen. Pass auf ... jetzt!«

Seine Begeisterung war ansteckend, und Honey schnappte nach Luft, als das spitze Dach des großen Gebäudes immer weiter wuchs, bis man das gesamte Gebäude sehen konnte.

Sie drückte seinen Arm. »Es ist wundervoll, Simon.«

Er grinste und küsste sie fest. Seine Begeisterung war beinahe manisch.

Als die Kutsche rumpelnd vor dem Eingang zum Stehen kam, standen dort etwa ein Dutzend Dienstboten in Reih und Glied und warteten, um sie zu begrüßen.

»Wir werden mehr Personal einstellen müssen«, sagte er, und sein Blick flog über das Haus, die Bediensteten und alles. »Das sind nur die Alteingesessenen und das Personal, das die Amberlies nicht mitgenommen haben. Einige Familien haben über Generationen hier gearbeitet.« Er warf ihr ein Lächeln zu. »Sie werden froh sein, dass wieder Fairchilds hier wohnen werden.«

Die Kutsche hatte kaum angehalten, da war er schon hinausgeklettert und half ihr beim Aussteigen. Noch nie hatte sie ihn so aufgeregt gesehen.

»Hume, Sie sehen älter aus als in der Erinnerung meiner Kindheitstage.« Simon ergriff die Hand des älteren Herrn – des Butlers? –, und seine warme Begrüßung erschreckte den steifen, aufrechten Diener sichtbar.

»Es ist mir ein großes Vergnügen, Sie wieder begrüßen zu dürfen, Mylord.«

»Es ist wundervoll, wieder hier zu sein, Hume. Das ist meine Frau, Lady Saybrook.«

Hume machte eine tiefe Verbeugung. »Willkommen auf Everley, Mylady.« Er wandte sich wieder an Simon. »Mr Peel ist vor zwei Tagen angekommen und hat Ihr Gepäck aus Whitcomb ausgepackt. Wir haben kürzlich eine Sendung aus Ihrem Haus in London erhalten«, sagte er an Honey gerichtet, »haben aber noch nicht angefangen, auszupacken, bevor Sie dem Personal Anweisungen geben könnten, wohin wir Ihre Malausrüstung bringen sollen. Wir haben die Schlafgemächer für Ihre Lord- und Ladyschaft vorbe...«

»Ja, ja. Ausgezeichnet, Hume. Lassen Sie uns hineingehen.« Simon nahm Honorias Arm, führte sie durch die Reihe und blieb immer nur gerade so lange stehen, dass sie nicken konnte, aber nicht lange genug, dass sie ein Wort mit den neugierig dreinblickenden Dienstboten hätte wechseln können.

»Du hast es aber eilig«, murmelte sie, als er sie förmlich die Stufen hinaufzerrte.

Er nickte, den Blick auf die offene Tür vor ihnen gerichtet. »Ich war seit vierzehn Jahren nicht hier.«

»Was?« Sie blieb stehen und starrte ihn an, doch er zog sie weiter. »Ich dachte, ihr wart mit den Amberlies gut befreundet.«

»Als ich ein Junge war. Nicht mehr nachdem...«

»Nachdem was?«

Entweder hatte er die Frage nicht gehört oder er ignorierte sie bewusst.

Sie betraten das Foyer, und er ließ sie los, um sich in der Eingangshalle mit ihrem groben Holzfurnier umzusehen, als wäre er in Trance.

»Nichts hat sich verändert«, murmelte er und drehte sich im Kreis, wobei er die gaffenden Bediensteten entweder nicht bemerkte oder nicht beachtete.

Er schritt die lange Galerie ab, die sich zu ihrer Linken erstreckte.

Honoria lächelte dem wartenden Diener zu und ließ sich den Mantel abnehmen, bevor sie ihrem Mann hinterhereilte. Sie zupfte sich die Handschuhe von den Fingern, während sie die Bilder an der Wand betrachtete. Es waren alles Porträts, doch auch wenn es darunter einige sehr gute Stücke gab, waren sie in keiner Weise so großartig wie jene in Whitcomb.

»Honoria!« Simon steckte den Kopf um die Ecke. »Warum trödelst du so? Beeil dich.« Sein Kopf verschwand wieder, und sie lachte. Er war wie ein Junge, ein kleiner, sorgloser Junge.

Hinter der Ecke, um die er verschwunden war, erstreckte sich ein weiterer langer Flur, und sie erinnerte sich, dass er gesagt hatte, dass das Haus den Grundriss eines Es hatte.

Flügeltüren aus Buntglas beleuchteten den Flur mit fantastischen Farben und Formen. Simon war nirgends zu sehen.

»Simon?«, rief sie, und ihre Stimme hallte unheimlich von dem harten Putz und den verzogenen alten Holzböden wider.

»Hier drin.« Seine Stimme kam aus einem Zimmer am Ende des Flurs, auf der Innenseite des Es.

Die Tür stand offen, und sie zögerte, bevor sie überwältigt eintrat.

Auf zwei Seiten reichten die Fenster von der Decke bis an den Boden, und die tiefstehende Nachmittagssonne strömte durch die dicken Butzenscheiben, die das Licht so brachen, dass es den Raum erhellte, als würden darin Hunderte Kerzen brennen.

»O Simon, das ist wunderschön.«

Er grinste, als er sich ihr näherte. »Ein perfektes Atelier, oder nicht?«

Sie nickte und drehte sich verzaubert im Kreis. »Das ist es.«

»Und sieh mal«, sagte er und führte sie zu der nach Süden hinausgehenden Fensterfront. »Dort sind die Stallungen. Wir werden einander zuwinken können, wenn wir über unserer jeweiligen Arbeit schwitzen.«

In einem Ausbruch bisher nie gezeigter Freude umfasste er ihre Taille und wirbelte sie immer wieder herum, bis ihr von der Drehung und vor Freude ganz schwindlig war.

»Ich will dich auf der Stelle gleich hier nehmen«, flüsterte er. Seine skandalösen Worte und die leidenschaftliche Dringlichkeit, mit der er sie äußerte, ließen ihr Herz schneller schlagen.«

»Ich werde dich in jedem Raum unseres Hauses in Besitz nehmen. Würde dir das gefallen, meine wunderschöne Geliebte?«

Seine Worte und die erotischen Bilder, die sie hervorriefen, ließen Honey erschaudern.

»Würde es?«, knurrte er und senkte seine Lippen auf ihren Hals, was sie zum Quieken brachte.

»Ja! Ja, das würde es.« Sie lachte.

Als er aufhörte, keuchte er, und sein Blick war so voll Wärme, dass sie ihn nur anstarren konnte. All dieses Glück nur für sie beide? Für ihr Leben? Für *Honey*?

»Wir werden hier sehr glücklich sein, nicht wahr, Honey?«, fragte er, und die Frage klang eigenartig getragen, sein Blick war intensiv.

Honey nickte und schluckte schwer, doch es wollte ihr nicht gelingen, den Kloß in ihrem Hals loszuwerden.

In dem Augenblick wusste sie, dass er sie lieben würde, sie konnte es an der Hoffnung erkennen, die aus seinen erstaunlichen blauen Augen strahlte.

Sie liebte ihn bereits, und ihre Liebe würde erwidert werden.

Das wusste sie.

Er senkte seinen Mund hungrig auf ihren und küsste sie, wie er es tat, wenn sie sich am Rand der Ekstase befanden.

Ein Räuspern ließ sie beide zusammenfahren, und Simon stellte sich vor sie, als ob er sie beschützen wollte.

Sie war nicht überrascht, den Duke of Plimpton in der offenen Tür stehen zu sehen.

***

Es grenzte schon an ein Wunder, dass Simon seinem Bruder nicht die Tür vor der Nase zuschlug. Doch sie konnte an Wyndhams kühlem, entschlossenem Blick erkennen, dass er nicht weichen würde, bis Simon ihm zuhörte.

»Hallo Simon, Honoria.« Der Duke trat vor. »Wie war eure Reise?«

Honoria knickste. »Sie war angenehm, Euer Gnaden.«

Simon lächelte angesichts des eiskalten Tons seiner Frau. Gut, sie ließ sich von seinem Bruder nicht einschüchtern.

»Meine Frau würde sich gern auf ihr Zimmer zurückziehen und sich nach der langen Reise etwas frischmachen, Wyndham. Ich werde dich in der Bibliothek empfangen.«

Sein Bruder zögerte, und kurz flackerte angesichts der Zurückweisung Verärgerung in seinem Blick auf, doch dann nickte er und verließ ohne ein weiteres Wort den Raum.

Simon wandte sich an Honey. »Ich wollte dir selbst deine Gemächer zeigen«, sagte er und gab sich Mühe, eine Leichtigkeit in seine Stimme zu legen, die er nicht empfand. Er nahm ihre Hand und führte sie zurück in den Wohntrakt der Familie.

Als er die Tür zu ihren Gemächern öffnete, beugte er sich nah an sie. »Ich habe vor, viel Zeit hier mit dir zu verbringen«, murmelte er und erfreute sich an ihrem Erschauern.

Sie ließ einige Oohs und Aahs hören, als er ihr die Räumlichkeiten zeigte, aber Simon spürte, dass sie nicht mit dem Herzen bei der Sache war. Der Augenblick, in dem Wyndham aufgetaucht war, hatte alles verändert. Sein Bruder wäre gewiss nicht hergeeilt, wenn es gute Neuigkeiten zu verkünden gäbe.

Nachdem er ihr die große kupferne Wanne und den heizbaren Wassertank gezeigt hatte, wandte sich Simon ihr zu und legte seine Hände auf ihre Schultern.

»Ich möchte, dass du ein ausgedehntes, heißes Bad nimmst und ganz genau auf jedes Detail achtest, um mir später davon zu erzählen.« Sie errötete, was ihm gefiel, und er küsste sie fest. »Ich sehe dich dann beim Abendessen. Nur wir beide«, versprach er, als er ihren fragenden Blick bemerkte.

Ja, nur sie beide, dachte er, als er die Treppe hinunterstürmte.

Wyndham sah aus dem Panoramafenster und hatte die Hände hinter dem Rücken verschränkt, den er ebenso wie Simon dank ihres Vaters kerzengerade hielt.

Sein Bruder hätte einen guten Soldaten abgegeben, viel besser als Simon, der nie viel von Disziplin gehalten hatte.

Nein, dir haben nur die Gewalt, das Töten und das Gemetzel gefallen.

Er ignorierte die kalte, kritische Stimme; schlimm genug, dass er sich mit Wyndham befassen musste, da brauchte er nicht auch noch ein Gewissen, das sich einmischte.

Wenig überraschend strahlte sein Bruder absolute Disziplin aus; Disziplin und Pflichtbewusstsein, daraus bestand das Sekret, das durch seine eiskalten Venen floss.

Er wandte sich um, als Simon die Tür ins Schloss knallte. »Ich würde dich ja fragen, ob du etwas trinken möchtest, aber ich weiß, du wirst nicht lange bleiben.«

Wyndham ging über seine Unhöflichkeit hinweg. »Es freut mich, zu sehen, dass du dich mit deiner neuen Frau so gut verstehst.«

»Darauf möchte ich wetten«, schnaubte Simon, hielt auf die Karaffe mit dem Brandy zu und schenkte sich in vollem Bewusstsein, wie ungehobelt er sich benahm, ein Glas ein. »Nun«, sagte er und wandte sich mit dem Glas in der Hand um. »Ich würde ihr an deiner Stelle nicht gratulieren, denn sie hasst dich.« *Sehr,* hätte er hinzufügen können, aber er nahm an, sein Bruder würde es sich denken können.

»Das ist schade«, sagte Wyndham kühl und wandte seinen starren Blick von dem Glas in Simons Hand Simon selbst zu.

Ein Gefühl, das Simon nicht identifizieren könnte flackerte im Blick seines Bruders auf und bereitete ihm Unbehagen. Es war immer Anlass zur Sorge, wenn sich in Wyndhams Gesicht überhaupt eine Gefühlsregung spiegelte, die erwähnenswert gewesen wäre.

»Ich muss zugeben, dass ich gleichermaßen froh und erleichtert bin, zu sehen, dass du dich mit einem solchen Enthusiasmus deinem neuen Leben widmest.«

Simon wünschte, sein Bruder würde still sein, aber er wusste, dass es ihr Treffen nur unnötig in die Länge ziehen würde, wenn er das aussprach.

Stattdessen schenkte er ihm ein steifes Lächeln. »Ich danke dir, Bruder. Aber du darfst nicht so sprechen, als hätte ich ein großes Opfer erbracht. Sie ist eine schöne, talentierte, intelligente und *sinnliche* Frau.« Er machte eine Pause, um den Anblick zu genießen, wie sich Schamesröte über die scharfgeschnittenen Wangenknochen seines Bruders ergoss. Der arme Wyndham. Sein Bruder hatte vermutlich keine Frau mehr gehabt, seit seine Frau ihn aus dem ehelichen Bett verbannt hatte. Zu stolz und zu verknöchert, um seine Prinzipien einmal zu vergessen, selbst wenn es bedeuten würde, dass er begraben würde, ohne noch einmal eine Geliebte genossen zu haben. In anderen Worten: ein Narr und prüde noch dazu.

»Wie nett von dir, vorbeizukommen und zu schauen, wie wir uns einrichten.« Simon legte den Kopf schief.

»Oder bist du etwa hier, um zu überwachen, ob wir unsere Ehe auch vollziehen?«

Wyndhams Wangen färbten sich bei Simons vulgären Worten noch tiefer rot.

Simon lächelte und stürzte das halbe Glas auf einmal hinunter. »Ich denke, so etwas wird meine Frau nicht erlauben, ganz gleich wie sehr es dir gefallen könnte.«

Sein Bruder biss die Zähne so fest aufeinander, dass er die Muskeln unter der Haut sehen konnte.

»Da das nun geklärt wäre, wolltest du sonst noch etwas?« Simon kippte sich den Rest seines Getränks in den Hals. Als er aufsah, bemerkte er, dass ihn der Duke auf eigenartige Weise anstarrte.

»Hast du meine Briefe nicht gelesen? Du hast nie zurückgeschrieben, auch wenn ich nicht mit einer Reaktion gerechnet habe.«

»Freut mich, das zu hören. Und ja, ich habe deine Briefe erhalten, zwei pro Woche.« Er drehte das Glas in seinen Händen. »Und ich habe jeden einzelnen davon ins Feuer geworfen, weil ich meine Hochzeitsreise nicht mit Nachrichten von dir verderben wollte.«

Das gewöhnlich unbewegte Gesicht des Duke schien in sich zusammenzufallen, und Simon verspürte ein wenig Reue.

Er hatte sich gesagt, dass er sich von seinem lästigen Bruder lösen würde, dass er die Ehe genoss, die er ihm aufgenötigt hatte – sehr sogar. Dass er beginnen wollte, Wyndham zu verzeihen und seinen zersetzenden Zorn zurücklassen würde.

Was Wyndham ihm und Bella angetan hatte, war vor langer, langer Zeit geschehen. Ja, sein Bruder hatte Simon auch seit seiner Rückkehr aus dem Krieg manipuliert und kontrolliert, aber sein Zorn darüber hatte begonnen, zu verfliegen; schließlich hatte er es Wyndhams Intrige zu verdanken, dass er nun mit einer Frau verheiratet war, die ihm bereits viel bedeutete. Gut möglich, dass es eines Tages Liebe würde oder zumindest Glück und Zufriedenheit, da er nicht mehr an die schwärmerische Liebe glaubte, die ihn einmal erfüllt hatte.

Von diesem Gedanken ermutigt stellte Simon sein Glas ab, machte einen Schritt auf seinen einzigen Bruder zu und lächelte. »Sieh mal, Wyndham, Ich möchte nicht ...«

»Arabella MacLeish ist zurückgekehrt, um ihm Haus ihres Vaters zu leben.«

Schon so lange hatte niemand diesen Namen genannt, dass Simon einen Augenblick brauchte, um die Worte seines Bruders aufzunehmen. Und dann war da noch der Name – MacLeish. Immer wenn sie sich in seine gut beschützten Gedanken geschlichen hatte, hatte er an sie als Bella Frampton gedacht.

Simon nahm sein Glas mit zu dem Konsolentischchen und goss mehr Alkohol hinein. Er war so abgelenkt, dass es beinahe überlief. Als er es hochnahm, schwappte bernsteinfarbene Flüssigkeit heraus und rann ihm über die Hand.

Er stellte das Glas ab, drehte sich aber nicht um. »Ist sie gekommen, um die Familie zu besuchen?«

»Sie ist gekommen, um zu bleiben; sie ist nun Witwe, Simon.«

Simon lachte. Es war ein beängstigender Laut, der nicht aus seinem Körper hätte kommen dürfen. Er lachte noch immer, als sich eine Hand auf seine Schulter legte.

»Seit wann?«, fragte Simon, und es war unnötig zu erklären, was er damit meinte.

»Du bist nun verheiratet, Simon«, sagte sein Bruder mit ungewöhnlich sanfter Stimme. »*Glücklich* verheiratet und ...«

Simon schüttelte wütend die Hand des Duke ab und wirbelte herum.

»Seit wann?«

Wyndhams Kiefer mahlten, aber er schwieg.

Simon konnte ihn nur erschrocken mit geöffnetem Mund anstarren. »Du wusstest, dass sie Witwe ist, und hast es vor mir geheim gehalten.« Er packte seinen Bruder beim Revers seiner Jacke und stieß ihn heftig gegen die Wand, wobei er gegen das Konsolentischchen stieß und Gläser und Karaffen zu Boden krachen ließ.

»Gottverflucht, Wyndham! Wie lange hast du es gewusst, verdammt nochmal?«

»Seit sechs Monaten.«

Wieder lachte er wie ein Wahnsinniger auf, bevor er sich wieder fing. »Du hättest mich das vor Monaten wissen lassen können?«

»Wenn du dich wie ein Mann benommen und nicht wie ein zorniges Kind aufgeführt hättest, hättest du es selbst herausfinden können. Du bist seit fast zwei Jahren zurück, und hast dich geweigert, die Gesellschaft mit Freunden und Nachbarn zu pflegen. Und davor hast du uns in zwölf Jahren nicht *einmal* besucht.« Wyndham brachte sein Gesicht nahe an Simons. »In all den Jahren hast du dich ferngehalten. Du hast nicht nur mich bestraft, sondern auch unsere Mutter. Und dann, als du schließlich *doch* zurückgekehrt bist, hast du nichts Besseres zu tun gehabt,– als direkt vom Krankenlager ins *St. George* zu laufen und dich besinnungslos zu saufen.«

»Du hättest es mir vor sechs Monaten sagen können.«

»Herrgott noch einmal, Simon! Sie taugt nichts.« Näher war der Duke of Plimpton noch nie daran gewesen, zu schreien.

Simon beobachtete mit einer morbiden Faszination, wie die Muskeln im Gesicht des Bruders sich unter der Wucht seiner Empfindungen anspannten.

Er starrte Simon mit einem ehrlich flehenden Blick an. »So viel musst du mir glauben: Die verfluchte Arabella Frampton hat noch nie etwas getaugt.«

Dieses Mal gelang es dem Duke, Simons Handgelenk zu packen, als der mit der Faust nach ihm schlagen wollte. Er hielt Simons Arm in einem eisenharten Griff. »Nein. Ich lasse mich von dir nicht mehr weiter so behandeln.« Wyndhams Haar war zerzaust, aber seine Stimme und sein Gesichtsausdruck absolut emotionslos, als ob es den Gefühlsausbruch ein paar Sekunden zuvor nie gegeben hätte.

Simon riss seinen Arm los. »Verschwinde aus meinem Haus, verdammt!« Er schritt zur Tür und riss sie auf. »Raus! Und wage es nie, nie mehr, zurückzukommen. Hast du gehört? Ich habe stillgehalten, solange ich musste, aber jetzt möchte ich dich nie wiedersehen.«

Der Duke rührte sich nicht.

»Also gut«, brüllte Simon, »dann werde eben *ich* gehen. Aber ich will hoffen, dass du verschwunden bist, bevor ich zum Dinner herunterkomme, oder ich trete dich höchstpersönlich die verfluchte Treppe hinunter.«

Kapitel Dreißig

Honey nahm ihr erstes Abendessen auf Everley im großen Speisezimmer allein ein.

Sie hatte sich mit dem Baden und Ankleiden Zeit gelassen und hatte auf Simon gewartet. Und gewartet. Und gewartet.

Es war bereits vollständig dunkel gewesen, als sie schließlich aufgegeben hatte und hinuntergegangen war. Dort erfuhr sie schließlich, ihr Ehemann ließe ausrichten, er sei unpässlich und wolle nicht gestört werden, und dass Honey allein speisen möge.

Nichts hätte sie lieber getan, als in sein Zimmer zu marschieren und eine Erklärung zu verlangen, doch die stummen, kritischen Blicke eines halben Dutzends Bediensteter hatten sie gezwungen, Platz zu nehmen und so zu tun, als hätte sie von seiner Unpässlichkeit bereits gewusst.

Sie aß drei Gänge mit jeweils einem Dutzend Gerichten, doch jeder Bissen schmeckte wie Sägemehl.

Als schließlich das Dessert gebracht wurde, winkte sie ab.

»Bitte richten Sie dem Koch mein Kompliment aus, aber ich hatte einen langen Tag und wünsche, mich zurückzuziehen.«

Der Diener nickte, doch Honey erkannte in seinem Blick so etwas wie Mitleid.

Als sie ihre Gemächer erreichte, ging sie zur Zwischentür. Sie war verschlossen. Sie klopfte, und es wurde umgehend geöffnet. Peel stand auf der Schwelle.

»Guten Abend, Mylady.«

»Ich wünsche, meinen Mann zu sprechen.«

Peels blasses, schmales Gesicht errötete. »Er ist zu Bett gegangen, Mylady.«

Er zögerte. »Ich fürchte, seine Lordschaft hat eine seiner Migräneattacken.«

Honey hatte davon gehört, aber nie selbst darunter gelitten.

»Kann ich etwas für ihn tun?«

Er warf ihr einen zutiefst bedauernden Blick zu, und darin lag wieder so etwas wie Mitleid. »Ich fürchte, es werden nur Schlaf und Ruhe helfen, Mylady.«

Sie spürte, wie unter seinem freundlichen, reservierten Blick die Hitze in ihre Wangen stieg.

»Bitte lassen Sie mich wissen, wenn ich in irgendeiner Weise helfen kann.«

Er nickte und schloss die Tür.

Honey stand da, starrte die glatte Mahagonifläche an, und ihr Kopf war absolut und vollständig leer.

***

Simon hörte Peel leise mit Honoria sprechen und wusste, dass er sie hereinbitten sollte und ihr versichern, dass alles gut war, doch es fühlte sich an, als prügelte jemand wiederholt mit der stumpfen Seite einer Axt auf seinen Schädel ein.

Sein Magen rebellierte bereits, wenn er die Augen nur im Dunkeln einen Spalt öffnete; er hatte sich schon zweimal übergeben.

Er musste allein sein, wo er sich seinem Schmerz hingeben konnte, ohne seine Würde zu verlieren. Insbesondere nicht vor seiner Frau, die er begonnen hatte, zu schätzen und zu respektieren.

Diese Kopfschmerzen waren eine entwürdigende Orgie der Qual und sorgten dafür, dass er sich schwach fühlte wie ein Wurm, und das bereits ohne Zuschauer. Er konnte gut darauf verzichten, dass sie sah, was für ein Geschöpf sie da geheiratet hatte. Zu viel Vertrautheit führte zu Verachtung, und die führte zu schlimmerem: Mitleid und Ekel.

Er hatte seit über einem Jahr keine Kopfschmerzen mehr gehabt, jedenfalls keine Migräne, wie die Ärzte in Spanien es genannt hatten. Dies war seine erste Attacke seit seiner Rückkehr nach England. Aus irgendeinem Grund hatte er gehofft, dass diese Schmerzen zusammen mit den Alpträumen und dem Nachtschweiß verschwinden würden, einem Leiden, das er mit dem Festland und seinem Leben dort verband. Doch nun war es zurück.

Es hatte vor neun Jahren begonnen, nach seiner ersten ernsthaften Verwundung. Er war Teil der Vorhut bei einem Angriff gewesen, und eine Kompanie Franzosen war wie aus dem Nichts aufgetaucht. Er hatte das Glück gehabt, ihren Säbeln zu entkommen, doch sein Pferd war gestrauchelt und musste sich ein Bein gebrochen haben, denn sowohl er als auch das Tier waren hart gestürzt. Sein Kopf war an einen Stein geschlagen, oder vielleicht hatte ihn auch ein anderes Pferd mit dem Huf erwischt, jedenfalls hatte er das Bewusstsein verloren. Als er Stunden später wieder zu sich gekommen war, hatte er ein andauerndes Klingeln im Ohr gehabt, das über Wochen angehalten hatte, bis die riesige Beule verschwunden war. Und dann fing die Migräne an.

Er hätte sich selbst in den Kopf geschossen, wenn die Ärzte ihm nicht seine Pistolen weggenommen hätten. Zum zweiten Mal in seinem Leben wurde er ans Bett gefesselt. Dieses Mal zwangen sie ihn, Laudanum einzunehmen, wovon er sich bloß übergeben musste, was den Schmerz nur noch schlimmer machte.

Schließlich hatte eine Hand ein erbsengroßes Etwas in seinen Mund geschoben, und Glückseligkeit hatte sich über ihn ausgebreitet: Opium.

Obwohl auch Laudanum ein Opiat war, hatte reines Opium etwas, wovon ihm nicht schlecht wurde, und was ihm die Schmerzen nahm. Der Arzt, der es ihm gegeben hatte, warnte ihn vor seiner Kraft und seinem Reiz.

»Nehmen Sie nur so viel, wie Sie brauchen. Und nehmen Sie es nur, wenn Sie Angst haben, Sie könnten sich selbst etwas antun.«

Simon hatte dem Mann nicht erzählt, dass er bereits Erfahrung mit dem Milchsaft des Mohns hatte. Er hatte zu viel Angst gehabt, der Arzt könnte es ihm verweigern.

Außerdem wusste er, womit er es zu tun hatte, und er hatte sich im Griff, schließlich war er älter und weiser.

Zunächst hatte Simon immer nur ein erbsengroßes Stückchen genommen, wenn ihn wieder die Kopfschmerzen ereilten.

Doch der Weg zur Hölle war mit Vorsätzen gepflastert, die ebenso gut oder besser waren als seine.

Drei Jahre nach seiner Kopfverletzung war er mit einer Bayonettwunde am Oberschenkel ins Lazarett gekommen. Dort wurde sein anderes Problem erkannt.

Sie hätten ihn an diesem Punkt für immer nach Hause geschickt, wenn er nicht dem behandelnden Arzt gedroht hätte.

»Schicken Sie mich zurück, und mein Blut wird an Ihren Händen kleben.«

Der Mann war erschrocken gewesen. »Aber hier kann ich Sie nicht behandeln. Sie müssen an einen sicheren Ort mit der richtigen Behandlung und ...«

»Tun Sie es hier; befreien Sie mich hier aus den Ketten von diesem Ding.«

»Sie verstehen das nicht«, hatte der Arzt immer wieder gesagt, doch Simon war es gewohnt, mit dem Duke of Plimpton umzugehen. Im Vergleich zu Wyndham waren alle anderen wie Wachs in seinen Händen.

Seine Opiumsucht ein weiteres Mal loszuwerden, ließ seine Migräne wie einen Mittwoch bei Almacks erscheinen. Wenn Simon gewusst hätte, wie qualvoll es sein würde, hätte er dieser Folter nie zugestimmt. Der Arzt hatte gesagt, dass es sein Tod wäre, wenn er sich noch einmal dem Opium hingäbe, und Simon hatte es geglaubt.

Und nun war er wieder hier in der Dunkelheit, nur mit einem kühlen Lappen auf der Stirn, um seine Schmerzen zu lindern, und hätte sich am liebsten das Hirn weggeblasen.

Er wusste, wie Peel dachte; wenn es Simon tatsächlich gelänge, das Bett zu verlassen, würde er seine Waffen nicht finden.

Seine Gedanken schlingerten von frustrierten Gedanken an Pistolen zu der Information, die sein Bruder ihm mitgeteilt hatte.

Bella war also nun Witwe und konnte sich wieder verheiraten. Er schüttelte den Kopf und japste, als eine Woge der Übelkeit ihn überkam.

Verflucht!

Simon gelang es das grausame Wühlen und Hämmern für einige Momente auszuhalten, bevor sich der Schmerz wieder in ein regelmäßiges heftiges Pochen verwandelte.

Er hasste die Vorstellung, dass der Duke glauben würde, dass ihm die Nachricht von Bellas Rückkehr diese Attacke beschert hatte. In Wahrheit hatte Simon viele seiner Erinnerungen an Bella zusammen mit all den anderen verloren. Die Löcher, Lücken und das gänzliche Fehlen von Tagen, Wochen und sogar Monaten erstreckten sich auch auf sie, die erste große Liebe seines Lebens.

Was ihn aufgeregt hatte, war das Verhalten seines Bruders. Wenn Wyndham in dem Glauben war, dass Simon die Frau noch liebte, warum würde er so etwas tun? Hasste ihn sein Bruder wirklich so sehr? War Wyndhams Verlangen, ihn zu kontrollieren und zu manipulieren ihm wichtiger als Simons Wohlergehen?

Wut auf die Taten seines Bruders ließen seine Temperatur steigen und sorgte dafür, dass sich jeder Muskel in seinem Körper anspannte; sein Zorn machte die Kopfschmerzen nur noch schlimmer.

Simon atmete mehrere Male langsam und tief ein und aus. Sobald er seine Wut unter Kontrolle hatte, ließ er seine Gedanken wieder zu der Quelle dieses ganzen Schlamassels wandern: zu Bellas Rückkehr.

Seine instinktive Reaktion war zum größten Teil aus Gewohnheit erfolgt. Nicht nur hatte er kaum mehr greifbare Erinnerungen an Bella, er war nun auch ein verheirateter Mann. Zwar hatten er und Honoria darüber gesprochen, sich Geliebte zu nehmen, doch das war vor ihrer gemeinsamen Zeit in Brighton gewesen. Es gefiel ihm, wie ihre Ehe sich entwickelte, und er hatte das Gefühl, ihr erginge es genauso.

Simon wollte keine andere Geliebte.

Was er mit seiner neuen Frau hatte, war eine sehr gute Sache, darüber gab es keinen Zweifel. Sie war clever, sinnlich und faszinierend; sie verbrachten ihre gemeinsame Zeit damit zu lachen, sich zu lieben und einander zu entdecken.

Und Bella? Nun, er würde immer mit einer gewissen Nostalgie an das zurückdenken, was sie einmal geteilt hatten. Simon hatte den Verdacht, dass die Wehmut stärker war, weil seine Erinnerungen so lückenhaft waren. Ohne Zweifel hatte seine Fantasie die Lücken ausgefüllt.

Aber jetzt waren er und Bella Nachbarn, und Simon würde ihr begegnen, ob er wollte oder nicht. Er würde die Aufgabe angehen, seine Beziehung zu Bella und ihrer Familie zu normalisieren, wenn er sich nicht gerade vor Schmerzen wand.

Simon wusste selbst am besten, dass Geister substanzlos sein mochten und doch einen machtvollen Einfluss ausüben konnten.

Je früher er die Geister der Vergangenheit verbannte, desto besser war es für alle Beteiligten.

***

Simon kam für drei Tage nicht aus seinem Zimmer.

Als der zweite Tag vergangen war, ohne dass ihr Mann sich hatte blicken lassen, begann Honey daran zu zweifeln, dass wirklich Migräne die Ursache für seinen aktuellen Rückzug war.

Kamen solche Kopfschmerzen so plötzlich? Konnten sie so heftig sein, dass sie ihn drei Tage ans Bett fesselten? Er hatte während ihrer gemeinsamen Zeit nicht einmal so eine Attacke erlitten, warum also jetzt? Warum erst, nachdem er zu Hause war und mit seinem Bruder gesprochen hatte? Hielt ihn etwas anderes in seinem Zimmer? War er trunksüchtig? Sie hatte ihn mehr als ein paarmal ziemlich betrunken gesehen. Hatte sie etwa einen Trunkenbold geheiratet?

Die Ungewissheit, was mit ihm nicht stimmte, war quälend.

Es war schließlich ihre neue Schwiegermutter, die Dowager Duchess, die ihrem trübseligen Grübeln ein Ende bereitete.

Die ältere Dame hatte drei Tage gewartet, um ihnen nach ihrer Ankunft in Everley einen Besuch abzustatten.

»Ich wollte Ihnen mindestens eine Woche geben, um sich einzurichten, ich weiß, wie lästig es sein kann, Besuch zu bekommen, bevor man überhaupt ausgepackt hat. Doch dann hörte ich, dass Simon eine seiner berüchtigten Kopfschmerzattacken hat und dachte, Sie müssen sich sehr vernachlässigt fühlen.«

Honey mochte ihre neue Schwiegermutter sehr und wusste, dass die freundliche, etwas zurückhaltende ältere Dame sie auch mochte.

Die Bestätigung der Duchess über Simons Migräne hatte sie zunächst erleichtert.

Doch dann hatte die Witwe ihr den Grund für den Besuch des Duke enthüllt.

»Wyndham wollte ihm die Neuigkeiten persönlich überbringen.«

»Neuigkeiten?«, wiederholte Honey und goss zwei Tassen Tee ein.

»Ja, über die Rückkehr von Countess MacLeish.« Sie musste Honeys fragenden Blick bemerkt haben. Ihre blassen Wangen erröteten, und sie sagte: »Die Countess hieß vor ihrer Heirat Arabella Frampton.«

Arabella? Bella? War es *die* Bella?

Honey war noch dabei, die verwirrende Information zu verarbeiten, als die ältere Dame in ihrer Erzählung fortfuhr.

»Bella und Simon waren in der Jugendzeit unzertrennlich.« Die Witwe räusperte sich. »Sie waren sogar einmal verlobt.«

Die wunderschöne Bella, die an jenem Tag vor langer Zeit Simons Verstand derart verwirrt hatte, war also wieder in der Nachbarschaft. Doch warum sollte das ausreichen, um Simon für drei Tage in sein Zimmer zu treiben?

»Lady MacLeish ist seit kurzem verwitwet«, fügte die Dowager Duchess hinzu, stieß damit das Messer tiefer in die Wunde und drehte es um.

Honey konnte sich nicht zurückhalten und fragte: »Seit wann?«

»Seit sechs Monaten.«

Seit sechs Monaten?

Honeys Gedanken wirbelten umher; hatte es zwischen ihr und Simon irgendeine Absprache gegeben? Wollten sie warten, bis ihre Trauerzeit vorüber war, um zu heiraten? Hatten das Debakel in der Bibliothek und die darauffolgende Hochzeit von Simon und Honey ihre Pläne zunichte gemacht und ...

Hör auf damit, verlangte eine kühle Stimme in ihrem Kopf. *Deine Fantasie geht mit dir durch. Warum sollte die Nachricht von Bella MacLeish deinen Ehemann um den Verstand bringen? Es ist schließlich nicht so, als wäre sie vor drei Wochen erst verwitwet. Simon muss davon gewusst haben. Was auch immer der Duke ihm gesagt hat, wenn er überhaupt etwas gesagt hat, hatte nichts mit dieser Frau zu tun.*

Honey seufzte. Das waren alles ausgezeichnete Argumente.

Sie bereitete weiter den Tee für die Dowager Duchess zu und reichte ihn ihr.

»Vielen Dank, meine Liebe.« Sie nahm einen Schluck und fuhr fort. »Wir waren alle überrascht, als sie plötzlich MacLeish heiratete.« Sie errötete etwas und sagte: »Ich weiß, es ist unchristlich von mir, aber ich mochte Arabella Frampton nie, selbst als Mädchen nicht.« Sie schnalzte mit der Zunge. »Sie war einfach zu schön, und die Leute um sie herum verhielten sich albern.« Honey erinnerte sich noch immer an das Gefühl der Übelkeit in ihrem Magen damals vor langer Zeit vor

Gunters, als Simon sie Bella vorgestellt und sein Gesicht diesen verliebten Ausdruck angenommen hatte.

Nicht zum ersten Mal verspürte sie eine brennende Neugier zu erfahren, warum die beiden nie geheiratet hatten.

Die Duchess fuhr fort, offenbar vollkommen ahnungslos, was den Herzschmerz anging, den sie in Honey entfesselt hatte. »Sie war der Liebling ihrer Eltern, und es war klar, dass sie große Pläne für sie hatten. Das möchte ich ihr natürlich nicht vorwerfen.«

Sie machte eine Pause, und ihr in die Ferne gerichteter Blick schärfte sich, als Honey auf das Tablett mit einer Auswahl an Gebäck deutete.

»Oh, ich sollte ja nicht in Versuchung geraten, meine Liebe.« Doch ihre Augen glänzten verzückt, als ihr Blick an einem leichten Blätterteigröllchen hängenblieb, das reich mit Lemon Curd und Sahne gefüllt war. Sie zeigte mit der kleinen, gedrungenen Hand darauf. »Nun, vielleicht nur eins.«

Honey lächelte und legte die Köstlichkeit mit zwei Gabeln auf einen mit Spitze gesäumten Teller und reichte der Witwe eine antike Leinenserviette dazu.

Die alte Dame betrachtete das Leinen. »Das waren meine.«

»Sie sind wundervoll«, sagte Honey. Die Ränder waren mit Spitze gesäumt, und das gesamte Stoffrechteck war mit winzigen, perfekten Ranken bestickt.

»Ich habe sie für meine Aussteuertruhe angefertigt.« Die Dowager Duchess sah auf, und das schelmische Lächeln auf ihren Lippen ließ sie jünger wirken. »Das war damals so etwas, das brave Mädchen taten, ob sie nun einen Metzger oder einen Duke heirateten.«

Honey schmunzelte. »Ich fürchte, meine Handarbeitskünste würden nicht ausreichen, um das Teegedeck zu verschönern.«

Die Duchess ließ die Serviette sinken. »Sie bringen etwas so viel Schöneres mit in die Ehe.«

Honey runzelte die Stirn.

»Ihre Gemälde, meine Liebe«, sagte die Duchess. »Wyndham sagte, dass es durch Ihre Hochzeit wohl eine Verzögerung geben wird, aber Rebecca und ich können kaum abwarten, sie zu sehen. Sie hätte mich heute bei meinem Besuch begleitet, sie hüpfte sogar auf und ab, so gerne wäre sie mitgekommen, aber ihre Gouvernante hatte Anproben für sie arrangiert, und mein Sohn bereitet anderen niemals aus einer Laune heraus Unannehmlichkeiten.«

Honey musste ein Schnauben zurückhalten. Als ob der Duke je irgendjemanden sonst als echtes lebendes, atmendes und empfindsames menschliches Wesen begriff. Honey fragte sich kurz, ob er erwartete, dass sie nun kostenlos arbeiten würde, da sie jetzt *Familie* war. Dann wurde ihr bewusst, dass ihre Schwiegermutter auf eine Reaktion von ihr wartete.

»Bitte richten Sie ihr aus, dass sie immer herkommen kann. Sie ist stets willkommen. Ich habe in London vor der Hochzeit mit Rebeccas Porträt begonnen. Es wurde geliefert, bevor wir in Everley eintrafen, und ich habe in den vergangenen Tagen daran gearbeitet.«

Ihr Gegenüber nickte und nippte an ihrem Tee, aber Honey konnte sehen, dass sie in Gedanken anderswo war; sie war nicht überrascht, als sich die Duchess wieder dem Thema Bella widmete.

»Ich erwähnte, glaube ich, dass es mich erstaunt hat, dass Arabella den Earl MacLeish auf diese Weise kennenlernte und heiratete.« Sie spitzte die Lippen und nestelte am Henkel ihrer Tasse, bevor sie aufsah. »Ich weiß, es ist ein hässlicher Gedanke, der mir über ein Jahrzehnt im Kopf herumspukt, und er wird noch hässlicher klingen, wenn ich ihn ausspreche. Sie heiratete den Earl nur wenige Tage vor dem Tod meines Enkels Edward, und sie hatten es mit der Zeremonie in London sehr eilig, soweit ich weiß. Ich glaube, sie tat es, weil sie dachte, dass Simon nicht den Titel erben würde.«

Die blasse, papierdünne Haut über den Wangen der Duchess errötete, und Honey bekam das Gefühl, sie hätte ihre Worte am liebsten wieder zurückgenommmen.

Konnte es wahr sein, was die Duchess sagte? Es war für sie kaum nachvollziehbar, dass irgendeine Frau Simon für einen Titel oder Geld oder so etwas eingetauscht hätte.

Ihre Gnaden fuhr fort. »Edward hatte jene ersten gefährlichen Monate der frühen Kindheit überlebt und schien ein gesundes Kleinkind zu sein, wenn auch nicht besonders kräftig. Simon war immer ein sonniger Bursche, aber nach Edwards Geburt wurde er noch unbeschwerter. Er war so glücklich darüber, dass ein weiterer Erbe zwischen ihm und dem Herzogtum stand. Und er hätte so gern geheiratet und das Leben geführt, von dem er immer geträumt hatte.«

Das war der Simon gewesen, den Honey vor all jenen Jahren kennengelernt hatte: sonnig und unbeschwert.

»Wyndham war ...« Die Duchess sah Honey mit glasigem Blick an und biss sich auf die Unterlippe. Ihr Blick wirkte flehend. »Wyndham hatte beinahe Angst, Glück zuzulassen. Sehen Sie, die beiden Kinder zwischen Rebecca und Edward hatten keine Stunde überlebt, und mein Sohn litt sehr unter ihrem Tod. Ich weiß, Ihnen muss der Duke kalt erscheinen, aber er hat viele Bürden zu tragen und hat großen Schmerz und Enttäuschungen erlitten. In vielerlei Hinsicht leidet er bis heute darunter.«

Honey konnte nur annehmen, dass sie damit auf die eigenartige, distanzierte Ehe des Duke anspielte.

Das Lächeln der Duchess zitterte. »Aber er war sehr erfreut, als er hörte, dass Sie und Simon heiraten. Sehr erfreut.«

Es erforderte viel Selbstdisziplin, das Lächeln der zerbrechlichen alten Dame zu erwidern. Sie war eine Mutter, die ihren Sohn – ihre beiden Söhne – liebte und die ein Leben lang darunter litt, ihnen nicht helfen zu können. Wenn Simons Vater auch nur im Entferntesten gewesen war wie der derzeitige Duke, wäre die sanfte, liebenswürdige und zurückhaltende Dowager Duchess zwischen drei willensstarken, kräftigen Männern gefangen gewesen.

Ihre Gnaden räusperte sich, stellte den Tee ab, und ihr makellos gerader Rücken schien sich noch ein wenig mehr aufzurichten. »Ich weiß nicht, warum ich mit der Vergangenheit angefangen habe«, sagte sie und wurde brüsk. »Sie und mein Sohn sind verheiratet, und das müssen wir feiern.«

Honoria öffnete den Mund, um zu widersprechen.

Doch die Duchess war noch nicht fertig. »Natürlich nicht gleich. Wir werden Simon Zeit lassen, diese grauenhaften Kopfschmerzen zu überstehen.« Sie schüttelte den Kopf. »Soweit ich weiß, halten sie über Tage an.«

»Oh, hat er auf Whitcomb nie eine Attacke gehabt?«

»Seit Belgien nicht mehr, hat zumindest sein Kammerdiener gesagt. Peel hat schon lange vor dem Krieg für ihn gearbeitet, schon als er ein junger Mann war. Er ist Simon eine große Stütze.«

Also hatte ihr Ehemann keine Migräne mehr gehabt, bis sein Bruder sich mit ihm bei ihrer Rückkehr in seinem Büro eingeschlossen hatte. Die Verbindung war zu unmittelbar, als dass man sie ignorieren konnte; was auch immer der Duke Simon bei seiner Ankunft gesagt hatte, war so schlimm, dass es ihn von relativer Zufriedenheit aufs Krankenlager gebracht hatte.

Die ältere Dame spitzte besorgt die Lippen. »Ich hoffe, ich habe nichts gesagt, was Sie beunruhigt hat oder ...«

Honey lächelte. »Nein, Ma'am. Sie haben mich nicht beunruhigt. Ich bin froh, wenn ich gewarnt bin, falls es Grund zu unangenehmen Begegnungen gibt.«

Die Duchess war sichtlich erleichtert.

Honey wusste, dass ihre Schwiegermutter sie nur hatte vorwarnen und nicht verletzen wollen, indem sie ihr verraten hatte, dass Simons frühere Verlobte in die Gegend zurückgekehrt war.

Obwohl Honey Simon keine Schmerzen wünschte, insbesondere nicht, wenn sie derart quälend waren wie jetzt, gefiel ihr der Gedanke überhaupt nicht, dass sein derzeitiger Zustand in irgendeiner Weise mit Bella MacLeish zusammenhing. Sie wünschte wirklich, sie wüsste, was sein Bruder gesagt hatte.

»Nun, es wird Zeit, dass ich aufbreche.« Die Witwe erhob sich.

Honey begleitete sie zu ihrer wartenden Kutsche und versprach, über einen möglichen Termin für eine Dinnerparty nachzudenken. Sie sah der hochherrschaftlichen Kutsche hinterher, die mit vier Begleitern zu Pferde die Auffahrt hinunterrollte, bis sie längst aus ihrem Blickfeld verschwunden war.

Sie kehrte in ihren privaten Salon zurück; ihr Kopf war eigenartig leer. Sie starrte noch immer ins Nichts, als kurze Zeit später jemand sanft an die Tür klopfte und sie aufsah.

Hume stand in der Tür. »Verzeihen Sie die Störung, Mylady, aber da ist ein Gentleman, der Sie sehen möchte.«

»Wer ist es, Hume?«

»Ein Mister Heyworth, er war mit dem Marquess wegen einer Stelle als Verwalter verabredet. Er hat den ganzen Weg aus Leeds hierher gemacht, um seine Lordschaft zu treffen, aber ...«

Honey verstand: Aber Simon war unpässlich.

»Ich werde ihn empfangen. Bitten Sie ihn herein.«

Hume ging, und Honey war froh, ihre Gedanken wieder einer weniger belastenden Situation zuwenden zu können als ihrer Ehe. Wenn der Mann extra aus Leeds gekommen war, um mit Simon zu sprechen, musste sie ihm Quartier bieten, zumindest für eine Nacht, und hoffen, dass Simon ihn morgen oder später am Tag selbst würde empfangen können.

Wieder öffnete sich die Tür, und Hume führte einen großen, dunkelhaarigen Mann herein.

»Guten Tag, Mylady. Ich bin Benjamin Heyworth.«

»Nehmen Sie doch Platz, bitte.« Honey deutete auf einen der Stühle ihr gegenüber. »Wie ich hörte, hatten Sie eine Verabredung mit meinem Mann. Ich fürchte allerdings, er ist unpässlich.«

»Es tut mir sehr leid, das zu hören, Mylady. Ich hoffe, es ist nichts Ernstes.« Das war keine Frage, aber sie hatte das Gefühl, dass sie ihm wenigstens diese Information schuldig war.

»Lord Saybrook wurde in Belgien verwundet und ist noch immer nicht vollständig genesen.« Das klang vage genug, es enthüllte nicht zu viel über Simons Zustand, verriet aber dennoch die Ernsthaftigkeit.

Heyworth legte die Stirn in Sorgenfalten, was aufrichtig wirkte. Der Blick seiner grün-braunen Augen, die von ausdrucksstarken Brauen beschattet wurden, war klar und klug. »Ich weiß, dass Seine Lordschaft gedient hat; das ist sehr beeindruckend. Ich hätte Sie nicht gestört, aber ich fürchte, ich habe nicht so viel Zeit für diesen Besuch zur Verfügung.« Er warf ihr ein bedauerndes Lächeln zu. »Wie es scheint, habe ich zwei mögliche Stellenangebote zur selben Zeit bekommen.«

»Aha, die Qual der Wahl.«

»Ich würde Ihnen normalerweise zustimmen, aber ich bin mit meinem anderen möglichen Arbeitgeber in vier Tagen verabredet. Ich habe seine Lordschaft in meinem Brief darüber in Kenntnis gesetzt«, fügte er rasch hinzu. Er hob die breiten Schultern und ließ sie sinken. »Sie verstehen also die Zwickmühle, in der ich mich befinde.«

»Ich werde sehen, was ich heute Nachmittag tun kann, versprechen kann ich Ihnen allerdings nichts. Sie müssen zum Abendessen bleiben und heute Abend unser Gast sein.« Honey erhob sich, und er stand ebenfalls auf.

»Ich werde Hume anweisen, Ihnen ein Zimmer zu geben und lasse etwas Tee hinaufschicken, um die Zeit bis zum Abendessen zu überbrücken.«

»Sie sind äußerst liebenswürdig.« Er zögerte, und Honey hob die Augenbrauen. »Ich hoffe, Sie halten mich nicht für unverschämt, aber ich habe mich gefragt, ob mir wohl jemand das Anwesen zeigen könnte, wenn ich schon einmal hier bin.«

Als eine Frau, die stets für ihren Lebensunterhalt gearbeitet hatte, fand Honey diese Bitte überhaupt nicht unverschämt. Doch sie wusste nicht, wer ihn auf einer solchen Tour begleiten könnte. »Ich würde meine eigenen Dienste anbieten, aber ich fürchte, ich bin selbst erst seit einigen Tagen hier. Ich werde sehen, was ich für Sie tun kann.«

Die Tür wurde geöffnet, und es war Hume, nach dem sie geläutet hatte, also überließ sie Heyworth dem Butler und machte sich daran, Lösungen für ihre Probleme zu finden.

Kapitel
Einunddreißig

Simon fühlte sich schwach wie ein Vögelchen, doch immerhin war das andauernde Dröhnen verschwunden. Es hatte irgendwann in der Mitte der vergangenen Nacht aufgehört, dennoch hatte er sein Frühstück von etwas schwachem Tee und Toast knapp eine halbe Stunde nach dem Essen wieder von sich gegeben. Er blieb also noch bis zum Mittag im Bett, bis er die Langeweile nicht mehr ertrug.

»Ich werde ein Bad nehmen, Peel«, sagte er, auch wenn sein Kammerdiener leise widersprach. »Die Schmerzen sind weg. Vorerst. Und ich habe meine Braut seit Tagen sitzen lassen. Es wird Zeit, dass ich aufstehe.«

Das hatte sich als mühsamer herausgestellt, als es klang. Es hatte gut zwei Stunden gedauert, bis er bereit war, seine Gemächer zu verlassen, und er war gerade dabei, die Jacke anzuziehen, als es leise an der Tür klopfte.

»Herein«, rief er und wedelte Peel fort, der Simons Jacke zuknöpfen wollte, als ob er ein Fünfjähriger wäre.

Seine Frau lugte durch den Türspalt, und Simon lächelte. »Komm herein, Honoria. Warum bist du nicht durch die Verbindungstür gekommen?«

Sie trat ein, ihre Miene war angespannt und steif, so wie sie es gewesen war, bevor sie als Geliebte zueinander gefunden hatten.

Simon nahm ihre Hand und küsste ihre Handfläche. »Du bist eine Augenweide, meine Liebe.«

Sie errötete, blieb aber steif. »Geht es dir gut?«

»Ja, die Schmerzen sind vorüber.« Er strich eine lose Haarsträhne hinter ihr Ohr. »Es tut mir leid, dass ich dich im Stich gelassen habe. Du musst denken, dass ich ein armes, schwächliches Geschöpf bin.«

»Natürlich denke ich nichts dergleichen. Ich bin froh, dass es dir besser geht.«

»Und *ich* bin froh, dass du zu mir gekommen bist.«

Sie senkte den Blick und wirkte plötzlich gehemmt, als ob ihre Wochen in Brighton nie gewesen wären.

Nun, darum würde sich Simon bald kümmern.

»Da ist ein Mr Heyworth und möchte dich sprechen.«

Simon runzelte die Stirn und nahm von Peel seine Uhrenkette entgegen. »Der Name sagt mir nichts. Wer ist das?«

»Er sagt, er wäre hier, um sich auf die Stelle des Verwalters zu bewerben.«

Simon nestelte mit der Uhr, um Zeit zu schinden, während er versuchte, sich zu erinnern. Er konnte es nicht.

Peel, der ihn wie eine Glucke mit nur einem Küken beobachtete, trat vor, um eine nichtexistente Fluse von seinem Ärmel zu zupfen.

»Der Gentleman aus Leeds, Mylord.«

Simon konnte sich noch immer nicht an eine solche Verabredung   erinnern,   aber   es   war   einfach, mitzuspielen, bis es ihm wieder einfiele. »Ach ja.« Er sah Honoria an. »Hast du schon mit ihm gesprochen?«

»Ich habe ihn für heute Abend zum Essen eingeladen und ihm angeboten, die Nacht über zu bleiben.«

»Ausgezeichnet.« Sie sah noch immer zögerlich aus. »Stimmt etwas nicht?«

»Er fragte, ob ihm jemand das Anwesen zeigen könnte.«

»Das klingt nach einer großartigen Idee.« Er nickte Peel zu. »Lassen Sie Mr Heyworth wissen, dass ich in einer Dreiviertelstunde bei den Ställen auf ihn warte.«

Peel öffnete den Mund, schloss ihn aber wieder, als er Simons Blick gewahrte.

Als er fort war, wandte sich Simon Honoria zu, legte ihr die Hände auf die Schultern und lächelte sie bedauernd an. »Verzeihst du mir, dass ich dich an deinen ersten Tagen in deinem neuen Zuhause im Stich gelassen habe?«

»Es war schließlich nicht deine Schuld«, entgegnete sie. »Bist du sicher, dass es eine gute Idee ist, gleich wieder auszureiten, nachdem ...«

»Ich fühle mich sehr gut – nur etwas rastlos aufgrund des Bewegungsmangels.« Er beugte sich zu ihr und küsste sie, wobei sein Mund auf ihren weichen, warmen Lippen verweilte. »Mm«, machte er und löste sich widerwillig, wobei er ihr tief in die kühlen grauen Augen sah. »Ich werde *jede Menge* Bewegung brauchen.«

Sie errötete aufs Heftigste, aber immerhin lächelte sie nun.

»Warum kommst du nicht mit?«

»Du meinst auf den Ausritt?«

»Warum nicht? Du hast das Anwesen doch auch noch nicht gesehen.«

»Also gut, dann komme ich mit.«

»Sehr gut. Ich muss mich noch umziehen. Sagen wir, in einer Stunde?«

Sie legte den Kopf schief. »Ich dachte, du hättest eine Dreiviertelstunde gesagt.«

»Das war, bevor ich wusste, dass eine Dame dabei sein würde«, neckte er, küsste sie auf die Wange und schob sie sanft hinüber zu ihrer Verbindungstür, von der er heute Nacht definitiv Gebrauch machen wollte.

***

Honey konnte sich gerade noch zurückhalten, nicht zu hüpfen und zu singen; Simon war noch immer derselbe, mit dem sie vor wenigen Tagen hier angekommen war. Er war doch kein liebeskranker Trottel, der einer anderen Frau hinterhertrauerte. Es war, wie er behauptet hatte: Er hatte furchtbare Kopfschmerzen gehabt.

Honey zog sich die neue Reitkleidung an, die Simon während ihrer Einkaufsorgie in Brighton ausgesucht hatte.

»Die musst du haben«, hatte er gesagt und auf eine Modezeichnung gedeutet. »Aber sie sollte rot sein, dann passt sie zu dem kessen Hut.«

Sie hatte sich etwas gewehrt, weil sie die Farbe zu auffällig fand, doch er hatte sie überrascht.

»Du solltest nicht vor den Farben zurückschrecken, die dir stehen, nur weil du für eine Frau sehr groß bist, Honoria. Dieser Rotton ist wie für dich geschaffen.«

Honey wäre beinahe weinend zu seinen Füßen zusammengesunken. Er hatte recht, das wusste sie. Schließlich war sie Künstlerin, sie hatte ein Auge für Farben. Natürlich hatte sie Kleider in Farben, die ihr schmeichelten, aber sie waren allesamt am ruhigen, unauffälligeren Ende der Palette zu suchen.

Jahrelang hatte sie sich danach gesehnt, satte, leuchtende Farben zu tragen. Nun, da sie begonnen hatte, solche Farben zu tragen, schämte sie sich beinahe dafür, dass sie so lange gebraucht hatte, es zu tun.

Eine volle Viertelstunde zu früh war sie fertig und traf bei den Ställen ein, ebenso wie Mr Heyworth. Wer nicht da war, war ihr Mann.

Sie fühlte sich geschmeichelt, als sie Mr Heyworth' Blick bemerkte.

»Ich werde Sie begleiten, Mr Heyworth, da ich auch noch nicht viel vom Anwesen gesehen habe.«

Sie musste den Kopf in den Nacken legen, um ihm in die Augen sehen zu können; er war sogar noch größer als Simon.

»Ich hörte, dass Sie und seine Lordschaft erst kürzlich geheiratet haben?«

Aha, also hatte jemand geredet. Das war kaum eine Überraschung; außerdem war es kein Geheimnis. »Ja, vor weniger als einem Monat.«

»Wie ich sehe, bin ich zu spät.«

Sie wandten sich beide um, als sie Simons Stimme hörten.

Er warf Honey ein entschuldigendes Lächeln zu. »Und da habe ich dich mit weiblicher Unpünktlichkeit aufgezogen.« Er wandte sich Heyworth zu. »Es freut mich, Sie kennenzulernen, Mr Heyworth. Ich war sehr beeindruckt von Ihrer Berufserfahrung.«

»Vielen Dank, Mylord. Ich brenne darauf, das Anwesen zu sehen. Ich glaube, Sie planen, Pferde zu züchten?«

»Das ist wahr. Wenn ich meine Stallungen renoviert und erweitert habe.« Er bedeutete seinem Gegenüber in den Hof voranzugehen, bevor er sich nah zu Honeys Ohr neigte und flüsterte: »Du siehst überwältigend aus.«

Sie fühlte vor Freude die Hitze in ihre Wangen steigen.

Einige Diener machten sich an drei Pferden zu schaffen, und Simon führte Honey zu einem sehr hübschen dunklen Rotschimmel, dessen Farbe zufällig hervorragend zu ihrer Reitkleidung passte. Sie warf ihm einen Seitenblick zu, und er ließ sie durch ein Zwinkern wissen, dass er dafür verantwortlich war. Diese süße, verspielte Geste ließ die Liebe in ihrer Brust anschwellen, und sie wandte den Blick ab, um sich nicht zu verraten.

»Bist du bereit?«, fragte er.

Sie nickte, und er winkte ab, als der Knecht den Aufsitzblock heranschieben wollte. Stattdessen half er ihr selbst in den Sattel.

Er ignorierte ihren besorgten Blick angesichts dieser Anstrengung und drückte einmal kurz ihren Stiefel am Knöchel, bevor er sich dem Verwalter zuwandte, der bereits im Sattel eines schönen Wallachs namens Saturn saß. Simon selbst ritt Loki. Sie wünschte sich insgeheim, er hätte ein weniger unberechenbares Pferd, aber es kam ihr wohl nicht zu, etwas dazu zu sagen.

Honey ritt zwischen den beiden Männern, und Simon bezog sie in ihre Gespräche über das Land, die verpachteten Höfe und andere Dinge, die das Anwesen betrafen, mit ein. Sie genoss das gemächliche Tempo und den Sonnenschein und fand, dass sich die beiden Männer offenbar recht gut verstanden; man musste den hoch gewachsenen, ernsthaften Verwalter einfach mögen.

Als sie den Kamm einer niedrigen Anhöhe erreichten, hörten sie jemanden rufen. Honey entdeckte eine kleine Laube mit Blick über die Flussbiegung.

Noch bevor die Person aus den Schatten trat, wusste Honey, um wen es sich handeln musste. Nicht, dass sie die Frau nach all den Jahren an der Stimme hätte erkennen können, aber sie hatte das Gefühl, dass bei ihrer Ankunft in ihrem neuen Zuhause nichts voranschreiten konnte, ohne dass es gleich durch irgendetwas wieder zunichte gemacht wurde.

Zuerst war es der Duke gewesen, und nun war es Arabella MacLeish.

Die andere Frau schwebte mit geschmeidiger Grazie und einem strahlenden Lächeln auf sie zu. »Simon! Ich wusste, das kannst nur du sein.«

Manchmal im Leben übertrieb man bei der Beschreibung der Schönheit oder Herrlichkeit einer Person oder eines Ereignisses, und stellte dann später fest, dass die Fantasie alles reichlich ausgeschmückt hatte.

Das war allerdings keiner dieser Fälle.

Countess MacLeish war noch schöner, als Honey sie in Erinnerung hatte.

Simons Miene war so ausdruckslos, dass sie sich fragte, ob er seine ehemalige Liebe nicht erkannt hatte. Doch Lokis nervöses Tänzeln verriet seinen Reiter.

»Bella«, sagte er.

Es war nicht derselbe freudige Ausruf wie an jenem lang vergangenen Tag in London vor Gunters, aber noch immer schwang einiges an Gefühl in dem Namen mit, das Honey nicht genau einordnen konnte.

Sie konnte keinen von beiden ansehen und wandte den Blick Heyworth zu.

Er begegnete ihrem Blick, und Honey hätte schwören können, dass sie bei ihm denselben Ausdruck erkennen konnte wie bei Simons Bediensteten: Mitleid.

Kapitel
Zweiunddreißig

Seit der Nacht in Grunstead hatte Simon nicht mehr so viel getrunken. Eigentlich hatte er Spirituosen seit jenem Abend nicht mehr angerührt – ein bewusster Verzicht.

Doch heute rann ihm der Alkohol nur so durch die Kehle, als ob jemand anderes ihn hinein kippte. Früher am Tag, als Honey in sein Zimmer gekommen war, hatte ihn die Tatsache verstimmt, dass Heyworth beim Dinner zugegen sein würde – er hatte mit seiner Frau allein sein wollen.

Doch dann waren sie Bella begegnet.

Simon schnaubte, und wieder hob er das Glas an den Mund, ohne dass sein Gehirn den bewussten Befehl dazu gegeben hätte.

Sie war so schön wie eh und je. Nicht mehr so schlank, aber sinnlich – sie hatte den Körper einer reifen Frau.

Er hatte keine Ahnung, warum sie wieder hier war – er hatte Wyndham nie die Chance gegeben, es ihm zu erzählen – aber er nahm an, dass ihr Mann sie mittellos zurückgelassen hatte. Hatte sie ihm keinen Erben gebären können? Oder gab es eine andere

Katastrophe, die sie zurück in die Heimat ihrer Kindheit getrieben hatte?

Sie hatte jedenfalls nicht ausgesehen wie eine Mutter – jedenfalls hatte Simon noch keine solche Mutter gesehen. Sie hatte ausgesehen wie eine grünäugige Sirene, und er hatte sie angestarrt wie ein benommenes, verliebtes Jüngelchen – vor den Augen seiner neuen Frau und eines völlig Fremden.

Seiner Frau.

»Verdammt«, murmelte er und füllte das Glas aus der fast leeren Flasche auf bis ganz zum Rand.

Bella hatte ihn so aus dem Konzept gebracht, dass es fast bis zum Ende ihres kurzen Besuchs gedauert hatte, bis er seine Schockstarre abgeschüttelt und erkannt hatte, dass sie irgendetwas im Schilde führte. Sie hatte Honoria mehr oder weniger ignoriert und war um Simon und Heyworth herumscharwenzelt, und es war ihm wieder eingefallen, wie sie sich immer verhalten hatte, wenn andere Frauen in der Nähe waren: herablassend.

Er erinnerte sich, dass sie behauptet hatte, die Zielscheibe weiblicher Eifersucht zu sein. Sie war so schön, dass er annahm, dass ein Körnchen Wahrheit in dieser Behauptung steckte. Doch er glaubte, dass sie die Situation verschlimmerte, indem sie stets versuchte, im Mittelpunkt zu stehen.

Als Simon seinen Verstand schließlich wieder beisammen und sich und seine Begleiter von ihr losgeeist hatte, war Honey wieder so kühl und distanziert gewesen wie vor ihrer Zeit in Brighton, was ihm verriet, dass jemand sie über Bella und deren Rolle in seiner Vergangenheit informiert hatte.

Simon hatte seine Mutter in Verdacht. Wyndham würde ihren Namen nicht freiwillig erwähnen oder auch nur ihre Existenz anerkennen – und Honey hätte ohnehin nicht mit ihm gesprochen.

Er schloss die Augen und dachte über die heutige Begegnung mit Bella nach. Er musste noch einmal mit ihr sprechen, aber dieses Mal allein. Sie konnte ihn nicht weiter so hinterrücks überfallen wie heute – und erst recht nicht Honey.

Auch wenn er tatsächlich überwältigt war, sie nach all den Jahren wiederzusehen, war das nur seine erste Reaktion gewesen. Was ihn wirklich erschüttert hatte, war diese verworrene Flut von Erinnerungen, die ihr Gesicht bei ihm entfesselt hatte. Es war zu viel auf einmal gewesen.

Er hatte den Verdacht, dass es so ausgesehen haben musste, als wäre er sprachlos und liebestrunken, obwohl er in Wahrheit nur überfordert gewesen war.

Sie war vor vierzehn Jahren ohne ein Wort des Abschieds aus seinem Leben gegangen. Da war nur der Brief, ein Brief, den er erstaunlicherweise in all jenen Jahren gehütet hatte, auch wenn es ewig her war, als er die kurze Nachricht zum letzten Mal herausgenommen und noch einmal gelesen hatte.

Er warf einen kurzen Blick auf den Schreibtisch, wo er geöffnet lag. Anders als in der Vergangenheit, entfesselte es nicht mehr seine Wut, wenn er ihn las.

Er fühlte ... nichts.

Simon ließ seine vom Alkohol vernebelten Gedanken umherschweifen, was ihn wenig überraschend in die Tiefen der Erinnerungsflut eintauchen ließ.

Das Bild einer siebzehnjährigen Bella überstrahlte darin alles, es entstieg seinen zerfetzten, aufgewühlten Erinnerungen wie Venus den Wellen. Nur noch schöner.

Er war achtzehn gewesen, und es sollte ein Sommer der Freiheit sein, bevor er nach Oxford gehen würde. Simon wollte nicht gehen, er war kein besonders eifriger Student, doch Wyndham hatte darauf bestanden, dass er mindestens zwei Jahre dort verbringen sollte, bevor er Simons Pläne bezüglich Everley überhaupt in Betracht ziehen würde.

Zunächst hatte es ihn verstimmt, aber dann war ihm aufgegangen, dass ihm die Freiheit des Studentenlebens gefallen würde, die er eher mit Zerstreuung als mit Lernen auszufüllen gedachte.

Er war nach Hause gekommen und hatte dort seinen Cousin Raymond vorgefunden, der ihm auf Schritt und Tritt folgte. Obwohl Raymond ein Jahr älter war als Simon, hatte er sich immer verhalten, als wäre er viel jünger.

Raymond hatte die Schule abgeschlossen und war ein Jahr zuvor nach Whitcomb zurückgekehrt. Wyndham nahm seine Verantwortung als Familienoberhaupt sehr ernst und hatte persönlich dafür gesorgt, dass Raymond lernte, wie man ein Anwesen verwaltete. Simon wusste, dass der Duke Raymond denselben Unterhalt zahlte wie Simon, doch er wollte Raymond eine Fähigkeit mitgeben, die ihn unabhängig machen würde.

Denn Simon würde sein eigenes Anwesen und Geld erben, und auf Raymond wartete nichts, da sein nichtsnutziger Vater sein Erbe verspielt und ihn mittellos zurückgelassen hatte.

Während Simon sich auf die Universität freute, hatte Raymond eine Stelle als Wyndhams Verwalter angenommen und seine Zeit damit verbracht, zwischen den sechs Landsitzen des Duke hin und her zu reisen.

Simon hatte nicht geglaubt, dass Raymond genug Verstand für eine solche Aufgabe hatte, aber es war deutlich, dass Wyndhams Vertrauen in Raymonds Fähigkeiten seinen Cousin glücklich machte. Weil sie ungefähr im selben Alter waren, hatten sie die schulfreie Zeit gemeinsam damit verbracht zu reiten, zu zechen oder herumzuhuren.

Doch aus irgendeinem Grund war ihm Raymond in jenem Sommer auf die Nerven gefallen, und Simon war seiner aufdringlichen Aufmerksamkeit ausgewichen.

Er war auf dem Anwesen ausgeritten, als er Bella begegnet war. Es waren Jahre vergangen, seit er sie zuletzt gesehen hatte, seit er nach Eton gegangen war, da musste er acht oder neun gewesen sein.

Sie hatte in der kleinen Laube bei der Flussbiegung gesessen und gelesen. Sein Bruder hatte sie gebaut und den Leuten in der Umgebung gestattet, sie zu nutzen.

Sie hatte aufgesehen, der Blick ihrer geweiteten grünen Augen hatte überrascht gewirkt, und ihre unglaublich roten Lippen hatten sich zu einem Lächeln verzogen. Er erinnerte sich noch, wie ihre Schönheit ihn des Verstandes und seiner Sprache beraubt hatte.

»Simon, ich habe gehört, dass du zurück bist.«

Selbst damals hatte er sich gefragt, ob sie deswegen diesen ungewöhnlichen Ort gewählt hatte, um zu lesen – weil sie wusste, dass er dort entlangreiten würde.

Doch der zynische Gedanke hatte sich verflüchtigt, war von ihrer strahlenden Schönheit weggebrannt worden, nachdem er abgestiegen war und sie geplaudert hatten.

Das war die erste von vielen Unterhaltungen in jenem Sommer gewesen.

Sie hätte eigentlich ihre erste Saison haben sollen, doch ihre älteren Schwestern waren beide schon einige Jahre in die Gesellschaft eingeführt und waren noch keine passende Verbindung eingegangen.

»Ich werde wohl nie an die Reihe kommen«, hatte sie mehr als einmal geklagt und tief geseufzt, sodass ihr praller Busen zur doppelten Größe angeschwollen war.

Simon hatte inständig gehofft, dass sie recht behielte. Er hatte bereits beschlossen, dass er sie haben musste, aber sie war eine Dame, anders als die Schankmägde und die zwei Witwen, mit denen er sich bis dahin die Zeit vertrieben hatte.

Nein, er wollte sie zur Frau.

Doch Wyndham war hart geblieben: Simon musste zwei Jahre an der Universität verbringen, bis er zwanzig wäre. Danach, hatte sein Bruder gesagt, könne er Bella heiraten und sich auf die Pferdezucht konzentrieren, wenn es dann immer noch sein Wunsch wäre.

Als ob Simon je etwas anderes wollen würde.

Also hatte er zwei lange Jahre gewartet.

Natürlich hatte er Bella vermisst, aber sie waren verliebt, und eines Tages würde das Warten sich gelohnt haben.

Mitten während seines ersten Jahres in Oxford, das ihm überraschend gut gefallen hatte, hatte die Duchess eine weitere Totgeburt erlitten – einen Sohn. Das Haus war ein trister Ort der Trauer gewesen, als er in jenem Sommer nach Hause zurückgekehrt war.

Bella und er hatten sich hier und da gemeinsame Augenblicke stehlen müssen. Zu ihrem achtzehnten Geburtstag hatte er ihr ein Diamantarmband geschenkt. Er hatte die Hälfte seines vierteljährlichen Unterhalts gespart, um es sich leisten zu können, und sie hatte es geliebt. Natürlich konnte sie es nicht öffentlich tragen, nicht, wenn sie keine Fragen provozieren wollte, aber es war ein sichtbares Zeichen seiner Liebe.

Das folgende Jahr hindurch hatten sie einander auf heimlichem Wege geschrieben und waren einander näher gewesen denn je. Und dann, Wunder über Wunder, war Cecily abermals schwanger geworden.

Dieses Mal erschien das Kind – wieder ein Junge – gesund.

Das Baby hatte überlebt, aber seine Schwägerin hatte sich bei der Geburt irgendeine Verletzung zugezogen, und ihre ohnehin fragile Konstitution hatte sich verschlechtert. Sie würde keine Kinder mehr bekommen.

Nicht lange nach der Geburt dieses Sohnes hatte Simon Wyndham aufgesucht.

Auch wenn er nicht begeistert von Simons Absicht gewesen war, Bella zu heiraten, hatte sein Bruder seinen Plänen zugestimmt. Er hatte nur darum gebeten, dass Simon warten möge, bis Cecily wieder soweit genesen wäre, dass sie Gäste empfangen könnte, bevor er es offiziell machte.

Er hatte versprochen, dass es nicht lange dauern würde. Kurz darauf hatte Simon für sein Porträt Modell gestanden.

Simons letzter Abschied von Bella hatte sich in seine Erinnerung gebrannt.

»Und er hat wirklich *Ja* gesagt?«, hatte Bella mehrmals gefragt. Simon hatte verwundert gelacht. »Du musst angefangen haben, zu zweifeln, dass ich je zum entscheidenden Punkt kommen würde. Es ist nur ...«

Bella hatte genickt. »Ich weiß, Simon. Deine Familie – insbesondere dein Bruder – hat eine Menge Probleme.«

Simon erinnerte sich, dass er damals gedacht hatte, dass es doch Cecily war, die am meisten gelitten hatte, doch es war nicht der Zeitpunkt, über seine Familie zu streiten, sondern ein Nachmittag zum Feiern.

Doch dann war Edward gestorben, und Bella hatte geheiratet, und Simon war in den Krieg gezogen.

Simon öffnete die Augen und starrte an die Kassettendecke über seinem Kopf. Die Erinnerungen an die lange vergangene Zeit verflüchtigten sich wie Nebel.

Es fühlte sich ein wenig an wie eine Geschichte, die er gelesen hatte – etwas, das anderen Menschen widerfahren war. Die Begegnung mit Bella hatte alles losgerüttelt, Dinge, über die er seit Jahren nicht nachgedacht hatte. Und zum ersten Mal fühlte er nichts, wenn er an Bella dachte und daran, was sie einmal verbunden hatte.

Absolut nichts.

Eine andere Frau nahm den Raum in seinen verwirrten Gedanken ein; eine Frau mit kühlen grauen Augen und einer unabhängigen Würde, die ihn erregte. Er liebte seine zugeknöpfte Frau, und er liebte den Gedanken, der einzige Mann zu sein, der zu Gesicht bekam, wie sie ihre Zurückhaltung ablegte.

Es wurde ihm bewusst, dass er glücklich war. Glücklicher, als er es seit langer, langer Zeit gewesen war.

Der Gedanke zauberte ein Lächeln auf sein Gesicht. Er seufzte und riss den Blick von der Decke los. Als er hinabblickte, sah er das leere Glas und die Flasche auf seinem Schreibtisch.

Verflixt und zugenäht! Wie war es dazu gekommen?

Die Uhr läutete, und Simon sah erstaunt auf: Es war bereits halb eins in der Nacht. Er hatte nach dem Essen mit Heyworth etwas getrunken, sich dann in die Bibliothek zurückgezogen und seiner Frau und dem neuen Angestellten versprochen, sich nach einer Weile zu ihnen in den Salon zu gesellen.

Das war vor beinahe drei Stunden gewesen.

Zum Teufel. Wo war die Zeit geblieben? Er hatte vollkommen vergessen, in den Salon zurückzukehren.

***

Honey hörte, wie die Verbindungstür geöffnet wurde, doch sie rührte sich nicht. Sie hatte der Tür den Rücken zugewandt, aber sie erkannte den Schatten, der über den weichen Teppich neben dem Bett fiel.

Wer sollte es auch sonst sein, der die Tür zwischen ihren Zimmern um ein Uhr nachts öffnete?

Einen Augenblick dachte sie, er würde hereinkommen – vielleicht in ihr Bett kommen. Doch die Tür wurde leise wieder geschlossen.

Sie drehte sich auf den Rücken und starrte in die Finsternis über ihr.

Zorn und Scham rangen in ihr miteinander, wie sie es bereits getan hatten, seit er versäumt hatte, nach dem Essen im Salon zu erscheinen.

Es wäre schlimm genug gewesen, wenn er sie einfach sitzengelassen hätte. Doch dann auch noch vor Mr Heyworth. Die Unterhaltung war immer unangenehmer geworden, als dem anderen Mann aufgegangen war, dass Simon wohl nicht zurückkehren würde. Honoria hatte sich allerdings geweigert, den Schwanz einzuziehen und in ihre Gemächer zu flüchten. Stattdessen hatte sie Tee bringen lassen, als der Zeitpunkt dafür gekommen war, und sie hatten so getan, als sei alles ganz normal.

Nun, vielleicht *war* es normal. Vielleicht waren ihr nicht mehr als drei Wochen ehelichen Glücks beschieden. Aber warum war er dann nach all der langen Zeit heraufgekommen?

Sie dachte über den heutigen Tag nach, über die Frau, die *rein zufällig* während ihres Ausritts aufgetaucht war. Es war dumm, so misstrauisch zu sein und zu glauben, sie könnte dort auf sie gewartet haben. Wie sollte sie das angestellt haben? Würde sie etwa jeden Tag den ganzen Tag dort sitzen? Sie hätte ein ganzes Jahr in der kleinen Laube am Fluss sitzen können und niemandem begegnen.

Doch da war etwas in ihrem Blick gewesen, ein listiges Funkeln, das zu sagen schien, dass sie genau gewusst hatte, wo Simon zu finden wäre.

Sie waren nur eine Viertelstunde geblieben, aber es war ihr vorgekommen wie ein Jahrhundert. Eifersucht war von allen menschlichen Regungen diejenige, die sie am meisten *verachtete*. Seit ihrer Kindheit war sie nicht mehr davon geplagt gewesen.

Simon hatte mit seiner Vermutung recht gehabt, dass sie der Grund war, warum ihr Vater nie wieder geheiratet hatte.

Er hatte auch recht gehabt, als er gesagt hatte, ihr Vater hätte darauf bestehen sollen, sie aufs Internat zu schicken.

Wäre sie von zu Hause fort gewesen und hätte Freunde gefunden, wäre sie nicht so abhängig von ihrem Vater gewesen. Die Geliebten, die er gehabt hatte, waren nicht alle unangenehm, einige waren ganz reizend gewesen. Doch für Honey waren diese Frauen eine Bedrohung ihres vertrauten Lebensstils gewesen.

Sie hatte ihn nicht teilen wollen, weil sie außer ihm nichts gehabt hatte.

War es dasselbe Gefühl, das sie nun hatte?

Oder war es mehr die Tatsache, in etwas verstrickt zu sein, das man nicht verstand, die sie belastete?

Honey seufzte; sie würde nicht zulassen, dass die Eifersucht sie beherrschte, schon gar nicht, wenn sie nicht wusste, ob es einen *Grund* gab, eifersüchtig zu sein.

Wenn Simon in Bella verliebt war – und sein eschrockener Ausdruck hatte gezeigt, dass er auf jeden Fall irgendetwas für sie empfand – und sie nun verwitwet war, warum hatten sie dann nicht geheiratet?

Simon hatte nicht wie ein Liebender mit gebrochenem Herzen gewirkt, als er um ihre Hand angehalten hatte. Sie war erst seit einem Monat seine Frau, doch sie wusste bereits, dass er kein Mann war, der mit seinen Gefühlen hinter dem Berg hielt. Er war kein Geheimniskrämer und kein Manipulator: Er zeigte stets, was er fühlte, und handelte dementsprechend.

Wenn er Bella lieben würde, hätte er sie geheiratet.

Was also war los?

Vor ihrem Ausritt und währenddessen hatte er sich nicht seltsam verhalten, jedenfalls nicht, bis plötzlich die reizende Countess MacLeish aus dem Nichts aufgetaucht war wie eine Fee aus einem Shakespeare-Drama.

Die Unterhaltung war freundlich gewesen, unbestimmt, eine Plauderei unter Nachbarn, die einander jahrelang nicht mehr gesehen hatten. Doch unter der Oberfläche waren da gefährliche Untiefen und Strömungen zu spüren gewesen, starke Empfindungen und brennende, nie gestellte Fragen.

Honey mochte es nicht ganz verstehen, aber sie konnte es spüren. Sie drehte sich auf die Seite und drückte ihr Kissen gegen die Brust. Sie spürte seine Abwesenheit als körperlichen Schmerz. Sie waren erst wenige Wochen zusammen, wie hatte sie so schnell eine so starke Bindung zu ihm aufbauen können?

Sie drückte das Kissen so fest, dass es ein Wunder war, dass die Daunen nicht herausquollen.

Was sollte sie nur tun? Hier sitzen und darauf warten, dass ihr Ehemann seiner verflossenen Liebe nachstieg, die ganz offensichtlich daran interessiert war, ihn zurückzugewinnen?

Honey seufzte tief. Warum konnte denn nichts in ihrem Leben so sein, wie sie es erhofft und erwartet hatte?

Sofort kam sie sich kindisch und kleinlich vor, weil sie überhaupt so etwas Dummes dachte. Die Wahrheit war, dass Simon ihr eine Zweckehe versprochen hatte und nicht mehr. Was auch immer sie fühlte, sie musste sich das ins Gedächtnis rufen.

Wie konnte eine Ehe, die auf der Übereinkunft gründete, niemals Kinder zu bekommen, je irgendetwas anderes sein als eine Zweckgemeinschaft?

Kapitel
Dreiunddreißig

Zum ersten Mal seit Brighton frühstückte Honey nicht mit Simon. Doch bisher war er jeden Morgen auf Everley krank gewesen, vielleicht kam sie überhaupt nicht zum Frühstück hinunter?

Heyworth allerdings war anwesend, und sie wurden schnell handelseinig.

»Wie bald könnten Sie anfangen?«, fragte Simon den jüngeren Mann, während er eine großzügige Portion Essen verdrückte.

»Ich könnte in einer Woche zurückkommen.«

»Ausgezeichnet. Ich möchte möglichst bald mit den neuen Ställen beginnen. Ich werde Ihnen meine Pläne dafür zeigen, bevor Sie aufbrechen.« *Was ich gestern Abend hätte tun können, wenn ich nicht so besoffen gewesen wäre ...*

Bei diesem Gedanken schoss Simon die Hitze in die Wangen, doch er verdrängte das Gefühl und sprach über die örtlichen Bauunternehmer und darüber, was man bis zum Winter noch schaffen könnte.

Heyworth begleitete ihn nach dem Frühstück in sein Arbeitszimmer. Während sein Gegenüber sich die Pläne für die Erweiterung ansah, grübelte Simon. Er konnte nicht verhehlen, dass er angespannt war. Er hatte sich gestern Abend unmöglich verhalten und würde sich nun entschuldigen müssen. Die Tatsache allein machte ihm nichts aus, er war willens Verantwortung für sein Handeln zu übernehmen, es waren vielmehr das Thema und der Grund für sein Benehmen.

Er hatte nie gedacht, dass er ein Trinker wäre, doch gestern Abend hatte er beim Abendessen angefangen zu trinken, und dann immer weiter getrunken und getrunken und alles andere darüber vergessen. Es war hochnotpeinlich.

Er sah auf, als es klopfte.

Honoria stand in der geöffneten Tür. »Es tut mir leid, dass ich störe, Mylord, aber Ihre Mutter ist hier, um Sie zu sehen. Sie wartet im kleinen Salon.«

»Selbstverständlich, danke.« Simon erhob sich. »Sie können so lange bleiben, wie Sie mögen, Heyworth.«

Heyworth sah von den Plänen und dem kleinen ledergebundenen Buch auf, in dem er sich Notizen gemacht hatte. »Vielen Dank, Mylord, aber ich sollte mich auf den Weg machen.«

Simon ging auf Honoria zu, die seinem Blick auswich.

Stattdessen machte sie einen Schritt auf den anderen Mann zu und wandte Simon den Rücken zu. »Ich begleite Sie hinaus, Mr Heyworth.«

Er verspürte einen Anflug von Zorn, weil sie ihn offenbar absichtlich brüskierte, doch Simon wusste, dass er sich diese Behandlung wegen seines Benehmens selbst zuzuschreiben hatte. Je eher er sich entschuldigte, desto besser.

Seine Mutter lächelte nervös, als er den Salon betrat und sie auf die Wange küsste.

»Ich glaube, ich habe etwas Dummes getan«, platzte sie heraus.

»Ach ja?«, fragte er und ließ sich in den Stuhl ihr gegenüber fallen.

Ihre blassen Wangen röteten sich. »Es tut mir so leid, Simon, aber ich fürchte, ich habe deine ... äh ... frühere Verbindung mit Arabella MacLeish erwähnt.«

Nun, das erklärte zumindest einen Teil ihrer frostigen Reaktion.

Er lächelte. »Es ist nicht schlimm, Mutter. Meine Vergangenheit mit Bella ist kein Geheimnis – außerdem ist all das lange her.«

»Oh, Gott sei Dank!«, murmelte sie, und ihre Wangen färbten sich noch intensiver rot, als sie offenbar bemerkte, dass er sie anstarrte.

»Ich habe das nicht so gemeint, wie du denkst, Simon. Ich meine nur ... nun ja, sie ist eine Sirene.«

Angesichts des dramatischen Ausdrucks zuckte ein Lächeln um seine Lippen. »Sie kann für jemand anderen die Sirene geben«, bemerkte er trocken. »Wir haben sie übrigens gestern getroffen.«

Ihre grauen Augen, die Wyndhams so ähnlich waren, wurden groß.

»Wir?«

»Ich war mit Honoria und Heyworth, meinem neuen Verwalter, auf einem Ausritt.«

»Oh«, sagte sie. »Und?«

»Etwas, das sie sagte, erweckte bei mir den Eindruck, dass Wyndham gegenüber ihrer Familie sehr hart war.«

Seine Mutter verzog das Gesicht. »Nun, du weißt ja, wie er sein kann.«

»Und ob ich das weiß. Aber ich werde sie gewiss nicht alle schneiden, Mama.«

»Nein, nein, ich hatte nicht erwartet, dass du das tun würdest«, sagte sie schwach, doch ihre Miene verriet, dass sie es dennoch gehofft hatte.

»Wenn ich ihr gegenüber steif auftrete und zu dem Mysterium beitrage, das sie ohnehin umgibt, werde ich unsere Vergangenheit nur unnötig aufbauschen und mehr Anlass für Gerede geben. Wenn ich sie behandle wie alle anderen, wird die Aufregung sich schnell legen.«

»Ja, ich denke, da könntest du recht haben.«

Er lachte leise, weil sie zweifelnd die Stirn runzelte. »Sag Wyndham, was ich gesagt habe, Mutter. Lass uns all das hinter uns lassen.«

»Vielleicht möchtest du es ihm sagen?«

»Ich werde etwas sagen, wenn ich ihn das nächste Mal sehe«, versprach er, erwähnte jedoch nicht, dass er keineswegs vorhatte, seinen Bruder so schnell wieder zu sehen.

Etwas musste er jedoch möglichst bald erledigen, und das war, Bella zu treffen und sicherzustellen, dass sich Tage wie der gestrige nicht wiederholten.

Kapitel
Vierunddreißig

Nach dem Dinner an jenem Abend waren sie beide allein. Honey hatte den Tag mit ihrer Hausdame, Mrs Lowell, verbracht und sich Mühe gegeben, ihrem Mann aus dem Weg zu gehen.

Es war nicht allzu schwer gewesen, denn fast sofort nach dem Gespräch mit seiner Mutter hatte Simon Loki gesattelt und war verschwunden.

Als sie nach oben ging, um zu baden und sich für das Abendessen anzukleiden, war er noch nicht zurück gewesen, und Honeys Nerven waren aufs Äußerste gespannt. Würde er zum Essen kommen? Oder würde er sich wieder besinnungslos trinken und aus einer halben Stunde Port vier Stunden werden?

Aber nein, da war er. In seinem schwarzen Anzug und frisch zurechtgemacht sah er sündhaft gut aus, als er Punkt acht Uhr das Speisezimmer betrat. Seine blauen Augen wurden groß, als er sie in ihrem Kleid sah, dem schicken Stück aus goldener Spitze, das er in Brighton für sie gekauft hatte.

Er kam auf sie zu, und in seinem Ausdruck lag ... Bewunderung.

Honeys Puls trommelte überlaut, als er sie mit seinen Blicken verschlang.

»Du siehst göttlich aus, Honoria.« Er nahm ihre Hände und hielt sie fest, während er seinen brennenden Blick langsam über ihren Körper gleiten ließ und damit die zu erwartenden Strudel der Lust in ihrem Unterleib und ein übermächtiges Ziehen zwischen ihren Schenkeln auslöste.

Es ärgerte sie, wie wenig er sich bemühen musste, um sie zu entwaffnen.

Du liebst es.

Ja, das tat sie. Doch das hieß nicht, dass sie sich nicht gleichzeitig darüber ärgern konnte.

Sobald Hume und der Diener gegangen waren, um den ersten Gang zu bringen, nahm Simon ihre Hand.

Honey schluckte, als ihr Blick auf seine langen Finger fiel; sie waren rau von der Arbeit, doch immer noch elegant und bestimmt zweimal so dick wie ihre.

Mit der anderen Hand umfasste er ihr Kinn und bog ihr Gesicht nach oben, bis sie seinem hungrigen Blick nicht mehr ausweichen konnte. »Bist du noch immer böse auf mich? Du hättest jedes Recht dazu«, sagte er, bevor sie antworten konnte. Er lächelte schief.

Honey zögerte. Sie dachte darüber nach, einfach seine Entschuldigung zu akzeptieren und die Sache zu vergessen.

Das ist eine schlechte Angewohnheit, Honey. Fang an, wie du normalerweise vorgehen würdest.

»Was ist gestern Abend geschehen?«

Er ließ ihr Kinn los, nicht jedoch ihre Hand. »Heyworth hat während des Essens einige schwierige Fragen über die Renovierungen aufgeworfen, und ich habe mich darin verzettelt.« Er zuckte mit den Schultern. »Ich fürchte, ich bin etwas ... äh ... besessen, was dieses Projekt angeht, und habe darüber einfach die Zeit vergessen.«

Honey nickte langsam; sie hätte schwören können, dass das nicht die Wahrheit war. Zumindest nicht die ganze Wahrheit.

Sie glaubte, dass er besessen war, doch sie war überzeugt, dass es nicht die Ställe gewesen waren, die ihn gestern Abend derart beschäftigt hatten.

Er drückte ihre Hand. »Ich werde aufpassen, dass es nicht wieder vorkommt, ob wir Gäste haben oder nicht.« Er zögerte und fügte dann hinzu: »Ich wäre dir sehr verbunden, wenn du zu mir kommen würdest, wenn es noch einmal geschehen sollte. Ich mache nicht gern meine Verletzungen für alles verantwortlich, aber es ist so, dass ich mir nicht immer bewusst bin, wie die Zeit vergeht, und ich vergesse schnell, was ich eigentlich tun soll.«

Zumindest das klang ehrlich. »Das kann ich tun«, sagte sie.

Bevor er noch etwas sagen konnte, wurde die Tür geöffnet und der erste Gang aufgetragen.

***

Simon war froh, dass seine neue Frau nicht kleinlich oder nachtragend war, auch wenn er es nicht verdiente, dass sie ihm so schnell verzieh.

Es war allerdings gut, dass sie Verständnis hatte, denn er neigte tatsächlich dazu, sich nur auf eine Sache auf einmal konzentrieren zu können.

Und wenn er ein wenig geschwindelt hatte, indem er die andere Sache nicht erwähnt hatte, die ihn gestern Abend beschäftigt hatte? Nun, eine klitzekleine Lüge war doch besser, als sie zu verletzen, oder nicht?

Außerdem hatte seine Unterhaltung mit Bella heute der Befürchtung, er könnte noch Gefühle für sie haben, ein Ende bereitet.

Außer einer gewissen nostalgischen Verbundenheit mit ihr und Bewunderung für eine wunderschöne Frau hatte er nichts für sie empfunden, als er in dem heruntergekommenen Wohnzimmer auf Frampton Park gesessen hatte. So war nun nicht nur er selbst beruhigt, Bella wusste nach dem Gespräch heute auch, dass Simon tatsächlich verheiratet war.

Er wusste, dass Bella ihn nicht liebte oder sich nach ihm sehnte; er hatte den vertrauten Glanz in ihren Augen gesehen: Sie hatte die Herausforderung gesucht, eine Ablenkung von ihrem vermutlich recht faden Alltag.

Die einzige Herausforderung, die er ihr bieten konnte, war das Angebot, eines seiner neuen Jagdpferde zu benutzen. Es war eine prächtige Stute, die er für die Zucht verwenden wollte, sobald sein neuer Hengst gebracht würde.

Bella war eine der geschicktesten Reiterinnen, die er je gesehen hatte. Verdammt, sie ritt besser als die meisten Männer.

Simon hatte vorgehabt, in dieser Jagdsaison einen professionellen Reiter zu bezahlen, da er einige Jagdpferde besaß, die er verkaufen wollte. Auf diese Weise könnte er Bella bezahlen, ohne Geld in irgendeiner Weise zu erwähnen.

Sie hatte ihm erzählt, dass ihr Ehemann ganz versessen auf die Jagd gewesen war und sie ihn jedes Jahr begleitet hatte, also war sie auf der Höhe, was den Sport anging.

Offenbar war MacLeish schwer verschuldet gewesen, und nach seinem Tod war der Familienbesitz an einen Cousin gegangen, da Bella und er nur eine Tochter gehabt hatten.

Sie hatte sich gezwungen gesehen, wieder bei ihren Eltern zu leben, weil von MacLeishs privatem Vermögen nach Tilgung der Schulden nichts übriggeblieben war.

Da Bella sich also noch nicht einmal ein Reitpferd hätte leisten können, bot er ihr darüber hinaus die Nutzung seiner Ställe an. Es war nicht nur eine kleine freundliche Geste, die er sich leisten konnte, er wollte auch, dass sie in bester Form war, wenn sie bei der Jagd dieses Jahr eines seiner Pferde reiten würde.

Wie die meisten Frauen, die ernsthaft Jagdsport betrieben, ritt sie im Herrensitz. Auf Wyndhams Anraten tat das auch seine Nichte Rebecca. Simon war stolz darauf, dass seinem förmlichen Bruder die Gesundheit seiner Tochter wichtiger war als ein bisschen unschickliche Kleidung. Simon fand es einfach zu gefährlich, eine Jagd in einem Damensattel zu bestreiten.

Bei der örtlichen Jagd würden eine Menge Reiter teilnehmen, die sich noch aus der Vergangenheit an Bella erinnern würden. Bei dem Gedanken, wie sie hier in der Provinz die Männer nervös machen und dann in Grund und Boden reiten würde, musste er lächeln.

Simon bemerkte, wie Honey ihn ansah und wurde sich bewusst, dass er vor sich hingeträumt hatte, anstatt sich mit seiner Frau zu unterhalten.

»Wein?«, fragte er und griff nach der Flasche, die er dekantiert hatte.

»Ja, gerne.«

Er brannte darauf, über etwas anderes zu sprechen als über sich selbst, Everley, sein Bauvorhaben oder seine Familie. »Wie war dein Tag? Du hast an Beccas Porträt gearbeitet, nicht?«

Sie nahm einen kleinen Schluck Wein, und der Jahrgang schien ihr zu munden. »Ich habe an ihrem Porträt gearbeitet und damit angefangen, eine Leinwand für das Porträt der Duchess aufzuspannen.«

»Macht es dir nichts aus, an zwei Werken gleichzeitig zu arbeiten?«

»Überhaupt nicht. Eine Leinwand vorzubereiten ist einfach und muss dennoch erledigt werden. Es ist eine perfekte Beschäftigung, wenn man sich nicht recht konzentrieren kann.«

Simon musste nicht fragen, was ihre Konzentration gestört hatte. »Ich habe gesehen, dass heute Morgen ein dicker Packen Briefe für dich gekommen ist. Ich nehme an, einer oder zwei sind von Lady Sedgwick und Ingram. Sind die anderen auch von deinen Freundinnen aus dem Institut?«

Die Countess und Miles Ingram verachteten ihn, das war ihm auf den ersten Blick klar gewesen. Natürlich hatte Ingram allen Grund, ihn nicht zu mögen. Er fragte sich, ob Honeys andere Freunde ihn auch verabscheuten. Das brachte ihn zu der überraschenden

Erkenntnis, dass er sich wünschte, ihre Freunde würden ihn *mögen*. Oder zumindest nicht direkt hassen.

Sie schluckte ihre Auster hinunter und betupfte ihre volle Unterlippe mit der Serviette. Allein diese Geste ließ ihn hart werden. Das war natürlich nicht ungewöhnlich; der Kontrast zwischen der reservierten Fassade seiner Frau und dem Heißsporn, der sich in ihrem Innern verbarg, erregte ihn, wann immer er in ihrer Nähe war.

»Du hast recht«, sagte sie. »Es waren sage und schreibe *neun* Briefe.«

Simon lachte leise. »Herrje, ich habe kaum neun Bekanntschaften. Alle von den Kolleginnen aus der Schule?«

»Von jedem meiner Freunde ein Brief. Diejenigen, die nicht zu unserer Hochzeit kommen konnten, schicken Glückwünsche, außerdem zwei mögliche Aufträge.«

Simon war dabei gewesen, seine Auster zum Mund zu führen und hielt in der Bewegung inne.

»Aufträge?« Er kam sich dumm vor, sobald er es ausgesprochen hatte. Natürlich würde sie weiter malen, ganz gleich, wo sie lebte.

»Ja, Freddie hat sie an mich weitergeleitet.«

Er schluckte sein Essen herunter und fragte: »Von wem?«

»Einer von einem von Freddies Klienten – einem Mann namens Thurston Lloyd – und einer von Baron Stoke.«

»Aha, der Schifffahrtsmagnat«, entgegnete er, denn er kannte Lloyds Namen aus der Zeitung.

»Genau der. Es scheint, als wolle er ein Porträt von seinem Sohn, und Baron Stoke möchte eins von sich selbst.«

Simon aß noch eine Auster und dachte darüber nach, wie er darauf reagieren sollte, dass seine Frau möglicherweise zwei männliche Modelle malen würde und mit diesen Männern über Stunden allein wäre.

Etwas Hässliches, Düsteres regte sich in seinem Innern.

Aha, Eifersucht. Noch so eine attraktive Eigenschaft, die du deiner Sammlung hinzufügen kannst.

Simon blickte finster drein, denn die Stimme in seinem Kopf gefiel ihm nicht. Welcher Mann hatte es gern, wenn seine Frau Stunden mit anderen Männern verbrachte? Er kannte Stoke, und der Mann sah aus wie eine Kreuzung aus Kröte und Baumstumpf; das sollte also kein Problem darstellen.

Aber Lloyds Sohn? Was, wenn er jung und attraktiv war – und ohne Narben? Was, wenn …

»Simon?«

Er sah ruckartig auf. Der Tonfall seiner Frau und ihr besorgter Gesichtsausdruck verrieten ihm, dass es nicht das erste Mal gewesen war, das sie ihn beim Namen gerufen hatte.

»Verzeih, Honoria, was hast du gesagt?«

»Ich sagte, ich würde gern beide Porträtsitzungen direkt hintereinander legen, was bedeutet, dass ich längere Zeit in London bleiben würde, aber ich denke, das ist besser als zweimal reisen zu müssen. Ich schätze, ich werde nicht länger als drei Wochen benötigen.«

»Wann möchtest du denn fahren? Vielleicht könnte ich dich begleiten.«

»Ich dachte, ich könnte Ende des Monats fahren.«

Simon runzelte die Stirn. »Du möchtest während der Jagdsaison verreisen?«, fragte er ziemlich perplex.

»Warum denn nicht? Ich mache mir nichts aus der Jagd«, sagte sie.

Simon schnappte nach Luft und hielt sich die Brust. »Gott stehe mir bei! Ich habe eine Frau geheiratet, die nicht gerne jagt.« Als ihre Miene sich verfinsterte, nahm er ihre Hand. »Ich ziehe dich doch nur auf, Liebes. Natürlich musst du nicht auf die Jagd gehen, wenn du nicht möchtest. Meine Mutter hat sich auch nie etwas daraus gemacht, und Cecily auch nicht. Becca ist ganz versessen darauf. Sie kann mitkommen und aufpassen, dass ihr greiser alter Onkel nicht vom Pferd fällt.«

Sie lächelte unsicher, und ihm wurde bewusst, wie empfindlich sie nach seinem dämlichen Benehmen noch sein musste.

»Ende des Monats ist möglicherweise eine gute Zeit, um zu fahren«, sagte er, ließ ihre Hand los und wandte sich wieder dem Essen zu. »Zwischen der Jagd und dem Bauvorhaben bin ich vermutlich keine besonders gute Gesellschaft.« Er senkte den Blick. »Ich sollte das wohl wiedergutmachen und am besten heute Abend damit anfangen.« Es freute ihn, dass sie errötete.

»Erzähl mir mehr über deine anderen Freunde«, bat er.

»Na ja, Freddie und Miles kennst du ja, aber da ist auch noch Portia ...«

»Ist das die, die Broughton geheiratet hat?«

»Ja, erst vor Kurzem.«

»Mir ist, als hätte ich gehört, dass irgendetwas an ihm ungewöhnlich ist?«

Simon runzelte die Stirn und versuchte, sich zu erinnern.

»Der Earl of Broughton hat eine Erbkrankheit, seiner Haut, den Haaren und den Augen fehlt fast jede Farbe. Und er hat den Titel erst kürzlich geerbt.«

»Aha.« Simon nickte.

»Dann gibt es noch Annis, die derzeit bei ihrer Großmutter lebt.« Honey lachte leise bei der schönen Erinnerung. »Annis ist ... nun ja, sie ist etwas Besonderes.«

»Inwiefern?«

»Sie hat beinahe etwas Überirdisches. Sie sieht nicht nur aus wie eine Fee: zierlich, zart, mit riesigen blauen Augen und weizenblondem Haar, sie scheint auch immer in anderen Sphären zu schweben. Sie hat Fremdsprachen unterrichtet: Französisch, Italienisch und Deutsch. Ich habe keine Ahnung, wie viele Sprachen sie beherrscht. Sie ist erstaunlich gut darin, den Ursprung von Wörtern und Redewendungen zu erklären.« Sie warf ihm einen schiefen Blick zu. »Sich mit ihr zu unterhalten ist, als würde man Kätzchen hinterherjagen.«

»Das klingt, als würdest du sie vermissen«, stellte er fest.

»Das ist wahr. Ich vermisse sie alle. Die Zeit, als ich an der Stefani Akademie unterrichtet habe, war die beste meines Lebens. Es ist enorm schade, dass Ivo Stefani so verschwenderisch war.«

»Ich habe ihn vor Jahren einmal spielen hören, in Portugal. Er war ... na ja, ich bin kein Experte, aber er war erstaunlich.«

»Ich habe ihn nie spielen gehört. Als er mit Portia die Schule eröffnete, hatte er eine seiner Hände verletzt. Allerdings ist Portia selbst eine begnadete Musikerin.«

»Und wen gibt es noch?«, fragte Simon. Es gefiel ihm, sie so lebhaft zu sehen.

»Serena Lombard hat Bildhauerei und Botanik unterrichtet.«

»Sie ist die Schwiegertochter des Duke of Remington, eine Französin, nicht wahr?«

»Halb Französin, halb Engländerin. Ja, sie war mit dem jüngsten Sohn des Duke verheiratet, der im Krieg gefallen ist.« Sie legte den Kopf schief. »Kanntest du ihn?«

»Ich hatte nie das Vergnügen«, gestand er.

»Serena arbeitet derzeit auf dem Anwesen von Gareth Lockheart. Sie hat die Aufgabe übernommen, den gesamten Park des Landsitzes zu gestalten und einige Skulpturen dafür anzufertigen.«

»Das ist beeindruckend«, sagte Simon, und das war nicht übertrieben.

»Ich höre, Lockheart ist ein Genie, aber er soll etwas ... eigenartig sein.«

»Darüber ist mir nichts bekannt. Serena sagte, er ist ein wunderbarer Arbeitgeber, und Geld spielt bei ihm keine Rolle.«

Simon lachte. »Kein Wunder, das *muss* angenehm sein.« Er hob die Hand und zählte an den Fingern ab. »Also da sind Freddie, Miles, Portia, Annis, Serena ... habe ich jemanden vergessen?«

»Zu guter Letzt ist da noch Lorelei Fontenot.«

»Das nenne ich einen Namen. Lass mich raten – war sie Schauspiellehrerin?«

»Pfui, schäm dich. Schauspiel ist doch nichts, was junge Damen lernen. Nein, Lorelei hat Englisch und die Klassiker unterrichtet. Sie ist eine recht vehemente Anhängerin von Mary Wollstonecraft.«

Simon stöhnte – nur zum Teil aus Scherz. »Also ein Blaustrumpf, was?«

»Sie würde mit dir schimpfen, dass du einen solchen Ausdruck benutzt.« Sie spitzte die Lippen, als ob sie sich etwas besonders Witziges verkniff. »Ich glaube, du und Lorelei, ihr würdet sofort aneinandergeraten.«

»Was meinst du damit? Bin ich nicht ein aufgeschlossener, moderner Mann?«

Sie gab einen absolut niedlichen Grunzlaut von sich. »Du bist der Inbegriff von Männlichkeit.«

Simon grinste. »Das klingt doch nicht schlecht.«

»Für Lorelei schon. Ich bezweifle, dass sie je heiraten wird, aber wenn, dann jemanden, der Wollstonecrafts Ideale teilt und ihr als Ebenbürtiger begegnen würde.«

Simon konnte sie nur anstarren.

»An deiner Miene lese ich ab, dass dir die Vorstellung einer solchen Gleichheit absolut widerstrebt.«

»Nein«, sagte er gedehnt und versuchte, seine Antwort so zu formulieren, dass sie nicht zu einer verschlossenen Tür zwischen ihren Schlafzimmern führen würde. »Ich schätze, ich bin der Meinung, Männer und Frauen besitzen unterschiedliche Stärken und Schwächen. Die Geschlechter sind nicht gleich.«

»Das bestreitet sie nicht. Sie glaubt vielmehr, dass Frauen dieselben Rechte verdienen wie Männer und über ihre Person und ihr Geld ebenso verfügen können sollten wie Männer.«

Simon nickte. »Dahingehend gebe ich ihr Recht.« Sie riss überrascht die Augen auf. »Ich kann nicht fassen, dass dich diese Aussage von mir so überrascht. Habe ich mich wirklich so ungehobelt aufgeführt? Du hast mich gerade darüber in Kenntnis gesetzt, dass du nach London reisen wirst, um deiner Arbeit nachzugehen, einer Arbeit, bei der du darüber hinaus Zeit allein mit fremden Männern verbringen wirst, und ich habe keine Einwände erhoben.«

»Das ist wahr«, gab sie zu und wurde aus irgendeinem Grund sehr rot.

»Ich finde es vollkommen richtig, dass Frauen das Recht haben sollten, über sich selbst zu entscheiden. Viele Männer sind grausam und ungehobelt und nutzen ihre überlegene Körperkraft gegenüber Frauen und Kindern aus. Und sobald sie verheiratet sind, haben sie das absolute Recht dazu.« Er verzog verächtlich die Lippen. »Davor sollten Frauen geschützt werden.«

Sie lächelte ihn strahlend an.

»Was ist?«, fragte er.

»Es ist nur – nun, du bist so fortschrittlich.«

Simon prustete.

»Ich möchte damit nicht sagen, dass ich dich für rückständig gehalten habe, ich dachte nur, dass du lieber den Status Quo bewahren würdest.«

»Nicht, wenn der Status Quo ungerecht ist.«

»Es freut mich, das zu hören, Simon.«

Der Blick, den sie ihm zuwarf, erreichte auf direktem Wege sein bestes Stück, und sein Name auf ihren Lippen brachte ihn auf immens männliche Gedanken, die ihr vermutlich nicht so gefallen hätten.

Simon konnte nicht abwarten, bis die Tafel aufgeho-
ben würde.

Kapitel
Fünfunddreißig

Honey hatte eben ihre Zofe Nora hinausgeschickt und ihre Haare zu Ende gebürstet, als es kurz an der Tür klopfte und Simon eintrat.

Es waren erst fünf Nächte vergangen, seit sie ihn zuletzt in seinem Morgenmantel gesehen hatte, aber es kam ihr vor wie ein Jahr. Wie immer trug er nichts darunter, und der glänzende Brokat wölbte sich unanständig über seiner Erektion.

Ohne ein Wort kam er auf sie zu, nahm sie in die Arme und küsste sie.

Ein lautes Stöhnen erfüllte ihre Ohren, und sie wurde sich bewusst, dass sie es selbst ausgestoßen hatte.

Er küsste sie mit Lippen, Zunge und Zähnen, knabberte, zupfte und saugte. »Gott, ich habe dich so vermisst, Honey«, murmelte er rau, biss sanft in ihr Ohrläppchen und küsste sie dort. »Hast du mich auch vermisst?«

Sie wollte etwas Intelligentes und Schlagfertiges sagen, aber sie war schon vollkommen verwirrt. »Du weißt, das habe ich«, flüsterte sie, als er ihren Kopf zurückbog, ihren entblößten Hals küsste und an der Haut zupfte.

»Ich glaube, es wird Zeit, dass wir unsere abendlichen Lektionen wieder aufnehmen, findest du nicht?«, murmelte er nah an der empfindlichen Haut über ihrer Kehle, saugte an ihrem zarten Fleisch und reizte es mit Lippen und Zähnen.

Honey wand sich bei dem unaufhörlichen Pochen tief in ihrem Geschlecht. Was stimmte mit ihr nicht, dass sie seine groben Berührungen so mochte?

»Du hast mich gezeichnet«, sagte sie verträumt. Es war keine Frage, aber er lachte leise und nickte.

»Schuldig.« Er schob seine große, warme Hand über ihren Bauch abwärts zu ihren feuchten Locken, und Honey wurde bewusst, dass er ihr Nachthemd vorn aufgeknöpft hatte, ohne dass sie es überhaupt bemerkt hatte.

Er öffnete ihre Schamlippen, und seine Fingerspitze fühlte sich rau an, aber sanft.

»O Honey, ich liebe es so, wie sich deine zarten kleinen Lippen anfühlen.«

Sie spürte Hitze in ihrem Gesicht aufsteigen, die mehr eine Reaktion auf seine lüsternen, verführerischen Worte war, als ein Ergebnis seines Streichelns.

Seine andere Hand bewegte sich an ihrem Hals abwärts und hielt nicht inne, bis sie eine ihrer Brüste erreichte. Er stöhnte. »Welch eine köstliche kleine Knospe.« Er kniff fest in ihre Brustwarze, sodass sie sich auf die Lippe biss und wimmerte. »Halt dich nicht zurück, Liebste«, schalt er sie knurrend. »Ich möchte all deine Laute hören.« Sein Finger strich zwischen ihren geschwollenen Hautfalten entlang. »So feucht«, lobte er mit heiserer, rauer Stimme und strich von ihrer Spalte

bis zu dem festen Knoten aus Nerven, berührte aber nie
das sehnsüchtige Zentrum ihrer Lust.

Honey hob ihr Becken, um ihn näher heranzubringen.

Er lachte, und der sinnliche Klang ließ einen Schauer
über ihren Rücken laufen. »So eine gierige Möse«, flüsterte er.

Sie schnappte nach Luft, und ihr Körper spannte sich
erschrocken an. Das war ein Wort, das sie nur einmal
in einem Buch gelesen hatte, das sie aus der *privaten*
Bibliothek ihres Vaters geschmuggelt hatte.

»Schockiert dich der Ausdruck? *Möse*«, murmelte er.
Wieder konnte sie tief in seiner Brust ein schalkhaftes
Lachen hören, während er sie weiter küsste und leckte,
bis er eine ihrer Brustwarzen erreichte. Er saugte fest
daran und nahm so viel von ihrer kleinen Brust in seinen Mund, wie er nur konnte. Die Geräusche, die er dabei machte, waren primitiv und animalisch, und sein
Finger reizte und neckte und reizte.

Honey stieß einen frustrierten Laut aus und presste
ihr Geschlecht gegen seine Hand.

Er bewegte sich so schnell, dass sie erst bemerkte,
dass er sie hochgehoben hatte, als sie von ihrer Matratze hochfederte.

Er sah grinsend auf sie herab, und sein Atem war rau.
Dann zog er an dem Bindegürtel seines Morgenrocks
und zog ihn aus, wobei er die Faust um sein pochendes
Glied schloss.

Honey konnte den Blick nicht abwenden. Sie hatte
ihn bereits Dutzende Male nackt und erigiert gesehen,
doch der Anblick verlor nie seinen Reiz.

Er schloss seine große Faust so fest, dass die Adern auf dem Handrücken hervortraten und die drahtigen Muskeln seines Unterarms sich unter seiner sonnengebräunten Haut abzeichneten.

»Ich war schon während des ganzen Abendessens hart«, sagte er, und der beiläufige Tonfall stand in starkem Kontrast zu seinen schockierend erotischen Taten und Worten. »Peel war äußerst verstimmt, als er mich zur Nacht entkleidete und feststellen musste, dass da ein großer feuchter Fleck auf meiner Hose war. Ich sagte ihm, es wäre deine Schuld.«

Sie schnappte nach Luft. »Das hast du nicht!«

Er grinste. »Und ob.«

Er senkte den Blick und beobachtete, wie er in seine Faust stieß, und Honey konnte nicht anders, als seinem Blick zu folgen. »Siehst du, wie feucht du mich machst?«

Honey entfuhr ein äußerst unschickliches Schluckgeräusch, als sie den erotischsten Anblick genoss, den sie je gesehen hatte. Selbst in seiner großen Hand wirkte der dicke, rötliche Schaft kein bisschen kleiner. Die Spitze war tiefpurpurrot und der feine Schlitz glitzerte feucht.

»Schmeck es.«

Honey blinzelte, als ob sie dann besser hören könnte.

Als sie aufsah, packte er ein Kissen vom Bett und warf es auf den Boden zwischen seine Füße. »Knie dich hin und schmeck mich.«

Ihre Kinnlade klappte nach unten, und irgendwas an ihrem Ausdruck sorgte dafür, dass er die Hand wegnahm.

Er näherte sich ihr, und seine Miene wechselte von verwegener Sinnlichkeit zu liebevoller Besorgnis. »Es tut mir leid, Liebes.« Er verzog das Gesicht. »Ich habe dich schockiert. Du musst nicht ...«

»Doch, ich will es.« Das war die Wahrheit. Sie wollte es, mehr als sie je etwas in ihrem Leben gewollt hatte.

Sie wollte ihn so gern zufriedenstellen, dass es sie beinahe erschreckte. »Ich bin nicht wütend und habe auch keine Angst. Ich war nur ... äh ... überrascht.«

Er betrachtete sie lange, bevor er schließlich nickte, als ob er Bestätigung brauchte. Er beugte sich herunter und küsste zart ihre Lippen. »Ich bin ein schlechter Mann, wenn ich so etwas von dir verlange, Honey. Ein Gentleman verlangt so etwas nicht von seiner Frau.«

»Ich will es aber«, wiederholte sie. Sie verbannte die Bilder von all den Frauen, die er möglicherweise in der Vergangenheit um so etwas gebeten hatte. Sie ertrug den Gedanken nicht, dass es intime Dinge gab, die er mit anderen teilen wollte, aber nicht mit ihr.

Sie legte ihre Handfläche auf seine Brust und stieß ihn zurück.

Er stolperte rückwärts und grinste. »Mein furchtloses Mädchen«, lobte er. Und dann verzog er die Lippen zu einem wüsten Lächeln, und seine Nasenflügel blähten sich. »Zieh dich erst für mich aus.«

***

Simons Glied pochte, als sie umgehend gehorchte, und er sah, wie ihr Puls unter dem heftigen Liebesmal, das er ihr verpasst hatte, raste.

Er war ein Bastard. Er behandelte eine junge, beinahe jungfräuliche Frau wie eine erfahrene Dirne. Doch immer, wenn er sie kniff oder biss oder grob anfasste, spürte er ihr Verlangen: Diese Spielarten erregten sie.

Und ihn auch.

Sie warf das Nachthemd zu Boden und sah mit vertrauensvollem, erregtem Blick zu ihm auf. Simon riss seinen Blick von ihren harten Brustwarzen und perfekten kleinen Brüsten los und deutete abermals auf den Boden. »Knie nieder.«

Sie sank auf die Knie, ihre Lippen leicht geöffnet, und ihre grauen Augen dunkel.

»Verflucht«, flüsterte er und umfasste die sanfte Kurve ihres Kiefers mit der freien Hand, wobei er sein grobes Pumpen unterbrach. »Küss ihn«, befahl er schroff und packte seinen Schaft fest, bis sich ein Tropfen an der Spitze bildete.

»Schmeck mich.«

Sie zögerte nicht, und Simon fühlte ihre flachen, schnellen Atemstöße an seinem Glied, als sie sich näherte und die Lippen öffnete, um ihn zu umfangen. Der Drang, sie bei den Haaren zu packen und seiner wilden Leidenschaft ungezügelt nachzugeben, war überwältigend. Er konnte sich nur kontrollieren, indem er seine Lust in Ketten legte.

Und das war es wert, als ihre zarte rosa Zunge über seinen feuchten Schlitz leckte.

»O Gott, Honoria«, flüsterte er, und sein Körper bebte.

Als sie den Kopf zurücknahm, zog sich ein feiner Faden Flüssigkeit von der Spitze seines Glieds zu ihrer Zunge.

Simon stöhnte und ließ den Kopf in den Nacken sinken; er war so schwach vor Lust, dass es schon eine Herausforderung war, aufrecht zu stehen.

Schlanke, warme Finger schlossen sich um seine Hand und schoben sie von seinem Schwanz.

»So?«, fragte sie.

Er hätte schwören können, dass sein Kopf tausend Pfund wog, als er versuchte, ihn anzuheben und auf sie hinunterzusehen.

Sie hatte die Faust um ihn geschlossen und massierte ihn; es war ein verflucht schöner Anblick.

»Ja, genau so, nur ein wenig fester«, ermutigte er sie und sog scharf die Luft ein, als sie ihre kräftigen Finger bewegte. »Genau unter der Spitze ist er besonders empfindlich. Aah, ja, sehr gut«, lobte er und ließ sie eine Weile erkunden.

Dann sagte er: »Nimm ihn in den Mund, während du mit der Hand meinen Schaft bearbeitest.«

Sie öffnete die Lippen weiter und sah schockiert aus, ihre Hand hielt mitten in der Bewegung inne.

Simon lachte leise und fuhr mit dem Finger über ihre volle Unterlippe. »Ich möchte sehen, ob du ihn ganz in den Mund nehmen kannst.«

Sie erschauderte, ihre Lider flatterten, doch sie schloss nicht die Augen.

»Mach den Mund auf«, drängte er, »und befeuchte deine Lippen mit der Zunge. Ja, genau so.« Er lächelte, als sie mehrfach schluckte und sich dann vorbeugte. Ihre feuchten Lippen schlossen sich mit Mühe um seinen geschwollenen Schwanz, wobei sie ihm unverwandt in die Augen sah.

Wenn Simon je etwas Schöneres gesehen hatte als ihre gepolsterten Lippen um sein bestes Stück, dann konnte er sich daran nicht erinnern.

»O Gott«, rief er, sein Körper zitterte, und er biss die Zähne aufeinander, um nicht die Hüfte zu bewegen, während sie ihn mit Enthusiasmus erkundete. Ihre Hand bewegte sich nicht mehr, aber es war ihm vollkommen gleich. Zu sehen, wie sein dicker Schaft in ihrem Mund verschwand, war besser, als von der geschicktesten Kurtisane der Welt geleckt zu werden.

Ihre Zunge liebkoste ihn von der Wurzel bis zur Spitze und schnellte über die sensible Unterseite. Er wusste, er würde sich nicht lange kontrollieren können.

Simon stöhnte. »Das fühlt sich so gut an, Liebes.« Er zog sich zurück, griff unter ihre Achseln und hob sie aufs Bett. Die Bewegung spannte schmerzhaft an den Narben auf seiner linken Körperseite, aber es war ihm vollkommen gleich.

»Auf alle Viere, Liebling«, befahl er, packte ihre schlanke Hüfte und drehte sie mühelos auf den Bauch. Er griff unter sie und zog ihr Becken nach oben, legte die Hand zwischen ihre Schulterblätter und drückte sie nach unten, sodass ihr Kopf auf dem Bett lag.

Als er sie so in Position gebracht hatte, lehnte er sich zurück, um sein Werk zu bewundern. »Verdammt, du bist umwerfend.« Er strich mit der Hand über ihre lange, schlanke Flanke und fuhr die sinnliche Kurve ihres Hinterns nach, wobei seine Finger zwischen ihren Hinterbacken entlangstreiften.

Sie zuckte zusammen, als er das enge, kleine Loch berührte, und er lächelte. Dafür war noch irgendwann anders genug Zeit.

Er öffnete ihre zarten Blütenblätter und umkreiste sanft ihre Knospe. »Du bist so feucht, Honey. Ich glaube, es hat dir gefallen, mich mit dem Mund zu verwöhnen.«

Sie wand sich unter seinen erotischen Berührungen und presste sich gegen seine Hand.

Als er sie das nächste Mal streichelte, drang er mit dem Finger in sie ein. *Grundgütiger, das fühlte sich himmlisch an.*

Diesen gotteslästerlichen Gedanken behielt er für sich, setzte seine gründliche Erkundung allerdings fort.

»Antworte mir, Honey. Hat es dir gefallen, mich mit deinem Mund und deiner Zunge zu verwöhnen?«

Sie knurrte und klang ein wenig wie ein wütender Dachs.

»Ja, es hat mir gefallen«, sagte sie in einem störrischen Tonfall, der ihn verstimmte.

»Was hat dir gefallen?«

»Das zu tun.«

»Was zu tun?«

»Du wirst nicht aufhören zu fragen, bis ich es sage, nicht wahr?« Ihre Stimme wurde von der Bettdecke gedämpft, aber er konnte durch ihre Verärgerung deutlich ihr Verlangen heraushören.

»Richtig, Liebling, ich will hören, wie du es sagst.«

»Es hat mir gefallen ...«, sie stockte und schnaubte absolut anbetungswürdig.

»Hm?« Er streichelte sie noch ein paar Mal, bevor er seine Glans an ihrer Öffnung platzierte. »Ich kann dich nicht hören, Liebes.«

»Es hat mir gefallen deinen … deinen … dich zu lecken.«

Simon stieß in sie und grub die Finger in ihre Hüfte. Er drang so tief in sie ein, wie er nur konnte.

»Simon!«, rief sie so laut, dass die Scheiben wackelten.

»*Honoria*«, flüsterte er, und sein Puls donnerte in seinen Ohren. Er verharrte tief in ihr. »Habe ich dir wehgetan, Liebes?«

Sie wimmerte, schüttelte den Kopf und krallte sich mit den Händen ins Bettzeug.

Als sie die Muskeln um ihn herum anspannte und zurückstieß, war es an Simon, zu wimmern.

Und dann fuhr er damit fort, seine Frau zum Schreien zu bringen.

Kapitel
Sechsunddreißig

»Simon? Simon?«

»Hm?« Er nahm die Brille ab, die er meistens beim Lesen brauchte, und seine Lippen verzogen sich zu einem Lächeln, als er seine Frau sah.

Doch seine Mundwinkel zogen sich wieder nach unten, als er sah, dass sie nicht zurücklächelte.

»Was ist los, Liebes?«

»Lady MacLeish und Lady Frampton sind hier.«

Simon runzelte die Stirn; hätte er das wissen sollen? Hatte er etwas vergessen?

»Ja?«, fragte er, obwohl deutlich war, dass sie dem nichts hinzuzufügen hatte.

»Lady MacLeish sagte, du hättest sie aufgesucht und sie um einen Besuch gebeten.«

»Das ist wahr. Ich war vergangene Woche bei ihr, am Tag, nachdem wir ihr auf unserem Ausritt mit Heyworth begegneten.«

Sie starrte ihn an, ihre Haltung war steif.

Simon unterdrückte einen Seufzer. Hatte er etwas falsch gemacht? Herrgott.

Er machte einen Schritt auf sie zu; sie wich nicht zurück, doch ihre Körpersprache war auch nicht gerade einladend. »Meine Mutter sagte, sie hätte dich über meine Vergangenheit mit Bella unterrichtet.«

Honey nickte.

»Meine Mutter ist nicht die einzige Person, die sich erinnern wird, dass Bella und ich uns einmal sehr nahestanden.« Er fuhr sich mit der Hand durchs Haar. »Mein Bruder hat vor Jahren Missfallen an der Familie gefunden, und weil sein Verhalten die gesellschaftlichen Maßstäbe setzt, hatten die Framptons es nicht leicht. Ich glaube, anstatt zu erreichen, dass sich die Gerüchte zerstreuen, hat Wyndhams unfreundliches Verhalten vielmehr dafür gesorgt, dass alte Gerüchte neue Nahrung fanden. Ich beschloss also, sozusagen den Stier bei den Hörnern zu packen. Je eher die Leute sehen, dass Bella für mich nichts weiter ist als eine Bekanntschaft, desto besser.«

»Und deswegen hast du sie heimlich aufgesucht? Um ihr so etwas zu sagen?«, fragte sie.

Er musste sich zurückhalten, um nicht zu zeigen, wie sehr ihn ihr Sarkasmus ärgerte. Er konnte ihre Reaktion verstehen, schließlich hätte er es auch nicht gerngehabt, wenn ein verflossener Liebhaber von Honey nur eine Meile entfernt leben würde. Und er wäre fuchsteufelswild geworden, wenn sie eine solche Person besucht hätte, ohne es ihm zu sagen.

Er hielt ihrem Blick stand. »Ja, das war eines der Dinge, die ich mit ihr besprechen wollte«, gestand er. »Ich sehe, dass ich es vielleicht etwas ungeschickt angepackt habe, denn ...«

John Murphy, der Vorarbeiter bei dem Stallprojekt, erschien in der Tür von Simons improvisiertem Arbeitszimmer.

»Oh, Verzeihung, Mylord ...«

»Schon gut, Mr Murphy«, sagte Simon.

Eine Baustelle war nicht der richtige Ort für eine Unterredung, wie er und Honey sie gerade führten.

Er nickte dem anderen Mann zu. »Ich habe mir die Pläne angesehen und stimme mit Ihrer Einschätzung überein. Verdoppeln Sie die Anzahl der Balken.«

»Aye, Mylord.« Murphy verschwand wieder im Korridor.

»Lady MacLeish hat den Wunsch geäußert, mit dir zu sprechen«, sagte seine Frau schnippisch und machte auf der Ferse kehrt.

Simon verkniff sich einen Fluch. Verdammte Bella. Was zum Teufel wollte sie von ihm? »Warte einen Augenblick, Honoria, ich werde dich begleiten.«

Sie hielt inne und nickte kurz.

»Ich bin nicht gerade angemessen gekleidet für den Salon«, sagte er, als sie zum Haus hinübergingen. »Soll ich mich umziehen?«, fragte er und hoffte, ihre Antwort würde Nein lauten.

»Ich habe ihnen gesagt, dass du mitten in der Arbeit steckst«, sagte sie kurz angebunden.

Simon hielt sie am Arm fest. »Du bist wütend. Nein«, sagte er, als sie Anstalten machte, zu widersprechen. »Ich bin vielleicht unsensibel und bekomme nicht immer alles mit, aber ich kann sehen, dass du unzufrieden mit mir bist. Ist es, weil ...«

»Lady MacLeish hat ihre Tochter mitgebracht.«

Simon runzelte verwirrt die Stirn. »Und das macht dich wütend? Äh, ist das Mädchen ungezogen?«

»Nein.« Ihr verkniffener Ausdruck war bemerkenswert, und Simon konnte ihn nicht deuten. »Honey, was ist denn los?«

Sie entzog sich ihm und hielt auf die Eingangstür zu, die Hume für sie offenhielt.

Simon folgte seiner Frau, und ein Druck legte sich auf seine Brust.

***

Als sie in Richtung Salon ging, war Honey bewusst, dass sie sich schlecht benahm, doch sie war noch nie im Leben so wütend gewesen: zunächst auf die Dreistigkeit von Lady MacLeish, dann auf sich selbst, weil sie sich von Wut und Eifersucht anfressen ließ und dann natürlich auf Simon – und nicht unbedingt in dieser Reihenfolge.

Warum hatte er ihr nicht *erzählt*, dass er der Frau einen Besuch abgestattet hatte? Sie war sich dumm vorgekommen, denn sie war offensichtlich überrascht gewesen.

Vielleicht hat er es dir nicht erzählt, weil er wusste, wie du reagieren würdest.

Bei diesem unangenehmen, aber vermutlich treffenden Gedanken, knirschte sie mit den Zähnen.

»Honey.« Simon legte die Hand auf ihren Arm.

Sie wirbelte herum und funkelte ihn an. »Was?«

»Was zum Teufel ist los?«, fragte er.

Honey schnaubte, griff nach der Türklinke des Salons, bevor er die Tür öffnen konnte und zischte: »*Das* ist los, Mylord.«

Sie hielt seinen Blick, während er die Gäste im Salon betrachtete. Ein Dutzend verschiedener Empfindungen spiegelten sich in seinem Gesicht, als sein Blick auf Lady MacLeishs Tochter fiel.

»Vielen Dank, dass du gestattest, dass wir deine Arbeit unterbrechen, Simon«, sagte Bella MacLeish, und der Blick ihrer faszinierenden grünen Augen ruhte auf Honey, nicht auf Simon.

Doch Simons Aufmerksamkeit galt nur dem Mädchen, das neben ihr stand.

»Du kennst natürlich noch meine Mutter«, sagte die Countess. »Und das ist meine Tochter Enola.«

Scham spiegelte sich in Lady Framptons Gesicht.

Enola ließ einen unsicheren Blick von ihrer Mutter zu Simon schweifen, der noch immer nichts gesagt oder sich auch nur bewegt hatte. Ihre ungewöhnlichen, hortensienblauen Augen hatte sie weit aufgerissen, als sie ungelenk knickste.

»Mylord.«

Als ob er aus einem Traum erwacht wäre, durchmaß Simon den Raum, blieb vor dem Mädchen stehen, umfasste sein Kinn und hob sein Gesicht an, um es zu betrachten. Auch wenn die Augen wie die ihrer Mutter mandelförmig waren, ihr nobles Profil mit der ausgeprägten Adlernase war Simon wie aus dem Gesicht geschnitten.

»Enola«, wiederholte er leise in einem fragenden Tonfall und durchbrach das Schweigen, das über dem Raum gelegen hatte. »Was für ein hübscher Name.« Er ließ die Hand sinken und wandte sich Bella zu.

Die sinnliche Schönheit schenkte ihm ein unschuldiges Lächeln, das Honey nicht für eine Minute täuschen konnte: Sie hatte diese Szene genau geplant.

Honey wurde bewusst, dass sie in ihrem eigenen Salon nur Zuschauerin war, und sie näherte sich dem unberührten Teetablett.

Im Laufe der folgenden Viertelstunde lächelte sie, machte Tee und verteilte Gebäck, nickte, wenn angemessen, und beantwortete sogar einige Fragen, die ihr gestellt wurden.

Als die Damen sich erhoben, um zu gehen, begleitete Simon sie hinaus zur Kutsche.

Honey ließ sich wieder in ihren Stuhl sinken und starrte die Überreste des Teegedecks an.

Ein Teil von ihr wünschte sich, Simon würde einfach zu den Ställen zurückgehen, und sie könnten so tun, als ob all das nicht geschehen wäre.

Ein anderer Teil von ihr wollte schreien, ihn mit Gegenständen bewerfen und fragen, warum er sie nicht gewarnt hatte.

Und dann war da noch ein Teil, der einfach nur die Koffer packen und nach Hause fahren wollte.

Sie hatten vor der Hochzeit darüber gesprochen, getrennt zu leben. Vielleicht war jetzt ...

Sie hörte Simons unverkennbare, unregelmäßige Schritte, und die Tür wurde geöffnet.

Honey konnte ihn nicht ansehen.

»Du bist wütend auf mich«, stellte er fest und setzte sich auf den Stuhl, auf dem er eben gesessen hatte.

Sein müder Tonfall ließ sie ruckartig aufblicken. »Warum hast du es mir nicht gesagt?«

»Ich wollte unter vier Augen mit ihr sprechen, um sicherzustellen, dass sie weiß, dass ich ihre Spielchen nicht tolerieren werde. Bella war schon immer etwas … na ja, durchtrieben. Wie dem auch sei, mein Besuch war harmlos, und es war nicht meine Absicht, geheimnistuerisch zu wirken.«

»Ich rede nicht über deinen Besuch bei Lady MacLeish«, spie sie, obwohl auch der ihr noch zu schaffen machte. »Ich rede von dem Mädchen.«

»Was ist mit dem Mädchen?«, fragte er, aber sie konnte sehen, dass er nicht so unbekümmert war, wie er vorgab.

»Tu das nicht.« Sie warf ihm einen vernichtenden Blick zu.

»Gut. Das Kind sieht aus wie eine Fairchild, ist es das, worauf du hinauswillst?«

»Simon, sie könnte dein weiblicher Doppelgänger sein.«

Seine unverkennbaren blauen Augen weiteten sich. »Wirfst du mir etwa vor, ich wäre der Vater von Bellas Tochter?«

Honey schnaubte und warf die Hände in die Luft, als ob sie sagen wollte: *Wie sollte ich das nicht tun?*

Er blickte noch finsterer drein, und in seinen blauen Augen lag eine Kälte, die ausgereicht hätte, sie frösteln zu lassen. »Es ist nicht mein Kind, Honey.«

»Bist du *sicher*? Vielleicht ist es eines der vielen Dinge, an die du dich angeblich nicht erinnerst«, blaffte sie und biss sich auf die Unterlippe, weil sie sogleich wünschte, sie könnte ihre Worte zurücknehmen.

Er erhob sich und kam zu ihr. Honey sprang auf. Sie wollte nicht zu ihm aufschauen müssen.

»Wie kannst du es wagen?«, knurrte er, und seine Stimme war bedrohlich leise.

»Was glaubst du denn, was ich denken soll?«

»Großer Gott! Du könntest ein Dutzend Dinge denken, und keines davon wäre so beleidigend wie das, was du gerade gesagt hast. Kannst du wirklich annehmen, dass ich dir Bella und ihre Tochter vor die Nase setzen würde, wenn sie *meine* Tochter wäre?«

Honey sog scharf die Luft ein und verkniff sich eine unkluge Replik.

Er nickte, obwohl sie nichts gesagt hatte. »Ich sehe, du traust mir eine solche Grausamkeit zu – nicht nur dir, sondern auch dem Mädchen gegenüber, wenn es wirklich meine Tochter wäre.«

Er kam näher, bis sie die Hitze seines Körpers spürte. »Auch wenn mein Gedächtnis schlecht ist, ich weiß, dass ich meinen Schwanz *niemals* in Bella MacLeish gesteckt habe.«

Seine rüden Worte ließen sie nach Luft schnappen.

Er verzog den Mund zu einem unangenehmen Lächeln, das sie seit ihrer ersten Woche auf Whitcomb nicht mehr bei ihm gesehen hatte. »Und glaube mir, meine Liebe, ich bezweifle, dass irgendein Mann vergessen würde, wenn er so eine Frau gefickt hätte, ganz gleich, wie kaputt sein Gehirn sein mag.«

Er drehte sich um und marschierte aus dem Zimmer, wobei er die Tür fest genug zuschlug, dass die Tassen auf dem Teetablett klirrten.

Auch nachdem er gegangen war, hallte sein bösartiger Spott durch den leeren Raum und bohrte sich in ihre Seele wie das glühende Schrapnell, das sich einst in seine Haut gebohrt hatte.

***

Das gemeinsame Dinner fiel, wie zu erwarten, frostig und kurz aus.

Simon wusste, dass er sich für seine vulgäre Sprache und seine gemeine Anspielung entschuldigen sollte, doch er konnte nicht fassen, dass sie ihn für fähig hielt, sie so scheußlich zu behandeln. Sollte *sie* sich nicht eigentlich dafür entschuldigen?

Sehr reife Gedanken, Simon. Aber leider bist du kein Neunjähriger und das hier ist kein Schulhof.

Er knurrte, als Peel ihn rasierte und starrte sein eigenes dummes Gesicht im Spiegel an.

Gut. Er würde sich entschuldigen, wenn er in ihr Zimmer ginge.

Er hatte daran gedacht, heute Nacht nicht zu ihr zu gehen, aber zum Teufel damit. Es wäre das Letzte, was er sich für ihre Ehe wünschte, dass sie sich in eine endlose Folge ausgedehnter Feindseligkeiten verwandeln könnte.

Er war viel zu lang im Krieg gewesen, als dass er einen unter seinem eigenen Dach gewollt hätte.

Nein, er würde zu ihr gehen, und sie würden eine angenehme Nacht miteinander verbringen.

Ich habe das Gefühl, das dürfte nicht so einfach werden.

Er würde schon dafür sorgen, dass es doch so einfach würde.

Als Peel fertig war, ging Simon zur Verbindungstür. Er hatte beinahe damit gerechnet, dass sie verschlossen wäre, aber die Klinke ließ sich drücken, und er betrat den Raum.

Sie war im Bett und las. Ihr eisiger Blick verriet ihm, dass sie ihn nicht erwartet hatte.

»Ich möchte nicht, dass wir uns streiten«, sagte er, als sie widerwillig ein Lesezeichen in ihr Buch steckte, es auf den Nachttisch legte und die Arme vor der Brust verschränkte.

»Du hast recht. Das Mädchen hat eine ähnliche Augenfarbe wie meine. Es ist ein Merkmal, das in der väterlichen Linie meiner Familie vorkommt. Mein Großvater hatte dieselben Augen, ebenso wie eine meiner Tanten. In der Galerie gibt es Porträts von anderen Fairchilds mit dieser Augenfarbe.« Er seufzte.

»Es gibt auch auf Frampton Park ein Porträt eines meiner Vorfahren – ich denke meine Mutter oder Wyndham wüssten, um wen es sich handelt – er hat in Bellas Familie eingeheiratet. Es liegt schon einige Generationen zurück, aber du wirst die auffällige Augenfarbe erkennen.« Er zögerte. »Ich gebe zu, dass ich von der Familienähnlichkeit heute … überrascht war, aber das Kind ist nicht von mir, Honoria. Das wäre unmöglich.« Er schwieg, um seinen Worten Zeit zu geben, sie zu erreichen. »Was ich eben gesagt habe, tut mir leid«, fuhr er fort. »Es war unverzeihlich.«

Simon wartete, darauf, dass sie seine Entschuldigung annahm und darauf, dass sie eine eigene vorbrachte.

Er dachte bereits, er hätte sich grob verschätzt, als sie schließlich seufzte.

»Er tut mir leid, dass ich dich für etwas beschuldigt habe, das du nicht getan hast.« Es war eine Entschuldigung, aber sie klang widerwillig.

Simon entschied, dass es ihm gleich war.

»Danke«, sagte er.

Er zog an dem Bindegürtel seines Morgenrocks, legte ihn ab und warf ihn über das Fußende des Bettes.

Ihr Blick fiel auf seine Erektion und wanderte wieder hoch. Sie schluckte.

Simon liebte den Hunger, den er in ihren zornig dreinblickenden grauen Augen ablesen konnte. Sie war noch immer wütend auf ihn, aber sie wollte ihn trotzdem. Gut so.

»Warst du eifersüchtig, weil du dir vorgestellt hast, dass ich ihr ein Baby gemacht habe, Honey? Hast du daran gedacht, ich könnte dasselbe mit ihr gemacht haben, was ich jetzt mit dir tue?«

Sie hatte die Augen so weit aufgerissen, dass er ernsthaft überrascht war, dass sie ihr nicht aus dem Kopf sprangen. Doch trotz des Schocks und ihres Zorns weiteten sich ihre Pupillen, bis nur ein dünner silberner Ring die Schwärze umschloss.

Es war ganz gleich, was sie auf seine Fragen antwortete, ihr Blick verriet sie.

Ha, jetzt habe ich dich, meine Liebste.

Du bist ein schlimmer Bursche, Simon.

Ja, das war er.

Sie schüttelte den Kopf und stammelte: »Du ... du eingebildeter *Bastard*!«

Simon lachte, nahm seinen erigierten Schwanz in die Hand und rieb ein paar Mal daran. Es amüsierte und erregte ihn, dass sie unfähig war, den Blick abzuwenden.

»Warum eingebildet, Liebling? Ich hätte Schaum vor dem Mund, wenn ich Anlass hätte zu glauben, dass dir ein anderer Kerl ein Kind gemacht hat.« Er kniff die Augen zusammen und seine Nasenflügel blähten sich. Eine gefährliche, aber höchst erotische Mischung von Empfindungen wühlte angesichts dieses höchst verstörenden Gedankens in seinem Bauch. »Ich werde wütend, wenn ich daran denke, dass dich ein anderer auch nur berühren könnte. Ich würde ihn aufspüren wollen und ihm das Herz rausreißen.«

Ihr Kiefer klappte herunter.

»Aber eigenartigerweise«, sagte er nachdenklich, und streichelte noch immer seinen nun glänzenden Schaft, »werde ich auch unglaublich hart bei dem Gedanken.«

Ein erstickter, ungläubiger Laut kam über ihre Lippen.

Simon lächelte und stieß hart in seine Faust. Er präsentierte ihr seine volle Länge und Breite wie ein brünstiges Tier. »Eifersucht ist offenbar ein hässliches Gefühl mit überraschend positiven Nebenwirkungen.« Er ruckte mit dem Kinn in ihre Richtung. »Was ist mit dir? Bist du feucht, Honey? Ich wette, du warst schon feucht und geschwollen, bevor ich überhaupt den Raum betreten habe.«

Sie richtete sich auf wie eine Königin. »Wie kannst du es wagen ...?«

»Zeig es mir.«

»Ich werde ganz gewiss ni...«

»Möchtest du, dass ich gehe?«, fragte er. »Du musst es nur sagen. Ich würde dich nie ohne Erlaubnis berühren.«

Ihre Augen funkelten, während in ihrem Innern ein Kampf der Titanen ausgefochten wurde.

»Sag, dass du mich willst, oder ich gehe gleich wieder.«

»Geh nicht!« Die Worte platzten schnell und schroff aus ihr heraus, beinahe wild, als ob jemand sie unter Folter aus ihren Lungen gepresst hätte.

Simon ging hinüber zum Bett, packte die Decke und riss sie von ihrem Körper.

Sie japste und versuchte, nach hinten zu rutschen, doch sie konnte nirgendwohin ausweichen; sie lehnte bereits am Kopfteil.

Mit Widerwillen betrachtete er ihr züchtiges Nachthemd; es war alt, hässlich und wirkte prüde. Er packte den Saum mit beiden Händen und riss daran.

Das Geräusch von reißendem Stoff erfüllte die Stille, erregte ihn und ließ sie aufschreien.

»Du hast es zerrissen«, klagte sie mit heiserer Stimme, als Simon die Hälften packte, die bis zu ihrem Bauch offen waren und noch einmal kräftig daran riss, sodass es sich bis zum hochgeschlossenen Ausschnitt öffnete.

»Ich habe dir schöne Nachthemden gekauft und erwarte, dass du sie für mich trägst«, sagte er mit vor Lust rauer Stimme. »Am besten trägst du überhaupt nichts.« Er packte ihre Hüfte und zog sie nach unten, dann kniete er sich zwischen ihre Schenkel und schob sie weit auseinander.

Simon stieß zwei Finger in ihre enge Öffnung, und sie schrie auf. Ihr Becken zuckte.

Er grunzte wie ein Tier; ihre feuchte Hitze ließ ihm schwindlig werden.

»Das ist mein Werk«, sagte er anklagend und präsentierte seine glänzenden Finger ihrem erstaunten Blick. Dann schob er sie in den Mund und leckte sie ab.

Mit zittriger Hand griff sie sich an den Hals, ihr Mund vor Schreck weit geöffnet.

Simon grinste, ließ die feuchten Finger sinken und ließ sich langsam zwischen ihren Schenkeln nieder. »Sieh mir zu, wenn ich dich zum Höhepunkt bringe.«

Honey folgte ihm mit dem Blick, und der Ausdruck in ihren Augen löste ein beinahe schmerzhaftes Pochen bei ihm aus.

»Ich denke den ganzen Tag an dich«, stieß er rau hervor. »Immer spukst du in meinen Gedanken herum und bringst sie durcheinander, bis ich nur noch ein kuhäugiger Trottel bin, der sich nach dir verzehrt. Wegen dir bin ich ständig hart und vergehe vor Lust. Ich kann kaum an etwas anderes denken als daran, mich tief in deinen wunderbaren Körper zu versenken.«

Honey biss sich auf die Unterlippe, und ihre Mundwinkel bogen sich kaum wahrnehmbar nach oben.

»Aha, es *gefällt* dir also, was du bei mir anrichtest.«

Sie widersprach nicht.

»Du Hexe«, zischte er, öffnete ihre Schamlippen und tauchte mit der Zunge hinein.

Sie stöhnten beide, und ihre Laute mischten sich zu einem primitiven Grollen des Verlangens.

Simon leckte von ihrer Mitte bis zu ihrer Knospe, und ihre Lider flatterten, als sie mit dem Drang kämpfte, die Augen zu schließen.

»Wem gehörst du?«, forderte er, als sie sich an seinem Gesicht zu reiben und mit dem Becken zu zucken begann.

Ihr Blick war lusttrunken, und sie keuchte. Ihr blasser Oberkörper hatte leidenschaftliche rote Flecke.

»Wem?«, knurrte er.

»Dir, Simon. Ich gehöre dir.«

»Meine«, stieß er hervor, senkte den Mund auf ihre Scham und zeigte ihr, dass er sie ganz und gar in der Hand hatte.

***

Als Honey erwachte, war Simon bereits gegangen. Es war nicht ungewöhnlich, denn er ritt gern schon bei Morgengrauen aus. Sie hatte ihn ein- oder zweimal begleitet, aber er ritt wie ein Besessener, und sie hielt ihn nur auf.

Honey spürte die Hitze in ihr Gesicht steigen, als sie daran zurückdachte, was er – was sie beide – getan hatten. Er hatte sie vier Mal genommen, offenbar unersättlich.

Du warst selbst unersättlich.

Das konnte Honey nicht leugnen. Als sie sich kurz vor dem Morgengrauen zum letzten Mal vereinigt hatten, war es Honey gewesen, die zwischen seine Beine gegriffen und ihn geweckt hatte.

Sie bedeckte ihr erhitztes Gesicht mit den Händen. Am helllichten Tag schockierte ihr Benehmen sie.

Er hat dich so um den Finger gewickelt, dass du alles tun und alles glauben würdest.

Sie ließ die Hände sinken und starrte ins Nichts, während sie die Worte auf sich wirken ließ.

Was er gestern Nacht über Eifersucht gesagt hatte, war richtig. Sie schämte sich dafür, aber es war die Wahrheit. Sich Simon mit jener Frau vorzustellen, hatte sie wütend gemacht, aber auch erotische Gefühle geweckt. Sie hätte gewalttätig werden können.

Ihre emotionale Reaktion war vollkommen irrational. Warum wühlte der Gedanke, er könnte mehr als ein Jahrzehnt vor ihrer Hochzeit ein Kind gezeugt haben, sie derart auf?

Die Antwort auf diese Frage war ebenso irrational: Es störte sie, weil er *ihr* gehörte. Er gehörte ihr.

Honey seufzte. Wie er gesagt hatte, Eifersucht ergab überhaupt keinen Sinn.

Sie erhob sich aus den zerwühlten Laken und verzog das Gesicht, weil sie überall steif war und ihr Körper schmerzte. Man sollte doch meinen, dass sich ihr Körper nach so vielen Nächten mit ihm daran gewöhnt hätte und nicht mehr schmerzen würde, doch Simon schienen immer neue Arten einzufallen, wie er sie dehnen und verrenken konnte.

Sie lächelte vor sich hin, schlüpfte in den Morgenrock und zog die Vorhänge zurück. Es war ein perfekter Herbsttag. Der strahlend blaue Himmel war ein wundervoller Hintergrund für das Farbspiel des sich verändernden Laubs. Sie fühlte den Drang, ihren Skizzenblock zu nehmen und ...

Unten am Rand des Parks bewegte sich etwas; es war ein Reiter – nein, zwei.

Als sie näherkamen, erkannte sie Simon, aber nicht den anderen Mann. Er war klein; vielleicht war es Wilkins. Die beiden waren ja dicke Fr...

Die kleinere Person nahm plötzlich den Hut ab und schüttelte ihr langes dunkles Haar aus.

Aha ... also nicht Wilkins.

Honeys Kiefer klappte herunter. »Was zum Teufel ...?«

Es war Bella MacLeish.

Kapitel
Siebenunddreißig

Simon freute sich, Honey im Frühstückszimmer vorzufinden, als er von seinem Ausritt zurückkehrte.

»Guten Morgen«, sagte er und konnte sie nicht ansehen, ohne an die vergangene Nacht zu denken.

Sie musste seine Gedanken erraten haben, denn ihr Gesicht färbte sich feuerrot.

Er lachte leise und beugte sich vor, um sie zu küssen, traf aber nur ihre Wange anstatt wie geplant ihre Lippen, denn sie entzog sich ihm – vermutlich, weil er so schmutzig war.

»Es tut mir leid«, sagte er. »Ich rieche wahrscheinlich nach Pferd. Soll ich mich umziehen?«

»Nicht so wichtig. Ich bin ohnehin fast fertig.« Ihr Lächeln war kühl und höflich.

Simon warf einen Blick auf ihren Teller und stellte fest, dass er noch zu drei Vierteln gefüllt war.

»Du hast kaum etwas gegessen. Fühlst du dich nicht wohl?«

»Es geht mir gut«, sagte sie so frostig, dass er überrascht war, keine Eiszapfen an ihrer Zunge zu sehen.

Simon ließ sich auf den Stuhl neben ihr fallen. Als sie aufstehen wollte, griff er nach ihrem Arm und zog sie nach unten. Sie wandte sich zu ihm um. »Glaub nicht, dass du mich jederzeit wie ein Grobian anfassen kannst, wenn dir danach ist.« Ihr Blick funkelte eisig.

Simon packte fester zu, als sie sich ihm entziehen wollte.

»Du wirst jetzt sitzenbleiben und mir sagen, was los ist«, verlangte er reichlich erzürnt. »Ich dachte, wir hätten unser Missverständnis letzte Nacht aufgeklärt. Was habe ich getan, um dich zu verstimmen?« Er hatte es nicht gesagt, aber das »*nun schon wieder*« schwang dennoch in seinen Worten mit.

Sie ruckte heftig, und er ließ ihren Arm los, bevor sie sich noch verletzte.

»Ich bin heute Morgen aufgewacht und habe dich und Lady MacLeish beim Ausritt gesehen.«

Er blinzelte. »Und?«

Sie schnaubte. »Letzte Nacht hast du behauptet, keinerlei Interesse an ihr zu haben – und doch reitest du mit ihr aus? Damit Hinz und Kunz euch zusammen sehen können?«

Simon lachte überrascht auf. »Aber wir sind Nachbarn. Wir werden den Rest unseres Lebens mit Bella und ihrer Familie Umgang pflegen müssen. Ich hätte lieber ein freundschaftliches Verhältnis mit ihnen.« Er hielt inne und runzelte die Stirn. »Vor allem, weil Wyndham sie alle so scheußlich behandelt hat.«

»Aha, und das schließt Ausritte mit ihr ein? Auch, wenn ich nicht mitkommen darf?«

Sie biss sich auf die Lippe, und Simon erkannte Reue und Scham in ihrem hübschen Gesicht.

»Das ist nicht ganz fair, Honey. Ich habe dich oft gefragt, ob du mich auf meinen morgendlichen Ausritten begleiten möchtest, aber du wolltest nie mitkommen.«

Ihre Kiefer mahlten, aber sie sagte nichts.

»Was den Ausritt mit Bella angeht, du warst doch gestern im Salon. Hast du nicht gehört, worüber wir geredet haben? Unsere Vereinbarung?«

»Welche Vereinbarung?«

»Dass Bella einige meiner Jagdpferde reiten soll.«

Sie machte große Augen, was ihm verriet, dass sie nicht zugehört hatte.

»Sie ist eine herausragende Reiterin, und ihr Vater, Sir Charles, hat kein Geld, um Jagdpferde für sie zu halten«, erklärte er.

»Also musst *du* sie mit Pferden ausstatten?«, fragte sie ungläubig.

Er atmete tief durch und ermahnte sich, geduldig zu sein.

»Hast du schon einmal etwas von Zureitern gehört?«

Sie verschränkte die Arme. »Nein.«

»Das sind fähige Reiter, die dafür bezahlt werden, die Pferde anderer Leute zu reiten, für gewöhnlich bei der Jagd oder bei Rennen. So kann man die Pferde, die man verkaufen möchte, im besten Licht präsentieren.«

»Ich dachte, das würdest du tun.«

»Das werde ich auch. Und Becca. Aber ich habe auf Whitcomb einige Jagdpferde, die ich sehr gern verkaufen würde, sodass ich mehr Zuchtpferde kaufen kann. Ich bin gerade dabei einige gut betuchte Männer einzuladen, an der diesjährigen Jagd teilzunehmen.«

Es war ihr anzusehen, dass sie versuchte, all das zu verstehen. Wenn man sich mit der Fuchsjagd nicht auskannte, war es vermutlich verwirrend.

»Also wird sie deine Pferde reiten«, sagte sie mit hörbarer Skepsis.

»Ja. Und ich gewähre ihr Zugang zu den Ställen, denn die auf Frampton sind eine Schande.«

»Wird sie oft hier sein?«, fragte sie geradeheraus.

»So oft sie reiten möchte. Ich hoffe täglich, denn es ist eine Weile her, seit ihr Mann gestorben ist, und sie muss erst wieder in Form kommen.«

Simon konnte sehen, dass ihr der Gedanke noch immer nicht gefiel. Aber wenn er sich an den Gedanken gewöhnt hatte, dass sie tagelang mit fremden Männern zusammen war, konnte sie doch auch akzeptieren, dass er sich mit einer Frau abgab, an der er kein Interesse hatte, wie er ihr wiederholt erklärt hatte.

Er versuchte, geduldig zu sein, doch seine Geduld war nicht unendlich.

So erregend ein wenig Eifersucht auch sein konnte, er wollte seine Frau nicht unglücklich machen oder den falschen Eindruck bei ihr erwecken.

Dann sag ihr das, du Dummkopf!, befahl die Stimme in seinem Kopf. *Das bist du ihr schuldig.*

Ausnahmsweise hatte die Stimme recht. »Du bist meine Frau, Honey – die einzige Frau, die ich will oder brauche.«

Ihre Augen weiteten sich, und er wusste, dass es richtig gewesen war, so offen zu reden. Seltsamerweise war ihm selbst nicht so klar gewesen, wie er für sie empfand, bis er es ausgesprochen hatte. Sie *war* die einzige Frau, die er wollte und brauchte.

Simon drückte ihre Hand. »Bella ist nicht mehr als eine Nachbarin. Sie mag nicht deine beste Freundin sein, aber sie kann meinen sich entwickelnden Geschäften wirklich auf die Beine helfen, wenn sie meine Jagdpferde reitet. Außerdem wäre es eine freundliche

Geste ihrer Familie gegenüber, wenn man sieht, dass sie bei mir willkommen sind – bei *uns*.

Der Gutsherr und seine Frau sind nette Leute, Honey. Sie verdienen es nicht, zu leiden. Bella ebenso wenig. Ihr einziges Verbrechen ist, dass sie einmal mit mir verlobt war, und Wyndham sie deswegen nicht leiden kann.« Er zögerte und fragte dann: »Verstehst du, warum ich das tue?«

Sie schluckte und schluckte noch einmal. Und dann seufzte sie, wobei die Wut aus ihr herauszuströmen schien. »Ich verstehe es, Simon.«

Er war so erleichtert, dass es ihn überwältigte.

Er wollte sie nicht verletzten, aber er wollte auch nicht stets unter ihrer Fuchtel stehen. Es wäre eine große Erleichterung, wenn sie Probleme ohne unnötiges Drama lösen könnten.

Er zog sie an sich und küsste sie. Es war kein bloßer Schmatzer, er küsste sie leidenschaftlich unter Einsatz der Zunge und seiner Zähne.

Als er schließlich von ihr abließ, war ihr Mund feucht und gerötet, und ihre Haut schimmerte pink.

Er verspürte den Drang, sich in ihr zu versenken. »Ich sollte dich nach oben schleifen, ausziehen und dich reiten, bis du Schaum vor dem Mund hast.«

Sie wurde tiefrot. »*Simon.*« Er sah sich um, ob sie jemand gehört hatte.

Er lachte leise. »Keine Sorge, in weniger als einer Stunde kommt der Dachdecker. Vorerst bist du also sicher vor meinem Verlangen. Zumindest bis heute Abend.« Er gab ihr noch einen Kuss, der nur eine Spur weniger leidenschaftlich war als der erste. »Also«, sagte er, nachdem er sich von ihr gelöst hatte, »ist zwischen uns alles in Ordnung, Liebling? Bringst du es fertig, höflich – vielleicht sogar freundlich – zu Bella und ihrer Familie zu sein?«

»Ja, das kann ich. Du hast recht, Simon. Es ist wohl der beste Weg, um Gerüchte zu zerstreuen.«

Er grinste und küsste sie noch ein letztes Mal. »Natürlich habe ich recht. Ich bin dein Herr und Meister. Ich habe immer recht.«

Als sie darüber lachte, wusste er endgültig, dass zwischen ihnen alles wieder in Ordnung war.

***

In den Tagen nach dieser Unterhaltung musste Honey sich noch oft an seine Worte erinnern: *Du bist meine Frau, Honey – die einzige Frau, die ich will und brauche. Bella ist nichts als eine Nachbarin.*

Es schien, als ob sie sich nur umzudrehen brauchte, und Bella MacLeish scharwenzelte um ihren Mann herum. Sie kam täglich zum Stall, aber nie zum Haus. Honey wusste nicht, ob sie darüber erleichtert oder verärgert sein sollte.

Bella lungerte nicht nur bei den Ställen herum, Simon verbrachte auch viel Zeit draußen, also sah Honey sie oft zusammen.

Er fragte sie nun jeden Morgen, ob sie mit ausreiten wollte, aber sie hatte kein Verlangen danach, vor Bella, die im Sattel eine überaus gute Figur machte, ihre mangelnden Fähigkeiten zur Schau zu stellen.

Abends waren sie auch beim Dinner nicht mehr allein, denn Heyworth hatte inzwischen seine neue

Stellung angetreten. Diese intimen Augenblicke teilten sie also auch nicht mehr.

Nachts hast du ihn jedoch noch immer ganz für dich.

Bei dem Gedanken wurde Honey rot, auch wenn niemand sie sehen konnte; ja, nachts hatte sie ihn ganz für sich, immer, die ganze Nacht.

Er war unersättlich, und sie ebenso. Immer wenn sie glaubte, er könnte sie nicht mehr schockieren, zeigte er ihr etwas neues Verruchtes.

Und das mochte sie an ihm.

Nein, du liebst ihn.

Gut, das war richtig. Es gab jedoch keinen Grund, ihn das wissen zu lassen. Auch wenn er offensichtlich ganz verrückt nach den Dingen war, die sie im Bett taten, liebte er sie nicht.

Vielleicht würde er das nie. Manchmal dachte sie, es gäbe irgendwo in seinen blauen Augen eine Grenze, eine Linie, die er nicht übertreten konnte oder wollte.

Die Nächte gehörten also ihnen, aber die Tage verbrachten sie getrennt voneinander.

War sie glücklich darüber, dass Bella ständig da war – und immer in ihren schockierend engen ledernen Kniebundhosen herumlief?

Nein.

Allerdings musste sie zugeben, dass offenbar nichts Unschickliches vor sich ging. Auch wenn es für Damen ungewöhnlich war, im Herrensitz zu reiten, trugen viele, die Jagdsport betrieben – Becca, zum Beispiel – Kniebundhosen bei der Jagd.

Bella trug sie natürlich *jeden Tag.*

Es war schade, dass man von Honeys Atelier aus auf die Ställe hinausblickte. Anfangs hatte sie es genossen, dass sie Simon kommen und gehen sah. Nun war es nur Salz in ihren Wunden. Sie musste sich nun nicht bloß Bella ansehen, sondern auch zuschauen, wie jedes männliche Wesen in ihrer Nähe sofort alles stehen und liegen ließ, um sie anzugaffen.

Das ist nicht fair, Honey. Simon gafft nicht.

Sie seufzte, reinigte ihren Pinsel und legte ihn beiseite, bevor sie noch das Porträt der Duchess ruinieren konnte. Es war niemals eine gute Idee zu malen, wenn sie in einer solchen Stimmung war.

Und Bellas Verhalten? Nun, sie flirtete mit Simon, aber sie flirtete auch mit Heyworth, Hume und jedem anderen männlichen Bediensteten oder Arbeiter auf dem Gelände. Oder vielleicht flirtete sie gar nicht. Vielleicht war nur Honeys schreckliche Eifersucht am Werke und ließ es so erscheinen.

Sie hängte das Gemälde locker mit einem Tuch ab und trat näher an das Fenster heran, als sie Raymond Fairchild vorreiten sah.

Simons Cousin hatte ein zweites Pferd mitgebracht, das er hinter sich führte, vermutlich eine Stute, die der Duke decken lassen wollte. Sie war wunderschön, pechschwarz, genau wie Loki, nur zierlicher.

Simon kam aus dem Stall, natürlich folgte Bella zwei Schritte hinter ihm.

Das ist nicht fair, Honey. Becca ist auch dort.

Schon gut, schon gut, das ist wahr.

Becca kam beinahe jeden Tag herübergeritten, und Honey beobachtete oft, wie die drei – Simon und die beiden Frauen – in einem halsbrecherischen Tempo, das sie atemlos machte, durch die Landschaft jagten.

Honey konnte sich ein Lächeln nicht verkneifen, als sie Beccas Haltung bemerkte; die jüngere Frau mochte Bella nicht. Tatsächlich hatte Honey zufällig gehört, wie sich Becca bei Simon vor ein paar Tagen beklagt hatte, dass *sie selbst* bei der ersten diesjährigen Jagd doch Epiphany reiten könnte, das riesige Jagdpferd, das Simon so schnell wie möglich zu verkaufen wünschte.

»Du bist ihm noch nicht gewachsen, Becs«, hatte Simon erwidert. »Dein Vater würde mir bei lebendigem Leibe den Pelz über die Ohren ziehen, wenn ich dich auf diesem Monstrum reiten lasse.«

»Was? Denkst du etwa, *Bella* ist eine bessere Reiterin als ich?«

Simon hatte die Augen zusammengekniffen. »He!«, hatte er geblafft, nun nicht mehr scherzhaft. »Sie ist älter als du und für dich Lady MacLeish. Erweise ihr den nötigen Respekt. Und ja, ich glaube nicht nur, sondern ich *weiß*, dass sie die bessere Reiterin ist. Das ist auch kein Wunder, denn sie ist schon zur Jagd geritten, bevor du überhaupt geboren wurdest.« Sein Ton war sanfter geworden, als er Beccas niedergeschlagene Miene bemerkte. »Komm schon, Liebes«, drängte er, »noch bist du nicht zu groß, als dass ich das hier tun könnte.« Er griff unter ihre Achseln und wirbelte sie im Kreis herum, bis sie quiekte.

»Hör auf, Onkel Simon!«, rief sie atemlos, doch Honey konnte sehen, dass sie es liebte. Becca stand auf der Schwelle zum Frausein, und diese letzten Momente der Kindheit hatten Honey zu einigen winzigen Veränderungen an ihrem Porträt inspiriert.

Obwohl ihr Onkel sie so zurechtgewiesen hatte, konnte Honey erkennen, dass Becca Bellas Anwesenheit dennoch nicht fraglos hinnahm.

Ebenso wenig wie Raymond, schien ihr, denn er betrachtete die Sirene mit einem höhnischen Lächeln, als sie sich näherte, um das Pferd in Augenschein zu nehmen, das er gebracht hatte.

Honey wollte sich gerade abwenden, als Raymond aufsah. Sein Lächeln wurde breiter, als er sie entdeckte, und seine Miene sah wesentlich zufriedener aus als noch einen Augenblick zuvor. Er winkte ihr zu und zog damit die Aufmerksamkeit der anderen auf sie.

»Na, wunderbar. Danke, Raymond«, presste sie zwischen den Zähnen hervor, winkte aber zurück.

Als er zum Haus ging, seufzte Honey und bereitete sich darauf vor, ihn zu empfangen. Sie legte den Malkittel ab, glättete ihr Haar und ging dann in den kleineren, und gemütlicheren Salon, den sie bevorzugte.

Es war nicht so, als ob sie Raymond nicht gemocht hätte, doch er war eigenartig ... anbiedernd.

Simon hatte gelacht, als sie es ihm gegenüber erwähnt hatte. »Das ist er. So war er schon immer. Ich denke, das liegt daran, dass er schon so früh zur Waise wurde. Er hat nie über sein früheres Leben gesprochen, seit Wyndham ihn nach Whitcomb geholt hat, aber ich weiß, dass er in ärmlichen Verhältnissen aufgewachsen ist. Er kann manchmal etwas lästig sein, aber im Großen und Ganzen ist er ein feiner Kerl«, hatte er hinzugefügt. »Und er vergöttert dich, Honey.«

Leider zeigte Raymond dies nur allzu deutlich.

Bisweilen war ihr seine Zuneigung ein wenig zu viel.

Aber er gehörte zur Familie, und nach einer Familie hatte sie sich schon immer gesehnt. Also setzte Honey ein Lächeln auf.

***

Lächelnd trat Honey von ihrem Porträt der Duchess of Plimpton zurück.

Auch wenn die Frau fade, egozentriert und überheblich war, gab es unter ihren hübschen Gesichtszügen etwas, das Honey nicht aufgefallen war, bis sie es auf die Leinwand gebannt hatte.

Cecily Fairchild war eine starke Frau, auch wenn sie auf ihrer Chaiselongue lag, während sich die Welt um sie herum weiterdrehte.

Oh, Honey hegte keineswegs den Verdacht, dass ihre körperliche Zerbrechlichkeit vorgetäuscht war, doch es war deutlich, dass die Duchess ihren Invalidenstatus wie eine Waffe einsetzte, eine mächtige und effektive Waffe.

Honey war stolz, dass sie die versteckte Kraft der Frau so gut eingefangen hatte. Derlei Details machten den Unterschied zwischen einem handwerklich guten Porträt und einem Kunstwerk aus.

Honey fand, dass dieses Porträt der zweiten Kategorie näherkam.

Sie war zufrieden, dass sie es hatte fertigstellen können, bevor sie in zwei Tagen nach London aufbrechen würde.

Nach ihrer Rückkehr von den Aufträgen in der Stadt würde es eine feierliche Zeremonie zur Enthüllung der beiden Gemälde geben.

»Es wird einen Ball geben«, hatte die Dowager Duchess mit einem Funkeln in den Augen verraten. »Wyndham möchte, dass es eine Kombination aus verspäteter Hochzeitsfeier für euch und der Enthüllung der Porträts wird. Du musst all deine Freunde einladen, Honoria. Wenn ihr auf Everley nicht genügend Platz habt, können wir sie auf Whitcomb unterbringen.«

Honey musste zugeben, dass sie die Aussicht auf ein solches Ereignis verlockend fand.

Also hatte sie all ihren Freunden geschrieben, auch wenn sie sich keine großen Hoffnungen machte, dass sie kommen konnten, denn sie mussten für ihren Lebensunterhalt arbeiten. Dennoch wäre es wundervoll, sie alle um sich zu versammeln.

Sie band den Malkittel auf und war gerade dabei, ihn aufzuhängen, als etwas bei den Ställen ihre Aufmerksamkeit auf sich zog; da waren Simon und Bella, die im Sattel saßen und zu einem Ausritt aufbrachen.

Honey sah auf die Uhr; es war schon nach fünf. Heute war der Abend, an dem sie zum ersten Mal seine Familie zu Gast beim Dinner haben würden. Simon hatte seine harte Haltung gegenüber dem Duke aufgegeben, und Honey hatte zugestimmt. Wo wollte er so spät noch hin?

Mit Bella.

Honey verzog bei dem unerwünschten Anflug von Eifersucht das Gesicht und verließ das Atelier.   Wenigstens wurden diese Anflüge schwächer statt schlimmer.

Auf der Treppe begegnete sie Mr Heyworth.

»Ich wollte Sie gerade suchen, Mylady. Seine Lordschaft wollte Sie wissen lassen, dass er zum Dinner zurück sein wird. Er musste hinüber zur Turnbull Farm, um dort einige Arbeiten zu überprüfen.« Er verzog das Gesicht. »Ich fürchte, der Mann, der für die Arbeit zuständig ist, ist nicht zuverlässig genug, als dass man ihm blind vertrauen könnte, und die neuen Pächter werden morgen im Laufe des Tages eintreffen.«

»Ach ja, ich erinnere mich, dass er es beim Frühstück erwähnte«, entgegnete Honey, obwohl sie es lieber gehabt hätte, wenn er nicht erst so spät aufgebrochen wäre.

Sie lächelte den Verwalter an. »Ich sehe Sie dann beim Abendessen, Mr Heyworth.«

Als sie die Treppe hinaufging, versuchte sie, sich zu erklären, warum sie wegen des heutigen Abends so nervös war. Sie hatte doch hunderte Male für ihren Vater die Pflichten einer Gastgeberin übernommen. Sie konnte nur annehmen, dass es die Gegenwart des Duke war, der sie mit Unruhe entgegensah. Sie hatte ihn seit dem Tag ihrer Ankunft auf Everley nicht mehr gesehen, und das war fast einen Monat her.

»Ich habe Wyndham verboten, je wieder einen Fuß in mein Haus zu setzen, ohne dass ich ihn ausdrücklich eingeladen habe«, hatte Simon erklärt, als sie ihn gefragt hatte, ob der Duke kommen würde, um sich die Gemälde anzusehen.

Eigentlich konnte Honey Plimpton nicht mehr übelnehmen, dass er die treibende Kraft hinter ihrer Ehe gewesen war, auch wenn ihr die rücksichtslose Art, mit der er seine Ziele erreicht hatte, überhaupt nicht gefiel.

Ihre Ehe mit Simon mochte turbulent sein, doch sie war noch nie glücklicher gewesen. Sie war froh, dass ihr Mann begonnen hatte, sich mit seinem einzigen Bruder auszusöhnen. Das bedeutete jedoch nicht, dass sie dem Besuch von Plimpton sorglos entgegensah. Schließlich war er noch immer ein *Duke*, und dieser Tatsache war sie sich als heutige Gastgeberin mehr als bewusst.

Als ihre Zofe sie entkleidete, musste Honey an die leidenschaftlichen Nächte denken, die sie mit Simon nach dem – wie sie es nannte – *Bella-Vorfall* verbracht hatte.

Es war richtig gewesen, dass Simon mögliche Missverständnisse so offen und ehrlich ansprach. Es gab keinen Grund, eine Vergangenheit verbergen zu wollen, über die jeder Bescheid wusste.

Honey zog den Unterrock aus, und Hitze überlief ihre Haut, als sie über seine unerhörten Behauptungen bezüglich der Eifersucht nachdachte.

Nun, so unerhört waren seine Behauptungen ja gar nicht gewesen, schließlich hatten sie sich als zutreffend erwiesen. In kleinen Dosen konnte Eifersucht sehr belebend für das sein, was sie im Schlafzimmer taten.

Honey hatte sich öfter damit gequält, an all die Geliebten zu denken, die er gehabt hatte. Es mussten viele gewesen sein, wenn man seine außerordentliche Geschicklichkeit betrachtete.

»Mylady?«

Widerwillig riss sie sich von den erotischen Gedanken los. »Ja, Nora?«

Die jüngere Frau errötete ebenfalls, als hätte sie die skandalösen Gedanken in Honeys Kopf erraten.

»Es ist wegen der gewissen Zeit im Monat, Mylady.«

»Herrje, ist es schon wieder so weit?«

»Es ist bereits zwei Wochen über die Zeit, Mylady.«

»Bist du sicher?«

»Wenn es stimmt, was Sie sagten, als Sie mich einstellten, bin ich sicher.«

Honey blinzelte, während sie über die Bedeutung nachdachte. »Ein Baby?«, fragte sie ungläubig.

»Aye, Mylady, wenn es stimmt, dass es sonst immer regelmäßig war.«

Honey starrte ihr Spiegelbild an und ließ mit einem dümmlichen Lächeln im Gesicht die Hände auf ihren flachen Bauch sinken. Sie könnte schwanger sein...

Vor ihrem geistigen Auge sah sie Simons Gesicht, und sie hörte seine Worte von vor sechs Wochen: *Wir werden keine Kinder haben. Niemals.*

»O nein«, flüsterte sie.

Nora runzelte die Stirn. »Wie bitte, Mylady? Ich glaube, ich habe Sie nicht richtig verstanden.«

Honey begegnete dem etwas neugierigen Blick der Bediensteten mit einem erzwungenen Lächeln. »Bitte behalte die Neuigkeiten vorerst für dich.«

Nora war offensichtlich entrüstet. »Aber wo denken Sie hin, Mylady? Natürlich würde ich so etwas nie weitererzählen.«

»Natürlich nicht«, beruhigte sie Honey und schluckte ihre aufsteigende Panik hinunter. »Nun, ich glaube, ich werde heute Abend das türkisfarbene Kleid anziehen.«

***

So gedemütigt hatte sich Honey seit dem peinlichen Vorfall mit Simon in der Bibliothek des Duke of Plimpton in jener Nacht nicht mehr gefühlt.

Sie fand, es war nur allzu passend, dass sich diese Veranstaltung ebenfalls um ihren Ehemann drehte.

»Vielen Dank für den wundervollen Abend, Honoria«, sagte die Duchess und bot ihr ihre gepuderte Wange zum Kuss dar.

»Vielen Dank, dass du gekommen bist, Mama.« Sie fühlte sich noch nicht recht wohl dabei, sie so zu nennen, aber sie konnte sehen, dass es der älteren Frau gefiel.

Raymond war als Nächster an der Reihe, und er umfing sie mit einem Arm, was sie ein wenig erschreckte. »Ich hatte einen großartigen Abend. Sag Simon, dass deine Anwesenheit absolut ausgereicht hat, wir haben ihn nicht einmal vermisst.« Er ließ sie los und hielt sie für einen Augenblick auf Armeslänge, wobei sein Blick ihr viel zu neugierig – und wissend – war.

»Danke für die Einladung, Honey«, sagte Becca und gab ihr einen kleinen Kuss auf die Wange und umarmte sie. »Ich bin sicher, Onkel Simon geht es gut«, flüsterte sie in Honeys Ohr, sodass ihr Gesicht vermutlich tiefrot war, als sie sich schließlich Plimpton zuwandte.

Sein strenger Mund verzog sich kurz zu einem schwachen Lächeln. »Das Dinner war fantastisch«, sagte der Duke in der kühlen, monotonen Tonlage, die so gut zu seinem ausdruckslosen Gesicht passte.

Bei seiner Ankunft war Honey erschrocken über sein Aussehen gewesen. Er sah um zehn Jahre älter aus als noch vor einem Monat. Seine blasse Haut war noch blasser, und tiefe beinahe violette Schatten lagen unter seinen Augen. Sie hatte keine Ahnung gehabt, dass er so krank war. Zweifelsohne war die anhaltende Krankheit des Duke auch der Grund für Simons Wunsch, sich seinem Bruder schnell wieder anzunähern.

»Vielen Dank, dass du mir einen ersten Blick auf die Porträts gewährt hast«, sagte der Duke. »Ich habe mir eingeredet, ich könnte bis zur Enthüllung warten, aber es war einfach zu verlockend.«

Dieses Geständnis erzeugte bei Honey ein gewisses Gefühl der Wärme ihm gegenüber. Es schmeichelte ihr, dass ein so erhabener, mächtiger Mann so darauf brannte, ihre Werke zu sehen.

»Sie sind spektakulär«, fügte er hinzu und beugte sich über ihre Hand.

Bevor ihr eine passende Antwort einfiel, war er schon fort und half seiner Mutter in die herzogliche Kutsche, die auf sie wartete.

Honey winkte und sah der Kutsche hinterher, bis sie außer Sicht war.

Sie lächelte dem Butler zu, als er die Tür schloss und zwang sich, seinen fragenden Blick zu ignorieren.

»Gute Nacht, Hume.«

»Gute Nacht, Mylady.«

Honey wandte sich um und sah Heyworth die Treppe herunterkommen. Er hatte lederne Reithosen an.

»Ich reite hinüber zur Turnbull Farm.« Sein attraktives Gesicht verfinsterte sich, er senkte den Blick und starrte auf seine Handschuhe, während er sie anzog. »Ich mache mir Sorgen, sein Pferd könnte gelahmt haben. Möglicherweise ist er irgendwo gestrandet. Zu Fuß ist es sehr weit. Ich werde ein Pferd mitnehmen, sodass ...«

Die Tür wurde schwungvoll geöffnet, und Honey und Mr Heyworth wandten sich bei dem Geräusch um.

Auf der Schwelle stand Simon, staubig und zerzaust. Er schenkte Honey ein schiefes Lächeln. »Ich schätze, ich bin zu spät zum Abendessen?«

Kapitel Achtunddreißig

Simon konnte erkennen, dass seine Frau sehr unglücklich und besorgt war; und er konnte es ihr nicht übelnehmen.

Er war wütend, auch wenn er drei Stunden Zeit gehabt hatte, sich um nichts anderes zu kümmern, als sich zu beruhigen.

Aber jetzt kam er um vor Hunger, und die Blasen an seinen Füßen hatten Blasen. Er wandte sich an Hume, der sich bereithielt. »Könnten Sie bitte etwas zu essen in meine Gemächer bringen lassen? Es ist nicht schlimm, wenn es kalt ist.«

»Sehr wohl, Mylord.«

Als der Butler gegangen war, wandte sich Simon an Heyworth.

»Sie müssen einen Wagen schicken, um Saturn zu holen.«

Honey hob die Hand an den Mund, und Heyworth starrte ungläubig.

Simon deutete auf sein Hosenbein.

Er trug dunkelbraune Lederhosen, sodass die Blutflecken darauf nicht sofort sichtbar gewesen waren; Honey bemerkte sie erst jetzt.

»Mein Gott, Simon – ist das *Blut*?« Sie packte ihn bei der Jacke und zog ihn näher an einen Kerzenleuchter.

Ein Lächeln zuckte um Simons Lippen; so wütend er auch war, es amüsierte ihn, wie der Verwalter errötete, als die Dame des Hauses sich tief hinabbückte, um die Lendengegend ihres Mannes einer genaueren Betrachtung zu unterziehen.

»Es ist nicht mein Blut, Liebes«, sagte er.

Seine Stimme holte sie zurück in die Gegenwart, sie richtete sich auf und errötete ebenso heftig wie der Verwalter.

»Was ist geschehen?«

»Jemand hat auf mich geschossen – ein Versehen, denke ich. Wer auch immer es war, hat vermutlich auf einem so entlegenen Pfad so spät mit niemandem gerechnet. Wahrscheinlich war es ein Wilderer.«

Simon verzog das Gesicht bei der Erinnerung an den Schmerzenslaut seines Pferdes, bevor Saturn gestrauchelt und gestürzt war.

»Glücklicherweise hat das Pferd nicht gelitten, aber ich konnte meinen Fuß nicht schnell genug aus dem Steigbügel ziehen, also schmerzt er etwas.«

Er hob das verletzte Bein – sein linkes natürlich – und stöhnte auf.

»Komm«, sagte sie und schüttelte den Schrecken ab. »Lass uns hochgehen.« Sie wandte sich an den Diener, der gerade erschienen war. »Lassen Sie seiner Lordschaft umgehend in seinem Zimmer ein Bad bereiten.«

»Sehr wohl, Mylady.«

»Hier«, sagte sie und schob ihre zarte Schulter unter seinen Arm. »Du kannst dich bei mir aufstützten.«

Simon konnte laufen, das hatte er stundenlang getan, aber es gefiel ihm, von seiner Frau ein wenig bemuttert zu werden.

»Ich mache mich auf den Weg, wenn Sie sonst nichts mehr brauchen«, verkündete Heyworth.

»Holen Sie nur Saturn. Suchen Sie nicht nach irgendwelchen Spuren«, warnte ihn Simon, als er Richtung Treppe humpelte. »Morgen durchkämmen wir die Gegend, und ich werde mit dem Sheriff von Shropshire sprechen.«

Heyworth nickte und ließ sie allein.

»Es tut mir leid, dass ich das Abendessen versäumt habe, Liebes«, sagte er, als sie sich langsam die Treppe hinaufquälten; Simon hielt sie dabei wohl etwas fester, als unbedingt nötig gewesen wäre.

»Du wurdest vermisst«, sagte sie und fragte: »Warum hat Lady MacLeish keine Hilfe geschickt?«

Simon runzelte die Stirn. »Bella war nicht bei mir«, sagte er. Und dann wurde ihm klar, was sie meinte. »Oh, natürlich, du hast uns zusammen aufbrechen sehen. Sie ist nur ein Stück des Weges mit mir geritten und dann nach Frampton Park abgebogen. Ich habe ihr gesagt, sie könnte Bacchus bei ihrem Vater unterstellen.« Simon fühlte die Anspannung aus ihrer hoch gewachsenen, schlanken Gestalt weichen. Sie machte sich also noch immer Sorgen wegen Bella.

Als sie seine Gemächer erreichten, übernahm Honey die Kontrolle. Sie wies Peel an, ihn zu entkleiden, zu untersuchen und ihm ins Bad zu helfen.

»In einer Stunde wartet in deinem Zimmer etwas zu essen auf dich«, sagte sie an Simon gewandt, bevor sie den Raum verließ.

Jemand räusperte sich neben ihm, und Simon wurde bewusst, dass er seiner Frau nachgestarrt hatte, vermutlich mit einem dümmlichen, bewundernden Grinsen im Gesicht. Ein Blick auf den leicht amüsierten, erhabenen Ausdruck im Gesicht seines Kammerdieners verriet ihm, dass er mit der Vermutung richtig lag.

Simon war berüchtigt dafür, dass er es absolut verabscheute, in irgendeiner Weise bemuttert zu werden.

Bis jetzt.

Er lächelte seinem Kammerdiener zu, ließ sich auf den Stuhl sinken und hob einen staubigen, zerschundenen Stiefel. »Wir sollten besser tun, was Ihre Ladyschaft sagt. Also schaffen Sie mich schon in die Wanne, Peel.«

***

Honey saß Simon gegenüber an einem Tischchen, das ein Diener gebracht haben musste.

Ihr Mann trug nur seinen Morgenrock, und seine goldenen Locken waren noch feucht vom Bad. Seine geschundenen Füße steckten nicht in Pantoffeln, sondern waren nackt, denn sie waren überall voller Blasen.

»Das kann doch nicht normal sein«, sagte sie gedankenverloren und sah zu, wie Simon sich noch ein zweites Stück Schinken von der Platte mit Bratenaufschnitt nahm, die der Koch hatte bringen lassen.

»Hm?«, machte er.

»Das ist nun schon das zweite Mal innerhalb von drei Monaten, dass auf dich geschossen wurde, Simon.«

Er nickte, kaute zu Ende und nahm einen Schluck Wein, um das Essen hinunterzuspülen.

»Es ist unerhört«, stimmte er zu. »Aber der strenge Winter im letzten Jahr und die anhaltende Kälte in diesem waren verflucht hart für die Leute. Wyndham und ich haben beide mehr Land zum Jagen freigegeben, aber nicht da, wo auf Saturn geschossen wurde. Es ist absolut verantwortungslos, so nah bei einem Weg zu jagen, ganz gleich wie wenig er genutzt wird.«

»Was gedenkst du zu unternehmen?«

»Was kann ich schon tun? Wenn bekannt wird, dass eines meiner Pferde getötet wurde, wird sich doch niemand, der noch bei Verstand ist, melden und die Verantwortung übernehmen. Ich kann nur hoffen, dass es ausreicht, um derart gefährliche Aktivitäten in Zukunft zu unterbinden.« Er warf ihr einen intensiven Blick zu. »Diese Kugel ist mir nähergekommen als jede während des Krieges, Honey.«

Eine verblüffte Erschrockenheit lag in seiner Stimme. Honey war übel.

»Kannst du dir das vorstellen?«, fragte er sichtlich erschüttert. »Da wäre ich über ein Jahrzehnt im Krieg gewesen, um dann auf meinem eigenen Land von einer verirrten Kugel getroffen zu werden?«

Honey packte sein Handgelenk und drückte fest zu. »Nicht!«

Sein Blick suchte ihren, und er schien in die Gegenwart zurückzukehren. Er legte eine Hand über ihre. »Ich glaube, Sie würden mich wohl vermissen, Lady Saybrook.«

»Das ist nicht witzig«, sagte sie mit heiserer Stimme.

Sein schalkhafter Ausdruck wich einer besorgten Miene, er beugte sich vor und strich über ihre Wange. »Was ist denn das?«, fragte er und hielt seinen feuchten Finger.

Sie schniefte und entzog sich ihm. »Nichts.«

Doch er ließ nicht locker. »Weine nicht, Honey.« Er erhob sich, zog sie hoch und in seine Arme. »Ich wollte dich nicht beunruhigen. Die Kugel hat mich verfehlt. Mir geht es gut. Ich hatte immer schon Glück, was Kugeln angeht. Nur vor Kanonen und Kanonenkugeln sollte ich mich hüten, und in East Shropshire gibt es davon nicht allzu viele.«

Nun ließ sie ihren Tränen freien Lauf, und sie presste ihr Gesicht an seinen Hals. »*Die* Kugel hat dich verfehlt, aber die letzte nicht, Simon.«

Sie spürte, wie er lachte. »Das hat sie. Ich schätze, ich habe meinen Vorrat an verirrten Kugeln aufgebraucht, Liebes. Bitte weine nicht, Honey.« Er hielt sie auf Armeslänge und drehte ihr Gesicht zu ihm. »Es war ein Unfall, Liebling. Und bis auf die paar Blasen an den Füßen bin ich kreuzfidel.« Er lächelte und wischte eine Träne von ihrer Wange.

»Du solltest zu Ende essen«, sagte sie. Sie schämte sich für ihre emotionale Reaktion. Nur Simon konnte sie so aus der Fassung bringen.

Er schüttelte den Kopf und stöhnte auf.

»Was ist?«, fragte sie. »Bist du verletzt?«

Er verzog das Gesicht. »Meine linke Seite ist vom vielen Laufen etwas wund«, gestand er.

»Leg dich hin und ich werde deine Salbe auftragen.«

Seine wunderschönen Lippen verzogen sich zu einem sündhaften Lächeln, das die vorhersehbare Wirkung auf ihren Körper hatte.

»Zieh dich aus«, verlangte er.

Honey erstarrte wie ein erschrockenes Kaninchen, und ihr Herz pochte wild angesichts des hungrigen Glitzerns in seinen Augen.

Simon trat einen Schritt zurück und zog am Bindegürtel seines Morgenmantels, dann streifte er den schweren Brokatstoff ab und ließ ihn zu Boden fallen.

Es überraschte Honey nicht, dass er eine Erektion hatte, sie bekam ihn selten anders zu Gesicht.

»Dreh dich um«, sagte er. »Ich werde deine Zofe spielen.«

»Simon, du musst ...«

»Sei still und dreh dich um.«

Honey gehorchte.

Er knabberte an ihrem Nacken, und seine Finger nestelten an ihrem Kleid. »Du riechst so gut«, murmelte er und presste seinen harten Schaft gegen ihren unteren Rücken. Sogar durch mehrere Lagen Stoff spürte sie noch die Hitze seines Körpers. »Was ist das?«

»Es ist eine Seife mit Zitronenverbene«, sagte sie mit bebender Stimme.

»Mm.« Er rieb sich zärtlich an ihrem Nacken und stieß langsam mit der Hüfte gegen sie.

»Erst brauchst du deine Salbe.« Es hatte wie ein Befehl klingen sollen, stattdessen klang es mehr wie eine verzweifelte Bitte.

Er lachte leise und ließ ihr Kleid zu Boden gleiten. Einen Augenblick später hatte er ihr den Unterrock, das

Korsett und die Chemise ausgezogen, sodass sie nurmehr Strümpfe und Schuhe trug.

Er ging in die Hocke, und Honey starrte auf seinen breiten, muskulösen Rücken, als er ihre Slipper auszog und mit einer sanften, beinahe verehrenden Bewegung ihre Strümpfe nach unten rollte.

Sein Körper war wie die Leinwände, die sie spannte und vorbereitete. Er besaß eine rohe, maskuline Schönheit, und die Narben und Verbrennungen machten ihn nur noch attraktiver. Ihr Herz blutete angesichts der schmerzhaften Geschichte, die seine geschundene Haut erzählte, deutlich wie ein Gemälde, und sie liebte ihn mit einem heftigen, beinahe wilden Verlangen.

Er erhob sich, und seine Augen wirkten schwarz vor Lust. »Ich will ...«

Honey schüttelte den Kopf. »Erst die Salbe. Los, leg dich aufs Bett.«

Sein Ausdruck wechselte von lüstern zu erschrocken und schließlich zu erfreut. »Ja, Ma'am.«

Er zog die Bettdecke zurück und streckte sich aus, alle Viere von sich gespreizt, wobei seine Erektion stolz in die Höhe ragte.

Honey verdrehte bei diesem schamlosen Benehmen die Augen.

»Ich kann nicht fassen, wie du so grausam sein kannst«, murmelte er, und seine große Hand umfasste die Wurzel seines äußerst faszinierenden Organs. »Kannst du denn mein Verlangen nicht sehen?«

Sie schnaubte. »Dein Verlangen ist vermutlich noch aus einigen Meilen Entfernung zu sehen.«

Er lachte laut auf. »Ich nehme das als Kompliment.«

Honey riss ihren Blick von dem Beweis seines Verlangens, holte die Salbe von seinem Frisiertisch und brachte sie zum Bett.

Er streichelte sich, und kleine Tropfen Feuchtigkeit sammelten sich um den winzigen Schlitz.

Bevor sie es verhindern konnte, entfuhr ihr ein überaus peinlicher Laut der Begierde. »Hör damit auf«, verlangte sie mit zittriger Stimme.

»Ich weiß nicht, ob ich das kann.«

»Simon.«

Er zog die Augenbrauen hoch. »Oh, dieser strenge Tonfall gefällt mir, Mistress Fairchild.«

Bei seiner sinnlichen Neckerei stieg ihr die Hitze in die Wangen. »Hör damit auf«, wiederholte sie.

Er ließ die Hand sinken. »Gut, ich benehme mich. Komm her.« Er klopfte mit der Handfläche auf das Bett.

Vorsichtig näherte sich Honey und stellte das Glas mit Salbe auf dem Bett ab. Seine Hand schoss so schnell vor, dass sie es kaum wahrnahm. Er packte ihr Handgelenk und zog sie auf sich.

»Simon, du brauchst ...«

Er presste den Mund auf ihren, und seine Arme umfingen sie fest wie eiserne Bänder.

Honey gelang es für etwa eine Sekunde, zu widerstehen, bevor sie ihrem eigenen Verlangen nachgab.

Seine Lippen waren heiß, beinahe verzweifelt, und seine Bartstoppeln an ihrer Haut fühlten sich rau und kratzig an. Er knabberte, saugte und hinterließ überall an ihrem Hals Spuren.

»Gott«, stieß er atemlos hervor, und seine Brust hob und senkte sich unter ihr. »Ich verzehre mich nach dir, Honey.«

Die wilde Begierde in seiner Stimme ließ sie erschaudern.

Er drehte sie auf den Rücken, und sein Mund eroberte ihren Hals und ihre Brust, bis er eine Brustwarze fand und so fest daran saugte, dass sie aufschrie.

»Armer Schatz«, keuchte er an ihrer geschundenen, steinharten Knospe und küsste sie zart, bevor er die andere Brust attackierte und kurz und fest mit den Lippen daran zupfte.

Er schob eine Hand zwischen ihre Schenkel, streichelte sie und drang in sie ein, womit er sie rasch zum Gipfel der Lust trieb.

»Ich muss in dir sein«, keuchte er und schob mit einer Hüftbewegung ihre Schenkel auseinander. Seine Bewegungen wirkten beinahe fieberhaft.

Mit einem festen Stoß drang er in sie ein und nahm sie in Besitz. »O Gott, ja.«

Honey wusste nicht, wo ihr Stöhnen endete und seines begann.

Er stieß mit brutaler Intensität in sie, als ob er etwas nachjagte, das knapp außerhalb seiner Reichweite lag.

»Das ist so gut«, japste er und versenkte sich so tief, dass er sie auf der Matratze nach oben schob. »Ich kann nicht genug bekommen, brauche dich so sehr.«

Seine Hüfte hämmerte in sie, und er rieb sich an ihr, drehte den Körper so, dass sie das Gefühl hatte, in tausend Stücke zu zersplittern.

»Honey«, schrie er, als ihre Muskeln sich um ihn zusammenzogen. Sein kräftiger Körper erschauderte.

Noch zweimal stieß er in sie, dann erstarrte er, sein Schaft zuckte und pulsierte in ihrer sensiblen Scheide, und sie spürte Wärme, die ihren Körper flutete.

»Ich liebe dich, Honey«, flüsterte er.

***

Als Simon wieder zu sich kam, bemerkte er gleichzeitig drei Dinge: Erstens hatte er seiner Frau gesagt, dass er sie liebte; zweitens hatte er es genau so gemeint; und drittens hatte er sich in ihr ergossen.

Er stützte sich auf die Ellenbogen und sah auf sie herab. Er fürchtete sich ein wenig davor, was er sehen könnte.

Honey sah ihn an, und ihre grauen Augen waren geweitet, ihre Lippen geöffnet. Sie sah erschrocken aus.

Er verzog das Gesicht; das sah nicht gut aus. »Äh ... es tut mir leid. Ich fürchte, ich habe die Kontrolle verloren und ...«

»Hast du das ernst gemeint?«, fragte sie, und ihre Stimme war so leise, dass sein Hirn einen Augenblick brauchte, um zu verstehen, was sie gesagt hatte.

Simon seufzte. »Es tut mir leid.«

Ihre Augen wurden eher noch größer. »Was?«

»Ich habe dir eine Zweckehe versprochen und jetzt sieht es so aus, als ob ich ...«

... vollkommen über beide Ohren und rettungslos in dich verliebt bin. Wenn du dir einen Liebhaber nehmen willst, heißt das für ihn, Pistolen im Morgengrauen, auch wenn ich dir gesagt, nein, versprochen habe, dass du tun und lassen könntest, was du willst und ...

»Ach, verflucht!« Simon drehte sich auf den Rücken und zuckte zusammen, als er seinen empfindlichen

Schaft aus ihr zurückzog, was ihn daran erinnerte, dass …

»Ich habe mich in dir ergossen«, sagte er und starrte den Betthimmel an, als ob der schuld daran wäre, dass er einen so schwachen Willen hatte. »Noch ein Versprechen, das ich gebrochen habe.«

Sie lag regungslos neben ihm. War sie eingeschlafen? *Das ist vielleicht besser so, Simon.*

»Simon?«

Beim Klang ihrer Stimme zuckte er zusammen. »Ja?«

»Ich bin schwanger.«

Er drehte den Kopf so schnell, dass es ihn im Genick schmerzte.

Ihre Augen waren noch immer geweitet, aber ihr Blick wirkte eher besorgt als erschrocken.

»Es tut mir leid. Ich weiß, du wolltest nicht …«

»Ist das so?«, platzte er heraus. »Tut es dir wirklich leid, dass du schwanger bist?«

Sie öffnete den Mund und schloss ihn gleich wieder. Schließlich biss sie sich auf die Unterlippe und schüttelte den Kopf. »Nein. Ich bin froh darüber.«

Simon entfuhr ein Laut, der wie eine Mischung aus Stöhnen und Seufzen klang. »Gott sei Dank.«

»Aber … Ich verstehe nicht«, sagte sie. »Ich dachte, du wärst wütend. Du hast gesagt …«

Simon schauderte. »Erinnere mich nicht daran, was ich gesagt habe, Honey. Ich war ein solcher Trottel, etwas so Dummes zu sagen.«

Er schob die Hand auf ihren flachen Bauch, und ein Grinsen breitete sich auf seinem Gesicht aus. »Wirklich?«, fragte er und klang wie ein Idiot. Als er zu ihr aufsah, sah er vermutlich auch wie einer aus.

»Ich glaube es.« Sie biss sich erneut auf die Lippe, als ob sie sich ein Lächeln verkneifen müsste.

Simon lachte laut auf vor Glück und packte sie. Er drehte sie so, dass sie auf ihm lag und schob ihren Körper so, dass sie rittlings in Hüfthöhe auf ihm saß.

»Simon ...« Sie wollte ihre Brüste bedecken, doch er packte ihre Handgelenke und zog die Hände fort.

»Du sollst dich nicht bedecken«, sagte er mit einer Strenge, die sein leicht scherzhafter Ton kaum mildern konnte.

Sie errötete reizend.

»Niemals«, fügte er hinzu, und sein Blick tastete hungrig über ihren herrlichen Körper, einen Körper, in dem nun ein Kind heranwuchs.

Eine Woge besitzergreifenden Stolzes überrollte ihn und drohte, ihn zu überwältigen. Er hatte zuvor nicht einmal daran gedacht, wie es wäre, ein Kind zu bekommen, und nun explodierte er beinahe vor Freude. Er suchte ihren Blick, konnte ihren Ausdruck jedoch nicht deuten. »Bist du wirklich glücklich, Honey?«

»Ja, das bin ich, aber ...«

»Aber?«, drängte er.

»Ich freue mich noch mehr darüber, dass *du* dich freust. Ich hätte nie erwartet ...«

»Pst«, sagte er. »Ich habe mich wie ein Idiot benommen.« Er zog sie zu sich herab und eroberte ihren Mund mit einem tiefen, schwindelerregenden Kuss.

Viel zu schnell entzog sie sich ihm und atmete schwer.

»Hast du das ernst gemeint?«

Simon dachte kurz darüber nach, sie zu necken und zu fragen, was sie meinte, aber er sah den Blick in ihren

Augen, verletzlich und unsicher, und fand, dass es kein guter Zeitpunkt für Scherze war.

»Ich liebe dich, Honoria Elizabeth Fairchild. Du gehörst mir, und es gibt kein Entkommen«, fügte er hinzu.

Ihre Augen schimmerten, und eine Träne kullerte ihre Wange hinunter.

Simon stöhne. »O nein …«

»Still«, schalt sie und lächelte durch die Tränen. »Ich liebe dich auch.«

»Du musst das nicht sagen, nur weil …«

»Du Dummkopf. Ich habe dich über vierzehn Jahre lang geliebt.«

Simon blinzelte. »Du …«

Sie nickte heftig, und die Tränen liefen nun schneller denn je. »Ja. Ich habe dich damals geliebt – wie hätte ich anders gekonnt?«

»Damals kann ich das verstehen«, gab er ohne Scham zu. »Bloß jetzt? Wenn ich so aussehe und …« Er verzog den Mund. »Nun ja, ich bin ja nicht nur äußerlich zerschlagen und beschädigt, ich bin auch nicht gerade ein guter Fang, was mein kaputtes Gehirn und meine wilde Persönlichkeit angeht.«

Sie lachte, und es war das Süßeste, das er je gehört hatte. »Jetzt liebe ich dich sogar noch mehr.«

Er zog die Augenbraue hoch und hoffte, damit den Aufruhr der Gefühle in seinem Innern verbergen zu können, der gerade dafür sorgte, dass er beinahe geheult hätte wie ein Zweijähriger. »Hm, das klingt, als ob mit deinem Gehirn auch etwas nicht stimmt.«

Sie lachte einfach und weinte noch mehr, schlang die Arme um seinen Körper und drückte ihn, bis er kaum noch atmen konnte. »Ich liebe dich so sehr.«

»Ich liebe dich auch, mein Schatz. Mehr, als ich je irgendjemanden geliebt habe.«

Simon kniff die Augen zu, doch er war nicht schnell genug, um zu verhindern, dass eine Träne hinabkullerte.

Kapitel
Neununddreißig

Honey öffnete die Augen und streckte sich.

»Guten Morgen, Langschläfer.«

Sie japste und setzte sich auf.

Simon saß lesend in einem der Sessel vor ihrem Kamin und sah entspannt aus.

»Bist du heute Morgen nicht ausgeritten?«, fragte sie und warf einen Blick auf die Uhr; es war noch nicht ganz sieben.

Er klappte das Buch zu und lächelte. »Ich wollte auf dich warten.«

War es möglich, vor lauter Glück zu sterben?

Er legte den Kopf schief, als sie ihn nur ansah. »Du musst nicht mitkommen, Liebling. Wenn du lieber noch schlafen möchtest, werde ich einfach ...«

»Nein, ich möchte mitkommen«, sagte sie und schob die Decken zurück. Es fiel ihr schwer, nicht vor Glück loszusingen, als sie an gestern Nacht dachte und jetzt an diesen Morgen.

»Aha, das ist gut«, sagte er und klang zufrieden. »Ich war so frei und habe uns eine Kanne heiße Schokolade bringen lassen. Wenn du nicht bald von selbst wach geworden wärst, hätte ich sie dir unter die Nase gehalten, bis du …«, er unterbrach sich, als es leise an der Tür klopfte.

Nora kam mit einem Tablett herein. »Guten Morgen, Mylady.«

Sie errötete und erinnerte damit Honey an ihren unbekleideten Zustand.

»Ich werde Ihre Ladyschaft bedienen«, sagte Simon. Er runzelte die Stirn und nahm etwas vom Tablett. »Was ist das?«

»Oh, das ist ein Brief, den Mr Hume mir gegeben hat, Sir. Er sagte, er lag heute Morgen auf dem Präsentierteller.«

»Vielen Dank«, sagte er in Gedanken, und nahm ihr das Tablett ab.

Honey sprang aus dem Bett und schlüpfte rasch in ihren Morgenmantel, während Simon den Brief in seinen Händen drehte.

»Was ist das?«, fragte sie.

»Ich weiß es nicht. Es stehen weder eine Adresse noch ein Absender darauf.« Er schob den Finger unter die Falz und öffnete ihn eilig.

Honey schenkte sich eine Tasse Schokolade ein und beobachtete das Gesicht ihres Mannes, als er las.

Sein Ausdruck wechselte von verwirrt zu erschrocken und sogar zornig. Schließlich sah er zu ihrem Erstaunen gequält aus.

»Simon?«

Er riss den Blick von der Seite los und reichte sie ihr ohne ein weiteres Wort.

»Was ist denn los?«, fragte sie und hatte Angst, den Brief zu betrachten.

Simon schüttelte nur den Kopf.

Sie wandte sich dem Brief zu. Brief war nicht der richtige Ausdruck, denn es war nur ein einziger Satz: »Bella MacLeishs Kind ist das Kind des Duke.«

Honey musste den Satz mehrmals lesen, und noch immer konnte ihr Verstand den Inhalt nicht ganz erfassen.

Als sie schließlich aufsah, starrte Simon sie mit einem Ausdruck an, den sie seit ihrer ersten Woche auf Whitcomb nicht mehr gesehen hatte: einem toten Ausdruck.

»Ich kann das nicht glauben«, sagte sie. »Wer sollte so etwas schicken? Und warum? Es ist einfach ...«

»Ich werde mit Wyndham sprechen.« Er machte auf dem Absatz kehrt und ging zur Tür.

»Simon!«

Er blieb stehen, die Hand bereits auf der Türklinke, die Schultern so angespannt, dass sie aussahen, als müssten sie zerspringen, wenn sie ihn berühren würde.

Aber sie musste ihn berühren.

Sie legte eine Hand auf seinen Rücken, und er schauderte. »Warte noch etwas, Simon. Wenn du jetzt gehst ...«

Er wandte sich zu ihr um. »Glaubst du in einer Stunde würde ich ihm verzeihen?«, fragte er.

Sie zuckte vor seiner Wut zurück, aber er machte einen Schritt auf sie zu und packte ihre Oberarme, was ihr Schmerzen zufügte. »Ich will, dass du weißt, dass es dabei nicht um *Bella* geht«, spie er.

»Das weiß ich doch, Simon.« Honey hatte keine Geschwister, aber sie hatte Vorstellungskraft, und sie konnte sich seinen Schmerz und das Gefühl des Verrats vorstellen.

»Wie konnte er mir das antun?«, fragte Simon. »Nicht nur damals, aber dass er mich auch all die Jahre hat glauben lassen ...« Er brach ab und blickte auf seine Hände hinab. Er ließ sie sofort los. »O verflucht, Honey! Ich habe dir wehgetan.«

»Schh.« Sie schlang ihre Arme um ihn und legte ihren Kopf an seine Brust; sein Herz pochte so heftig, als ob es hinausspringen wollte.

Er stand still und starr wie eine Statue. Einen Moment lang dachte sie, er würde sie fortstoßen, aber dann umschlang er sie und drückte sie fest.

»Gott, Honey«, flüsterte er in ihr Haar. »Ich habe Wyndham so sehr geliebt und bewundert. Das ist einfach ...«

»Ich weiß.« Sie spürte seine Anspannung, den Drang, irgendetwas zu tun, und sie ließ ihn los. »Ich weiß«, wiederholte sie. »Sei ... sei einfach vorsichtig, Simon. Lass dich nicht von deinem Zorn leiten.«

Er zögerte einen Augenblick, und sie dachte, ihre Worte hätten seine Ungeduld besiegt. Doch dann verschloss sich sein Blick, und er nickte. Er drückte ihr einen Kuss auf die Stirn, und schon war er fort.

***

Honeys Pinsel schwebte über dem Gemälde von Simon. Sie hatte gut zehn Minuten vor der Leinwand gestanden und hatte noch immer keinen einzigen Pinselstrich getan.

Sie nahm den Pinsel herunter. Heute war kein guter Tag, um zu malen; es war ein guter Tag, um an Leinwänden und Rahmen zu arbeiten. Sie würde ...

Wütende Stimmen drangen aus dem Flur zu ihr herein, und die Tür wurde so fest aufgestoßen, dass sie gegen die Wand schlug.

Es war Bella, und Hume folgte ihr auf dem Fuße.

»Es tut mir außerordentlich leid, Mylady«, entschuldigte sich Hume, bevor Honey etwas sagen konnte. Ihr Butler warf der Schönheit in Kniebundhosen einen frostigen Blick zu. »Ich sagte Lady MacLeish, dass Sie wünschen, nicht gestört zu werden, wenn Sie …«

»Ist Simon etwas geschehen?« Honeys Blick glitt von dem Butler zu Bellas erschrockener Miene und ihren weit aufgerissenen Augen.

»Wo ist Simon?«, fragte Bella beinahe zur selben Zeit, und ihre wunderschönen Augen blickten suchend durch den Raum, als ob Honeys Mann sich irgendwo zwischen dem Malzubehör versteckt haben könnte.

Honey wurde schwach vor Erleichterung; wenn Bella Simon suchte, hieß das, dass er nicht irgendwo verletzt oder tot lag.

Ihre Erleichterung wandelte sich rasch in Zorn. »Was kann ich für Sie tun, Lady MacLeish?«, fragte Honey.

»Wo ist Simon?«, wiederholte Bella, dieses Mal etwas lauter.

»Er ist fort, um mit dem Duke zu sprechen«, entgegnete Honey kühl. »Wenn Sie es denn unbedingt wissen müssen«, fügte sie hinzu, »er ist in einer Angelegenheit unterwegs, an der Sie nicht ganz unbeteiligt sind.«

»Wie meinen Sie das?«

Honey warf einen betonten Blick auf Hume, und es war absolut klar, was sie sagen wollte: Wenn Bella in einer derart unhöflichen Weise öffentlich Antworten verlangte, würde Honey sie ihr ohne Zögern auch im Beisein ihres Angestellten geben.

Ihr Gegenüber allerdings verstand den Hinweis nicht, oder es war ihr gleichgültig. »Gestern Abend sah ich Raymonds Knecht, Taft, und er war in Richtung Turnbull Farm unterwegs. Ich sah ihn kurz nachdem Simon und ich uns getrennt hatten.«

Honey schüttelte verwirrt den Kopf. »Warum erzählen Sie mir das?«

»Weil ich erst jetzt durch einen Ihrer Stallburschen von Simons Unfall erfahren habe.«

Honey runzelte die Stirn, sie begriff noch immer nicht. »Und?«

»Ich denke, nicht Simons *Pferd* war das Ziel dieser Kugel, Mylady«, presste sie hervor.

Humes Kiefer klappte herunter.

Ebenso Honeys. »Bitte entschuldigen Sie uns, Hume.«

Sie konnte sehen, dass der Mann nicht gehen wollte, aber mehr als dreißig Jahre im Dienst brachten ihn dazu, zu nicken und sich zurückzuziehen.

Sobald er die Tür geschlossen hatte, wandte sie sich an Bella.

»Ich möchte eine Erklärung«, verlangte sie.

Bella wrang ihre Reithandschuhe, als wären es feuchte Wäschestücke. »Es ist Raymond ...«, sie hielt inne, ihre Kiefermuskeln bewegten sich, und ihr Ausdruck war gequält. »Ich bete zu Gott, dass ich mich täusche, aber ich glaube, Raymond versucht, Simon etwas an...anzutun, nein, ihn zu töten.«

»Was?«, fragte Honey schrill. »Aber warum?«

»Wegen des Herzogtums«, entgegnete sie, als wäre Honey schwer von Begriff. »Er will den Titel, er wollte ihn schon immer. Wir sprechen nicht mehr miteinander, er hasst mich, aber vor Jahren waren wir ...«

Bella biss sich auf die Lippe und starrte Honey an.

»Ja?«, bohrte die nach.

»Er war besessen von dem Titel. Er mag nicht mehr mit mir sprechen, aber ich merke es ihm noch immer an, wie er Simon manchmal ansieht. Ich habe ihn natürlich nicht in Gegenwart des Duke erlebt, aber ich nehme an, dass sich nichts geändert hat.«

Honeys Verstand konnte die Worte einfach nicht begreifen. »Aber der Duke ...« Sie unterbrach sich, denn sie musste an die Worte der Dowager Duchess aus der vergangenen Woche denken: *Der arme Wyndham ist so krank gewesen – dieses schreckliche Magenleiden nimmt einfach kein Ende. Ich weiß nicht, was wir tun sollen, wenn der Arzt nicht bald die Ursache findet ...*

»Großer Gott!«, platzte Honey heraus.

Sie sah, dass Bella sie erschrocken und fragend ansah und erklärte: »Der Duke ... Er leidet seit Monaten an einer rätselhaften Magenkrankheit.«

Bella nickte. »Alle wissen, dass er krank war, aber niemand weiß, was es ist.«

»Wenn Raymond versucht, Simon zu töten, dann muss er doch auch ...«

»Er vergiftet den Duke!«, rief Bella.

Sie starrten einander überwältigt und erschrocken an.

»Ich komme mir so dumm vor, es tut mir so leid«, schluchzte Bella, und Tränen liefen ihr über das Gesicht. »Ich hätte früher etwas sagen sollen. Ich hatte von der Krankheit des Duke gehört, und es hat mich an das Baby erinnert, aber natürlich hatte ich nie Beweise dafür ...«

»Das Baby?«, wiederholte Honey, und ihre Hände legten sich wie von selbst auf ihren Bauch. »*Welches Baby?*«

Bellas schönes Gesicht war bleich. »Edward.«

»Wollen Sie damit sagen ...?«

Bella nickte.

Honeys Verstand brüllte in ihrem Innern gegen die Anklage der anderen Frau an: *Nein! Das kann nicht wahr sein. Wer würde ein kleines Kind vergiften?*

Sie hob die Hand an den Mund, ihr Magen rebellierte bei dem unerträglichen Gedanken.

Honey schaffte es gerade noch zu ihrem Handwaschbecken, bevor sie ihren Mageninhalt von sich gab.

Großer Gott. Hatte Raymond tatsächlich Wyndhams Sohn vergiftet?

Eine zierliche Hand strich über ihren Rücken. »Sind Sie krank, Mylady?«, fragte Bella und japste sogleich. »Himmel, war Raymond hier? Denken Sie er könnte ...«

Honey wischte sich mit dem Handrücken über den Mund und schüttelte den Kopf Sie wollte der anderen Frau nichts von ihrer Schwangerschaft erzählen.

»Nein, mir wurde nur bei dem Gedanken plötzlich übel«, sagte sie. »Ich kann nicht begreifen, wie Raymond uns so etwas antun könnte. Er war gestern zum Abendessen hier, aber ...«

Der rätselhafte Brief, der auf dem Präsentierteller gefunden worden war. Simon, der losgeeilt war, um Wyndham zu konfrontieren ...

Honey stöhnte. »Gott, was bin ich doch für ein Dummkopf – es muss Raymond gewesen sein, der den Brief hinterlassen hat.«

»Welchen Brief?«, fragte Bella.

»Simon erhielt einen anonymen Brief, in dem stand, dass der Duke der Vater Ihrer Tochter sei.«

»Das muss Raymonds Werk sein«, sagte Bella.

Honey lief zur Tür. »Ich muss mit Simon sprechen.«

»Wo ist er?«, fragte Bella direkt hinter ihr.

»Er ist losgeritten, um den Duke zu konfrontieren ...« Honey hielt inne und wirbelte herum, als sie allmählich begriff.

»Augenblick, wie dumm ich doch war. *Raymond* ist der Vater Ihrer Tochter, nicht der Duke.«

Bella nickte. »Wenn Raymond Simon einen Brief hinterlassen hat, dann muss es sich um eine Falle handeln. Vermutlich hofft er, dass Simon dem Duke etwas antun würde. Selbst im Dorf weiß man von der Feindschaft zwischen den beiden Brüdern.«

»Grundgütiger! Sie glauben, er spekuliert darauf, dass einer von ihnen den anderen töten wird?«

»Ja«, entgegnete Bella finster. »Und derjenige, der überlebt, wird als Mörder gehängt, und Raymond würde erben.«

»Wir müssen nach Whitcomb.« Honey wandte sich um und lief los. Sie wäre beinahe mit Heyworth und Rebecca zusammengeprallt, die gerade aus Richtung der Eingangshalle kamen.

»Oh! Du bist hier, Rebecca«, sagte sie, und es klang dumm in ihren Ohren.

»Warum rennst du? Was ist denn heute Morgen mit allen los?«, fragte Rebecca, bevor Honey etwas sagen konnte.

»Auf dem Weg hierher bin ich Onkel Simon begegnet, und er hat sich so merkwürdig verhalten, dass es mir Angst gemacht hat.«

»Er möchte nur mit deinem Vater sprechen«, sagte Honey, und bemühte sich um einen normalen Tonfall. »Ich werde nach Whitcomb reiten, um sie zu suchen«, fügte sie hinzu und versuchte, zu lächeln. Wenn Beccas Ausdruck ein Maßstab war, gelang es ihr nicht.

»Aber Papa ist nicht zu Hause. Er ist heute nach Lindthorpe geritten.«

»Hast du deinem Onkel das gesagt?«, feuerte Honey zurück. Rebecca zuckte bei ihrem schroffen Tonfall zusammen. »Natürlich, ich wollte schließlich nicht ...«

Honey wandte sich an Bella. »Nehmen Sie Simons schnellstes Pferd und reiten Sie zum Sheriff. Bringen Sie ihn nach Lindthorpe.«

Bella machte keine Anstalten zu widersprechen und zögerte nicht – sie nickte und lief zur Tür.

»Und Bella?«, rief Honey ihr hinterher, als sie gerade die Tür geöffnet hatte.

Die andere Frau sah sie über die Schulter hinweg an.

»Holen Sie auch einen Arzt.«

Bella nickte noch einmal, dann war sie verschwunden.

Heyworth kam auf sie zu. »Lady Saybrook, was ist ...?«

»Treffen Sie mich in fünf Minuten bei den Ställen.« Honey ging zu ihren Gemächern. »Bringen Sie zwei Pistolen und satteln sie zwei der übrigen Pferde. Rebecca, du bleibst hier. Geh in die Bibliothek«, rief sie über die Schulter.

»Aber ...«

»Keine Widerrede!«

»Sie wollen Pistolen, Mylady ...?« Der Verwalter schnappte nach Luft.

»Tun Sie, was ich sage, Mr Heyworth. Ich habe jetzt keine Zeit, alles zu erklären. Mein Mann ist wahrscheinlich in Lebensgefahr.«

Kapitel Vierzig

Nachdem er eine halbe Stunde wie ein Besessener geritten war, hatte sich Simons Zorn begonnen zu legen, und er verlangsamte Bacchus zu einem leichten Galopp.

Was zur Hölle tat er da, wie ein Irrer loszureiten?

Du denkst schon wieder mit deinen Fäusten, Simon, wie immer.

Er verzog das Gesicht, diese Beschreibung war nur allzu treffend.

Es wird Zeit, die Vergangenheit ruhen zu lassen. Was auch immer Wyndham mit Bella angestellt hat, ist nicht mehr wichtig. Du bist mit einer wundervollen Frau verheiratet, die du liebst. Du wirst Vater werden.

Der Gedanke brachte ihn zum Lächeln, und die Freude in seinem Herzen war so groß, dass er das Gefühl hatte, es müsste überlaufen.

Doch dann drängte sich Wyndhams Gesicht in seine Gedanken, und er erinnerte sich daran, wie sein Bruder Simon all die Jahre über ins Gesicht gesehen und dabei gelogen und ihn manipuliert hatte.

Was Wyndham und Bella getan haben mochten, war wirklich unwichtig. Doch was sein Bruder *ihm* angetan hatte, war etwas, worüber er mit ihm sprechen musste und das es zu klären galt, je früher desto besser.

Außerdem, dachte er, als er die Wegmarkierung entdeckte, war er ohnehin schon fast in Lindthorpe, und es hatte wenig Sinn, jetzt noch umzukehren.

Es würde Simon vermutlich auf ewig belasten, dass sein Bruder ihn betrogen hatte, aber es war lange her, und Wyndhams Leben war zu dem Zeitpunkt ein solcher Scherbenhaufen gewesen.

Und Bella war schließlich für jeden Mann eine Versuchung.

Was auch immer Wyndham getan hatte, war sein Bruder im Grunde doch ein Ehrenmann, davon war Simon zutiefst überzeugt. Wyndham hatte all die Jahre schwer für seine Sünden gebüßt.

Und Bella? Nun, sie war für ihren Anteil an diesem Fehltritt harscher bestraft worden, als sie verdient hätte.

Je mehr Zeit Simon mit ihr verbrachte, desto mehr hatte er über ihre Ehe mit MacLeish erfahren und dass sie darin nicht besonders glücklich gewesen war.

In dem Brief, den Bella vor all den Jahren geschrieben hatte, war die Rede von einer großzügigen Mitgift gewesen, von der er nun wusste, dass sie wohl das Ergebnis von Wyndhams schlechtem Gewissen sein musste.

Aus dem, was Bella über ihren verstorbenen Mann erzählt hatte, schloss Simon, dass für den mittellosen Schotten das Geld sogar noch verlockender gewesen war als die hübsche junge Braut, vor allem, da diese ja bereits das Kind eines anderen unter dem Herzen getragen hatte.

Es war alles schäbig, traurig und verzweifelt.

Und es hatte mit seinem jetzigen Leben nichts zu tun.

Simon seufzte, denn ihm schien eine Last vom Herzen genommen; er würde Wyndham mit der Wahrheit konfrontieren und ihm vergeben.

Er wurde aus seinen Gedanken gerissen, als er sah, dass die Abzweigung nach Lindthorpe direkt vor ihm lag; er war gut vorangekommen.

Die Auffahrt zum neuesten Haus des Duke hatte die Form eines Hufeisens und wurde auf beiden Seiten von riesigen alten Eichen flankiert. Diverse Hecken umgaben Haus und Gelände und gaben einem das Gefühl, eine Höhle zu betreten.

Das Haus im Palladianischen Stil war noch nicht alt, vielleicht vom Anfang des vergangenen Jahrhunderts, und wesentlich kleiner als Everley.

Als er zum Eingang ritt, wunderte sich Simon, dass er weder Männer bei der Arbeit noch einen Gärtner vorfand.

Er stieg ab und band Bacchus an, bevor er sich dem Eingang näherte. Erst als er die große, metallbeschlagene Tür fast erreicht hatte, bemerkte er, dass sie einen Spalt offenstand.

»Wyndham?«, rief er.

Er hielt inne, aber es kam keine Antwort.

Als er die Hand nach dem Türgriff ausstreckte, fiel sein Blick auf den hellen Steinboden zu seinen Füßen. Die Haare in seinem Nacken standen zu Berge, und instinktiv wusste sein Gehirn, was er da sah, noch bevor Simon den roten Fleck bewusst als Blut erkannte.

Sein Körper reagierte unbewusst, er stieß die Tür auf und stürzte sich durch die Öffnung.

Er landete mit einem markerschütternden Krachen, als ein Pistolenknall durch die Luft hallte. Putzstücke rieselten auf ihn herab, wieder reagierte sein Körper instinktiv, und er rollte sich zur Seite aus der Türöffnung hinaus.

»Simon!« Es war Wyndhams Stimme, die aus den Eingeweiden des Hauses drang.

Simon suchte auf dem blutigen, polierten Boden ungelenk nach Halt und hatte sich gerade mühevoll auf die Füße gestemmt, als das Fenster neben der Tür zerbarst und Glassplitter um ihn herum in der Luft glitzerten.

Er rannte vorwärts, ohne sich umzusehen.

»Wyndham«, rief er atemlos und lief tiefer ins Haus hinein.

»Hier hinten«, schrie Wyndham.

Simon folgte dem Klang seiner Stimme und bog in einen kurzen Flur, von dem nur vier oder fünf Räume abgingen.

Lange blutige Spuren führten in den zweiten Raum auf der rechten Seite.

Simon kam schlitternd in der offenen Tür zum Stehen.

Sein Bruder lag auf dem Boden neben dem einzigen Fenster des Raumes, das der Tür gegenüberlag.

»Pass auf das Fenst...«

Etwas flatterte am Fenster vorbei, und Sekunden später stoben Holzsplitter aus dem Türrahmen neben Simons Kopf auf.

Zum zweiten Mal in weniger als einer Minute sprang er und landete mit einem erstickten Stöhnen.

Er kroch zu seinem Bruder und hielt sich dabei vom Fenster fern.

Erst als er direkt neben Wyndham war, bemerkte er den Zustand seiner Kleidung. »Großer Gott! Du wurdest getroffen«, stellte er überflüssigerweise fest.

Wyndham lächelte, aber sein Lächeln war schwach. Die linke Hand hatte er auf seine rechte Seite gepresst, und Blut sickerte zwischen den gespreizten Fingern hindurch.

Simon zog seinen Mantel, die Jacke und die Weste aus, dann löste er die Krawatte.

Er beeilte sich, einen Druckverband anzulegen. »Erzähl mir, was passiert ist«, verlangte er und faltete seine Weste zu einem kleinen Rechteck.

»Raymond ist heute Morgen zu seiner vierteljährlichen Inspektion des Anwesens losgeritten, aber er hatte vergessen, dass er sich hier mit dem Bauunternehmer treffen wollte. Ich sagte ihm, dass ich das übernehmen würde. Und als ich ankam, wartete *er* hier auf mich.« Wyndham deutete auf eine entfernte Ecke des Raumes. Simon wandte sich um. »Verdammt«, keuchte er, als er den reglosen Körper entdeckte. »Ist das ...?«

»Das ist Taft, Raymonds Knecht.« Wyndham verzog das Gesicht, als Simon die gefaltete Weste auf die Wunde presste. »Ich habe die Tür geöffnet und wollte gerade hineingehen, als etwas ...« Er zuckte mit den Schultern und stöhnte vor Schmerz auf.

»Nicht die Schultern bewegen, Wynd«, mahnte Simon und erntete einen bösen Blick für seinen überflüssigen Ratschlag.

»Aus irgendeinem Grund habe ich auf der Schwelle gezögert«, sagte Wyndham mit leisem Erstaunen.

»Überlebensinstinkt«, kommentierte Simon. »Gut, dass du darauf gehört hast. Dieser Instinkt hat mir zahllose Male das Leben gerettet. Taft hat also auf dich geschossen? Und was ist dann geschehen?«

»Ich habe mich totgestellt, und dieser Dämlack kam, um meine Taschen zu durchsuchen. Dabei habe ich ihm *das* in den Hals gerammt.«

Simon sah zu Tafts Leichnam hinüber und kniff die Augen zusammen. »Guter Gott! Ist das ...?«

»Richtig, das ist der Griff meines Lorgnons.«

Simon lachte laut auf. »Tod durch Stielbrille. Wo zur Hölle war Raymond während alldem?«

»Er ist kurz darauf eingetroffen. Ich war gerade dabei, zum Eingang zu kriechen, zu meinem Pferd, als ich hörte, wie er vorgeritten kam. Also bin ich hierher zurückgekrochen.«

»Warum ist er nicht hereingekommen?«

»Er denkt, ich habe Tafts Pistole, aber er weiß, dass ich verwundet bin. Kurz bevor du eingetroffen bist, erzählte mir Raymond, er hätte dir eine Nachricht geschickt, und du würdest ganz sicher herkommen.« Wyndham schnaubte, Abscheu spiegelte sich in seinem Gesicht. »Der Bastard hat mir gestanden, dass er mich seit Monaten vergiftet. Er weiß, dass ich schwach bin wie ein Kätzchen.«

»Grundgütiger! Das ist wie aus einem schlechten Schauerroman«, sagte Simon und schüttelte den Kopf. »Er will uns beide umbringen und deine Stelle einnehmen, nehme ich an? Ich denke, er will es so wirken lassen, als hätten wir einander getötet.«

»Das ist sein Plan. Er hat schon zweimal versucht, dich zu erschießen, beziehungsweise hat Taft geschickt, um es zu tun.«

»Aha, das ist also unser Wilderer. Taft. Der Bastard muss das Schießen von Raymond gelernt haben«, murmelte Simon.

Wyndham schmunzelte und stöhnte auf. »Herrgott, bring mich doch nicht zum Lachen.«

»Was glaubst du, was er da draußen treibt?«, fragte Simon.

»Er überlegt, wie er uns am besten beide tötet.« Wyndham sah Simon mit zusammengekniffenen Augen an. »Wie hat er dich überhaupt hergelockt?«

Jetzt musste Simon lachen. »Weil ich ein verfluchter Idiot bin.« Er sah seinen bleichen, blutüberströmten Bruder an. »Aber ich bereue meine impulsive Dummheit nicht. Wenn ich nicht gekommen wäre, hätte er dich gewiss schon erledigt.«

»Und jetzt könnte er uns beide erledigen«, meinte Wyndham.

»Ich überlebe doch nicht den Krieg, nur um mich von einem verdammten Gutsverwalter töten zu lassen«, erwiderte Simon säuerlich, was seinem Bruder erneut ein keuchendes Lachen entlockte. »Er hat mir einen Brief geschickt, in dem er behauptet, Bellas Tochter sei dein Kind.«

»Schweinehund«, zischte Wyndham mit geschlossenen Augen.

»Sie ist Raymonds Tochter, nicht wahr? Und du hast sie fortgeschickt, weil du es wusstest.«

Wyndham nickte, öffnete aber nicht die Augen. »Ich wusste, es würde dir das Herz brechen«, sagte er schließlich. »Und dann war da ja noch Raymond. Was sollte ich tun, wenn du es herausfindest? Du hättest ihn umgebracht.« Er schnaubte geschwächt. »Erscheint mir jetzt eine großartige Idee.«

Simon lachte, aber seine Laune wandelte sich schnell zu abgrundtiefer Verachtung. »Was für ein verdammtes Durcheinander! Wenn er so erpicht auf den Titel war, warum hat er uns nicht beide schon vor Jahren umgebracht?«

»Gott weiß, warum«, entgegnete Wyndham. »Ich nehme an, bisher sah er keine Notwendigkeit. Seine Lage wurde zunehmend verzweifelter. Spielschulden«, fügte er als Antwort auf Simons fragenden Blick hinzu.

»Ich muss sagen, das überrascht mich nicht; er ist ein lausiger Kartenspieler.«

»Beim letzten Mal, vor etwa einem Jahr, habe ich ihn gewarnt, dass ich ihm kein viertes Mal aus der Patsche helfen würde – das war kurz bevor diese rätselhafte *Krankheit* losging.« Er öffnete die Augen und lächelte Simon schief an. »Ich habe ihm die Wahl gelassen: Ich würde ihm genug Geld geben, um sich etwas aufzubauen, aber dann müsste er England verlassen. Wenn er bleiben wollte, müsste er allein zurechtkommen. Ich habe ihm bis Ende des Jahres Zeit gegeben, um sich zu entscheiden.«

»Verdammt, Wyndham, damit hast du dein eigenes Todesurteil unterschrieben.«

»Hoffentlich nicht, Simon.« Die kühlen grauen Augen seines Bruders flackerten entschlossen auf. »Der Bastard darf nicht erben; er wird alles verspielen. Er wird ...«

»O Gott!« Angst presste Simon die Luft aus den Lungen, und er wäre beinahe vornübergefallen.

»Was? Was ist denn, Simon?«, fragte Wyndham.

»Honey ist schwanger.«

Wyndhams Augen weiteten sich.

»Er darf hier nicht lebend wieder rauskommen. Selbst, wenn ich ...«

»Ich weiß, dass du da drin bist, Simon!«

Sowohl er als auch Wyndham zuckten zusammen; Raymonds Stimme wirkte so nah, als ob er im Raum stünde. Es klang, als wäre er direkt vor dem Fenster.

»Ich weiß, dass du mich hören kannst. Du solltest mir lieber antworten, Simon!«

»Es klingt, als hätte er Angst«, flüsterte Wyndham.

Simon nickte zustimmend. Und es gab nichts Gefährlicheres als ein verängstigtes, in die Ecke getriebenes Tier.

»Was willst du, Raymond?«, rief er.

»Du weißt, dass es keinen Ausweg gibt, Simon. Ich kann keinen von euch am Leben lassen. Aber ich kann es für euch weniger unangenehm machen.«

»Sag ihm, dass ich ihm immer noch Geld geben werde, wenn er nach Amerika verschwindet«, flüsterte Wyndham geschwächt.

Simon starrte seinen Bruder an, aber Wyndham formte nur stumm die Worte: *Sag es ihm.*

»Wyndham will nicht, dass die Nachricht, dass unser Cousin ein eiskalter Mörder ist, in der nächsten Saison das Stadtgespräch ist, Raymond«, brüllte Simon. »Lass uns jetzt raus, und er wird dir genug Geld geben, dass du dir in Amerika ein Leben aufbauen kannst.«

Sein Cousin brach sofort in Gelächter aus. »Ihr müsst glauben, dass ich ein Volltrottel bin, dass ich euch so ein Angebot abkaufe. Außerdem sehe ich überhaupt keinen Anlass, nach Amerika ins Exil zu flüchten, wenn ich hierbleiben und Duke of Plimpton sein kann. Es gibt für euch kein Entkommen. Ich gebe euch *fünf* Minuten!«, schrie Raymond, und seine Stimme überschlug sich. »Dann werde ich das Haus anstecken und euch bei lebendigem Leib verbrennen.«

»Dafür wirst du hängen, Raymond«, drohte Simon.

»Nein, werde ich nicht, schließlich bin ich meilenweit entfernt und unternehme meine vierteljährliche Inspektion der Besitztümer für den Duke. Du musst *Seine Gnaden* nur fragen. Dutzende Leute haben mich aufbrechen sehen, und ich habe einen Zeugen, der schwören wird, dass ich niemals auch nur in der Nähe dieses Anwesens gewesen bin.«

Simon suchte Wyndhams Blick.

»Sein Kammerdiener«, sagte der Duke.

Simon hatte den Kerl natürlich gesehen, ein beinahe lächerlich windig aussehender Charakter.

»Jeder weiß, dass du fuchsteufelswild hierher gestürmt bist«, rief Raymond. »Du warst wütend, dass dein Bruder die Liebe deines Lebens geschwängert hat.« Noch einmal drang halbhysterisches Gelächter durch das zerbrochene Fenster zu ihnen herein. »Ich muss zugeben, dass du mir unschätzbare Dienste geleistet hast, indem du ständig mit der guten Bella kreuz und quer durch die Landschaft geritten bist. Tja, armer, dummer Simon. Wie wir über dich gelacht haben, Bella und ich. Du warst so ein tugendhafter, ehrbarer Spross. Und dank deiner Tugendhaftigkeit hat Bella *mir* ihre Jungfräulichkeit geschenkt. Und noch mehr. Vielleicht werde ich sie auch töten, wenn ich mit euch beiden fertig bin.«

Simon knirschte mit den Zähnen und verbiss sich eine Antwort. Er sah seinen Bruder an, aber Wyndham hatte die Augen geschlossen.

Simons Herz klopfte bis zum Hals. »Wyndham, bist du …?«

Der Duke öffnete die schweren Lider zur Hälfte; seine grauen Augen waren schmerzverschleiert. »Ich habe eine Idee«, flüsterte er.

»Ja?«

»Wenn wir uns beide auf ihn stürzen …«

»Du könntest nicht einmal gehen«, zischte Simon. Sein Blick suchte den leeren Raum nach irgendetwas ab, das sich als Waffe verwenden ließe. Da war *nichts*, nicht einmal ein einziges Möbelstück.

Sein Blick fiel auf den neuen Abschnitt des Türrahmens, den jemand eingebaut haben musste.

Die Tür war vom Fenster aus sichtbar, es war also riskant. Aber welche Wahl hatte er?

»Wyndham, kannst du hier weiter drücken?«

Mit zittriger Hand umfasste sein Bruder die blutige Halsbinde.

»Gut so, halt das hier fest.«

Wyndham blinzelte mit verschleiertem Blick. »Was …?«

»Psst. Du wirst schon sehen.« Simon kroch über den Boden und biss sich die Lippe blutig, weil seine Knie so heftig schmerzten. Als er die Tür erreicht hatte, grub er die Finger unter den Türrahmen.

»Ihr habt *drei* Minuten!«, rief Raymond.

Simon gelang es, Halt zu finden, und er schrie, während er an dem Holz riss, in der Hoffnung, dass es das Geräusch übertönen würde.

»Warum kommst du nicht rein und wir sprechen wie Gentlemen über die Angelegenheit?«, rief Simon und zog mit aller Kraft. Der Türrahmen bewegte sich nicht einmal.

»Gottverflucht«, zischte er.

»Warum sollte ich den Hals riskieren? Du musst mich für ziemlich dumm halten«, rief Raymond zurück.

»Tritt dagegen«, keuchte Wyndham.

Simon nickte und erhob sich.

»Komm zumindest ans Fenster und versteck dich nicht weiter wie ein Feigling«, rief er und trat gleichzeitig gegen das Holz.

Es splitterte mit einem lauten Krachen und löste sich von der Wand ab.

»Zwei Minuten!«, rief Raymond beinahe hysterisch, und Simon konnte vor dem Fenster etwas brennen sehen.

»Das war keine Minute, Raymond. Muss ich dir meine Uhr leihen?« Wieder trat er gegen das Holz, und dieses Mal löste sich ein zwei Fuß langes Stück.

»Das ist das letzte Mal, dass du dich über mich lustig machst, Simon!«, spie Raymond in bedrohlichem Ton, und schwarzer Rauch wehte an dem zerbrochenen Fenster vorbei.

Simon packte das Holz und riss es von der Wand.

»Nimm meinen Stiefel und wirf ihn zur Ablenkung«, röchelte Wyndham.

Simon sah, dass sein Bruder den Stiefel abgestreift hatte, während er damit beschäftigt gewesen war, gegen den Türrahmen zu treten.

Er packte den Stiefel und sah seinen Bruder noch einmal an.

Wyndham atmete schwer mit geöffnetem Mund, und sein Gesicht war schmerzverzerrt. »Los!«

Simon nickte und schleuderte den Stiefel mit aller Kraft aus dem Fenster.

Kapitel
Einundvierzig

»Was hat der Bauer noch gesagt, wie weit es von der Wegmarke aus ist?«, fragte Honey.

Mr Heyworth blinzelte und betrachtete den Weg vor ihnen. »Er sagte, es wäre direkt hinter einem großen Kastanienb... Oh!« Er deutete mit dem Finger voraus. »Ich glaube, das muss es sein, dort rechts.«

Das unverwechselbare Geräusch von Schüssen war aus der Richtung zu hören, in die Heyworth gerade gezeigt hatte.

Honey trieb ihr Pferd zum Galopp an.

»Mylady! Halt! Sie wissen doch nicht, was Sie erwartet. Sie könnten getroffen werden, oder Sie könnten schuld sein, wenn Ihr Mann getroffen wird.«

Bei seinen letzten Worten zügelte sie abrupt ihr Pferd und verfiel in einen Trab.

Als Mr Heyworth sie einholte, wandte sie sich ihm zu. »Mein Mann könnte gerade erschossen werden«, presste sie zwischen zusammengebissenen Zähnen hervor.

»Wir sollten die Einfahrt verlassen und uns von dort aus nähern.«

Er deutete auf das Dickicht, das die Einfahrt säumte. »Das wird uns etwas Deckung geben.«

Honey nickte und ritt in die Richtung. Als sie glaubte, von der Einfahrt aus nicht mehr sichtbar zu sein, schwang sie sich von ihrem Pferd, ohne auf Hilfe zu warten.

»Ich gehe zu Fuß«, flüsterte sie und steckte rasch den Rock ihres Reitdresses fest, sodass es leichter fiel, zu laufen. Sie streckte eine Hand aus. »Geben Sie mir eine Pistole.«

Er zögerte. »Aber ...«

Wieder hallte ein Schuss, und er reichte ihr eilig die Pistole, den Kolben voraus. »Wir sollten uns im Schatten der Bäume halten und ...«

Doch Honey war bereits unterwegs. Sie ging, bis sie das Dach des Hauses sehen konnte.

»Die Pistole ist geladen und bereit zum Feuern«, flüsterte er, als sie nach links gingen, um die Hecke zu umrunden, die ihnen die Sicht auf das Haus nahm.

Honey nickte; sie kannte den Rest: zielen und den Abzug drücken.

Ein dritter Schuss ertönte aus Richtung des Hauses, das sie nun sehen konnten.

Es war ein mittelgroßes Gebäude mit drei Stockwerken. Weitere Bäume und Büsche wuchsen vor und neben dem ihnen zugewandten Gebäudeteil. Es sah aus, als grenzte die Rückseite des Hauses an einen Park.

Heyworth packte sie am Arm und zog sie in eine gebückte Haltung hinunter, als jemand aus dem Schatten eines Baumes beim Haus trat: Es war Raymond.

Er hatte ihrem Versteck den Rücken zugewandt und starrte auf etwas, das sich außerhalb ihres Blickfelds hinter einem Baum befinden musste.

Was auch immer Raymond betrachtete, es machte ihn nervös, und er schritt auf und ab und hielt etwas in seinen Händen. Er gestikulierte, als ob er Selbstgespräche führte.

»Wenn wir den Baum dort erreichen könnten, hätten wir einen besseren Überblick«, flüsterte Heyworth und deutete zu einer großen Eiche etwa zwanzig Fuß hinter der Hecke. »Wir dürfen uns aber nicht zeigen. Wir können uns nicht durch die Hecke quetschen, sie ist zu dicht. Das bedeutet, wir müssen die Deckung aufgeben.«

Honey hörte nur mit einem Teil ihres Verstandes zu. Der andere Teil beobachtete Raymond und versuchte zu erkennen, wie viel Zeit sie hatte, um den Baum zu erreichen, von dem Heyworth gesprochen hatte.

»Ich werde der Hecke ein Stück in die andere Richtung folgen und sehen, ob es eine Stelle gibt, an der wir uns durchquetschen können. Sie sollten hier warten.«

»Wir haben zwei Pistolen, und er ist allein«, sagte sie. »Könnten wir uns nicht auf ihn stürzen und ...«

»Lady MacLeish sagte, sie hätte gestern Abend seinen Knecht Taft gesehen, oder nicht? Was, wenn er auch irgendwo dort drüben ist?«

Honey verzog das Gesicht; er hatte recht.

»Geben Sie mir nur einen Augenblick, um nachzusehen.« Er warf ihr einen flehenden Blick zu. »Wenn ich keine Lücke finde, werden wir unser Glück mit dem Baum versuchen.«

Honey nickte, und Heyworth lief nach rechts.

Sobald er außer Sichtweite war, schlich Honey nach links, hinaus aus dem Schutz der Hecke.

Raymond hatte ihr nun das Profil zugewandt, wenn er sich zur Seite drehte, würde er sie sehen.

Er bückte sich und tat etwas, das sie nicht sehen konnte. In dieser Haltung hatte er ihr größtenteils den Rücken zugewandt. Wenn sie jetzt zum Haus hinüberliefe, wäre sie nur ein paar Sekunden ohne Deckung, bis sie ...

»Ich weiß, dass du mich hören kannst. Du solltest mir lieber antworten, Simon!«

Honey fuhr beim Klang von Raymonds Stimme zusammen.

Simon war in dem Gebäude!

Honey schluckte und zwang sich, still zu bleiben und zuzuhören.

Nach einer langen Pause war von drinnen eine Stimme zu hören; es war Simons Stimme, aber sie war nicht nahe genug, um zu hören, was er sagte.

Ihr Mann war noch am Leben. »Gott sei Dank!«, murmelte sie.

Doch ihre Erleichterung hielt nicht lange an.

»Du weißt, dass es keinen Ausweg gibt, Simon. Ich kann keinen von euch am Leben lassen. Aber ich kann es für euch weniger unangenehm machen.«

Bei den Worten schnappte Honey nach Luft. Auch wenn sie Bella und Heyworth mobil gemacht hatte und wie eine Verrückte nach Lindthorpe geritten war, hatte sie insgeheim nicht glauben können, dass tatsächlich Raymond hinter all den angeblichen Unfällen steckte.

Während des gesamten Ritts hierher hatte sie befürchtet, einen schrecklichen Fehler zu machen, und dass der Duke wütend sein würde, wenn er erfuhr, dass sie Bella geschickt hatte, um vor Fremden zu behaupten, sein Cousin, sein Verwalter, wäre ein Mörder.

Und doch war es die erschreckende Wahrheit: Raymond versuchte, Simon umzubringen. Und Raymond hatte gesagt, er würde sie beide umbringen, also war auch der Duke dort drinnen bei Simon.

Es war wie eine Szene aus einem Alptraum.

Raymond kniete nun vor etwas, das auf dem Boden lag.

Jetzt oder nie, Honey.

Mit der Pistole in einer Hand und den gerafften Röcken in der anderen lief sie los.

Als sie auf halbem Weg war, erklang eine Stimme aus dem Haus.

Raymond stemmte sich hoch. Dieses Mal ging er nicht auf und ab, er marschierte lachend auf das Haus zu.

Honey erreichte den Baum, als seine Stimme erklang.

»Ihr müsst glauben, dass ich ein Volltrottel bin«, rief Raymond. Er war kurz vor dem Haus stehengeblieben.

Von Honeys Versteck aus konnte sie sehen, dass er sich einem Fenster zugewandt hatte.

»Außerdem sehe ich überhaupt keinen Anlass, nach Amerika ins Exil zu flüchten, wenn ich hierbleiben und Duke of Plimpton sein kann. Es gibt für euch kein Entkommen. Ich gebe euch *fünf* Minuten!«, rief er.

Honey konnte erkennen, dass Raymond vor Zorn bebte.

Außerdem konnte sie jetzt erkennen, was er in den Händen hielt: eine Art Laterne, von der ein Stück weißen Stoffs herabhing. Der Stoff brannte, und ein dünner schwarzer Rauchfaden wand sich aufwärts.

Ein gedämpftes Rufen drang aus dem Haus.

Raymond schnaubte. »Ich werde euch bei lebendigem Leib verbrennen. *Das* werde ich tun, mein lieber Cousin.«

Honey biss sich auf die Lippe, um ein Keuchen zu unterdrücken.

Simon rief etwas.

»Nein, werde ich nicht«, brüllte Raymond zurück, und Triumph schwang in seiner Stimme, »schließlich bin ich meilenweit entfernt und unternehme meine vierteljährliche Inspektion der Besitztümer für den Duke. Du musst *Seine Gnaden* nur fragen. Dutzende Leute haben mich aufbrechen sehen, und ich habe einen Zeugen, der schwören wird, dass ich niemals auch nur in der Nähe dieses Anwesens gewesen bin. »Jeder weiß, dass du fuchsteufelswild hierher gestürmt bist«, rief Raymond. »Du warst wütend, dass dein Bruder die Liebe deines Lebens geschwängert hat.«

Er lachte, und es klang furchteinflößend. »Ich muss zugeben, dass du mir unschätzbare Dienste geleistet hast, indem du ständig mit der guten Bella kreuz und quer durch die Landschaft geritten bist. Tja, armer, dummer Simon. Wie wir über dich gelacht haben, Bella und ich ...« Honey verdrängte seine Stimme aus ihrem Bewusstsein und betrachtete die Pistole, während sie ihre Optionen abwog.

Raymond war zu weit entfernt; aus dieser Distanz würde sie unmöglich treffen, besonders wenn er dabei herumsprang.

Sie musste näher heran.

Als sie aufsah, bemerkte sie, dass er die brennende Laterne – oder was auch immer es war – in der linken Hand hielt, und eine Pistole in der rechten.

»Ihr habt *drei* Minuten!«, schrie er, und seine Worte rissen sie aus den Gedanken.

Dann duckte er sich und kroch heimlich auf das Fenster zu.

Nur noch ein letzter Baum trennte sie von Raymond; es waren vielleicht noch zehn oder fünfzehn Fuß. Wenn sie es zu dem Baum schaffte, würde es die Distanz halbieren. Es wäre noch immer kein einfacher Schuss, aber es war ihre beste Chance, bevor er die Laterne warf, die ganz offensichtlich ...

Hör auf zu trödeln! Los!

Die Stimme in ihrem Kopf war wie ein Pistolenknall, und Honey rannte.

Es waren weniger als zwanzig Fuß, aber es kam ihr vor wie etliche Meilen.

Jeden Augenblick rechnete sie damit, er könnte sich herumdrehen und auf sie feuern.

»Zwei Minuten«, schrie er, als sie gerade den Schutz des Baumes erreicht hatte.

Raymond hockte unter dem Fenster und nestelte an der Laterne; der weiße Stoff flammte auf.

»Das war keine Minute, Raymond. Muss ich dir meine Uhr leihen?«, hörte sie Simon rufen.

Honey schlug eine Hand vor den Mund, um nicht zu lachen oder zu schluchzen; Simon war noch zu Scherzen aufgelegt.

»Das ist das letzte Mal, dass du dich über mich lustig machst, Simon!«, brüllte Raymond.

Der schwarze Rauch quoll nun dichter hervor, und Honey sah Flammen aus der Lampe schlagen.

Raymond hob den Arm, als ein markerschütternder Schrei aus der Richtung kam, in die Heyworth gelaufen war.

Raymond wirbelte herum, und Honey konnte sich gerade noch ducken, sodass er sie nicht entdeckte.

Er hielt noch immer die brennende Laterne, sein Kopf ruckte vor und zurück, während er nach der Quelle des Schreis suchte. Doch alles blieb still.

Honey fürchtete, dass es Heyworth gewesen war. Der andere Kerl, Raymonds Knecht, musste ihn erwischt haben.

Jetzt! Nun mach schon.

Mit zittrigen Händen hob Honey die Pistole und näherte sich Raymond, der die Laterne abgestellt hatte und seinen brennenden Ärmel gegen den Schenkel klopfte.

Ein Stiefel kam aus dem Fenster geflogen, und bei dem Geräusch wirbelte Raymond herum und stieß die Laterne um.

Simon kam aus der zerklüfteten Fensteröffnung gestürzt und schrie wie ein Ungeheuer aus einem Alptraum. Er hielt einen Stock in der einen Hand und schleuderte ihn wie einen Speer. Er rannte, verlor allerdings die Balance, und der Stock landete weit von seinem Ziel.

»Er hat eine Pistole!«, schrie Honey, als Raymond die Waffe hob.

Raymond wandte sich beim Klang ihrer Stimme um, und Honey drückte den Abzug.

Die Pistole zuckte in ihrer Hand, und Raymond stolperte zurück und trat auf die noch immer brennende Laterne. Er hob die Pistole, sein Arm zitterte, und er drückte den Abzug, als Simon sich auf seinen Rücken stürzte und ihn zu Boden riss.

Honey hörte einen Knall und spürte einen brennenden Schmerz im Arm, als sie auf die Stelle zulief, an der Simon mit dem Gesicht nach unten auf Raymonds bewegungslosem Körper lag.

»Simon?« Honey ließ sich neben ihm auf die Knie sinken.

Als er den Kopf hob, sah sie Blut aus der Seite seines Halses strömen.

»Du blutest!«

Er lächelte schwach und versuchte, sich hochzustemmen.

Honey erhob sich und bot ihm die Hand. Er nahm sie und stand mit einem Stöhnen auf. Sein Gewicht hätte sie beinahe zu Boden gerissen.

Als er stand, pellte Honey den Kragen seines blutigen Hemdes zurück und zuckte beim Anblick seiner Halswunde zusammen.

»Simon, wir brauchen ...«

»Schh ...«, murmelte er, nahm ihre Hand und drückte sie sachte. »Tut nicht weh.« Sein Blick fiel auf ihre Schulter. »Gott, Honey, du bist auch getroffen worden.«

Honey drehte sich und sah, dass die Schulter ihres Mantels zerrissen und blutig war. »Große Güte«, sagte sie, und eine Welle der Übelkeit überkam sie.

»Lass mich mal sehen.« Vorsichtig zog er den zerrissenen Wollstoff beiseite. »Es ist eine Fleischwunde, genau wie bei mir, aber das wird bald höllisch weh tun.«

»Es tut schon weh.«

Seine leuchtend blauen Augen wandten sich ihr zu, er umfasste ihr Gesicht mit beiden Händen und presste seinen Mund zu einem leidenschaftlichen, aber viel zu kurzen Kuss auf ihre Lippen. »Wir reden später noch darüber, wie du dich vor einen Mann mit einer Pistole geworfen hast, Liebes. Jetzt müssen wir Wyndham zum Arzt schaffen.«

»Was ist mit ihm?«, Honey deutete auf Raymond. »Müssen wir irgendetwas tun?«

Simon blickte auf seinen Cousin hinab, der sich auf den Rücken gedreht hatte und sie mit großen Augen anstarrte.

Raymond blutete heftig aus der Wunde in der Brust, wo ihn Honeys Kugel getroffen hatte. Er rang um Atem, und roter Schaum stand ihm vor dem Mund.

Ein spöttisches Lächeln verzog Simons attraktive Gesichtszüge. »Ich glaube, er bekommt genau, was er verdient.«

Einige Stunden später

Simon schloss die Tür zu dem Zimmer, in dem Wyndham lag, und ging den Korridor entlang.

Einen Augenblick lang war er versucht, in die Bibliothek zu gehen, wo er wusste, dass es einen Schrank mit Brandy oder Whisky gab.

Doch dann erinnerte er sich an Raymonds letzte Worte, und entschied, dass er lieber nur Wasser trinken sollte, das direkt aus dem Brunnen kam.

Als Simon die Tür zu dem Zimmer öffnete, das er mit Honey teilte, sah sie von dem Buch auf, das sie in der geplünderten Bibliothek gefunden hatte.

»Wie geht es ihm?«

»Er schläft noch immer. Doktor Powell sagt, die Wunde sieht gut aus, und die Kugel hat keine wichtigen Organe getroffen. Er hat Fieber, aber Powell ist der Meinung, dass es nicht schlimmer werden wird.«

Simon ließ sich auf den nächstbesten Stuhl sinken, schloss die Augen und rieb sich mit groben Fingern die Schläfen.

Hände legten sich auf seine Schultern und massierten seine rechte Seite kräftig, die verletzte linke nur sachte.

Simon erinnerte sich daran, dass sein Bruder nicht der Einzige war, der getroffen worden war.

»Was bin ich für ein lausiger Ehemann«, sagte er, drehte sich um und lächelte sie an. »Wie geht es deinem Arm?«

»Er tut weh, aber um ehrlich zu sein, war es schlimmer, als ich mir in London meinen kleinen Finger in der Haustür geklemmt habe.«

Aus eigener Erfahrung wusste Simon, dass selbst eine leichte Schussverletzung sehr schmerzhaft war, aber seine Frau war hart im Nehmen.

»Hast du Powell einen Blick darauf werfen lassen?«, fragte er, und schämte sich, dass er so um Wyndham besorgt gewesen war, dass er sich in den vergangenen acht Stunden nicht um Honey gekümmert hatte.

»Der Arzt sagte, die Wunde ist nicht tief und sauber. Er hat mir etwas Laudanum gegeben, aber das bekommt mir nicht. Was ist mit dir, Simon? Du reibst dir den Kopf. Bekommst du wieder eine Migräne?«

»Nein, ich fühle mich nur wie ein Arsch.«

Ihre Hände erstarrten in der Bewegung, und sie trat hinter ihm hervor. Sie setzte sich auf seine Armlehne und schlang den Arm um ihn. »Warum?«

Simon seufzte und sah sie an. »Ich kann nicht fassen, dass ich geglaubt habe, Wyndham wäre fähig gewesen, Bella ein Kind zu machen oder überhaupt irgendeiner anderen Frau. Er ist der ehrenhafteste Kerl, den ich kenne.« Er ließ zitternd den Atem entweichen. »Ich bin ein dummer Hitzkopf. Er wäre heute beinahe gestorben, und er ist noch immer nicht über den Berg. Wenn er gestorben wäre, wären Streit und Verleumdung das Letzte, an das ich mich erinnern könnte.«

Ihre Umarmung wurde fester. »Quäle dich nicht deswegen, Simon. Das nützt niemandem.« Sie zögerte, dann sagte sie: »Der Duke ist einer der beeindruckendsten Männer, die ich kenne. Es braucht mehr als eine einzige Kugel, um ihn aufzuhalten.«

Simon lächelte schwach. »Du hast recht, Liebes. Er ist zäh. Ich wünschte, ich hätte heute Morgen die Gelegenheit genutzt, mich zu entschuldigen, dass ich ihn so falsch eingeschätzt habe.«

»Du hattest andere Sorgen«, sagte sie trocken. »Zum Beispiel uns beiden das Leben zu retten.«

»Nein«, sagte er bestimmt. »Nicht ich habe uns gerettet, das warst du. Raymond hätte mich erschossen, wenn du nicht gewesen wärest.«

Er hob ihre Hand an die Lippen und küsste ihre Handfläche.

»Du hast nicht nur mich und Wyndham gerettet, sondern auch dich selbst und unser ungeborenes Kind. Wenn Raymond damit durchgekommen wäre ...«, er schauderte; bei dem Gedanken, was hätte geschehen können, wurde ihm übel.

Sie strich über seine Wange. »Er ist nicht damit durchgekommen, und Wyndham wird wieder gesund werden.«

»Wieder einmal ist das meiner klugen Frau zu verdanken, die vorausgedacht hat und nicht nur nach dem Sheriff, sondern auch nach dem Arzt geschickt hat.«

»Mir gebührt nur ein Teil des Dankes; der größte Teil gebührt Bella.«

»Sie muss wie der Wind geritten sein, um sie so schnell herzubringen. Loki hat sich auf ewig eine doppelte Portion Hafer verdient.«

Und der Doktor war keinen Augenblick zu früh eingetroffen.

Simon war mit seinem Latein am Ende gewesen, als die drei vorgeritten waren.

Wyndham hatte das Bewusstsein verloren, und sein Herzschlag war so schwach gewesen, dass Simon seinen Puls kaum noch hatte spüren können.

Der Arzt hatte den Duke gleich an Ort und Stelle behandelt und sich nicht damit aufgehalten, ihn ins Bett tragen zu lassen.

Als Simon bei Wyndham gewesen war, war Honey bei Raymond geblieben, der in den Armen der Frau gestorben war, die er vermutlich getötet hätte.

Simon wusste, er sollte beim Tod des anderen Mannes etwas empfinden, aber er spürte nur Erleichterung. Immerhin etwas Gutes hatte Raymond vor seinem Tod noch getan; er hatte in Hörweite des Sheriffs gestanden, dass er Gift in die Getränkekaraffen des Duke gemischt hatte.

Raymonds Geständnis hatte Simon sehr dabei geholfen, dem Sheriff die zwei Toten und diverse Schusswunden zu erklären.

Der Mann hatte zugestimmt zu warten, bis der Duke aussagen könnte, bevor er offiziell die Todesursache für Raymond und seinen Knecht bekannt geben würde.

Simon hatte dem Sheriff auch von Raymonds Kammerdiener erzählt, doch er hatte den Verdacht, dass der nie gefasst werden würde.

Es war Honey vollkommen entfallen, irgendjemandem von Heyworth zu erzählen, also hatte der Verwalter sie alle überrascht, als er etwa eine Stunde, nachdem Bella und die beiden Männer eingetroffen waren, aus dem Wald gehumpelt kam.

Wie es schien, war Heyworth in ein Fangeisen getreten, also gab es offenbar doch einen Wilderer. Der Unfall hatte wohl nicht nur den Fuß des Verwalters verletzt, sondern auch seinen Stolz, weil er seine Arbeitgeberin schutzlos sich selbst überlassen hatte.

Simon war sich nicht sicher, ob er dem Mann je würde verzeihen können, dass er Honey und ihr ungeborenes Kind in eine solche Gefahr gebracht hatte.

Allerdings hatte seine Frau seinen Ausdruck gleich richtig gedeutet und ihm bittere Konsequenzen angedroht, sollte er auf den Gedanken kommen, Heyworth zu entlassen.

Honey erhob sich von der Armlehne und hielt ihm die Hand hin. »Komm ins Bett. Du brauchst Schlaf. Dein Bruder ist bei Doktor Powell und der Dowager Duchess in guten Händen.«

Simon hatte nach seiner Mutter geschickt, weil er wusste, dass sie an Wyndhams Seite würde bleiben wollen. Sie war eine fähige Krankenpflegerin und hatte seinen Vater in dessen letzten Jahren versorgt.

Honey hatte recht; Wyndham bekam die bestmögliche Pflege.

Er erhob sich, doch anstatt ihr ins Bett zu folgen, legte er seine Arme um sie und blickte in ihre hübschen grauen Augen. »Womit habe ich solch ein Glück verdient?«, murmelte er und küsste ihre Nasenspitze.

Sie errötete und wand sich verschämt angesichts dieses Kompliments.

»Es gibt eine Tradition unter Soldaten; wenn du jemandem das Leben rettest, gehört es fortan dir.«

Sie legte den Kopf schief, und ein leichtes Lächeln lag auf ihren Lippen. »Willst du damit sagen, dass du mir gehörst?«

»Mit Haut und Haaren.«

»Hmm, wie interessant. Was soll ich nur mit dir anstellen?«

Simon küsste sie, bis sie beide vollkommen atemlos waren. Und dann sagte er: »Ich bin sicher, meiner klugen Frau wird schon etwas Passendes einfallen.«

Epilog

Einige Monate später ...

»Oh!«, rief Honey und presste die Hand auf den Bauch. »Ich glaube, das Baby hat mich gerade getreten.«

Simon sah von dem Brief in seiner Hand auf. Er saß ihr am Frühstückstisch gegenüber, und seine blauen Augen glitzerten hinter den Brillengläsern, die er zum Lesen brauchte. »Ich glaube das nicht. Unser Sohn wäre gewiss nicht so unhöflich.«

»Nein, aber vielleicht unsere Tochter.«

Sie lächelten beide über ihren albernen privaten Scherz. Honey hatte ihn zu Beginn der Schwangerschaft einmal gefragt, ob er enttäuscht wäre, wenn ihr Erstgeborenes kein Sohn wäre.

Er hatte ihr einen sehr ernsten Blick zugeworfen, den sie bei ihm noch nie gesehen hatte. »Ich möchte nur, dass ihr beide gesund seid.«

Sie hatte Angst aus seinen Worten herausgehört und hatte sie in seinem intensiven Blick gesehen; er sorgte sich um sie.

Nicht, dass es Anlass zur Sorge gegeben hätte. Bisher war es eine angenehme Schwangerschaft. Sie war nicht krank oder appetitlos gewesen, wie es offenbar bei der Dowager Duchess der Fall gewesen war. Sie war lediglich in letzter Zeit etwas müde und brauchte nachmittags ein kleines Nickerchen.

Die einzige unerfreuliche Nebenwirkung ihrer Schwangerschaft war die Reaktion auf Farbausdünstungen: Bei dem öligen Geruch wurde ihr schlecht.

Der Arzt hatte ihr versichert, das sei vorübergehend, und dass Frauen oft eine starke Abneigung gegen Geschmäcker oder Gerüche entwickelten. Es hatte sie zunächst aufgeregt, aber sie hatte sich entschlossen, die verbleibenden Monate als einen ausgedehnten Urlaub von ihrer Arbeit zu betrachten.

Natürlich zeichnete sie noch, mehr denn je, aber sie hatte auch begonnen zu klöppeln, was ihre Schwiegermutter sie mit großer Begeisterung lehrte. Sie war nie besonders geschickt gewesen, was Handarbeit anging, und konnte nicht erwarten, ihre erste selbstgeklöppelte Spitze Freddie zu zeigen, die all diese weiblichen Künste meisterhaft beherrschte.

Simon brummte und legte den Brief beiseite. »Morrison hat endlich ein anständiges Angebot für Epiphany gemacht.«

Honey lächelte. »Es überrascht mich, dass du dich von ihm trennen kannst«, neckte sie. Sie hatte schon beinahe geglaubt, ihr Mann würde das prächtige Jagdpferd nicht verkaufen können.

Simon brummelte etwas, und sie erkannte einen leichten rosa Schimmer auf seinen Wangen.

Honey wusste, dass er sich schämte, weil er so an seinen Pferden hing.

Er wollte sie nur an Leute verkaufen, die er mochte und denen er vertraute. Honey fand, dass dieser Impuls für seinen Charakter sprach, wusste aber, dass er seinen sentimentalen Ansatz bedauerte, schließlich wollte er Geschäfte machen.

Sie wandte sich ihrer eigenen Korrespondenz zu und öffnete den Brief von Annis.

Es war nur eine Seite und spärlich beschrieben, was für ihre eloquente Freundin sehr ungewöhnlich war.

Für eine Frau, deren ganzes Leben sich um Sprachen drehte, war ihre Schrift schon immer miserabel gewesen, aber dieser Brief war beinahe unleserlich.

Honey blickte mit zusammengekniffenen Augen auf den Briefbogen und las den dritten Satz noch einmal, dann noch einmal und dann noch einmal. »Ach, du liebe Güte«, sagte sie.

»Tritt dich deine unhöfliche Tochter wieder?«, fragte Simon mit einem Grinsen und runzelte die Stirn über etwas, das er in der Zeitung las.

»Nein, es ist ein Brief von meiner Freundin, Annis.«

Simon sah auf. »Die bei ihrer Großmutter lebt und nicht zur Hochzeit kommen konnte?«

Damit meinte Simon Serenas Hochzeit, die schon einige Monate zurücklag.

»Ja, Annis konnte nicht kommen, weil sie zu der Zeit in Schottland war.«

»Das ist wohl auch besser so. Nachdem ich Lorelei kennengelernt habe, glaube ich, es ist besser, wenn du mir deine Freundinnen eine nach der anderen vorstellst.«

Honey lachte. »Keine Sorge, Annis ist ganz anders als Lorelei.«

Simon murmelte etwas, das verdächtig nach »Auch für kleine Dinge sollte man dankbar sein« klang.

Honey lächelte. »Ich hätte nicht gedacht, dass du solch ein leidenschaftlicher Verteidiger des Adels bist, bis ich gehört habe, wie du dich mit Lorelei in der Wolle hattest.«

»Ha! Deine Freundin will nicht nur die Adelswürde abschaffen, sondern am liebsten gleich alle Adligen. Zumindest die männlichen.«

»Armer Simon«, neckte sie. »Hat dir Lorelei die Flügel zurechtgestutzt?« Honey wusste, dass ihre Freundin Simon an die Wand diskutiert hatte, denn sie hatte in der Woche, die sie in Kent verbracht hatten, mindestens zwei der Diskussionen zwischen den beiden miterlebt.

»Sie hat eher versucht, mir die Eier abzuschneiden«, knurrte er leise.

»Simon!«

»Aber es stimmt doch. Sich mit ihr zu unterhalten war, als ob ich mir ein Frettchen in die Hose stecken müsste.«

Honey musste lachen. »Ich frage besser nicht, woher du das wissen willst.«

Sie würde Lorelei in ihrem nächsten Brief von dieser Beschreibung ihrer Debattierkunst berichten; Lorie würde es lieben.

»Und was sagt deine Freundin Annis?«, fragte Simon, der offensichtlich nur zu gern die Themen Lorie und Frettchen hinter sich ließ.

»Sie wird heiraten, und du wirst niemals glauben, wen.«

»Herrgott, Honey, woher sollte ich so etwas auch wissen?«

»Du wirst es wissen, weil sein Name seit über zwei Monaten in jeder Zeitung zu lesen war.«

Simon zog die Augenbrauen hoch. »O Gott, sie heiratet Dings-Dingsbums? Äh, den sie jetzt den rätselhaften Earl of Rotherhithe nennen?«

»Anscheinend.« Honey war erstaunt. »Meine zurückhaltende, schüchterne Freundin hat offenbar den Fang des Jahrzehnts gemacht.«

Simon prustete. »Moment mal, Liebling. Du sagtest, *ich* sei der Fang des Jahrzehnts.«

Honey sah von dem schockierenden Brief auf und suchte den Blick der hortensienblauen Augen ihrer großen Liebe. »Nein, Simon, du bist der Fang des Lebens.«

Seine Pupillen weiteten sich, und seine Wangen, die von der vielen Zeit, die er draußen verbrachte, gebräunt waren, wurden rot. »Habe ich dir heute schon gesagt, wie sehr ich dich liebe?«, fragte er mit heiserer Stimme.

Honey liebte es, dass es nur einiger weniger Worte oder eines wohlplatzierten Blicks bedurfte, um ihren äußerst maskulinen Ehemann dazu zu bringen, dass er ihr aus der Hand fraß.

»Ich glaube, heute Morgen hast du es tatsächlich vergessen.« Das war gelogen; Simon sagte – und zeigte – ihr jeden einzelnen Tag, dass er sie liebte.

Das bedeutete jedoch nicht, dass Honey es nicht gern noch einmal hörte.

Er griff über den Tisch und nahm ihre Hand. »Ich liebe Sie, Lady Saybrook.«

»Ich liebe Sie auch, Mylord.«

»Ein guter Weg, deine Liebe zu zeigen wäre übrigens, wenn du mich portätierst. Natürlich, nachdem du unseren Sohn zur Welt gebracht hast.«

Honey lachte; es hingen bereits zwei Porträts ihres Mannes im Haus: dasjenige, welches sie vor all den Jahren gemalt hatte und das, welches sie erst vor wenigen Monaten fertiggestellt hatte.

Honey hatte ihm das ältere Porträt zur Hochzeit geschenkt. Ihr rauer, männlicher Ehemann war so gerührt gewesen, als er das Gemälde gesehen hatte, dass sie glaubte, eine oder zwei Tränen in seinen wundervollen Augen schimmern gesehen zu haben.

»Ich denke, beim nächsten Mal solltest du mich auf Loki sitzend porträtieren«, meinte er, und ein Lächeln breitete sich auf seinen Lippen aus.

Sie schüttelte den Kopf. »Es tut mir leid, Liebling, ich würde dich gern – schon wieder – malen, aber ich fürchte, ich bin im kommenden Jahr schon anderweitig eingespannt.«

»Ach ja. Alvanleys Spaniel, nicht wahr?«

Honey grinste.

»Du Schlingel«, klagte er und küsste ihre Hand, bevor er sie losließ.

Die Tür wurde geöffnet, und Rebecca kam herein, gefolgt von Enola MacLeish. Obwohl Becca ein paar Jahre älter war als das andere Mädchen, hatten die beiden in der letzten Zeit festgestellt, dass sie gern zusammen waren. Sie waren beide recht einsame Einzelkinder, die sich nach Gesellschaft sehnten.

»Guten Morgen, Mädchen«, grüßte Simon. »Seid ihr wieder gekommen, um uns die Haare vom Kopf zu fressen?«

Enola, die schrecklich schüchtern war, wurde rot, während Becca die Augen verdrehte.

»Hört nicht auf ihn, Mädchen. Nehmt euch etwas Frühstück«, sagte Honey.

Sie sah duldsam amüsiert zu, als die beiden über das Buffet auf dem Sideboard herfielen.

Anders als ihre Mutter war Enola keine besonders begabte Reiterin. Sie war in der vergangenen Saison nicht mit Bella, Becca und Simon auf die Jagd geritten. Allerdings hatte sich herausgestellt, dass das Mädchen zeichnerisches und malerisches Talent besaß.

Honey wusste, dass Wyndham und Simon nach Raymonds Tod über das Schicksal der Tochter ihres toten Cousins gesprochen hatten. Sie war froh gewesen, zu erfahren, dass Wyndham bereits Geld für das Mädchen zurückgelegt hatte, und Enola über ein anständiges Vermögen verfügen würde, wenn sie einundzwanzig wurde.

Als Simon sich mit dem Vorschlag an Honey gewandt hatte, noch etwas mehr für sie zu tun, indem sie für ihre Schulausbildung aufkamen, hatte Honey begeistert zugestimmt, ihr diese Unterstützung zu gewähren. Enola zeigte beachtenswertes künstlerisches Talent, und Honey freute sich darauf, ihr dabei zu helfen, es weiterzuentwickeln.

Rebecca ritt meistens mit Bella und Simon aus, und Enola kam dann für ein paar Stunden, um von ihr im Skizzieren und Aquarellieren unterwiesen zu werden. Auch wenn es nicht Honeys liebstes Medium war, hatte Enola Interesse an Wasserfarben gezeigt, und Honey konnte mit diesen Farben arbeiten, ohne dass ihr schlecht wurde.

Einige Wochen nach Raymonds Tod hatten Bella und Honey ein privates Gespräch über Enolas Vater geführt.

Nach einiger Überlegung waren sie übereingekommen, Raymonds Anteil am Tod seines Neffen für sich zu behalten.

Es gab keine stichfesten Beweise, und es war nicht gesichert, dass Raymond tatsächlich ein solch schreckliches Verbrechen begangen hatte.

Außerdem hätte es dem Baby nicht geholfen, dem Duke ihren Verdacht mitzuteilen. Es würde das Baby nicht zurückbringen und konnte Plimpton zerstören, der sich wahrscheinlich Vorwürfe machen würde, dass er einem Mörder unter seinem Dach Zuflucht gegeben hatte.

Nein, keiner der beiden Brüder musste die volle Wahrheit über die Schlange erfahren, die sie am Busen ihrer Familie genährt hatten.

Honey hatte nie gefragt, aber Bella hatte ihr von sich aus von ihrer Vergangenheit mit Raymond erzählt.

»Es war ebenso meine Schuld wie Raymonds. Ich war jung und dumm und impulsiv. Ich hatte Simon seit Monaten nicht gesehen, und Raymond scharwenzelte immer um mich herum. Er erzählte mir, Plimpton würde Simon nie erlauben, mich zu heiraten. Auch wenn ich wusste, dass Raymond versuchte, mich mit dieser Information zu manipulieren, war ich einsam, und habe schließlich nachgegeben.«

Bella hatte Honey einen schiefen, verschämten Blick zugeworfen. »Ich bin nicht stolz darauf, zuzugeben, dass ich Simon wollte, weil ich dachte, dass er den Titel und Geld erben würde. Meine Familie war immer arm, und ich wollte einen Ausweg aus einer Lage, in der man von der Hand in den Mund lebt. Natürlich wusste ich, dass ich mit ihm keine Zukunft mehr hatte, als ich von meiner Schwangerschaft erfuhr. Also habe ich mich an Plimpton gewandt – nicht umgekehrt.« Bella hatte über Honeys angewiderten Gesichtsausdruck gelacht. »Ich sagte doch, ich bin nicht ohne Schuld. Ich habe gelogen und Intrigen gesponnen, und ich war Simon untreu. Der Duke wusste, dass die Wahrheit Simon das Herz brechen würde. Vermutlich hätte Simon Raymond herausgefordert und ihn getötet. Plimpton wusste auch, dass sich mit der Geburt seines Sohnes mein Interesse daran, Simon zu heiraten, verringert hatte, und ich wollte gewiss nicht Raymond heiraten.«

Bella hatte mit den Schultern gezuckt, und sie hatte erschöpft gewirkt. »Also hat Plimpton mir MacLeish vorgestellt, während Simon noch in London war und sein Porträt anfertigen ließ. Ich war zufrieden, dass ich eine Countess würde, auch wenn es ein schottischer Adelstitel war. Der Duke war zufrieden, ein heikles Problem so einfach und günstig lösen zu können, und MacLeish war zufrieden, Geld zu bekommen und auch darüber, dass ich schwanger war, weil er unfähig war, Kinder zu zeugen.«

Bella verzog das Gesicht »Der Einzige, der *nicht* zufrieden war, war Raymond.«

»Und Simon«, erinnerte Honey sie in ruhigem Ton.

Bella warf ihr noch einen verschämten Blick zu. »Aber wir wissen doch beide, dass es sein Glück war, mich auf diese Weise loszuwerden, nicht wahr, Mylady?«

Bevor Honey antworten konnte, fuhr Bella fort. »Raymond war wütend, als ich ihm sagte, dass ich MacLeish heiraten würde. Wir hatten einen schrecklichen Streit, er sprach alle möglichen Drohungen aus und machte wenig subtile Anspielungen, dass ich schlimme Konsequenzen tragen müsste, wenn ich mich weigerte, ihn zu heiraten. Dabei ließ er fallen, was er über Gifte und ihre Verwendung wusste.« Bellas Humor war Abscheu und sogar einem Hauch Furcht gewichen. »Später, als ich hörte, dass das Baby so unerwartet gestorben war, konnte ich einfach nicht glauben, dass er zu so etwas fähig wäre.«

Bella hatte ernsthaft gequält ausgesehen. »Ich werde bis zum Ende meines Lebens die Hoffnung nicht aufgeben, dass mein Verdacht falsch ist.«

Honey dachte nun an diese Unterhaltung zurück, und ihr Blick ruhte auf Bellas und Raymonds Tochter.

Honey fühlte sich zu dem stillen Mädchen hingezogen, das sie sehr an ihr eigenes jüngeres Selbst erinnerte, jedoch ohne wie sie von einem liebenden, aufopferungsvollen Elternteil profitieren zu können.

Oh, sie wusste, dass Bella Enola auf ihre eigene Weise liebte – in anderen Worten nachlässig. Von dem Wenigen, das Enola Honey gegenüber über ihren Vater gesagt hatte, war ihr von dem Earl of MacLeish auch nicht viel Zuneigung entgegengebracht worden.

Enola würde immer schüchtern sein, doch etwas Zuneigung und Freundschaft lockten sie nach und nach aus ihrem Schneckenhaus.

Als Honey über den Frühstückstisch hinweg den Vater ihres eigenen Kindes betrachtete, verspürte sie eine Woge der Liebe, die sie fast zu ersticken drohte.

Gerade war Simon in ein freundliches Gezänk mit den beiden Mädchen verstrickt, brachte sie zum Lachen und dazu, sich über sein unmögliches Benehmen zu beschweren. Er neckte sie unablässig, als ob er ein Gleichaltriger wäre. Sie konnte sich vorstellen, wie er dasselbe in einigen Jahren mit ihren eigenen Kindern tun würde.

Honeys Herz lief über, als sie die drei beobachtete, und es ging ihr auf, dass sie nun die ausgelassene, liebende Familie waren, nach der sie sich immer gesehnt hatte und die sie in gewisser Weise schon jetzt um sich zu scharen begonnen hatte.

Als sie sie zusammen betrachtete, wusste sie plötzlich, was ihr erstes Gemälde sein würde, wenn sie an die Arbeit zurückkehrte. Sie würde ihre Familie malen, nicht nur die drei Menschen vor ihr, sondern auch den Rest der neuen Familie: die Witwe, den Duke und sogar ihre überhebliche Schwägerin, die sie vielleicht eines Tages besser kennenlernen würde.

Ja, sie würde ein Porträt der Familie malen, das erste Gemälde, auf dem sie sich selbst mit verewigen würde.

Honey lächelte angesichts des Bildes, das sich in ihrer Vorstellung zu formen begann; sie würde eine große Leinwand benötigen für solch ein Bildnis der Liebe.